한국전쟁 이야기 집성 4

– 이념과 생존 사이에서 –

신동흔 김경섭 김귀옥 김명수 김명자

김민수 김정은 김종군 김진환 김효실

남경우 박경열 박샘이 박현숙 박혜진

심우장 오정미 유효철 이부희 이승민

이원영 정진아 조홍윤 한상효 황승업

저자 소개

신동흔: 건국대 국어국문학과 교수
김경섭: 을지대 교양학부 교수
김명수: 건국대 박사과정
김민수: 건국대 박사과정
김종군: 건국대 HK교수
김효실: 건국대 박사과정 수료
박경열: 호서대 전임연구원
박현숙: 건국대 전임연구원
심우장: 국민대 국어국문학과 교수
유효철: 건국대 박사과정 수료
이승민: 건국대 박사과정
정진아: 건국대 HK교수
한상효: 건국대 강사
김귀옥: 한성대 교양교육연구원 교수
김명자: 건국대 박사과정 수료
김정은: 건국대 강사
김진환: 통일부 통일교육원 교수
남경우: 건국대 HK연구원
박샘이: 건국대 석사과정 졸업
박혜진: 서울대 박사과정 수료
오정미: 건국대 전임연구원
이부희: 건국대 석사과정 수료
이원영: 건국대 강사
조홍윤: 건국대 전임연구원
황승업: 건국대 박사과정 수료

한국전쟁 이야기 집성 4

초판 인쇄 2017년 6월 20일
초판 발행 2017년 6월 25일

지은이 신동흔 외 | **펴낸이** 박찬익 | **편집장** 권이준 | **책임편집** 정봉선
펴낸곳 ㈜ **박이정** | **주소** 서울시 동대문구 천호대로 16가길 4
전화 02) 922-1192~3 | **팩스** 02) 928-4683 | **홈페이지** www.pjbook.com
이메일 pijbook@naver.com | **등록** 2014년 8월 22일 제305-2014-000028호

ISBN 979-11-5848-302-9 (94810)
ISBN 979-11-5848-298-5 (세트)

* 책값은 뒤표지에 있습니다.

이 책은 2011년도 정부(교육과학기술부)의 재원으로 한국학중앙연구원의 지원을 받아 수행된 연구임.
과제번호: AKS-2011-EBZ-3101. 과제명: 한국전쟁 체험담 조사연구

신동흔 김경섭 김귀옥 김명수 김명자 김민수 김정은 김종군 김진환 김효실 남경우 박경열 박샘이 박현숙 박혜진 심우장 오정미 유효철 이부희 이승민 이원영 정진아 조홍윤 한상효 황승업

한국전쟁 이야기 집성 4

이념과 생존 사이에서

(주)박이정

일러두기

1. 이 책은 2011년도 정부(교육과학기술부)의 재원으로 한국학중앙연구원의 지원을 받아 수행되었다. 과제명은 "한국전쟁 체험담 조사연구"이다. (과제번호 AKS-2011-EBZ-3101).
2. 본 자료집은 개별 구연자를 기본 단위로 하여 구성된다. 현지조사를 통해 수집한 약 300건의 자료 가운데 가치가 높다고 판단되는 162건(공동구연 포함)의 구연 자료를 선별하여 주제유형 별로 나누어 각 권에 수록하였다.
3. 본 자료집은 한국전쟁 체험을 기본 축으로 삼는 가운데 전쟁 전후의 생활체험에 관한 내용까지를 포괄하였다. 자료는 제보자가 구술한 내용을 최대한 충실히 반영하는 방식으로 정리하였다.
4. 본 자료집에 이야기를 수록한 구연자들에게는 사전에 정보 공개 동의를 받았다. 구연자가 요청한 경우나 기타 필요하다고 판단되는 경우에는 구연자 성명을 가명으로 표기하고 사진을 생략하였다.
5. 구연자 단위로 구술내용을 반영한 제목을 정하였으며, 기본 조사 정보와 구연자 정보, 이야기 개요, 주제어를 제시하고 나서 이야기 본문을 실었다. 구술내용을 쉽게 이해할 수 있도록 하기 위해 본문 사이사이에 중간 제목을 넣었다.
6. 이야기 본문은 녹음된 내용을 그대로 받아 적었으며, 현장상황을 생생히 전하기 위해 조사자와 청중의 반응 부분을 함께 담았다. 본 구연과 상관없는 대화나 언술은 조금씩 덜어낸 곳도 있다.

머리말

– 수백 명의 구술로 만난 한국 현대사의 생생한 진실 –

처음에 저이들이 누군가 하고 경계심을 나타내던 노인들은 한국전쟁 때의 사연을 들려 달라는 말에 대부분 몸가짐을 달리하고서 조사자들 앞으로 바짝 다가왔다. 당시의 상처를 되새기기조차 싫은지 조사자들을 외면하거나 구술을 사양하는 분들도 있었지만, 자신이 겪은 역사의 진실을 후세에 알려야 한다는 책무감을 나타내는 분들이 더 많았다. 일단 이야기가 시작되면 조사자들이 할 일은 거의 없었다. 그분들이 가슴 밑바닥으로부터 끌어올려 구연하는 놀라운 이야기들에, 60년이 넘도록 가슴속에 생생하게 간직해 온 그때 그 순간의 삶의 진실에 충실히 귀를 기울이는 것으로 충분했다. 조사가 더 늦어지지 않아서 이분들이 그토록 남기고 싶어하는 역사적 체험을 갈무리하게 된 것은 정말 다행스러운 일이었다.

그간 한국전쟁 체험에 대한 조사는 역사학 쪽에서 많이 이루어졌었다. 전쟁의 주요 국면에 얽힌 역사적 사실과 관련되는 정보를 얻는 데 주안점을 둔 조사였다. 이야기 형태의 체험담은 주로 전쟁 참전용사의 수기나 학살피해자들의 진술이라는 형태로 보고가 이루어졌다. 말 그대로 사람을 죽고 죽이는 '전쟁'에 초점을 맞춘 이야기들이었으며, 다소 특수하고 주관적인 방향으로 치우친 성향이 짙은 이야기들이었다. 체험이나 시각이 양 극단으로 나누어진다는 점도 두드러진 특징이었다.

이에 대하여 우리는 처음부터 보통사람들의 다양한 경험을 두루 포용한다는 입장에서 한국전쟁이라는 역사에 접근했으며, 제보자의 진술을 구술 그대로 충실히 반영한다고 하는 학술적 방법론에 의거하여 현지조사와 정리 작업을 수행했다. 그 조사는 구술사보다 구비문학적 방법에 입각한 것이었다. 한국전쟁을 축으로 한 역사적 경험이 구체적 사건과 정경을 생생하게 담아낸 '이야기'로 포착될 수 있도록 하는 데 최대한 신경을 썼다. 그 작업을 하는 데 큰 어려움은 없었다. 수많은 제보자들은 전쟁에 얽힌 기막힌 사연들을 지니고 있었고, 그것을 곡진하게 풀어냈다. 간혹 세상에 대한 논평을 연설 형태로 풀어내는 제보자도 있었으나 경험의 연장선상에서 충분히 그리 할 수 있는 바였다. 우리는 성실한 청자가 되어 그 이야기에 함께 했다. 제보자들의 구술을 가능한 한 끊지 않았으며, 때로는 탄성과 한숨으로 동조하기도 했다. 그렇게 그들의 구술은 오롯한 삶의 담화가 될 수 있었다.

한국전쟁 체험담 자료조사는 조별 작업으로 수행되었다. 서너 명씩 조를 이루어서 지역별로 제보자를 물색하고 조사를 진행하였다. 총괄적 조사인 만큼 지역별, 유형별로 균형과 다양성을 확보할 수 있도록 신경을 썼다. '보통사람'들을 기본 축으로 삼는 가운데, 한국전쟁에 대한 특별한 체험을 한 제보자들을 다양하게 찾아내고자 했다. 전체적으로 남성과 여성 제보자를 균등하게 포괄하였으며, 제보자 구성과 구연내용이 이념적으로 좌우 한쪽에 치우치지 않도록 했다. 한국전쟁이라는 현대사의 국면이 '있는 그대로' 다양하게 포착될 수 있도록 노력했다.

전체적으로 한국전쟁 체험담을 구연한 화자는 약 300명에 이른다. 자료공개 동의를 얻은 194건의 자료로 한국전쟁 구술자료 DB를 구성하여 결과를 보고했다. 그 중 자료적 가치가 높다고 생각되는 자료들을 선별한 뒤 자료의 재점검과 교정 작업을 거쳐 최종적으로 10권의 자료집에 162건(공동구연 포함)의 자료를 수록하게 되었다. 자료는 인상적인 사연을 중심으로 하여 주제유형 별로 분류함으로써 다양한 전쟁 경험이 일목요연하게 드러날 수 있도록 했다. 각 권별 구성을 간단히 소개하면 다음과 같다.

1권 – 이것이 전쟁이다: 전쟁이란 어떤 것인지, 그 참상과 고난과 단적으로 잘 보여주는 이야기들을 실었다. 특정 지역의 전쟁 경험을 여러 제보자가 다각도로 구연한 자료를 나란히 수록하여 전쟁체험이 입체적으로 드러날 수 있도록 했다.

2권 – 전장의 사선 속에서: 다양한 참전담 자료를 한데 모았다. 육군 외에 해병대와 해군, 공군, 경찰, 치안대 등 다양한 형태로 전쟁을 체험한 사연들이 실려 있다.

3권 – 피난 또 하나의 전쟁: 피난에 얽힌 다양한 사연을 모았다. 북한에서 월남한 사연과 남한 내에서의 피난에 얽힌 사연, 피난 수용소에서 생활한 사연 등을 수록했다.

4권 – 이념과 생존 사이에서: 이념 문제로 갈등과 고난, 그리고 피해가 발생한 사연들을 모았다. 보통사람들이 좌우 이념의 틈바구니에서 어렵게 세월을 헤쳐온 사연들도 수록되어 있다.

5권 – 총칼 아래 가륵한 목숨: 전쟁의 와중에서 죄없이 억울한 죽음과 피해를 겪은 사연들을 모았다. 역사적으로 이름난 주요 사건 외에 일반적인 피해담도 포괄하였다.

6권 – 전쟁 속을 살아낸다는 일: 전쟁의 와중에서 보통사람들이 겪은 다양한 고난 체험을 펼쳐낸 이야기들을 모았다. 특히 여성들의 전쟁고난담이 주종을 이룬다.

7권 – 내가 겪은 특별한 전쟁: 남다른 위치 또는 특별한 직업을 바탕으로 한국전쟁을 특수하게 치른 사연을 전하는 이야기들을 한데 모았다.

8권 – 전쟁 속에 꽃핀 인간애: 전쟁의 와중에 인정을 저버리지 않고 서로를 돕거나 살린 사연 등 미담의 요소를 포함한 사연들을 수록했다.

9권 – 전쟁체험, 이런 사연도: 전쟁중에 겪은 놀랍고 기막힌 사연들을 담은 자료들을 모았다. 설화적 요소가 있는 이야기들도 이 권에 수록했다.

10권 – 우리에게 전쟁이 남긴 것: 한국전쟁 체험을 전하는 한편으로, 전쟁에 대한 분석과 논평을 적극 진술한 사연을 모았으며, 전쟁 후의 사연을 주요하게 구연한 자료들을 수록했다.

160명이 넘는 역사의 산 증인들이 펼쳐낸 생생한 한국전쟁 이야기들은 그간 공식적 역사를 통해 알려진 것과 다른 차원의 의미 있는 자료가 되어줄 것이다.

이 자료집을 통해 사실로서의 역사와 이야기로서의 역사 사이의 균형이 이루어질 수 있는 중요한 기반이 갖추어진 것으로 생각한다. 앞으로 역사적 경험에 대한 문학적 연구의 새로운 장이 열릴 수 있기를 기대한다. 그를 통해 역사적 삶의 총체적이고 균형있는 재구가 가능하게 될 것으로 믿는다. 아울러 이 책에 실린 수많은 사연은 소설이나 드라마, 다큐멘터리, 공연과 웹툰, 게임 등 문화예술 창작에도 좋은 소재가 되어 줄 수 있을 것이다.

이 책은 한국학중앙연구원 기초토대연구 지원 사업에 힘입어 진행되었다. 적시에 지원이 이루어져서 중요한 조사사업을 차질 없이 수행하게 된 것을 다행으로 여기며 연구지원에 대해 감사의 뜻을 밝힌다. 그 의미 깊은 사업을 실질적으로 맡아서 감당한 핵심 주역은 현지조사와 자료정리의 실무를 맡아 수고한 전임연구원과 연구보조원들이었다. 팀장을 맡아서 일련의 길고 힘든 작업을 훌륭히 감당해준 김경섭, 박경열, 박현숙, 오정미 박사와 김명수, 김명자, 김민수, 김정은, 김효실, 남경우, 박샘이, 박혜진, 유효철, 이부희, 이승민, 이원영, 조홍윤, 한상효, 황승업 연구원의 노고에 감사와 사랑의 마음을 전한다. 공동연구원으로서 현지조사와 연구작업을 적극 뒷받침해준 김귀옥, 김종군, 심우장 교수께도 깊이 감사드린다. 까다롭고 복잡한 출판 작업을 기꺼이 맡아서 좋은 책을 만들어주신 박이정 출판의 박찬익 사장님과 김려생님, 권이준님, 정봉선님을 비롯한 편집자들께도 이 자리를 빌려 감사의 뜻을 전한다.

이 책은 다른 누구보다도 이야기를 들려주신 제보자들에 의해 이루어진 것이다. 조사자들을 반갑게 맞이해 주시고 가슴속에 묻어두었던 이야기를 풀어내 주신 역사의 주인공들께 머리 숙여 감사드린다. 그분들의 분투와 고난을 잊지 않고 대한민국의 미래를 훌륭히 열어나가는 것이 우리의 몫일 것이다.

2017년 6월

저자를 대표하여 신 동 흔

차례

빨치산에서 비전향장기수가 되기까지

김 영 승

"버틸 수 있을 때까지 끝까지 버티고, 내가 여기서 죽으믄 뭔 소용이냐?"

자 료 명: 20130801김영승(인천)
조 사 일: 2013년 8월 1일
조사시간: 330분
제 보 자: 김영승(남 · 1935년생)
조 사 자: 박현숙, 조홍윤, 황승업, 남경우
조사장소: 서울특별시 광진구 화양동 건국대학교 문과대학 연구동

[조사과정 및 구연상황]

지인의 소개로 인천에 거주하고 있는 비전향장기수 김영승 제보자와 연락이 닿아 사전에 조사 일정을 조율하였다. 본격적인 조사에 앞서 제보자와 점심을 함께 하고, 건국대학교 연구동으로 자리를 옮겨서 이야기를 청하였다. 제보자는 인터뷰 경험이 풍부하고 자서전적 글도 써본 경험이 있었다. 그래서인지 굳이 질문을 던져 이야기를 유도하지 않아도 자신의 경험을 순차적으

로 정리를 하여 구연할 줄 알았다. 5시간이 넘는 오랜 시간 동안 혼자서 구연했는데도 피곤한 기색이 전혀 없었다.

[구연자 정보]

김영승은 1935년에 전남 영광군 모량면 삼학리 신성부락에서 7남매 중 셋째아들로 태어났다. 16살에 한국전쟁을 경험하였다. 그러한 경험을 바탕으로 언론과 인터뷰를 자주 하였고, 비전향장기수의 삶의 정리한 책에 자신의 일대기를 싣기도 하였다. 김영승의 기억 속에는 그의 전쟁체험이 일제강점기, 한국전쟁기, 빨치산 활동기, 수감기 등의 시간 순으로 잘 정리되어 있었다. 현재 통일관련 단체에서 열심히 통일운동을 하고 있다.

[이야기 개요]

일제강점기에 아버지가 20년간 머슴살이와 소작으로 생계를 꾸렸다. 당시 큰형이 독립군에 관한 소문을 퍼뜨렸다는 이유로 감옥살이를 하다가 해방 후 석방되었다. 해방 후 가족들이 빨치산과 연계되었다. 당시 빨치산에 의해 경찰기동대 차량이 전복되는 사고가 있었는데, 아버지가 그들을 도왔다는 누명을 쓰고 죽임을 당할 뻔했다. 그즈음 한청 주도 하에 주민들이 매일 죽창훈련을 하는가 하면, 친분 있는 경찰과 다투고 빨갱이로 몰려서 사형 당한 사람이 있는 등 한국전쟁 전 살벌했던 분위기가 조성되었다.

1950년, 한국전쟁이 발발하고 광주에 인민군이 들어오자 형제들은 연맹에서, 제보자는 소년단장으로 활동하면서 인민군이 후퇴할 때까지 연락사업을 맡았다. 전세가 바뀌어 인민군이 후퇴하게 되자 가족들 모두 입산하여 16세에 소년빨치산이 되었다. 그 후 1954년에 체포될 때까지 빨치산으로 생활하면서 무장투쟁을 벌였다. 그 시기에 이현상, 김선우 등 유명한 빨치산 간부들을 만났다.

빨치산 토벌대에 체포되어 재판받을 때 동료의 밀고로 그간의 행적이 모두

드러나 사형수가 되었다가 무기징역으로 감형되었다. 1973년부터 전향 공작반의 잔혹한 고문이 자행되었으나 온갖 고초를 견디고 비전향장기수로 만기 출소하였다.

[주제어] 일제강점기, 공출, 해방, 청년단체, 여순사건, 서북청년단, 인공기, 빨치산, 경찰기동대, 빨갱이, 밀고, 학도호국병, 민청, 농맹, 여맹, 연락사업, 9.28, 보복, 현물세, 입산, 유격부대, 동지, 전남도당, 전투, 작전, 매복, 귀틀집, 보급투쟁, 무장, 총상, 재판, 사형, 형무소, 전향, 고문, 사회안전법, 비전향장기수

[1] 일제강점기에 아버지가 소작농으로 생계를 꾸리다

[조사자: 선생님 성함이 김 자, 영 자, 승 자 되시구요?] 네. [조사자: 몇 년생이세요?] 35년, 1935년. [조사자: 고향이 영광?] 전남 영광군 묘량면 삼학리 신성부락 ○○번지. (제보자의 신상정보를 재확인함) [조사자: 그럼 선생님이 이제, 제가 아까 말씀 드렸듯이, 그러니깐 일제 해방 이전부터 쭉– 이제 선생님이 산 이야기 해주시면 저희가 잘 듣겠습니다.] 그럼 이제 시작하는 겁니까? [조사자: 네.] 그 여러분들 만나게 돼서 대단히 반갑습니다 잉. [조사자: (웃음) 네. 저희도 반갑습니다.]

저는 전라남도 영광군 묘량면 삼학리 신성부락 235번지에서 7남매 중 아들로서, 셋째로서 태어난 사람입니다. 그리고 당시 우리 집안은, 우리 아버지가 이웃집의, 홍가네 그 지주집안이 있었는데 그 집에서, 남의 집 그렇게 머슴살이를 한 20년가량 한 것으로 알고 있습니다. 그래 그의 덕분으로 이제 소작료를, 한– 밭하고 논하고 합해서 한 십여 마지기 이렇게 벌었다고 합니다.

그리고 인자 우리 집 식구들은 대식구였었습니다. 우리 그 작은아버지, 그러니까 아버지 동생이, 우리 아버지 형제간이 5형젠데, 그게 이자 두째거든요. 그래서 식구가 한 십여 식구가 이렇게 되다보니까, 일 년 농사를 소작으

로 짓게 되면은 지주에게 소작료 바쳐야 되지, 그거 또 관아에 공출 바쳐야 되지. 기타 잡품을 이렇게 다 바치고 나면은 언제나 일 년 식량이 모자라요. 그렇게 봄이면은 보릿고개라고 하죠 잉.

봄이면은 식량이 다 떨어지고 그럽니다. 그러면은 겨울부터서는 인제 아침하고 저녁만 먹거든요. 낮에는 식은 밥 한 숟갈이에다가 솥으다가 물허고 부어가지고 하—나 끓여가지고 휘휘— 돌려가지고 한 그릇씩 인제 낮에는 먹고, 겨울에는 그런 식으로 인자 때우고. 그러고 인자 우리 집에서는, 우리보다 더 못산 사람들이 그렇게도 더 훨씬 더 많앴고, 봄에.

또 우리 집에서 인자 내 누이동생들이 둘이 있어요. 내 밑으로 세 살, 그 다음에 다섯 살, 이렇게 해가지고는 누이동생 지금 현재 살아있어요. 지금 70대 되는데, 그 누이동생, 옷이 그 무명베를 짜서 하지마는 식구들이 많다 보니까 이 옷이 굉장히 남루했었어요. 그래 특히나 우리 나 같은 경우는 형님이 입다 만 옷들 이걸 인자 줄여 가지고이 우리 형수님이 인자 지어서 입기도 하고. 우리, 내 여동생들은, 한 벌 일 년에 얻으면은 일 년 열두 달을 그대로 입어야 되는, 그런 옷에 대해서는 아주 남루한 그런 생활이 있었다 이런 것을 말씀드릴 수 있고.

그리고 인자 우리 아버지께서는, 아버지는 그 동네서 이장을 사는데 비록 이제 배우지는 못했지마는 상당히 우리 아버지가 똑똑했었어요. 그래서 인자 동네일을 하는데서는 그 궂은일이라면은 아주 제일 앞장서서 했고. 우린 또 우리가 광산 김씬데, 광산 김씨 문중 일이라면 우리 아버지가 도맡아서 다 하다시피 이렇게 했어요. 그러고 인제 우리 아버지가 하는 것이 그 경우가 바르고 또 싸움이 벌어진다믄 또 그 중간에서 그 중개역할도 하고이, 이렇게 해서 인자 우리 아버지에 대한 명성은 우리고을에서는 굉장히 모르는 사람이 없을 정도였었어요.

[2] 큰형이 독립군에 관한 유언비어를 퍼뜨렸다는 이유로 감옥에 가다

그러고 내 우에 인자 형님이, 큰형님이 있는데, 우리 큰형님이 이제 일제 말기에 유언비어에 몰려가서 8.15 해방 때 평양 감옥에서 나왔었어요. [조사자: 어떤 유언비어요?] 우리 큰형님이 에, 이자 돌아가셨지마는 그때 당시 일제 때, 그래서 이런 유언비어로 몰려가지고 평양감옥에서 나왔는데, [조사자: 그런데 어떤 유언비어가 있었어요?] 일제 때 인자 그, 일제 때 우리가 아는 게 뭐이냐면은,

"김일성 장군이 이제 축지법을 헌다."

이런 걸 우리 어렸을 때 알았거든요. [조사자: 아, 그런 걸 들으셨어요?] 그렇지, 일제 말기에도. 어– 축지법. 이자 이런 것을 퍼뜨리고 하는 일 한다 이래 가지고, 밀고가 들어가 가지고, 그래서 음– 지서에 갔다가, 지서에서 영광 경찰서에 갔다가, 경찰서 목포형무소로 넘어갔다가, 목포에서 대구를 거쳐서 평양감옥에 갔다가 이제 8.15 해방 돼서 나왔거든요.

그래서 이제 우리 형님이 일제에 붙잡혀서 감옥에 들어감으로 인해서 인자 어린 나에게도 일본 놈들 반대하는 그런 의식이 거기에서 싹트게 된 거야, 일본 놈 반대하는 것이. 왜냐믄은 이제 지서나 경찰서에 가면은 사식을 넣어주고 그러는데, 일본 놈들은 사식을 잘 안 넣어줘요. 그래 그 우리 형수님이 이제 가서 사식도 넣어주고 그랬는데, 하도 안 넣어주고 그래서 내가 인자 가가지고 간수들 허고 싸우고 이, 이렇게 해서 인자 사식을 넣어주기도 하고 인자 그런 것을 했었거든요.

[조사자: 그때 선생님 연세, 나이가 어떻게 됐는데요?] 그때가 한 열 살 때, [조사자: (놀람) 열 살 때 가서?] 열 살 때 이, 그래서 내가 어렸을 때는 동네에서라든가 고향에서는

"당차더라."

그런 말을 좀 들었었거든요. 그래서 인자 그 경찰서에 가서,

왜 안 넣어주느냐?"

그랬어, 우리 형님 밥을.

"이건 안 넣어주게 돼있다."

그래서,

"넣어 달라."

이러고 때를 쓰고 그러니까, 이놈이 쪼깐한 놈이 와가지고 때 쓴다 해가지곤, 이자 그것들이 볼 때 좀 처량하게 보였던지,

"아이, 그러면 가서 넣어줘라."

해가지고 그 경찰서에 식구통이 있거든요, 식구통.

그 식구통이 딱 들어가서 보니까 그때 우리 형님 얼굴을 식구통으로 다만 얼굴을 봤어요. 보니까 얼굴이 새까매. 그 세수도 않고 그러기 때문에 안 씻어가지고 새까매가지고 삐짝 말라가지고 있는 그런 모습이 지금도 인자 나고 그래서.

그러고 있다가 인자 우리 형님이 목포형무소로 넘어가게 되니까, 우리 어머니 아버지가 그때는 인자 돈이 없으니까 차 타고 다닐 순 없어서, 인자 보따리를 짊어지고 동네마다 돌아다니믄서 얻어먹어 가면서 목포형무소 가서 아들을 면회하고 오고 그랬었어요. 이제 그런 걸 내가 인자 기억하고 있고.

[3] 일제강점기에 공출이 심해서 먹을 것이 부족했다

그러고 인자 식량이 다 떨어지믄, 봄이면은 그 고사리나물 취나물이 인자 많이 나거든요. 그래서 인자 우리 어머니가 뒤동산에 가믄 그런 거 많이 있으니까 뜯어다가, 이 백수라는, 백수면이라는 데는 들녘이 있어, 우리 영광군에. 거그는 인자 쌀 지대라 쌀이 많이 나거든요. 그래 그걸 말려가지고 가면은 쌀하고 맞바꿔. 그래서 거그서 인자 그런 거 해서 인자 봄을 넘기기도 하는 이런 그 어려움이 있었고.

그러고 인자 그렇게 해서 일제 말기에 인자 그거, 이놈들이 그거 공출이라 이렇게 해가지고서 전쟁 일어나다보니까 이자 숟가락 몽댕이까지 싹- 가져 갔거든요, 공출에. 그래서 먹을 것이 그러니깐 이제 만주지역에서 그 콩깻묵이라고 해가지고 그런 거를 갖다 막 퍼뜨려 줘서 그것도 인자 우리가 먹고 이제 산 그런 기억이 좀 있고.

그러다가 인자, 8.15 해방이 인자 떡 됐는데, 8.15 해방이. 그 8.15 해방이 됐을 때 일본 놈들이 그 우리 동네 앞에 다리가, 이제 삼학교라고 다리가 있어요. 그 다리 근처에서 거기 퇴각하다 거기서 쉬어가지고 인자 그 뭐이냐? 저 일본말 '간스메'라고 그러지, 요 통조림이. 이런 것들을 인자 먹다가 인자 버려부리고- 버려부리고 그러잖아요. 그러니까 인자 애들이 가서 그걸, 이제 그런 걸 주워 먹고는 이, 그때 그런 것들을 하는 것을 내가 봤고.

그러고 인자 우리 작은아버지가 인자 쪼그만한 오두막집에서 살아. 우리 집에서 가치에서 분가해가지고 살고 있는데, 하도 없이 살고 그러니까 그 기성로 도로가에 똥물 내려가는 골짝이 있어요, 똥물이 내려가는 거기다가 모 포기를 하나씩 심어가지고 이자 가을이믄 수확해가지고 먹는디, 싹싹 묶어서 가을에가 수확해서 먹는 그런 생활을 우리 작은아버지 집에서 하고 있고. 우리 동네에서도 그런 사람들이 인자 많이 있거든요.

[4] 해방 후에 국민학교 다니면서 동네 야학에서 아이들을 가르치다

그래서 인자 8.15 해방이 인자 되어가지고서 그때는 우리 동네만 해도, 동네가 인자 그때 동네도, 가구 수가 우리 한 열여섯 가구가 되는데, 우리 신성부락이, 거기에서 동네 청년들이 한 이삼십 명 있었어요. 그 인제 청년들이 전부 다 인자 8.15 해방에는 우리 진영으로 인자 다 나왔죠, 좌익 진영으로. 그래서 이제,

"우리 세상이다."

해가지고 우리 청년들이 거그서 활동하고, 구명활동하고 이자, 그 청년단체나 인민이나 이런 것들이 다 나왔었거든요. 그래서 이제 그 청년들의 영향을 이제 어렸을 때부터 받기 시작했죠. 청년들 영향을 받았고.

그러고 제가 인자 8.15 해방 전에는 국민학교를 못 들어갔어요. 시험을 쳤어도 낙방이 되아가지고, [조사자: 왜요?] 응? [조사자: 그 시험에 떨어지셨어요?] 예. 그 시험을 3년 떨어졌어요, 3년. 그래서 일제 때 학교는 내가 못 다녔어요, 해방 후에 댕기고. 2학년에 들어갔는데. 그 대신 인자 서당에는 다녔거든요, 서당에.

그래서 서당에가 한 십 리 길 되는 그 골짜기로 인자 서당을 다니면서, 일제 때 우리 국문은 거기서 인제 다 깨우쳤었어요, 우리 국문을. 우리 서당에 그 훈장선생이 그 인자 민족주의자였고, 인자 지금 생각허믄, 그렇게 이 쫌 국문을 배워야 헌다고 해가지고, 그 일본말은 몰라도 우리 국문은 내가 다 깨우쳤었거든요. 그래서 그때에 인자 그 학교라든가 이웃집에서든,

"아이 그래도, 김영승이 이 애를 갖다가 가르쳐야지."

그래도 되느냐고 우리 형님한테, 그때는 대두병에 막걸리 한 병하고 닭 한 마리만 갖다 주면 들어갈 수가 있었어요. 그래 그 이웃집에서 그렇게라도 가서 거기 넣어야 된다고, 이웃집 애들은 다 들어가고 이런데 나만 못 들어가고 이러니까, 그래서 우리 형님이 한 말을 지금도 기억해.

"그놈들 줄 그 닭고기나 술이 있으믄 내가 마시겠다."

이제 우리 형님이 그런 말씀을 한 것이 내가 기억이 나고. 근데 학교에서 시험을 칠 때는 다

"요시, 요시."

해거든. 인제 '요시'라는 것은 '됐다, 됐다.' 그 말 아니여, 일본말로, 잉. 그래서 틀림없이 됐다고 했는데, 요 프란카드에 나오는 것에 보믄 또 빠지고 – 빠지고 그랬어요, 유일하게.

그래가지고 8.15 해방 되아가지고 2학년으로 국민학교를 들어갔어요. 그

래 초등학교 들어가서 인제 내가 인자 학교를 다니면서 제일 잘하는 과목이 인자 국어지요, 국어, 잉. 국어하고 과학하고 그 다음에 사회생활, 잉. 이제 운동 이런 것은 이자 내가 언제라도 인제 그 백점 쓱을 맞고 그랬거든요.

음, 그래서 인자 국민학교에 들어가가지고 어- 6학년, 그렇게 학교 경력이라는 것은 만으로 내가 5년 밖에 안 다녔어요. 사실은 2학년으로 들어갔기 때문에, 6.25 나고, 6.25가 50년 아닙니까? 그래서 인자 그래 다니고, 그래서 인자 학교에서 어, 그래도 공부는 1, 2등을 하여튼 내가 했고.

인자- 그때는 우리 학교 다니면서 6학년 때 내가 뭘 했냐믄 동네에서 또 야학을 했어요, 야학. 그 동네에서는 인자 어렵다보니까 애들이 우리 국문하고 수학을 못 해요. 그래서 내가 그 수학하고 인자 국어를 잘하기 때문에 동네 그 사랑방에 흑판을 만들어 놓고, 어 공부, 일제 때 공부 못 하는 그런 애들을 저녁에 야학을 시켜가지고 국문하고 이 보태기, 빼기, 곱하기, 나누기 이거는 내가 시켰었어요. [조사자: 근데 그걸, 국문을 가르쳐도 크게 문제는 없으셨어요?] 해방 후니까. 어, 국민학교 다니면서.

[5] 누나가 빨치산의 부탁으로 인공기를 수 놨는데 서북청년단에 발각될까봐 땅 속에 묻다

그렇게 하면서 이제 저녁에는, 에 그때 인자 어 1948년도, 그때 인자 10월 19일에 여수 14연대 봉기가 일어났잖아요, 잉. 그때 이제 무장부대들이 영광에 인자 그 불갑산이 있거든요. 우리 집도 인자 불갑산 기슭이에요. 그래 거기에서 무장부대가 한 30여명이 무장부대가 있었거든요. 이제 밤이믄 내려오거든요, 밤이믄.

밤이믄 내려오믄 그럼 이제 빨치산하고 접촉이 되잖아요, 내려오믄. 그래서 그 빨치산들 그 대장하고도 많이, 접촉을 많이 했습니다. 접촉을 많이 하고. 그러고 인자 우리 누나가 나보다 세 살이 우에예요. 우리 누나가 인자 빨치산하고 접촉을 하다보니까 장차 이제 동생도 거기 따라서 하게 되고, 그래서 인자 그 대장이 꼭 내려오믄은 우리 집에서 밥을 해줘서 먹고 가고 그러거든요.

그래서 우리 누나가 뭘 잘 하냐면 이 서예를 잘해요, 그 수놓는 거. 수놓는 걸 잘 놓거든요. 그래서 그때 불갑산 빨치산 대장이 인공기, 인공기를 수를 하나 놔 달라 그래서 인공기를 붙이고 대니고, 요다가 붙이고 대니고 그랬거든, 빨치산들이. 그래서 인공기로 수를 하나 놔 달라 해가지고, 다음 오면 주기로 하고 그 인공기 수를 곱게 이만하게다 딱 수를 놨어요.

근데 이제 그때 인자 이 서북청년단이 조성 돼, 이놈들이 탄압이 엄청나게 심했거든요. 그래 인자 동네 들어오믄은 가택수색도 이뤄지고 이렇게 하기 때문에 이거 이 만약 발각만 되면은 그서 총살이니까. 그래서 이것을 어디다 인자 묻을 것인가 그래가지고 우리 헛간에 '지시락'이라고 이자 그 기워있거든. 고 속에다 집어넣는데, 그거도 안심이 안 돼. 그래서 남새밭이 이자 뭐 한 평정도 있는 그 땅을 파고 거기다 묻었었어요, 거기다가. 그래가지고 6.25를 나가지고 파보니까 없어요, 다 썩어버리고. 이게 그래서 인제 그런 예가 있었고.

[6] 이웃 마을 사람이 빨치산에게 밥해준 것을 경찰에 밀고하다

그 다음에는 인자 우리 그 고장에, 에- 빨치산들이 한번 올라갔다 내려왔다 보면은 그 이튿날 기동대들이 와가지고 인자 동네가 토화가 됩니다. 그래서리,

"누가 밥을 해줬냐?"

이렇게 해가지고 남녀노소 그 앞에 그 논바닥에다가 전-부 다 끌어내 놓고 엄청나게 투드러 패요. 투드러 패고 인제 젊은 사람들 있잖습니까. 젊은 사람들을 이제 모두 다 투드러 패가지고 달구지에다 실어가지고 지서 가서, 한

이틀이나 삼일쯤 됬다가 다시 풀어나오고, 잉.

이런 것이 빨치산이 한번 올라갔다 내려왔다가 하면은 그 놈들이 알고서 와서 하거든. 그러면 이게 정보를 누가 저기해 주냐? 그때 이자 우리 동네 밑에 강 건너 그 일대에 내촌이라는 부락이 있는데, 거기 강씨들이 많이 사는 데, 이 사람들이 일제 때부터 개들 앞잽이 노릇을 많이 했다 그 말이여. 그렁게 8.15 해방 후에도 역시 그들이 인자 그 앞잽이 노릇을 막 하다 보니까. 우리 동네 밑에가 인자 원성부락이라고 있는데 거기에서 뭐,

"빨치산들이 내려왔다."

이자 하면서 그 소를 해주니까 그 이튿날 경찰들, 기동대들이 나와가지고 소를 해서 그 엄청나니 피해를 많이 봤거든요. 그래서 내동 인자 그 알고서 이제, 빨치산들하고 전투를 어떻게 짜느냐 하면은, 빨치산들이 하는 말이,

"내려와가지고 이렇게 전투를 하라."

우리가 내려와가지고 인자 밥을 해서 멕이고 올라가잖아요. 올라가믄 그때 인자 그 신고를 가는 거여, 신고. 신고가 이제 한, 그 지서가 한 10리 되니까. 종일 내가 간다 그래도 빨치산이 내려왔다 그래도 그럼 밤에는 그 사람들이 못 오거든요. 날이 새야 오지, 이 경찰 기동대가 온다 하면은. 그럼 가서 가는 놈이,

"이자 빨치산이 내려왔다."

그 다음에 두 번째 가는 사람은,

"지금 밥을 해먹고 있다."

세 번째 간 사람은,

"다 싸 지고 올라갔다."

이렇게 해서 하니까, 인자 그때는

"아 신고 정확히 잘한다, 잉."

이렇게 해가지고 피해를 안 봤어요, 사실은. 이자 그렇게 하다 6.25 나부렀지만은, 사실은. 이제 그런 전법도 쓰고 그랬었고.

그 다음에 인자 두 번째는 뭐냐 하면은 우리 영광 불갑산하고 장성 태청산이라는 곳이 있어요, 장성 태청산. 이 통로에 밀재라는 곳이 있습니다, 밀재, 재가. 그게 빨치산 통로여, 왔다갔다 하는. 이제 그래서 불갑산에서 투쟁하다 여그서 불리하믄 태청산으로 갔다 태청산에서 불리하면은 또 불갑산으로 오고, 빨치산들이. 그래서 인자 그 밀재에다가, 높은 봉우리에다가 선치 출장소라는 것을 맨들어 놨어요, 통과점을. 그래가지고 경찰 기동대가 거그서 항시 주둔해 있었어, 밀재에.

그러니까 인자 다 빨치산 부대들이 그 능선을 안 타고 인제 우리 동네로 해가지고 내촌부락으로 해서 연안 그 월암리로 해서 인제 장안사로 가는 그 통로가 또 있거든요. 그러니까 우리 동네 다리건너에 내촌부락이 있어, 내촌. 그 내촌부락 뒷산이 동선처럼 돼 있어요. 거그다가 또 이자 삼학출장소를 또 하나 맨들었어요, 얘네들이. 에 우리 빨치산 통로를 막기 위해서. 그래가지고 인제 거기다가 경찰 기동대가 주둔해 있었고. 그래도 거그 기동대 있었어도 우리 부락에 내려와가지고, 인제 앞으로 들판으로 앞으로 이제 흘러가도 가지. 그래서 인자 우리 면에, 면이 여덟 개 리인데, 지서가 하나 있지, 출장소가 세 개, 네 군데가 있었어요. 예, 네 군데 출장소를 맨들어 놓고 그들이 인자 그런 행태가 있었고.

[조사자: 그런데 선생님 집에서 밥을 해주시고 했는데, 별 불이익을 받진 않으셨어요?] 아이 그건 이자 내중 얘기할라고, 우리 어머니가 막 투드러 맞은 그건 나머지에 해, 인자. [조사자: 예.]

[7] 해방 후 좌익청년단체의 영향을 받고 경찰 앞에서도 바른 말 하다

그리고 인자, 그 민간인들의 생활이라는 건 뭐이냐믄 일제 때, 일제 말기 그 생활이나 8.15 해방 뒤 생활이나 똑같아요, 민간인들 생활은, 생활 형편이라는 것은. 왜 똑같냐면은 그놈들이 그놈들 아닙니까, 전부다, 잉. 8.15 해방 돼가지고 일제 때 그거 한 놈들이 다 그대로 그 자리에서 지켜서 인자 우리 그 민간인들을 착취해 먹고 그랬으니까. 그렁게 이제 가장— 못된 것이 순경들하고 면서기들이거든요. 예? 해방 후에도 마찬가지여, 그놈들이 다.

그래서 인제 그런 관계 속에서 해방 후에도, 음— 48년도, 49년도까지 그 선자가 있고 공출이 있고 두 개가 있어요. 일제 때랑 똑같다니까. 그래서 인제 그렇게 해주고 면서기들이 인자 와서 인자 선자 같은 거 안 봐주믄 이게 또 와서 또 인자 뭐 압수해가고 말이지. 또 인자 그게 지금 같으면 가택수색해서 뺏어가기도 하고 그래 그렇고 했어, 그 8.15 해방 후도. 인자 그런 마당으로 쭉— 나가고 있었고.

한편으론 아까 말했던, 동네에서 이자 청년들이 인자 우리 운동에 다— 나섰으니까, 그 사람들 영향을 다 받고. 그래서 인자 그 야학 때면은 우리한테 인자 노래도 들려주고 그래요. 그래서 그때 인제 또 야학 속에서 노래 부르믄 뭐, 농민운동가니 적기가니 하는 것도 우리가 그 어렸을 때 그거 다 배운 거예요, 어— 6.25 전쟁 전에 그래 줬기 때문에.

그렇게 하고 있는 과정에 내가 인자 학교 6학년 때는 학교에서 인자 스트라이크도 있고요. 스트라이크도 내가 책임자였거든요, 학교에서. 선생들을 반대해서 이렇게 해가지고 스트라이크 하다가 내중 이제 걸려가지고 인자 교장선생한테 불려 가가지고 교장선생님이 빨갱이로 몰아서 지서에 고발헌다고 이렇게 하는 것까지 내가 봤고 그랬었거든요. 그럴 정도로 이제 내가 주로 그 학교에서도 주목받고 인자 뭐 학교에서도 지금 같으믄 왕초노릇하다시피 했었죠, 사실이, 어렸을 때니깐.

그리고 내가 인자 경찰들이 와서 고 탄압을 하고 이렇게 해도 그 사람들 앞에 가서 내가 어렸을 때도 말은 가서 바른 말을 꼭꼭 합니다, 내가. 따른 사람은 무서와서 경찰 앞에서 못 하는데, 지금 걔들이 들어와 가지고 지금 가택수색을 하고 한창 뭐 하고 있는데, 학교를 가야 되겄는데 시간이 넘어도 이자 학교를 못 가게 한다 그 말이여. 그러믄,

"학교를 왜 못 가게 하느냐?"

그 경찰한테 가서 얘기해가지고 학교 가기도 하고 이자 그러거든요. 그래서 내가 이자 학교 다닐 때는, 졸업할 때는 개근상 탔거든요. 한 번도 결석 않고, 이거 내 딸내미도 국민학교 다닐 때 6학년 개근상을 타고 그랬죠. 그래서 인제 큰– 냇물이 흘러가고 인제 그 여름이믄 홍수가 지믄 냇가를 건너서 또 산으로 삥–삥 돌고– 돌고 돌아가지고 학교 가고 그랬었어요. 그래서 학교는 충실하게 내가 많이 잘 다녔고.

그때는 인자 과외공부라는 게 없잖애요. 그 전부 다 호롱불이거든. 호롱불에다 엎뎌가지고 써서, 노트에다가 전부 다 쓰고 그랬지, 이 저 교과서 같은 것은 한 학급에 몇 권씩 안 나와요. 그렇게 전–부 흑판에 써 줘가지고 다 써서 가거든요. 그때 공부를 그렇게 했었지, 우리 어렸을 때. 그래서 그때 인자 그 6학년까지 쓴 인자 그 공부하고, 그 다음에 인자 시험 보면 성적표가 있잖아요, 잉. 노트를 한 권을 만들어요, 이걸 한 페이지는 수학, 그 다음에는 국어, 과학 뭐 이렇게 허듯이. 이제 그렇게 해서 우리 집에 있었는데, 전쟁 나고서 다 꼬실라서 거기 저 집을 다 태워버렸기 때문에 하나도 그걸 인자 건지질 못 했지마는, 그렇게 하고.

[8] 아버지가 빨치산을 도와서 경찰기동대 차를 전복시켰다는 누명을 쓰고 끌려가다

그 다음에 인자, 아까 얘기했던 49년도? 49년도 여름에 인자 어떤 것이 있었냐면은, 우리 인원들은 지금 생각하면 뭘 생각하냐면은 50년도에 6.25 전쟁이 일어났잖아요, 잉. 전쟁이 일어날 때. 그런데 49년도부터 우리 인원들은 전쟁 준비를, 죽창 훈련을 엄청나게 많이 시켰어요, 죽창 훈련을.

그 예가 뭐이냐 하믄 청년들은 한청이라는 청년단체를 만들어가지고 거기 들어가서 죽창훈련 시키고, 여자들은 17세부터 45세까지 전–부 끌어다가 학교에서도 소대 · 중대 · 대대 이렇게 편성해가지고 하루 두세 시간씩 죽창훈련을 시키고 그랬었어요. 그래서 우리 누나도 죽창훈련을 받으러 안 갈 수 없으니까 가고 그랬거든요.

그리고 인제 또 하나는 인자 49년도 여름인데, 여름인데 밀재 출장소에서 한 7, 8명이 광주에서 영광으로 내려오는 직행버스를 타고 우리 그 산상 부락이라는 데, 그 이제 분교가 있는데 거그서 이제 훈련을 시키기 때문에 시간이 딱 되면은 밀재에서 그 직행버스를 타고 밀재 순경이 7, 8명이 내려와서 훈련시키고 또 가고 그랬어요.

그래서 이 정보를 이제 빨치산한테 제공이 돼가지고 연암리에 인자 다리가 하나 있어요. 밀재 밑이가 연암립니다, 지금은 인자 고속도로가 나부렀지마는. 다리가 있는데 그 다리를 건너 오믄 이제 빨치산들이 거그서 매복을 했다가 그 버스를 전복을 시켰어요. 그래서 일곱 명 중에서 여섯 명 죽고 한 명이 거그서 살아나왔어요, 한 명이. 그러고 어린애 밴 여자가 거그서 하나가 죽었고, 민간인이. 그러니까 이제 버스는 이제 불타버리고. 그래서 인제 그때 내가 인자 국민학교 땐데 그 총을, 어깨를 맞아가지고 물고랑 쪽으로 해서 한 사람이 그 경찰 하나가 살아나온 것을 우리가 봤거든요, 그때.

그래서 인자 그때 당시 인자 오전에 때렸는데 오후에 한 서너, 너 댓 시 됐을 때 영광에 인제 기동대가 그때서야 나온 거여. 빨치산들이 다, 그렇게 속담에 인자 뭐 '사또 떠난 뒤에 나발 분다'는 격으로, 잉. 그래 그 그 사람들이 이제 현장에 와가지고 인자,

"빨치산 통로를 인자 찾아서 추격해 간다."

이렇게 했는데.

우리 아버지가 그때 당시 뭐를 했느냐면은 이 숫돌을 뚫었어요, 숫돌. 숫돌이라 하믄 이 낫 갈고 작두 가는 이 돌이 있어요. 이것도 산 속에서 금굴과 똑같애. 맥이 있거든요. 긍게 그거를 인자 그 이 저 이것보고 뭐라 하느냐? 이 창으로 뚫어가지고, 잉. 깨가지고 인자 그 마치로 인자 요렇게 조져서 자

루에 느면은 이제 지게에다 짊어지거나 달구지에다 실어가서 또 팔아가지고 이제 식량 사다가 먹고, 이렇게 해서 인자 가족들 멕여 살리고, 우리 아버지가 그런 그 일을 했었거든요.

그래 나는 인자 학교 갔다 오믄 인자 우리 아버지가 인자 여름 같은 경우 같으믄 인자 밥 같은 거, 여름 낮에 같으믄 집에서 해가지고 싸다가 대줘 불고. 또 그 연암리라는 주막집에 가가지고 그 술 한 병 받아오라 하면은 받아다가 인자 갖다 드리고, 인자 그렇게 하고 지냈는데.

그 49년도 그렇게 그 초가을 쪼끔 못 됐을 거여. 그때 인자 아까 말한 거 같이 다리에서 그 전복사고를 이자 해서 빨치산들이 전부 후퇴해 부렀는데, 이놈들이 인자 그 선치, 밀재 출장소 남원 기동대원들하고 영광 기동대원들하고 합동을 해가지고 불갑산으로 인자 추적해서 올라간다는 걸, 올라가는 과정에서 이자 굴이 발각된 거여. 우리 아버지가 그 숫돌을 뚫었던 굴을.

그렇게 우리 아버지가 그때만 하더라도 이자 총소리가 나고 그러믄 능선 하나만 넘으믄 우리 집으로 내려올 수가 있는데, 이놈의 영감님이 총소리가 나고 무섭고 그러니까 굴 안에서 못 나오고 혼자 웅크리고 앉아있었단 말요. 그렇게 이놈들이 인자 가다가 발견을 한 거여. 그래가지고 우리 아버지를 끌어다가 거그서 그냥 안 죽을 만치 죽도록 팬 거여.

"니가 인자 밀고를 한 거 아니냐?"

이렇게 해가지고. 그럼 우리 아버지는 영문도 없이 하여간 뚜드러 거그서 맞은 거이지. 그래가지고 거기서 우리 아버지를 인자 총살을 할라고 인자 수건으로 막 이거 총살을 할라고 하고 있는 그 찰나에 선치 출장소 주임이 그 광경을 본 거여. 그래,

"이 사람 누구냐?"

인제 경찰이 그니까 아 이래서 굴 안에 있는 사람 이거라고,

"한 번 벳겨 봐라."

그니까, 우리 아버지를 그 선치 출장소 주임이 알아요.

왜 아느냐? 선치 출장소를 지을 때 돌담, 잉. 담을 쌓고 인자 대 울타리 쌓고 호리가다 파갖고 돌 쌓고 거그다 집짓고 그렇게, 이렇게 완고하게 하거든요. 긍게 우리 아버지가 인자 돌담을 잘 쌓아요. 그러니까 인자 그 노력동원을 시기거든, 동네마다, 잉. 돌아다니면서 강제로 시기니까 그래서 가서 인자 그 돌담 쌓고 그랬어요. 우리 아버지가 그 숫돌 뚫는다는 것도 그 선치 주임이 알고 있어요. 그래 딱 보니까 아무개 영감이거든, 그러니까 이 영감은 그럴 사람 아니라고, 잉. 이렇게 딱 해서 그래서 살아났어요, 우리 아버지가.

[조사자: 천만다행이었네요.]

그래가지고 안 죽을 만치 뚜드러 맞아가지고 인자 띠업고 내려와가지고 그 주막집에 있다는 소식을 인자 저녁에사 내 들어서, 우리 형님이랑 가서 인자 당가에다 띠업고서 이자 우리 집에 모셔갔었지. 그래서 인자 그때만 해도 뭐 약이 있습니까? 뭐 어혈에는 좋다는 게 똥물 밖에 없거든요. 우리 때는 똥물, 똥물에 이 암모니아 성분이 있기 때문에. 잉. 그래서 원래는 인자 똥물에는 대나무 통을 넣어가지고 거그서 놓으면은 노-란 물이 나오거든요, 그 대나무에. 그걸 먹는 것이 진짠데, 그때는 인자 뚜드러 맞았다 허믄은 동네 그 촌에 소막 일하는 데가 똥통이라고 그러거든요. 거그는 뭐 물 붓고 그런 것이 아니기 때문에 휘- 젓어가지고 물 이렇게 그 떠서, 잉. 그거를 가지고 인자 두루 마시고 그러는 거여. 그렇게 해서 그 뚜드러 맞은 그 얼을 푼다는, 잉. 이제 그런 식으로 해서 몇 달 동안 앓기도 하고, 이제 그렇게 하여간 지냈고.

[9] 빨치산이었던 친구가 토벌대에 잡혔다가 도주하던 중 가족들 권유로 자수하다

그 다음에는 인자 49년도 가을에 또 어떤 사건이 있었냐면은, 우리 동네에 김○○이라는, 그때 19살 먹은 앤데, 우리 이웃집에 사는데, 그 친구가 인자 빨치산으로 입산을 했다 그 말이요. 입산을 했어요. 그런데 입산을 했는데, 그 아들을 잡아내래가지고 그 아버지, 어머니, 형님, 며느리, 그- 경찰 기동대들이 와가지고 그냥 그 동네 바닥에다가 이런 데다가, 깨 할씬 벳기고 얼마나 투드러 팬지 몰라요, 우리 동네사람들 보는 데서. 아들 잡아내라고 말이지.

이런 광경들을 우리가 인자 목격을 하고 인자 그랬었는데, 그때 당시 딱 보니까 광주 20연대라고 있어요. 11사단 인제 20연대 그 저, 누구냐? 저 최○○이냐 누구냐? 최 누구더라? 그 이제 사단장 헌 사람이 있어요, 내 이름 잊어버렸는데. 그 20연대가 광주에 주둔해 있었거든요. 그래서 인자 영광 불갑산 빨치산 토벌작전을 한다 해가지고 우리 면에 이제 연대 본부를 두고. 우리 동네 이런 데다가 이자 대대, 뭐 중대 이렇게 배치해가지고 그 사람들 밥 전-부 다 해줘야 돼. 지그들끼리 먹는 거 아니여. 동네에다 전부 다 분배를 한다 그 말이여. 그러면 인자

"닭 몇 마리 잡으라, 돼지 몇 마리 잡으라."

이렇게 그래 하믄 안 할 수가 없어, 그것은. 안 하믄 빨갱이로 몰아서 다 죽으니까. 그러니까 동네에서, 자기는 못 먹어도 어떻게 해서라도 그 사람들 멕여 줘야 돼. 멕여 줘야 된다 그 말이여. 인자 그런 광경 속에 이제 우리 동넨 있었고.

그때 인자 그 불갑산에 용천사라는 절이 있었는데 거기 있다가 기습을 당해가지고, 거기에서 인자 우리 동네 사는 사람이 세 사람이 입산을 했는데, 그 친구가 우리 동네로 인제 들어왔어, 우리 동네로. 그래 동네로 들어와가지고 우리 집 헛간 속에 들어왔었단 말이여. 우리는 몰랐지. 우리 집이 인제 산기슭에 가서 있응게, 헛간 속에. 그래 이 친구가 옷을 벗어버리고, 잉. 그 헛간 잿더미 속에 넣고, 칼빈 단도하고, 잉. 칼빈 단도, 수류탄, 잉. 이걸 갖다가 인자, 그땐 총은 없었고, 거그다 인자 재 속에다 툭 말아 넣었단 말이여.

그래 인자 새벽이 되니깐, 그 인자 내중에 알았는데, 새벽에 날 샐라고 하

니까 인자 동네가 우리가 인제 뒤에가 산이 쭉— 드려 있거든요, 이렇게 소쿠리 속처럼. 그랬는데 막 우리 동네다 대고 막 기관총 그냥 막 해가지고 막— 기어 대녔단 말여, 인자. 그 토벌대들이, 기동대들이 군대들하고. 그렇게 영문도 모르고 그냥 그래서 보다 이제 이불을 뒤집어쓰고 그냥 부엌 속으로도 들어가고 말이지. 총탄이 막 거그 휭휭 쏘대니까.

그래가지고 날이 새자마자 그냥 이제 군대들하고 경찰들이 들어닥쳐가지고 전부 나오라고 해요, 하여간.

"전부 다 나와."

긍게 영문도 없이 뭐 다 나갔지. 그냥 옷 입은 채로 말이지. 그래가지고 인자 그 뒷집에 고 홍○○라는 부잣집이 있어요. 그 마당이 좀 넓아요. 고리 저기 전부 다, 전—부 다 집결을 시키고 인자 가택수색을 다 한 거여, 가택수색을. 가택수색을 다 허다 보니까 우리 헛간에서 내가 말한 거 있잖아. 군복하고 수류탄하고 단도 칼이 나왔단 말이야, 우리 집 헛간에서. 그러니까 인자 우리 어머니 하고 우리 형님하고 우리 아버지가 거기서 하여간 똥물이 나올 때까지 두드러 맞은 거여. [조사자: 숨겨줬다고?]

"니그가 감쳐준 거 아니냐?"

그러니까 뭐 그때는 하여간 뭐 투드러 패고 안 죽었으니 다행이지. 그렇게 해서 엄-청나게 뚜드러 맞고 그러니까 이자 군대 놈들이, 그땐 이자 군대 놈들허고 경찰들하고 같이 있는데, 이 군대 놈들 거그서도 양심적인 놈 하나가,

"야, 그만 좀 뚜드러 패라야, 잉."

이렇게 해서 이자 쪼 안 맞고 인자 그 이상은 더 안 맞았는데, 그런 경우도 겪고 그랬는데. 그래가지고 인자 그 큰 부잣집 마당에다가 동네사람 다 모아놓고,

"가족별로 앉으라."

가족별로, 잉. 앉으라고 다 그렇게 했어요.

그래 거그를 딱 보니까 이○○이라는 그때 열아홉 살 친구가 눈에 딱 들어와. 그래가지고 이제 그냥 중구적삼이라고, 잉. 이거 입고, 구덕이라고 있어, 꼴 뜯는 구덕. 어, 구덕이라고 그러지. 저기 저 지푸라기로 엮어가지고, 잉. 그게 저기 또 민속촌에 가면 있지. 구덕이라고 해가지고, 잉. 꼴망태 하지, 지금. 낫하고, 잉. 이제 낫, 잉. 꼴뜯는 낫하고 이렇게 해가지고 그 마루에 딱 걸쳐서 앉아있더라고. 그래 내가 딱 보니까 대번 태가 나. 왜냐하면은 눈이 그냥 반짝반짝반짝- 하고, 잉. 빨치산 생활하느라 눈이 반짝하고 햇빛을 못 보니까 얼굴이 하얘, 그거 보니까. 그래서 이자 그래도 이제 아는 체를 할 수가 없지. 아는 체를 못 하고.

그래서 참- 연명헐라고 가족들이 딱 앉았는데, 그 친구가 어느 집이로 왔냐고 하믄 부잣집에 식구들하고 앉았어. 그 물으믄 인제 부잣집 머슴이라고 이렇게, 잉, 헐라고. 그래 자기 어머니 아버지도 인자 두 집 새에가 앉아있지, 지금. 어머니 아버지 또 하고. 그래가지고 인자 가족들끼리 전부 다 물어, 인자. 경찰이,

"이거 누구냐?"

"아버집니다. 어머닙니다."

해, 물으믄.

"형수님입니다. 동생입니다잉."

이렇게 서로 엇갈려가면서 다 물어요.

그렇게 쭉—쭉 오는데 홍○○ 집에 딱 들어왔어, 인자. 거기에는 인자 그 홍○○ 씨는 돌아가시고, 그 부인이 하나 있었고 그 다음에 인자 그 열세 살 먹은 국민학교 5학년생이 하나 있었어요, 그 집에. 그래가지고 인자 세 식구가 거기 앉아있었어. 그래,

"너는 뭐이냐?"

"이 집 머슴입니다."

그랬어, 인자. 내가 옆에서 들었거든요. 그렁게 경찰이 그 인자 여식한테 물었어. 그때 열세 살 먹었는데, 물으니까, 얘 머슴 맞냐고 물으니까 얘가

"아니요."

그랬단 말야. 그러니까 딱 멕동이를 그냥 들이치더라고. 이놈이 인자 그놈이라고. 그러자 인자 딴 사람들은 뭐 물을 필요도 없어, 그 하나를 잡았기 때문에. 그렇게 해가지고 인자 거 잡아서 가는 그런, 인자 그 마당을 초등학교 그때 인제 봤었고.

[조사자: 그럼 그냥 잡혀서 갔어요?] 예. 그래 그 인자 잡혀갔는데, 인제 그 뒤에 그 친구를 인자 앞세워가지고, 앞세워가지고 불갑산, 태청산을 인자 그 토벌해 갈때, 잉. 길 안내를 시키는 거여, 인자 이용으로, 잉. 그럼 그때 열아홉 살 이니까 그래서 이용을 하고 그러는데, 내중에는 인자 참여자로 묶어가지고, 수족을 채워가지고 다니다가 내중에 이자 어리고 그러니까 이제 수족을 풀으고, 잉. 이렇게 이자 밤이 되고 이런 마당에서 그냥 도주해버렸단 말이여, 인자. 탈옥을, 말하자믄 지금 같으믄, 도주를 했지.

그래 도주해가지고, 이제 도주한 후에 가족하고는 인자 연계가 닿았던 모양이라. 어디가 있다는 거잉. 긍게 우리는 모르지마는 그래가지고 그해 기동들이 나오기만 나왔다 하면은 그 집 어머니 아버질 그냥 박살내는 거야, 하여

간. 뚜드려 패고 말이지.

"잡어 내라."

그렇게 어머니 아버지, 형님, 형수님이 도저히 살래야 살 수가 없어. 그렇게 지금 같으믄 어디가 있는지를 모르면은 아무리 죽어도 못 찾을 거 아니요, 잉. 긍께 아니까 인제 연락이 됐겠지. 긍게 도저히 못 살고, 못 살게 연계되니깐 이자 자수를 시켰단 말이여, 인자. 그 어머니 아버지를 통해가지고. 그래가지고 이자 묘량 지서에 갔다가 그 다음에 영광 경찰서에 갔다가, 그 다음에 광주형무소로 넘어갔어. 그래가지고 인자 아들을 인자 빼낸다 해가지고 돈도 많이 쓰고 그랬는데, 그렇게 하다 6.25가 딱 나부렀거든요.

근데 이제 6.25 그때, 광주형무소에서 있는 사람들을 전-부 다 갖다가 다 죽였는데, 다 아주 학살해 버렸는데, 밀고했는 사람이 일부 산 사람이 있어요. 그 중에서 하나가 살았어, 그 친구가. 그래 인자 그래서 광주에서 살아나서는, 내가 이제 알기로는 우리 전남 도당 교육기관, 이- 박○○ 선생이라고 그분이 인자 거그서 이 살아나왔고. 그 다음에 이제 이 친구 살아나왔고. 내가 알기로는 그래.

박○○ 선생은 우리 전남 도당 조직부장 하다가 인자, 도 인민위원장 하다가, 5지구당 제 2 인력부장 하다가 그 다음에 5지구당이 해체되고 경상도 부위원장으로 갔다가, 덕유산에서 53년 12월 달에 이제, 그 5사단 토벌작전 때문에 끌려가가지고, 거기서 인제, 다 그걸 지금도 내가 알고 있거든요. 그 내가 인자 산에서도 보위하고 있던 분인데.

그래서 ○○이라는 그 친구가, 막 6.25 딱 되니까 동네에 한 번 왔었어요, 살아서. 그래서 인자 그때 만나서 회포를 풀고. 어디에 있었냐믄, 도 정치보위부에 있었다고 그럽디다. 또, 잉. 그래서 후퇴했는데, 이자 후퇴해서 올라갔는디 지금까지의 생사 분명은 모르고. 이자 그런 관계에 있고, 그 자손들은 지금 다- 죽었습니다, 이자 6.25때 다 죽고. 지금 살아있는 사람은 하나도 없어요. 그래서 인자 그런 사건이 하나 있었고.

[10] 체육선생님이 경찰과 술 먹고 다투다가 빨갱이로 몰려 죽다

그 다음에 두 번째 그 사건은 뭐이냐면은, 우리 묘량면에서 불갑으로 넘어가는 전촌재라고 있습니다. 전촌재란 재가 있는데, 빨치산들이 그 전촌재 너머 부락에 가서 밥을 해먹다가 거그서 인제 밀고헌 놈이 있어가지고 그 포위를 해가지고, 앞에는 인자 저수지란 말이여. 그러니까 전–부 다 저수지에 빠져가지고 다 죽었단 말이여, 이 어디를 육지에로 후퇴할 수가 없으니까. 그래서 그 시신이 떠올라가지고 있는 것을 우리가 인제 그 묘량면에 그 묘량 저수지기 때문에, 저수지 거그 가서 시체 떠올른 것도 우리가 보고 그랬거든요. 그래서 내가 인자 근래에 그 전촌재 부락을 갔다가 답사도 한번 갔었어요, 답사도. 그래서 그 사정 같은 거 인자 내가 글도 쓰고 그랬는데, 그래서 그적의 우리는 전촌재 그 사건이 인자 하나 있었고.

고 다음에 인자 우리 전쟁나기 전에 우리 학교에 그 체육선생이라고 있어요. 정○○ 선생이라고 있는데, 그것은 일제 때부텀 체육선생인데, 그 체육선생하고 인자 그 지서 순경들하고 같이 술 먹다가, 잉. 술 먹다 말다툼하고 싸우니까 이놈들이 그냥 뻘갱이라고 해가지고 쏴 죽여 버렸단 말이여, 선생을. 그래서 이 선생 시신을 어따 뒀냐면은 경찰 그 지서에, 도로 가 지선데, 도로 가에다가 놓고 가마때기로 덮어 놓고 누구도 그 시체를 찾아가지를 못했어요, 시체를. 우리 장허러 가믄 이자 다 알지. 그렇게 죽어버렸어요. 6.25 나고 인민군이 점령하면서사 비로소 그 시체를 거뒀었어요, 6.25 때. 그 전쟁 전에 그렇게 죽여가지고. 그래서 그때는 하여간 뻘갱이로 몬다 하면은 그냥 쏴부러도 아무 상관이 없어요, 그냥. 그때는 뻘갱이로만 몰믄은 그냥 쏴버리믄 그만이여.

이런 정도로 그냥, 그때 이자 또 서북청년단이라고 있잖아. 그 얼마나 악질인지 모릅니다. 북에서 내려온 그 놈들이, 지그 서북청년단 꾸려가지고 그 백골부대, 잉. 이렇게 해가지고 토벌대로 오면은 엄–청나게 두드러 패고 그냥 죽이고 막 그랬거든요. 그럴 정도로, 6.25 전에는 그렇게 우리 고장이 아주 살벌하고, 잉. 그런 환경 속에서 6.25가 이제 맞게 된 겁니다, 사실은, 잉. 인제 그런 관계들이 있고.

그러고 인자 그 군대들이나 경찰들이 주둔하면은 그 처녀들이라 하면은 보기만, 그 안 걸리믄 다행이지, 걸렸다 하면 그런 뭐 없어요. 처녀들을 인자 강간하고 하는 것 말이지, 이 여자들잉. 이런 거는 가는 곳마다 그 일이 다 있거든. 그런 것이 우리가 다 보고, 봤으니까 아는 거지만은. 그래서 이자 우리 누나도 그때 인제 처녀로 있응게 경찰들, 우리 집에 들어온 군대들 밥해주고 이렇게 했어도, 뒷골방에가 숨어가지고 있으고 그랬었어요, 우리 누나도. 인제 그런 전쟁 전에, 잉 인제 이런 것도 있고 그랬어.

[11] 6.25가 발발하자 입산한 사람과 수감된 사람들이 거의 다 학살당했다

그래가지고 인자 6.25 해방을 인자 맞게 되는데, 50년 7월이 23일이, 아니 5월 달에, 어 7월 달에 뭐 했었냐면은 영광에 상륙작전이 하나 있어요. 이거는 인자 그때는 도망가지도 않아갖고 그 후로는 지금 아무도 없어요. 거기에 이자 북쪽에서, 해주에서 37명의 인자 강동정치학원 출신들로써 유격부대를 조직해가지고 배를 타고 넘어오는데, 배가 고장나갖고 상해 가서 고친다고 저 한 달 동안 있었고. 그 다음에 인자 거그서 또 출발해가지고 공해상에서 또 배가 고장나가지고 한 달 동안 있다가 그래가지고 7월 10일 경에사, 영광 염산면이 그 바닷간데, 잉. 그리 상륙을 했어요, 상륙. 그러니까 이제 7월 달이기 때문에 그때 인자 그 6.25 전쟁이 지금 났지. 긍게 이 사람들이 지금 전쟁이 난지도 몰라, 지금. 모르고 있었어요. 상륙해서사 알았어. 내중에 알고 보니까.

그런데 우리가 그때 인자 7월 달 초만 해도 내가 그 중학교 다녔거든요.

중학교 다니고 그런 판인데, 광주 20연대가 그 염산으로 막- 들어가 보고, 그 다음에 거그서 인자 뭐 체포돼가지고는 영광 경찰서에 넘어온 것도 우리가 봤거든요. 어렸을 때 그때 다 관심 있게 보고 그랬는데. 그때 37명 중에서 거그서 인자 한 사람이 자결을 하고, 한 사람 죽고, 두 사람 죽고, 6.25까지 37명에서 두 사람 죽고 인자 그 했는데. 6.25 해방 되야가지고 지금 그 37명에서 살아있는 사람이 꼭 한 사람 있습니다, 할머니 하나, 지금. [조사자: 할머니요?] 예. 지금 할머니 꼭 하나 있어요, 다 죽고.

긍게 전라남도만 해도 일곱 명이 살았거든요. 6.25 합법 때. 산에서 올라와가지고 우리 저 같이 투쟁하고 그랬는데 또 다 죽고. 그 다음에 인자 그 김○○ 동지라고 그 중에가 인자 이현상 부대에 있다가 내중에 인자 이현상 부대가 마사지고 그러니깐 김제 부대로 해가지고 김제 부대장 하다가, 이제 체포돼가지고 징역살고, 20년 살고 나왔었다가 2년 전에 인자 대구에서 돌아가신 분이 있어요. 그러고 인자 우리 임○○ 누나라고, 내가 누나라고 그러는데, 지금 85센데, 에- 이 양반이 지금 저 상도동에서 지금 살고 있고, 혼자, 그래서 인자 그 내막 같은 것은 내가 인자 잘 알거든요. 내가 인제 그 글도 하나 그 써 놘 거 있어. 그래서 인제 그때 그런 사건들이 있었고.

[조사자: 그런데 그 37명이 사망하게 된 계기가 어떻게 된 거예요?] 37명? 그렁게 6.25 나가지고 인자 살았는데, 입산해가지고 다 죽었지. [조사자: 아, 입산해서.] 어. 다 죽고 지금 현재 살아남은 사람 하나 뿐이여, 내가 알기로는 지금. 그래서 인자 그때 형편 같은 것을 다 알지. [조사자: 그러면 인민군이 들어오고 나서 마을, 그 영광에도 다 인민군이 들어왔어요?] 그 인민군들은 7월 23일 날 들어왔어. 여그는 인자 7월 10일 경에 상륙을 했고 이 사람들은, 그렇게 떠나기는 5월 달에 떠났어요. 북에서 5월 달에 떠나가지고 7월 10일 경에 상륙했어. 그렇게 상륙한 후 10일 후에 영광이 해방된 거여. 그렇게 싸우지도 못 하고, 인자 고것은 인자 별도로 얘기할 거이고. 그래서 인자 그런 사건들이 있었고.

그래서 6.25가 딱 터지고 그러니까, 잉. 인자 우리 영광경찰서에 있던 저 수감자들이 많잖아요. 이걸 인자 영광경찰서에서 고창으로 넘어가는 분문재 마을이 있어요, 제. 여기다가 인제 다 학살 다 해부렀고. 전부 다 그래서 내가 인자 거그 갖다오고 다 그랬지마는, 그 증언도 듣고 다 그랬지마는. 그래서 거그에 우리 동네 사람 중에서 어 ㅇㅇ이라는 친구가 있는데 그 어머니가 그때 인자 그 70대 노인이 살아있었는데, 거기 아들이 죽은 시신 갖다가 인자 그 묻고 하는 것도 우리가 봤거든요, 6.25 나가지고. 그래서 지금 말하다시피 6.25 전쟁 전에는 우리 고장만큼, 따른 고장은 그렇게까지 심하지 않았는데, 내가 지금 알기로는, 우리 고장은 엄청나게 그게 심했었거든요.

그러고 전쟁 준비 하기 위해 죽창훈련을 대대적으로 시겼고. 그러고 인자 또 학도호국병이라고 있잖아, 호국군이라고, 잉. 이런 것도 훈련도 엄청나게 시켰고, 호국군. 그런 것이 우리 고장, 6.25 전쟁 전에 우리 고장의 현 실태고, 이승만 독재정권 속에서 하여간 그 민간인들의 항쟁들이 이렇게 많이 일어났다 하는 것을 우리 고장에서 인자 살필 수가 있고.

[12] 6.25 발발 직전, 담양기동대가 후퇴하는 인민군을 몰살하다

그 다음에 인자 6.25 해방이 딱 되는 날인데, 7월 23일 날 이제 우리는 인자 그, 긍게 22일 날이지? 22일 대전투가 인자 벌어진다는 걸 예상하고 고 밥을 전-부 다 일찍 먹고, 옷 입을 것을 허리다 싸고 하고 집에다 모두 대기하고 있었어요, 동네서 다 동네서. **[조사자: 어떻게 알고 계셨어요?]** 구전으로 돌아오니까. **[조사자: 말이 돌아요?]** 예. 이러게 돌아오니까 그리고 우리도 알게 됐지.

그래서 우리가, 우리 동네 앞에가 삼학 출장소가 있잖아. 거기에 이 22일 날 오후 되니까 우리 앞에 이 능선 있는데, 능선을 새-까맣게 가. 능선을 가는 그 군대들이. 그래 내중에 알아보니까 그게 담양 기동대여. 담양 기동대 경찰이, 기동대가 인자 영광으로 해서 함평으로 해서 목포 쪽으로 인자 빠지는, 후퇴를 하는 그런 과정에서 인민군대들이 다 저쪽으로 돌아버리니까 이쪽으로 빠지던 못 하겄고, 해가 져버리니까 우리 출장소에 멈추게 된 거여. 그래서 그 부대들이 우리 출장소로 다 들어간 거여. 그 기동대들이 있는 기동대원 합해가지고. 그래서 거기 그 그날 22일 전투에 우리 인민군대가 둘 죽었어요. 그 호리가대 작전에서.

[조사자: 무슨 작전이요?] 호리가대. [조사자: 호리가대?] 그렇게 이놈들이 인자 주둔한 지대를 호리가대라고 그러거든. 일본말로 호리가대라고 그러지. 그렇게 토목화점. 그렇게 지금 같으믄 그 방어진지, 예를 들어 말하자면 이 진지. 그거를 엄청나게 견고하게 해 놨거든. 긍게 그거이 뭐이냐면은, 가서 보면은 호리가대를 건너지 못 할 정도로 넓게 판단 말이여. 사람을 두 질이 넘게잉 호리가대를 파거든. 그 다음에 이자 그 안에다가 대 이만씩 헌 놈을 대울타리를 또 싸, 대울타리. 그럼 대울타리 안에 또 돌담을 한두 곳 싸. 그 안에가 인자 걔들이 있는 거야. 그러고 인자 포대가 있고, 포대는 인제 기관총 놓고, 잉. 인제 보초들 이 들랑날랑 뚫려있고. 그렇게 인자 아주 완고하게 그렇게 포대를 해놨어요. 밀재에도 그건 마찬가지고, 우리가 다 가봤지만은.

그래서 인자 그날 저녁에 인자 우리가 여기서 작전이 벌어지면 이제 어떻게 될 거니까 하고 그래서, 그날 저녁에 인자 한 여덟시 아홉시 되니까 조명탄이 날으고 인자 이렇게 해가지고 이제 막 지지고 볶으고 하니까 막 하늘이 막 환해, 그냥 이 조명탄에. 그래서 동네 있는 사람들이 그냥 실탄이 우리 동네로 삥삥삥– 날아가니깐 이게 뭐 그때만 해도 여기 실탄이 소리만 나면은 이거 나 맞히러 온 거 아니냐고 막 돌진하는 것이, 달음질 하고 인자 피할라고 하는 것이 우리 민간인들의 그 본성 아니여. 지금도 마찬가지지마는.

그래서 인자 불갑산으로 올라간 거여. 뒷산이 불갑산이니까, 동네 사람들이 다. 그러고 노인들은 못 올라가설랑은 내중에 내려와서 보니까 부엌 속으로 들어간 사람이 있고, 부엌, 잉. 들어간 사람 있고, 헛간에서 인자, 헛간에 가믄 똥무덤 아니여, 뒤엄이라고, 잉. 그 속에 들어간 사람도 있고, 아침에 보니까. 그래가지고 인자 죄 그 지랄했고. 그래 인자 다른 길로 해갖고 인자 발이 좀 빠른 사람은 산으로 올라가고.잉.

그래서 나도 인자 우리 형님하고 같이 그냥, 총소리가 하여간 삥삥– 소리가 안 들릴 때까지 밤에 그냥 쏘아서 올라간 거여. 그래 불갑산 인자 저– 꼭지까지 올라가서 날이 훤히 새서 딱 내려다보니까 인민군들이 쭉– 가는 행렬이, 그럴 때는 인자 기마부대들이지. 마부대, 잉. 거그다가 인제 포 전부 다 실었거든. 이 호마에다가, 말에다가, 지금처럼 자동차에다 가잖아요? 그때는 전부 다 호마, 말에, 호마에다가 이거 기관포 이런 것을 포신 다 싣고 대녔었어요. 이 걸어서, 잉. 그렇게 한 10리 길을 그냥 이렇게 뻗대 있더라고요.

그래서 인자 광주가 50년도 7월 23일 날 해방된 날이여, 7월 23일. 우리 고장 해방헌 그 부대가 광주로 올라간 거여, 서해안에서. 그래서 인민군 6사단이 인자 방호산 부대라고, 6사단이 인자 와서 해방시키고 그랬는데.

그래서 인자 아침에 내려와서 인자 딱, 해가 떠서 내려와서 딱 보니까 인자 모두 동네사람들을 다 인자 모으고 그러잖여. 그래서 인자 그 출장소를 한번 가봤어요. 내가 출장소를 가서 보니까 안에는 다 타버리고 로케트 폭탄 쏘아가지고, 잉. 다 타버리고, 밥을 애네들이 큰– 가마솥에잉, 가마솥이 둘인가 세 개가 있어요. 거그다 밥을 해놓고 어떤 것은 익었고 어떤 것은 안 익었드라고, 가서 보니까. 긍게 밥도 못 먹었지, 그 사람들이. 이제 거의 그대로 남아있는 상태를 보고, 고 다음에 인자 여기저기 시체가 널려있는 것 보고, 이런 걸 보고. 인자 인민군대들은 그 총도, 잉. 총도 그 기관총이나 이런 그 말하자면 연발총이, 이것만 인자 수거해서 가버리고 나머지 단발총 이런 총도 많이 있어, 그냥 칼빈총이. 그래서 그런 광경을 쭉– 보고.

그 인민군대가 인자 둘이 죽은 것은 포대 앞으로 인자 그 보초병이 앞으로 가서,

"손들고 나오라."

나오라고 인자 접근해 가서 인자 이놈들이 오는 놈을 그냥 쏴부렀단 말이여. 그래서 둘이 인민군들이 죽고 그러니까,

'이게 안 되겠다.'

해가지고 인자 작전을 한 거여. 그래가지고 작전을 했는데, 얘네들이 막 포탄이 막 로켓 포탄 쏘고 직사나니 던지니깐 견딜 수가 없잖어. 그렁게 이제 대울타리로 막 뚫고 나오는 이런 것도 인자 따발총으로 갈겨버리고 해서 죽게 하고 그러잖아요. 그래서 거그서 인자 살아나온 사람도 많이 있어, 경찰 기동대가. 이 죽은 사람도 많이 있지마는.

[13] 인민군 패잔병들이 도망 다니며 마을사람을 죽이다

그래서 인자 그때 인민군대들이 인자 다 올라가고 인자 자위대가 결성된 거여. 자위대, 우리 동네, 잉. 동네 청년들로 자위대를. 긍게 자위대 허는 사람들이 전부 다 남의 집 살고, 뭐 총 한번을 쏘지도 못 하는 이런 사람들이 자위대 들어가서 인자 구식도 들고, 칼빈도 들고, M1 총도 들고 했는데 총 쏠 줄을 알아야지, 뭐. 덮어놓고 격발만 좌우간 하믄 나가는 줄만 알지, 뭐 작전 해봤어 뭣을 해, 잉. 그래서 전부 다 완전 무장을 다 했어요. 우리 리는 거그서 그 주워가지고.

그래서 인자 내중에 패잔병들이 많이 인자 있었어요, 패잔병 걔들. 패잔병들이 그 동네 인자 냇가들이 흘러가는 데 아카시아 나무들이 많거든. 거그에 인자 묻혔다가 인자 내중에 나온단 말이여, 잉. 한 이틀 있으니까, 배가 고프니깐 나올 수밖에 없잖아요. 그래 거그서 인제 있는 사람들 허고, 인민군들하고 거그서 전투도 벌어지고 인자 체포해가서 죽기도 하고, 잉.

이렇게 했는데, 내중에는 인자 어떤 것이 있냐면은 이제 패잔병들이 불갑산이니 어디니 인자 은신해 있다가 밤이믄은 인제 먹어야 사니까 부락으로 나온단 말이여. 나와가지고 식량을 달라 해가지고, 잉. 그것만 가지 가믄 되

는데 사람을 죽이고 간다 그 말이여, 그 패잔병들이. 그래서 밤이면은 또 우리 집에 내려오지 않을까 굉장히 신경을 많이 쓰는 거예요. 그렇게 죽이고 가니깐, 패잔병들이. 그런 사태들이 그 있었고.

그러고 인자 우리 동네 온성리 부락이라는데, 거그 인제 뒷산에 떡 가보니까 거기는 인자 그 담양경찰서 앤데, 그 친구가 이제 다리 이렇게 맞어가지고, 배 이렇게 맞어가지고 거까지 기어왔었더라고. 그래가지고 인자 우리 그 온성리 부락민한테,

"내가 담양에 우리 집이 사는데,"

그때는 그 이 경찰 주머니에 뭐 있었냐믄 이승만이 돈 화폐가 다 주어져 있었어요, 풀어가지고. 이승만이 이제 다 걷었지만은, 그래서 이승만 화폐라 해가지고, 잉. 그렇게 한 사람당 다 5만원 10만원 씩은 가지고 있어.

"이 돈을 줄 터니까 나를 갖다가 이자 담양에 어디 사는데 그거 좀만 해 달라."

이제 그 세상에 인제 그 하다믄 그 가만 있겄어? 다 죽지. 그래서 그 할 수 없이 거그서 인자 그 사람도 그 목숨이 떨어져가지고 이제 죽는 걸 내가 봤고. 그러고 인자 이거이 왔다는 것은 그리, 인자 자위대에 인자 분주소에 인자 신고를 해야지. 안허믄 또 우리가 죽으니까, 잉. 그래서 신고하고 인자 그런 사태가 인자 우리 동네에서는 있었고.

그래서 인자 그 패잔병들이 인자 장암산이라던가 인자 불갑산 그 뒤쪽에 이렇게 나타나믄 낮에도 보여요, 가는 것이. 그러면 이 유격훈련을 쪼끔 받어본 사람 같으믄 추격하믄 잡을 수도 있지마는 총도 못 쏘는 사람이 여그서 총 쏴봐야 아무 소용없잖아요. 이자 그 사람들이 다 살아 내려가가지고 보복작전을 또 벌인 거여, 말하자면 보복작전을 우리가 후퇴할 때.

[14] 인민군 소년단장이 되어 당원 명단 작성, 당비수급, 연락담당 등을 맡다

그래서 지금 6.25 합법 되야가지고 여기서 인자 우리 면에서도 이제 면에 당원도 나오고 인민위원회도 나오고, 그 다음에 이자 분주소, 잉, 나오고. 인자 민청, 농맹, 여맹 그렇게 다 나왔거든요. 그래서 우리 누나가 인자 우리 면에, 면 여맹위원장도 하고 그랬는데, 그리고 우리 큰형님은 민청위원장 하고 우리 형수님은 또 리 여맹위원장 하고, 불갑산에서 다 죽었지마는.

그래가지고 인자 그렇게 해서 6.25 합법 되야가지고 인자, 나는 인자 그 6.25 전에 그 빨치산 대장한테, 나한테 인자 나, 내가 인자 그때 명색이 뭐이냐, 거기 나도 인자 나서서 싸우겠다고 그때 그래 얘기했거든. 그때 그러니까 그 대장이라는 사람이 뭐라 하냐믄은,

"너는 아직은 어리니까, 잉. 공부를 더 해가지고 나와도 된다."

이런 말을 한 것이 지금도 기억에 있거든. 그러고 공부나 열심히 하라고 인제 그런 얘기를 했고, 그러고 이 우리 누나 일하는데 내가 이 심부름 같은 거 많이 해줬고.

그래서 이 6.25 합법 딱 되니까 인자 우리 세상이 되니까, 그래서 인자 우리 동네에도 나가 인자, 나하고 동창들도 있고 나, 학년 높은 사람들도 있고 그러거든요. 긍게 그 중에서도 내가 인자 또 활동을 많이 했기 때문에 내가 인자 소년단장도 했고, 잉, 단장도 했고.

그러고 우리 리 인제 세포에서, 그 리에는 인자 세포가 있거든요, 당 세포가. 근데 인자 리 세포에서는 농민들이라 글을 못 쓰는 사람이 많애. 그래 나는 인자 국민학교 국어를 잘했기 때문에, 뭐 글 같은 거 인제 잘 쓰거든요. 그래서 인자 명단 같은 거 다 작성해주고, 리에서, 잉. 세포에 가서 다 작성해주고.

그러고 인자 그때는 인자 신입 당원이라고 당원들을 많이 받아들였거든요.

그래서 당비 같은 것도 원래 당원이 아니믄 받으러 못 대니는 거예요. 그런데 인자 나한테 시겼기 때문에 내가 인자 오리가방 하나 들고서 각 리 부락에 댕기면서 당비도 받으러 대녔어요, 6.25 합법 때.

[조사자: 그땐 당비가 얼마정도 돼요, 그때 화폐로?] 그때 당비가 뭐 몇 십 원인 것 같은데, 그리고 그때 저 쌀 한 되에 160원인가 했었어요, 내가 인제 기억하는 걸로, 쌀 한 되에. 그래서 당비도 받으러 대니고 인자.

이렇게 하다가 인제 리 세포에서 이제 면당으로 내가 연락사업을 많이 했었어요. 한 10리 되는데, 인자 산 넘고, 잉 그래서 연락사업을 하는데 인자 만약 발각되면 어떡하나 인자 뭐 그런 교양도 받고, 잉. [조사자: 어떻게 해야 되는 거예요, 발각 되면?] 그렇게 인자 발각이 된다라믄 그거 이 네모 이래가지고 이제 이, 사각으로 접거든요. 딱 접고는 고놈 인자 씹어가지고 삼키던가, 그렇지 않으면은, 여름이니까, 잉. 이파리, 이파리 해서 싸. 요만한 걸이 딱 싸가지고 딱 하믄, 숲 속에다 던지믄 모르잖아요, 이파리니까, 잉. 이제 그런 식으로 한다던가, 잉. 이 이런 거를 인자 배우거든요. 그러니까 걸리지는 않았지마는, 그걸 상시적으로 그런 걸 가르쳐 줘요. 그래서 이 내가 후퇴 때까지 그런 사업을 계속 했었어요.

그러고 인자 우리 면에서 인자 소년궐기대회도 인제 많이 갖고, 내가, 민청 지도 밑에서 그 궐기대회도 갖고, 그러고 인자 우리 동네에서 애들말이지, 리 애들 모아가지고 또 인자 노래 보급도 내가 많이 시키고, 김장군 노래니 뭐이 이런 노래 보급도 내가 많이 시기고, 실습 가기 전에 그래 시기고, 그 다음에는 인자 내 훈련도 또 많이 시켰어요, 훈련.

[조사자: 어떤 훈련을요?] 훈련 뭐이냐면은 인자 인민군대, 빨치산, 국군 이 세 개 부대로 나눠가지고, 나눠가지고 고지 점령 하는 거, 잉. 그래가지고 인자 그때는 인자 그 목총 이렇게 만들어가지고, 이거는 인민군대다 이거는 인자 빨치산이다 해서, 잉. 이렇게 해가지고 인자 요거 고지 점령하고, 잉. 이런 것도 인자 군사훈련이라고 시키고 그랬거든, 내가. 누가 시기란 말 안

했는디 내가 그런 짓을 많이 했었어요, 그걸 좋아하기 때문에. 그런 것도 시기고 이렇게 하다가 인자 후퇴가 인자 되는데,

[15] 6.25 발발과 동시에 입산한 죄로 수감되었던 사람들이 모두 죽다

그래 우리 면에서 인자 6.25 때 빨치산으로 입산해가지고 다섯 명이 감옥에 가서 다 죽었어요, 다섯 명이. 그 이름도 내가 알고 인자 그러는데, 거기 다 대구 감옥에 가서 다 죽었거든. 감옥에 있는 사람 다 학살했잖아요.

[조사자: 다, 그래요?] 감옥에 들어가 있는 사람, 6.25 전쟁 나가지고 한 사람도 살아남지, 다 학살했거든요, 전국 마다. 아 그렇게 대전 같은 사적 그런, 7 · 8백 명을 그거 다 학살한 거 아니여. 그러고 저 공주 같은 데, 창동이라고 거기 6백 명을 학살을 시기고. 어- 전주 같은 데도 황방산이라고 거기서 1600명을 학살을 시기고, 저 경산 코발트 광산 3500명 거그 학살 시긴 거 다 있잖여. 응?

그렇게 인자 공주 같은 데는 거, 저기 백마강, 잉. 여그다 인자 수장시키고. 목포 같은 덴 목포 앞바다에 다 수장시켜버렸거든요. 인제 그런 것은 역사적으로 다 나와 있어, 그런 거 말하자면. 그렇게 그러고 인자 동네 그 경찰서나 이런 데는 인자 뒷산이나 어디 가서 거그서 다 학살한 장소 다 있으니까.

[16] 9.28 후퇴 때 우익 반동들을 숙청하다

그렇게 해가지고 인자 6.25 합법을 지나고 있는데, 이제는 내무서가 인제 들어섰기 때문에 전부 다 잡으믄 내무서로 다 보내거든요, 내무서로. 그렇게 내무소 이제 보내고 해서, 요 6.25 합법 때는 사람 죽이고 그런 거 하나도 없었어요, 합법 때는.

이제 그러다가 인자 9.28 후퇴 때가 됐잖아요, 9.28 후퇴. 9.28 후퇴가 떡 되니까 이자 그때는 반동들이 여기저기서 나타나는 거여, 여기저기서. 그런 것을 많이 체험하거든요. 후퇴가 딱 돼가지고 우리 주막집이, 주막집에가 거기 자위대 본부가 딱 있었는데, 이 고 광주에서 영광으로 가는 직행 도로거든. 그렇게 특-히 또 기독교 신자들, 집사들이라든가 목사들이라든가 뭐 전도사나, 잉. 이런 사람들이 전부 다 간첩 행위를 많이 했어요. 잡고 보믄 거의 나타나는데.

그러고 인자 저녁이면은 라이타 불로 하거든, 사람이 하여튼 라이타 불로 하면은 비행기가 와서 거그서 폭격해부리고 막 그러거든요. 라이타가 신호가 돼서. 그러고 그때는 인제 만년필이나 이런 데 폭탄이 또 장치가 돼. 그렇게 도로에 가서 라이타 있다고 줍는다거나 그런 만년필 있다고 줍는다는 건, 터져버리믄은 손목에 짤라진다던가 이렇게 하고 그래요. 그래 그런 경우들이 있고, 터트려가지곤 이놈들이. 뭐 이런 것들 인자 보기도 했고. 긍게 우리 있는 디도 인자 그 폭격에, 한번 폭격했다 하믄 인자 뭐 저 우물처럼 파져버리잖아요. 이래갖고 큰- 연못처럼 말이지, 폭격해부리믄.

이제 그런 것들 직접적으로 인제 보고 인자 그렇게 하다가, 6.25 합법 때 그리 지내다가 인자 9.28 후퇴를 떡 맞이했는데, 9.28 후퇴 돼가지고서 인자 어떤 것들이 있냐믄 반동숙청을 좀 많이 했어요, 반동. 반동이야 알죠, 잉? 우익 진영 고 못된 놈들, 잉. 이제 우리네들도 숙청을 많이 해.

그래 전라남도 같은 데 제일 숙청을 한 데는 영암이거든. 그래서 인자 너무 많이 숙청했다가 저 도당에서 인자 그 책벌까지 받고 그랬는데, 고 군단장이. 그렇게 인자 고 반동숙청이 많은 디는 적아 간에 이 감정 골이 엄청 쌓여가지고 굉-장히 심한 곳이여. 골이 많은 곳. [조사자: 그 영암이 심했다구요?] 어, 영암이. 근데 우리 영광도 반동숙청을 많이 했어요, 영광도.

어- 그렇게 일제 때부터서, 8.15 일제 때 앞잡이 놈들이 8.15 해방 후에 또 앞잡이 노릇 안 합니까. 그때 그 사람들이 피해를 많이 보게 해서, 우리 세상 오니까 또 가만히 있을 수가 없잖아요. 그래서 인자 그 사람들 데려다가 인자 그 숙청은 않고 인자 감옥에다만 넣어 놓고 이랬어.

그래 9.28 후퇴가 되니까, 9.28 후퇴가 되니까 인자 그 우리가 인제 그 반동들도 인자 숙청을 많이 했거든요. 그래서 인자 영광 그 묘량 출장소라고 고 호리가대 안에서 반동숙청을 거그서 많이 좀 했어요. [조사자: 후퇴하면서?] 예. 후퇴하면서 인자 고 지방에 이제 산상유격대가 있잖아요. 지방에 자위대가, 유격대가 있거든요. 그 사람들이 그렇게 인자 그 숙청을 많이 했지마는,

사실 그 그래서 인제 전쟁은 일어나선 안 된다는 거여. 왜냐믄 죽을 사람은 죽이고 살 사람은 살리야 되는데, 이때는 법이 무법천지고 또 인자 반동도 보복전이 되니까 보복적으로 있거든요. 그러다 보니까 안 죽을 사람이 죽기도 하고, 잉. 죽을 사람이 살아나기도 하고, 잉. 그래서 인자 그 전쟁이라는 것은 비참하다고 그리 말하거든. 그렇잖아요? 그래서 인자 그런 것들이 있고.

[17] 3.7제로 현물세를 매겨 공출하다

고 다음에 인자 우리가 그 합법 되야가지고 이제,

"현물 써라."

해가지고, 이제 와서 인자 현물을 할 때에, 쌀을 또 개수를 시고 그랬잖아요. 긍게 이것이 인자 지금 같으면은 그게 아주 과학적이에요. 일제 때는 공출 오믄,

"여그 몇 섬 내라. 몇 섬 내라."

딱 때려버려. 그러믄은 먹을 것이 없어져 버려요. 그렇게 그거를 피하기 위해서 이제 우린 과학적인 게 필요하지. 보통 인자 잘 허는 디 있고, 나쁜 디 있고, 중간치 있잖아요. 그럼 중간치 가서 이 나락 몇 개를 딱 시면은 평

균이 나오거든. 그놈으로 때려가지고 현물세를 매기거든요. 그렇게 이거는 과학적이고 더, 농민에게 더 이익이 되는 거예요.

[조사자: 그럼 그 현물세는 몇 퍼센트나 받게 되는 거예요?] 응? [조사자: 그니까 현물세는 몇 퍼센트 내게 되는 거예요?] 3.7제라 해가지고, 3.7제, 잉. [조사자: 3.7제?] 예. 70프로는 갖고 30프로만 주거든요, 현물세, 잉. 그렇게 해서 인제 그게 아주 과학적이고 실제적인데, 이 녀석들은 인자, 에- 우익 진영에서는 이걸

"나락 모이까지 다 시어서 한다."

해가지고 악선전하고 이렇게 한 거요. 그렇게 농민들도 모르니까 사실 인제 그래서 이런 것도 충분히 오해와 리해를 설득시킨 후에 했으믄 좋은데, 그때는 전쟁 시기가 되기 때문에 리해와 설득시킬 그런 시간적인 여유가 없잖아요.

그러고 또 그때 나와 있는 사람들이 세상이 인자 이렇게도 되니까 그냥 억울해서 나와서 운동하고 인자 하는 사람들이지. 어떤 이론을 공부하고 어떤, 실천적으로 행동하고 그런 이성적으로 행동할 수 있는 그런 자격을 갖춘 사람이 극히 드물었거든. 이게 그러다보니까 북쪽의 어떤 정책이 나빠서가 아니라, 그 정책을 올바로 일선에서 주입시기고 하는 사람들이 잘해야 하는데, 그런 신념 없고 수준이 낮다보니까 그런 그, 말하자믄 불협화음이 이렇게 해서 농민들이라던가 일반민들에게는,

"좀 좋지 않다."

인자,

"인공시절에는 나락 모까지 시었다."

이렇게 악선전이 나오고 다 그런 거여.

그러나 실제로 따지믄 그게 정확한 거여, 사실은. 일제 때 그걸 공출매기는 것을 우리가 인자 반대를 해가지고 그 대체 안으로써 나온 것이기 때문에. 인자 그런 것이 지금, 지금에도 인자 책자에 안 나오지만, 그 전에는 인자

이 반동들 책 같은 거 쓰믄 6.25 때 나락 모까지 털고 했다고 그 엄-청나게 선전 많이 하고 그래요. 귀가 닳도록 다 들었거든요, 사실은. 그래 농민들도 이제 그 저녁에 내려가믄 그 얘기를 해요. 그래도 이해 설득 시켜주믄,

아, 그런가?"

하고 이해하는 사람도 있고, 모르는 사람도 있고 그래요.

사실은 이제 이것이 하나의 문제점이 됐지. 그래서 인자, 뭐 북이 나쁘다, 정책이 나쁘다 이거이 아니고, 정책은 좋은 건데 그 실천하는 사람들이 문제거든요. 실천하는 사람들 의식수준이라던가 실천 활동이. 긍게 어느 단체나 또 마찬가지여, 오늘날이나 다. 인자 이런 것들은 내가 절실히 느껴졌고.

[18] 9.28 후퇴 때 유엔군의 횡포를 피해 입산하다

그래가지고 인자 9.28 후퇴를 해서 인제 우리 가족도 정산 태청산으로 다 입산을 했었어요. [조사자: 가족이 전부 다요?] 예, 전부 다. 입산을 다 시켰죠. 왜냐믄은 그때 인자 유엔군들이 쳐들어올 때, 기본이 뭐냐 하믄은 살인, 강간, 약탈, 방화야. 네 가지가 기본이여. 이 가는 곳마다 이거는. 그리고 이승만이가 일주일 동안 자유를 줬어요, 일주일 동안. 일주일 동안은 사람을 죽이든 말든 맘대로 하라는, 잉. 자유를 준 거여. 그러니까 그때 마음대로 해도 법에 걸리지 않아.

그런데 그 후에 넘어가지고 살인 위반죄로 들어온 사람들이 있어, 살인 위반죄. 그 군대들도, 잉. 살인 위반죄로 감옥에 또 살다 와, 살인 위반죄로 들어온 사람들. 왜 살인 위반죄냐? 일정한 기간 그 기간만 하는데, 그 후에도 계속 죽였거든. 그러니 이거는 나쁘니까 살인죄가 돼. 15년, 군법에서 이, 15년 받고, 10년 받고 들어온 사람도 내가 감옥에서 봤거든요. 그래서 내중에 살인위반죄로 들어온 거여. 그러니까 세상이 참 어떤 세상이라는 걸 알 수가 있잖아요.

인자 그런 것을 우리가 보고 느끼고 그랬는데, 그래서 이놈들이 들어올 때, 우리 영광이라던가 고창만 해도, 고창에서도 5백 명 집단학살을 했어요. 이거 인자 과거사에 조사 나오지마는, 여기에서 우리 국민학교 선생이, 여선생이 하나, 조○○라는 여선생이 하나 거그서 살아나왔거든요, 우리 음악선생인데. 그러고 그 오빠는 인자 우리 교감도 하고 그랬는데, 둘 살아가지고 산에 있다가 산에서 다 전사했지마는, 그래서 그 집단학살 속에서 살아나오고 그랬어. 그래서 그 살았으니까 산에서 그렇게 막 죽고 그러고.

그러고 인제 우리 동네에 있는 상황만 해도, 강씨들 집안 있는데 강○○이라는 이런 사람이 그 경찰을 하다가 숨어서, 그 불갑면에는 강씨들 집안이 많았는데, 거그서 어디서 묻혀가지고 있다 나왔는데, 어디가 묻혔나 알 수가 있어야지. 민간인 정보가 제공 안 되면 절대로 찾지를 못 하고, 못 찾습니다. 근데 거그서 살아나왔거든요. 살아서 보니까 자기 가족들 우리한테 다 죽었잖아요. 그러니까 와가지고 그냥 뭐, 보복으로 말이지 엄청나게 사람들 많이 죽였어요, 우리 고장에서. 그래서 사람이 많이 죽은 거여, 우리 고장에. 그래 지금 인자 과거사위원회 제기도 못 하지, 다 죽어버려서 집 사람이 없으니까. 제기도 못 하는 거여. 그런 것이 엄청 많애요, 지방에 가서 보면은. 그래서 인자 그런 보복살인들이 많이 있고.

그러고 인자 우리가 인자 태청산에 입산했는데, 내중에 인자 태청산에서 도제 있을 수가 없어. 왜냐믄은 걔들이 인자 딱 유엔군이 들어와가지고 인자 점점 좁혀들어 오니까. 그 소심한 사람들은 가만히 이렇게 어디 능선에 버틸 수가 없어요. 이자 그래서 인자 불갑산으로 인자 우리가 이동을 하게 돼, 50년도에 12월경에, 12월 초에. 이동을 하는데 그 피난민들이 인자 많이 있잖아요. 그래 피난민들을 우리가 이자 어떻게 달고 다닐 수가 없잖아요, 산에서. 우리도 싸워야 되니까. 그래서 인자 우리가 몇 가서는 선전을 했어요.

"다 내려가라. 인자 내려가서 살 수 있는 자는 밖에서 살아야지. 산에 있으믄 다 죽으니까 다 내려가라."

몇 번 이렇게, 그래도 그 능선에서 안 내려간 사람은 우리하고 같이 싸우게 된 거여, 내려간 사람 다 내려가고. 그래서 안 내려간 사람들 누구냐? 우리 유가족들이여. 유가족들은 들어가면 다 죽으니까. 긍게 유가족들은 많이 남았거든요. 그 유가족들은 산에서 다 죽었지마는, 그래서 산에서 그 피난민하고 올라가가지고 끝까지 우리하고 같이 싸운 사람을 우리가 인자 투쟁인민이라고 그 이름 명칭을 그렇게 붙여, 투쟁인민이라고, 잉. 긍게 그런 명칭을 붙이고 그랬는데.

그래가지고 인자 태청산에서 올 때 우리 가족도 인자 태청산에서 입산했다가 내려 보냈어요. 긍게 우리 누나하고, 나하고, 우리 형수님하고, 인자 우리 두째 형은 인민군 부대 저 나왔기 때문에 인자 형만 문제고. 우리 형님도 인제 입산허고 그래가지고 인자 입산을 했거든요. 그래서 다 내려 보냈어요. 내려 보내가지고 인자 우리가 불갑산으로 와서, 불갑산 왔는데 그때도 인자 우리 면당에서는 나보고 내려가가지고 학교 다니라고 나보고 그랬었어요. [조사자: 어리다고?] 어.

"학교 가, 학생이니까 너는."

그래서 내가,

"나는 뭐 안 내려가겠다. 죽어도 같이 살고, 살어도 같이 살겠다."

그래 안 내려가고 반대하고 불갑산까지 왔거든요.

[19] 입산해서 털미신 삼아 신으며 생활하다

그래 불갑산까지 한 백여 명이 오는데 다 중간에서 낙오 돼 떨어지고 한 40-50명이 왔더라고요. 그래 나는 제-일 선두에서 왔어, 하여간. 그렇게 이자 올 때 인자 우리 동네 앞으로 오니까, 우리 집에도 불이 켜진 것도 다 보고 그랬거든요.

그래서 인자 오고 그랬는데, 그때 인제 내가 옷이 인제 뭘 입었느냐면은 중학교 다닐 때 그 단소매, 이거 하나하고 이거 한 껍데기, 이거 입고 있었거든요, 중학생 모자 쓰고. 그 겨울에도, 겨울에도 옷이 없으니까. 그러고 인제 신이라는 것은 그때만 해도 인제 지하족을 신어야는디 그걸 뺏어야 신지, 없잖아요. 그래서 촌에서 살았기 때문에 털미신은 잘 삼았거든요, 털미신. 그럼 짚더미 하나 짊어지고, 인자 산에 산 다음에, 그래가지고 거그서 삼아가지고 하나는 후면에 차고, 차고 또 이렇게 짚신, 그래서 인자 그런 것도 신고 대니면은, 물 있는 데 가면 물이 이거 양말이고 다 젖지 않습니까. 눈밭에 인자 내내야, 잉.

그러고 인자 내가 인자 그 촌에 있을 때도 이 뭘 잘하냐믄 신 꼬매기를 잘했어요. 신이 없다보니까, 내가 사실 고 입산할 때까지 운동화 한 켤레 내가 사서 못 신어봤어요, 운동화. 고무신 한 켤레도 제대로 새 것을 못 사 신었고, 중학교 들어갈 때 고무신 한 켤레 우리 아버지가 사줘서 그거만 신은 거밖에 없어요. 그 대신 인자 바닥만 있으면은 무명베를 달아가지고 꼬매서, 잉. 저 지하족처럼 운동화처럼 해가지고 고런 거는 이제 잘 하거든요. 그걸 그렇게 해서 꼬매 신고 내가 그랬거든. 산에 올라가서도 내가 그게 또 아주 좋더라고요. [조사자: 바늘로 꿰매요?] 응? [조사자: 신발을 바늘로 꿰매요?] 응. 바늘로 고거 저, 바늘로 꼬매거든. 그거 저기 신발 꼬매는 거 있잖아요, 그걸로 해가지고. 긍게 틈만 있으면은 무명베를 이렇게 대가지고, 잉. 운동화처럼 이렇게 만들어서 꼬매 신어요.

그러고 여기 눈이 안 들어가게, 산에서는 이걸 많이, 그거 신이 없으니까. 그러고 인자 그래서 불갑산에 인자 오는데, 왜 내가 인자 그 불갑산에, 앞에 선두에서 서냐 하면은,

"야, 너."

내가 뒤에서 쳐지고 그러면은 또 간부들이,

"야, 내려가라고 할 때 내려 갔으믄 됐지. 이걸 계속 고생만 하고 못 내려가냐?"

이런 말 안 들을라고, 이런 말 안 들을라고 용기내가지고 그냥 그 선발대들하고 같이 언제든지 먼저 가 보고 그랬거든요.

[20] 입산 중에 마을에 내려가서 남은 가족들의 입산을 권유하다

그래가지고 인자 불갑산에 떡 들어왔는데, 어— 불갑산에 들어와가지고 이제 우리 집을, 동네를 내려갈 때, 두 번을 내려갔어요, 우리 누나하고 나하고. 내려가가지고 또 입산을 시켰거든요, 우리 아버지랑 다.

왜 입산을 시켰냐 하믄, 그때는 제2 국민병이 제도가 있었어, 제2국민병이래가지고. 그 제2국민병은 나이 관계로 가는 거 없거든요. 이거 채 가믄 제2국민병들, 채병대가 그 해가지고 그 추울 때 그냥 다 띠어먹고 해서, 제2국민병들 뭐 하여튼 얼어 죽어도 많—이 죽었거든요. 그래 그 놔두면은, 집에 놔두면은 제2국민병 또 들어갈까봐, 잉. 그래서 그걸 염려해서 인자 동네 가서,

"입산을 하라. 쪼끔만 더 있으면 인자 우리가 영광해방작전 우리가 계획하고 있고."

우리가, 잉. 그렇게 그 선전을 했지.

그래가지고 인자 그 집에 내려가서 보니까 우리 어머니가 인자 이웃집에, 그 부잣집에 거그 가서, 그때는 무명 인자 그게 틀이 있잖아요, 잉. 이거 자시거든. 일하고 있더라고. 그래 인자 우리 동네 할머니들이 한 방에 있어. 그래 가서 보니까,

"아—이고, 니가 어떻게 해서 여기 왔느냐?"

인자 나보고 그래요, 인자 모다. 그래서 여기 가서, 그래서 인자 거그 가서 한 바탕 선전사업을 했지.

"이 얼마 안 있으면 영광이 또 해방된다, 잉. 그렇게 그 순간만 또 참으면 된다, 잉. 그래서 인자 놈들이 어떻게 하고 어떻게 나올 테니까 우리가 피하

기 위해서 입산을 해야된다, 잉."

이런 말을 딱 하고 인자 어머니 모시고 왔었어요. 그래가지고,

"멫 일 날 내가 올 터니까 그때 닥 준비해가지고 있어라."

이렇게 하고서 인자 산에 올라가고 그랬는데. 우리 아버지가 나보고 인자 딱 틀어 잡드라고.

"너 가부간에 또 죽어버리믄 어떡허냐?"고.

말이지.

"야, 아무개도 지금 학교 다니고 그러니까, 잉. 너도 여깄으면 괜찮으니까 올라가지 말라."고.

그래서,

"아버지 그런 말씀 하시지 말라."고.

"이렇게 곧 지금 해방되니까 염려 말고, 그게 막 침공 되고 몇 일 날 올 테니까 그때 하여간 대라"고.

그래가지고는 이 날짜 딱 박아가지고 저녁에 이제 집에 왔어. 집에 와서 딱 보니까는 집이 텅 비어있어. 그래서 인자,

'이상하다.'

하고, 이웃집에 가서 인제 할머니집하고 내 옆에 친구 집이 또 하나 있어, 내 동창생 집. 그 집에 가서 장○○이라고, 나보다 한 살 더 먹었는데, 이 친구는 이제 2년 전에 암으로 돌아가서 죽었지마는, 그래 인자 그 형님들은 다 입산해가지고 다 죽었어요. 그래서 이 친구보고 내가 올라가자고 그랬거든요. 그러니까,

"어머니 아버지가 허락하믄 올라가고 글안으믄 못 올라간다."고.

나보고 그러더라고. 그래서,

"야 이 자식아, 니가 올라오는 건 니가 결단내서 올라간다 만다 하지, 어머니한테 뭐 허락받고 그런 식으로 하냐?"고.

안 올라갈 테면 말라고 내가 책 주고 올라왔거든요. 내중 내려오니까 이제

그 얘기도 하라고, 인자 감옥에서 나와서 한번 만났는데.

그래서 이웃집 사람은 인자 데리고서 인자, 불갑산 인자 우리 아지트 있는 그 근방 넘어오는데 거그서 우리 어머니 아버지, 이웃집 할머니하고 만났어요. 그렇게 미리 올라온 거여. 이제 이불 짐 짊어지고. 우리 어머니 아버지하고, 우리 동생들하고, 그 이웃집 할아버지 할머니하고, 또 손자들하고, 잉. 두 집 식구가. 우리는 인자 한 집 식구만 인자 입산해가지고 올라왔는데. 그래서 인자 불갑산 그, 그 해보면이에요.

원래 인자 불갑산이 영광 불갑산인데, 원골은 불갑골이고, 그 다음에 우리가 투쟁할 수 있는 곳은 용천사 그러고 인자 그 용천사골이가 기본 핵심이에요. 거그가 인자 불갑면, 해보면에 들어가요. 그래서 거그에 인자 산내면하고 용천사골하고 인자 고 광암리하고, 우치골하고 그렇게 인자 삼 개 부락 골짜기로 또 이루어져 있는데, 거그가 인제 피난민들이 엄-청이 많이 들어와 있었어요. 하여간 그래서 인자 그 사낭골에 전부 인자 들어와갖고 우리 면당이 인자 사낭골에 있었어요.

[21] 전남도당 불갑지구의 연락사업을 맡다

그래서 인제 우리 누나하고 같이 행동한 것은 내가 인자 연락관 있을 때만 같이 행동했죠. 그래서 우리 그 지구당이 인자, 해방, 인자 후퇴를 하니까, 후퇴를 하니까 우리 전남도당 조직위원회의 결정이 그해 10월 5일에 납니다. 우리 전남 조직위원회 결정에 의해서 합법체제를 비합법체제로 돌리는 거잉, 이런 거에 대해서 결정을 해가지고 인자 빨치산 체제로 전부 다 전환이 됐어, 우리 전남도당이.

인자 그 일환으로 인자 우리 그 영광에도, 불갑지구 지구당이 인자 형성된 거여. 군당을 포함한, 합해서 인제 지구당이거든요. 전남 도당 산하 불갑지구당. 그래가지고 인제 그 불갑지구당 위원장이 김○○ 동지라고, 그 동지가 인자 그 나주 금천면 출신인데, 구빨치거든요. 구빨치에서 거그서 인제 군당위원장도 한 분인데, 합법 때 인자 목포시장인가를 했어요. 그러다가 인제 입산을 해가지고 지구당위원장이, 불갑지구당위원장이 되고. 그 다음에 지구사령관은 박○○이라고, 그 분이 인자 합법 때 나주 시, 이제 군당위원장을 했는데, 그 아버지도 인제 군경대학 대학원 그 교장도 하고 그런 분인데, 그 부부가, 부자가 인제 산에 올라가서 다 돌아가셨죠. 인자 희생당하고 그랬는데, 그 양반이 인제 총사령관을 하고, 불갑지구당.

그래가지고 거기서 인제 군당, 아니 저- 지구당하고, 지구당 지구사령부, 잉. 그러고 인자 거그는 인제 무안군당이, 무안군당이 저 입산은 그 장성 태청산으로 했었어요. 그러다 인자 태청산을 우리가 고수한다고 불갑산 오게 되니까, 이제 무안군당이 그 용천사골 밑에 우두치부락이라고 그 짝에 인자 터를 잡고 있고, 함평군당은 인자 광암리 거게 부대 잡고 있고, 그러고 우리 지구당은 인자 그 광암리에 있는 가정부락이라고 거그다가 인자 지구당 터를 갖고 있고, 지구사업 부대는 용천사 그 원 절, 절터 그 짝에, 개들이 불질러 부렀지만은 거그다가 인제 있었고, 그래가지고 인자 동네로 인자 피난민들이 고 할 것 없이 그냥 엄-청 바글바글 했거든요.

그러고 인자 장성에 3개 삼세면, 면당, 그 여맹 뭐 할 것 없이 전부다 태청산 골로, 저- 불갑산으로 다 왔었어요. 그때 그 여맹원들이 한 40-50명 됐을 거여, 아매도. 3동 3개에서 그 여성들이 그 불갑산에서 다 죽었거든요, 그 여성분들이.

그래고 인자 거기 있으면서 우리 인자 누나가 지구당 면당 연락관이, 연락관 분터로 갔었어요. 그래서 우리 누나하고 그때는 같이 행동을 했지, 여그 와서는. 거그 불러갖고 한 테 있다가, 거그서 나는 인자 그 분터하고 본터하고 연락사업 해, 내포연락 해주는 그 사업을 주로 하고. 그렇게 하다보니까 인자 본터에서, 인제 나를 그 본터에서 또 소환을 해서, 그 소환을 해서 인자 본터에서 인자 하는 지구당 지도부하고 또 인자 내포연락을 했거든요. 그 내포연락을 줘 갖고 인제 거기 또 분터에도 또 갖다주고, 잉.

긍게 분터는 이제 도당 지도부 선은 아는 것이여, 상향선. 긍게 분터에서 내포허믄 본터로 가고, 본터에서 이자 지구당 지도부로 해주고, 지구당 지도부에서 내포연락을 본터에다 주면, 본터에서 인제 분터로 가가지고 분터에서 가지고 인자, 백아산에 인자 우리 도당 지도부가 있었응게로, 백아산에 보내고 인자, 그렇게 연락 체계가 그렇게 돼있어요. 그래서 나 인제 연락관 분터로 갔다가, 분터에서 본터에로 소환해서 인자 본터에서 하다가 인자 본터에서 또 인자 그 지도부하고 연락하니까 또 지도부에서 날 소환해 가대. 그래서 지도부 가 있게 된 거여.

인자 51년도 그때 불갑산에 있으면서 그래가지고 본터에 왔다 갔다 하고, 그 다음에 인자 불갑지구당에 있으면서 사령부하고 인자 지구당에도 인자 선전부 인자 뭐 간부, 그 다음에 인자 그 농민 · 여맹위원장 그거 많이 있거든요. 거기에 연락사업을 내가 혼자 다 했거든요. 그래서 그 사업을 주로, 불갑산에 있으면서 그 사업을 많이 했어요.

[22] 불갑산에서 빨치산과 경찰토벌대 간의 전투가 벌어지자 산을 내려와 나주로 이주하다

그렇게 하다가 인자 거기에서 인자 어떤 것들이 일어났나믄, 1951년도 2월 20일, '220작전'이라고 불갑산, 좌우간 그 전투가 벌어지게 된 거예요. 그게 51년 2월 20일이여. 그래서 '220작전'이라고 그래요. 그 220작전 일어나는데, 12시까지 정보 수집을 들오기로는,

"걔들이 지금 군대하고 경찰 기동대하고 뭐 총합해서 천여 명의 무력이 동원돼서 토벌해 들어온다."

이런 정보가 들어왔었어요. 그럼 천여 명 무력같으믄 우리 빨치산 무력이, 우리 지구사 무력만 해도 실지 싸울 수 있는 무장 세력은 30-40명밖에 안됐

어요. 그러고 인자 유격대들이 쪼금 있지만은, 각 군당잉, 근데,

"이것만 가지고도 방어작전을 할 수 있다."

이렇게 했는데, 새벽 한 두 시 경에, 인자 두세 시 경에 정보가 들어오기를,

"500미터 플러스 1500명의 무력이 들어온다."

그래 이렇게 됐을 때는,

"그 1500명 무력을 우리가 방어할 순 없다."

그래가지고 인제 지구당서 일부만 나주 금성 당으로 뺐어요, 나주 금성 당에로, 새벽에. 그러고 인자 우리 지도부는 비트에 들어갔고, 땅굴에, 잉. 땅굴에 들어가고.

그래서 거기에서 인제 220작전에서, 그때만 하더라도 인자 걔들이 인자 그 학도병들, 잉. 학도병들을 인자 대부분 죽창 든 애들 앞세우고, 경찰 세우고 그 다음 군대가 들어오고, 우에선 비행기가 떨어지고 인자 이렇게 해가지고 작전이 벌어졌거든요. 그래서 인자 그 능선에다는 전부다 호리가대를 다 파고 있었어요, 적은 숫자가지고 방어하기 위해서.

그래 인자 우리는 실탄이 인자 정해져 있잖어요. 이건 생산해 뺄 수 없지만, 놈들은 화력전이거든, 완전히. 그러니까 오후 한 두시 경까지 우리가 방어를 했지만은 인제 그때는 실탄이 다 떨어지고 인자, 한 군데서 인자 이 전선이 무너져버리면은 사방간디서 무너지게 돼있어, 원래 이 전선이라는 게. 작전이란 건 그렇거든요, 해보믄 알지마는.

그러니 인자 골짜기에 있는 피난민들은 비무장들 전부 다 아닙니까. 또 각 기관 성원들, 잉. 여맹, 인자 민청, 농맹, 뭐 직맹, 잉, 이 사람들은 다 비무장 성원들이거든요. 다 일반민이나 똑같애요. 이 기관만 다르다 뿐이지. 이런 사람들이 지금 인자 딱 있었고, 내중에는 인자 뭣이 있어냐면은, 능선에서 인자 실탄이 떨어져버리고 그러니까 걔들이 올라오고 그러니까, 우리가 인자 그 임진 조국전쟁 때 진주에서 그 진주성 거기에서 인자 그 여자들이 치마에

다가 돌댕이 해가지고 인자 날르고 하는 그런 우리 역사도 배우고 있잖아? 불갑산에서 그걸 했었어요. 돌멩이 떤지고, 잉, 이런 것도.

그러나 인제 중과부적으로 도제 이길 수 없으니까 무장 부대들은 인자 후퇴를 한 거죠. 고 선불면 쪽으로 후퇴를 했어요, 다, 이쪽으로 살아남은 사람들은. 싹 그러고 인자 잘 했는데, 그럼 인자 고장에 있는 사람들은 어떻게 되는가. 놈들이 능선 딱 점령해가지고 그때는 인자 막 그 퍼붓기 시작하는 거여. 그러니까 삼대처럼 다 쓰러진 거야, 삼대처럼.

그렇게 그때 당시 내가 인제 그 불갑산에 가가지고 그 최○○이라는 할아버지를 만났어. 내가 40년 후에 붙잡혀 있다 가가지고, 그런데 생각나는 게, 여섯 사람인데, 자기 가족 여섯 사람인데 다 죽고 혼자 살았거든요. 지금 79 센가 돼. 78센가 돼, 지금. 인제 그 양반 얘기를 들어보니까 우두치부락 할 것 없이, 따른 말로 표현하면은

"그 시체가 널부러진 것이 빨래를 널어 논 것 같았더라."

이렇게 표현을 해. 빨래 널어 논 것 같다고, 시체들이. 그렇게 해서 엄-청나게 죽었는데, 봄이 되니깐, 인자 51년도 220작전 아니여. 그러면 인자 봄이 되면, 여름이 되면 인제 눈이 다 녹아버리잖애요. 그 멧돼지들이 출몰을 해가지고, 잉. 그 시체들을 엄-청나게 다 뜯어먹고 그랬다 해요, 하여간, 잉. 이제 그런 광경을 얘기를 하고, 그 후에 한 20년 까지도 해골이 올라와서, 갈쿠질을 하면은 그냥 거그 해골이 나오고, 잉.

인자 이렇게 됐었는데, 내가 인자 불갑산에서 이렇게 죽었다는 걸 알고 가서 그 할아버지한테 인자 저 물어서, 처음엔 잘 안 가르쳐 줄라 그래. 내가 인자 전민총에 조사단장을 하고 있었거든요, 지금도 하고 있지만은. 그래서 인자 그 올라가서 이게,

"있다."

그래서 인제 고 호리가대, 옛날 우리가 쓰던 호리가대, 거기다 다 죽여 놨단 말이여. 그래서 인제 거그를 한 3센치 파니까 해골이 나와요, 해골이. 그

래서 한 2메타, 폭이 2메타 하고 3메타 하고 파니까 한 다섯 구씩 나와. 그러믄, 요거 이 500메타 이어지면은 한 500여명이 묻혀있다는 결론이 나오거든. 그래서 인자 이거는 그대로 다 묻어 놔버렸지.

거기는 묻어 놓고, 이거는 과거사위원회에서 인자 거그 파서 해가지고 2백몇 십 구가 나왔어요. 그래 인자 현장도 내가 가보고 그랬지만, 그게 어린애들이 많고, 어린애 그 해골 보면 알거든요, 어린애들. 그 노인들, 거그서 안 나온 것이 없어. 그래서 해골들 보면 다 알기 때문에, 그래서 인자 그 두 군데, 세 군데가 되는데 두 군데만 인자 나오고 이렇게 해서 고 불갑산, 음— 과거사위원회에서 다 파진 못하고, 예산 뭐시기 해서 하여간 그런 것이 있었는데.

그래서 그때 당시 인자 우리가 금성산으로 갔는데, 새벽에, 그래서 인자 우리 어머니 아버지하고 이웃집 식구들, 우두치부락 그 무안군당 터 옆에 있는데다가 인자 움막을 쳐놓고 내가 식량 달아다 주고 그랬어요, 이 먹으라고. 그래 인제 방 하나 놓고 가운데 칸 막아가지고는 우리 이웃집 할아버지 할머니 오셨고, 손자도, 우리 어머니 아버지하고 동생 둘하고 네 식구를 살으라고 거그 놓고 식량은 내가 인자 달아다 주고. 그래서 내가 인제 연락사업을 하기 때문에 정보 수집 같은 건 잘잖어요. 그리고 인자 연락사업 가고. 그래서 오늘 저녁에 여기 있다가는 우리 가족들이 다 죽으니까,

"새벽에 인자 우리 전부 지도부 성원들이 금성산으로 간다."

그러니까 길목에 가 딱 기다리고 있으라고 내 정보를 해 놓고서 딱 가니까 길목에 기다리고 있더라고요.

그래서 새벽에 인자 세시 경 됐을 거예요. 그래가지고 인자 불갑산 골짜기서 빼냈어, 하여간. 나온 것 까지는 알아. 그런데 인자 거기 그 금성산을 갈라믄 나주 영산강을 또 건너야 된단 말이여. 그런디 거그를 가는데 이 할아버지 할머니들이 이 걸음을 잘 걸으니까 뭐 아무튼 두잖아요. 그렇게 우리는 막 쏜살같이 가고 그러는데 내중에 인자 나주 금천면, 저 저 금성산 밑에 와

서 나루 포구에 서서 딱 보니까는 우리 할아버지하고 이웃집 식구들이 읎어. 이건 어디가 떨어져버렸지, 그니까. 내 누이동생 둘만 내 뒤에 따라왔더라고. 그때 열세 살, 열한 살이니까, 둘만. 그리고 딴 식구들 달고. 그거 어떻게 찾을 길 없고, 그래서 인자 금성산에 가서 하루 있으면서, 그날 또 인자 그 영광 불갑산 그 적정을 알아보니까,

"도저히 우리가 들어갈 수가 없다."

그래서 인제, 나주, 동나주, 잉. 그렁게

"유치내산으로 우리가 글로 또 이동할 수밖에 없다."

여그서 또, 이 금성산에서는 나주 군당, 서나주 군당이 지금 틀어잡고 있는데, 거그도 오래 있을 수가 없다 그 말이여, 야산이기 때문에. 그래서 인자,

"빨리 이동을 해야 된다."

그래서 2월 20일 날 저녁에 해가지고, 21일 날 우리가 저녁에 인자, 동나주로 인자 오게 돼요.

[23] 가족보다 혁명가의 길을 선택하다

오게 되는데,

'인자 내 누이동생을 어떡해서 처리할 것인가?'

인자 이것이 인자 내가 고민이 었어서, 고민이.

그렁게 인자 우리 도당, 우리 지구당 부위원장이 저 유○○ 동진데, 53년도 총맞어가지고 인자 지하에 있다가 경찰에 붙잡혀가지고 인자 돌아가셨지만은, 학살당했지만은, 그래 인자 우리 도당 부, 그- 지구당 부위원장 동지가 나를 부르더만은,

"동생들 어떻게 헐라고 여그 데리고 왔느냐? 지금 영산강을 건너야 되는데 건너가다 다 죽여버리믄 소용 있느냐? 그러니까 요 밑에 내려가믄 인민부락 있으니까, 잉. 요기다가 갖다 맽겨놓고, 어머니 아버지가 만약 살아 돌아온

다면은 같이 합류할 수 있지 않느냐?"

그 조치를 취하라고 나보고 그러더라고요. 근디 내가 인제 그 조치를 내가, 나한테 인제 과업을 주는데, 내가 그걸 그 인민부락을 가서 얘기허기도 그렇고, 또 생소한 디란 말이여. 누가 알려주는 사람도 없고.

그래서 내 동생보고 인자 그 얘기를 했어요. 하니까는 우리 동생이 절대 반대하는 거여.

"죽어도 같이 살고 살아도 같이 살고, 오빠랑 같이 지금 가겠다."고.

말이지. 인제 울고불고 하는 거여.

그래서 인자, 그렇게 해갖고 인자 하다가 저녁에 캄캄해지는데 밥을 먹고, 밥을 먹으라 해도 밥도 안 먹어. 울기만 하고 말이지. 그래 나도 인자 밥이 안 멕힌단 말이여, 그때만 해도. 그 애들을 어떻게 처리할 것인가, 잉. 그래서 나도 인제 고민을 하고. 그러다가 내중 인자 부대가 다 출발헌다고 그래. 그래서 내가 인자 동생들한테 그랬어. 내가 인제 평소에 교양을 어떻게 받았느냐면은 내 책에도 그래 나와 있지만은,

"혁명가가 될라믄 가족에 애착하믄 혁명가 될 수가 없다. 단호하게 물리칠 때는 물리칠 줄 아는 그런 사람이 진정한 혁명가가 될 수 있다."

이걸 내가 교양을 받았거든요. 그래서 내가 인제 딱 생각할 때,

'아, 이럴 때 내가 가족에 애착을 갖고 거기에 매료되면 어떻게 되겠느냐?'

이렇게 해가지고 그런 단호한 결정을 내렸어요. 어떻게 됐느냐?

"너는 오빠 말을 들었으면은 니가 그렇다고 해는디, 니가 오빠 말을 안 듣기 때문에 이제는 니가 여기서 죽던 살던 나는 이자 관계하지 않는다. 만약에 따라오거나 하믄 너는 여기서 쏘아서 죽인다, 잉. 그러니까 너그는 절대 못 따라 오니까 너그는 알아서 하라."

그러고 인자 부대 따라서 가버렸거든요. 이제 그 후로는 어떻게 인자 죽은지 살은지 몰랐지, 하여튼 간에.

모르고 이렇게 해가다 인자 감옥에 인자 나와서 인제 알게 됐는데, 그 인자

누이동생들이 인제 어떻게 살았냐하면은 인자 그때 둘이 떨어져가지고, 캄캄한 밤에 골짜기에서, 잉, 그래가지고 인자 그 누이동생들이 불갑산까지 갔던 모냥이라, 어머니 아버지 찾는다고, 잉. 가서 보니까, 불빛이 딱 보니까 딱 보니 경찰들이 거그서 불빛을 피우고 있어.

“앗 뜨거라.”

하고 거기서 달아난 거여, 또. 가믄 죽을까봐.

그래가지고 다시 인자 그 금성산으로 들왔어. 그래 들와가지고 거그서 인자 골짜기서 울고 그러니까 그때 마침 그 서나주 군당에 연락관 도는, 우리 누님의 시아제가 연락관으로 있었어. 그 서나주 군당에. 그렇게 인자 한밤에 울음소리가 나고 그러니까 보급사업 갔다 오다가, 연락원들이 딱 보니 울음소리 나고 이상하다 해가지고 주춤해서 딱 보니까 어느 여식이 둘이 울고 있고 인자 그 하거든. 그래,

“니네 누구냐?”

하고 그러니까 인자, 아무개가 인제 오빤데 인자 딱 띠어놓고 가부렀다, 잉. 이렇게 하니까 내 또 알거든, 모두가 다. 아니까 그러냐고 그래가지고 터에 가서 밥해주고, 잉.

이렇게 해가지고 우리 그 큰누나의 시아제가, 잉, 시아제가 연락관으로 있고 그랬지 때문에, 그때 우리 누나가 그 나주군 번양면이라고 거그서 지금 살고 있었어요. 그래서 밤에 인제 연락 사업 나가면서 우리 큰누나 집에로 데려다 줬대. 그래서 인자 우리 여동생 둘이 거그서 살게 된 거여. 이제 54년도 우리 인자, 우리 어머니 아버지는 내중 얘기 들으니까, 인자 거그서 골짜기를 피해 나왔기 때문에 산 거여, 이웃집 가족하고. 그래 가족하고도 인자, 이웃집 가족하고도 떨어져붔고, 잉.

그래가지고 영감 할멈이 인자 하여튼 나 찾는다고 말이지, 불갑산 이 주위를 돌아다니면서 이제 얻어 먹어가면서, 잉. 이렇게 하다가 인자 대녔다고 그래, 내중 알고 보니까. 그래서 어찌할 수 없이 인자 우리 큰누나 집하고

연락이 돼가지고 54년도에 인자 산 사람들이 모다 고향에서 만났어잉. 그래 살다가 인자 거그서 인제 돌아가셨지만은.

[24] 화악산 전투에서 살아남다

그래서 인자 그때 동나주로 와가지고, 동나주 인자 거그, 동나주 국사봉이란 데가 있어요. 거기에 인제 밑에 부락이 인제 큰- 부락이 하나 있는 거, 거그다 인제 임시 지구당 터를 해놓고 그 이튿날 불갑에서 살아나온 유격대들이 인자 유전해서 다 왔어요, 살아나온 사람들은 다.

그래서 인자 불갑산은, 다시 인자 불갑산을 재탈환한다 해가지고 51년도 3월 15일 날 탈환작전을 하기 위해서 남원 유격부대들, 그 사람이 인자 그 유격부대 총 참모장이 인자 그, 오세암지구 빨치산 대대장하던 사람이었든데, 내 이름을 잊어버렸지만은 그 6.25때 구빨친데, 그 사람을 인자 총 책임자로 해가지고 탈환작전에 불갑산을 들어가서 했다가, 거그서 다 죽고 결국은 인자 거그 불갑산은 완전히 포기가 돼버린 거요, 포기가.

그래서 인자 마지막 최후 격전지라고 거그를 인자 가봤거든요. 그렇게 불갑산 용천사 뒤에 등허리께 있는데 거기 바위가 이렇게 있고 그러는데, 거그서 마지막 최후 격전지라고 지금 얘네들이 표지판까지 붙여놨어. 거그 딱 가보면은 그 암벽 벽에다가 얼마나 포탄을 갖다 떨어치고, 기관총을 사격했던지, 이 바위가 자국이 거그 엄-청나게 많이 있어요, 그 자국이 바위에, 암바위에 총탄자국이. 그래 거그다 이놈들이 인자 총도 매고, 헬멧도 거그 놓고 숟갈도 해놓고 인자 거그 표지판 붙여놨더라고. 뭐 최후 격전지라 해가지고. 인자 그런 광경이 있고.

그래가지고 유치내산에서 와서 있다가 인자 3월 15일 날 불갑산 완전히 포기하고, 인자 그 유치내산 속에서, 유치내산에서 유치지구라는 게 또 있었어요, 유치지구가, 전남도당. 그래서 그해 51년도 4월 20일 날, 유치지구하고

불갑지구가 합치는 날이여. 이 날에 지금 화악산 전투가 벌어진 거여. 4월 20일 전투라 해가지고.

그러면 거기에는 인자 어떤 부대들 있냐면은, 우리 인민군대에 남해여단이라고, 남해여단이 해안 경비대거든요. 해안 경비대니 제-일 남쪽에서 있잖아요. 긍게 9.28 후퇴 때 후퇴를 못 했어요. 후퇴를 못 허고 인자, 해안가 있다 보니까, 그래서 인자 전라남도를 거쳐가지고 올라갈라고- 올라갈라고 하다가 못 끊쳐서, 이제 유치내산으로 남해여단 사단장하고 정치위원해서, 그때는 인자 ㅇㅇ 부대라고 그랬어, ㅇㅇ 부대, 이름을. 그래 이 부대들이 인제 유치내산에가 있더라고요.

근데 이 부대들은 인자 그 도당이라던가 이런 말을 듣지를 않애. 자기들은 최고사령부 명령에 의해서 후퇴하는 사람이기 때문에 간다, 잉. 그러니 어떻게 강제로 붙잡을 수가 없잖아요. 그래가지고 올라가다 인제 그 3월 15일 날 화악산에서 그 ㅇㅇ 부대, 우리 그 남해여단 사단장이 화악산에서 희생당했어요, 화악산에서.

그러고 그 정치위원 조○○ 동지가 저 그때 모후산에 가서 인자, 남원 있는 산, 모후산에 가서 희생되고, 그래서 화악산에서는 왜 희생이 됐냐믄, 화악산이라는 데는 거그서 4월 20일 전투에서 4-5백 명이 우리가 거그서 죽었지만은, 거의 소쿠리 속 같이 돼있어요. 그래서 인자 우리가 유치내산 있으면서도 거그는 상행선, 그러니까 도당하고 선 연락해 가다, 연락원들이 한번 씩 잠복하고 그러고, 인제 거그서 일상적으로 전투하는 지역이 안 돼, 거기는, 그 화악산이란 데가.

그 인자 화순군 이양면, 도암면, 그 다음에 자두면허고 양편으로 싸여 있는데, 이제 거그가 인자 유치내산하고 연결이 돼있어요. 연결이 돼있고 그러는데, 그래서 화악산 전투 그 날이 유치지구하고 불갑지구하고 합치는 날이었었어요. 그런데 이 정보가 인자 어떻게 개들한테 들어가게 됐지. 긍게 인자 화악산에 있는 비무장 성원들이고 모두가 화악산 집결하게 됐단 말이야, 화악산으로. 무장부대가 거그가 있으니까.

긍게 무장부대가 뭐이냐? 우리 전남도에 기동대가, 전남도 총사령부 기동대가 다섯 기동대가 있어요. 긍게 1연대, 3연대, 그 다음에 7연대, 15연대하고 4개 연대, 4개 대 기동대가 있는데, 그때 유치내산에 민청연대라고 있었어. 민청 성원들로 구성된 걸 민청연대라고 글거든요. 민청연대하고 1연대하고, 1연대 있고 15연대가 있었어요. 이 기관포까지 가지고. 그러고 인자 우리 지구사업 부대가 14연대, 이제 지구사업 부대가 있고, 잉. 그 다음에 인자 강진 유격대니 장흥 유격대니, 그 다음에 인자 동나주 유격대니, 이거 유격대들도 있었고. 그러니까 유치내산이 굉-장히 넓습니다. 이거 고지는 낮어도. 거그를 포위헐라믄, 아홉 군데서 포위를 와야 포위를 할 수가 있어. 이 그렇게 광활해요. 긍게 전쟁 전부터서 인자 거그서 활동했던 지역이거든. 긍게 다 골자기는 불질러버리고 인자 그 터만 남아있는 거예요, 방짝 터만. 거그다 움막치고 우리가 생활하고 그랬지만은.

그래가지고 화악산 전투가 인자, 그날 우리 지구사에도 한 27명이 돼요,

우리 지구당 성원들만 해도. 그래서 인자 우리 지구당 성원들이 화악산 온 골짝에 들어가 있었어, 온 골짝에. 그러고 인자 우리 위원장 동지는 인자 각 시바위라고 최고사령관하고 합해서 이제 불갑지구하고 회의하기 위해서 늘 상 올라가 있고.

근디 거기에 인자 우리가 그 깃대봉 고지라는 데는 기관포를 갖다 놓고, 15연대가 인제 기관포를 가지고 있었는데, 그래가지고 싸우고 있어가지고 오후 두 시 경까지는 우리가 방어해서 고수를 했어요. 그런디 그 후 부터서는 인자 이 화순 이양 거기서 철도에서 학도병들, 잉, 학도병들을 홋배, 그렇게 그 기차에 그 인자 뭐 화물칸 싣는 그거를 홋배라 그러거든요. 거그다 인제 학도병들 실어가지고 막 퍼가지고 올려분 거예요.

그러니 인자 우리가 그때는 실탄도 없고 그러니까 도저히 방어할 수가 없지. 그래서 한 군데서 터지니까 그냥 양쪽이 다 터져버렸거든요. 그러고 인자 지도부는 있다가 그냥 후퇴해서 갔고, 능선을 따라가지고. 그렇게 이 골짜기 들었는 사람, 수백 명이 지금 골짜기에 들어있는 거잖아, 골짜기에. 그래가지고 능선에서 직사거리 100미터밖에 안돼요, 이 능선에서 보면은. 긍게 저기 경기 기관총에 그냥 권총이랑 막 그냥 지져대고 그러니까 거그서 그냥, 거그 골짜기서 삼대같이 쓰러지고 그랬어요. 그래서 거그서 우리 지구당 성원들이 27명이었는데, 거그서 안 죽고 살아온 사람 나 뱀에 없었어요. 내가 안 죽고 살아나왔지, 거그서.

[25] 경찰기동대의 포위작전을 따돌리고 화악산 전투에서 살아나오다

안 죽고 살아온 양반들 기가 맥혀요, 인자. 거그 또 하나 연대가 인자 또, '화악산은 말한다.'라는 내 글 쓴 데서 그게 다 나와, 내가. [**조사자: 예. 그래도 말씀을 해주세요.**] 네? 거그 나오는데, 그래서 인자 또, 그래서 인자 화악산 전투를 내가 알거든. 그래서 인자 그때 우리 부위원장 동지가 인제 나머지

부대를 거느리고 있었어, 우리 화악산 성원들을, 잉. 거느리고 있고, 인자 위원장만 보위병들 데리고서 능선 올라갔다 다시 내려오고, 그래 요 능선에서 딱, 이제 각시바우 능선에서 딱 보면은 직통으로 그게 보이거든요. 거그서 막 지져대는데, 그래서 인자 거그서 우리 부위원장 동지가 지시를 하기를 뭐이냐면은,

"벼랑에 뭐이고 다 벗어 던져라. 몸만 해라. 여그서 어쨌든 한 사람이라도 살아나가야 되니까, 살아나가는 것이 중요한 거지, 여그서 다 죽는다, 잉."

그래서 인제 비상미고 뭐이고 인자 그냥 다 불속에다 집어 넣어버리고 인자, 다 던져버리고 몸만 가지고 했어, 몸만. 그래가지고 거그서 인자 막 쏟아부으니까 인제, 이 비무장 성원들이니깐, 아 이거 뭐 똑, 이쪽에서 쏘면 이리가야 되고 저리가야 되고 그런 거 아니여. 그러다 보니 다 분산이 돼버렸어, 어떻게.

분산이 되야가지고 있는데 우리 연락과에, 무안군당에 있던 여성 동문데, 몸이 뚱뚱하고 남자같은 성격을 가졌는데, 내 이름을 잊어버렸는데, 거기 연락과 식사당번을 하고 있었어요. 그래서 인자 그때는 이 알미늄 솥이라고 있습니다. 알미늄 솥에다가 밥을 해가지고 솥째 짊어지고 다녀. 솥째 짊어져가지고 이 때 되믄 연락관들 밥을 줘가지고 상행선 하행선 연락 보내야 되니까. 그래 여성동무가 이제 몸도 뚱뚱하지만은 기운도 장사여. 그래서 그 알미늄 솥 요만한 것을 다 등에다 이 짊어지고 있는 거여. 그래 나하고 인자 같이 후퇴를 하지. 후퇴를 하고 그러는데 이놈들이 또 보면은 표적이 되잖애요, 표적이. 그래가지고 인자 그 올라가고- 올라가고 이렇게 해서 소능선 하나만 넘으면은 그 여성동무도 살 수가 있었어요, 여성동무가.

그래서 어떻게 가다보니 나하고 딱 마주쳤거든. 그래서 내가 인자 여성동무보고 그랬어.

"여성동무, 여그서는 우리가 죽고 사는 마지막인데, 어쨌든 우리가 여그서 살아나가야 될 거 아니냐? 그러니까 이 솥단지를 벗어버리시오. 그럼 맨몸으

로 그 몸이 좀 자유롭게 활동해야, 민첩하게 행동도 할 수 있지 않습니까?"

이렇게 얘기하니까 나한테 뭐라고 그런 줄 알아요?

"오늘 저녁에 연락관들 상행선에 보낼라면은 밥을 멕여야 된다. 그러기 때문에 내가 죽더라도 이 밥은 내 버릴 수가 없다."

이런 말한 것이 지금도 생생해요. 지금도 생생하고 그러는데, 그래 딴 사람 같으면 다 자기 몸을 사리기 위해서 다 버릴 수 있잖아요. 그래도 나머지 생활했던 동지들을 위해서 지금 몸에다 붙이고 있었다 그 말이여. 인제 그런 것에 우리가 인자 감동을 많이 받고 그러는데.

그래가지고 거그서 인제 일말에 돌아서 능선, 소능선 한 7–8메타 남아 있어요. 7–8메타가 남아있는데, 둘이 가다가 인자 해가지고 이놈들이 막 집중사격을 하면, 인자 중턱에가 딱 있거든요. 중턱에 있다가 인자, 그때는 인자 뭘 내가 느끼냐면은 M1 총이라는 것은 여덟 발이거든. 딱 쏘고, 쏘믄 뗑그렁 – 소리 나서 여덟 발 되믄 그 탄피가 뛰어나가게 돼있어, 탄창이. 그러면 인자 박는 시간이 있잖애요, 그래서 그때는 인자 고런 시간을 이용할 수밖에 없다는 게 내 어린 마음에도 느꼈어, 그때. 사실은 훈련하기 때문에, 그런 정도로 가까운 근거리였었기 때문에, 그래서 인자 막– 집중사격 하다가 한참 뜨끔한 때가 있거든. 고때 하여튼 우리가 뛰고, 집중사격하믄 또 죽은대끼 하고 또 넘어져서 있었고, 잉, 또 이렇게 해서 올라가고– 올라가고 이렇게 하는데.

마지막 내가 아마, 저기 7–8메타 거기까지 와가지고, 잉, 여성동무하고 나하고 둘이 나란히 또 이거했어. 그래 이 양반은 그냥 엎드려 있으면 등이 그냥 이렇게 크잖아요. 알미늄 솥 있으니까, 잉. 그래가지고 총소리가 뜨끔해서 빨리 뛰어서 올라가자고 이것을 미니까 핑그러니 해서 드러누워 버려. 그래 보니까 이 총을 맞어가지고, 고 엎드린 채서 총을 맞어가지고 죽어있었던 거여, 이제 내중에 알고 보니까. 그래서 그 여성동무는 거그서 희생당하고 나는 인제 그 소능선을 넘었어요, 소능선을.

넘어가지고 딱 보니까 또 앞쪽에서 막 수색작전이 내려오드라고요. 그런데 어떤 동지가 돌무데기를 파고, 잉, 인제 들어가서, 잉, 자기를 감춰놨지, 잉, 이렇게 할라고 하다가 내한테 들켰단 말이여. 그러니까 이거 딱 나오더만, 이거 발각돼서 안 된다고, 잉. 그러면서 이자 저리 튀어나가. 그래 나는 인제 어디 갈 데가 없으니까, 잉, 그래 내가 그 자리 또 들어갔어. 들어가가지고 인자 넓적헌 돌을 배우에다 옇고 인자, 낙엽도 넣고 눈만 이렇게 해서 잘– 해가지고, 지금 숨이 차잖아요, 잉. 그러믄은 숨을 이렇게 하면서 쉬믄 배가 인자 그 돌이 올라갔다 내려갔다 하잖애요. 그래 인자, 그래서 인자 해가 인자 그때는 인자 서산에 걸쳐있을 때야, 마침.

그래가지고 인자 그놈들이, 수색대가 딱 와가지고, 내 머리 우에 와가지고 손들고 나오라고 인자 막 그래. 그래서 틀림없이 나를 보고 했을 거라고 나는 그리 생각했지만은, 생각했거든요. 그래서,

‘쏠 테면 쏴라.’

나 인자 이대로 죽든지 하여간 하겠다고 안 나갔어요.

긍게 사실을 알고 보니까 내 머리에서 했지만 내 앞에가 그 시루대 밭이 있었어, 시루대. 긍게 거그에 우리 병기과 동지, 한 동지가 아시보총을 하나 들고서 거그서 있었어. 긍게 그 동지를 보고 인자 손들고 나오라고 한 거여. 그래 내 머리 우에서. 그렁게 내가 생각할 때는 나보고 지금 손들고 나오라고 하는 거 밲에, 들릴 수가 없잖여. 그래서 있었는데, 이 병기과 동지가 아시보 총을, 그 단총, 아시보 단총을 들었는데, 총이 고 한 발이 남아 있어, 총탄이. 그래서

‘이래도 죽고 저래도 죽는다.’

해가지고 그놈을 쏘았어. 그래 쏜 놈이 내 머리 우에로 떨어진 거여, 그놈이. 그래서 병기과 동지가 거그서 산 거여.

그래가지고 그렇게 하자 고지에서는 회각을 불어, 또, 후퇴 신호. 놈들이 그래 후퇴 신호를 딱 하니까, 인자 그때는 후퇴 신호가 나오믄 서로 모다 올

라갈라고 막 그러는 거여, 이제. 자기들끼리 막 바빠져, 잉. 그래 올라가서 인자, 탈탈 털고 나와서 병기과 동지 만나고, 그래서 인자 병기과 동지를 거그서 만났단 말이여. 그래서 딱 보니까 이놈이, 거그서 맞아서, 창자 이런데 맞았는데 이게 피가 많이 흘렀어.

그래서 인자 그 동지를 보니까는, 이것도 인자 그 경찰 기동대라, 말하자믄 아시보총을 들었어, 총에, 손에. 그래 아시보총에 다섯 발 가지고 있더라고. 그래서 그놈 다섯 발을 들어서 인자 그 총은 내가 갖고, 내가 인자 빈 몸이었으니까 갖고, 자기 총으로 갖고, 총 세 발은 인자 그 두 발 주고, 잉. 이렇게 하고 그때는 인자 신발이 없었단 말이야, 내가. 근데 이제 그때 그 죽은 사람 그 시체는 인자 피가 흐르니까 이 신 속에 그냥 피가 그냥 흥건하더라고, 잉. 그래서 내가 인자 그 신을 신었어요. 그 신을, 피 흥건헌 것을. 그래 신고 뿌걱뿌걱– 하지, 이 안에, 잉.

그렇게 해가지고 인자 골짝을 내려갔어. 골짝을 내려가서 인자, 그때는 인자 보름달이 지금 떴을 때여. 다– 내려가서 보니까 시체들이 하여간에 그냥 뭐 빨래들이 널어지다 시피 널어져, 시체들이 그냥 즐비했어. 있고 그러는데, 물 속에다가 고개 쳐박고 죽은 사람도 있고. 왜냐면은 총을 맞으면은 피를 많이 흘리기 때문에, 물이 멕히거든요. 그거 참지 못하고 물 먹으믄 죽어. 왜냐믄 찬물을 먹으믄은 지혈이 안 되는 거야, 지혈이. 그러기 때문에 입만, 목만 축이는 이런 정도 되야지, 물을 먹으면 피가 흘러서 다 죽는다 그 말이야. 그렇게 그냥, 이래도 죽고 저래도 죽고, 그냥 목은 타고 그러니까 물속에다 고개 박고 죽은 사람이 많이도 있어요. 그런 광경도 우리 봤고.

그래가지고 인자 골짜기 내려갔어. 골짜기 내려가니까는 한 20–30명이 모였어, 인자 거그에. 근디 인자 그날 저녁에 이놈들이 후퇴를 않고, 능선을 딱– 점령하고 있었어, 능선을. 그러면 여기저기서 환자들이 총 맞어가 피 흘리고 그러니까 그냥 막, 죽는다고 인자 고함치고 그러잖애요. 거따 대고 고함치고 그러면은 능선에서 그냥 기관총으로 다다다다다– 또 해. 그 소리

나는 쪽으로, 잉, 그 위협사격을 한다 그 말이여. 그래서 내중에 인자 40–50명이 모였어, 하여간 그날. 그래 모여가지고 거기서 인자 토의가 무슨 말 하냐면은,

“여그서 하루 더 잠복을 해야 되느냐? 아니면은 오늘 저녁에 이 포위망을 뚫고 나가야 되느냐?”

두 의견이 나왔어요, 두 의견이. 그래 나왔는데 내가 생각할 때, 내 고 상황판단을 했을 때는,

“틀림없이 오늘 포위작전을 해가지고 얘네들이 수색을 마음대로 못 했기 때문에, 능선을 점령한 후 내일 또다시 수색작전을 하면 우린 다 죽는다. 그러기 때문에 오늘 저녁에 어떠한 일이 있더라도 이 포위망을 뚫고 나가야 된다.”

내 주장이 그거였었고, 딴 사람들은

“나가다가 또 죽는다, 잉. 내일 또 포위작전 않고 그냥 할 텐게, 여그서 잠복했다가 내일 저녁에 나가면 된다.”

이거 이 절대 다수였었어요. 근데 나는 그것이 아니고 그래서 도저히 나는 여그서 있을 수가 없어. 그래 인자 내가 그 병기과 동지한테 그랬어.

“우리는 나하고 둘이 나갑시다. 내일 틀림없이 잡으러 대녀 우리 다 죽으니까 나갑시다.”

긍게 병기과가 동의했거든요. 그래서 인자 내중에 한 열두 시가 딱 되어서까지 인제 결론을 못 내리고 이런 마당에서, 내가 그랬어요.

“우리는 아무리 포위망을 해도, 거기에 약한 고리가 다 있다. 약한 고리가 있으니까, 내가 앞장서서 고리를 뚫을 테니까, 하여간 나하고 같이 갈 사람은 오고, 남아있으려면 남아라.”

내가 그러면서 앞장을 섰어요. 그러니까 한 여남으시 따라 붙더라고요, 여남으시. 나머지 기는 저 사람들 가다가 다 죽는다고 여겼거든요. 그래서 우리는 여남으시 거그서 나와가지고, 각시바우 있는 데 인자 얘네들이 있지만은,

그- 새, 그놈들 새. 그렇게 딱 보면은 약한 고리가 다 있게 돼 있는 거여. 아무리 거미줄 같이 쳐도 그 약한 고리를, 그렇게 사람이라는 것은, 내가 인자 경험한 게 뭐이냐믄, 언제든지 즉흥적으로 상황판단 잉, 이걸 명확히 잘 해야 되고, 그러고,

'적들이 아무리 포위망을 했어도 거기에는 약한 고리가 있다.'

그 약한 고리를 찾는 것이 또 중요해. 그래 능선에 지형지물이라는 건 우리가 거의 알거든. 그러면은,

'여기엔 잠복했을 수가 있고, 여그는 할 수 없다. 그걸 대강 아니까, 그런 거를 찾아 가면은 얼마든지 나갈 수 있다.'

그리고 아까 말한 바와 같이,

'이 날은 즈그들이 다 요 골을 못 찾았기 땜에 내일 또 다시 작전을 한다. 그러믄 다 죽는다.'

이것이, 우리 판단이 옳았다는 걸 내가 증명이 됐거든. 그래서 우리는 살아남았어요. 그 사람들은 그 이튿날 다 죽었어요. 하나도 못 달아나고 해가지고.

[26] 화악산 전투에서 죽은 동지들을 묻어주러 올라갔다가 살아남은 사람을 구해오다.

그래가지고 나와가지고 인자 그 다도면에 저그 도동골이라는, 인자 그 도동리라는 고 골짜기 있는데, 거그를 와보니까 인자 그 15연대니, 1연대니 모다 여기저기서 인자 낙오병들이 와가지고 결합하고 있더라고요. 그래서 거그 가가지고 인자, 도동골이라는 부락에 우리 지구당 터가 있어. 거기 지구당 터에 가니까 우리 위원장 동지하고 부위원장 동지하고 인자 그 와있더라고. 그래서 인자 가서 그냥 상황보고를 했어, 내가. 나하고, 인자 살아남은 사람이 없으니까.

그래 상황보고를 다 하고 인자 그 이튿날 거기서 인제 날을 새고서, 아침에 인자 우리 인자 신발을 딱 벗어보니까 인자 양 발이 그냥 빨개. 그래서 인제 물속에 가서 그냥, 신발 그 물속에서 그 이거 해가지고, 잉. 그 신고 나니까 여성동무가 나보고,

“아이-, 그 지독하다.”

고 말이지, 그걸 또 신고 돌아다녔느냐고 요렇게 뭐 또 그러더라고.

“다 상황에 부닥치면 다 할 수 없는 것이다.”

그렇게 해가지고 인자 그 이튿날 무지개재라는 데로 인자 산상 대결을 나갔어요. 산상 나갔는데, 그날에 인자 그 화악산에서 총소리 폭탄소리 들려요. 오후 한 서너 시 되니까 총소리가 멈춰. 멈춘다는 것은, 그때는 인자 후퇴한다는 말여. 그대로 인자 다 해고서 이거 후퇴한다고. 그래서 인자 우리 후발자 동무를 몇 동무를 다리고, 인자 꺼적대기 하고, 잉, 삽하고, 잉. 인제 내가 우리 동지들이 죽은 디를 아니까, 잉.

‘가서 인자 시체라도 묻어줘야 되겠다.’

이렇게 해가지고 해오름 판에 인자, 세 동지를 그 후발자 동지 세 동지, 내가 앞장서서 가가지고 인제 각시바우로 갔어요. 각시바우 그놈을 딱 보면은, 까마귀가 나는 것 보고 사람이 있다는 걸 알 수가 있는 거예요. 까마귀들이 나는 곳은 반드시 사람이, 거그 사람이 있는 곳이여. 까마귀가 이 저 냄새를 맡거든, 시체 있는 거, 그냥.

그래서 인자 그 능선을 쭉- 올라가가지고 보니까, 그 각시바위 능선에서 바람재 고, 그걸 능선이라고 가는 데가, 펀펀한 데가 두 군데가 있어요. 그런디 거기를 떡 보니까 한 30-40명 씩을 전-부 우리 저, 우리가 인자 비상이 배낭을 지었을 때 광목 베를, 그때는 인자, 어, 광목은 없었어요, 무명베지. 그걸 인제 찢어가지고 전-부 하지게 지어가지고, 30-40명 씩을 전부 무데기로 이렇게 매가지고 거그 죽여놨드라고요. 총으로 전부 다 쏘고, 날창으로 전부다 다 찔렀어, 보니까.

그래 30명을 이렇게 해놨는데, 근디 여름이고 그렇게 누가 누군지도 구분을 할 수가 없어요, 그냥 여그 쌓여 있으니까. 그래서 인자 거그서 흘러내린 피가, 흐른 피가 거짓말 않고 한 7-8센치 이렇게 됐는데, 그때가 인자 4월 달이니까 새로 난 풀이 돋아나 있잖아요. 그래 그 고지에서 밑에로 쭉— 인자 그 여름에 인자 비가 오믄, 사태가 지면은 풀이 이렇게 넘어지잖어요. 넘어진 것에 피가 흘러가지고 쭉— 흘른 것이 이렇게 됐어요. 그 장면을 오늘 내가 봤거든요. 피가 한 군데로 흐르니까. 그걸 보고 누가 누군지를 구분할 수 없고. 그렇게 두 군데를 그렇게 무더기로 죽여 놨어요, 두 군데를. 그래서 인자 지금 같으믄, 사진기 있심 사진 하나 찍어놨으면 더 좋았을 것인데, 어쨌든 그니까.

그렇게 해가지고 인자, 또 내가 인자 당했던 데 골짜기로 내려갔어. 그렇게 골짜기로 내려갔는데, 골짜기 물속을 보니까 물속에다 머리 쳐박고 죽은 사람들 모다 있고, 숲속에서 죽은 사람도 있고, 인자 엄-청나게 시체가 퍼져있어. 그래서 거기 인자 골짜기를 쭉— 내려가는데,

"영승 동무!"

하는 목소리가 하나 딱 나와. 그래서 무슨 소린가 하고 딱 뒤 보니까 또 한 번 소리가 나와. 딱 보니까 우리 그 도당 부위원장이, 유○○ 동지 목소리여. 유○○ 동지가, 목소리더라고. 그래서 우선 사람소리 나는 디로 가봐야 될 것 아니여. 그래서 인자 가서 보니까 물가에가 길이 있어요, 길이. 그 길가에 쓰러져가지고 있어. 쓰러져가지고 있는데 그 양반이 우리허고 인자 같이 있다가 기관포탄을 맞아가지고 허벅다리가 그냥 이 뼈가 부러져가지고 있고, 그 다음에 여그를, 이 가슴을 맞았거든. 맞고 날창으로 또 한 번 찔리고, 잉, 목도 찔리고, 잉. 이렇게 해가지고 안 죽고 살아있어요, 안 죽고. 근데 인자 그 양반 이제 이거를 인자,

"우선 살려야 되겄다."

해가지고 딴 사람 시체는 묻지도 못 하고 그 양반을 당가로 해가지고 띠매

고 왔지요.

띠매고 왔는데, 그래서 인자 그 도동골 터에서 인자 그 땅굴파가지고 내가 인자 간호도 메칠해주고 그랬는데, 그 양반이 얘기를 떡 들으니까 뭐냐면은. 그 이튿날 이놈들이 전-부 다 수색해 내려오면서, 죽은 사람도 전부 다 총으로 한 방을 쏳고, 날창으로 한번 또 찌르고, 한번 뒤집고 날창으로 찌르고 그러고 또 내려오더라 이거여. 확인사살 하고 내려오더라 이거여, 딱 보니까.

긍게 자기한테 인자 왔어, 자기한테. 긍게 자기한테 와가지고 인자 피를 많이 흐르니까, 사람이 헐 거 아니야, 인제. 총을 맞았으니까 뭣이 그냥, 나무에 피 둘러져 있제. 그래가지고 인자 총으로 인제 쏜 것이 목을 쏘았어. 목을 쏘아서 여그서 쏘고 여그로 나갔거든요. 그래 뒤집어 가지고 또 날창으로 목을 찌르면 여그서 또 찔렀어. 그래도 죽은 척 하고 있어. 그러니까,

"이거 다 죽었다, 잉."

그래가지고 딴 데로 가더래요. 그래 그 살은 거여, 이 양반이. 그러믄 이 양반이 인자 살았을, 그때 인자 살고, 그 후에 우리 있을 때까지 그럼 어떻게 지냈느냐? 긍게 피를 많이 흘리니까 물이 탈 거 아니여, 목이. 목이 많이 타고 그러니까, 부상자들이 전-부 다 목이 타니까,

"물-, 물!"

하면서 물가로 내려가더라 이거여. 긍게 이 양반은 몸을 움직이지 못 하니까, 물 먹으믄 죽으니까 물먹지 마라고 이렇게 해도 아무 소용이 없지. 뭐 제재 받는 사람이 없잖아, 그때는. 그래 내려가서 죽고- 죽고.

그러면 자기는 어떡해서 그러믄 이 목을 축였는가? 그때는 인제 우리가 그 배낭을 다 집어서 버렸기 때문에, 이거이 그냥 여기저기 비상미라고 해가지고 쌀이 그냥 쪼금 쪼금씩 흩어져 있어요. 긍게 요런 거는 인자 그 광목천, 잉, 요놈에다가 인자 한 주먹을 해가지고 광목천에 넣어서 짬매가지고, 잉, 입에다 씹어. 씹으면 인자 가루가 될 거 아니여. 그러면 인자 광목천 찢은 걸 길게 달아가지고 물가에 던져. 던져가지고 물이 적셔지잖아. 그러면 그놈

을 잡아댕겨가지고 그거를 빨아먹고 살았다 그 말이여, 하루를. 그렇게 해서, 목이 탈 때는, 물을 못 먹으니까.

그 다음에 두 번째는,

'틀림없이 우리 동지가 여그서 누구 하나라도 살아나갔을 것이다. 그러면은, 살아 나갔으면은 반드시 시체라도 묻기 위해서 온다. 그러믄 내가 숲속에서 죽어있으믄 어떻게 발견 못 한다.'

이 말입니다.

'그래도 길가에가 있어야, 길가에가 있으면 발견하기 쉽다.'

그래가지고 거그서 인자 엎뎌서, 잉. 이렇게 그 한발 씩 기고- 기고 해가지고 물가에, 길가에 가서 있어가지고 나한테 인자 발각이 된 거여. 그렇게 해서 그 양반이 거그서 살아나왔어요. 그래서 인자 그 양반을 지구당 터 뒤에다가 인자 굴을 파놓고, 거그서 인자 메칠 동안 허다가, 그 다음에 인자 딴데로 옮겨가지고 또 거그서 하는데.

우리 그 지구당위원장 보위병이란 놈이, 목포 놈인데, 그놈이 또 총 들고 자수를 해버렸어. 긍게 그게 인자 그 비트를 왔다갔다 허고 식량도 좀 안단 말이에요. 그러니까 인제 죽게 생겼지 허니까 인자 그걸 자수해 버리고 그래서 할 수 없이 지하로 인자 내려간 거여, 그 양반. 그래서 놔두고 그래 내려가가지고 지하에 있다가 발각돼가지고 경찰한테 그냥 사살 되고 말았는데, 인제 그런 것이 화악산 전투에서 있었고.

그 화악산에서 인자 그 아까 말했던 '○○ 부대' 잉, ○○ 부대가 그 화악산에 있다가 그 기습을 당해가지고 그 지도부가 다 죽은 거여. 그 안개가 낀 날인데, 그러믄 거기는 누가 있었냐면은 우리 올라간 김○○ 선생이라고 있어, 그 사람 김○○. 요 29일 날 90회 생일 맞어가지고 김정일 장군님이 거기 저 하사도 내려주고 그랬다고 그러더라고. 통일뉴스 보면 거기 나와요. 7월 29일 날인가 90때 하여간.

그 양반이 인자 우리 그 전남 도당에서 ○○ 부대에 월구로 파견했어요.

그 박영발 위원장 동지가 월구로, 월구로 지도원, 잉. 그래 지도원에 있으면서 그 양반이 인자 그날 주번 사령관을 했어요, 주번 사령관. 주번 사령관을 하니까 인자 보초병 인자, 보초가 잘 서고 있는가 인자 한바쿠 돌아야 되거든. 그 기간 동안에 기습을 당한 거여. 그랬기 때문에 이 양반은 산 거여, 지도부는 다 죽었어도, 그 터를 떴기 때문에. 그래서 ㅇㅇ 부대가 화악산에서 다 녹아버렸다는 거. 이제 이것이 인자 화악산 전투의 상황이고.

그래서 인자 거그서 내중에 인자 보니까 하나는 또 뭐이 있었냐면은, 또 그 양반도 그 뭐이냐면은 우리 그 지구당위원장 그 비서 동지라고, 홍ㅇㅇ라고 이 그 여성동무가 저 목포 스테아 여중 3학년인가 돼. 그 홍ㅇㅇ라고 얼굴도 예쁘고 그런데, 그 여성동무가 거그서 인자 그 화악산에서 죽었는데, 총을 맞으고 했는데 개들이 그 여성동무를 겁탈을 할려고 그랬어. 그래서 겁탈을 끝까지 반대했거든요. 그래서 그 여성동무한테 집중사격을 해가지고 거그서 쏘아서 죽인 거여. 그거를 인제 우리가 알고 있고, 잉.

그래서 그 홍ㅇㅇ 동무가 인자 총을 7-8발을 맞고 거그서 죽은 사실을 인자 요것을 우리가 교훈으로 삼고 항시 내가 인자 화악산 전투 잊지 않는 것이여. 그 하나 있고, 아까 여성동무, 밥 버리지 않은 거, 잉. 그 둘, 그 여성동무들이 영웅적으로 싸운 동지가 있고. 음— 화악산 전투에서 잊지 못할 두 가지가 바로 그렇게 있어요.

그래서 인자 지금도 인자 그 화악산에 가서 보면은 그 저수지가 있는데, 그 저수지 팔 때 그 해골이, 한 도락군가 두 도락구 나왔다고 그래, 민간인들 정보에 들으면은. 그러고 거그서 또 신이나 이런 것들, 옛날에는 뭐 약에 좋다 해가지고 인골을 많이 쓰잖아요. 그래서 많이 갖다 쓰고 이렇게 해가지고 그 화악산에 죽은 사람들 시체 하나도 찾지 못 했어요, 거그서 다 죽고. 이제 그런 것이 화악산 전투에서 있었고.

이거 많이 들었던 얘기 아니여? [조사자: 이렇게 직접 경험 하셨던 분들 이야기 듣는 거는 그렇게 많지 않죠. 흔한 기회가 아니잖아요.] [조사자: 그러니까 전투도 이게 경험하신 분들이 또 다 다른 전투를 경험하셔가지고요, 또 갈마실 전투 얘기 듣고 그랬었거든요.] 아, 모다 인자, 그렁게 내가, 나는 인자 그 도당 지도부, 간부들 밑에 있기 때문에 전반적인 상황은 내가 그래도 좀 많이, 그때도 기억력이 아주 좋으니까 내가 원래 별명이 녹음긴데 원래 그 어렸을때부터, 잉. 감옥에서부터 녹음기라고 모두 다 하고 그랬는데, 이 전체 상황은 내가 잘 알거든. 그러고 인자 쌈 헌 사람들은 자기 부대 사정 밲에 몰라, 자기 활동한 부대만. [조사자: 예. 그러신 것 같더라고요.]

[조사자: 그럼 이 때가 몇 살이셨어요?] 응? [조사자: 이 때가 몇 살이셨어요, 이렇게 한창 전투하시고 할 때.] 내가 6.25 때가 만 열다섯 살. 우리 새는 나이로 열여섯 살이고. 컴퓨터에다가, 거그 저 네이버나 다음에 가서 '장기수 김영승' 치면은, 김영승에 대한, 걔네들이 뭐 쓴 기사 같은 거 쪼끔 나오지. [조사자: 네. 안 그래도 기사는 뽑아 봤는데, 저희한테 또 해주시는 말씀하고, 저희가 또 그걸 가지고 올 수는 없으니까 얘기를 또 듣는 거예요.] 민중의 소리 기자들하고 인터뷰 한 것도? [조사자: 네. 그 기사도 봤어요.]

(잠시 휴식시간을 가진 뒤 다시 구연이 이어짐)

[27] 나주에서 장흥군 해방작전을 벌이고, 영암으로 후퇴하던 중 동지들이 많이 죽다

그래서 그 유○○ 그 부위원장이 인자 그 지하에 내려가가지고 발각이 돼서 경찰한테 학살이 됐고. 그리고 인자 우리 그 지구당위원장은 불갑지구하고 유치지구 합해서 인자 제3지구가 형성됐거든요. 이 3지구가 전남도당에서는 제-일 큰 지구여. 그래가지고 인자 지구당위원장 하다가 도당 조직부장으로 51년도 여름에 소환당해서 올라갔어요, 백아산으로. 그 올라갔다가 53년도에 인자 도당 부위원장 돼서 서부지구 맡고 있다가, 54년도 체포되어가지고 광주형무소에서 57년도 10월 19일 날짜로 사형집행 당했거든요, 우리 김○○ 위원장이. 이 그렇게 해서 인제 돌아가셨고.

인제 그 양반은 인자 그 일명 칭해서 '조직의 천재'라고 그래요, 조직의 천재. [조사자: 어떠셨는데 그런 별명이 붙으셨어요?] 그건 인제 조직사업, 당 조직사업 잉, 민간이라든가 이 조직사업을, 그렇게 당 간부가 되고 유능한 지도원이라 하면은 이 조직에서 단련이 돼야 되거든. 조직사업을 잘해가지고 이제 그런 사람들이 진짜 인자 간부가 되는 거여. 그래서 어떤 단체든지 이 조직을 맡은 사람들이 최고 핵심 아니여. 긍게 우리 투쟁에서 승리하려면, 첫째도 조직이고, 두째도 셋째도 조직이여. 조직을 얼만큼 잘 허냐 여기에 따라서 대부분 성패가 한 70-80% 가늠 되거든요. 그래 조직의 천재라고 이렇게 말씀을 드리고. 그리고 저 빨치산에서 영웅칭호를 탔고, 그 양반이.

인자 그렇게 해서, 지금 내가 말한 그 부인이 지금 인자 그 저 임○○ 여사라고 지금 살았다는, [조사자: 아, 그때 살아남으셨다고 하신 분?] 어. 그리고 인자 유치내산에서, 나는 그때 당시는 인자 그 빨치산 전투부대는 안 있었거든요. 주로 인자 당에서 있었지. 당 지도간부들 밑에서 활동했기 때문에 그런 것이 있고.

그래 유치내산에서 있을 때, 인자 51년도 여름에 무지개재에서 인자, 동나주에서 영암 국사봉까지 후퇴를 하는데, 후퇴를 하는데 그때 무지개재에서 그 유치면에 인제 암천부락이라는 데, 암천부락 앞에 능선이 있고, 인자 거그 골짝을 넘어야 인자 영암 국사봉까지 직행으로 가게 돼요. 그렁게 그 유치내산은 하도 광활하기 때문에 이쪽에서 저쪽 가믄 하루가 되아부러. 하여간 후퇴하다 가다보면은 하루가 되고 인자 그런 판인데.

그때에 이 무지개재에서 암천부락 앞에로 인자 가는데, 걔들이 인자 앞에를 막아부러가지고 다시 올라 채고 하다가, 거기서 그 진도 군당위원장이 내 옆에서, 거그서 쓰러져서 돌아가셨어요, 군당위원장이. 앞에 능선에서 인제 쫓고, 올라가는데, 그래가지고 거그서 또 우리가 무지개재 그 골짜기 능선에서 엄청나게 많이 죽고.

그래가지고 거기서 올라와가지고 인제 그 위쯤에 넘어가는데 우리 그 지구사 참모장이 있었어요. 참모장하고 나하고 둘이 만났어. 그래 만나가지고 인자 걔들이 막 그냥 훑어서 이렇게 압축해서 내려오는데, 인제 숲속에 가서 둘이 인자 딱 있었지. 그때 인자 칼빈 매고 있었으니까, 그래가지고 거기서 걔들이 우리가 발각됐다 하믄 하여간 쏳고 말이지,

"이제 죽자 살자로 하자, 잉."

이렇게 둘이 맹세를 딱 하고서 있는데, 고 앞에까지만 오고 안 왔어, 마침 인자 그 날, 경찰들 고 해가지고,

(전화가 와서 제보자가 통화하느라 잠시 중단되었다가 구연이 이어짐.)

그래서 유치내산에 있을 때는 인자 장흥군 해방작전이 한번 있었고, 그 유격 부대들이. 그래가지고 인자 가지산에서 추발해가지고 장흥군 경찰서 때리고 했었지만 완전히 해방은 못 시키고, 고 해방작전 한 번 있었고.

그러고 인자 이 다도면에 그 지서 또 작전이 있었고. 거그서 인자 가마터고지라고 또 인자 고 있어요. 걔들이 저녁이믄 인자 그 낮이고 인자 주둔한 데가, 포대 세워놓고, 잉. 인제 그런 디 가서 인자, 그 연대들이 가서 인자 그 작전 하고, 이게 그런데 그런 작전에서 인자 우리 동지들이 인자 많이 죽어요. 그거보고 그 토목화점 작전이라고 그러거든요, 토목화점 작전.

그렇게 사실은 빨치산이 토목화점 작전 전술 쓰는 건 아니거든. 빨치산 전술의 기본 핵심이 뭐이냐면은 기습 매복이거든요. 기습 매복이 빨치산 전술의 기본 아닙니까, 잉. 긍게 토목화점 작전은 정규군 작전이거든. 근데 이런 작전은 결국은 적진에 들어가서 수류탄 던지고 하면은 우리 아군이 피해를 보게 마련이거든. 그렇지 않아요? 다 피해 없이 뭣하는, 그 점령하는 그런 법은 없어요. 그래서 전남에서 인제 기동작전을 많이 하고 이렇게 하지만은, 그 토목화점 작전에서 우리 동지들이 많이 죽었습니다, 그래서 유동량이 많이 발생하고 그러는데.

그 유치내산에 있을 때는 인자 그 김○○ 동지가 간 후로 인자 위원장이

누가 되냐믄 이○○ 동지라고 있어요, 이○○. 이 이○○ 동지라고, 합법 때 농민부장을 했는데, 이 양반이 고 6.25 전에는 인자 사령관도 하고, 지구사령관도 하고. 그 사람이 저그 화순 도암 출신입니다. 이○○ 동지라고, 그분이 인자 53년도까지, 53년도에 인자 포위돼가지고 거그서 자결해가지고 유치내산에서 인제 희생됐지만은.

그 양반이 인자 그 9.28 후퇴 때, 9.28 후퇴 때 북으로 올라가게 돼있었어요, 북으로, 그 양반이. 그게 북으로 올라가게 돼있는데, 추풍령까지 갔어. 거기 추풍령만 넘으면 북쪽으로 북상하는 거여, 이제. 추풍령 넘지 못 하믄 다 인자 북상을 못 하는데, 그때 인제 추풍령에서 미군들이 그 전봇대 하나에 하나씩 배치하듯이 이렇게 늘궈내서 거그서 있었다고 그러니까, 그래 거까지 갔다 다시 돌아왔습니다. 이제 그 영향을 우리가 인제 많이 받고 있는데,

"왜 돌아왔느냐?"

"지금 남쪽에서 전우들이 오늘 죽고 내일 죽으면서, 그 사선에서 싸우고 있는데, 내 혼자 잘 있어가지고 북쪽 올라가믄 인제 편안하게 살 수 있고, 거그 싸울 수도 있고, 다시 내려올 수 있지만은, 그 전우, 죽어가는 동지들을 생각할 때 내가 북으로 올라갈 수가 없다. 다시 돌아가가지고 다시 싸워야겠다."

해가지고 추풍령 갔다 다시 돌아왔어요. 그래서 인자 그걸 보고서 우리 박영발 도당 위원장이 굉장히 사랑하게 됐지, 더 신임을 하고. 그러다가 53년도, 인제 3지구당 위원장으로 가있다가 53년에 비트에서 적발돼가지고 거그서 인자 자결해서 인자 희생되고 말았지만은, 화순 도암 출신인데.

[28] 1차 공세 때 백운산 민청학원에 있다가 여수로 뽑혀간 뒤, 정공대가 조직되어 화순 일대에서 전투를 벌이다

그래서 나도 인자 그분을 모시고 있다가 51년도 11월 28일 날, 내가 인자

백운산을 오게 돼요, 백운산을. 왜 오게 되냐믄, 백운산에 민청학원이 있었어, 민청학원. 그래서 인자 민청학원 추천을 받아가지고 인자,

'공부를 인제 좀 해가지고, 잉, 좀 발전을 시켜야 된다. 간부들 밑에만 해가지고 발전하기가 어렵지 않느냐.'

해가지고, 제가 인자 추천받아서 고 백운산을 오게 돼요, 28일 날.

그래서 인자 오는 과정은 인자 다 생략하고, 그래서 인자 백운산에 와가지고 민청학원에 와보니까, 거그서 인자 그 민청 학생들 인자 30여명이 돼요. 큰— 터가 고 귀틀집으로 만들어 놨거든요. 그래서 거그서 인자 한 일주일이나 열흘 쯤 있다가 공세가 들어오게 됐어요, 공세가. 51년도 1차 동계 공세라고 그러잖애요, 적들 공세, 잉. 그래 인자 가서 보니까, 학생들, 저 민청 학생들이 전부 다 우리 나이, 나보다 두서너 살 더 많고, 내 또래 되고, 전부 그러거든요. 그러니까 각 기관에서 뭐 연락병도 하고 보위병도 하고, 또 되는 데로 추천받아서 온 사람들이니까, 그래서 인자 거그를 나오면 민청 간부가 되고, 민청 간부가 되면 인자 당 핵심이 되는 인자 간부로 발전하거든요. 정상적인 우리 체제가 그렇게 나오거든.

그래서 거그서 가있다가 이제 공세가 들오니까, 비무장 성원들이란 말이여. 이게 식량도 자체 해결해야 되고, 부대 따라가지고 했는데, 도저히 할 수 없다 해가지고 거그서 인제 분화가 된 거여. 그래서 인자 여수 여천에서, 여수에서 인자 사람 하나를 인자 중앙 간부부에다 연락하니까,

"그러믄 민청학원에서 마음에 맞는 사람 골라가라, 잉."

이렇게 해가지고, 그 중에서 내가 하여간 뽑힌 거여. 그래가지고 인자 그 여수 시당으로 가게 됐어요.

그 여수 시당하고 여천 군당하고 합해가지고 여천군당이라고 해. 그때 이 도당, 이제 군당위원장이 조○○ 동지라고, 인제 조○○ 동지는 구빨친데, 그래서 그 유격대가, 내가 갔을 때 한 10여명 밲에 안 됐어요, 유격대가. 그래서 인제 51년도 동계 공세 때 우리 유격대가 저녁마다 습격하고— 습격해

가지고 내중에는 100명의 무장대를 확보를 했어요. 그래서 인제 100명의 무장대는 어떤 성원이냐? 민청학원 학생들하고 그 다음에 도당학교 학생들, 그 다음에 군경대학생들, 군관학교 학생들 잉, 이런 사람들로 인자, 정치공작대, 긍게 도당 정치공작대를 약해서 정공대라고 그랬어요. 그래서 인자 우리 조동무는 인자 정공대장을 했어, 인제 도당 직속으로, 잉. 그래서 인자 그 정공대가 우리 도당 산하 전체를 보위를 하고, 또 투쟁하고, 잉.

그래서 인자 1차 동계 공세를 우리 정공대 산하에서, 백운산에서 매–일 전투가 벌어진 거여. 긍게 대부대니까. 그러면은 51년도 공세가 인자 벌어지고 있는 판인데, 내가 유치내산에서 모후산을 거쳐서 백아산으로 해가지고, 백아산에서 총명산으로 가려다가 못 가고, 또 길이 막혀서, 백아산에서 와가지고, 다시 모후산에 와가지고 조개산 루트를 통해가지고, 그 다음에 인제 백운산에 황정면에 갖거리 산에서 용재산에서 백운산으로 들어갔거든요. 그렇게 인자 들어가는 과정이 인자, 굉장히 또 거그서 또 그 우여곡절이 많았습니다, 내가.

한 100여명이 인자, 그 51년도 여름부터는 야산 지대에서 지리산으로 파송을 많이 보냈어요. 왜냐믄 야산에는 다 죽이니까, 잉. 긍게 큰 산에 가야 인자 우리 역량을 보존할 수 있다 해갖고는 막 보냈는데, 이것이 인자 모후산에 가서 다 수포가 된 거여. 정세를, 공세가 있었기 때문에.

그래 모후산에 누가 있냐믄 1연대가 있었어요, 저 총사 1연대가. 그 1연대 연대장이 영웅칭호를 받았던 남태준 동지라고 있어요, 유명한. 긍게 전남에 남태준, 경남에 이영회, 전북에 외팔이, 이건 아주 유명하거든요. 적들이 그냥 그 부대만 나왔다고 그면 덜덜– 떨 정도지. 유명한 그 군사간부 들인데.

그때 인자 그 남태준 1연대가 인제 모후산에 있었고, 그렇게 해서 가다 이자 맥히고 막히다 보니까 우리 일행이 한 100여명이 됐어요. 그래가지고 아까 말한 바와 같이, 조개산을 거쳐서 갖거리산을 왔어. 갖거리산을 와서, 갖거리는 야산인데 그 골짝을 하나 넘으믄 인제 용재산으로 들어가고, 용재산에서 보실봉으로 해서 인제 그 도당 터로 들어가기로 돼있는데, 그때 걔들이 인자 거무줄처럼 치고 있었거든요. 그때 공세에 우리가 인자 알기로는,

"나무 하나에 사람 하나 정도로 밀도로 강했다."

이렇게 우리가 평을 합니다. 나무 하나에, 그 정도로 밀도가 강했다 그 말이여. 이리 가도 적이고, 저리 가도 적이었어, 그때는. 우리 숫자도 많지 만은.

그래서 인자 이 갖거리산에서 있다가 그 골짝을 넘어서 용재산 골짝으로 들어왔어. 용재산 골짝으로 들어서니까 우리 도당 기동연대, 7연대라고 있어요. 심○○이가 그때 연대장이었었는데, 그 7연대가 거그 와있었어. 그래서 인제 7연대가 인자 보급나가면은 그걸 따라가지고 보급해다 오고, 우리가 자체해결 해야 되니까. 그래 인자 거그 연대도 인자 자기들끼리 다 가버리고, 우리 인자 100여명은 다 거그까지 무사히 왔는데, 그 무사히 왔는데 한 15일 동안에 거그서 다 죽고 한 30명만 살아남았어요.

[29] 1차 공세 때 연락원들 따라다녀서 살아남다

왜 살아나왔느냐? 매-일 걔들이 와서 인자 죽고, 못 먹고 인자, 올라간 식량들은 인자 2-3일쓱 가지고 있는데 다 떨어져 버렸잖어요. 그래서 인자 용재동 골에서 인제 어떤 것을 했느냐면은 거그 각 골짜기 마다에다가 디딜 방아를 많이 만들어 놨거든요, 방아를. 학독을 해놓고. 그러믄 거기에는 인자 보리를 또 찧고, 나락도 찧고 그랬잖아요. 그러면 그 재가 이렇게 쌓여 있잖아요. 그러믄 먹을 것이 없고 그러니까 눈을 다 헤쳐버리고, 잉. 그걸 인자 이렇게 불어. 불으면 싸래기가 이만치 나와요, 거기 싸래기가, 그 재 속에서, 잉. 나락 껍질이니 뭐 껍질이니 해서, 잉. 그러믄 그놈을 다 알미늄 솥에다 넣어가지고 끓여가지고 고 한 모금씩 마시고 그러거든요.

그렇게 해서 그것도 인자 메칠인데, 메칠인데, 이 각 처에서 온 성원들이

인자 인원들이 많다보니까, 연락원을 두 사람을 요 띠어서 맡겨줬단 말이여. 그러믄 연락원들 두 사람은 자기들이 지리를 잘 알지. 그럼 자기들끼리 가서, 우리 가서 요 잠복하라 하고 자기들은 따로 가서 잠복한단 말이예요, 딱 보니까. 그럼 여기 있는 사람들은 저기 전부 다 노출돼가지고 생포당하고, 맞어 죽고, 잉. 전부 다 그래가지고 인자, 그때는 인자 또 그 고지를 올라가믄 인자 우리가 다시 후에 돌아와가지고 보믄, 거기 저 불싸질러 버리지.

그렇게 되니까 내중에 인자 어떤 생각이 인자, 그런 죽는 사람 어떤 생각이 드냐믄은,

'이제는 이래도 죽고 저래도 죽는다. 그러기 때문에 여그서 따뜻핸 불속에서 있다가 죽어도 여그서 죽겠다.'

해가지고 잠복지로 안 나가요. 그러믄 그날 갔다가 인자 해거름 돼서 딱 와보믄, 걔들이 거그서 그냥 쏴서 죽여가지고 불에 다 타가지고 개처럼 이렇게 끄실러가지고 있는 사람을 우리가 봐요. 그렇게 보고서도 또 그 이튿날 또 그런 현상이 또 일어나. 긍게 사람이 그 극기에 처했을 때 용기와 희망을 갖고 좀 피해믄 안 죽고 또 살 수도 있는데, 그때는 인자 완전히 자포자기가 되기 때문에, 이래도 죽고 저래도 죽기 때문에,

'가서 죽으나 여그서 죽으나, 여그서 앉어서 죽겠다.'

인자 이런 자포자기로, 그래서 그 많이 죽은 거예요. 그래서 우리는 인자 그런 거를 놓고 볼 때,

"우리가 어렵고 곤란한 환경에 처했을수록 용기와 기백을 갖고서, 튼튼한 자기 의지력으로 어쨌든 이걸 극복할 데 대한 자기 지혜를 갖고, 노력하고, 뚫고 나갈 데 대한 고민을 해야지, 거기에서 환경에 머뭇쳐져가지고 그렇게 죽으믄 결국은 개죽음 밖에 할 수 없다."

이런 것을 인제 우리가 역사적 교훈으로 많이 좀 얻고 있어요.

그래서 나는 인자 그때는 어떻게 해서 살았느냐? 딱 보니께 연락원들이 요구한 상황은, 내가 딱 지형지물 생각해도 여그 하믄 대번 발각 돼 죽게 생겼

어요. 근데 지그들은 가는 데로 어디 가거든. 그래서 나는 끝까지 연락원들을 뒤따라 따라갔어. 그렇게 막 따라온다고 그냥 못 오게 막 허고, 따라오믄 쏴버린다고 막 이런 말까지 하고 그랬었어요, 그 연락원들이 나보고. 그래 몇 사람이 따라오다가 쏴버린다고 하니까, 또 떨어지고 떨어지거든. 마지막엔 나 하나만 남았지. 그래 나는 끝까지 가니까 그놈들이 빨리 오라고 해가지고, (청중 웃음) 그래 연락원들하고 같이 행동하다보니까 난 안 죽었어요. 딴 사람은 다 죽었지만은, 하여간에 그냥. 그렇게 해서 인자 1차 공세가 딱 끝나니깐 30여명이 남았어, 30명, 다 죽고.

[30] 1차 공세 때 토벌대에게 쫓겨 다니면서도 발각되지 않고 살아 나오다

그래가지고 인자 배는 고프지, 보실봉이라는 데가 인자 그 백운산에서, 상봉, 싸리봉, 보실봉이 3개 봉이 있어요. 그래 그 안을 내각이라 허고 바깥을 외각이라고 그럽니다. 그래서 백운산을 겹산이라고 그러는데, 그래 보실봉을 올라오는데, 다리가 힘이 없으니까, 다리가 힘이 없으니까 인자 풀포기 잡고서 기어서 올라왔지, 배는 고프니까. 굶으면은 다리가 힘이 없어요. 그러고 내려갈 때도 이 다리가 그냥 꾸부러지거든요, 힘이 없으믄. 그러믄 이만-헌 그 풀뿌리 하나에도 고 넘어지고 그러는 거요, 이게 힘이 없으면은. 그 경험 허믄 다 알겠지만은, 이제 그렇게 해가지고 인자 지도부까지 들어가서, 간부부에서 그 심사해가지고 그래서 내가 인자 민청학원을 간 거예요. 인자 그런 과정을 내가, 아까 얘기 나눴지만은.

그러다 인자 공세 맞이해서 그 아까 말한 바와 같이, 그 학생들하고 합해서 정공대를 조직해가지고 쭉 싸우다가 52년도 1월 27일 날 우리 그 '88터'라는 골짜기가, 인자 우리 도당 지도부 암호가 '88'이여. 그래서 지도부가 있다는 데가 '88골'이라 그래, '88'이라고. 거그를 가보면은 전-부 인자 위원장, 뭐 간부부 뭐, 저 선전부, 출판부, 그 다음에 인자 경리과, 그 다음 인민위원회, 뭐 여맹 이렇게 해가지고 귀틀집으로 다 맨들어 놨어요. 저 에스키모들이 하던 거처럼 귀틀집으로. 그렇게 해놓고 인자 화덕해놓고 불때고 그랬거든. 이게 지금 그것이 지금도 남아있어요, 화덕은. 우에는 다 그냥 불질러버렸어요. 계-속 지르니까는 다 없어졌지만은 화덕은 남아있어, 지금도.

[조사자: 귀틀집은 어떻게 지어져요?] 그 잣나무 있잖애요. 잣나무가 쭝-쭝하잖아요. 그러믄 이렇게 사각으로, 잉. 이렇게 딱 맞추고, 또 이거 맞추고, 사각으로, 이렇게 해가지고 올라오는 거여. 그거 가운데는 흙 발라버리고, 가운데 틈백이는, 잉. 그래 고러고 져가지고 그 지붕에도 이렇게 하고 흙 발라버리고. 그렁게 생나무 갖다 이렇게 귀틀집 만들어 놨응게 얼른 해도, 불 대도 불이 잘 안타거든요, 잣나무라. 나무가 저 껍질만 타지, 오래 하다보믄 그게 다 타졌어도, 올 때마다 불태우니깐 이게 내중엔 없어졌지, 하여간. 그래서 에스키모 그 귀틀집 보믄 거그 나오는 막 그런 식이야, 하여간. 그렇게 해가지고 '88 터'가 있고, 그 골짝마다 그런 귀틀집으로 이 해놨었어요, 거게 다.

그래가지고 52년도 1월 27일 날에, 그 날에, 구정 날인가 될 거야, 아마도 구정, 1월 27일이 구정 날인가 그랬었는데, 27일 날, 그때 인자 우리 그 정공부대가 88터 보초능선이 있어요. 88터라는 데 보초능선에, 거그서 보면은 사방팔면이 다 보여요. 거그 인제 전라 고지 보초능선인데, 그래서 인제 거그서 인제 전투를, 그 우리 인자 도당 지도부 산하가 그때만 해도 뭐 200-300명 되거든요. 그러면 인자 거그가 우리 부대가 보위하고 오믄 걔들이 인자 노출되기가 쉽잖아. 어디 가믄 등치가 그 크니까. 그러니까 만날 우리가 그 전투를 해야 되잖애요. 그래서 그 전투에서 우리 정공대장님이 이 허벅다리 관통상을 입었었어요, 허벅다리 관통상.

그래서 이자 88터에, 우리 정공대 터가 인자 어디에 떴냐믄은, 경리부 터를 우리 정공대 터로 쓰고 있었어, 경리부 터라고. 88터 올라가믄 첫째 턴데, 그래서 거기서 인자 저녁에 전략회의를 했거든요. 어떤 얘기냐면은 내내야,

"내일 공세가 이 내각에 집중이다. 그러니까 이 부대가 외각으로 빠져야 된다."

이런 결론을 했어요. 그래서 인자 그 부부대장이 서○○라고, 그 동지도 14연대 출신인데, 서○○동지가 인제 부부대장 총책임을 지고, 그리고 우리 정공대장은 인자 허벅다리 관통상을 입었응게 천상 이제 비트에 들어갈 수밖에 없어요, 이제 관통 치료하면서. 그래서 거기에 인자 간부부터 우에 쪼그만 땅굴 터가 하나 있는데, 그 임시 환자 터였어, 임시. 그래 거기에 누구누구 들어갔냐믄 정공대장하고 나하고, 그 다음에 이○○라고, 거기 저 박영발 위원장 동지 보위병이 하나 있어요. 그러고 인자 이○○이라고 주치의가 있었고. 네 사람이 들어갔어요, 그 터에. 그래 네 사람이 들어가가지고 있는데.

이 터가 엉성한 게 뭐이냐믄, 들어가는 문이 이게 간바라치가 잘 돼야 되거든요. 그렇지 않아요? 이거 이 납작한 돌, 납작한 돌로 덮고 우에다가 낙엽이랑 덮어야는데, 들어간 사람이 갈 때 하고 나면은 딱 보면은 태가 나게 돼있어. 그렇게 인자 걔들이 셰파트까지 전-부 동원해가지고, 박영발 위원장이

활동을 못 하기 때문에, 틀림없이 비트에 헌다는 걸 알고 있거든. 그 비트를 찾기 위해서 굉-장히 수색작전을 많이 한 거여, 사실은.

그러나 인자 박영발 위원장 비트는 못 찾았어요, 그놈들이 하여간. 결국 못 찾았지만은 임시로 들어간 우리 비트는 오후 네 시경에 발각이 돼버렸어요, 그 터에서. 그래가지고 발각이 됐는데, 우에서 뭐 죽죽죽죽– 내려오믄 소리가 다 들리거든, 땅이 울리니까. 그런데 인자 우리 터에, 그 터에 와가지고 그 문을 그, 그 넓적한 돌을 덮어 논 그거를 딱 잡고는,

"비트발견!"

그러더라고. 그래서 인자,

"우리 여기서 다 죽었다."

인자 안에 우리 네 사람 들어있는데. 거기 총은 누가 가지고 있냐믄 ○○ 동지 칼빈 M1 총하고, 나 칼빈 M1 총 두 자루 밲에 없어요, 칼빈 M1 총. 그러면 인자 실탄은 한 100여발씩 가지고 있었어요.

왜 실탄을 100여발쓱 가지고 있었느냐? 그 1월 초순에 수도 사단이 백운산 토벌작전을 왔을 때, 그 8대 고지라는 데 삼학고지가 있는데, 삼학고지 막 오자마자 우리 정공대 부부대장이 인솔해서, 여덟 명이 올라가서 기습작전 해버렸어, 백주에. 그렁게 이놈들이 그냥 그 실탄인지 총인지, 대포니 다 놔두고 그냥 흩어져 내려가버렸단 말이여. 그래서 인제 우리 후발 간 동지들이 전부 올라가가지고 그놈 한 짐씩 하여간 다 짊어지고 하동을 넘어서 그 절이 하나 있는 절까지 갔었어요. 그래 이놈들이 비행기 동원해가지고 막 폭격하고 그래서 우리 동지들이 또 죽고 또 부상도 당하고 그랬는데, 그 인원이 없어서, 인원이 적어서 그 노획품을 다 못 가져왔어, 하여간. 그래가지고 거그서 인자 노획한 탄이, 인자. 그래서 인자 그 칼빈 탄을 그때 또 많이 획득하기도 했고. 거기서 M1 탄을 한 만 발쯤을, 한재골이라는 그 골짝에다 비장을 했는데, 비장한 동지가 죽어서 지금까지 그 땅속에 묻혀있는 거예요, 지금. 이제 거게 어디다 비장했는지 모르니까, 비장을. 인자 그래서 인자 실탄을

거기서 확보했다는 거.

그래서 인자 비트발견을 딱 했는데, 하고서 인자 총을 그냥 그 입구에다 대고 막 빠방– 쏳드라고. 그래서 인제 우리 정공대장이 인자 거그서 명령을 하기를 뭐이냐믄,

"여그서 우리가 어쨌든 한 사람이라도 죽든 살든, 나가다 죽더라도 여기서 튀어나가서, 꼭 나가야 된다. 여그서 기달리믄 안 된다."

그래서 우리 ○○ 동지, 그 이○○ 동지라고 거기 그 팔로군 출신이거든요, 이○○ 동지가. 그 내중에 인자 고 공세 끝나고 전열부대 연대장 하다가 매복작전 해가지고 희생됐지만은, 그 동지가 인자 그 박영발 위원장 동지가 비트에 있기 때문에, 비트에 안 들어가고 주변에서 잠복을 해가지고 밥해서 주고, 또 정보 잉, 딴 데서 인자 내포 온 거 다 알려주고, 그 작업을 쭉– 했어요, 그 ○○ 동지가. 그래서 인자 그날 우리하고 인자 같이 들어가다가 나하고 둘이서, 거그서 ○○ 동지가, 우리가 수류탄을 가지고 있는데,

"수류탄 갖다가 자살하자."

이제 그러니까 우리 정공대장이,

"자살은 무슨 자살이냐? 쏳고 나가라. 한 사람은 살아나가라. 죽더라도 저것들하고 싸우다 죽어야지, 왜 자살 하냐."

이제 그 정공대장이 그렇게 명령을 내렸어요. 그래서 인자 수류탄을 밖으로 던졌어, 하나. 긍게 터져버리니까 이놈들이 인자 주의해서 앞에 못 오지, 떨어져가지고. 그래가지고 한참 쏳고 하다가, 이제 ○○ 동지가 총을 가지고 있기 때문에 먼저 튀어나갔어요. 그럼 튀어나갔으믄 그 앞에서 방어를 해줘야 될 거 아니여. 근디 뭐 어디로 가버렸는지 모르지, 지금 죽은지 살았는지. 그 다음에 이○○ 동지, 주치의 동지도 두 번째 튀었어요. 긍게 그 동지도 어디로 갔는지 모르겠어.

내가 세 번째 나와가지고 딱 보니까 걔들이 능선에 그냥 다 해가지고 있더라고. 그래서 인자 우리 정공대장이 이제 마지막 튀었어요. 근데 이제 다리가

아프니까 우물쭈물 하잖여. 그래서 빨리 내 뒤에 따르라고, 이렇게 하고 내가 딱 보니까 능선을 하나만 넘으면 되는데, 능선에 인자 기관총을 딱 걸어놓고 있더라고, 그래 꾀들이 져가지고. 눈은 있지, 그래서 인자 양 발 다 벗어버리고 맨발로 있었어요, 내가. 왜냐믄은 미끄러우니까, 잉, 맨발로.

그래가지고 칼빈 총으로 그냥, 이 죽은체하고 있다가 쪼금 뜨끔하믄 그냥 칼빈 움직여가 막 쏘고 그래서,

이 능선을 넘으믄 내가 살고, 못 넘으면 죽는다.'

이런 판단해가지고 능선 가까이 와서 그냥 칼빈 총으로 막 젓어버렸어, 그냥. 인자 대기병 있으니까. 젓어버리니까 그 중기 있는 데까지 무력화 돼버렸거든요. 그래서 그걸 튀어 넘어서 내가 살은 거고, 우리 그 정공대장은 거그저 비트에서 한 5-6미터 떨어져 나오다가, 정통으로 맞아버렸어요. 그래서 거그서 희생이 되고. 그래가지고 그 능선을 인제 넘어왔단 말이여.

그거 넘어와가지고 중반쯤 와서 이ㅇㅇ이하고 나하고 또 같이 만났어, 둘이만. 지금 저 주치의 동지는 어디로 간지 모르고. 그래 둘이 만나가지고 인자, 딱 만나서 실탄을 딱 보니까, 내가 세 발 있고, 이 동지가 두 발 있어, 다 쏘아버리고 그냥. 그래서 인자 둘이 거그서 맹세를 했어요.

"이제는 죽으믄 죽고, 살아도 같이 살자, 잉. 똑같이 살자."

그렇게 해가지고 인자 골짜기를 내려와서, 이ㅇㅇ 동지가 팔로군 출신이기 때문에 어떻게 했냐믄은, 골짝마다 쌀을 한 줌큼씩 해가지고 바위에 여기저기다 비장을 많이 해놨어요. 그렇게 발각됐는 데 있고, 안 발각된 데 있잖아. 그래 이 골짝에 가믄 그놈 훑어다가 밥을 해먹을 수 있거든. 이런 이제 지혜를 가지고 있었단 말이여. 그래 우리는 그때 생각을 못 했지만은, 잉, 그래서,

"야, 이 근처에 비장 했으니까, 혹시 있는지 모른다."

가서 보니까 쌀이 한 바쿠 있더라고. 그런데 이 냄비라는 건 인자, 냄비 그 알미늄 냄비 이것이 여기저기 흩어져 있거든요. 그래서 인제 그놈을 갖다

가 골짜기 물이 내려가니까, 쌀을 얹어가지고 밥을 거그서 해요. 그러면 걔들 한 50미터 가에서 밥해먹고 있어, 지금. 밤에 지금 안 나오고 있고 주둔지에 있으니까. 그럼 나는 인제 고 앞에서 보초보고, 잉, 이 친구는 밥을 하고, 잉.

그래가지고 인자, 그런데 저녁에는 이놈들이 다니질 않애. 이 정규군들은 낮에만 하지. 낮에도 하여간 딱 보믄 올라가버리지 더 이상 터치를 안 해요, 정규군들은. 그래서 그놈들 인자, 쌀 씻어놓고 밥해먹고 인자 땡그랑– 소리 나고 다 보이지, 불빛도, 잉. 그래서 인자 이놈들이 오기만 하믄 그냥 쏴버린다고 인자, 나는 보초 서면서 밥을 인자 한 숟가락 먹고,

"비트를 한번 가보자."

그래가지고 인자 기 그 비트를 갔어요, 둘이서. 딱 가서 보니까 우리 정공대장이 그때 인자 그 일본 그 걔들 장교 옷을, 저 사지 옷이라고 있어요, 사지. 국방색이로 사지 옷이라고 있어요. 잠바 있고 인자 된 잉, 사지 옷이라고 있어. 그 옷을 입었는데, 그 옷을 딱 벳겨 갔더라고. 그러고 안에 내의만 입혀놓고, 신발도 벳겨 가고, 이 사람들이.

그래서 인자 그 시체를 어떻게 묻을 수가 있어야지. 1월 27일 날잉게 땅땅 얼어져 있어. 그래서 인제 낙엽 등으로 딱 덮고 공세가 끝나고 나서 인자 묻어줄라고, 그렇게 막 고 하고서 출판과 터를 갔어요, 출판과. 출판과 터 그 안방 있는 데, 그래 출판과 터에도 가보니까 신을 갖다가 거그다 벗어 놨어, 우리 위원장 그 지하족을, 그 터 앞에다가 신발을. 그래서는 인자 보고서 잘 됐다고 그러고 내가 인자 그 신발이 없기 때문에 그거 신었지.

그 신고서 그날 저녁에 인자 우리 인자 간부 분이 인자, 지도부 성원들이 지금 어디가 있는지 모르잖어요, 지금. 그래서 인자 그날 저녁에 어디로 갈 것인가 인제 ○○ 동지가 나한테 하는 말이,

"위원장 비트가 하나 있다, 이 88터 내에."

그러니까 내일 거그 들어갔다가, 내일 지도부 성원들 만나면 되니까 한번 들어가자고, 그래서 내가,

"아니, 오늘 그 비트에서 혼나가지고 내일 또 가서 저기 하믄, 거그 또 구뎅이 그 가운데서 죽으믄 어쩔라고 하느냐?"

고, 나 절대 안 들어간다고 허니까,

"아, 이거는 안전해서 들어가도 된다."

해서, 그래서 어디로 갈 데는 없고, 그 비트를 들어갔어요, 또 그 이튿날 새벽에.

그래 눈에 이렇게 얕게 족적내고, 그래서 인자 안에 떡 보니까 'ㄷ' 자로 파있어, 'ㄷ' 자로. 1중 터 있고, 2중 터 있단 말이야. 그 2중 터고, 뭐 이제 그 허술한 게 뭐이냐믄 1중에서 2중 들어가는 문이 허술해. 발을 쳐놓고 돌을 갖다 놓고 이렇게 했는데, 그 뭐 다 이 거기 발은 이리 쳐지고, 잉. 그 2중 터에 가서는 평상을 해놨더라고, 평상. 그렇게 해놨는데, 그 2중 터 속에가 있거든. 그래서 날이 새가지고, 날이 새면은, 눈이 오면은 족적이 맥힐거고, 잉. 눈이 안 오면은 가서 인제 족적을 메꾸고 올라고, 이렇게 하다 보니까 날이 훤히 새서도, 그 안에 있으니 시계가 없으니까 보지를 못 했잖아요. 아 그래가지고 내중 인자

'시간이 어떻게 되는가?'

하니까, 사람 소리가 막 나, 사람 소리가. 그러니까 그때는 벌써 인자 아홉시, 열 시쯤 됐던 거여. 그러니 어디 나갈 수가 없잖어요. 그래서 말이야, 내중에 딱 들으니까,

"야, 족적 있다. 잉."

이런 뭐 말소리 들린단 말여.

"족적 있다."

그랬다가,

"여기 비트 있다!"

그래가지고 문을 딱 열어버리더라고.

"비트 발견!"

하고 말이지. 그래가지고 인자 막 입구에다 대고 막 지들끼리 집중사격을 하더라고, 한-참. 그래서 인자 2중 터에 가서 평상에 가서 ○○ 동지는 누워 있고, 나는 인제 앉어서 있고, 잉.

인제 그런 판이었는데, 그래서 인자, 내가 인자 칼빈 총 인자 총 세 발 있었다고 해잖아. 그래서 인자 그놈 갖다가 인제 1중에다가 대고, 잉. 그래서 한참 있어도, 아예 기별이 없으니까, 그 책임자 놈이,

"들어가라."

들어가보라고, 잉. 그래 두 놈이 들어왔어요, 두 놈이. 그래 두 놈 들어와서 이렇게 보니까,

"아무도 없다."

아무 것도 없다고, 잉. 인제 그래. 그러니깐

"이 족적이 있는디? 한 바쿠 돌고 나와라."

그래. 다 훑어보라 허더라고. 그래가지고 아무 거 없다고 나갔단 말이여. 나가드만은 또 한참 있더만은 또 세 놈이 들어왔어. 세 놈이 들어와가지고 인자 거그서 동태를 살피라 이거여, 안에서, 잉. 그렇게 해가지고 그놈들이 훑어서 내려갔거든. 근데 이놈들이 인자 옆에서 인자 딱 보면은, 이 지금 돌면 이러고 나하고, 사이에가 나하고 있잖아. 그래 나는 인자 그놈들,

'이거 우리 발견했다 하믄 이놈 세 놈은 하여간 우리 총에 맞어 죽는다, 잉.'

이런 각오로 그랬고, 이 ○○ 동지는 저 누워서, 뽀시락- 하믄 평상소리는 삐걱삐걱 소리가 나잖애요. 그래서 가만히 있고. 그래서 이렇게 있는데, 이렇게 첫 먼여 들어오면은, 밝은 디서 컴컴헌 디 들어오면은 아무 것도 안보입니다. 그래 그것도 오래 있으면 다 보게 돼있어요. 그렇게 우리는 그런 걸 다 보지. 근디 그놈들은 우리를 못 보는가 하여간, (웃음) 내중 얘기를 들으니깐 저것들 한창 목소리만 나와. 경상도 말소린 거 알거든.

"야, 여그 있다가 우리들 다 죽는 거 아니냐? 그러니까 어떻게 도망가자."

이런 말을 또 하고,

"야, 도망가다가 맞아 죽는다. 그러니까 해지 마라. 요기 있다가 해가 굴믄 나가자."

막 또 이런 놈도 있고 말이지. 해가 굴믄 나가자, 잉. 이거 언제 죽을지 모르니까, 이제 그런 한심 타령을 많이 해, 서이 놈들이. 그래서 그놈들이 우리를 발견하고 죽을까서 뵈 말은 않고 한 건지 그거는 모르겠고, 하여간 그래서 나는 인자 틀림없이 그 발각된 거 같이 생각허고, 나는 저 쏘자고 하고 옆으로 찡긋 하잖아. 그러믄 ○○ 동지가,

'쪼끔만 더 참아라. 쪼금 더 참아라.'

나보러 찡끗허고 그래요. 그래 만약에 내 생각대로 쏘아버렸으믄, 나도 죽고 다 죽었을 거야, 몰라 하여간, 잉. 그래서 인자 ○○ 동지,

"쪼끔 참어라."

참어라고 옆에서 찡끗하고 그랬어가지고, 오후 한 너 댓 시 되니까는 나가. 긍게 나가더만은 아무것도 없다고, 그래서 인자 바깥에서,

"아무것도 없습니다."

보지도 않고 그 나가더라고. 그래서 그날 우리가 안 죽고 살아 나왔어요, 사실은. 그래 나와가지고 이제 ○○ 보고, 다시는 인자 비트에 들어가지 말자고 하고, 내가, 잉. (청중 웃음) 그러니까 인자 그 이튿날은 그렇게 해서 그냥 두 번 들어갔다가 안 죽고 살아나왔는데, 그래서 인자 우리 간부부하고, 모다 인제 지도부도 선이 닿아가지고, 다 만나가지고, 어- 52년도 3월 말에 인자 1차 공세가 다 끝났어요, 3월 말까지 해서.

[31] 지리산 전투 지구당 본부가 조직되어 지리산으로 가다

그래 인제 1차 공세 다 끝나고 내가 이 지도부 따라댕기고, 박영발 위원장 동지랑, 내가 인자 그 비트에서, 잉, 안 죽고 영웅적으로 잘 싸웠다 해가지고 인자 박 위원장이 신임을 많이 했어요, 나를. 그래가지고 도내면에 부위원장

이었던 박○○ 동지가, 인자 그 보위병들이 그 공세 때 다 죽었어요. 다 죽고 그래서, 그 양반이 또 감옥에서 워낙 고문을 많이 당해가지고 이 발놀림을 잘 못 허고, 그래서 나보고 인자 거그 가서 좀 그 양반을 보위를 하라고, 그래서 내가 인자 그 박○○ 동지를 인제 보위를 하고 하다가. 이자 지리산 전투 지구당 본부가 52년도 4월 달에 개설이 됐어요, 전남 도당에 지리산 전투 지구당 본부가. 그래서 인자 4월 달에 지리산으로 왔어요.

그래 지리산에 와가지고 인자, 지리산에서 또 인자 52년도(53년도를 착각한 듯) 1월 달까지 있었지, 지리산에서. 그래 지리산으로 와서는 인자 여러 가지 그 투쟁들이 많이 있었는데, 사실 52년도, 1년도 동계공격 끝난 후부터서는 인자 토목화점 작전은 그렇게 못 했어요. 우리 인원이 51년도 동계 공세로 해서는 주력이 다 마사졌거든요. 긍게 52년부터는 이제 빨치산 주력이 얼마 안 돼. 특히나 이제 53년도 되니까 더 적었고, 인자. 그러다 보니까 인자, 인제 진짜 인자 빨치산 전투를 인자 할 수밖에 없어.

그래서 52년도 동계 공세 끝나고 난 다음에 우리가 뭘 접했냐 하믄, 김일성 장군의 약전이라는 것을 우리가 접하게 됐어요. 이것이 인자 항일 빨치산 투쟁에서 어떻게 투쟁하고 어떻게 했는지 다 나와 있어요. 그래서 이것을 인자 52년도부터 공부를 많이 했어요. 그래 인자 우리는 인자, 주로 인제 빨치산 전술에 대해서, 저녁이믄 우리가 인제 모여가지고, 빨치산 전술, 잉. 그걸 토론하고, 내일은 어떤 작전 어떻게 하고, 어떻게 하고, 잉, 이런 것들을 많이 인자 공부도 하고 연구를 하고, 이렇게 해서 인자 지리산에 있을 때도 인자 그걸 알고 인자 그랬는데.

지리산에서 인자 가가지고, 지리산 부대가, 백운산에서 부대를 만들어가지고 갔어요. 원래는 지리산에 우리 구례 군당부가 있고, 거그에 인자 부대가 있었는데, 동계 공세 때 다 죽어버렸어, 다. 그게 왜냐면은, 그 부대장이란 놈이 오○○이라고 있어. 오○○이가 그 목포 시당 조직부장 하다가 인자 그 위원장이, 지구당위원장이 되니까 인제 목포 시당 위원 하다가, 목포 군당산하 있는 사람들이 하도 인자 그 자수자들이 많이 생기고 그래서, 이 유치내산에서 지리산으로 다 파송을 시켰었어요.

그래가지고 인자 이 사람들이 거기 지리산에 있으면서 오○○이라는 사람이 지리산 부대장을 했었어요. 긍게 그때만 해도 인자 지리산 부대가 남부군하고 합동해가지고 싸우고, 산동 해방작전도 하고 그랬거든요, 50년도 해방전투도 하고 그랬는데. 그래 공세가 딱 되고 하니까 인자 아주 부대는 부대대로, 지도부도 그 지도부 대로, 지그들끼리만 인자 비트에 가서 공세 방어를 한 거여. 그래 부대가 다 녹아버렸어요, 지리산 부대가, 공세 때, 1차 공세 때. 그래서 지리산 부대를 백운산에서 그걸 만들어가지고 가서, 거그 남아있는 사람들하고 합해서 지구당 지구사업 부대를 만들었어요.

그래 인자 지금 부대장이 누구냐믄, 최○○ 동지라고, 에- 구례군 문창면에 사는 친군데, 이게 그 친구가 그게 구빨치산이거든요. 그래서 인자 남태준 1연대에 인자 참모장도 하고, 내중 부회장도, 부연대장도 한 분이거든요. 그래서 그 친구가 지리산 부대 부대장으로 인자 가서 부대활동을 하고 있는데, 지리산에.

그 산이 전부 다 이 등뼈처럼 이렇게 돼있거든요, 산이. 그런데 지리산은 홑산이거든요. 겹산이 없어, 백운산처럼. 근데 산은 크고, 크기는 큰데 보급로가 엄청나게 아주 악조건이여, 보급로가. 그래서 52년도 지리산에, 우리 지구당에서 통계를 잡으니까 제일 많이 죽은, 한 달에, 잉. 얼마가 많이 죽었냐믄은 스물두 명이 죽었어요. 전사를 했어, 한 달에.

그렇게 이 빨치산 부대라는 것은 보충부대가 없잖어요. 그렇게 꽂감꽂이에서 꽂감 빼 먹는 거 똑같애. 꽂감 빼 먹으믄 딱 대만 남는 거 아녀. 보충이 없으니까. 그래서 위생역량, 그 역량을 보존하는 작전이 가장 중요한 거여, 사실은, 잉. 그렇게 인자 김일성 장군 약전이라던가 그 빨치산 혁명을 보면은, 아무리 우리가 토목화 작전해서 승리를 했어도, 그게 그 마지막 승리는 아니거든.

"우리 동지들이 우리가 희생됐다믄, 승리라고 할 수 없다."

고, 우리 이런 말까지 우린 듣거든요. 그만큼 우리 동지들이 금싸라기 같은 동지들이기 때문에, 역량을 보존해가지고 데리고 최저의 희생으로써 그 인자 최대의 우리가 전과를 내는 이런 작전을 쓰는 것이 우리 빨치산의 기본 전술 아닙니까. 그래 이런 것들을 해가지고, 52년, 53년도에는 주로 인제 그 전술 작전을 우리가 많이 썼어요.

[32] 전투에 직접 참여했는데 상황판단이 빨라서 생명을 부지할 수 있었다

그래서 내가 인자, 에- 53년도부터는 직접 부대활동을 했거든요. 그래 내 특기가 뭐이냐믄 기습하고 내가 매복이여. 내가 매복 작전의 명수거든요. 매복 작전 잘 해, 이제 앞으로 얘기하겠지만은. 거기 지리산에 있으면서 이제 부대들이 자기 식량을 해결을 못 하는 거여, 자기 식량을, 부대원들이. 무장 부대가 자기 식량을 해결을 못 하면은, 당을 어떻게 원조해주고 보호해 줄 수가 없잖아요. 그렇지 않아요? 그렇게 그만큼 보급로가 엄혹하다는 거고.

저녁에 나가면은 여-기 저기 그 매복 작전에서 제-일 많이 죽은 게, 척후병이 많이 죽어, 척후병, 앞에 정찰 나가는 사람. 그런단 말이여. 그 악조건에서 이 길 아니믄 딴 길을 갈 수가 없으면, 그 길만 통과해야 되기 때문에, 가다가 죽고- 죽고 해서 척후병이 많이 죽는단 말이야. 그러니까 부대 성원들이 앞에 나갈라고 하는 사람이 없어. 지금 같으믄 꾀병하는 거 있지, 머리가 아파서 못 나간다 뭐한다, 잉. 이런 것 다 알지.

인자 그렇게 인자 그 지리산 부대가 참 위축되야가지고 그 투쟁 악조건 속에서 극복하지 못 하고. 그래서 인자 내가 인제 지구당에 있으면서, 지구당 인제 위원장을 보위하고 있으면서, 저녁에는 나보고, 그래서 인제 부대가 다 죽고- 죽고 그러니까, 우리 위원장 동지가 나보고 인자, 부대 그 소대장으로 나가라고 그렸어요, 소대장으로. 그래 나갈라고 그러는데 이제, 또 위원장을 또 보위할 사람이 없어. 그래서 인자 안 나가고, 투쟁에, 보급 투쟁에 나가도, 투쟁에 나갔다하믄 내가 나가요. 내가 나가거든. 그래가지고 그 소대장들허고 같이 합해가지고서 투쟁하고 그랬거든.

그래가지고 한번은 인자, 거기 인자 광회면에 나가는 그 지리산 그 무냄기 재에서 광회면 나가는 능선이 있어요, 거기 능선이 있는데, 그 장고봉 능선인가 해서 능선이 있는데. 그 능선 타고 내려가가지고 저녁에 보급 사업을 해야 되는데, 보급 사업을 못 했어, 식량 때문에.

그래서 다시 와가지고 기슭에서 이제 잠복을 하고 그 이튿날 하루 할라고 인자 하고 있었는데, 걔들이 꼬리물어가지고 아침에 날이 새자마자 인제 1개 중대가 그냥 우리 루트를 막기 위해서 올라오는 걸 우리가 발견했거든. 그리고 이쪽에서 인제 올라오는 전초부대 인제, 보초가 발견했고. 그때 내가 총을, 무슨 총을 들었냐믄 M1 총을 들고 있었어, M1 총을.

긍게 저녁에 비가 맞아서 이 약실에 물이 들어가가지고 한 방을 쏘니까 이게 탄피가 빠지들 않애. 그렇게 이 전투에서는 이 탄피가 빠지지 않고 이럭허믄 나무때기만 못 한 거여, 무겁기만 하지. 그게 그렇지 않어요? 그래서 인자 그걸 또 인자 그 탄피를 빼는 인자 그 철사, 잉. 구부러진, 그걸 가지고 대녔거든. 그걸 넣어가지고 탄피를 빼가지고, 약실을 인자 소지를 해가지고, 내중 인자 총을 쏘니까 내꺼 인제 나가더라고.

그래서 인제 1차 당한 디 가서 그 부대원들하고 같이, 소대장하고 같이 가서 인자 방어 작전 하고, 이렇게 딱 뒤돌아서보니까 앞에 능선에 한 개 중대가 쭉— 올라오는 것이 내 눈에 딱 보여. 그러믄 인자 이걸, 이걸 가서 막아야 우리 부대가 거그를 거쳐나가기 때문에 후퇴로를 우리가 찾아내야 되거든. 그래서 내가 인제 그, 우리 그 지리산 부대장 보고도

"빨리 이거를 찾어내야 된다. 지금 올라오고 있다."

그래 지그들이 하라. 그래서 나하고 그 인민군대 출신의 소대장 하나하고,

2소대장인데 그 소대장하고 둘이서 하여간 죽을둥 살둥 하고, 그 삼각 지형잉, 요리 올라오고 우린 요리 후퇴하는 데가 있어. 이 지점을 누가 먼저 점령하느냐에 따라서 우리가 인자 승패가 결정된단 말이여. 그래서 우리가 한 50메타 놔두고서 우리가 먼저 점령을 했어, 거그서. 그래 점령을 해가지고, 거그서 또 여유가 있어서 밑에 고지, 중허리 고지 그 하나 밑에 고지까지 점령을 했어.

그래서 거그서 인제 우리 둘이서 방어 작전 했지요, 1개 중대하고. 그래서 수류탄을 던지고 인자 총을 쏳고 이놈들이 인자 거그서 화력작전을 하더라고. 그런 판국에서 인자 부대가 인제 후퇴해서 와. 전방에서 인자 그 후방부대 감시하면서 후퇴해서 오는데, 우리 뒷고지에서 우리 3중대 있는 동지가 어떻게 생겼는가 하고, 뒷고지로 해서 돌아서 인자, 쭉— 와부렀으믄 희생이 안 되는데, 총소리가 막 쏘지 하니깐, 어떡해서 고개를 딱 내밀으니깐 이놈들이 조준사격 해가지고 거그 맞어서 하나가 죽고.

그 다음에 인제 부대가 후퇴를 다 했단 말이여. 후퇴를 다 같이 한 다음에, 인자 우리 그 1소대장이라고 하나 있어, 화군 사는 친구가. 그 소대장 하나를 인제 우리한테 도와가지고 3인이 됐어. 그러고 인자 중대장, 이○○라고 우리 1중대장이 있어, 부대에. 그인 또 인민군 출신인데, 그 중대장하고 그 다음에 소대장 하나하고, 또 1소대장 하나하고 나하고 너이서 인자 방어 작전을 하고, 마지막에 인제 후퇴를 하게 되는 거여. 마지막 후퇴를 할 때 내가 중대장 보고 이랬어.

“지금 이 능선을 넘으믄 직선이기 때문에 능선만 넘으면은 안정이 되는데, 지금 저쪽에서 중대병력이 대고 쏘는데 직선 거리가 지금 한 70-80미터가 안 되기 때문에, 이걸 넘을 때 우리가 다 죽는다. 그러니까 쫌 실탄이 피해나더라도 그 중허리 깨를 돌아서 나가는 것이 안전하다.”

내가 그 얘기를 제기를 했었어, 그때. 그렇게 이 섰는 1중대장이 인민군 출신인데,

“아이, 그건 문제없다.”고.

말이지.

“이건 넘어야 된다.”고.

아 그래가지고 우긴단 말이여. 그러믄 한번 넘으라고 말이지.

그래서 인자 제-일 첫 먼여, 누가 인제 먼저 앞장을 서냐믄 그 1소대장, 인민군 출신 1소대장이 수류탄 하나 던지고서 그거 넘다가 총을 맞았어요. 총을 맞어 거그서 죽었어. 이 M1 총을 가지고 있던 게 떨어져 있어. 근데 걔들이 그 집요한 게 그 총을 줏어갈 수가 없어요. 주으러 가믄 또 죽으니까. 그러면은, 그렇게 되면은 방향타를 내가 말한 대로 그 돌려야 되는데, 또 1중대장 넘다가 이 팔이 맞아부렀어요, 팔, 1중대장이. 그러니까 넘지를 못 하고 다시 떨어졌어. 그 다음에 인자 세 번째 그 저 2소대장이라고, 잉. 그 친구가 넘다가 붕대를 맞아 부렀어. 그래가지고 또 이 밑으로 후퇴해졌단 말이여.

그래 내가 마지막 수류탄 던지면서 이자 가니까 이제 그 지경이여. 그래서,

“빨리 그럼 중허리로 돌자.”

그래 중허리 돌아가지고 우리가 세 사람은 그 이상 안 다치고 살아왔어요. 그러고 인자 그 넘어서, 고개 넘었다가 이 죽고, 잉. 그래 나머지 부대들이 이제 무냄기재까지 무사히 왔었거든요.

그래가지고 인제 저녁에 한번 갔어요, 인자, 걔들이 빠진 다음에. 떡 가서 보니까 우리 1소대장 모가지를 짤라갔더라고, 총은 가져가고. 그때는 목을 짤라가요, 죽으면. 왜냐믄은 하도 인자 그 허황된 숫자를 많이 부풀리기 때문에, 그래서 내중에는 인자 목을 짜르던가, 귀도 양쪽 귀가 있잖아요. 그렇게 이 기술자들 아니라믄 이게 이쪽인지 잘 모르잖애요. 그러니 코를 짤라가네, 코는 하나 백이 없으니까, 잉. 그래서 인자 그렇게 이놈들이 짤라갔어. 짤라가고 그래요. 그래 목을 짤라가버렸더라고 총을 가져가 버리고. 그래서 인자 그 시체도 그냥 우리가 제대로 묻어주지를 못 했어. 그러고 한번 갔던 데를 두번 가기 힘드니까, 그래서 인자 낙엽들로 이렇게 덮어주고 이랬는데, 지금

까지도 인제 거기를 가보지 못 했거든요.

그래가지고 인제 내가 인자 그날 저녁에 와가지고, 우리가 터를 인자, 그 지리산에 그 대죽골이라고, 인가 거기 저 인걸령있는 데 그 중터리에 우리가 지구당 터를 쓰고 있어서, 어- 거그 가서 인자 위원장 동지한테 이제 내가 그 사실 보고를 다 했어요. 그 사실 보고를 다 해가지고, 그때 그 후퇴할 때도 내말을 들었이믄은 우리 4인이 안 죽고 무사히 살아나왔는데, 그땐 내가 지휘관이 아니니까, 지휘관이 아니니까.

그래서, 내가 인자 그때부터도 뭐이냐믄은, 산에 올라와서도 내가 가장 인자 그 잘한 것이 뭐이냐믄, 내가 상황판단을 잘합니다. 그때 정세와 이 적정 잉, 어디가 약한 거고 이런 걸 내가 좀 그 상황판단을 잘하거든요. 왜냐믄은 내가, 사람이라는 것은 어느 한 곳을 어떻게 한다고 그럴 적에 집중해서 연구를 하고 고민을 하다보면은 답이 쪼끔씩 나와져요, 사실은, 잉. 딴 사람들은 그때 가도, 그때쯤이면 아주 이른 시기지. 나처럼 그렇게 꼼꼼하게 고 생활을 비판하고 사는 사람이 별로 없어요. 그래서 그때 내 상황판단이 옳았다는 것이 총안에서도 이제 결정이 났고. 그래서 인자 그때 부대가 인제 그런 실정에서 우리 그 희생들이 많이 됐고.

그 다음에 희생들이 많이 된 건, 우리 그 지구당 지도부의 조직부 지도원들이 한 7-8명 있어요. 도당, 그 지리산에 도당 군교가 있었어요. 그래서 인자 각 군당 조직부 간부들이었었거든요. 그 사람들이 어떻게 공세 때 안 죽고 다 살았어. 그래서 인제 지구당 조직부 구성원으로 들어와서 있는데.

그때는 인자 광회면에 어떤 것이 있냐믄은, 이 그 한청이라는 그 사람들한테, 인제 저녁이믄은 지서에서 이 총을 잉, 한 여남은 총을 갖다가 인제 부락에다 줘서. 무장을 줘서 매복을 시키고, 낮이 되면은 그걸 또 걷어가지고 지서에 또 가지가고 또 그런 게 있었어요.

그래서 이거를 이제 우리가 정보 탐문 해가지고, 우리 그 조직부 지도원들이 인자 거그 김○○이라고, 그 양반이 이제 외팔인데, 불갑산 빨치산 하다가, 1년 내 하다가, 대대장 하다가 인자 도당학교 온 친군데. 이 친구를 이제 중심으로 해가지고 다섯 명이 새벽에 내려가가지고, 낮에 날이 훤히 새니까 그걸 이제 기습을 해가지고 총을 가지고 오다가, 넘어오다가 걔들한테 매복이 걸려가지고, 그래서 그 양반 하나 살아왔고, 나머지 조직부들은 다섯 명 거그서 다 죽어붔어요, 못 돌아오고.

이제 그런 예가 지금, 그때 이제 다 이거 완도, 진도, 장흥 출신들인데 참, 그 용감한 친구들이고 참, 참 조직부 간부들로써 앞으로 좀 발전 될 유망한 이런 친구들인데 거그서 다 희생됐다고. 그런 아픈 역사를 인자 우리가 가지고 있고, 지구당에서.

[33] 빨치산 2000여 명이 지리산 대성골에서 몰살당하다

그렇게 해가지고 인제 52년도를 어- 넘기고 그러는데, 52년도 4월 · 5월 달에 인자 어떤 것이 있었냐믄은, 백운산에서 인자 박영발 위원장 동지가 5 지구당 회의를 하기 위해서 지리산을 왔었어요, 지리산. 그래서 인자 그 양반들은 인자 노고단까지 와서, 노고단에서 그 뱀사골까지, 뱀사골까지 그 분들을 이자 보위하고 가는데, 그때 일행이 누구냐믄 박영발 위원장, 전북도 위원장 방준표 위원장 동무, 그 다음에 전북 도당 인제 부위원장 동지, 박종화, 저 박종화, 이○○ 동지, 이○○ 동지, 그 다음에 인자 우리 그 박○○ 동지, 그 다음에 인자 박영발 위원장 보위하는 이현상 동지, 이자 이렇게 해가지고 한 부대 해가지고 인자 그 노고단 있는 디서 다자봉까지, 다자봉 거기 저 뱀사골 능선까지 인자 우리가 보위허고 간 적이 있었거든요.

그랬는데 그때 그 이현상 동지는 내가 인자 54년도 4월 달에 가가지고, 뱀사골로 갈기정 봉우리 가서, 피천골에서 처음 봤었어요, 내가. 에- 그때, 그래가지고 그때 보았을 때, 그때에는 이현상 부대가 대성골에서 전부 다 마사졌거든요. 그 경남 도당 부대하고 합해서 한테 있다 보니까, 그래 대성골에서 이거 이 52년도 1월 19일부터 2-3일 동안에 한 2000여명이 대성골에서 희생됐어요, 우리 동지들이, 그 네이팜 같은 거 떨어뜨려가지고.

그래서 인자 고 얘기를 잠깐 하자면 뭐이냐믄은, 거기서 부대가, 이 그렇게 우리 빨치산 그 전술은 아니여. 그 대부대가 되니깐 지리산에서 토벌대가 그 덩어리만 몰고 다닝게, 매일 전투가 벌어지지 않았어요? 그래서 대성골이 완전 포위당해가지고, 거기서 네이팜까지 떨어지고 그래서 그냥 다 죽게 되니까, 지도부가 인제 거그서 다 멸종하다시피 할 그런 찰나였었는데, 거그서 어떻게 지도부만 살아나왔어요. 왜 살아나왔느냐? 거그서 부상자들이 한 30여명 있었답니다, 30명이. 30여명 지금 있었는데, 이 친구들이 이 입에다가 수류탄을 하나씩 다 물었어요, 수류탄을, 잉. 하나씩 다 물고.

"우리 사령부를 어쨌든 구출해야 된다."

이렇게 해가지고 차례로 여기서 실상은 폭발을 한 거여. 거그서 자폭을 해가지고, 이놈들이 거그에 집중하는데 고리를, 그 약학 고릴 때려가지고 지도부가 살아남은 거여. 그래서 이현상 부대 지도부가 거그서 살아나온 거여, 얘기 들응게. 그런게 우리가 항시 말하는 '총폭탄 정신'이라고 그런 거 있잖여, 보위할 때 지도부 살려 내면서, 잉. 이 이런 것들이 거기에서 이미 그 실시되고 있잖여. 긍게 30여명의 동지들이 자폭하므로 인해서 지도부가 살아나왔던 이런 역사적인 교훈도 우리가 뭐 가지고 있는데.

[34] 방준표 동지 때문에 간부들의 전투력 향상을 위해 연락병제를 없애다

그래서 인자 그때 당시 인자 능선을 타고 가는데, 전북 도당 위원장 방준표 동지가, 전년 1차 공세 때 부상을 당해가지고, 부상해가지고 비트에서 살아나왔어요. 부상을 당했는데 전북에는 의사들이 없어, 다 죽고. 그래서 이 사실을 우리 박영발 동지가 알고 주치의 이○○ 동지라고 있었어. 이○○ 동지가 우리 지구당에 인자 그 주치의로 있었는데, 위원장이가 파견해가지고 비트에서 방준표 동지를 치료해서 좌우지간 살려냈어요. 그래 방준표 동지 보위병들은 지리산에서 인자 다 죽었고.

그래가지고 인자 같이 가면서 인자 그 방준표 동지가 하시는 말씀이 인자 이런 것이 있어요. 내가 인자 방준표 동지 글도 써놨고 했는데, 무슨 말씀을 하냐믄은, 인자 그 위원장 동지나, 그 박영발 위원장 동지가 하는 말이, 이 양반이 자기 권총하고 칼빈 M2를 중무장을 하고 댕겨요. 이 방준표 동지가 키가 작달막하거든요, 방준표 동지가. 그래서 이제,

"그럼 권총만 차시면 됐지, 왜 이거 칼빈 M2를 뭐 할라고 들고 대니느냐?"

이제 그런 얘기를 했어요. 긍게,

"말마라. 전투가 벌어졌을 때 보위병한테 의탁해서는 절대 안 된다."

내가 전투력을 갖고 싸워야지, 보위병한테 의뢰해서는 절대 안 된다 이 말씀이여. 그래서,

"당 간부들은 자기 자신이 전투력을 향상하고, 자기 자신이 자기 문제를 다 해결을 해야지, 남한테 의뢰·의탁해서는 절대 안 된다."

이거이 방준표 동지의 말씀이여. 사실 그렇거든요. 그래서 칼빈 M2를 매고 댕긴다고, 그 약질에도, 칼빈 M2. 보위병들도 M1 총, 따발총 가지고 있지만은, 본인도 그걸 가지고 있어요. 그래서 인자 그런 말씀이 우리들에게 굉장히 그 시사하는 바가 크거든요, 사실.

그래서 이자 53년도부터는 어떤 것이 있었냐면은, 간부들 연락병제를 다 없앴습니다, 빨치산 그 체제에 의해서. 간부들 연락병을,

"그 대신 집중보위를 한다."

집중보위. 그래서 위험할 때는 집중보위를 하고, 웬만한 데는 자기가 가서, 가서 다니고, 잉. 그래야 간부들이 자기 전투력이 향상되고, 당적으로는 강해도 전투력이 약하면 적과 싸움에서는 맥을 못 추거든요. 그렇지 않아요? 그러기 때문에 그런 것을 허시기 위해서 연락병제를 다 없앴습니다. 우리 전

남 도당에서는 다 없애고. 인자 다 접고 뭐 이제 53년도 가서 내 얘길 하는데, 그래서 인자 52년도 그 가면서 그런 일을, 교훈적인 말을 내가 들었고.

[35] 박종화, 김지회, 김규태, 방준표 등 빨치산 간부들이 전투에서 죽다

고 다음에 인자 이현상 동지는 항시, 그 이현상 동지도 몸이 조금 뚱뚱하면서 키가 작달막합니다. 그 양반 특징이 뭐이냐믄은, 언제든지 모자는 인민군 장교모자를 쓰고 대녀, 인민군 장교모자, 언제든 모자는. 딴 사람은 그냥 내리모를 쓰고, 나도 이 산에서 내리모를 많이 써봤지만잉, 내리모 쓰고 이렇게 해도, 이현상 동지는 꼭 인민군 장교모자를 언제든 쓰고 대녀. 모자를 쓰고 대니고, 안경 쓰고, 잉. 그러고 인자 손 안에는 이 권총 하나, 잉. 이거 이놈을 차고 있고 인자, 이자 그렇게 하고 있는 것을, 이현상 동지를 봤고.

그래서 그 인자 52년도 4월 달에 내가 인자 그 갈기봉 밑에서 이현상 동지를 처음 만났다고 했잖애요. 거그서 이현상 부대에서 어떤 것이 있었냐믄은, 여수 14연대 출신, 구빨치 출신의 한 개 부대를 건설해가지고 북쪽에 선을 대기 위해서 한번 파견을 했어요, 파견을. 52년도 여름까지는 선이 육상을 통해서 왔었지만은, 그 후부터는 선이 떨어져가지고 사람이 가기 전에는 선 댈 수가 없어요.

그렇게 우리가 여그서는 무전으로는 다 들어. 근데 여그서 보낼 수는 없잖애요. 암호가 안 통하니까 사람이 가서 해야지. 그렇잖애요? 그래서 인자 지구당이란 거는 그럴 때 필요한 겁니다. 그래 5지구당이라는 것이 중앙당 역할을 놀거든, 중앙당 잉. 지시를 못 받을 때, 중앙당은 각 도당을 지시하고, 그래서 이 지구당이라는 거기, 그래서 그런 편제가 나온 거여. 그 지도부 월구라고, 그게 월구 지도부라는 것이여. 그래서 인자 그 부대가 태백산 가다가 거기서 다 마사지고, 체포되고 했다는 건 우리가 다 들었고.

그래서 인자 이현상 부대가 원래 인자 박종화 부대에 인자 있었는데, 박종화 동지가 인자 그 이현상 부대, 남부군 부대 총참모장이여. 긍게 박종화 동지가 52년도에 인제 죽었거든요. 이 매복에 걸려가지고는 처형당했는데, 진짜 군사 간부는 박종화 동지랍니다. 박종화가 구례 출신인데, 그 동지가 이현상 동지보다도, 이 오랜 경력은 없지만은 그 동지, 그래서 이현상 동지가 박종화가 죽으면서 눈물을 흘렸다는 얘기도 우리가 듣고 그러거든요. 이제 그 양반도 이제 죽어가지고 영웅칭호도 탔지만은, 그래서 인자 죽은 후로 박종화 부대가 새로 생겼어요. 그 다음에 김지회 동지, 김지회 부대, 두 개 부대가 있었거든요.

그 김지회 동지는, 여수 14연대 그 일어났을 때 그 책임자 아닙니까, 김지회, 그 홍성찬이하고. 그 양반이 인자 그 49년도에 지리산 그 대죽골, 그 달궁골로 나오는 입구에 주막집에서, 거그서 매복에 걸려서 거그 죽었거든요, 거그서. 그래서 인자 그 달궁골을 우리 김지회 골이라고 붙여요. 김지회 골이라고 그려, 그 달궁골을. 그러고 그 양반이 인자 북쪽에서 연줄을 타고 인자 부인을 해가지고 서대문 형무소에서 인자 죽었지만은.

그래서 인자 김지회 부대하고 박종화 부대 두 개 있었는데, 내중에 인자 그 부대가 다 피폐해서 김지회 부대 하나만 남았었어. 그래 김지회 부대 하나 대장이 누구냐믄 김태규 동지가 인자 부대장을 했어, 52년도에. 인제 그 양반이 어- 김지회 부대 부대장을 하다가, 어- 53년도 여름에, 53년 여름에 지리산 꽃대봉 전투에서, 지리산 꽃대봉 전투에서, 우리가 저그 나 백운산에 와있을 때여. 꽃대봉 전투, 1개 대대를 거그서 생포를 했거든요. 그 김태규 부대 소조가. 그래서 인자 김지회 부대가 없어지고, 5지구당 특수부대로 인제 된 거여, 지구당.

그래가지고 인자, 그 양반은 인자 그 이현상 동지 그 부관으로 있은, 여수 14연대, 이름을 잊어버렸네. 그 친구가 인제 정치위원이고, 그 다음에 인자 김태규 동지가 부대장이고, 그래서 인자 그 갈깃대봉 밑에 터를 쓰고 있으면서, 능선에 인자 국군 복장을 입고서 말이지, 능선을 무사히 대녀서 꽃대봉 고지까지 올라간 거여.

그래 올라갔는데 거기에는 인자 그 경찰대 총사령관이 거기 있었어, 경찰대. 그 미제 놈들이, 군복입고 모자까지 쓰고 왔으니, 그때는 군대라 하믄 이놈들이 꼼짝을 못 했거든, 전투부대란 것은. 그래가지고 거기 올라가가지고 꽃대봉에서 인자 그 토벌대 대장하고 맞부딪히게 된 거여. 긍게 토벌대 대장은 딱 보면 알거 아니여, 그놈은 밑에 놈들은 몰라도. 그래 이쪽에서는 먼저 이제 권총을 들고 그 인자 했었기 때문에.

그러니까 거기에 인자, 그 여수 올라가다가 인제 2년 전에 돌아가신 김○○ 동지라고 있어요. 그 동지가 인자 체포될 때 눈 맞어가지고 인제 실명되고 그랬었는데, 인제 작년엔가 돌아가셨는데, 에– 그 동지 보위병을 둘을 데리고 올라왔거든. 그래가지곤 그 토벌대장하고 마주쳐가지고 그 꽃대봉에서 인자 서로 빙빙 돌면서, 잉. 돌면서 하는데, 김태규 동지는 인자 권총을 빼가지고 허는데, 이놈은 권총을 차고 있어. 아직 빼지를 못 했거든. 그렁게 인자 돌면서도 이놈이 인자 권총에 손이 이리 가믄,

“쏴버린다.”하믄

또, 손이 이 허리에 갔다가 또 다시 오고– 다시 오고, 이런 것이 계속 연발이 됐어. 그러니 오래 지속할 수가 없잖아. 그렁게 이제 김태규 동지는 위기에 처했단 말이여. 그래 이제 걔들은 모다 능선에 다 있고잉, 그 지도부에서 그러니까, 그래서 인자 이 김태규 동지가,

“쏴라.”

하고 인제 명령을 했어. 그렁게 옆에 보위병 두 동지는 위협사격, 위협으로만 생각하고 안 쏜 거여, 말하자믄, 잉. 그래서 인자 두 번, 세 번,

“쏴라.”

하니까, 인자 옆에 있는 동지들이,

‘아, 요 이건 쏘아야 되겠구나.’

그래서 쐈다 그 말이여, 그놈을. 쏴서 넘어지면서 권총을 빼가지고, 넘어지면서 그놈이 권총을 빼가지고 김태규 동지를 쏜 거여. 그래 쏘아가지고 눈을 쏜 거여. 그래 눈이 실명이 된 거여, 김태규 동지가 거그서. 그놈은 거그서 죽고.

그러고 인자 능선에 있던 잉, 1개 대대 이거는 인자 전부 다 생포를 해가지고 총을 한테 너놓고 있는데, 고지에서 막 바글바글 소리가 나니까, 이거 어떻게 될지 모르니깐 인자,

"니그들 다 내려가라."

해가지고 다 내려보냈다고 그려, 다, 잉. 그래가지고 거그서 인자 무장만 노획하고 인자 요런 사태가 53년도 여름에 있었어요. 그게 빨치산 신문에 그게 다 나와 있어요. 에- 인자 그런 것이 거기 지리산에 비롯된 큰 전투 중 하나고, 인자.

그래서 52년도 인자 겨울에, 겨울에 전북 도당 위원장이 뱀사골 중허리 밑에가 터를 쓰고 있었어요. 그러고 전북 도당이 인자 북부도당, 남도당 나눠가지고 그냥 인제 그 저 백운산에 그냥 나가있거든, 도당들이. 그러고 인자 방준표 위원장은 지리산에 있었거든. 근데 이 양반이 인자 거기 있으면 연락과가 또 있어야 되잖아요, 연락 루트 잉. 그래믄 뱀사골 입구에 가서 연락과가 있어요. 그럼 인자 현지하고 이 연락사업 해야잖아요. 근디 달궁골 능선을 오다가 매복에 걸려서 꼭 거기 연락관들이 죽어, 부상을 당하고, 52년도 그때 보니까. 그래서 인자 박영발 (방준표와 혼동된 듯 함) 위원장이 지금,

"나 하나 살기 위해서, 악바리 같은 군을 그냥 두겠냐? 현지로 나가겠다."

그럼 현지에서는,

"나오면 안 된다, 잉."

나오면 돌아가시게 되니까 안 된다고 그래가지고, 사실 53년도 인자 한 오늘 날쯤에 나간 거 같은데, 몇 월 달쯤에 나간지는 지금 우리가 아직 몰라, 아는 사람이 없어요, 지리산 뱀사골에서 53년 나갔는데. 그러믄 내가 인자

방준표 위원장 동지 터를 몇 번을 찾아가고, 내 세 번을 찾아갔어요, 그 뱀사골에 있을 때. 근데 지금 가서 찾으라믄 어딘지를 잘 모르겄어, 사실은 잉.

그래 인자 최 먼여는 인자 고 혼자 있기 때문에, 제-일 어려운 건 인제 채소를, 채소가 어렵다 이 말이지, 채소를 못 먹으니까. 그래 우리 이, 우리 인자 박○○ 동지가 채소를 인자 부대에다 시겨가지고 한 배낭을 해서 내가 짊어지고, 그 뱀사골 터를 가가지고 그 갖다 드리고 그랬어요. 그러니까 인자 참 좋아라 하지, 잉, 귀한 거니까. 그러고 여성 동무들이 몇이가 있었고.

그래가지고 이제 마지막에, 52년도 12월 달에, 52년도 12월 달에 눈이 이제 많이 왔잖애요. 그래서 그때는 우리 지구당 터를 인자 반야봉 밑에 대죽골 그 중터리에서 터를 쓰고 있을 때여. 그래서 인자 바로 뒤로 또 올라가믄 반야봉 고지로 올라가져. 능선을 올라가가지고 위원장 동지를 내가 보위하고, 그 삼마니 능선이라고 능선을 타 쭉- 내려갔어. 내려가다가 고 낮은 데 오믄 남원 군당이 있어요. 그렇게 위원장 터에 들어가서, 반드시 남원 군당을 거쳐서 들어가야 돼. 거그서 인자 ok 해야 가지, 만약에 불허하믄 못 가는 거여. 그래서 12월 달 마지막 날 눈이 이렇게 왔는디, 남원 군당을 가서 하니까,

"눈이 와서 족적 때문에 못 간다."

그래가지고 다시 돌아오고 그랬거든. 그래 내중에 인자 방준표 동지가 그거를 알고서,

"아, 여까지 왔는데 그걸 보내는 법이 어디 있느냐?"

이래가지고, 남원 군당을 책망했다는 그런 말도 우리가 들었거든. 그리고 그 연락관은, 52년도 우리가 찾아가고 그럴 때 연락관 터도 한번 들렸었어요. 들어가서 보니까 환자들이 모다 치료받고 있더라고. 그래서 가서 인자 연락관 일도 하고 그랬는데, 에- 그런 사실이 거기 있고.

또 지리산 그 뱀사골에는 그 9.28 후퇴에 거그서 발통기까지 놓고 방아찧는 그런 터도 있고 그래요, 가서 보면은. 인제 요건 인제 전북지역이니까 놔두고. 그래서 인자 그 방준표 동지 지금 아지트를 찾을라고 몇 번 내가 가

보고 그렇게 했는데, 추정은 하는데 확정은 못 해. 지금 추정은 하는 데가 있는데, 확정은 못 하고, 내가 인자 블로그에는 그 사진이 올라와있어요, 사실은. 인제 그런 것이 52년도 인자 있었고.

[36] 빨치산 유격대가 남부군 편제에서 지구 편제로 바뀌다

그러고 인자 52년도 여름에 3개 도당 위원장 회의를 뱀사골 이현상 동지 터에서 했어요. 거기 뱀사골에서 쭉— 내려오면은 우측은 인제 양북쪽이고, 좌측은 인자 북측이거든요. 뱀사골 반야봉 쪽은 인자 북풍 바라지고, 그 건너 편은 양북쪽이거든요, 백모동쪽이니까. 그래 거그 가서 보면은 터가 엄청나게 많이 있어요, 거의 초기에 부대 터도 있고, 잉. 그래 거기도 인자 한번 내가 다바 갖다오고 그랬는데. 거그서 전쟁 후부터서 52년도 그때까지 빨치산 총알을 지었어요, 총알을 거그서. 그래서 한 일주일 동안을 거그서 있었거든요, 우리가.

그래 거기는 누가 와서 있었냐 하면은, 경남에는 에– 저–, 이현상 동지 부대의 그 정치, 사단 정치위원이었던 김○○, 김○○ 동지가 인자 52년도 공세 끝나고 경남 도당 위원장으로 가 있었어요, 경남 도당이 다 죽어버렸으니까, 대성골에서. 그래서 인자 우리 전남에서도, 전남에서도 간부들을 보내가지고 경남 도당을 구성했어요, 동계 공세 끝나고 나서. 경남 부대와 도당이 다 죽어버렸거든, 대성골에서.

그래서 인자 우리 전남 도당에서 간부부장 이었던 이○○ 동지라고, 그 동지가 그 인자 경남 도당 부위원장으로 가고, 또 기타 사람들이 각 부서로 가고 그래가지고 경남 도당 했는데, 이제 경남 도당에서 김○○ 동지가 오고, 우리 전남에서 박영발 동지 와 있었고, 그러고 인자 우리 박○○ 동지가 조직교육부장이니까 와있었고, 그 다음 조병화 동지 또 와 있었고. 그래 이현상 동지 이렇게 해가지고 거그서 인자 그때 일주일 동안 회의를 했는데.

그래서 인자 거그서 그 회의할 때 그 양반 틈에서 큰소리도 많이 나고 그래. 우리야 옆에서 보초서잖어요, 주위에서, 잉. 큰소리도 많이 나고 그러거든.

그래서 내중에 이야기 들으니까 인자,

"그 이현상 동지가 좀 비판을 많이 받았다."

인자 그런 걸 좀, 우리가 인자 간부들한테 들어서 알거든요. 왜냐면은, 이현상 부대가 인자 그 경남 도당하고 공세 때 그 대성골에서 다 죽었잖아요. 그렇게 빨치산 전투를 안 하고 토목화 작전, 대부대 작전 잉, 그래서 인원을 많이 소모시켰다 이런 면에서 인자 책임을 져야 된다 해가지고, 인제 비판을 받았다는 그걸 또 우리가 좀 얘기를 들었고.

음— 그래서 인자, 거그서 인자 원래는 50년도 9.28 때, 에- 그렇게 50년도 9월 달엔가 그때 덕유산에서 송치골이라고 거기 5개, 6개 도당 위원장이서 지구당을 건설할 때 우리가 나왔어요. 그렇게 원래는 남부군이라는 것이 내려올 때 후평에서 남부군 조직해서 나오면서 이제 청주 해방작전 하고, 잉. 그 다음에 인자 전남에 와가지고 전-부 다 부대 그 성원들을, 이 전남 친구들이 제일 많앴거든요. 해가지고 오면서 고 고부 인자 그쪽, 구례 작전하고 인자 지리산으로 들어가고 그랬거든요.

그래서 인자 그 51년도 11월 달부터는 남부군 편제가 없어지고, 지구 편제가 되았어요, 지구 편제가. 그래서 인제 지구 편제는 1지구, 2지구, 3지구, 인제 1지대, 2지대, 3지대 인자 6지대, 7지대, 8지대 이렇게 나갔거든요. 그래서 우리 전남은 8지댑니다. 그렇게 전남도 빨치산 사령관이 8지대장이여. 그러면 남부군은, 남부군은 없어졌으니까, 이현상은, 이현상 동지는 인자 4지대장이여, 4지대장. 그러고 인자 전북이 6지대고. 그러믄 이현상 동지가 4지대장인데, 4지대는 독립지대여, 4지대는. 그렇게 이 지대는 거점이 따로 없어요. 여기저기 돌아댕기믄서 아무데나 그걸 또 할 수가 있어. 그럼 딴 지대는 자기 거점이 다 있잖여.

그러고 남부군을 인자 남쪽에서 이 제2 전선을 그거 퍼뜨리고, 남부군을 형성할 때 말이지. 그 덕유산 송치골에서 인자 그 했다고 그러는데, 거그서 인자 따른 도는 다 지지를 했어요. 그러기 때문에 남부군 편제, 몇 사단- 몇 사단, 그 각 도들이 다 들어가 있어요. 그런데 거기에서 반대는 우리 전남 밖에 없어요, 박영발 동지 밖에. 그래 박영발 동지는 거그 들어가지를 안 했어, 남부군 편제에. 그렇게 전북에서 뭣이 사단이, 7사단이니 그렇잖아요. 충남에도 마찬가지고. 그거 경북 경남은 말할 거 없고 말이지. 전부 다 그 편제로 다 들어가 있거든요.

그래 전남은 반대했는데, 왜 반대 했느냐?

"빨치산 유격대라는 것은, 자기 거점을 갖고 자기 당을 보호하면서 그거 또 투쟁을 해야지, 이걸 거점을 이동하고 하면은 무슨 소용 있느냐? 이게 빨치산 우리 전술에 부적격한다."

이런 말을 해가지고서 했는데, 어쨌든 우선 그 보는 관점은, 박영발 위원장 동무가 옳았다고 우리가 평가를 하고 있고요, 이제 후세 사람들 그렇게 하고 있거든요.

음— 그래서 그렇게 하고, 지금 남부군이 그 조직될 때가 그 누구 지시냐 하믄, 이승엽이 지시를 많이 받았거든요. 왜 남조선에 모든 당과 투쟁을 누가 맡았냐 하면은, 박헌영이하고 이승엽이 다 맡아서 했어요 중앙당에서, 사실은, 잉. 근데 이 사람들 미제의 고위간첩으로 53년도 8월 달에 다 판명이 나부렀잖아요. 숙청돼서 사형 되고, 잉. 인자 이렇게 해서 허고, 고 문제는 인자 내중 얘기하고.

[37] 연락병제가 88건위대로 바뀌어 그 소속으로 있다가 조선인민노동당에 가입하다

그래서 인제 5지구당을, 5지구당은 경남하고 전북하고 전남, 3개 도가 5지구당이여. 그게 5지구당이고 인자 이현상 동지가, 그리고 상임부위원장이 박영발 동지고, 상임부위원장이. 그 다음에 제1 조직부장이 이○○ 동지, 전북도당 부위원장, 그 다음에 제1 유격부대장이 박○○이라고 우리 전남 도당에 있던, 잉. 그 동지가 되고, 그 다음에 선전부장이 인자 뭐 이리 나왔거든요.

그래 인자 거그서 나와가지고 5지구당이 인자 결성이 되어서, 53년도 한동안은 백운산에도 와있었어요, 백운산에. 왜냐하믄 박영발 위원장 동지가 거동이 불편해서 지리산까지 갈 수가 없었기 때문에. 그래서 백운산 그 한재골 싸리봉 밑에다가, 거그서 터 쓰고 한참 있다가 내중에 인자 지리산으로 인자 이현상 동지랑 가고 그랬어요, 53년 때. 가고 인자 그랬는데.

에- 52년, 그때 인자 우리가 지리산에 있을 때, 여러 가지 투쟁도 많이 있지만은 이 경남 부대, 이영회 부대가 이제 투쟁을 많이 했습니다. 경남 의령, 부령 해방작전도 하고, 또 인자 그 상봉 밑에 그 골짜기 뭐이냐? 거그서 인자 한 개 중대 생포해가지고 그 총도 많이 뺏고, 잉. 그래가지고 인자 총가지고 전남으로도 많이 오고 그랬어요. 인자 그런 사실도 있고 그러는데. 그래 인자 이영회 동지도 결국은 매복에 죽었어요, 그 유탄에 맞아서 의령 다 가, 해방작전 갔다 오다가. 그 인제 보위병 했던 친구가 인자, 우리 감옥에서 만났거든요. 그런 뭐 역사적 사실이 있었고.

그래가지고 52년도 있으면서 인자 12월 달 되고 하니까, 인자 우리 위원장 동지가 나보고 인자 조선노동당에 가입하기 위해서 인제 이력서를 쓰라고 하더라고, 이력서를. 그래서 인자 거그서 이력서를 쓰고, 53년도 1월 달에 우리 지구당이 인자 해체되고, 전남 도당으로 소환이 다 됐어요. 전남 도당으로 다 되야가지고 지리산에 인자 구례 군당만 남고. 그러고 인자 그 우리 도당 간부부장, 도의회 부회장 했던 정○○ 동지라고, 그 동지가 인자 지리산으로 파견되고, 그러고 인자 우리 박○○ 동지는 인자 지리산 5지구당, 거기 인제 유격부장으로 들어가 있었고, 그러고 인제 53년도 1월 달에 인자 백운산으로 인제 소환해서 다 왔거든요.

그래서 인제 그때 김지회 부대에 있는 무기고, 이걸 전부다 우리가 인수인계를 다 받았어요. 인수인계, 인제 그 남아있는 것을 전부 다 받고, 그래서 우리가 인제 전남 도당으로, 인자 권총이던 다 가지고 다 왔고. 그래가지고 53년도 우리가 1월 달에 인자 백운산으로 와가지고, 그때 인자 간부들 연락병제를 다 없앴어요. 그래서 인제 연락병, 보위병들을 뭐로 보냈냐믄, '88 건위대'로 구성했어, 88 건위대라고. 그래서 건위대를 구성해가지고, 건위대 그건 한 개 중대가 되거든요. 그래가지고 인자 그 지도부 터하고 근처에서 같이 쓰면서 집중적으로 보위하면서, 우리는 인제 전투하고, 그 다음에 인자 우리 식량문제 해결하고 이런 식으로 해서.

우리 인자 그 건위중대에도 인자 부대장이 있고, 정치위원 있고, 교양고문 다 있고, 그 다음 세포위원장 있고, 이렇게 해가지고 인자 하다가, 내가 인자 조선노동당에 53년도 3월 5일 날에 인자 입당을 했어요, 입당을. 입당을 해가지고 4월 15일 날 인자 그 전남 도당 위원장 인자, 그 우에로 인자 김선우 동지가, 인자 우리는 88 건위대면 도당 직속 인제 보위대니까, 그래서 인자 우리 그 당 조직위원회 열어가지고 거그서 인자 그 성분규정이 나와서, 그래서 내가 인자 빈농의, 성분은 인자, 사회성분은 인자 빨치산 성분으로 내가 됐어요. 그래서 전남 도당에서 빨치산 성분 가진 사람, 두 사람 밖에 없어요. 이제 그런 것이 있었고.

[38] 88 건위중대가 나주, 지리산, 백운산에서 투쟁을 벌이다

그 다음에 인제 53년도 와가지고, 88 건위중대에서 인자 투쟁을 하나 해봤는데, 뭔 투쟁이냐믄, 백주에 인제 기습작전 들어가다가 우리 그 88 건위중대 부중대장이라고 하는 김○○라고, 그 동지가 인제 남채훈 부대 부대장 연락병 했던 동지가 있었는데, 그 동지가 나주에 기습작전 들어가다가 유탄에 맞아가지고 배가 그냥 막 창자가 다 나와버렸어. 그래서 인자 그 동지가 거기서 하나 죽고, 그래서 기습작전 실패를 하고.

그 다음에는 인자 53년도 그때에, 우리 전남 도당에서는 전남 연대라는 것이 편성이 돼있었어요, 전남 연대, 공세가 끝나고 나서. 그래서 전남 연대장을 우리 그 박영발 위원장 동지 그 비서였던 이○○ 동지라고, 그 동지가 팔로군 출신이라고 내가 얘기했잖아. 그 동지를 인자 연대장으로 내보냈어요, 박영발 동지가. 그래가지고 연대 편성을 해가지고 싸우다가, 진상골에서 이거 싸우고 들오다가 놈들의 매복에 걸려가지고 그 ○○ 동지가 거그서 희생됐거든요. 그래서 그 희생된 후로 인자 우리 박영발 동지가 눈물을 많이 흘렸다는 그 얘기를 우리가 많이 들어요. 그래 52년도 인자 지리산에서는 그랬고,

그러믄 이 백운산에서는 원래 그 임옥룡 부대라고 백운산 지구 부대가 있었어요, 공세 전에. 그런데 인자 임옥룡 부대장 있고, 거기에 인자 그 참모장이 조○○ 동지가 있었습니다. 그런데 딴 부대는 다 죽어도 조○○ 부대는 공세 때 안 죽고, 고스란히 다 살았었어요. 그래 인제 공세 끝나고 나서 조○○ 동지가 백운산 지구 부사령관 하고, 남태준 동지가 사령관 하고 그랬었어요. 어– 그리고 인자, 어– 백운산에서 우리 그 지구당 선전부장 했던 그 친구가 인자 남태준 부대 정치위원으로 가고.

긍게 53년부터 인자 그렇게 되고, 투쟁을 했는데, 그 53년도에 우리 그 전남 연대가 인제 투쟁을 허다가 그 한 개 중대가 저 그 다 마사져버리니까, 한 개 중대 백에 안 남았거든. 그래서 우리 인자 그 건위대가 한 개 중대로 들어가가지고 인제 전남 부대로 편성이 돼, 전남 부대. 전남 부대로 또 편성이 되야가지고, 도당, 합동, 보위, 그 다음에 전투, 식량해결, 그런 것들을 하고 인자 그렇게 투쟁을 하다가.

53년도에는 인자 우리 그 산에 있으면서, 전남 백운산에 무력이라는 것은 그게 다– 무장해서 사백 한 오륙십 명 밖에 안됐을 거여. 그 53년도 그때는, 다 죽고 그래서. 그래 남태준 부대에는 인자 배창수 부대하고 남태준 부대

두 개가 있고, 우리 전남 부대 있고, 그 다음에 인자 광양 부대 있고, 세 개 부대 밖에 없었어요, 백운산에는, 그 53년도 그때. 그래서 우리 그 인제 전남 부대, 인자 부대 분은 인자 그 임○○ 동지가 마지막에 했고, 이봉삼 부대라고 했어, 우리 그때는 이봉삼 부대라고.

그 인자 이봉삼 동지가 광양 출신, 전남 여산 출신인가 출신이었어. 이제 남태준 부대에 부참모장까지도 허고 했는, 이봉삼 동지가 참 잘 싸웠는데, 이봉삼 부대로써 우리가 인자 3개 중대, 이렇게 갖다가 한 개 부대로 해가지고 싸우면서, 그 부대장이 인자 그 여성관계에 좀 결함이 있어가지고 그래서 인자 우리 부대장은 조직위원회에서 인자 그 책벌을 맞았었어요. 그때 인자 내가 조직위원회 인자, 당 가입해가지고 조직위원회에 인자 그 비서를 했거든요. 그래가지고 내가 인자 토론회에도 임해서 부대장 비판도 하고, 그래서 인자 그 부대장은 나를 인자 책벌을 주니까 도당 지도부에 들어가서, 그때는 선우 동지가 인자 도당 위원장 할 때야. 그래서 도당 보위부에 가서 있어, 그 안에 가서.

그리고 인자 그 대신 우리 저 최○○이라고 인제 그 동지가 부부대장을 인자 맡고 있었고, 내중 인자 임○○ 동지가 인자 부대장이 되고 그랬는데, 그 이봉삼 부대가 참 잘 싸웠었어요. 그래서 나도 인자 1중대에 있고, 어- 거그서 잘 싸우고 그랬는데, 이 동지가 인자 53년도 8월 29일 날, 남해에 있는 그 하동 건너서, 배를 타고 가가지고 남해에 지서 있는데 거그 습격을 해가지고 등사기 이런 것을 노획해가지고 배를 타고 오다가, 배에서 그 갈대밭 오면은 갈대밭도 물이 한 질이 되거든요, 갈대 있는 데가. 그래 이거 다 왔다 해가지고 거그서 뛰어내렸어, 인제. 자기 총하고 뺏은, 노획헌 총하고 매가지고 거기서 물에 빠져 죽었어요. 그러고 나머지는 인제 살아남았고, 우리 신○○ 동지가 이제 걔들이 포대에서 쏘는, 거게 신○○ 동지가 관통을 당했고, 그래 하나가 있고, 하나 인제 돌아가셨고.

그래서 인자 내중에 그냥 여론 수집을 해보니까, 시체가 막 떴더라고 이런 그거 들었거든. 이렇게 그 이봉삼 동지랑 알게 됐고. 그래서 인자 거기 그 진상골에 있는, 우리 부대가 주둔해 있었던 그 터를 이봉삼 터라고 이렇게 명명을 짓고 있어요. 그러고 인자 그분 애인이었던 엄○○이라고 이제 엄 동지가 54년도에 체포돼가지고 남원 수용소에 있다가 인제 죽었는지 살았나는 모르겄고. 이제 그런 사항에 대해선, 그건 뭐 얘기할 거 없고, 잉, 그래서 그렇게 그런 사실이 하나 있고.

[39] 옥령골 보급투쟁에서 지뢰 밟고도 살아오다

고 다음에 인자 우리가 그 53년도 8.15 때, 8.15 때 이제 무슨 사건이 있었냐면은, 8월 14일 날 저녁에 8.15를 경축하기 위해서, 53년 8.15 경축하기 위해서 우리 그 전남 도당 산하 인자 비무장 성원들하고, 이자 뭐야? 옥령골 보급투쟁을 나갔는데. 그 옥령골에 나가다보니까 걔네들이 인자 그 똥섬이라는 데 거기에 한 개 부대가 매복을 하고 있기 때문에, 갔다 오면은, 날이 새면 거그 도착하기 때문에 갈 수가 없어요.

그래서 인제 부대 다 들여보내고, 우리 그 그때 인자 거기 이봉삼 동지였었는데, 8.15니까, 잉. 그 동지 우리가 뒤따르면서 다섯 명이 거그서 떨어졌어요. 그래서 인자 중대원 들을 습격을 할라고, 저녁에 그 계획할라고. 그래서 나하고 그 정○○ 동지라고 있었거든.

그때 열여섯 살 먹은 동지가 하나 있어요. 그 광산 친군데, 그 두 동지하고 나하고 인제 정찰을 맡았어, 내가. 이제 책임을 지고 정찰을 맡아가지고 인자 그 진상골 골짜기에서 인자 부대를 거기 다 들여보내 놓고, 인자 다섯 명만 떨어져가지고 그 있고, 나하고 둘이서 인자 해가 덜 떨어졌기 때문에 인자 그 능선으로 이렇게, 산기슭으로 해가지고 거그 가까운 지점에서 인제 정찰을 했어요, 날이 어두울 때까지.

그래 정찰을 딱 한 결과는 어떻게 나왔냐믄은, 무언가 얘네들이 그 논두럭

상에, 잉. 뭘 파고 묻는 것을 인자 발견했거든, 묻는 것을 잉. 그래서 인자 우리가, 내가 이 직감적으로 생각한 것은,

'이게 지뢰다.'

나는 그렇게 직감을 했단 말이야, 직감을 잉.

'지뢰다.'

그래서 이걸 알고 인자 그 깜깜해져서 인제 부대로 갔어. 그래 가서 인자 정찰보고를 했어요. 그래서 인자

"뭔가 얘네들이, 그 우리가 다니는 길, 잉. 그 중대본부 있는 거그가, 똥섬에 주위에다가 뭘 묻는다. 그 묻는 거로 봐서는 천상 이게 지뢰 아니냐? 그러기 때문에 오늘 저녁에 기습작전은 무효, 하면 안 된다. 해믄 안 된다."

내가 주장이 그거였었고, 부대장은

"그게 아니다. 그게 아니다"

그렇게 우리 중대장이랑 딴 사람들은 뭔가 이거, 어느 편도 들지 못 하지. 긍게 나허고 둘이만 얘기 헌단 말이여. 그래 나는 인자 굽히지 않았어요. 틀림없이 인자 내가 가면은, 내가 또 선두에 서야 되고, 이거 뭐 선두에 서야 되거든. 그래 이거 틀림없이 가믄 또 죽는 마당이고 그런데, 내 이걸, 그렇다고 해서 내가 이게 저 지뢰라고 또 단정할 수는 없단 말이여, 어쨌든, 잉. 실물은 못 보니까, 파묻고 있는 것을. 그래서 인제 그전 경험을 통해서 보믄 틀림없이 지뢰다고 그렇게 내가 판정을 한 것이고, 그래서 이 옥신각신 하다가 내중에는 인자 그 우리 부대장이 성질을 내면서, 투쟁하기 싫으믄 들어가자고 인자 그렇게 하더라고.

그래서 내가 인자 그때 그 마음에가, 굉장히 마음이 불쾌했었어요. 그래서,

'내가 지금까지 투쟁을 했어도 이렇게 한 번도 회피해 본 적이 없고, 앞에서 선두에서 욕 얻어 먹음서도 잘 싸운 사람이고, 또 신의도 받고 그랬는데 오늘 저녁은 왜 그럴까?'

이런 생각도 내가 그때 가졌었고. 그래서 나도 그냥,

"그럼 합시다."

하자고 내가 그랬어요. 그러니까 그때 화색이 만만해가지고 그럼 하자고 허네. 그럼 중대원이, 중대장이나 따른 사람들은 하자고 그랬어요.

그래가지고 야음을 타고 들어갔습니다, 야음을 타고. 내가 인제 앞에 선두에 서고, 내 밑에 인자 5메타 떨어지고, 잉. 그래가지고 인자 그때는 인자 물논이 아니여, 모를 심어놨기 때문에? 그러기 때문에 물논에 인제 뛰어들어가가지고, 잉. 한걸음— 한걸음 인자 앞에총 하고, 잉, 이렇게 해가지고 내가 앞에서 인자 가늠 가면서. 그래서 그때 인자 전투를 짜기를 뭐이냐믄, 앞에서 우리가 쏘면은, 잉, 한 개 조는 뒤로 가가지고 뒤에서 올라쳐서, 잉, 하는 이 고렇게 전술을 짜놨어, 지금.

그래가지고 제일 앞에서 인자 내가 인제 나가고 있는데, 그럼 내 뒤에 그 친구가 있는데 3메타 떨어지고 내가 앞에 가는데, 그래서 거기에서 인자 물논에서 인자 사람 대니는 길이 있단 말이여. 이 길을 건너서, 그 다음에 인자 대밭 있는데 대밭으로 넘어가가지고, 밑에서 올라 쳐야 된단 말이여. 올라치기로, 여그서 올라치믄은 이놈들이 여그다 화력을 집중하니까 올라치면은 그기 되거든요. 그럼 여기서 한 사람만 있으면, 방어하믄 되고, 나머지 부대가 인제 올라서 치기로 그렇게 약속해가지고, 돌아갈라니까 길이 있다 그 말이야.

그래 물을 딱 건네 가니까, 길을 딱 건너니까 뭐 불덩어리가 그냥 딱 떨어져. 고것이 밖에 내가 없었어요, 불덩어리가 와서 나를 치는 그것이 밖에. 그 후로는 어떻게 됐는지 모르지, 그냥, 내가. 그래 어찌하다가, 그 뒤로 얼-마나 있는지 하여간 해다가 내 의식이 인자 깨진 거야. 그래서 의식이 딱 깨졌을 때, 내 제-일 느낀 것이 뭐이냐면은,

'내가 죽었느냐, 살았느냐?'

이게 생각이 들더라고. 그래서 숨을 한번 쉬어봤어. 숨을 쉬어보니까 숨은 딱 쉬어져. 그래서,

'내가 죽지는 않았구나.'

그기 첫 번째 느낀 거고, 두 번째는

'이 몸이 성한 것인가? 어디 다치든 않았는가?'

팔다리 움직이고 이렇게 해보는 거야. 무겁기는 무거운데, 목에서 이 피가 줄줄줄- 흐른단 말야, 인자 이 목에서, 잉. 그래도 팔은 움직이고 다 해. 그것이 두 번째 느낌이고, 그 다음에 세 번째 느낌은 이거, 총, 이 총이 인자 어디로 가버렸단 말이여, 내 M1 총을 들었는데. 그래서,

'이 총이 어딨냐?'

지형지물을 딱 찾아보니까 그 고지에서 대밭까지 한 5-6미터나 하는데, 거기 거리가 떨어져가지고 내가 누워있었던 거여, 대밭 거기 기슭에 가서, 폭풍에 날라져가지고, 잉.

그래서 인자 그 총을 인자 어디 떨어진 위치를 알기 때문에 혼자 벅-벅 기어가지고 가서보니까, 인자 그 길 있는 데는 숲이 있거든. 그런데 인자 총끈이 그 숲에 있는 그 가지에, 잉, 딱 걸려가지고 있더라고. 그래서 그걸 인자, 총을 잡았어.

그 다음에는 인자 네 번째는 어떤 느낌이냐? 이 총이 나가는가 시험을 해봐야 된다 그 말이야, 시험을. 그래서 인자 시험을 해보고, 그 다음에 인자 우리 동지들이 어디 가 죽었는지 살았는지 모르잖아요. 사실 그렇잖아? 그래서 인자 거그서 엎드려가지고 총을 한방 쏴봐서 나가. 그래서나 거그서 인자 한 케이스를 풀면서는 내가 아시프를 했어. 몇 개 중대는 어디쯤으로 가고, 어디쯤으로 가자고 인자 그 전법이 있거든요. 그렇게 해가지고 막 쏘니까 이 놈들이 거그서 그냥 중기관총을 막 쏳드라고.

그렇게 하는 마당인데, 자- 뒷고지에서 총소리가 따당- 나와. 긍게 우리 동지들은 벌써 뒷고지까지 후퇴를 했어. 김영승이 거기서 죽었다고 생각을 허고 말이지. 그래 와서 보니까 목소리가 나고 김영승이 총소리가 나고 그러니까,

'아, 김영승이가 살았구나!'

하고, 인제 와게 된 거야. 그래서 인자 우리 동지들이, 어느 총소리에서 나믄,

'몇 백 메타 근처에서 위치가 있구나!'

대번 특징이 가거든, 이걸 우리가 하다보믄은. 그래서 고짝에 가가지고 만났다 그 말이여. 논두렁 막 튀어가지고, 인자.

그래서 인자 그 만나가지고 거그서 응급치료를 했어요, 인자 막 피가 줄줄 흐르는 거, 잉. 그래서 인자 내가 지뢰를 한 50군데 맞았어요, 몸뚱아리에. 여기가 맞아가지고, 응— 그렇게 해서 이자, 뒤에서 밀고 나 띠업고 해가지고 온 능선 넘어가지고, 인자 그 진상골이라는 데가 있어, 백운산에. 그 진상골 잣나무 터라고 거기 우리 수위서고, 고 너머에 우리 도당 지도부, 거기 지도부가 있었는데, 내가 부상당했다는 그 말도 듣고도, 우리 도당, 우리 김선우 동지가 거기까지 나왔더라고요, 우리 김선우 도당 위원장이.

[40] 8.15 기념보고대회 때 토벌대의 정찰에 걸려 전투를 벌이다

그래서 인자 안 죽고 살아가지고 8월 이제 15일이 됐어. 그래 8월 15일이 경축을 할라고, 잉. 그래 내가 인제 그 총을 맞어가 인제, 전부 다 인제 거그 맞어가지고 인자 요 붕대를 두르고, 잉, 이렇게 해서 경축을 하는데, 인자 환자 터가 있어요. 그 독사바우골이라고 있어. 그래서리 그리 나보고 가라고 그래. 그래서,

"나 안 간다. 내 인자 몸은 움직이니까, 잉, 부대허고 같이 행동하다가 싸워야지, 내가 환자 터에 가서 어떻게 있을 일 있냐?"

내가 안 간다고 그래가지고 그날 안 가고 경축을 했어요, 그 잣나무 터, 8.15 기념보고대회를. 그래 인자 기념보고대회를 마치고 저녁에, 저녁에 인자, 저녁엔 인제 막 불을 피우고 인자 오락회도 하고 막 그랬거든, 53년도

8월 때.

근데 이놈들이 인자 그 다암능선이라고 거그서 정찰을 하고 있었어. 그래서 어울려서 인자 불피고 빨치산들 있다는 놈들의 정찰에 싹 걸린 거여. 그래서 우리는 이제 비상대기를 딱 하고, 배낭 다 짊어지고 옷 입은 차, 탄띠 두르고 총 앞에다 걸치곤 요 굽혀서, 해다가 날이 새서 인자 새벽 네 시경에 정찰을 세 군데를 보냈어요, 세 군대를. 하나는 우능선에 보내고, 하나는 중능선에 보내고, 하나는 전방에 보내고, 잉. 그래 딱 보냈는데, 내중에 알고 보니까 이놈들이 밤에 정찰을, 우리 그 화장실까지 와서 정찰을 했어, 이놈들이 밤에 정찰을. 날이 새믄 인자 덮칠라고. 이놈들이 밤에는 않거든. 날이 후– 허니 새믄 인자 잡도리 하는 거이지.

그래서 인자 우리는 정찰을 올렸기 때문에, 거그서 뭔 총소리만 나면은 우리는 거기 뛰어올라갈라고 이 자세하고 있었어요. 그렇게 해서 제일 먼저 전방에는 나간 사람이 이상은 없고, 우능선 중턱에 올라간 사람은 이상이 없는데, 그 우리 중터리 능선에 올라간 데서 총소리가 나더라고. 날이 후– 허니 샐라고 할 때. 그래서 막 능선까지 돌격전해서 올라가가지고, 우리 가운데를 점령했어요.

그러믄 먼저 올라간 두 동지가 날이 어둡고 그러니까, 날이 새면 올라갈라고, 잉, 그 안에서 이 저울질을 하는 판인데, 이놈도 또 밑에서 올라온 놈들이 그 옆에 있으면서 또 저울질을 했어, 그 놈들도 날이 새면 헐라고, 잉. 그렇게 날이 새서 인자 또 보니까 서로 얼굴이 마주쳤다 그 말이야, 말하자면, 잉, 우리 보초하고. 그렇게 우리 보초가 먼저 쏴버렸어. 그래 총소리가 나니 우리가 돌격해서 올라가가지고 이 밀었다 그 말이여.

그러믄 이놈들이 위에 능선에도 있었고, 밑에 놈, 우리는 중간에서 고 있었잖아. 거그서 쫓다가 우리가 거그서 잠깐 후퇴를 했어요. 그렇게 이놈들끼리 막, 지들끼리 부딪끼고 싸우고 그러는 거여, 자기들끼리. 그래 하도 싸우다 보니까

‘빨치산이 이렇게 무력이, 화력이 강허질 않는데, 이거 이상하다.’

“느그 어떤 놈들이냐?”

또 여그서

“어떤 놈들이냐?”

그래가지고 내중에 통해가지고, 그래서 거그 지그들끼리 싸워가지고 거기 여러 놈이 죽었어요, 부상당하고. 그렇게 해서 다시 또 우리가 거그를 점령을 했어.

그래 점령을 해가지고 저것들 밀어버렸단 말이야. 미끄러 내려가는데, 그 때 우리 이○○ 동지가, 열여섯 살 먹은 동지가 혼자서 밀고 나가니까, 뒤에서 따라 내려가야 하는데, 혼자만 이제 뛰어 내려가니까 이놈들이, 도망가고 – 도망가다 이거 혼자 오니까 또 쐈단 말이야. 인제 돌려가지고. 그래서 이○○ 동지가 다리 관통상을 입었었지, 그때. 그래가지고 인자 그 입원해 들어가고.

그 다음에 그 우능선에 내려갔던 두 동지가, 두 동지가 내려오면서, 두 동지 간에 의견이 맞지를 않은 거여. 왜냐하믄

“이 능선을 우리가 점령했을 거이다.”

하는 한 사람 있고,

“아니다. 우리는 중허리로 돌아서 가야 된다.”

고 한 동지가 있고. 그 한 길에 보낸 두 동진데 그 둘이 의견이 맞지를 않으니까,

“그러믄은 내가 앞장서서 갈 테니까 너는 뒤따러 오라.”

그래가지고 앞장서 간 동지가 우리 그 가운데 점령한 능선을 이놈들이 점령하고 있었거든, 점령을. 그러니까 누구냐고 그러니까

“나다. 나다.”

인자 그랬단 말이여. 그렇게 자기들 아군이 아니거든. 그놈들 쏴가지고 거그서 동지가 희생당했어요, 그 영암 동진데. 그러고 한 동지는 뒤따라서 뛰어

가다가 또 살았더라고. 그래서는 그 동지 하나 죽었지.

그 다음에 인자 우리가 능선을 점령해가지고, 1중대 동지, 그 동지는 인자 그– 영암 동진데, 그 동지가 인자 밀고 올라갈라고, 잉. 혼자 밀고 올라가다가 인자 숲속에서 이 쐈단 말이여. 그렇게 이 동지도, 그러고

'우리가 인자 있을 것이다. 후퇴해서 없을 것이다.'

이렇게 생각하고 올라갔단 말여. 올라가믄 안되는데 말이지. 그래서 그놈들이 쏴가지고, 그때 동지가 둘이 죽고 하나 부상당하고 했어요. 놈들은 한 너 댓 명 죽고 이제 부상 여러 명 당했지만은. 그래서 인자 8월 14일, 15일날 그렇게 인자 우리가 당했고. 이자 고런 것이 있고.

[41] 잠복해 있다가 경찰 다섯 명을 사로잡아 전투에 이용하다

그러고 인자 또 하나는, 우리가 인자 전투가 안날 때 뭘 제일 하냐믄은, 에– 53년도 여름에 광양에서, 광양읍에서, 그 진상으로 넘어오는 기동로가 있어요. 여기는 인자 군용차들이 왔다 갔다 해, 군용차들이. 그래서 인자 우리가 인제 매복조를 조직해가지고 그 도로가에 삼밭이 있어요, 삼, 삼대, 잉. 삼밭이 뭐 한 구 평 짜리나 될까? 그 안에 가서 들어서 있었어. 이 밑에 가서는 다 보이지만은 고 웃 곳에 있는 사람들은 거그가, 삼밭에 뭐 들어있다고 생각하질 않을 거 아닙니까.

그래서 인자 군용차가 왔다 갔다 하는데, 이제 시간을 봐야 되거든, 야지기 때문에. 시간을 맞아서 여그서 딱 때리믄은 우리가 어디까지 무사히 가야 우리가 안전하게 들어갈 수가 있지, 거까지 못 가서 걔들이 잠복한다 그러면 우리가 다 몰살 죽는 거여. 이 시간적인 그 타이밍을 잘 잡아야 되거든. 그래서

"몇 시에 오는 것을 우리가 때려야 후퇴를 완전히 할 수 있다."

이런 것을 딱 내려가지고, 하다보니까 오후 한 서너 시쯤 되니까 이제 뜨끔

해, 이 군용차가. 그래서는 내중에는 인자 그 일반 버스가 하나 왔어.

"이거라도 하나 때리자."

인자 그래가지고 삼밭에서 살짝 도로로 나갔어요. 그래 인자, 그때는 인제 논밭에다 모다 묶고 그런 거 허는 농민들이 많이 있었거든. 그렇게 어디서 나타났는지 하여간 신출귀몰하다고 이자 그런 얘기를 그 민간인들이 하거든. 그래 나타나서 도로가에 딱 서가지고, 인제 우린 군복을 입었으니까 차 오는 거 딱 스톱시겼어. 그래

"다 내려오라."

그래가지고 떡 내려오는데, 민간인은 민간인대로, 군인은 군인대로, 잉. 그래서 거그서 인자 군인들 다섯 놈이 거그 들어가 있어. 그래 거기에 인자 칼빈 총이 하나 있고, 칼빈 총을 거그다 놓고 내려왔드라고. 근데 이 경찰대학교 대학을 나온, 대학을 나와가지고 인자 그 경위로, 잉, 임관할 이런 사람들이 다섯 명이 있었어, 거그서. 그래서 그 사람들 따로 거시기 하고, 민간인들 따로하고,

"민간인들은 가라."

그렇게 해놓고 인자 그 다섯, 그 경찰관들 나온 사람들한테, 군인은 군인헌다 이런 사람들허고 해가지고,

"우리는 절대 느그들 죽이지 않는다. 그러니까 의복은 우리한테 벗어 달라, 우리가 필요하니까."

그러니까 아- 그러시라고 의복 딱 벗어주고, 잉, 신발하고, 잉, 딱 벗어주고.

"니그들 경찰은 고 양심적으로 허라. 우린 절대 죽이지 않으니까, 잉."

아-이 고맙다고 이렇게 하면서, 그래서 내중에 인자 가라 이렇게 해놓고 인자, 우리는 그걸 짊어지고서 인자 뒷고지까지 올라가는 거여. 올라가고 그러니까 이 민간인들이 거그서 다 볼 거 아닙니까. 그래 내중에 여론조사하믄 그냥, 하여간 신출귀몰하다고 인자 그 민간인들 여론이 그렇게 들어왔

었어요.

그래서 그걸 해가지고, 젖먹던 힘을 다해가지고 능선까지 올라가가지고, 능선에서 삼각고지가 있는데 거그를 누가 또 먼저 점령을 했냐에 따랐어. 여기에서 인자 이 걔들이 또 1개 중대가 또 우리 루트를 막고서 올라가고 있는 거여, 지금 능선을 타고. 그래서 도저히 그 고지에서 맞닥칠 수가 없기 때문에, 중허리로 우리가 돌아 들어가가지고, 안전지대 들어가서 노획품 헌 거 전부 다 분배하고, 버릴 거 버리고, 뭐 짊어질 거 딱 짊어지고 이렇게 해가지고.

그렇게 이놈들이 능선에 와가지고 우리 족적을 못 찾는 거야. 어디로 가버렸는지 모르니까. 그래서는 내중에 인자 능선에 있는 걸 보고서 돌고- 돌고 해가지고, 내가 능선을 넘을 때, 그때서야 이놈들이 우릴 발견하고, 저그 간다고 그러더라고. 그때는 인자 뭐 우리가 안전지대 인제 들어왔을 때고. 그래서 그때 인자 경찰 거기 저 대학교 나온 놈들 잉, 그 다섯 명을 우리가 사로잡은 그걸, 우리가 투쟁 소조로써 한번 했고.

[42] 마을 경찰을 사로잡아 하동경찰서를 습격하다

고 다음에 인자 두 번째는 52년도 9월 초에, 하동읍을 들어가믄 파출소가 있어요, 이 구례에서 하동으로 들어가면, 카브 도는 디가. 지금은 이제 거기 없어요. 고 포대가 있고. 그래서 인자 그때 거그를 인자 가게 된 동기가 뭐이냐믄은 그 하동에 금정면이라는 부락이 있어요, 거기 지리산 발치에. 이 거그를 갔을 때, 인자 누구를 만났느냐면, 아니 우리가 인자 그 하동읍을 들어갈라고 했을 때, 인자 어둠이 지니까 어떤 청년 하나가 오더라고. 그 청년을 잡았어. 그래 청년을 잡아가지고

"우리 인제 군댄데, 너 징병 기피자 아니냐?"

인제 그렇게 우리가 따졌지. 긍게 절대 아니라고 뭐, 자기는 의경이라고

하면서는 지 군대 간다고 막 그래서, 그래 딱 잡아가지고 내중에 인자 우리가 노골적으로 그랬어.

"우리는 인자 백운산 빨치산인데, 지금 하동 경찰서를 오늘 저녁에 습격할라고 한다. 그럼 니가 여기서 길안내만 해 달라. 그것만 해주믄 니 목숨은 우리가 살려준다."

긍게 처음엔 않는다고, 막 못 헌다고 그래. 그래서 인자 칼빈 단도 갖다가 이 땅바닥에 딱 찌르면서, 잉,

"말 들을래, 안 들을래."

이제 위협을 했지. 그러니깐

"아— 참, 목숨만 살려주면 길을 안내 해주겠다."

하더라고,

"그러면 해 달라."

그렇게 해가지고 그걸 앞세워가지고서 인자, 고 도로로는 못 가니까, 그 뒤로 샛길이 있더라고. 그 돌아가는 샛길 있는데 울타리를 다 막아놨어. 그 울타리 뚫고 이렇게 해가지고 하동읍으로 인자 들어갔어요, 하여간.

들어가가지고 거그서 인제 경찰서가 얼마 안 돼. 그래 거그를 딱 돌으면, 지금 같으면 그 하동읍에 보면은, 그 하동읍에서 그 다암쪽으로 가는 다리가 있잖애요, 잉. 다리하고, 요쪽으로는 인자 구례로 가는 도로가 있고 그 삼각지형이요. 그리 데려다 주더라고. 그래 내려와서 딱 보니까는 옆에서 인제 막 장구소리가 나고 그래, 장구소리가. 그래서, 잉,

"거그를 한번 들어가 보자."

해가지고 거그 딱 들어가 보니까, 그 의경 하나하고 군대에서 휴가 나온 사람 둘하고, 잉, 이렇게 세 놈이 있어. 그래 기생들하고 거그서 인자 장구치면서 술 먹고 인자 왁자지껄 하고 있어. 그래서 딱 들어가서 딱 보니까, 벽에 인자 칼빈 총하고 아시보총이 걸어 있드라고. 그래서 인자 우리가 거그 들이쳐서,

우리가 백운산 빨치산인데 니그들 내말을 들어야 된다, 잉. 내말 듣지 않는 것은 다 총살시킨다."

이렇게 인자 하고서 데리고 나왔어요. 데리고 나와가지고, 그 휴가 나온 그 군인은 잉, 우리 중대장한테 맽겨서,

"절대 죽이진 않을 테니까"

일단은 거기서 그냥, 섬진강 가에, 바로 섬진강 인제 가에거든요. 거그다 인제 놔두고 우리가 인제 거그서 의경이란 사람 잉, 그 있는 사람을

"니가 우리가 인자 그 하동경찰서를 칠라고 허는 디 니가 가서 길을 안내해라."

그러니까 그 사람이 뭐라고 했냐믄은,

"하동경찰서는 치기 어렵습니다. 그 대신 파출소는 칠 수 있습니다."

그래.

"그러믄 좋다. 그러믄 파출소를 치는 디 니가 안전보장 해줄 수 있냐?"

"해주겠다."

그래. 그 대신 자기 생명을 담보해달라고 하더라고. 그래서,

"아, 그건 문제 없다, 잉."

그래서 자기가 인제 파출소 직원이라 이거야. 그래서 인자 친구들이 휴가 나왔기 때문에 밤새 좀 술 한 잔 먹고 들어갈라고 하는 판이라 그거야. 그럼 좋다고. 그래서 인자 부대장하고 우리 세 사람하고 해서, 중대장은 뒤에서 떨어져서 그 물가에다가 그 군인 둘이, 휴가 나온 사람들 맡겨 놓고, 내가 제일 앞에 서고 인자, 그 사람이 제일 앞에 서고 내가 뒤에 서가지고 딱 가니까,

"누구야?"

그러니까, 그 보초가, 잉,

"누구야?"

그래. 그러니깐,

"아, 나여, 나여, 잉. 그러고 요 순찰대여."

그러니까,

"그래?"

그래서 그냥 보초석까지 갔어. 그래가지고 보초석 딱 보니까, 보초 있는 놈 보니까 키가 육중헌 놈이더라고, M1 총을 들고 있는데. 그래서 거기서는 인자 뭐 어찌할 도리가 없어. 그래서 인자 거기서 그냥 쐈지. 그래서 그놈이 거기 꼬꾸라지고.

거그서 땅– 총소리가 나니까, 이놈들이 포대에 있지를 않고 인자 덥고 그러니까 그 도로 가에다가 평상을 해놓고, 잉, 총을 갈지자로 이렇게 딱 세워놓고, 잉, 거그서 인자 누워있었던 거여. 긍게 총소리 나니까 빠버벙– 소리가 나. 딱 보니까 총이 걸려있어. 그래서 거기다 대고 인제 막 사격을 해가지고 거그서 다 전멸시켰어요. 그래서 인자 거그서 한 사람이 그냥 살아있었어. 사람이 살아있었는데, 이런 거는 참 저기하기 싫은데, 그 경찰관이,

"이 사람까정 마저 쏴서 죽여야 됩니다. 그래야 내가 삽니다. 여그서 한 사람이라도 살아 있었으믄 나는 죽어야 됩니다."

그러더라고. 그래서 그 얘길 딱 들으니 그게 일리가 있잖여, 증거가 없으믄 못 대니까, 잉. 누가 한지 모르니까. 그래서 인자 그 부상자들 모두다 다 죽여서 학살하고, 그 사람은 내중 인자,

"여그 나는 못 있습니다. 인자 딴 디로 가겠습니다."

그러고, 앞으로 꼭 성공허길 바란다고 인자 그렇게 하고, 그 사람 살려 보내줬어요.

그래서 그놈을 딱 인제 하고서, 그건 순식간에 했지. 하고서 인자 그 딱 거그서 한 70–80여 미터 나오니까 그때 인자 막 박격포가 떨어지고, 기관총이 나오고 인자 막 소리가 나고 그러더라고, 인자 그 하동경찰서에서.

그래서 인제 우리는 줄행랑을 쳐가지고 인자 목표지점까지 싹 와서, 그때는 어딨었냐믄, 이 하동에서 구례까지 섬진강 강변으로 보초선이 있어요, 보

초가. 그러믄 새벽 네 시경이면 다 철수해서 가, 고 저녁에는 스고, 잉. 그래서 인자 거그서 나와가지고 이 숲속에서 있다가, 이놈들 철수하는 거 딱 보고, 잉. 그래가지고 옷 입은 채로 해가지고 그냥 섬진강을 건너가지고 백운산에 왔어. 그래서 거그는 인제 완전히 우리가 승리를 해가지고 한 그런 것이 하나 있었고.

[43] 광양에서 추수투쟁 할 때 순찰 다니던 경찰을 죽이다

그 다음에 인자 마지막 하나, 이 또 하나는 뭣이 있었냐면은, 53년도 이 12월 달일 거여. 1월 달이 긴가? 그 중바위 있던 싸리봉이라고 있는데, 가운데에 거기 싸리봉이라는, 인철봉이라고 인제 삼고 있는데. 거기 중바위 있던 능선으로 걔들이 이자 그 공세를 취하기 위해서 정찰조가 여섯 명이, 먼저 정찰조가 올라와서 정찰하고 내려가고 나믄 그 이튿날에 이제 걔들이 쭉- 올라옵니다. 그래서 인자 우리 부대가 그걸 보고선 올라오는 걸 칠 수는 없고, 올라오면서는 한 2메타, 3메타씩 거리보장 하고 올라오거든. 내려올 땐 2-3명씩 뭐 같이 붙어서 오잖아요.

"내려올 때는 2-3인 붙기 때문에, 이제 그걸 못 빠져나오도록 쳐야 된다."

이렇게 해가지고 인자 싸리봉까지 갔다가 내려오는 그런 놈, 잉, 이제 그런 놈을, 그래가지고 인자 거그서, 내가 제일 앞에서 인자 먼저 치면은 뒤에서 치기로, 잉, 이렇게 해가지고, 거그서 다섯인데 네 놈은 거그서 직사하고 한 놈만 살아갔어요, 한 놈만. 그래서 거그서 인자 칼빈 총, M1 총 다 뺏고, 그래가지고 걔들은 그 이튿날에사 올라와가지고 인자 시신 찾아가고. 그래서 인자 그거에 지금 이번에 그 저, 내 그 조서에도 그게 나와. 그게 거기 나오고.

고 다음에 인자, 또 세 번째는 뭐이냐 허면은, 그 53년도 가을에 인자 그 추수투쟁을 했는데, 추수투쟁, 그래 다암면이라고 거그 가서 인자 그 나락을 비어가지고 그 벼는 이렇게 해놓잖아. 그러면 거그가 그 홀테를 가져가서 홀테로 훑어요. 홀테가지고 인자 갖다가 비장해놓거든, 우리가. 그래서 거기서 이 추수작업을 딱 하고 있는데.

그때 인자 53년도 가을부터는, 이 5사단장이 빨치산 토벌을 하기 위해서 야지서부터 포위작전 해서 올라오는 때였었어. 그래서 5사단이 인자 거그도 저녁이믄 순찰 다니고 그랬거든. 그래서 인자 그걸 알고 인자, 나하고 인자 똥섬에서, 나하고 이○○ 동지가 그 인제 똥섬에서 있고, 거기서 추수사업을 하고 있는데, 저쪽에서 군대가 순찰이 오더라고. 그래서 고지에서 인제 쐈어, 거기서, 잉. 거기서 쏴가지고 그래서 거기서 인자 하나가 죽었어요. 그래 죽어서 인자 그 총 뺏고 그렇게 했는데, 그거이 지금 조서에도 인자 좀 올라와 있어. 그래서 인자 추수사업 허다 그 막을려고 이 사람 죽고.

[44] 매복을 잘해서 부대를 살리다

그 다음에 인자, 또 내가 인자 그 조서에 올라왔는 것이 뭐냐 하믄은, 백운산 상봉 능선에서, 상봉, 지금 저 615고지와 상봉 사이에 이 골짝에서 여기 넘어가는 쪼그만한 그 통로가 있어요. 그래 개들이 올라오다가 거기서 매복이 걸려가지고 거그서 하나 잡았거든요. 그래 총 뺏고 인자 옷도 다 벳기고, 총탄하고 다. 그것도 지금 그 자수했던 고발자들, 그 밀고자들이 해가지고 거기 올라갔고. 근데 인자 그 하동 때린 것은 모르니깐 못 올라가고. 인자 그런 것이, 매복 작전 그게 하나 있고.

그 다음에 인자 내가 그 백운산에 있을 때, 인자 가장 특기가 매복 작전이라고 그러잖아요. 그리고 인자 우리 부대를 인자 몇 번을 내가 살렸어요, 몇 번을. 왜냐믄은 백운산 인자, 거기서 인자 2중 3중으로 포위 작전을, 포위가 됐는데, 우리 부대가 포위가 됐는데 이걸 인제 뚫고 나가야 되겠는데, 뚫고 나가야 되겠는데 어디가 허점인지를 모다 모른단 말이여, 어디가 허점인지를 잉. 그걸 뚫고 나가야 하는데, 그래서 여기서 우리가 몰살 죽음을 해야 되느냐, 아니믄 뚫고 나가서 죽더라도 한 사람이라도 살아나야 되냐, 이런 그 판가리에 놓일 때가 많이 있어요. 그럴 때 내가 인자 거그서, 좀 상황이 판단이, 내가 좀 딴 사람보다 뛰어나다고, 내가 아까 얘기했잖아요. 그래서 내가 인제 부대장한테 그랬지.

"이걸 딱 보면은, 지금 어느 능선 뚫으면은 거그가 제일 허점입니다. 그러니까 내가 앞장서 그걸 뚫을 테니까 딴 부대를 이끌고 와서 방어를 하십시요, 잉."

이렇게 해서 그 허점을 내가 뚫거든요. 뚫고서 우리 부대를 모다 살리고 몇 번을 해요. 그러니까 인자 부대장이 언제든지 걔들하고 전투가 붙었다 하면 내 옆에 언제든 있어. 내 옆에 딱 와있지. 나하고 같이 꼭 행동을 하지, 부대장이. 인자 그런 걸 내가 인자 잘하고.

또 매복전에 있어서는, 매복전은 어떤 것이 특기냐 허면은, 땅기면 땅길수록 내가 더 안전한 거여, 매복전은, 거리가 멀믄 멀수록 내가 죽을 확률이 많고. 그 말이 무슨 말이냐믄, 총을 대면은 가슴에 닿을 정도로 접근헌 위치 가서 쏴버리믄 내가 살 수가 있어, 언제든지. 그때는 총을, 시간을 봐가지고, 잉. 첫째가 총이고, 그 다음에 두 번째가 탄이여. 그 다음에 인자 옷이고. 거기 순서가 있거든요. 그렇게 인자 그때 순간에 가서 총만 빼올 수 있느냐, 그 다음에 탄띠까지 벳길 수 있느냐, 옷까지 벳길 수 있느냐, 이걸 인제 측정을 해야 되거든. 그러면은 땅– 때리고, 땅– 해놓고, 딱 그거 하는 그건 순간적 아니요. 그러믄 그들이 흩어져가지고 다시 재진열을 맞춰가지고 총을 쏘는 데 시간적 여유가 있거든. 그 시간 안에 내가 다 해부러, 내가 무사할라믄. 그러나 거리가 멀잖아요? 5메타, 6메타 되는 데서 쐈다고 가정해봅시다. 그래 쏘고, 거그 가고, 그걸 하는 순간에 걔들은 전투 대열 갖추고 쏘면은 우리가 거그서 또 한 사람은 죽게 돼있어요. 그러기 때문에 매복전에는 당기면 당길수록 내가 더 안전하고 완벽하다, 이것이 매복전의 특징이거든.

그렇게 딴 동지들은 나처럼 M1 총을 들어대면 가슴에 닿을 정도로 접근을 못 시켜요. 그저 한 5–6메타 떨어져서 쏴버리지. 나는 거까지 접근을 시기거든요, 내가 앞에서. 그럼 내 신호를 해가지고 뒤에 사람이 쏘도록 그렇게 맨들었거든. 그래서 내가 매복전을 해서, 매복전이 특기라는 말을 듣고, 나는 한 번도 거기에서 뭐 부상당하거나 이런 법은 없어요. 인자 그것이 인자, 내가 인자 있고.

고 다음에는 인자 53년도 가을에, 53년 가을에 그 진상골로 인자 보급사업을 나갔는데, 그때 내가 인자 거그 보급사업 나갈 때 뒷고지서 매복 작전 하고 있었어. 그렇게 부대가 인자 부락에 들어갔단 말이여. 그래 부대가 들어갔는데, 갸들이 거기 매복해 있었어. 그래가지고 갸들하고 이제 전투가 붙었잖아요. 근데 간 우리 부대들이 다 후퇴하고 우리 중대장이 총을 맞았어, 총을. 총을 맞어가지고 걷지 못할 정도로 총을 맞았다 그 말이여.

긍게 인자 총소리는 났는데 부대가 어디로 후퇴한지를 알 수가 없단 말이여. 우리가 매복이, 전방에 나와 있는데, 그럴 때는 어떤 수가 있느냐? 총을 쏴야 돼. 내 목소리를 내야, 그러믄 저쪽에서 화답이 오거든. 그러믄 멫 메타 거리에서 화답 쏜 다는 건 대번 측정이 되잖어. 그러믄 가서 인제 멫 미터 거리 가서 같이 조우를 할 수가 있거든. 그것이 인제 빨치산의 특징이거든요.

그래서 인자 총을 쏘니까 후퇴를 했더라고, 뒤에 뒷고지 쪽으로. 그래서 인자 이쪽의 고지 가서 접선을 같이 했어요, 부대들하고. 그래가지고 딱 있는데, 부락에서 중대장 목소리가 나와. 총을 팡팡– 쏘면서, 빨리 돌격작전 하라고, 잉, 목소리 나온단 말이야. 그럼 이 말을 딱 들었을 때, 내가 부상을 당해서 몸을 움직이지 못 하는 그런 상태에 있다는 것을 제일 직감할 수 있잖아요, 누구든지. 그렇지 않아요? 그러면 여기에서 인자 우리가 구출작전 해야 되는 거 아니여, 우리 동지니까.

그래서 인자 내가 인자, 부대 정치위원 있고, 부대장 있고, 동지들이, 중대장들 있는데,

"우리 동지를 구출해 갑시다."

그렇게 누구하나도 나서는 사람이 없어요. 가면 죽는단 말이지. 그럼 어차피 부대를,

"이거 남은 부대라도 살아서 가야된다."

우리 정치위원도 그런 입장이었어요. 그래서 내가 그랬어.

"절대 우리는 후퇴하믄 안 된다. 중대장은 어쨌든 살려야 된다, 잉. 그래서 인자 내가 앞장설 테니까 내 뒤에 따를 사람 따라라."

그래서 우리 중대에서 세 사람이 따랐어요. 그러고 후방 과에서 짐 진 사람 하나씩 따라와, 업고 나와야 되니까, 잉. 그래서 뚫고 들어가가지고 우리 중대장을 끄내 나왔어요.

그래가지고 인제 병원에 입원했다가 54년도 12월 달에 인자 그 환자들 갖다가 인제 다 소탕당하는 바람에 거그서 체포 되가지고 남원 수용소 가서 만났어, 남원 수용소 가서. 그래 만나가지고 5년 받아가지고 한 거 까진 아는데, 죽은지 산지는 지금도 모르고 있고. 그래가지고 인자 그 중대장이 시계를 하나 가지고 있었는데, 병원에 있으면서 나보고 생명의 은인이라고 막 시계를 나한테, 내가 그 체포될 때까지 시계를 차고 가지고 있었어요. 그런 인자 이야기가 그거 하나 있고.

[45] 이현상이 지리산에서 경찰토벌대에게 총살당하다

그래서 인자 53년도는 인자 백운산에서 그렇게 인자 보내고 이렇게 하다가, 54년도 인자 그 8월 달에, 아 그건 인자 9월 달에 이제 그 지리산을 갔었어요. 우리 그 선우 위원장을 보위하고, 잉. 그래 중대장하고서 나허고 이제 연락관 둘하고 또 우리 선우 위원장 보위병이 하나 있어요. 거그하고 해가지고 다섯이서 보위하고 어디를 갔냐면은, 그 지리산에 대성골있는 데 피접골이라고 있습니다. 거기 인자 갈기봉 밑에. 거그는 인자 골짜기가 세 개가 있

는데, 그래 인자 거기 가서 이현상 동지를 또 만났어요. 우리 박영발 동지 모시고 올라고. 그게 거기서 같이 하룻저녁 잤어요.

거기 자고 우리는 인자 17일 날, 그렇게 9월 17일 날 우리 박영발 위원장 동지 모시고 꽃대봉을 넘어가지고 이제 뱀사골에 토끼봉 밑에다가, 거기서 임시 터를 만들어 썼어. 임시 쓰고, 9월 18일 날 아침 새벽에 보위병 동지하고 나하고 둘이서 꽃대봉 정찰을 나갔어요. 그래 꽃대봉까지 가서 정찰하는데, 날이 부-예 샐라고 허는데 밑에서 그냥 총이 바글바글- 하는 소리가 나, 총소리가. 그래서,

'이상하다.'

그때는 인자 우리, 이현상 동지가 거기 가는지 우리는 쫄다구니까 모르잖아요. 그래 내중에 딱 보니까 거기서 10여 명이 가다가 한 사람이 살아왔어요, 다 죽고 거그서. 그래서 그 소식을 인제 알지, 내가. 그래가지고 9월 18일 날 아침 해 뜰 때, 그 토벌대 경찰들에 의해서 이현상이 그때 희생이 됐고, 그래가지고 목을 짤라가지고 금산에다가 이걸 전시하고 그랬잖애요. 그러고 시신을 갖다가 그냥 그 섬진강변에서 화장해버리고, 이놈들이.

그래서 인자 이현상 동지가, 이제 여러분들 그 자료를 보믄 뭐냐고 하느냐면은, 이현상 동지가 8.15 해방을, 우리가 산에서 알기로는, 덕유산에서 8.15 해방을 맞이했어요. 그냥 왜 댕기 따고 댕기면서 소학, 학교 대닐 때부터서 반일운동을 했어요. 학생, 선생도 때려 패고 말이지. 이렇게 해가지고 감옥에 인자 붙잽혀 들어가가지고, 감옥에 붙잡혀 들어가가지고, 그때는 인자 일본 놈들만 반대하고 싸우믄 제일인지 알고 그런가 하지, 우리나라 그 일제 때 일제를 반대하는 투쟁의 성격이 뭐인지 그거를 몰랐어요, 이 양반은.

그러나 거기에는 인자 박달이니 이효순이니 항일 빨치산들 전부다 이름 나오잖아요. 그런 사람들이 선행으로 거기 있었거든. 그래서 그 사람들 만나고서, 아-, 우리 김일성 장군이 노선이 무엇이고, 잉. 우리가 투쟁 어떻게 하는가를 비로소 알았답니다, 거그서. 그래가지고 거그서 인자 단식을 20일 동안

하고 병보석으로 나오게 된 거여, 이 양반이. 그래서 인자 그때 하나 교훈이 뭐냐 하면은,

"우리가 아무리 투쟁을 열정적으로 많은 데 가서 투쟁을 해도 올바른 투쟁 지도를 받지 못 하면은 한갓 종이 조각에 그려진 불과 같다."

이랬어요. 종이 조각의 불같다고 그랬거든요, 투쟁의 올바른 지도를 받지 못하면. 이제 이것이 우리들 운동권에도 마찬가지예요. 그때 그가 그 경험해 한 말들이. 다– 이 이런 교훈을 우리가 받아야 된다고 생각이 들었었고.

그러고 인자 이 양반이 8.15 해방 돼가지고 9월 달에 북으로 올라가가지고 인자 김일성 원수를 만났고, 그 사람이 두 번째는 인자 48년도에 그때 올라가가지고 두 번째 만나가지고 거그서 인자 김일성 장군한테 선물 받은 게 있어요. 시계도 받고, 권총도 하나 받고, 담요도 하나 받고, 잉. 그래서 인자 빨치산 투쟁 하는데 쓰라고. 그걸 하나 쫌 알고 있고.

그래서 인자 54년 그때 인자 공화국 영웅칭호 받은 걸로 알고 있고, 그 후에 북에서 59년도에 정식 장례를 치뤘잖아, 59년도. 그 다음에 인자 68년도에 이 양반이 인자 그 독립훈장을 또 받았어요, 자유독립훈장. 그렇게 영웅장에, 자유독립훈장, 국회훈장 1급에, 인자 민족통일장, 이렇게 해서 인자 받고, 20년 전 돌아가신 부인하고 인자 합장을 시켰고. 그래서 68년도에 그런 거 받았고.

그래서 에– 이현상 동지가 인자 그 수령, 그 김일성 장군이 이현상을 신임하게 된 것이 뭐냐믄은 8.15 해방 후에, 저 공산청년동맹인가 있잖아. 긍게 이거는,

"공산청년동맹 해체하고 민주청년동맹으로 개칭해야 된다."

이런 말이 나왔을 때, 이현상 동지는 거기에 그렇게 해야 된다고 복종을 했는데, 거기서 행동은 복종을 하면서도 의아하게 좀 여겼다고 그래요. 그래서 인제 여기에서 인자 그 김 장군이 그 이현상 동지를 많이 신임했다는 이제 이런 그 기록들이 있어요.

그리고 지금 이현상 동지 저 시신은 없어요. 그래 이제 열사능 제1호로 지금, 북에 이제 열사능에 있거든요. 인자 그 유품, 잉, 이런 거 인자 묻어 논 거겠지, 말하자면. 시신은 여기에서 다 훼손됐었기 때문에. 이자 그렇다는 것을 알고, 음— 이현상 동지는 인자 그 정도만 알면 되고.

[46] 보급과 무장력의 부족으로 빨치산의 세가 약해지는 가운데, 보급 나갔다가 체포되다

그 다음에 인자 그, 우리 그 53년도니까, 응— 그렇게 하고, 인자 54년도에 와서는. 인자 53년도 얘기 들었으니까, 54년도에 와서는 인자 1월 달, 2월 달 인자 동절 아닙니까. 그때는 인자 주로 인자, 매복 작전을 주로 많이 했어요. 에— 많이 해가지고 인자 2월 달에 가가지고 내가 인자 체포를 됐는데, 그래서 인자 그 2월 달에 인제 체포될 때도 고 진상 쪽으로 보급을 나갔다가, 그때는 인자 그 5사단이 전–부 53년도 가을부터서, 그렇게 우리 인제 전남에서는,

"정전협정이 체결 되면은 반드시 1선의 정규군이 후방 빨치산 토벌에 동원된다. 그렇다면은 빨치산 투쟁이 얼마 가지를 못한다."

하는 것을 우리 산에서는 다 알고 있었어요. 그래서 이걸 대응하기 위해서 대책을 다 마련해가고 있었어. 그 대책이 뭐냐? 부상당한 사람들, 산에서 부상당한 사람은 다 죽인단 말이여. 그 사람들 다 내려 보냈어요, 다. 그리고 또 성헌 사람이라도 자기 고장이나 어디 가더라도 배길 수 있는 사람은 다 내려 보내고. 그럼 산에 남아있는 사람은 어디 들어갈 수도 없고, 잉. 그 다음에 부상 안 당하고, 이제 전투 성원들만 남게 됐지, 산에 있는 사람들은.

이자 그렇게 해가지고 이제 빨치산 투쟁을 전개하다가, 인자 54년도에는 저 집중적으로 이놈들이 댕김서 해. 우리가 이자 그 딸린 것이 뭐이냐면은, 우리는 무장이 없잖애요. 얘네들은 인자 분대마다 무장이 하나씩 다

있거든요. 그렇게 벌써 어디 동쪽 몇 미터 지점에서 우리가 족적이 나타났다 하면은,

'여기서 아무리 가도, 아무리 발 빨라도 몇 키로 이내에는 내가 이제 그걸 벗어나지 못한다.'

이건 다 측정이 나오게 돼있어, 군단 전략 하믄. 그러믄 거기를 갖다가 한 개 대대면 중대로 갖다가 다 이중, 삼중 포위해 불면 다 걸리게 돼있어요. 걸리면은 애네들은 무장력이, 탄이 많고 좀, 우리는 탄이 몇 발 쓱 없잖아요. 그러니까 거그서 다 걸리게 돼있어, 하여튼 여기 저 전략 전술적으로. 인자 그런 것이 있고.

그래서 우리 그 52년도 약전을 우리가 공부하고 할 때, 인자 우리 그 김일성 장군님이 인자 무슨 말씀했냐면은, 빨치산, 남조선 빨치산이 오래가기 힘들다는 것을 예견한 적 있어요, 몇 가지로. 첫째는 뭐이냐믄은 이 지구상에서 가장 강군인 미제군하고 싸우고 있다는 점, 제국주의자들하고, 그 다음에 두 번째는 지역이 협소하다는 거, 동북이라던가 이 만주벌판 같으믄 지역이 광활하거든. 근디 우리나라는 이 동쪽에서 쪼그만, 하루면 다 갈 수 있어. 지역이 협소해.

그 다음에 은폐할 곳이 없어요, 은폐. 우리는, 월남이라든가 이거는 대중들이 다 묻혀 주잖어요. 낮에는 대중 속에 있고, 밤에는 싸우잖어. 우리는 그런 토대가 없어요, 대중적 토대가. 왜냐면은, 6.25 전쟁으로 인해가지고 합법이 되야가지고, 그 전에 지하조직이 합법해서 다 노출돼버렸어. 산에 올라갔다 다 죽어버린 거야. 그러면은 인자 우리가 묻힐 곳이 없어요. 전부다 황무지여, 말하자면 다. 그러니까 천상 산에서 싸워서 다 죽기 마련이여. 글안으믄 자수하든가 죽든가 둘 중 하나 백에 없어요.

이런 그 약한 곳들을 가지고 있기 때문에, 빨치산들 오래 가기 힘들다는 것이 우리 장군님은 그렇게 예언을 했었거든, 김일성 장군이. 그래서 우리도 그거를 알고서 그걸 대비해서 우리가,

"그러믄 대비해서 어떻게 해야 되느냐?"

이런 것들 만반히 백방으로 다 했지만은, 그때 그 산에 남아있는 사람들이 극히 소수 아닙니까. 그 훑으고 훑으다 보믄 걸리게 돼있어.

이 첫째는 이 보급이여, 보급, 먹는 거. 어디서, 동쪽에서 어디서 나가서 오늘 저녁에 보급을 했다 그러믄은, 거그서부터 출발해서 간다고 해야 뭐 동서남북으로 딱 치믄 몇 십 키로 걸리거든. 그것도 지키믄 다 걸리게 돼있고, 잉. 이런 그 전술적으로, 뭐 또 인자 그 문제가 있고, 우리가 인자 다니게 돼있고. 그 다음에 인자 무장력도 그렇고, 인자. 그런 광경 속에서 우리가 인자 54년도에 우리 빨치산이 남조선에 종말을 고하는 그런 아픈 역사, 아픔을 우리가 맞게 됩니다. 인자 그런 관계가 있고.

그 다음에는 인자 우리 그, 내가 인자 그 54년도 2월 달에 인제 체포될 때, 체포될 때 내가 인제 총 세 발 맞고 체포됐거든요. 보급사업을 나가가지고 그렇게 인자, 우리가 인자, 내가 인자 특기가 뭐이냐믄 아-무리, 아무 그 밤이라도, 동쪽이믄 동쪽, 서쪽이믄 서쪽, 얼르고 댕기다 보믄 거그 막 뚫고 나와서, 물꼬 그게 거기여. 거기 끊는 데는 내가 잘 끊어요, 아무리 칠흙 같은 밤이라도. 그 대신 뭐 우선 하여간 다 찢어지고 해서 이자 꼭 걸럭지같이 생겼지. 앞에 댕긴 사람은 그려, 가시밭에 그 거기가 다 걸리니까. 그럼 뒷사람은 앞사람을 안 따를 수가 없잖아요. 그러기 때문에 내가 매복에 안 걸리거든요, 매복에. 산에서 제일 많이는 매복에 많이 걸려 죽거든요. 앞에 가는 사람은 걸렸다 헌 밤에는 누가 먼저 발견하냐가 임자가 되는 거여, 밤에는, 적아 간에는. 그렇지 않아요? 그러면은 그거를 안 걸릴라면은 반드시 다니는 길로 가서는 100퍼센트 걸리게 돼있어.

그렇게 내가 불편해도, 아사리 밭을 낀다든가 돌산을 낀다든가, 우회해서 가믄 걸리질 않애요. 긍게 나는 그 길을 데려가요. 내가 앞에서 부대를 끌을 때는 항시 그러거든요. 그래서 인자,

"어디서 어디까지 몇 키론데 날 새기 전에 어디까지 도달해야 한다."

이럴 때는 하여튼, 부대장이 나보고 끌으라 그래. 그러믄 나는 인자 직선으로 막 끌고 댕겨, 잉. 그러믄 딴 사람들은 그길 아니고 인자 편한 길로 갈라다가 매복에 걸려서 아무튼 죽고 그런단 말이여.

이제 이런 것이 있고 그러는 건데, 그래서 인자 그런 관계 속에서도 부대가 옳게 지속하지 못하고. 내중에 인제 54년도 가을부터는 뭐이냐믄, 얘네들이 지뢰를 엄-청나게 많이 매설을 합니다. 산에 주둔해서나 부락에 주둔해서나 주위에다 지뢰를 다 매설해요. 그러믄 부락에 보급사업 내려가다 지뢰 터져서 우리 동지들이 엄-청나게 죽었어요, 54년도에. 남태준 부대가 그래서 다 죽고, 우리 부대가 한 개 중대가 없어지다시피 했다고. 지뢰 밟으면은 박살나버리거든요. 나는 줄을 건드렸기 때문에 그래도 그 살았지. 지뢰 밟아버리믄 뼷자국도 안남어요. 저 살점이 다 부서져버려요. 이래서 인자 많이 죽고. 인자 이런 것들이 54년도에 지뢰매설을 많이 해었다는 걸, 인자 그걸 알 수 있고.

그래서 인자 우리 부대가 보급을 하고 오는데, 그때만 해도 인자 우리 그 부대 성원들이 한 50-60명 됐었어요. 피막골 거기에서, 그래 인제 피로하고 이렇게 하니깐 이제 부대를 끌고 나가는 데는, 우리가 그 산행을 해서, 산행을 해서 잠깐- 잠깐 쉬어야지, 거그서 쪼끔만 오래 쉬믄 다리가 팍팍해서 걷지를 못 하는 거여. 그 대신 잠깐 쉬고- 잠깐 쉬고 그래 가야지, 오래 쉬믄 팍팍해서 못 가게 돼있어요. 그러믄 산에서는 인자 못 먹고, 인자 잠도 못 자고 그러기 땜에 그저 쉬었다 하믄 조는 거여, 이 부대원들이 다. 그러믄 거기서 다 졸아버리면은 어떻게 됩니까. 그렇지 않아요?

이제 거그서는 인자, 그래서 내가 인자, 거그서 독특한 사람이 인자 김영승이라고 그러거든요. 나는 부대허고 가면은 절대 잠자는 법은 없어요, 부대랑 갈 때, 부대장은 잠들어도. 그래서 가서 해다가,

"일어납시다."

해서 다시 끌고 가고- 끌고 가고 내가 그러거든요. 같이 자부리믄 안 되니

까. 이게 산행을 가도 마찬가지야. 그래서 인자 그런 그 책임성을 가지고 내가 인자 그 투쟁을 하기 때문에, 그래서 인제 그 칭찬을 많이 받고 내가 그런 사람인데.

그래서 인자 그렇게 해 오다가 날이, 진상골 기슭에서 날이 새버렸어요. 그래서 인자 진상골을 넘어서 이 옥령골로 넘어와야 되는데, 중허리까지 백에 못 왔다 말입니다, 중허리. 그러면 거그서 인자 모다 밥을 해먹어야 될 거 아니여. 그래 날이 훅 허니 새니까 인자 비장을 다 했어요, 골짜기다가.

인제 한 2-3일 먹을 거 짊어지고. 그래가지고 알미늄 솥에다 해가지고 보글보글 끓고 있는데, 걔들이 정찰조가 내려온다 그 말이여, 정찰조가, 봉우리를 타고. 그래서 발견해가지고 그 불을 꺼부리믄 연기가 나올 거 아닙니까, 인자, 잉. 그래 연기 나믄 걔들 우리가 있다는 걸 발각이 돼잖애요. 그래서 인자 거그서 다 엎어버리고 인자 능선을 넘어가는데 그 능선에 인자 그 애네들 다섯 명이 정찰조가 나와 겼어.

그래 여그서 인자 돌격을 했는데, 이놈들이 총을 놓고 뒤로 넘어갔단 말이여. 그래 여그서 거그를 갈라믄 적어도 한 5-6분은 걸려야 돼, 이리로 올라갈라믄은. 그러믄 이 다리가 팍팍하고 이런디 5-6분 동안에 빨리 가서 총을 집을 수가 없잖어요. 그래 가서 총 쏠라고 엄호하니까, 또 다시 가서 보믄 또 넘어가고, 잉. 그래도 이거 안 닿으니까 총을 다시 도로 짊어지고 넘어가드라고. 그래서 인자 이놈들이 도망가버리고, 어디로.

그거를 점령해가지고 돌고- 돌고 해서 냇가까지 들어왔어요. 들어와서 인자 캄캄해져버렸거든. 그냥 캄캄해져 인자 부대가 인자 거그서 주둔했어. 그러고 인자 내각에 정세가 어떠냐, 내각에 있는 지도부하고 선 연결이 돼야 그 내각, 적정을 알 거 아닙니까. 그래야 우리가 내일 어디로 잠복할 것인가, 잉, 이걸 인자 결정해야 되기 때문에. 그래서 인자 부대를 거기다가 채려놓고 인제 저녁밥을 먹어야 되는데, 쌀도 없고 아무것도 없단 말이여. 그래서 인자 그, 우리가 밥 해다잉, 놓았던 데, 거그를 인자 후방과 동지를 보냈어.

근디 거그를 인자 한 시간이믄 갔다 올 텐데, 이 친구들이 인자 매복이 어디가 있지나 않을까, 가다가 좀 쉬고 어쨌나 이렇게 해가지고, 날이 거의 새서사 이제 돌아왔어요. 그런디 거그를 이놈들이, 우리 밥을 해다가, 해논 거를 거그서 찾지를 않앴어요, 거그를. 그래서 그놈을 갖다가 먹고 날이 후얘 새니까, 그때 인자,

"내각으로 들어가자."

그래가지고 내각으로 들어가고 인자 오는 사람하고 만났다 말이여. 근디 지금까지도 우리가 인자 숙제를 못 푼 것이 있어. 왜냐면은 초저녁에 지도부에 연락을 띄웠는데, 이 친구들이 새벽에, 잉, 날이 훤히 새자 우리가 조우가 됐단 말이야, 조우가. 그러믄 그동안까지 뭘 했느냐 이거야, 그동안까지. 그걸 아직도 숙제를 못 풀거든요, 지금, 내가 지금 풀지를 못 한 것이. 그러면은 지도부에서 뭐랬냐면,

"여그는 내각에 오늘 집중이니까 피해야 된다."

라는 이 결론이었었어요. 그런디 그때는 이 내각에서 피할 시간적인 여유가 없어요. 걔들이 능선에 딱 저기해가지고. 날이 훤히 새버렸기 때문에.

그래서 인자 부대가 내각으로 들어가자, 들어가가지고, 거그는 빠꾸바위라고 하는 바위가 있습니다. 우리가 인자 그 52년 동계 공세 때 백 한 20여명이 돌고- 돌다가 걔들이 앞에 오니까, 그 부대가 빠꾸바위 밑에서 그냥 도로 인제 빠꾸해서 돌아갔는 그런 걸 갖다가 빠꾸바위 터라고 그래. 그래 거그 가가지고 우선 배가 고프니까 밥을 해야 된다 그래서, 밥을 지금 해서 부글부글 끓고 있는데, 걔들이 지금 능선에서 수색작전 지금 내려오는 거여. 그러니 고 어떻게 합니까. 그래서 그거 다 엎어버리고, 그래 저 배낭 짊어지고 주위로, 인자 옆으로 후퇴했다믄은, 후퇴해가지고 거그서 인자 우리가,

"이 오늘은 인자 최후 결전이다."

이렇게 해서 인자, 배낭 같은 건 다- 바위 속에다 치워버리고, 총허고 탄허고 옷만 가지고 있었어요.

그래가지고 거그서 인자, 걔들하고 바위 하나 사이 두고 인제 전투가 벌어지게 됐어요, 바위 하나 앞에 두고. 그래 벌어지고 있는데, 이거 이자 오전 지금 한 열 시에 쯤 됐을 거여. 그래가지고 인자, 우리가 인제 밑에가 있고, 놈들은 바위 새에 고 있는데, 또 옆에 능선에서 그놈들이 쏳고, 그래 인자 부대장이 내 옆에 있었어요, 내 부대장.

그래가지고 나는 인제 옆에 놈을 보면서 이제 M1 총을 들고서 쏘는데, 옆에서 있는 놈이 나를 쏜 거여. 그래서 인제 여기 맞아가 요렇게 해가지고 요렇게 해서 턱으로 나갔어요. 그래 이 견갑부가 부러져버렸었어, 이 뼈가. 그래 이 팔을 못 들잖아요. 피가 줄줄 흐르고. 그래서 인자 부대장은, 부대장이 그때 인자 칼빈 총을 들었어. 나는 인자 M1 총, M1 총은 무거워서 들 수가 없잖아, 한 손으로. 그래서 인자 부대장한테 그 얘기를 하니까 이제 큰일 났다고 그래. 영승 동무가 부상을 당해서 우리가 인자 어떻게 하냐 이거야. 인자 그런 말까지 하고 그랬는데, 그래서,

"총을 바꿉시다, 잉."

그래서 인자 내 M1 총을 부대장이 들고, 나는 인자 부대장 들던 칼빈 총을 들었어, 우측 손은 되도 않으니까. 그렇게 해가지고 인자 거그서 오르고 내리고 인자 전쟁을 하다가, 도저히 여그서 오래 베길 수가 없어. 또 옆으로 흩어지고, 부대가 인제 막 분산이 되는 거여.

그렇게 골짜기로 넘어가가지고 골짜기에서 또 인자 저쪽 능선에 붙었는데, 저쪽에서 또 이놈들이 쏴가지고는 내가 여기 팔을 또 한방 또 맞았거든요, 이 총 맞은 이거 깨 이 흉터가 있지만은. 이 총을 맞으면은, 이게 자다가도 총을 맞으면은 무슨 작대기가 와서 탁– 치는 그런 느낌 밖에 못 받아요.

'작대기가 와서 탁– 친다, 잉.'

요 느낌 밖에 없어요, 순간적으로, 잉. 그럼 넘어지거든요. 총 맞으면, 서 있다가 총 맞으면 넘어지게 돼있어요, 내 경험에 의하면, 작대기로 치는 것 같고. 그러면은 젊은 친구들이, 총 맞을 때 그 감각이 어떠냐고 나한테 많이

묻거든. 그래

"내 감각은 작대기로 뭐이 와서 몽댕이로 탁– 친다, 잉. 그 순간적인 느낌 밲에 없다."

인자 이건 내가 이 느낀 경험이니까, 그렇게 하고. 그 다음에 인자 또 인자 그 밑에 골짜기에서, 능선에서 인자 소능선을 점령해가지고 거기를 막 올라갔다 내려갔다 하는데, 거그서 내 궁뎅이를 또 하나 맞았어요, 궁뎅이를, 여기 흉터가 있지만은. 그래 인자 세 방을 맞았거든요.

그래서 이거 실탄이 내가 멫 발 있냐믄, 세 발 밖에 없어, 총탄이. 그래서 이제 거기에서 우리 3중대 대원들이 거기서 죽고, 그 다음에 정○○ 동지라고 여성동무가 있어, 그때 열여덟 살 먹은. 그 광산운영팀에 정○○ 동지 누난데, 남매가 올라왔거든요. 그래 정○○ 동지가 거그서 맞어서 죽었어요. 그 우리 인자 간호원인데, 거그서 죽고. 그래 인자 정○○ 동지가 나한테 한 말이 있어, 거그서 죽기 전에. 왜냐믄은 그 동생이 ○○ 동지라고 열여섯 살 먹었거든. 그 ○○가 실탄이 다 떨어져버렸어. 그러니까 ○○ 동무도,

"우리 동생이 실탄이 떨어졌으니까 총 한 발 주슈."

이런 말을 지금도 내가 지금 생생하게 느끼고 있거든. 그런데 그때 내 총은 총 세 발 있는디, 이놈 인제 어떡해서 총탄을 줄 수가 없어. 그 순간에는 막 치고 박고 싸우는 때가 아닌가. 그래서 그걸 내가 느꼈고.

그 다음에 인자 체포되야가지고 거그서, 그 3중대 동지, 거그서 살아남은 사람 얘기 들어보믄, 걔들이 어떤 만행을 했냐면은, 그 우리 정○○ 동지가 이제 죽었는데, 우리 3중대 동지 죽은 시신에서 그 신을 짤라가지고 국부에다가 몰아넣고 그걸 보라고, 잉, 그런 만행을 저지른 그런 사건을 내가 들었거든요. 이제 그놈들이 그걸, 그런 만행들을 해요, 이놈들 다 보면은.

그래서 인자 거그서 능선을 타고 올라가는데, 도저히 인자 이 다리 힘은 없고, 어떻게 할 도리가 없어. 한 팔을 짚고 인자 그 칼빈 총을 인자 지팽이처럼, 잉, 이렇게 짚고서 올라가는데, 그런데 가만히 생각해보니까 날이 훤

히 새고, 그 훤한데 이거를 막을라면은, 그때는 인자 2월 달이니까 그 이파리가 인자 그 단풍이 들어있잖어요. 그걸 인제 뜯었어. 내 한손으로 뜯어가 입에다 물고, 내가 라이타를 가지고 있었거든. 그 라이타에다 불을 붙여가지고 불을 질렀어요. 불을 지르면 연기가 나잖애요. 그 연기 타는 고놈을 타가지고 인자 올라갈라고. 그러면 인자 걔들이 안보이거든.

그렇게 그 살아있는 사람을 내가 끄는디, 연기 나는데 그 연기 타고 요리 모이고 저리 많이 모이더라고요. 그래서 중허리까지 올라갔어, 하여간 연기 타고 해가지고. 올라가서 또 이놈 또 불지르고, 잉, 이렇게 타고 간다고. 그래서 인자 그 봉강능선이라고 50메타 전방까지는 올라갔어요, 50메타. 그러고 나머지 우리 3중대 동지들이 인자 산 사람들이 너 댓 명 그 총 안 맞고 살아나왔는데, 그 동지들이 인자 나를 총 맞고 했으니까, 그 동지들이 인자 넘어가면서 연속으로

"빨리 따라와, 빨리 따라와."

그래 빨리 따라오라는데 내가 빨리 따라갈 수가 있어야지, 성헌 사람하고. 그 동지는 넘어갔어요. 넘어가자마자 걔들이 싹 막아버려가지고 내 인자 갈 길이 없잖어요. 그래서 다시 훑어서 내려가가지고 딱 있는데, ○○ 동지를 만났어. 아까 내가 ○○ 동지 애기했잖아요. ○○ 동지 만났는데, 나보고 그래.

"영승아 우리 어떻게 하면 좋을까?"

나보고 그러더라고. 그래서 내가 그랬어.

"너하고 나하고 둘이 있으면 같이 다 죽는다. 그러니까 너는 이쪽으로 가서 이쪽으로 해라. 너허고 갈려야 된다. 그래야 둘 중 하나 살을 거 아니냐, 잉."

그래가지고 거그서 갈렸어요. 그래 갈려가지고 저쪽에 가서 체포당했어. 그 체포당한 걸 알고 있고. 그래 나는 인자 도저히 갈래야 갈 수가 없어서 숲속으로 그냥 쓰러져가지고 자살을 할려고 했었어요, 사실은. 자살할라고

하는디 총을 격발시겼는디 총탄이 없어. 그래서 못하고 인자 쓰러져 있어가지고 있는데 내중에 눈을 떠보니까 걔들한테 인제 내가 잽혔더라고요.

그래 잽혀가지고 그래서 인자 호주머니 훑어내니까 호주머니 속에, 그때 인자 담배, 그때는 인자 건설 담배라고 있었어요, 건설이라는. 그 군대에다가 화랑 있고, 건설이라는 건설 담배, 쪼금 유명하거든. 라이타 있고, 거기다가 뭐 시계하고, 그걸 인자 그놈들이 가져가더라고.

그래가지고 인자 거그서 인자 그러더니,

"인자 살았구만."

나보고 그래. 그래가지고 인자 뒤에서 인자 한 놈이 밀고, 양쪽에서 인자 끼고, 잉, 이렇게 해가지고는 봉강능선까지 인자 올라가고 그러는데, 내가 인자 다리가 지금 넘어지고 이렇게 하니까, 인자 이놈들이 무전으로, 잉, 그 본부에다 대고서, 이거 한 놈 생포를 했는데, 도저히 죽게 생겼으니까 쏴버리고 가겠다고 이렇게 하니까, 그 무전에서 중대 무전병이 쏘지 마라고,

"죽더라도 하여간 올라와라, 잉."

이렇게 얘기하니깐 이놈들이 안 죽고 살아가지고 자기들 고생시킨다고 나한테 욕지거릴 하고 지랄병을 해, 내가 들으니까, 잉. 그래 올라가다가 또 거기로 전화하고 말이지, 무전으로, 잉. 그렇게 해서 능선까지 올라갔어요.

올라가니까 간호원이 와있더라고. 그래가지고 응급치료를 해가지고 거그서 인자 거그 3대대한테 체포된 거야. 이 온정훈 부대한테 내가 체포됐다고. 그래서 이 온정훈 부대에서 인자 거그를 가가지고 토굴 속에 들어가 있었어. 가서 보니까 우리 중대장이 잡혀왔더라고, 우리 중대장이. 그래 토굴 속에 둘이 들어가 있는데, 나한테는 묻지도 않애. 우리 중대장한테만 묻더라고, 그 부대가 얼마나 되며 뭐 이런 거. 그래 우리 중대장이 그냥, 부대에 뭐 몇 십, 뭐 몇 백 명 되고, 몇 천 되고 불어서 막 얘기하더라고, 내가 그냥 들을 때.

[47] 부상당한 채 체포된 후 남원 외과병원으로 이송되어 치료받다

그래가지고는 거그서 인자 뭐 간스메 하나 줘서 인제 먹고, 그 이튿날 아침이 되니까 그 대대장이 나보고, 그때 인자 그 나는 인자 산에 있을 때, 이 방한복을 안 입고 다녔거든요. 내의 하나에다가 전투복, 그거 뱈에 안 입었어요, 겨울에, 나가. 그러니까 항시 움직여야지 가만 있으믄 덜덜덜– 떨어요, 하여간. 인제 그래 항시 움직이거든요. 긍게 다른 후방과 같은 애들은 인제 방한복 다 입고 그랬는데, 나는 방한복 안 입고 다녔었거든. 그래서 인자 이놈만 입고 허니까, 피가 흘리고 이렇게 하니까 인자 응급치료 하고, 그래서 자기 잠바를 나한테 하나 주더라고, 내려갈 때 이놈 걸쳐 입고 가라고, 잉, 그래서 치료를 잘하라고.

그래서 인자 내려와서 부락에 딱 들어가 보니까 부상자들이 많이 있어, 그 부락에 보니까. 그래서 인자 거그서 인자 다시 또 타가지고 광양 연대본부로 갔어, 의무과, 연대본부. 그래 연대본부에 의무과에 가면은 거그서 인자 분할을 해. 이 사람은 외과병원으로 보내야 할 사람, 이놈은 수용소 가서도 치료할 사람 잉, 그 거기서 분간을 해요. 그래가 나는 인자 그,

"남원 외과병원으로 보내야 된다."

그 사단 본부에 가니까, 그래서 인자 거그 갔는데, 우선은 인자 그 광주, 광양읍에 갔을 때, 이제 우리 동지들이 부상자들이 많이 붙잽혀 왔잖아요. 근데 이제 정보과에서 이놈들 하는 말이,

"김영승이라는 사람이 나이는 어리고 이러지만, 아주 총명하고 똑똑하고, 잉, 이렇기 때문에 이 애를 어떻게 해서라도 살려서 데리고 이용을 해야 된다."

하는 것이 이 정보부의 그런 소식이라는 것을 내가 들어서 알거든요. 그래가지고 인자 묻고 그래서 내가 인자 답변도 않고 이렇게 했는데.

그때 인자 우리 그 이○○ 동지라고, 그 동지가 우리 감사 한 동지가, 도당

부위원장하고 비트에 있다가 거기서 맞어가지고 희생당했고. 우리 그 부대 정치위원 동지 헌 양○○ 동지가 거그서 인자, 병상에서 희생을 당했는데 그 목을 짤라가지고 거그 광양읍에까지 담요에 싸가지고 왔고, 그리고 우리 염형기 동지, 도당 부위원장, 또 그 목을 짤라가지고 담요 싸가지고 와서 우리 보고 보라는 거여. 우리가 안 봤더니 거그 보라고 인자, 목을 짤라가지고 와 보라고 그랬는데, 그래서 인자 그 정보과에서 딱 보니까 우리 그 부대의 정치지도원인 이○○라고, 지금 이제 마포에 살고 있어요. 그 동지가 또 이용을 당하고 있더라고, 우리 정치지도원인데. 그래서 인자,

'아-이, 그런가비다.'

인자 그렇게 하고 딱 있는데, 지금 우리 그 보급투쟁을 해가지고 골짜기에 다 비장했다고 그러지 않애요. 근데 이 먼저 생포된 사람이 다 갈쳐주고 다 파가버렸어요, 그거 다, 그거 우리 비장한 거. 그걸 알고 있고.

그래서 인자 거그서 이틀간 있다가 인제 남원 사단본부에 가서, 이자 그때 그 남원 외과병원 거그를 인제 가서 진료 받어. 여기는 가서 보니까 거기다 이 중상자들만 쭉— 후송돼 있었거든요. 그래 여성동무들이 한 7-8명 있었고, 그 다음은 우리 남성분들이고, 군대들도 인자 같이 몇 있고 인자, 그래 거기에서 인자 거그 살아나온 사람이 몇 사람뿐이에요, 그 외과 병원에서.

그래 맨-날 낮이면 그 죽는다고 고함치고 그러도 애네들이 치료를 안 해줘요. 그게 약이 아깝다 이거여. 이거 그냥 죽어도 이놈들은 약 쓰고 자시고할 필요 없다 이렇게 해가지고 거기서 죽은 사람 많이 있거든요, 거기서, 그 외과병원에서. 이제 그렇게 하고.

거기서 인자 그 우리 참모장이라는 최○○ 동지라고, 그 문청면에 사는 그 친구 있었다고 그랬지, 지리산 부대장 헌다고, 잉. 그 친구가 거기에 와있었는데, 그 친구는 인제 배꼽 있는 데로 관통을 해서, 그래가지고 밑에가 피가 안 통하니까, 밑에서부터 썩어 올라와, 밑에서부터. 그렇게 이제 수명이 얼마 안 남았단 말이야. 그러믄 나는 인자 이 팔은 성허니까, 잉, 밥은 요 따로

인자 다 먹고서 인자 밥 못 먹는 사람 내가 인자 떠 멕여 주고 그러거든. 그래서 인자 그 동지가 나한테 하는 말이 있어.

"동지는 어떻게든 여기서 살아 나가서, 내가 어떻게 해서 어떻게 하다가 여그서 죽었다는 것을 나가서 보고를 하셔달라."

그게 나한테 이게 주문이었어, 유언이었었다고. 그래서 그 동지 거기서 죽었어요. 그러고 여성동무들도 거그서 죽고.

그러고 인자 우리 이○○ 동지는, 그 비트에서 걔들이 쏴가지고, 칼빈 총으로 자살을 했는데, 여그서 쏴가지고 인제 죽지는 않앴어. 그렇게 놈들이 또 뒤에서 쏴가지고 어깨도 여기 나가가지고 관통을 했거든요. 그러고 염형기 동지는 직사하고. 그래서 인자 거그 그 딱 가보니까, 그 외과병원의 원장이 우리 이○○ 동지하고 학교 동창이여. 그래 8.15 해방에 서로 갈린 거여. 그래가 여그서 인제 만난 거여. 그래가지고

"인자 과거야 어찌 됐든, 우리가 과거에 학교 대녔던 동창 아니냐."

그래서 인자 그 외과원장이,

"어떻게 해더라도 친구는 내가 살리겠다."

해가지고선 약 처리를 해서, 그 동지 거기서 인제 살아나왔어요. 그래가지고 그 딸들하고 아들하고 이렇게 결혼시켜 볼라고 이렇게 하지만 성립은 안 됐고,

이○○ 동지는 몇 년 살다가, 한 4-5년 전에 돌아가셨어요, 서울대 병원에서. 그 아들이 이○○라고, 서울대학교 지금 명예교순데, 거기 저 뭐냐? 그 감정하는 거 뭐라고 그러지, 죽은 사람들? 그 무슨, 그러니까 그 아주 우리나라에서 유명한 그런 사람이야. [조사자: 부검?] 응, 부검. 그 유명한 사람, 그 사람이 그 사람의 아들이여, 지금도 서울대 병원에서 하는데. 그래 죽어서 그 아들도 만나보고 다 했는데, 그래서 살았고.

[48] 수용소에서 토벌대 앞잡이가 되어 김선우 위원장을 죽게 한 동지를 만나다

그래가지고 인자 감옥에, 외과병원에서 한 달간 치료를 받다가, 그래서 인자 수용소를 갔어요. 수용소를 가서 본게 인제 사방에서 붙잡혀 들어왔잖여. 그러면 자수해가지고 온 사람도 그리 오고, 지하에서 한 사람도 오고, 외나무다리에서 만나는 것도 만나고, 잉, 인자 딱 해서 만나고 그랬는데.

거그 가서 인자 내가 만난 거이 중요한 게 뭐냐 하면은, 우리 부대에서 신○○이라는 동지가 하나 있었어요. 그 동지가 이제 나하고 우리 부대에서 서로 쌍벽을 이루다시피 하고 인자 그런 동진데, 이 동지가 체포되야가지고, 우리 그 중대 성원들 몇몇 사람들은 그 군복을 입고 좀 이용당했어, 산에서, 그 이용당하고 그래서 산에 들어왔거든.

근디 그 친구 인제 각오가 뭐이냐면은, 우리 선우 위원장이, 인자 애네들이 백아산을, 백운산을 아무리 뒤적거려도 안 나오니까 딴 데 있을 거이다 그래서 그 전에 우리가 인자, 소조가 그 광양군 진월면에 폐광 굴이 있어요, 폐광. 거기 우리 소조 나가서 한번 잠복한 적이 있어. 그러믄 거기에는 우리 유상기 책임위원 동지 누이동생이 그 근방에 살아요. 거기 우리 지하 조직선이었었어. 그래 거기 잠복하면서 낮에는 그 들에서 일하는 사람 밥 나눠주고 있잖여. 그거 해가지고 갖다 주고, 잉. 근데 그 금굴을 이 사람이 갈쳐준 거여, 내 친구 그 사람이.

"혹시 거기 있을지 모른다."

그래 바로 그게 거기에 있었거든요. 그래가지고 인자 그 누이동생이랑은 만나서 다 알지, 우리가 소조 나갔기 때문에. 그래가지고 누이동생을 시켜가지고 이놈들이, 가서 오빠 끌고 나오라 이거여. 그래 인자 거그 가가지고 그 입구에 가서 울고불고 하는 거여.

"글않음 죽이겠다 하니, 이거 어떡하믄 좋겠느냐, 잉?"

그래 한 이틀 그래 와갖고 그러니까, 유상기 동지, 그 오빠가 수류탄을 터뜨려가지고 인자 박살냈어, 다시는 그러지 말라고. 그러니까 이놈들이 인자 그때는 어떻게 해서 빼내올까 하는 저기가 안 되잖아요. 그래서 인자

"금굴을 입구를 막는다."

이렇게 나오니까, 거기서 인제 전투가 벌어진 거여. 그래가지고 거기에서 유상기 동지 희생되고, 선우 위원장 보위병이 거그서 희생되고, 우리 그 위원장 동지는 다리 관통상을 입고 그 진월면에서 백운산까지 들어온 거여, 백운산까지. 인자 고걸 우리가 알았고.

그래가지고 백운산 독사바우골에서 보위대 동지를 만났어. 그래 보위대 동지를 만났는데, 또 이튿날 수색에서 보위대 동지 또 체포됐거든. 그럼 누구 같이 내려가서 또 불었을 거 아니여. 그러믄 어디에 있다는 걸 딱 알지, 뭐. 그래가지고 인자 발각이 된 거여. 그래서 우리 선우 위원장을 하여튼 간 생포를 할라고 이렇게 했지만, 선우 위원장은 끝까지, 끝까지 마지막 한 발로 인자 쏳고서 거기서 4월 5일 날, 54년 4월 5일 날이 마지막이야. 그래서 거그서 돌아가셨고.

[조사자: 그럼 백운산에서 돌아가신 거예요?] 응? 어, 백운산에서 돌아가셨고, 그래서 인자 그 시신을 그때 인자 경찰관 사령관이, 적이지만은 그래도 선우의 인품이라든가 도덕성이, 이런 것이 참– 평판이 좋았거든요. 그래서.

"이 사람은 예우를 해주라."

그래가지고 그 시신을 끌어다가 능선에다 묻어준 거여, 능선에다가, 그 체포된 사람이 끌어올려 가지고. 그래 그걸 인자 반년 동안 지내다가, 그 묻어준, 그 끌고 오는 사람이 지금 살아있어요, 인제 한 사람은 죽었지만은. 이제 미국에 가 있는데, 긍게 그 사람이 우리 도당 문건을 다 파헤쳐 준 거여.

이제 그런 과오가 있기 때문에 인자 우리하고도 만나지 않고 이제 우리가 다 뭐라고 그러는데, 그래서 인자 이걸 찾을라고 인자 그 한 5–6년? 그렇게 이천 한 3–4년 잉, 그때 경우에 인자 전남에서 인자 우리 동지들이 몇 사람

이 그 자리로 가가지고, 그 체포된 사람 말 듣고 해가지고 능선에 가가지고 그 묘를 찾았어요. 그래서 인자 이빨 같은 거라도 인자 입에 보니까,

"선우 이 맞다."

그래서 인자 거그다 묻지 않고 이 본인 선산에 저, 보성에 웅치면이라는 그 선산이 있어요. 거그다 묘를 썼어요. 그래 4월 5일이믄 매년 가서 우리가 참배합니다. 참배하고, 그래서 거기는 인자 내가 6.15 고지라고 이름을 명명을 해놨어요, 그 고지를. 그렇게 해놓고, 거그 이제 백운산에 갔다 하면은 그 고지에서, 인자 병에다가, 잉, 제일 하고 싶은 얘기, 이걸 다 써가지고 병에다 묻어 놓고- 묻어 놓고 그래. 그거 인자 몇 십 년, 몇 백 년 되면은 거그 나오는 건 인자, 자기 이름도 나오고 부대 이름도 나오고 그럴 것 아니여. 그걸 갔다 오면 그걸 하거든요. 그래서 그걸 인자 만들어 놓고 지금 그렇게 하고 있고.

[49] 재판에서 사형선고를 받고 김천 소년형무소로 이감되다

나는 인자 54년 4월 28일 날 첫 공판이 있었습니다. 그래가지고 인자 4월, 3월 달부터서 애네들이 재판에 회부하기 시작했어요, 재판에. 그러고 5월 달에 인자 5사단이 떴거든요. 그러고 인자 선우 위원장이 돌아가시고 인자, 전사되고 그러니까 백운산 상봉에다 애네들이

"해방이다."

하고 태극기 꼽았다는 이제 그런 얘기도 들었고. 그러고 인자 그 후에 살아나온 사람이 한두 사람 있기는 있는데, 인자 그건 어떻게 됐는지 모르고, 잉. 그거 어디로 돌아서 인자 어떻게 살았는지, 안 잽힌 사람도 있거든요. 이제 어찌됐는가 모르고. 그래서 인자 대부대 빨치산 투쟁은 54년도에 이제 종막을 고했다고 그렇게 생각하믄 돼요. 앞에 내가 다 했던 걸로 되고.

그래 나는 인자 그 4월 28일 날 되기 전에 가가지고 그 특무대 가서 조서

를 받았어요. 그래 조서 받을 때는,

"나는 나이도 어리고, 산에 올라가서 심부름꾼, 총도 한 발도 안 쏘고. 잉, 총도 맨 적이 없다."

이렇게 해가지고 조서를, 1차조서 다 받았어. 다 받고 나서 그 조사관 놈이 나한테 하는 말이,

"너는 인자 나이도 어리고, 가서 학교를 다녀라, 잉."

그러고 인자, 그때는 내가 얼굴이 좀 곱상했잖어요. 그러니까 인제 동정을 받고 이렇게 하고, 조서도 잘 쓰믄 살려준다고 했었어요. 그래서 인자 많이 받으믄 2-3년 받지 않을까 인자 그렇게 예상만 하고 있었는데.

우리 부대에서 3중대 부중대장을 헌 김○○이라는 작자가 있었어요. 그 ○○이가 인제 보성 출신인데, 지하에 있을 때 무등산 빨치산 부대장을 했어요. 그래서 이 친구가 잘 싸워가지고 용사 칭호를 두 번을 받은 사람이여. 그래서 인자 우리 선우 위원장이 그 야산에 나오믄 죽인다 해가지고서, 간부 보호정책에 의해서 백운산에 올려놔가지고 우리 3중대 부중대장을 시켰어요. 그런데 그 사람이 우리 부대 온 것이 53년 10월 달에 왔거든. 긍게 10월 달부터 그해 우리 부대가 말살되기까지 몇 개월간 행적도 몰라. 그 전 거는 모르지. 그래 이걸 갖다가 다 걔들한테 불었다 그 말이여, 자기가 살기 위해서.

그렇게 그 전까지 불었으면 우리가 다 죽었을 줄 모르지, 사실은, 10월 달부터니까. 이제 그렇게 해가지고 그래서 인자, 이놈이 와서 인자 그 분 거이 뭐냐 하면은, 5사단이 공세 취할 때 백운산에서 많이 희생도 됐는데, 그때는 자기는 한 사람도 죽인 사람이 없다 이렇게 나오니까, 이거 어떻게 되겠냐? 그래가지고 저 자수자들, 이런 사람들을 해가지고 팔아서가지고, 누가 어느 전투에서 어떻게- 어떻게 해가지고, 이걸 순순하게 다 자백해버렸다 그 말이여.

그래서 2차, 인자 내가 불려간 거여. 그래가지고 인자 그 지하실에서 변기도 타고, 잉, 이렇게 아주,

"이제는 너는 용서할 수가 없다."

쪼그만한 놈이 자기를 속였다, 잉,

"이젠 너는 이제 죽인다, 잉."

이렇게 해가지고 서류를 꾸며가지고 재판소에 넘겼어요, 이놈들이. 그래서 인자 1차 재판에서, 거의 안 나오더라고. 그래서 인자,

'이놈이 공갈만 때렸지, 안 넴겼다.'

이렇게 생각했는데, 내중에 인자 검사 하는 말이,

"이 외, 이 피고인은 어마어마한 사건이 있다."

하면서 그 논고를 하더라고. 그래가지고 이놈 살리면 안 되겠다고, 마땅히 사형을 시켜야 된다고 그 논고를 했어요. 그래서 인자 그렇게 한 다음에 한 시간쯤 있다가 인자 선고를 하거든. 그때 선고는 뭐이냐믄, 사형을 때리믄 사형이란 말을 안 해요, 판사, 재판장이. 뭐라고 허냐면은,

"신중성을 고려하여 서면 통지함."

이것이 사형이여, 말하자면.

"신중성을 고려해서 서면 통지함."

사형짜리는, 그래 무기짜리는 무기, 15년이면 15년 이렇게 다 때리는데, 사형만 고렇게 해. 그렇게 딱 되니까 인자 수갑 탁 채워가지고 인자 수용소로 안 보내고, 사형 받은 사람은 남원 유치장에 전부 다 분리를 시켜요, 남원 유치장에. 그래 남원 유치장으로 가게 된 거여.

남원 유치장에 가니까 이제 도당 위원장들, 사령관들 모다 다 있잖여. 그래 그 방에 들어갔지, 인자. 그래가지고 있는데, 그러믄 내가 인자 수용소에 있을 때, 사단본부에서 헌병 중대에 나를 면담을 여러 번 신청했어요.

"네가 우리한테 허면은, 징역도 안 살고, 우리하고 같이 행동을 좀 해 달라."

고, 나를 보고 몇 번 요청했어. 나는 그거 다 거부했거든요, 사실은 그랬는데. 그러면은 저기 체포된 사람들, 간부들 중에는

"나를 이용해줍쇼."

하고 요구하는 사람도 없지 않아 있었어요, 살기 위해서, 사실은, 잉. 그래 누가 했다– 누가 했다 하는 걸 그분들 다 알고 있지, 사실. 인자 그런 판국인데, 나는 다 거절했거든요.

그래가지고 인자 남원 유치장에 딱 와있어가지고, 내가 54년 5월 10일 날 인제 사형수들 1차를 대구에 인자 보내요. 대구에 육군 법무관실이 있거든, 육군 법무관실. 거그서 최종 심사를해가지고 사형이 되믄 인자, 이거 총살집행이거든, 요 군법은. 그래 인자 수색, 그 사격장이라고 있잖아요. 거그 가서 다 총살시키거든요.

그렇게 이제, 그때 육군 법무관실이 그때는 대구에 있었기 때문에, 지금 서울에가 있지만, 이제 대구에 있었기 때문에 대구에 다 보내요, 사형수들을. 그래서 1차 사형수로 인제 대구로 왔고, 2차 사형수가 인제 마지막에 왔고.

그래가지고 남원 그 포로수용소에 체포된 사람이, 그렇게 남조선 지하에서나 산에서나 체포된 사람이 남녀 총 합해서 아마 200여명이 넘을 거여, 하여간 그 체포된 사람들이, 내가 추산헐 때. 여자들이 한 천막을 치고 있었거든요. 여성동무들이 거그서 내가 보기에는 20–30명 되는 거 같고, 그래서 인자 수용소 있을 때는 내가 인자 그 보초병들허고 인제 좀 농담도 알고 해서 이자, 그 여성동무들 천막에 들어가서 내가 아는 여성동무랑 얘기도 하고 그랬거든요. 그건 딴 사람은, 남녀를 전부 구별해 놨잖아요. 인자 그래서 인자 만나서 얘기도 하고 그랬는데.

그리고 인자 수용소, 그 특무대 와서 딱 있는디 이영회 애인이라고 있었어요, 이영회 동지 애인이라고. 그 친구가 군복을 딱 입고 그놈들하고 같이 앉아있는 걸 봤거든. 그래 이자, 그런 것이 인자 이용당하고 있는 거, 잉. 그러고 인자 그 경남 부대 정치위원 했던 이○○이라고 있어요. 그 사람이 그 경남 부대 정치위원으로 붙잽혀가지고 감호소, 거기 저 수용소에 들어왔는데, 놈들한테 이용당해가지고 군복입고 한 걸 내가 지나가며 다 봤어요. 내중에 나와가지고 어떻게 했는지, 또 다른 사건에 연루해가지고 뭐 이제 자살해서 죽었지만은, 이제 그런 것도 있고.

그래서 거기에서 인자 사형을 받아가지고 허는데, 인자 그 사설 변호사가 하나 있었어, 사설 변호사가. 모르는 사람인데, 딱 보니까 인자 얼굴은 곱쌀허고, 순연히 그 뭐 이렇게 하고 그러니까, 나를 좀 동정을 했던가 나보고 고향이 어디냐고 묻더라고. 그래서 아무 데라고,

"가족들 어딨냐?"

"뭐 6.25 때 다 죽어버렸지 뭐 가족 있는지 모른다."

"그러면 아무 저기에 편지 한 장 해도 되겠냐?"

그래서 주소를 갈쳐달라고 해. 그래서 내가 그 변호사 주소를 갈쳐줬거든요. 그런디 그 변호사가 집으로 인제 전화를, 아니 거기 저 편지를 보냈던 모냥이야. 그렇게 우리 집에서는 김영승이가, 그 체포되고 자수한 사람들 얘기를 들으면은, 김영승이가 어느 골짜기에서 숲끄터리에서 쓰러져 죽은 거 봤다고 이렇게 했기 때문에, 김영승이 죽은지 알고 아예 잊어버리고 생각도 않고 있었어, 사실 우리 집에서, 이제 살아있는 사람들이. 그래서,

"진짜 이거 죽었는지 살았는지 이거 한번 가보자."

해가지고 인자, 사형 받어가지고 대구로 넘어왔었어, 앞에 벌써 인자. 가족이 면회가 다 왔는데, 이제 아버지 뵀는데, 그래서 그때 우리 인자 사형수들이 한 20여명 나왔어요. 20여명 나왔는데, 거기서 인자 54년도 12월 24일이 소위 크리스마스 이브 날 아니여, 잉. 그래서 그때 사형 받는 사람은 이브날 수색 병기, 그 사격장에서 다 사형시켜서 다 죽였어요, 총살 시켜서.

그래서 인자 그때 같이 받았던 둘 갔고, 나는 9월 10일 날, 그해 9월 10일 날 무기로 감형이 돼서 내가 나왔고, 살다 나왔고. 그래가지고 인자 그 대구형무소에서 인자 소년수라 해가지고 그때, 잉. 해가지고 인자 빵공장에 나갔다가 김천 소년형무소에 이관했거든요, 김천 소년형무소. 그 소년수들은 김천 소년형무소 하나뿐이니까.

[50] 한 곳에 있던 비전향 장기수들을 분산수감 시키다

그래가지고 거그 갔다가 거그서 인제 대인이 되믄 안동으로 보내요. 그래 55년도 6월 10일인가, 5월 10일인가? 안동으로 갔다가, 안동에서 또 이제 또 인자 대인이 되면은 또 그 무기수를 두진 않애요. 그러믄 인자 대전으로 보내요. 그래서 대전에서 한 16년을 살았어, 대전에서.

그래가지고 68년도 소위 뭐 1.22 사태라 해가지고 청와대 습격사건 있잖아. 이제 그해 사태 이후에, 얘네들이 그때 인자 그

"한 군데 놔두면 습격이 들어와가지고 탈옥시킨다."

해가지고, 계속 분산을 시켰어요. 그래가지고 인자 대전에 한 그룹이 남고, 그 다음에 대구, 그 다음에 전주, 광주, 목포 다섯 군데로, 그래서 나는 인자 사실 68년 4월 8일 날 목포로, 88명이 갔어요. 그래 88명이 갔다가 인자 그 68년에, 69년도 또 5월 달에 또 다시 대전으로 왔어요.

왜 왔느냐? 그때 인자 소장이 서○○이라는 사람이 소장이었는데, 그때 인자 우리 공화국의 무장 세력이,

"저 뭐 서해에 많이 출몰하고 나온다, 그러면은 바다로 구멍을 파가지고 목포형무소 있으면 뚫어가지고 탈옥을 시키기 때문에 위험해서 여그 둘 수 없다."(웃음)

이런 말이 막 돌고 그랬거든요. (웃음) 흑산도니 뭐 이자 무장공비들이 나타난다 해가지고, 그 목포 형무소. 그래,

"책임을 못 진다."

이렇게 해가지고, 해산 해가지고 우리는 다시 대전으로 왔어요. 인제 대전 독방에 가서 거그 있다가, 인자 거그서 생활하고 그러는데. 그래가지고 대전에 있다가 어- 73년도 9월 15일 날 또 20명이 또 광주로 갔어요, 광주. 그래 광주로 가가지고, 광주로 갈 때 남아있는 사람들이 그래도 거그도 80명이 갔는데. 전향하고 이렇게 해서 우리 수하고 합해도 64명이 됐어, 특별사범이.

[51] 깡패를 동원해 전향하게 만들어 테러 공작반을 만들다

그 64명이 되야가지고 그해 인자 73년도 인자 8월 달부터, 예를 들어 중앙정보부니 인자 법무부, 그 다음에 경찰이 합동해가지고 전향공작반을 결성해, 본부령에 의해서. 그래가지고 인자 공작반에 들어가서 뭐 전-부 대학교수들, 목사들 뭐, 그 얘네들 인자 공안 기관에서 오래있던 놈들, 이런 놈들이 교육을 받아가지고 전향공작반을 네 군데에 투하를 시긴 거여, 전향공작반을.

그렇게 맨들어가지고 대전에 우리가 갈 때 벌써 테러가 시작되는 거 보고 갔어요. 그 테러해서 두 사람이 전향하는 것을 보고, 우리는 인자 목포로 갔었거든요. 그래 인자 목포-, 아니 목포 가는 것이 아니라 광주로, 잉. 64명이 있는데, 그해 우리가 인자 9월 15일 날 갔는데 직접적인 테러가 11월 14일부터 시작이 됐어, 그해. 그래 14일부터 시작이 됐는데.

인자 14일 날 그 낮에 인제 중앙에서,

"각 방 들으라."

이렇게 딱 해놓고,

"이제부터 점방 준비를 하라, 잉."

그렇게 딱 허고, 중지가 뭐이냐믄은

"오늘부터서 서신, 접견, 그 다음에 운동, 그 다음에 인자 의무, 그 다음에 인자 그 독서, 잉, 이런 건 전부 중지다."

그때는 인자 짬밥을 줬는데,

"짬밥도 중지다, 잉."

식당에 짬밥이 나오면은 우리 그 사방에 줬거든. 짬밥도,

"다섯 가지 오늘부터 중지다."

이렇게 선언 하고 간부들이 막 와가지고 인자 착착착- 다 하고, 몸만 나오라 이거여, 몸만, 다 놔두고. 그래가지고 0.75평 방에 12명-13명씩 갖다 집

어넣은 거여, 인자, 전부 다. 그래 집어 넣으면은 이거 앉아서 쉴 곳을 봐서 이래 앉어 있지, 드러누울 수 없잖어요. 0.75평에 12명-13명씩 들어가 봐요. 어디가 드러누울 저기도 없잖아.

그렇게 넣어 놓고 인자 그날 15일 날이 민방위 훈련 날이여. 15일이믄 언제든 민방위 훈련해요. 민방위 훈련이 딱 끝난 다음에, 그때는 인자 그 '떡봉이'라는 마크를 붙인 그 폭력깡패, 떡봉이라는 폭력깡패 다섯 명을 동원시켰어. 그래 이 총 대장이 원○○이하고 전○○인데, 이놈들은 여그다가 떡봉이라는 마크 허거든. 떡봉이라는 것은 떡을 찧는 방망이 아니여. 그래 이거 조진다 이거거든. 이걸 딱 붙이고 옆구리에다는 포승하고, 수갑, 그 다음에 열쇠 그렇게 딱 들고, 그 다음에 방망이 그게 저 있잖아요. 거기 저 그거보고 뭐라는가? 간수들 들고 다니는 그 방망이, 요만한 거, 잉. [조사자: 곤봉?] 곤봉! 그거 들고 그래가지고 인자 복도에서 설치는 거여. 설쳐. 그래가지고 딱 보고,

"너 나와."

그래가지고 나오믄 무조건 엎드려가지고 인제 투드러 패. 또 들여보내고 또,

"나와."

또 두드려 패고, 그래가 인자 이게 이 사방 통에서 이 고함소리, 하여간 신음소리 이것이 끊칠 날이 없어요, 인자. 말하자믄 뭐 인자 타작을 하니까. 그렇게 하다가 인자 그 겁에 질려가지고 인자 전향을 해서 나간 사람들도 있고.

그래서 인자 그해 인자 11월 달, 그래 11월 14일부터 시작이 돼가지고 그 이듬해 이 2월 달까지 계속 그랬거든, 겨울동안을. 그렇게 해서 인자 64명 중에서, 1차 테러 때 해가지고 17명이 남았어요, 17명, 다 전향하고. 인자 안 한다 해가지고.

그래서 인자 나는 인자 이놈들이, 인자 첫 먼여 인자 공방으로 끌고 들어가 가지고 웃도리 싹 벳기고 빤쓰만 입혀가지고, 이 거기 저 천 잉, 고 재소자 입던 옷 천을 해가지고 입을 딱 쨈매버리고, 잉. 도망 못 치게, 잉. 쨈매버리고 뒤에 포승을 이케 지고 수갑 채워 지어가지고 뒤에 창살문하고 앞 그 문 철장이 있거든요. 고놈에다 연결시켜가지고 이 발끝이가 땅에 달랑말랑 이렇게 해가지고 인자 해놓고서 곤봉으로 인자 조지는 거여, 인자, 잉. 그래서

"의무과장 면회 할래? 뭐 교화과장 면회하냐, 안하냐? 전향하냐, 안하냐?"

이렇게 해서 때려 패는 거여, 잉 그렇게. 그러믄 그걸 한참 하고 나면은 이 팔이, 이거 끌러줘도 이게 돌아오질 않어요, 굳어져가지고.

[52] 갖은 고문으로 전향을 강요했으나 끝까지 버티고 만기출소하다

알아요? 이렇게 되면 이래. 그래서 인자 그거에도 인자 극복을 하니까 내중에는 인자 지하실로 데꼬 가, 인자. 지하실로 데리고 가가지고 인자 이러고 묶어가지고 거꾸로 달아매지. 저 우에다 달아매가지고 깨 할씬 벗겨놓고, 그래가지고는 이제 저 로프줄, 잉. 로프줄 이거가지고 물 묻혀가지고 한 번씩 딱 때리믄, 이게 딱 걸치고 나믄 이게 가죽이 벳겨지거든요. 피가 막 나잖아요. 그렇게 인자 내가 고문을 당했거든요. 그래도 인자 끄떡 없고, 그러자 인자 내중엔 이 항문도 찌르고 말이지, 그 대꼬지로, 잉. 항문 찌르고, 별 오만가지 것을 다 했거든요.

그래가지고 인자 안 되니깐 이자 방으로 데리고 가래. 방으로 데려가가지고 인자, 이 구랭이 허물 벗고 이 피가 막 났잖아요. 그래서 인자 그 강원도에서 온 그때 62살 먹은 정○○ 동지라고 있어. 내 이렇게 당한 것을 보고,

"나는 김영승 동지처럼 이렇게 되면, 나는 죽지 못 산다."

그래가지고 그 이튿날인가 손들고 나간 그런 친구가 있어요. 내 그 공방에서 맞은 걸 보고. 그래가지고 내가 인자 그 공방에 이렇게 당할 때, 우리 남

어있는 동지들이

"이 김영승이 넘어가는 거 아닌가?"

하고, 그러고 막 조마조마 했다고 그런 소리, 얘기도 들었거든. 인자 그 얘길 듣고.

그래서 인자 그 다음에는 인자 그렇게 해서 안 되니까, 내중 인자 물고문을 시작했어, 물고문을. 이제 물고문은 물고문 틀을 공장에서 맞춰가지고 와요. 물고문 틀은 왜냐면은, 이게 인자 고문 틀을 딱, 판자, 잉. 딱 해놓고, 앞에다 이래 세우고 여그를 딱 파거든. 이거 딱 파믄 여그가 목이 들어가잖아요. 딱 들어가믄 이 곤봉으로 양쪽 하박을 딱 괘. 그러믄 꼼짝달싹 못 하는 거여, 이 목이. 그럼 여기 있잖아요. 그러믄 이걸 인자 수족을 뒤로 채우거든. 그럼 다이하고 수족을 채워가지고 로프로 막 감어부러, 꼼짝 못 하게. 그렇게 해놓고 타월을 물을 적셔가지고 입을 틀어막는 거여. 그렇게 해가지고 주전자 2리터짜리, 그 한 말짜리, 이거를 갖다가 이제 부어. 그러믄 숨이 막히잖아요. 그럼 막히고 그러믄 인자 살짝 풀어줘. 그러믄 한두 시간 또 맞고, 또 하고, 이제 이런 식으로 해서 한 2리터가 다 떨어질 때까지 물고문을 시키는 거여.

그러믄 이것을 견디지 못해가지고 또 쓰겠다고 나간 사람이 많이 있어요. 그걸 몇 차례 당해도 끄떡없으니까 내중에는 인자 어떤 식이냐믄 인자 그 세면장에, 잉. 그 물 부어놓고 거그다 이제 목 집어넣어놓고 말이지, 물 막 먹게 해가지고 또 끌어내고 인자 이 작업 시키거든요. 이 작업에 또 나갔는 친구들도 있고.

그래서 인자 얘네들이 그전에는 그 뚜드러 패는 걸 하다가, 물고문에 넘어가는 사람이 많으니까, 이거는 저 상처가 안 나니까, 그래서 앞으로는 물고문을 많이 해야 되겠다고, 이놈들이 그런 소리 내가 들었거든. 그래서 인자 고문투쟁을 하다 보면은 어떤 거를 느끼냐면은, 고문투쟁에서 첫 번여 당할 때 옳게 되게 당해버리면 돼, 되게, 잉. 되게 당해부리믄,

'아, 이놈은 해봐야 소용이 없다.'

이렇게 되거든. 그러나 줄듯 말듯 말이지, 전향할듯 말듯 이렇게 했지? 그러믄 또 하고- 또 하고 허는 거여. 심리적으로 다 그러게 돼있어요. 그렇게 처음에 당할 때,

'죽일 테면 죽여라.'

하고 그냥 당해버리야 혀, 하여간. 그러면 이놈이

'해봐야 소용이 없다.'

이런 게 되면, 내중에 쪼끔 나을 수도 있어요, 다 그런 건 아니지만은, 잉. 그러고 잘못 보이고 쪼끔 할듯 말듯 하고 그러믄은 계속당해가지고 결국은 끌어내는 거여. 인자 이러거든요. 이런 것을 인자 많이 경우로 보거든.

그리고 인자 고문에 못 이겨서 나가서 쓰겠다고, 교화과에서 연필 내놓고 쓰라 이러면, 양심이 있어 못 쓴다 그 말이여. 그러면 또 들여보내. 들여보내면은 인자 깡패도 또 불러다가 또 시겨.

"언제는 하겠다고 해놓고 니놈들이 그러냐?"

그럼 두 번, 세 번 하다가 또 나간 사람 있고, 끝까지 버티고 안한 사람도 있고 그래, 딱 보면은. 그래서 인자 거그서 고문을 많이 당해가지고 어쨌든 내가 이 1차에 인자 승산 했고.

그래서 인자 거그 김○○ 선생이라고 우리 장교선생이, 저 낙성대에 하나 있어요. 그 '송환'에도 나오지. 눈물을 흘리고 한 '송환' 보면 나와. 그래 그 친구가 나보고 그래. 김영승이 하여간 영웅이라고 그러지, 그 친구 만나믄. 그 물고문이고 뭐 전부 다 겪었다 그 말이지. 이거 이 광주사람들이 다 그래, 우리 선생님들이. 에- 인자 그거 다 넘어가고 그러기 때문에.

그래서 그렇게 인자 당하고 했는데, 이제 만기가 54년도 4월 28일이란 말이여. 그러니까 54년도 만기자가 광주에서 여덟 명이 있었어, 여덟 명. 그런디 내가 제일 스타트란 말이여. 그렇게 김영승이만 꺾으면은 남은 사람도 꺾을 수 있다고 본 거여, 이놈들이, 김영승만 꺾으면은. 그러기 때문에 나를 꺾을라고 이놈들이 총 집중이 된 거여, 집중이. 그래도 인자 고문을 해도 안

되고, 가족을 또 만나게 해줘도 안 되고. 그래서 인자 우리 그때는 누나하고 형님이 살아있었어요. 그래 누나가 와가지고 나보고 인자 전향을 하라고,

"그 전향 문제는 내가 알아서 할 테니까 그만 좀 가라."

이렇게 해가지고 욕 들고 먼저 갔거든.

[53] 고문과 회유, 거짓 선전 등으로 전향공작하다

그래가지고 인자 그놈들한테 내가 인자 구둣발로 채이고 그 원ㅇㅇ이라고 있어요. 김ㅇㅇ이라고 그놈이 지금 교화과장 하고 있는 놈이야. 그 채여가지고 내가 인자 우측 갈비가 한 대 부러졌었어. 그래가지고 인자 그땐 치료헌다는 말은 말로 들었거든. 왜냐? 아프고 치료하면 그게 약점이 돼가지고, 그걸 빌미로 해가지고, 또 고런 제약이 들어오기 때문에.

그래서 한두 달 동안 꼼짝 못하게 있으면서, 그때 내가 자살헐라고 멫 번을 마음을 먹었었어요, 자살, 잉. 그래서,

'자살은 해서는 안 되겄다. 내가 버틸 수 있을 때까지 끝까지 버티고, 내가 여기서 자살해서 죽으믄 뭔 소용이냐? 끝까지 버티고 싸울 때까지 싸우고, 막판에서 안 될 때 자살해도 된다.'

그래가지고 멫 번 자살을 했다가도 내가 고치고 그랬어요.

그러고 내가 인제 대전에 있을 때, 대전에 있을 때 5.16쿠데타가 나가지고 재건축 일을 시켰어, 이놈들이 지원들에게, 우리 감옥 지원들에게. 그래서 그걸 인자 반대하고 내가 선동했다 해가지고, 목곽에다 넣어가지고 나를 갖다가 고통을 주고 그랬거든, 선동을 했다 해가지고. 그래서 도저히 베길 수가 없어서 그냥, 낮에 밥 먹으라고 수족 끌러 논 차에 그거 유리창을 깨트려 유리로 내가 자살할라고 막 긋고 그랬어요. 그렇게 하는 과정에서 인자 걸렸거든. 그래서는 더 이상으로 내가 고통을 많이 당하고 인자 그랬는데, 그래 자살 할라고 내가 두 번을 자살해서 기도를 했거든.

그래서 그런 것까지도 생각을 했지만은

'그래도 끝까지 내가 버티고 살아야 되겠다.'

이렇게 하는 과정 속에서 우리 인자 그 특별사에 있는 동기들이 인자 나가고 그러니까 또, 전주에서 또 인자 몇 사람이 오고, 또 대전에서 몇 사람이 오고 또 그래요. 긍게 그쪽에서 안 되믄 또 요쪽에 가서 또 고문 그렇게 할라고 이놈들이 이제 여기도 보내고 저기도 보내고 그러거든. 환경을 변화시켜 가지고 할라고.

그래서 거그서 인자 그렇게 하는 과정에서 지금 인자 낙성대 양○○이라고 있어요, 양○○ 동지라고. 그 동지가 전주에서 옮겨오면서 나하고 옆에가 갇히면서, 이거 딴따따다– 통방을 하다 걸렸어. 이게 직통으로 걸렸거든. 그래가지고 인자 걸렸는데, 이 그때 인자 주○○이라고 거기 담당하는 놈이 불러가지고, 그게 저 쇠파이프라고 있어요. 거기 저 가스 파이프 있잖아요잉. 그걸 가지고 맨–날 해가지고 막 조지는 거여, 인자, 잉. 그게 가만가만 때려도 골병이 들거든요. 만일 거그서 불어버렸으면은, 불면은 반공법으로 징역 3년은 또 받게 돼, 그게. 알아요?

긍게 끝까지 둘이 안 불었지, 절대. 그래 간밤에 둘이 해가지고 티비 채널 꼬쟁이 이걸 버리지 못하고 그냥 거기 저 화장실에다 버렸네. 그거까지 이 증거물 대서 해도, 끝까지 버텼기 때문에 당하기는 당했어도 반공법에 저촉은 안 됐어.

긍게 그때 인자 감방에서 모다 인자 학습하다가 인자 그 식구통으로, 잉. 이 듣고서 걸려가지고 인자, 사람이 여럿이다 보면은 뚜드러 패고 허면, 이 사람이 허면 이 사람이 다 나오게 돼있거든. 그래가지고 징역 3년씩 받는 사람도 있고 그래. 그래서 나하고 둘이서 그래 올라가가지고 투드러 맞었어도, 끝까지 버티고 했기 때문에 이제 고통만 당했지, 뭐 가형받고 그러진 않았었어요, 광주 있을 때.

그렇게 해가지고 인자 4월 28일, 만기 한 보름 남겨두고 나를 갖다가 인자 그 의무과라는 디가 있어요, 의무과. 저 의무과 공방 있는데 거그다 나를 집어넣었어. 집어넣고 전향자들 둘을 갖다가 인자 합쳐주고, 잉. 그래가지고,

"공작을 해라."

이제 만기 얼마 안 남았으니까, 그러고 인자 깡패들은 인자 우리 사방에 들어가서

"김영승이 전향했다."

하고 유포시키고, 잉, 이제 그런 것이 있었는데.

그때 나를 인자 그 고발하고 그 법정에서 증언 선 놈이 차○○이라는 놈이 있어요, 차○○이. 차○○ 이놈이 전북에 유격대 부부대장도 허고, 빨치산에서 영웅 칭호까지 산 놈이 있어요. 그놈이 탈장이 걸려가지고 있어서 그것 때문에 전향을 하고 그랬는데, 내중 인자 광주에서 전향을 해가지고 교화과 자문위원으로서 우리 동지들 심리상태라든가 그 동태 이런 걸 잘 알잖아요. 긍게 이 사람은 어떤 방법으로 전향공작 하믄 되고 어떤 사람은, 이런 소스를 다– 저놈이 제공해 준거여, 우리가 알고 있거든요. 그래서 그놈을 갖다가 나한테 붙인 거여. 그러고 또 한 사람은 한○○이라는 친구, 그 연신내 살고 있는데, 그 사람하고 둘이, 긍게 인제 한○○은 문제가 없는데 차○○은, 그래가지고 매일 동태를 교화과에 가서 인자 보고를 해, 보고를.

그래서 인자 그때 식구통으로 떡 내려다보면 그 우리 특별사하고, 또 이 병사하고는 공간이 있어요. 거기에 이제 우리 동지들 내다가 운동을 시켜, 방마다 한 방씩 내다가. 그렁게 인자 우리 동지들이 뭘 생각했느냐면은, 깡패들이, 김영승이가 사방에서 갑자기 사라졌기 때문에, 그 전향을 했다니 그걸 믿는 사람이 있었어요, 믿는 사람이. 그러면은 유리창에서 인자 나하고 마주친 때가 있잖애요. 그 동지들하고 마주치믄 그전 같으믄 서로 고개 끄덕 하잖아요. 그런데 그때는 인자 표정이 달라져버려요, 표정이. 그래서,

'아, 이놈들의 선전에 녹아가지고 그걸 믿고 있는 구나.'

이런 거 생각헐 때 가장 가슴이 아픈 거여.

'그럼 어떻게 내가 않고 있다는 것을 그 동지에게 전달을 시켜줄 것인가?'

이걸 내가 인자 또 꾸며낸 거여. 그래서 인자 차○○이가 나간 후에, 식구통에, 이 변소에 가면 이 환기통이 있어요. 그래 거그서 이렇게 해서 고리 내려다보면은 우리 동지들이 다 보여. 그래서 월남한 한○○ 선생 있어요. 이 80때, 요 몇 달 전에 만나가지고 인제 그 팔순잔치 한, 이런 동지가 할 수 없이 저거 했는데, 그 동지가 인자 그 서울대학교 2학년인가 3학년 해가지고 6.25 맞았고, 인자 그분이 있는데, 그분하고 나하고 부딪혔거든.

그래 내가 인자 그 동지 보고 요 주먹을 꽉 쥐었어. 주먹을 쥐었어. 요렇게 쥐니까, 주먹을 쥔다는 것은 절대 변절 안 허고 끝까지 싸운다는 것을 의미하는 것이거든. 그래 고개를 끄덕이더라고. 그래 들어가면서 인자

"김영승이 전향 안했다."

이렇게 하고 인제 막 들어갔단 말이여. 그렇게 인자 깡패들이 그 소릴 들었어. 그래가지고 그것 때문에 그 동지가 엄청나게 뚜드러 맞았어요, 깡패들한테. 그렇게 딴 동지들이 인자 김영승이 전향 안 했다는 걸 다 알게 됐지. 그 한○○ 동지가 그렇게 말을 했기 때문에.

그래 그 후로부터는 나하고 인제 눈이 마주치면은, 그때는 고개 끄덕하고 다 그래. 그렇게 인자 그 동지들 간에도, 그래서 동지들 간에도 까딱 마음이 약하고 이렇게 허다 보면은 그 적들의 말에 속아넘어가가지고, 잉. 진짜인 것처럼, 그렇게 오해를 불러일으키는 소지가 있다 그 말이요. 우리 동지들도 그래요. 그렇지 않아요? 그럼 이걸 어떤 식으로 증명을 시켜줘야 되는데, 못 만나믄 모르잖아요. 그래도 다행히 그리 만나서 했기 때문에 오해 다 풀어지고 그랬거든요.

[54] 사회안전법에 적용되어 만기 수감생활에서 10년을 더 살고 나오다

그래가지고 인자 그 4월 28일 만기가 됐어. 그래 내가 인자, 나갈 때 인자

뭐 책 같은 거, 뭐 모포 같은 거, 책도 뭐 다 떨어진 거 몇 권 있지만은 동지들 다 줘버리고, 이제 몸만 여기 나왔거든요. 그런데 우리 집에서 인제 첫 번여 나갈 때는 광산 경찰서 형사들한테 인계해주라고 그렇게 돼있었어. 그런디 오전에 인자 우리 집에서 인자 살아있는 사람이 한 20여명이 나를 맞이할라고 왔었대, 그 정문 앞에. 그랬는데 오전이 되고 오후 3시나 4시 돼도 안 내보내주니까,

"왜 안 내보내주느냐?"

인자 가족들이 인자 항의를 할 거 아니요. 긍게,

"쪼금 있으면 나간다, 나간다."

그래가지고 한 너 댓 시 되았는데, 그때 인자 나가라고 불러. 가뒀다가 인자 교화과, 그 지금같으믄 이제 감옥관, 잉. 그때는 개구과거든. 개구과 가서 떡 보니까 검은 세단 이런 놈이 봤더니 정면에 딱 있거든.

"김영승이가 저놈인가?"

딱 그래.

"이놈은 아직 못 바꿔서 10년은 더 살아야 되겄구만."

이놈이 나 들으라고 그런 말을 하더라고.

'아, 그래서 이놈들이.'

그 전에 그 인자 정○○이라는 놈이 내 이제 그 담당관인데, 내가 인자 만기가 가차우니까, 뚜드러 패도 안 되고, 고문을 해도 안 되고 그러니까 그 깡패들 다섯 놈하고, 그러고 인자 그 차○○하고 한 놈 하고, 잉. 이러고 해가지고 나를, 나에 대해서 고발서를 써놨어, 고발, 고발해서 못 나가게. 고발서를 써놔. 그게 한 놈이 다섯 건씩 해서 열다섯 건을 해놨단 말이여. 그래서 인자 정○○란 놈이, 교화과에 나가믄,

"당신은 나가면 고발 되믄 당신 또 들어온다. 이거 보라, 잉."

이거 비춰주고,

"지금이라도 하라. 그럼 고발 않겠다."

이렇게 저 하기만 하라고, 잉, 이렇게 해가지고 끝까지 나왔거든.

그렁게 이걸 광산 경찰서에 인계를 안 해주고 중앙정보부에다 직접 인계를 해준 거여, 나를. 그렁게 정보부에서 검은 세단 차가 나온 거여. 그래가지고 거그서 인자 그놈을 타고 광주에 있는 농성동이, 이제 중앙정보지부가 있어요. 그 지하실로 직행해 갔거든. 그렁게 인자 타고 가니까 우리 식구들이 인자, 그땐 우리 매형도 살아있고, 우리 인제 큰집 형님도 살아있고, 잉, 모다 이렇게 살아있어. 누님도 와가지고 인자 개가 닭쫓으듯 말이지, 떠나가는 것만 보고, 보고 인자 우리는 중앙정보부를 왔거든.

그래 정보부 지하실을 와가지고는 인자 거그서 1차 취조가 뭐냐면은,

"니가 전향을 안했기 때문에 이런 고발 서류가 있다는 걸 내가 알고 있다. 그러나 니가 전향 안했기 때문에 니 말을 내가 믿을 수 없어. 그렁게 지금이라도 한 자만 쓰면은 가족들이 기다리고 있으니까 내보내 준다. 그러나 니가 쓰지 않는 마당에서 우리가 니 말을 믿고서 할 수는 없다."

중앙정보부에서, 한 사람이라도 잡아놓는 것이 저그들 임무니까. 그래 마음대로 하라고,

"내 재판소에 가서 공정하게 싸우겠다."

그래가지고 거기서 1차 서류를 꾸미고, 3차까지 꾸몄어요, 다. 그래가지고 인제 나를 그 곳에서 안 내보내고, 서광주 경찰서에다 유치를 시켰어.

그래 서광주 경찰서를 딱 들어가니 학생들이 거기 또 와있더라고, 전남대 학생들. 그래 와서 인자 학생들이랑 이제 통방을 하다보니깐, 내가 인자 징역을 뭐 36년 살다나왔다고 하니깐, 인자 그 사람들이 그냥 혀를 막 내두르더만, 전남대 학생들이. 그래가지고 나하고 인자 말을 해볼라고, 고 통방을 해볼려고 막 노력하고, 그것도 간수가 좋던 바람에 인자 그런데, 간수가 그때 하는 말이 있어.

"이 양반은 사과고, 속도 빨갛고 겉도 빨갛지만, 당신은 수박이다."

그 학생들은, 잉, 겉으론 파랗지만 속에는 빨갛다고 인제 그런 말까지 하고

그랬는데, 어- 그래가지고 서광주에서 두 밤 자고, 이제 지하실에서 두 밤 자고, 그래가지고 마지막 서류 꾸며가지고 그놈들이,

"공작원들이고 어떤 놈들이고 여기 와서 전향 안 한 놈이 하나도 없다."

이거야, 자기들 손에 들어와가지고.

"그렇게 니놈만은 하여간 특별하게 지금 않고 있는데, 그렇다 해서 고문을 할 수는 없고, 그래서 앞으로 들어가서 10년은 더 살고 나오라. 긍게 지금이라도 깨우치고 그러면은 인자 고발 서류가 검찰에 넘어가면 검찰에서 선이지, 우리 선은 끝난다."

할 테면 하라고, 그렇게 해가지고 검찰 넘어가고 나 인자 교도소로 다시 들어왔어요, 우리 그 특별사로. 그래 우리 동지들 또 만나게 됐지, 거그서.

그래가지고 내가 인자 그 재판을 아홉 번을 나갔어, 6개월 동안에. 그래 일주일 만기를 냄겨두고 선고를 받은 거여, 그 반공법에, 잉. 그래서 인자 그때에 첫 번째는 단독 재판에 붙었는데, 내중에 이것을 한두 번 나가고 나서는 합의제로 넘어갔어, 합의제. 왜 합의제로 넘어갔느냐? 반공법 9조 2항에는 뭐이냐믄,

"교도서에서 만기 전에 어떤 행위를 하고 이렇게 법을 해했을 때는 최고 사형까지 구형할 수 있다."

이 조항이 있어요. 이 조항을 적용하면은 단독 재판에서 재판을 못 하게 돼있어, 합의제로 넘겨야지. 고걸 갖다 나를 적용시킨 거야. 그래서 인자 합의제 해가지고 다시 처음부터 시작해서, 어- 6개월로 인제 아홉 번을 나갔는데, 간수들은 나보고 그래. 아이, 빨리 가서 승인해부리고 해버리지, 자기들만 귀찮게 맨-날 나갔다 들어온다고 하고 그러거든.

그래서 인자 증인 심문에서 내가 우리 동지 둘을 댔어요. 에- 위○○ 동지라고, 이 그 통일산 사건으로 무기 받고 들어왔다가 인자 나와서 지금은 광주에서 유학준비하고, 또 고 중앙에 저 인자 2002년도 올라간 김○○ 동지라고 있어요. 고 올라가서 보고한 거 가지고 원사도 되고 그랬는데. 그 사람 두

사람을 대가지고, 이 사람들이 어떻게 뽑았냐면, 김영승이가 거그 있으면서 통방하면서, 잉. 뭐 미국이, 이거 뭐 남북회담도 남쪽에서 허냐, 북쪽에서 저기 않고? 6.25 전쟁도 북쪽에서 침입 않고 남쪽에서 저기 한 거고, 미국 놈 몰아내고, 박정희 정권 그 뭐 좀 비판하고, 고 북을 찬양 고무하고, 이자 이렇게 해가지고 막 써붙인 거, 잉, 이런 얘기를 통방해서 했다 이거여.

근디 그때 통방해서, 그런 살벌한 가운데서 통방을 할 수가 없잖어, 뭐 바깥에도 다 지금 돌아다니는데. 그래서 인자 이 친구들은,

"그런 말이 없다, 한 적 없다."

이렇게 해도 믿어주질 않아요. 그때는 이제 재판부가, 이 사법부가 이 정권의 시녀였었거든, 그때는. 그렇지 않아요? 그때는 인자 전두환 정권 때 아니여. 박정희 정권 때고 그러니까, 시녀역할 할 때는. 그래가지고 아홉 번 해서 일주일 남겨 놓고, 나를 인자 때리는데, 그때 1년 징역에 2년 집행유예 받았어요, 1년 징역에.

그래서 인자 그 만기가 57년도 5월 7일인데, 만기 전에 인자 그때 사회안전법이 75년도에 나왔거든. 긍게 전향하고 안 나온 사람 무조건 인자 청주 보안국으로 전부 잡아들이거든요. 그래서 나는 인자 그때 5월 3일 날, 미리 받아버린 거요, 나가기 전에, 감호 처분을. 그렇게 만기와 동시에 인자 감호 처분으로 이행 되는 거야.

그래가지고 거기서 인자 5월 29일 날 인자 대전에 8사 라는 디가 있는데, 김구 선생 있던 그 8사가 있어요. 거그를 청주 보안사 감호소가 아직 완성이 안 됐기 때문에 임시 감호소를 썼어. 그래 거기에 있다가, 78년도에 인제 11월 18일 날 청주 감호소 완성이 돼가지고 거기 이관해 갔어. 그래가지고 청주 보안 감호소에서 인자 그 89년도 여름에, 그때는 여소야대였었거든. 여소야대 국면에 사회안전법이 폐지 됐고, 대체해서 보호관찰법이 제정이 된 거여, 보호관찰법이. 그래 제정이 되야가지고 고거에 의해서 9월 5일부터 내보내기 시작해서, 10월 15일에 다 내보내거든요. 그래 인제 청주 보안 감호소

가 저 여자교도소로 현재 지금 돼있어, 거그가. 그래가지고 인자 9월 5일 날 내가 인제 나왔거든요,

[55] 여전히 긴박한 상황 속에 놓여 있는 조국의 앞날을 걱정하다

1차에서. 음— 그리고 인자 그—, 우리 그— 광주에서 고문들 다 겪은 사람들 중에 지금 살아있는, 비전향해서 살아있는 사람 지금 여남은 밖에 없어요, 올라간 선배들 합쳐서. 고 남쪽에는 그보다 적은 사람, 서너 사람밖에 없고. 인자 그렇게, 그런 것들이 있다는 것은 인자 알고. 그래서 인자 이정도 하면은 인자 아우트라인은 다 나온 거 아니여? [조사자: 아, 예. 아주 길게 나왔죠. (웃음)]

인자 나와서 인자 24년 동안 한 일이 많은데, 이제 그거는 뭐 얘기 안 해도 되고. 이 정도만 얘기하고, 그래도 끝으로 뭐 이제 내가 하고 싶은 얘기는, 내가 인자 그 경험을 통하고 이 모든 걸 통해서 인자 결론을 짓는 것은,

"사람이라는 것은 첫 단추를 잘 끼워야 된다."

첫 단추, 잉. 첫 단추를 잘 못 끼면은, 중간에 낄라면 이거 어그러지고 또 시간이 많이 걸립니다, 첫 단추. 처음부터 첫 단추를 잘 끼워야 된다는 거야. 그래 첫 길을 잘 들어야 된다 그 말이여, 첫 발자국을. 이것이 가장 중요한 것이고, 그 다음에 두 번째는,

"첫 발자국을 잘 못 꼈어도 중간에 잘 끼면 되고, 중간에 잘 못 꼈어도 마지막을 또 장식하믄 된다."

그러믄 첫 발, 중간이 잘못 되아도 마지막 장에서, 사람은 마지막이 더 중요하거든, 그것이 자기 일생을 갖다 총괄 짓는 것이기 때문에. 인제 그게, 잉. 처음부터 끝까지 다 좋아불믄 그 이상이 없어요. 긍게 사람이라는 것은 파고가 많잖요. 그러다보믄 처음부터 끝까지 나가는 사람 극히 드물거든. 인자 그러더라도 끝까지, 그래서 사람은 좀 마지막에 인자 죽을 때 사람을 평가

한다는 그 말이 옳은 말이거든. 그래서 우리는 인자 하나의 과정에 있어, 지금. 그러나 현재가 이렇기 때문에, 미래도 또 이렇게 나가는 전망이 있는 것이거든. 긍게 그런데서 우리가 평가를 해야 되는 것이고.

그리고 인자, 우리가 인자 여그서 생각할 게 뭐이냐믄은, 우리 조국은 인자 분단이 현실 아닙니까. 그러고 남쪽은 인자 미국 놈들 지배를 받고 있잖아, 미군들이 지금 아직도 주둔해 있고. 그래 금년이 지금 분단 60년 아니요. 그러믄 지금 분단 60년, 70년 동안 외국 군대가 주둔한 건 우리나라뿐이에요, 세계에서. 이걸 알아야 되거든요. 그러면 이제는, 이제 분단도 종식시킬 때가 됐다 그 말이여. 이제 이렇게 할라면은 이 대중들이, 이게 하나로 묶어져야 되거든. 아직도 지금 보수와 진보로 나눠있잖습니까. 이것이 인자 안타까운데, 그러면 보수는 지금 하나로 뭉쳐있다 해도 과언이 아니야. 우리 진보가 지금 뭉쳐있지를 못해요, 남쪽이, 서로 패권 때문에. 이것이 안타까운 심정이고.

그래서 우리는 인자 운동을 해도, 운동을 해도 정통에 들어와서 운동하는 사람들하고, 가지측에서 운동하는 사람들하곤 차이가 있어요, 결국은 종국에 가는 길은 하나라도. 그러믄 우리 조국에 있어서 정통은 무엇인가? 범민족통일운동 아닙니까. 통일이 되지 않고서 어떠한 것도 남쪽에서 해결이 될 수 없어요. 우리 노동자 문제, 농민 문제, 빈민 문제, 도시빈민 문제, 근본적인 문제는 해결되느냐? 해결되지 않습니다. 그렇지 않애요? 이 제도가 그대로 있는 한, 미국이 지배로 있는 한은 될 수가 없어요.

그래서 우리가 통일을 바라는 것은, 우리 민족끼리 거든. 남과 북이 하나가 되어서 자주 독립 국가를 건설 해가지고서, 잉, 인간이 인간답게 살 수 있는 그런 통일된 나라를 만들자 하는 것이 우리들의 기본적인 이념이에요. 이건 누구든 반대할 수 없는 거 아닙니까. 이제 그걸 만들기 위해서 우리가 현재에서 어떻게 해야 되느냐 하는 것은, 우리가 공부를 한다, 석사 학위를 받는다, 법사, 이거 뭐 박사 학위를 받는다, 공부를 한다는 것도 어디에 복종을 시키느냐? 우리 민족의 이익에 복종시키는 공부를 해야 된다 이거여. 내 개인의 어떤 영달이나, 잉, 하기 위해서 한다하는 것 같으면 우리는 공부를 바라지 않습니다. 한 가지를 해도 내가 공부를 해서 내 가족과, 내 이웃과, 내 민족, 내 나라, 잉, 이걸 위해서 어떻게 복무하고 여기에 이익이 될 수 있는가, 여기에 기점을 두고서 내가 공부를 하고, 말도 하고, 행동을 해야 된다는, 이런 철저한 민족의식 관념을 가지고 여러분들이 공부를 해야 진짜 공부가 될 수 있다 이런 것은 내가 인자 마지막으로 하고 싶은 얘기거든요.

그래서 현재 나는 인자 범민족통일운동을 하는 사람이거든. 그렇다 해서 진보운동 안해냐 하믄, 그것도 아니에요. 하거든요. 그러나 이것은 기본이 아니다 그 말이야, 하기는 하되. 통일을 하지 않고서 해결을 할 수 없다는 것은 명확한 것이 아닙니까. 그래서 그런 관점에서 여러분들이 좀 뭔 고민을 하고 해는 것이 좋다 이런 말씀을 드리고.

그러고 여기에 인자 녹취된 것들이 인자 여러분들은 인자 문학으로 공부하는 사람들이기 때문에, 뭐 예술적으로 이렇게 저 표현허고, 뭐 말 이렇게 해서 많이 만들었겠지. 우리는 이 예술적인 표현을 못합니다. 아주 직설적이고 인자 있는 그대로의 이런 표현을 인제 많이 쓰거든요. 그렁게 하나의 무슨 전기를 읽는 것 같애, 좀. 이게 단어가 별로 없거든, 뭐 일편의 문학작품처럼. 인자 이런 것이 있고.

내가 여그 나와서 이 인터뷰 같은 것은 별로 안 했어요. 인터뷰를 인자 방송가서 인터뷰를 하면 백가지 중에 한두 가지 나오거든요. 나오면은 거그서 지그들 맞는 거만 딱 골라가지고는 내 의도와는 다른 측면이 있거든요, 사실. 이러기 때문에 인터뷰를 잘 안 해요. 그래서 내가 우리 친구들하고 인터뷰를 할 때도 백가지 얘기를 하면 그 중에서 자기들 맞는 것만 할지 모르기 때문에,

"이걸 가던, 이걸 가던, 이걸 추리든 간에, 우리가 책 잽히지 않고 정당하게 얘기했다는 걸 알 수 있도록, 처음부터 끝까지 유념을 해가지고 인터뷰를

하라.”

내가 주문하는 게 그거요, 어디서 뺄지 모르기 때문에. 이런 걸 인자 내가 인제 말씀을 드리는 거고. 그러고 인자 나도 인자 물론 평생을, 평생을 인자 내 나라 조국을 위해서 바쳤다고 인제 나도 자부하고 있는 사람 중에 하나거든.

그러믄 내가 뭐 잘못은 없었느냐? 잘못도 엄청나게 많이 있어요. 여기에서 말은 않지만은 있거든요. 사람이기 때문에 착오와 결점도 있을 수 있고, 잘못도 있을 수가 있었어요. 그러나 이런 것들을 즉시 알고, 그래서 내내야 하는 말이 그거요.

“사람이라는 것은 잘못할 수 있다.”

그러나 이것을 그때그때 시정할 줄 아는 사람이 가장 현명한 사람이라고 그랬어요, 그걸 뜯고 시정하는 사람이. 인자 이런 것을 우리가 인제 항상 배우고, 또 교양을 했고.

그리고 인자 내가 항시 그 선우 위원장을 잊지 않는 것은 뭐이냐면은, 우리가 54년, 내가 체포되었을 때, 그때 우리가 어떻게 해서 작전을 하고, 어떻게 해서 체포됐는지 그 앞에서 다 봤어요. 그 능선, 앞 능선이었기 때문에, 2월달 그쯤에, 그런데 인자 그 보위부대 같이 있던 이런 동지들 하는 말이, 우리 선우 위원장은,

“절대 김영승은 살아서 생포될 사람이 아니다. 싸우다 죽었으면 죽었지.”

이런 말을 했다는 걸 내가 듣거든요. 긍게 그런 말을 내가 인자 첫 먼여는 몰랐지만, 감옥에서 생활하면서 곰곰이 생각을 해. 그래서

‘이렇게 나를 믿고 했는데, 나는 지금 살아있다. 그럼 살아있다 하는 것은, 내가 죽을 때까지 무슨 일을 어떻게 해야 될 것이냐?’

답이 나와야 될 거 아닙니까. 그래야 그분들이 나를 믿고, 나를 기대했던 거기에 백분지 일은 못 미쳐도, 잉, 그거 가찹게 접근해서 내가 삶을 옳게 살아야 되겠다는 그런 의지들을 지금 내가 갖게 됐다 그 말입니다. 긍게 그런

교훈을 내가 갖고 있거든요. 이제 이런 점은 내가 인자 말씀을 드릴 수 있고.

그래서 현재에 있어서는, 우리 통일의 이정표라는 6.15공동 14선언 있지 않습니까. 이것이 통일의 이정표이고, 실천 강령이요. 이것만 실현하면 되는데, 이것을 지금 빈말 쳐불고, 지금 박근혜 정부가 깡그리 지금 풀어헤치고 있지 않습니까, 잉. 그래 다 이것이 미국의 조정 아래서 있는 거여, 미국 조정 아래서. 개성공단도 마찬가지고요. 미국은 개성공단 필요 없다고 생각하는 사람들이고, 거기에 준해서 지금 빠끔하게 나오고 있는데, 이제 앞으로 두고 보자고. 그러고 인자 8월 중순가면은 또 인자 이 저 독수리 훈련이, 훈련이 또 있어요.

이렇게 되면 인자 남북정세가 아무래도 극도에 또 달할 겁니다. 어떤 전쟁이 터질지 몰라요, 지금. 지금 고런 암담한 시절에서 우리가 하는 그 무얼 과연 연속적으로 할 수 있을지, 어쩌면 풍비박산이 날지 이런 기로에 있다는 것도 여러분들이 인식을 해야 돼요. 이 안 되믄, 안 되기를 바라고 있지만은, 잉,

'최악의 경우 그런 경우 있을 수 있다, 이 조국의 정세에서는.'

그래,

내일을, 한치 앞을 우리가 바라볼 수 없는 그런 긴박한 상황 속에 우리가 현재 살고 있다.'

그런데 일반민들은 그런 걸 못 느끼거든요. 이 하도 이렇게 긴장돼서 살다 보니까,

'뭐 그런 건 그렇지. 뭐 그러고 살지.'

이제 이런 식으로 느끼지. 그러나 우리는 이제 그걸 알고 있기 때문에, 어떤 북쪽에 대해서 이런 걸 알고 있기 때문에 그런 걸 굉장히 느끼고 있거든요. 그렇게 직접 당하는 사람은 안다는 것이 또 차이가 있는 겁니다. 사실 그렇지 않아요?

그래서 그런 점을 내가 인자 말씀 드릴 수 있고, 어– 여러분들이 학문연구

를 열심히 허고, 문학작품을 열심히 해서, 하여간 우리 민족의 빛나는 그런 샛별이 될 수 있는, 그런 방향으로 열심히 노력해주길 바라고 바랍니다. 이상입니다, 잉.

좌익과 우익의 갈등 속에서 희생된 민초들의 삶

정 기 판 외

"낮에는 대한민국, 저녁에는 인민공화국, 그럴 때가 다 있었다니까"

자 료 명: 20120221정기판김출규(장성)
조 사 일: 2012년 2월 21일
조사시간: 51분
구 연 자: 정기판(남 · 1929년생) 김출규(남 · 1932년생)
조 사 자: 심우장, 박현숙, 박혜진, 조홍윤, 황승업
조사장소: 전라남도 장성군 진원면 상림리 마을회관

[조사과정 및 구연상황]

조사자들이 무작정 찾아들어간 마을회관은 할머니방과 할아버지방으로 나누어져 있었다. 할머니방은 한창 화투판이 벌어져서 많이 어수선하였다. 할아버지방에서도 할머니 한 분과 할아버지 서너 분이 화투를 치고 있었는데 할머니방보다는 조용해서 그 방에 들어가 조사의 취지를 설명하였다. 처음에는 화투를 치면서 주변에서 들은 전쟁 이야기들을 토막토막 들려주었다. 그

러다가 구연이 무르익고 이야기판에 관심이 쏠리자 정기판 제보자와 김출규 제보자가 경쟁적으로 이야기판을 이끌어 나갔다.

[구연자 정보]

정기판은 1929년도에 학동에서 태어났다. 휴전 직후인 1953년 12월에 군에 입대하여 50개월 간 근무했다. 입대직후 논산훈련소에 있을 때 휴가증을 받아 결혼했고 슬하에 4남 2녀를 두었다.

김출규는 1932년도에 태어났다. 19세에 한국전쟁을 경험하였다.

[이야기 개요]

김기출: 전쟁 당시 반란군과 경찰 사이에서 마을사람들의 힘들었다. 반란군에게 죽을 위기에 처한 아내가 경찰지서장인 남편이 숨은 곳을 알려주어 부부가 모두 죽음을 당했다. 경찰 편에서 야경하던 사람이 반란군에게 끌려가 죽을 뻔했는데 한동네 사람이 풀어준 경우도 있다. 전쟁 당시에 장인과 사위가 군대생활을 같이 하기도 했다.

정기판: 인민군과 경찰, 좌익과 우익의 갈등 속에서 민간인들이 많이 죽임 당했다. 반란군 편들었다고 하루저녁에 일가족 세 명이 죽는가 하면, 좌익 활동한 아들이 자기 때문에 경찰에 위협받는 아버지를 보고 자수하여 죽임 당하기도 했다. 휴전 직후에 영장을 받고 입대를 기피하던 중 결혼 날짜를 받아서 입대 후에 휴가증 받아서 겨우 식을 올렸다. 전시 중에 오보가 많았는데 남편의 전사통지서를 받고 재가했다가 살아돌아온 남편과 다시 만난 경우도 있다.

[주제어] 좌익, 우익, 보복, 지서, 반란군, 경찰, 전사통지서, 결혼, 포로교환, 야경, 군대, 영장, 재가, 자수

[1] 정기판: 반란군 편들었다고 경찰에 죽임 당하고, 우익 편들었다고 좌익에 죽임 당하다.

인제 우리 동네 가서 3개월 간 인민군이 정치를 했거든. 석 달간을. [조사자: 석 달간?] 응, 이제 석 달간. 6.25때 밀고 내려와갖고 7월 말경에 여기까지 왔어. 6.25, 6월 25일 날 서울 침범해 갖고 7월 9일 경에. [조사자: 9일 경?] 중순, 중순경에 인민군이 여기까지 내려왔어. 그렇게 지방에 공산당이 있자네, 지방에 공산당? 그때는 있었제.

근데 우리 동네에서 지서, 파출소, 지금 막 파출소 소장하는 사람 있어. 강씬디, 그래 갖고 인자 그 사람도 인자 사람 죽이고. [조사자: 왜, 왜 죽였어요?] 응? 내가 거, 인공 시대 때 삼 개월 간에 사람 죽이고, 또 이자 아군이, 이자 진주 해 갖고 공산군이라고 사람 죽이고, [조사자: 예.] 그래 갖고 많이 죽었지, 뭐. 나가 그때 열여덟, 열아홉인데 그때 구경했지. 나도 나도 이제.

[조사자: 직접 보셨어요?] 응? [조사자: 직접 보셨어요?] 아 직접. [조사자: 사람 죽이고 하는 거?] 하루 저녁에 세 사람이 죽었어. [조사자: 하루 저녁에?]

[조사자: 어떻게 하다가 죽었어요?] 들어가. [조사자: 어디로요?] 국군이, 경찰관이 들어가서 죽여. [청중: 아 들어가서 고, 경찰들이 놓고 쏴 부러.] 그러고, 그러고 또 그 저기 거 좌익 계통 없는가를 검사한다고 그 자리에서 또 들여가고. [조사자: 그러면 뭐 남자들만 들어가요?] 양쪽에서, 양쪽에서 그 전에는 저기 했지. [조사자: 여자는 상관 안하고 막 잡아가요?] 응? [조사자: 그니까 남자들만 데려가 잡아가요?] [청중: 아, 사건이 있는 사람들은 다 들어가지.] 다 들어가. 한 집에서 하루 저녁에 세 사람을 데려다가 죽였어, 인민군이. [조사자: 한 집에서?] 네, 한 집에. 딸, 저 저녁에, 딸하고 저 아버지하고 어머니하고 하루 저녁에, 성이 이제 김씬디, 하루 저녁에 그러고 죽었어.

[조사자: 근데 그 집은 뭣 때문에 죽었어요? 저기 반란군 편들었다고 그런 거예요?] 그때에 큰아들이 군민회 뭐 간분가 했어. [조사자: 군민회?] 군민회. '김창욱'이라고 그 사람이 그 인자, 우익 계통의 활동을 했어. [조사자: 네-.] 우리가 인제 군민회가 뭐냐면은 우익 계통의 활동을 하니까 좌익 계통에서는 좌익, 우익 계통은 대한민국이고 [조사자: 예.] 좌익 계통은 공산당이고. [조사자: 예.] 긍게 우익 계통에서 활동을 좀 했거든. [조사자: 네.] 그러니까 이제 좌익, 좌군 얼른 말해서 공산당, 이거를 갖고

"너 이 자식 우익 계통에 협조했다."

그래 갖고 하루 저녁에 와서 세 사람을 갖다 죽여 버려. [조사자: 그때 그 큰아들…….] 응. 그런 소리를 물음에 내가 이야기를 했는데, 그 씨잘데기 없는 이야기를 했는디, 더 이상은 말을 안 할랑게.

[조사자: 그 큰아들이 그랬는데 왜 어머니 아버지하고 딸을 죽입니까?] 들어가자고. [조사자: 그러니까 큰아들이 없었어요, 집에?] 큰아들이 그러고 헌 뒤로, 그 큰아들 마누라 딸 데려다가 죽여 버렸어. [조사자: 아-, 큰아들.] 좌익 계통에서요. 장남이 김창욱이라는 사람이 우익계통에서 활동을 해니까, 응? 우익에서 활동 해니까 좌익계통이 와갖고, 석 달 내에 하루 저녁에 데려다가 쏴 죽여붔어.

[조사자: 그러면 그 김창욱 분이라는 분도 그때 잡혀가서 돌아가신 거에요?] 그렇지, 그렇지 이제. 이제, 인자 김창욱이 하고, 아아 김정희는 안 죽었구나. 아들……. [조사자: 아! 김창욱이는 안 죽었어요?] 그 우의 아들, 장손이라고, 내가 저 실수했어. [조사자: 아] 창욱이가 아니라 동생이 데려왔다고 했지. 근디 동생이 성을 데려다가 죽였어. [조사자: 형을 갖다가 죽였다고요?] 형을. [조사자: 동생이 좌익 활동을 해서?] 창욱이는 안 죽었어. 안 죽고 맨 저기를 했어. 아군이 이제 진주를 하니까 많이 죽었어. 이자 고만.

[2] 김출규: 경찰 서장 처가 반란군에게 남편의 은신처를 알려주다

[조사자: 어르신, 아까 그 얘기를 좀 해주세요.] [조사자: 그 아니, 그 경찰 서장이 어떻게 됐다구요?] 경찰서장은 허다가, 학동으로 그 사람이 장개를 왔어, 학동이. [조사자: 학동이 처가? 아–.] 고 자리에서 산디, 근데 저기 인자 월산면 지서장을 했어, 그 사람이.

근데 이자 반란군들이 내려오면 쪼깨 봐줬어, [조사자: 아–.] 그 사람이. 봐중게 이자 반란군이 여기 와서 진주를 헝게, 그 사람을 또 봐줄 것 아니여, 서로? 요로코럼 이거 봐줬어. 긍게 봐중게, 글도 바로 안 죽이부리고 쪼끔 살려줬어. 긍게 이자 욜로 와버렸어, 처갓집이로. 처갓집으로 와부링게, 인자 그양, 인자 진주가 또 왔어.

또 완게 인자 이놈들이, 이자 산으로 입산 험서, 반란군들이 입산 험서. 아따–, 하룻지녁에 느닷없이 이건 뭐 삶아 부듯이 항게 그양, 앞에 집이가 즈그 작은 집, 저 둘채여. 처갓집, 작은집이여. [조사자: 예예.] 근데 웃집에서 살림막에서 장게 그양 칵– 열아불더니 막 왁– 쏴부렀어.

근데 이자 그거를 저 위에 일하는 사람은 알았던가벼, 그것을. 언적에 죽일 줄 알았어. 그렁게 그 사람을 꺼내다가. [청중: 아 그 사람은 알았어? 죽을 지를?] 응. 그양 꺼내다가 요기 요 작은 집에서, 요 저 식당 정지에. [조사자:

응, 응. 정지에?] 찬장 밑에가 큰 속옷을 큰놈을 엎어놨어. [조사자: 예. 속옷이?] 서로 뉘기다가 어디서 갖고 와 갖고, 어따 내불도 못 하게 거따가 요 엎어 놨어. 그러니 이자 그 속에다가, 막- 그 오무려갖고는 그양 딱 엎어 버렸어, 이자. [청중: 올 저녁에 죽을, 죽일 사람을?] 엎어부링게 저녁내 와서 찾어야, 찾을 수가 있간디, 못 찾제, 이? 그 속에다가 엎어부렀는데 어찌 찾을 수가 있간디.

근디 쫓아가서 인자, 마누래를 인자 막 끌꼬 나와갖고는 그양 총으로 막 쏴버린다고 막. [조사자: 마누라를?] 응. 죽인다고 헝게 마누라가 불어버렸어. [조사자: 아 불었어요?] 응. (웃음) [조사자: 자기 남편을?] 응. 그 속에 있다고 이자 말을 해줘버렸어. [조사자: 아이고-.] 불어버링게로 그거 딱 떠들러 잡응게, 바로 요 산 너머에 와서 디꼬 와서 쏴 죽여버렸어.

그러고는 결국에사 한 사흘 있응게, 또 마누래를 데려다 죽여버렸어. [조사자: 마누라는 왜요? 마누라 왜 데려다 죽였어요?] 그건 이제, 저 거시기. [조사자: 남편이, 남편이 그러니까?] 응. [조사자: 그러니까, 그 마누라는 어디, 경찰이 죽였어요?] 아니, 반란군이. 다 죽였지. 결국에 다 반란군이 죽여뿠지.

[정기판: 인공군이 석 달간, 인공군 석 달간은 그 좌익계통에 있던 사람들이, 에? 활동을 했더라도 이자 주로 우익계통 사람들을 죽이고. 무슨 말인지 알았어? [조사자: 예, 예.] 석 달 내에는 우익 계통 활동 헌 사람들 죽였어. 그리고 아군이 진주를 해 갖고는 좌익계통에 활동을 했던 사람들을 갖다 죽이고, 그래 갖고 이 시에는 피해자가 많애요. 이 산 밑이라.]

[3] 김출규: 반란군이 부대가 있는 산으로 소를 끌고 가서 잡아먹다

아, 소도 인자, 아이 아측에 소를 챙기고 가서 끄집고 올라갔는디. 이제 아측에 인자 그 소를 끌고 올라 갔응게, 우리 큰집 손디, 끌고 올라 갔응게 인자, 바로 인자 발자국만 점점 따라 올라가제. 하여튼 그양 막 몽당개로 얼매나 뚜드려야 쓰는가, 피똥만 찍찍 싸고, 올라가제야. 올라갔어. 끌꼬 올라강게. 헐 수 없이 올라가지, 뜻도 없어. [조사자: 소를 막 그렇게 뚜들겨가지고 데리고 가요?] 응, 응. 저– 산꼭대기로 이자. 거그가 충청도 호두백이라고 있어. 거기로 끌꼬 올라가갖구는, 저 짝 너머로 가서는 영 소식을 몰라, 모르겠어.

그래서 인자 아측에 인자 모다 갔다 나중에 내려갔지. 바로 고 앞에 꼬랑짝에, 그 속에 가서 부대가 있었든가 보드만. 고리 들어가서 그것을 잡아먹었어. [조사자: 아. 소를요?] 응. [조사자: 소랑, 뭐 돼지랑 엄청 끌고 가서 잡아먹었겠어요?] 응, 그러제. 그러고 학동서도 둘이, 다 죽었네. [조사자: 학동이 그러면 어떻게, 그 고향이세요?] 나는 학동이 고향인디.

[4] 정기판: 좌익 활동한 아들이 아버지를 살리려고 자수하다

이제는 내가 한 마디 들었으니까 얘기를 헐게. 저기 석 달 내내 있으면서, 그서 인자 그게 구휼활동을 좀 했어, 구휼활동을. [조사자: 누가요?] 어? [조사자: 누가?] 그 사람이 용채, 용채여. 용채란 사람이, [조사자: 용채?] 응 이름이 김용챈데. [조사자: 그 동네 분 한 분이요?] 한동네 사람인디. 인자 그 아군이 진주를 해 갖고 발을 못 들여오고, 남면 지서장에서 낮에는 대한민국, 저녁에는 인민군하고 그런 시대를 우리가 지킨 사람들이야. [조사자: 예.] 응.

그렁게로 인자 그 우익계통에서 김용채란 사람을 잡을라고 그렁게, 낮에 용채 아버지란 사람이 남면 지서장에서 한 열흘을 나와. 안 말리고 막 때리고, 우익 계통에 있는 사람들이 막 때리고 막 그러니까. 긍게 우익 계통인데 저그보다 심허게 했단 말이야. [청중: 똑같애, 똑같애.] 너무 그것이 똑같이 했응게.

그렁게로 했는디. 용채란 사람이 집에 가서 있으면서, 저 들에 가서 숨어 있는디, 자기 아버지를 막– 때리거든. [조사자: 음–.] 자식 내 놓으라고. 응?

그 모인이, 나 이름은 안 밝혀. [조사자: 예.] 모인이 그냥 거 용채 아버지를 막 때려쌍게, 넓적 누워서 저러고 보고 있는디, 자식 내 놓으라고, 자식 내 놓으라고.

그래 싸니까. [청중: 숨어갖고 거 보고 있구만?] 부모가 맞고 있는디, 나 때문에 붙고 있는디 어쩔 것이여? [조사자: 아. 숨어서 보고 있어요?] [청중: 응.] 누워서, 뚝에서 보고 있는디. [조사자: 아, 뚝에서?] 그렁게로 그때 뭐라 말했냐믄

"자수하면은 살려주겠다."

"자수하면. 자수하라, 자수하라."

했거든. 그래 이자 자수하면 살려 준다고 그러니까 지 아버지 맞은 것을 보고는 자수를 했잖어요. [조사자: 아이고.] 자수를 했는디 그놈을 갖다가 죽여 버렸잖애. [조사자: 자수도 했는데? 살려준다고 해놓고?] [청중: 죽일라고.] 자수를 하면 안 죽인다고 그랬어. 그런디 좌익에서, 저 우익계통에서 좀, 나 누구라고서는 안 밝혀요. [조사자: 예.] 그러고는 자수하면 살린다 해서 자수했는디. 아 이 자식이 나 때문에 아버지가 맞고 있는 것을 보고, 또 자수허면 살려준다고 그러니까 자수를 했는디 갖다 죽여 버렸잖여. 긍게 좌나 우나 그 전엔 너무나도 심허게 했어. [청중: 똑같애, 똑같애.]똑같애. [조사자: 아유–, 에피소드가 아주 찐한데?]

[5] 김출규: 경찰을 도왔다가 반란군에게 죽을 뻔하다.

그래도 학동은 다행히, 그도 사람 안 죽었네 이, 못 죽였는지. [조사자: 고, 고 처갓집에 온 사람만, 그 사람만 저거 했네요?] 재구허고 이, 처녀허고 입산해부렀거든. 이제 저 반란군들 이자, 거시기 하면서 다 진주해부링게, 이제 산에로 숨으러 갔어. 숨으러 갔는디, 즈그들도 묵어야 항게, 저녁이믄 내려와서 쌀을 쌔벼가고, 반란군이 거서 내려와서 댕기메. 긍게 그양 진주핸 놈이

그래서 야경을 한다고, 동네 청년들이. 이제 야경 허라고 항게, 순경들이 야경 허라고 항게, 사랑방에서 다 이러고 안거서 인자 있다가, 이자 뭔,

"반란군 내려왔다."

하면 이자, 기별허고 그러라고 인자 했응게.

하루 종일 와서 있으니 이자 반란군이 내려왔는지 사랑방에 와서 요러고 싹- 보더만. 사랑방에 한 여섯 넘어 될 거여. 한 여남어 될 거여. 와서는 보더니 이, 야경 한다고 전-부 사람끼리 갖다가 하나씩 엮어갖고. (청중: 사람끼리 묶어 놔부러?) 묶어서 이제 조로록- 이래, 아 묶었는데. 열 명인가 그 있는 사람을 싹- 묶어갖고는 이자, 한번 대밭 뒤로 길이 있어, 요로코롬 나가 갖고 돌아가는 길. 그러니까 이자 요러고 끌꼬 이자 가, 산에로. 요로고 인자 다 묶어갖고.

그렁게 이제 재구가 뭐 내려왔던갑대? 그래갖고 동네를 멋대로, 얼굴을 랑게 멋대로 그거, 툭- 나오더니

"끌러줘."

[조사자: 아-.]

"끌러줘, 얼른."

그렁게 싹- 끌러줘서는. 그래갖고는 그 집이로 가믄서. 그래서 이자 그 사람이 끌러줘붕게 맘대로 그 놈이 싹 올라가라고 두는디, 아 그 죽었이면은 재구네 식구들 또 다 죽이부리제. [조사자: 그러니까.] 근데 재구가 그것을 그 안 죽여부링게 저기 해 버렸제. 그래서 서로 이자.

[조사자: 그럼 그 재구 씨라는 분은 나중에 다시 돌아오셨습니까?] 나와서 인자, 이를테믄 학동 친구네가, 병곤이가 군인, 삼사로 있었어, 또 군인. 그 사람이 휴가를 왔어. 왔는디, 자수시키라고 렁게 그 사람이 인자 오, 내려오라고 해갖고, 병곤이가, 그 군인이 주선해서 해갖고 자수를 시켰어. [조사자: 자수시켜 가지고?] 그래서 세상 살다가 이자 죽었어.

[조사자: 그러면 그 열 몇 분은, 그 사람은, 그 재구 씨라는 분한테 정말 고마워

해야 되겠네? 안 그랬으면 죽었자나요.] 긍께. 어, 동네 사람들 거그서 다 죽었지. [조사자: 나중에 뭐 전쟁 끝나고, 그 사람한테 잘 해주고 뭐 그랬습니까?] 아니 긍게, 그 사람이 인자 한양 야경을 허다가 있응게, 그 사람을 데려다가 죽여버리믄 자기 식구, 가족이 다 죽게 생겼응게, 그리고. [조사자: 아, 자기 가족 살리려고 살려줬구나.] 응. 그러제.

그러면 인자, 나하고 인자 간 뒤에, 나무를 간 뒤에 인자 우리가 산에를 올라가 봉게, 도적바우라는 산이 있어. [조사자: 뭐요?] 도적바우라는 산이 있당께. [조사자: 도적바우요?] 응, 저– 위에 가 저 학동 뒤에가. 거기 가서, 바우가 요렇고 엎어시기 한 놈이 있어. 그 속에 가서 딱 둘이, 요렇고 엎어시기 누워서 잘 정도로 바우가 반반혀. 그러면 거그 나와서 보믄 동네 개미새끼, 날만 더 허믄 개미새끼 기어가는 거 다 알어. 우리 집에 저 누구 가고, 누구 들어오고 다 알어. 거그서 그랬어. [조사자: 아, 그 바위 위에서 보면은요?] 응응, 거기서 살았어. [조사자: 야–, 뭐 이야기가 재미있네요.] [청중: 긍께 그 산 밑에로 묶어갖고 가는 사람은 뭔, 아무 죄도 없는디.] 야경했다고. [조사자: 그니까 내려오는 걸 그 경찰한테 알려 준거죠?] 응, 응. [조사자: 그거 했으니까 그 죄로 이렇게 묶어갔나 봐요.] [조사자: 그걸 야경이라고 그래?] 그걸 야경이라고 그래. [청중: 그래갖고 그 사람 아니었으면 죽었겄네.] [조사자: 죽었겠네, 그럼.]

[6] 정기판: 치안을 위해 지서 앞에 돌을 쌓다.

[조사자: 그러면 그 진원성에 있는 그 돌을 가져다가 지서에 전부 이렇게 쭉 다 쌓았다는 거는…….] 진원성 쌓은 돌을, 진원성 쌓은 돌을 빼다가 지서를 쌓았어. [청중: 싹– 쌓고, 대로 그양 엮어갖고, 대비에다가 엮어갖고 그양, 쫙– 돌로 고 엮어갖고 그양 시웠어.] 세웠어. 그런디 지금은 그 돌이 다 어디로 갔는고 모르겄어.

[조사자: 그니까, 그러면 뭐 나중에 그 전쟁 끝나고 그거 다 없앴을까요?] 그러제. 그래 인자 없어졌제. 완전, 이제 치안을 확보허면서, 이자 조용하니까 그 ,그것을 철거를 해버렸지. 그 독을. 그런디 그 독이, 다 밑에 쎄왔는지, 그 독이 어디로 갔는지 모르지. 기억은 나. 쌓은 디로 내도 갔는디. 진원성에서 빼다가 이렇게 쌓았다, 응? 우리 키 이상 쌓았제. 우리 키 이상 쌓았는디, 쌓은 디는 알고 봤는디, 저 아랫 동네서 독을 어디로 빼갔는지를 모르겄어.

[조사자: 근데 진원성하고 거기 지서는 거리가 쫌 꽤 되는데?] 가차부제. [조사자: 가까워요?] [청중: 요 앞에 그냥 있응게.] 지서에서 여기는 별로 안 걸리제. 짓해야 100미터나 되제. [조사자: 아, 그래요?] 가차부지. 그렁게 빼다가 그리 쌓았제.

[조사자: 그렇게 쌓아가지고 거기서 뭐 싸우기도 하고 총싸움도 하고 그랬습니까?] [청중: 그런디 나가덜 못 혀.] [조사자: 나가지를 못해요?] [청중: 응. 순경들이 나가덜 못 혀, 거그서.] [조사자: 워낙 무서우니까요?] [청중: 어. 배깥에는.]

[7] 정기판: 5.18때 학생군이 마을 지서에 난입해 총을 가져가다.

젤 처음에는, 5.18 광주 민주화 운동 때 학생들이, 내가 그때 숙직을 했거든. 그날따라……. [조사자: 숙직, 어디 계셨는데요?] 면사무소에. [조사자: 면사무소에서요?] 내가 근무를 했는디, 그날 저녁으 숙직을 했는디, 그 학생들이 차를 몰고 여기까지 왔어요. 면에까지.

[조사자: 데모하던 학생들이요?] 데모하는 학생들이. 그래다가 인자 저 데모하는 학생들이 왔다고 그러니까, 지서를 비워놓고 피해버렸어, 순사들이. [조사자: 학생들 때문에. 뭐, 학생들이 총 가지고 있었습니까?] 다는 안 갖고 있어도, [조사자: 몇 명이?] 몇 명이 총을 갖고 있었지. 학생이, 학생이 다 총을 든 것이 아니라 몇 명은 총을 갖고 있었어. 그게 그 인자 총을, 그러니 총을,

이자 피해부리고.

아 그런디 팡팡– 소리가 시 번이 나더란 말이여. 그렁게 무슨 소린고 봉게로는, 그 학생이 그러고 총을 잘 쐈어. 무기 창고를 쇠를 찼는디. [조사자: 끊었구나.] 요거를 총으로 맞췄어요. [조사자: 음–.] 끊어뜨렸어. 그 총을 맞췄어.

그래 인자 그 총소리가 났는디, 총소리가 난 후로 한 삼십분이나 있다가 나가봉게 학습이라고, 지금 연변에서 사는 저기 심학습이라고.

"좀 가서 보오."

그렁게, 그럴 때 인자 소사로 있는데, 학습이 보고

"좀 가서 보오."

항께,

"지서 창고, 문 열려버렸어라우."

아 긍게 놀래갖고 가서 봉게로는, 긍게 빵빵 소리 날 때 이걸 문고리를……. [조사자: 문고리?] 열쇠, 고 자리를 쏜 것이여. 그래갖고 그 무기를 갖고 학생들한테 갔다고.

[청중: 아 그렇게, 학동도 그 재부 죽인 성, 재부 죽였었던, 그 그리고 학생들 거기가 옹게, 무서웅게 내뺐어. 거–기 저 화룡리 뒤에, 뎀뎀히 가믄, 거리로 하믄 한 거리로 따지면 한 삼백메타, 사백메타 더 될 거여. 근디 요 학동, 거그 저수지구에 버라려 있어. 그러고 이자 빤–히 비어. 거그서 여까지 대고

딱- 그리고 쏸게 톡 떨어지네. (웃음)] [청중: 그거 맞아갖고 죽었어?] [청중: 죽었어.]

[조사자: 아니 근데, 지서에서 그렇게 학생들이 온다고 도망가면 됩니까?] 그럼 어쪄. 사람들이 수는 많고. (청중 웃음) 그러면 학생 죽여 놓으믄 어쩔 것이여. [청중: 그러면 이자 학생들이, 학생들이 다, 다 가족이여. 어째 그냐면 즈 그 아버지들이 죽은 사람들이여, 학생들 그.] [조사자: 그 아버지, 부모님들이?] [청중: 어, 어. 반란군들이 하여튼, 죽인 그 원수로 해서 그 학생들도 있다 그런 것이여, 데모로.]

긍게 그 학생들이, 데모 학생들이 다 총을 든 것이 아니라 몇 사람만 총을 들었어. 그니께 문을 전부 열고, 확 달라들어서, 그 총이 누구 죽일라고 하는지 지서에서 탈취를 한 그 총이 이 동네에 가서 있었어. 나 누구라고 말을 안 해줘요. 나는 이자 평온이 되니까 반환을 하라고 그랬지. [조사자: 무기 자진 신고?] 응. 근데

"자진 신고 해서 반환을 해라. 무죄를 한다. 총 갖고 뭐 가져갔다고 해서 뭐 법적으로 처벌하는 것이 아니라 총 자수해서 인제 인정을 할 테니까, 아무 죄를 없이 인정을 할 테니까 총 보유하고 있는 사람 반환을 해라."

그러니까 들추고, 학생들이서 총을 지서에다 반납을 했지, 그렇게.

[조사자: 그러면 광주에서 이쪽으로 온 학생들은, 그 중에는 여기 출신이 있었을까요?] 들어 있제. [조사자: 아, 그러니까 알고?] 알고 이자. 그렇게 자동차를 때다가 요 우게다 실어놓고 여기까지 걸어왔지. 차를 지서 앞으로 가져 온 것이 아니라. 차를 타고 지서 앞에까지 온 것이 아니라, 요 우에다가 차를, 막 학생들이 양쪽으로 갈라서 이자 오제.

그렇께 근게 순사들은 그래서 달아났는데, 그런디 셋인가 넷인가 몰러. 며칠을 내리 그, 이삼일은 분명히 아니여. 그니까 그양 학생들이 총을 갖고 온다 헝게 그양 딱 무기 창고, 딱 쇠 채와 놓고 몇 밤을 있는디. 아까 내가 말한 대로 떡 허디만은 빵빵- 하고 세 번이 날 때, 그 놈이 거기다 그래 끊어져갖

고, 학생들이 왁– 달라들어 총을 갖고 나갔제. 그 총이 이 동네에 번–히 갖고 있었다가 나중에 반납했지.

그러면 이, 그러면 내가 요런 이야기를 한 것은 물론 여러분들에게는 미안헌디, 시간 가져가서 미안헌디. 그 산이 가지고 있는 게, 그양 그……. [조사자: 산 때문에?] 응, 평지가 아니고. 그런 걸 알고 허시라고. [조사자: 지서는 그러믄 난리 때마다 좀, 여기 지서는 좀 고생을 많이 했네요?] 그러지. 고생을 많이 했지. [조사자: 예, 난리 때마다.]

[8] 정기판: 좌익과 우익의 대치 하에 보복살인으로 죽은 사람이 많다.

긍게 이거 아까도 말했잖애. 낮에는 대한민국, 저녁에는 인민공화국 [조사자: 공산당.] 그럴 때가 다 있었다니까, 여기는 산 밑에라. 그런디 이자 대한민국에 저기 헌 사람들은 남면 지서에 있었잖아. 남면서 자고. 낮에는 해가 밝아 오고 또 저녁에는, 또 인자 산에서 내려오고. 그래 날 밝으면 또 산으로 올라가제.

[청중: (웃음) 날 밝으면 산으로.] 날 밝으면 산으로 올라가고. [청중: 아이, 그러니 저그에 뚝에 보믄, 저–그 뚝에 보믄 밑에 가서 재구가 이렇게 숨었응게, 강형사라고 그 하나 쬐깐한 게 똥글똥글한 게 있어, 이제. 고 우게 올라가서, 고 밑에 올라가 갖고 고 우에가 올라가서, 담배피고 탁탁– 떤게, 등에가 톡톡–하고 떨어져 들어강게, (웃음) 그래서 살았어. 그거 모릉게.]

여그 북쪽에가 산에 가서, 치마바우라는 바우 이놈 있어요. [조사자: 예, 예. 치마바위.] 옛날에 여자들 저 치마바우. 그런 바우에 그 굴이 있는디, 그 굴이 거기다가 불을 때믄,

"그 굴에다가 불을 피면, 대번 뒷산에서 연기가 난다."

이자 그런 전설이 있어요. 학동에서, 거기서 불이 난다. 긍게 거그가 본거지여. [조사자: 반란군들?] 응, 반란군들, 그 굴속에서. 긍게 살지. 세상의, 그

러고 6.25때 해서 석 달 헝게, 그 겨울은 얼마 안 지났제. [조사자: 예?] 겨울은 얼마 안 지냈다고. [조사자: 아. 겨울은 얼마 안 지냈다고요?] 그려.

왜 그러냐면은, 6.25 나갖고 여그가 인민군들이 육, 칠월 중순 경에 와 갖고 [청중: 팔월 달에 아닌가 그거?] 응? 팔월 달에나 그 다음 달엔가 쳐 들어왔나? [청중: 팔월 달에 들어왔제, 응.] 팔월 달 더 지났지. [청중: 아녀. 팔월 달에 들어왔제. 가지는 못 허고 온 것이, 뭐 흥해갖고 모다들 도랑에 그 퍼다 띠어주고 이자 그래 안했는가.] (웃음)

그러고 인자 우리 동네가 시신자가 많은 것이, 아까 말하는, 성이 그 강씬디 지금말로 지서장, 석 달간 지내며 지서장을 했지. [조사자: 아-.] 긍게 지서장을 하면서, 지금 와, 그 지서장을 하면서, 자기가 돌아대님서 고생한 사람들을 데려다 죽였어. 아 지서장 근무한 저놈 아무게 잡아 올리라고 난동치믄, 석 달 내는 그거 못 잡아와? 그렇게 잡아다가 죽이고. 또 인자 아군이 진주허니까, 그 이 석 달 내에 죽은 사람, 누가됐든 어떻게 감안헐 것이 있을 것 아니여, 가만 있도 않지. 또 그 사람들도 데려다 죽이고.

[조사자: 그럼 강씨 집은 다, 거의 다 죽었겠네요?] 아니여. [조사자: 아 그건 아니고?] 한 집에 살았어. [조사자: 한 집-.] 응. [조사자: 그 서장 집이요? 아-, 그럼 거기 그, 그 분의 그 강씨 그 자손은 남아, 그 마을 남아 계신 분이 있어요, 지금?] 지금 딸 있어. 딸은 살아. [조사자: 딸은 살아 있어요?] 지금 딸은 살아 있어. [조사자: 그럼 그 딸 분, 따님하고 그 그분 그 지서장 때문에 돌아가신 분하고, 그 가족들 하고는 별로 쫌 그렇겠네?] 아이고, 너무 인자 오래 되야놔서. 씨잘데 없는 소리 했는디, 오래 되아놔서 그리그리 잊어불고 살어. [조사자: 잊어불고 사세요?] [청중: 그러제.] 인자 오래 되았는데, 그것을

"니가 웬수다."

나이든 사람들이 그런 것을 허겄어? [청중: 그때가 무슨 때여.]

그 용채라는 사람 죽은 뒤로, 아들들 안 놓고 딸만 낳제. 딸만 나서 이제 지금 양자 들이고 사는디, 이 용채도 그거 억울허게 죽었어. 원래가 자수하면

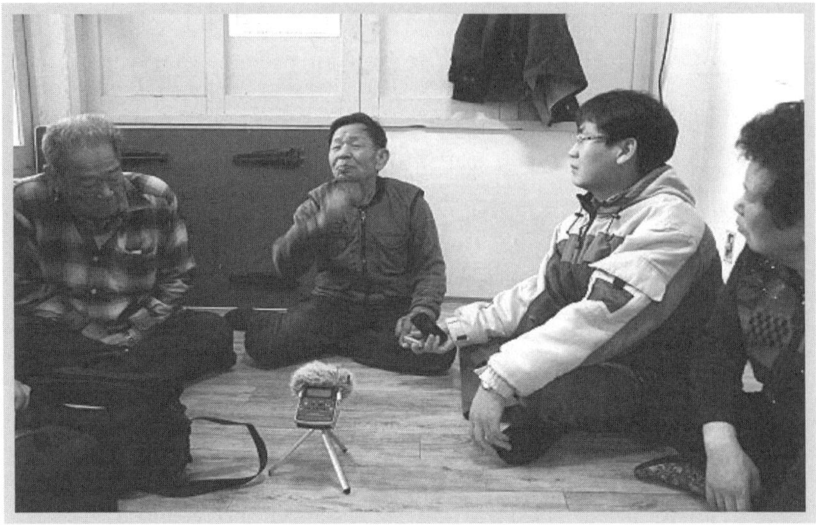

살려준다고 그 소리를 안했으믄, 자수를 않고 그냥 피했을라는지 모른디. 그래도 어떻게 그때 숨어 있다가,

"니 자식, 니 자식."

응? 용채 들으라고, 들으라고. 그양 막 때리고 그렇게로는 자식이 오죽허겄어? 나부터도 응? 기가 맥히지. 나 때문에 부모가 그냥, 응? 나이도 적게 먹은 사람도 아니고 나이도 오십 이상, 그때 한 오십 이상 되얏을 것인디. 그냥 때리고 어쩌고 헝게 자수헌 것이지. 그양 하여튼간 그 죽여버렸지. 자수를 안 했으면, 쪼까 더 오래 있더라면…….

[9] 정기판: 입대 후 휴가증 받아서 결혼식을 치르다

[조사자: 어르신은 군대는 몇 살에 가셨어요?] 예? [조사자: 군대는 몇 살에 가셨어요?] 군대? [조사자: 네.] 군대 이야기하면 내가 이 말이 많아요. [조사자: 아니 그때 그, 전쟁 끝나고 가셨죠?] 나는 전쟁 끝나고 갔어요. 53년 12월 달

에. [조사자: 그니까 전쟁 이제 끝나고 그 해 겨울에…….] 그니께 53년, 53년 7월 달에 휴전이 되얐거든? [조사자: 휴전이 됐으니까?] 53년 7월 달에 휴전이 됐는디, 나는 53년 12월 28일 날. [조사자: 그때 군대 가니까 그때는 그…….]

[청중: 긍게 돈도 못 타 먹었구만?] 못 타먹었지, 뭐. [청중: 아이구. 이제 내 동생이여. 내 동생여. 나는 타 먹었는디.] 어디 이 친구가! (청중 웃음) [조사자: 아니, 어떻게 타 어떻게 타요?] [청중: 참여용사.] [조사자: 아 참전용사세요?] [김출규: 응. 국가유공자. 국가 유공자.] [조사자: 오- 어디, 어디 참전하셨어요?] 얼른 쪼께 가다가 와버렸어. [조사자: 어디 어디 가셨는데요?] 응? [조사자: 어디 가셨는데?] 우리가 21사단 창설했어. [조사자: 21사단 어디 쪽입니까? 그때 맡았던 곳이?] 저 그 쪽에서, 속초에서 창설했어. [조사자: 속초?] 어. 속초서 창설해다가 [청중: 이 냥반은 무공훈장을 탔으니께.] 응. 그랴. 거그 물어봐, 거.

[조사자: 그래서 전투 직접 나가보셨어요?] 못 나갔어, 못 나가. [조사자: 군대는 그럼 언제 가신 거예요?] 그적의, 거 우리가 10월 달에 갔제, 뭐. [조사자: 오십 몇 년에요?] 어. [조사자: 오십 몇 년, 50년 그 해에요?] 응. 내가 스무 살에 갔응께. [조사자: 아 그 때 당시 전쟁 났을 때 스무 살이셨어요?] 응. [조사자: 그러면 지금 여든 둘?] 여든 하나. [조사자: 여든 하나요?] 응. [조사자: 그때 결혼 안하셨어요?] [청중: 안 했지.] [조사자: 안 하고?]

나는 어찌서 좀 그랬냐믄, 기피를 좀 했어요. [조사자: 왜요?] 조카 사우가 육군분부에 근무를 했는디, 그 사람이 57년 봄에 일찍, 봄에 와 갖고 나보고, 당숙 되거든? 처당숙 되는디 그 사람이 와서 그래.

"당숙, 휴전되니까, 휴전되는 끄트막에 전투가 심허니까……."

[청중: 뛰어라?]

"영장이 나오면 기피를 하시오."

아 근디, 그 말 듣고 한 달 뒤에 영장이 나오네, 그렇게 가겄어? [조사자:

그러믄 그땐 이제 휴전되기 전이네요, 직전?] 전이지. 그렁게 이자 57년 7월달에 휴전이 됐는디. [조사자: 53년 7월이요?] 음 인자 되었는디 휴전이 되었는디, 나는 53년 초봄 이 정월달에나 이럴 때 영장이 나왔제. 그런게 인제 처묵고 가믄서,

"당숙, 금년에 가믄 성급허게 되니 가지 마시오."

그렁게 영장은 나왔는디, 그 소리 듣고 가겄어? [조사자: 그래서 어떻게 하셨어요?] 그래 갖고 기피를 했제.

[조사자: 어떻게 기피를 하셨어요?] 근데 내가, 좀 우스운 이야기인디 일가들이 많애요, 이 저기가. [조사자: 아-.] 긍게 이리 가서 하룻저녁, 저리 가서 하룻저녁 (청중 웃음) 피해대님서 자. [조사자: 피해 다녔어요?] 아, 그랬는디 결혼날짜가 스물다섯 살에 결혼 날짜를 받은, 날 받아온 날 순사들한테 잽혀갔어. (청중 웃음) [조사자: 결혼날짜 받은 날에?] 기피허다가 [조사자: 12월에요?] 12월 달에. 그때까지 기피를 했지.

[조사자: 기피하고 도망 다니다가? 근데 도망 다니면서 어떻게 결혼날짜를 잡으세요?] 그렁게 결혼을, 결혼 날짜 어느 날, 날 받아 온 날, 결혼 날 받아 해가지고, 저 큰애기 집에서 온 날, 온 날 내가 군대로 잡혀 갔당게.

[조사자: 그러믄 그 어떻게 됐어요, 그 큰애기는?] 논산 훈련소에. [청중: 그럼 못 오제.] 그래 갖고 논산훈련소로 해 갖고, 그날 걔는 못 오고, 논산훈련소에서 광주상무대로 왔어요. 지금 상무대가 장성에 가 있지만은, 그때 상무대 육군통신관학교를 와 갖고, 외출증 석 장 가지고 결혼했어요. [조사자: 외출증 받아가지고?] 외출증 석 장 가지고 [조사자: 아-.] 그 여자허고. (청중 웃음) [청중: 시방은 못 헐 말이네 (웃음)] [청중: 옛날.] 암만.

'백년가약 약속하던 날
지금은 일 떠난 그 사람
우국청년 총띠를 매네.'

인자 군에를 갔다 그 말이여, 이.

'일편단심 천리 길 보내믄'

일편단심, 나는 기다리겄다 그 말이여, 석 달간.

'일편단심 뜨거운 사랑으로
천리 길 돌아온 사랑의 사연
꾹꾹 눌러쓴 아내 향한 사사.'

편지를, 논산훈련소에서 일주일에 한 번씩 편지를 허는디. 그 예비신부 집에 편지를 허는디, 주소를 아니까 편지를 허는디, 마지막 편지라고 허니까 예비신부한테서 편지가 왔어. 그래서 인자 얼른 뜯어 봉께는,

"왜 사랑한다 어쩐다 말을 해야 허는디, 말도 않고!"

(청중 웃음)

아니나 달라 1절, 2절을 꾹꾹, 아까 말하는, '꾹꾹 눌러쓴 아내 향한 사사' [조사자: 응. 가사를 써가지고 보냈어요?] 써서 그걸 보냈어요. [조사자: 아-.]

"뭐 사랑한단 말도 않고 고생한단 말도 않고!"

[조사자: 그래 그거 보고 심정이 어떠셨어요?] 괴롭제. [조사자: 예. 괴로우셨어요?] [청중: 괴롭제.] 그래가지고 인자 상무대에서로 와갖고, 인자 그 구대장한테 사정을 했제. 내가 그러고, 아까 여러 번 내가 말씀 드린 대로 길일 날짜 날 받았는데, 내가 군인으로 잽혀 간 사람잉께, 나 이제 긍게 내빼든 않을 테니까 외출이나 좀 보내달라고. 그래가지고 어떻게 어떻게- 하다가 결국은 5월 24일날, 4월 달엔가 와갖고 5월 24일 날 결혼을 해 갖고, 1954년이 50주년이여.

그래서 세월이 가니까 50주년, KBS에다가 내 사정 쑥 이야기를 하고, 신청곡을 아내의 노래……. [조사자: 아-.] 하여튼 KBS방송이 전국적으로 났어요. 저기 그 편지 쓴 것도 나오고, 씨잘 데 없는 얘긴디, 여러분들이 인자 젊은 사람 영혼들이고……. [조사자: 예-, 예.] 옛날 것을 그런 시대가 있었다. [조사자: 그러면 혹시 그 편지 가지고 계십니까?] 읎제. (청중 웃음) 50해. [청중: 업제.) 지금 인자 결혼 56주년이 됐는디, 뭐. [조사자: 그래도 그런 건 좀 가지고 계셔야 하는데] 가지고 있어야 되는디. 미안해요. (청중 웃음)

[조사자: 아내의 노래 한번 불러주세요.] 응? [조사자: 그 노래 한 번 불러주세요] [조사자: 노래 아세요? 부르실 줄 아세요?]

(노래함) 님께서 가신 길은 영광의 길이오니

아, 모르겠어 인자. (청중 웃음) [조사자: 잘하시네요.] [청중: 오래된 일이라, 모르제.] [조사자: 아유, 뭐 결혼하신 게 드라마틱 하시네요.] [조사자: 지금도 살아 계세요?] 결혼한 지도 50년이 넘는디. [조사자: 사모님은 계세요, 지금?] [청중: 그럼-.] 일흔 아홉. 나는 야든 넷.

[조사자: 그럼 두 분이 금슬이 굉장히 좋으시겠네요?] (웃음) 사남 이녀, 육남매. [조사자: 예?] 사남 이녀, 육남매. [조사자: 사남 이녀? 어이고-.] 초등학교, 저 내 작은애가 초등학교 교사도 되고. 대학교 교수까지. [조사자: 자랑이시네요?] (청중 웃음) [조사자: 그러니까 자랑이시네. (웃음)] 초등학교 교사, 큰며느리가 초등학교 교사, 둘째며느리가 고등학교 교사, 셋째 며느리가 중학교 교사. [청중: 다 교사네?] [조사자: 아니 왜 며느리들만 교사고, 아드님들은?] 아들들은 대학 교수지. [조사자: 어우-, 야-.] 관양. 혹시 알고 있을란가 몰라도, 관양 한려대학교. [조사자: 아, 한려대학교요?] 한려대학교 복지학과 교수. (청중: 자랑헐 만 허요.)

[조사자: 그러면은 군대에서 몇 년 근무하신 거예요?] 50개월. [조사자: 50개월?] 긍게 내가 지금, 아까 저 냥반이 말이여, 나보고 동생이라 그런다고. 헝게 지금 노인 된 양반들, 노인분 만나면 내보고 다 하는 소리가 그래. 나를 국가를 상대 세우고 고소 할란다고. (청중 웃음) 왜 그러냐?

"50개월 군대, 현재 허는 데서 의무적으로 허는 저 그 3년을 공제허고, 남은 놈은 내가 일당 오만 원씩 지어서 소송할런다."

그런 얘기를 농담 삼어 하거든. 음 국방은 우리 국민의 의무이기 때문에 50개월에서 30개월은 공제를 하고 20개월은 일당 얼마씩 해서 [조사자: 왜 그렇게 더 오래 하셨어요?] 그것은 저 상무대를 와갖고, 내가 멀리는 못 갔단 말이예요. 사람이 어쩌면 그래요? 논산 훈련소에 있을 때는,

'광주로 막 가믄, 가믄.'

했는디, 또 광주로 옮겨.

'통신원 기간병으로 남아야 쓰겄다.'

그런 욕심이 생겨. 그래서 기간요원을 나왔어. 그렇게 총대를, 논산훈련소에나 총 잡아 봤제. 총잡아본 건 그거고. 그리고 지금 육군통신학교에서 인자 구대장 근무를 헐 때, 그 진원에 사람들 서넛이나 다녀갔어, 인자 구대장 근무 헐 때.

[조사자: 아니 근데 50개월 동안 그럼 사모님은 뭐 혼자 계신 거에요?] 그러제. [조사자: 아, 그럼 그 사이에 뭐, 자제분들도 없고요?] 그러지, 인자. [조사자: 아-, 그럼 아드님, 그 큰아드님이 좀 늦게 낳으셨겠네요?] 지금 59년생이야, 큰아들이. [조사자: 아, 그러면은?] 큰 딸이 58년생이고. [조사자: 아-, 그럼 거의 제대할 무렵이나 제대하셔서 애를 낳으셨겠구나?] 내가 저, 내 군대 생활 하면서 딸 낳았어. 광주가 그 인제 토요일 날 외출 나오는데, 상무대에서. 지금 아까도 말씀 안 드렸어? 상무대가 저 장성에 가 있는디. 그때는 상무대가 저 광주에 있었어요.

[조사자: 근데 그 전쟁 막 끝났으면, 그 군, 그 때도 이제 좀 전쟁 그게 있으니까, 군대 가면은 무섭고 군대 가서 사람 뭐 많이 죽는다, 이런 생각 있어서 잘 안 갈라고 하고 일찍 제대를 하려고 하고 이랬을 것 같아요?] 군대라는 거는 다 요새도 그러지. [김출규: 전장 때 군대 가믄 울음바다제, 울음바다.] [조사자: 울음바다에요? 다 죽으니까?] [김출규: 아, 가면 죽응게. 뭐 만인이면, 사람 만인이 워매-, 뭐 다 울어. 안 우는 사람 없어.] [조사자: 그럼 어르신 군대 가셨을 때도 다 우셨겠네요.] [김출규: 다 울었제, 우리도. 나 있었을 때, 군대 갔을 때도 전장인디.] [조사자: 전쟁 통이니까?]

[10] 정기판: 남편의 전사통지서를 받고 재가하다.

아 요런 사람도 있어. 씨잘 데 없는 소리 내가 한 자리 할라네. 씨잘 데 없는 소리 한자리 할랑게. 마누라를 놓고 군인을 갔는디, 정부에서 전사통지서가 왔어. [조사자: 어이고?] [조사자: 6.25 때요?] 어. 6.25 전장 때. 전사통지서가 오니까, 저기 시부모님들이,

"아들이 죽었으니까 너 재가해라."

그래갖고 상림 모 부락에 가서 살아. 재가해갖고.

아니 그런데 포로수용소로 갔던가벼. [조사자: 아-.] 이제 인민군허고 국군허고 포로교환이 있어가 살아 돌아왔네. [조사자: 어이고-.] 아니 와서 봉게 마누라가 없어. 그래 그 놈을 데려다가 이해허고. [조사자: 이해하고? (웃음)] 그러고 둘이서 살어.

[조사자: 그러면 재가한 그 남자는 어떻게 해요?] 모르제, 인자. 저 냥반은 알 것이외다, 누구라고 말은 안 혀도. [조사자: 아 저 이야기 아세요?] [청중: 몰라, 나도 누가 그랬는지. (웃음)] 양녀로 시집갔어. [청중: 누구여?] 몰라, 나도. 그 소리 마. (청중 웃음) 그런 시대를 살았어, 우리가. [조사자 :야-, 참.] [조사자: 그분 이야기도 한번 들어보고 싶네요. (웃음)]

[11] 김출규: 장인과 사위가 군대생활을 같이 하다.

우리 군대 들어가고 헐 때도, 쟁인허고 사우허고 저 군대생활을 같이했어. [조사자: 누가요?] 장인허고 아, 사위하고. 아, 저 [조사자: 장인하고 사위하고?] 어, 어. 둘이가 함께 잽혀 들어옹게. 무조건 잡으믄 군대 보내버링게, 그때는. 그렁게 그양 쟁인도 잽혀 와뷨제. 사위도 잡혀 와 부렀제.

그래 둘이 한 곳에다 밥 하나 해 갖고, 둘이 묵으라고 뭐 서로 밀다가 못 먹고 뚜두려 맞고 나오고 그려. (청중 웃음) 그 밥, 그 배고픈 밥에. 서로 묵으라고 묵으라 하다가 못 묵고. 그냥 5분 동안에 식사 완료 허고 연병장에 집합하라 하면 못 묵고 나와. (청중 웃음) [조사자: 그걸 보셨어요? 아님 어디서 들으셨어요?] 아, 우리 때 그 훈련소서 그래갖고. 나오기에는 갈라 나갔당게, 갈라 뿟당게. [조사자: 아, 나눠가지고?] 어. [조사자: 아 갈라버렸어요?] (웃음)

[조사자: 군대에서 밥은 어떻게 주세요, 밥?] [청중: 아, 이 냥반이 군대 생활을 많이 해야 혀.] 밥? 군대 하믄 밥 해갖고 국 하나허고 밥 하나허고, 그래갖고 둘이 나눠 묵고 글지. [조사자: 반찬은?] 반찬은 뭐 인자 뭐 있간디? 뭐. 김치 조각이나 사이 사이다 놓거나, 글 안으믄 콩내물 조께 넣고는 그걸 쭈물 쭈물 히서 그 먹고.

[조사자: 어르신 속초에서 근무하셨으면, 계속 속초에서만 계셨어요?] 속초에서 허다가 인자, 저 사방간데로 대났어. 근디 저 위에서 나와갖고 빽빽– 말랐는데, 속초 와서 살 쪼깨 붙으대. 그 오징어에 막……. [조사자: 그럼 어르신은 그 뭐야, 참전용사라 그래서 돈 받고 이러시면 안 될 것 같은데요?] (청중 웃음)

속초 옹게 오징어도 많이 나오는디. 속초 옹게 명태가 겁나게 나. [조사자: 아, 명태가?] 어. 그렁게 그냥, 콩너물은 비싸고 명태는 쌍게 그양, 막– 훌떡훌떡– 뛴다고 할까, 어떻게 할까? 막 힘으로 갖다가 막 솥단지에다 넣으믄 그양 꼭 죽 쒀논 놈 맨이로. 그러믄 인자 그걸로 갖고 밥으로 말아서 먹는 거제.

[조사자: 그럼 제주도에서 훈련받으셨어요?] [청중: 예.] 근디 다 잃어 부렀어. 군대 애기 안한지가 시방, 이게 한 몇 년차여 시방? 이거 한 60년 그대로 다돼 가는디.

이념 대립이 낳은 안타까운 사연

김 영 옥

"아씨– 아씨, 하고 막 굽신굽신하다가 막 어느 날 딱 달라져버려."

자 료 명: 20120725김영옥(전주)
조 사 일: 2012년 7월 25일
조사시간: 100분
구 연 자: 김영옥(여 · 1936년생)
조 사 자: 박현숙, 조홍윤, 황승업
조사장소: 전라북도 전주시 (제보자의 집)

[조사과정 및 구연상황]

김영옥 제보자는 조사팀이 시집살이담을 채록할 때 만나서 인터뷰했던 바 있다. 조사 전에 미리 인터뷰 날짜를 조율한 후 제보자의 집을 방문하였다. 제보자는 반갑게 조사팀을 맞아 주었다. 인터뷰가 끝난 후에 손수 관리하는 옥상정원을 구경시켜주었다.

[구연자 정보]

김영옥은 1936년도에 경상남도 거창군 북산면에서 태어났다. 일제강점기에 아버지가 공무원이었다. 친가와 외가 모두 식구가 많고 학구열도 높은 집안이었다. 중학교 2학년 때 한국전쟁이 일어났고 모친도 그 해에 돌아가셨다. 그래서 맏이인 제보자가 4명의 동생들을 뒷바라지하다가 21살에 결혼했다. 형편이 어려운 시댁에, 고시공부로 건강까지 안 좋은 남편을 건사하느라 힘든 시절을 보냈지만 잘 견뎌내고 좋은 시절을 맞고 있다. 자녀들을 양육한 경험을 바탕으로 최근에는 육아서를 출간했고 열심히 시도 쓰고 있다.

[이야기 개요]

해방이후 일본에서 거주하던 숙부가족이 귀국하여 함께 살았다. 한국전쟁이 발발하자 대가족이 먹고 살 길이 없어서 전라도와 경상도로 나뉘어 각각 생계를 꾸렸다. 해방 전에 군청직원이었던 아버지가 인민군을 피해 뒷산에 숨어 지내다가 발각되어 끌려갔고 작은아버지도 서산전투에 참전한 뒤로 소식이 없었다. 수복 이후 죽은 줄 알았던 아버지와 작은아버지가 살아 돌아왔다. 한창 좌우익으로 사상이 대립하던 상황에서 일가친척들이 보복살인 당하거나 수감되어 죽는 경우도 있었다. 어릴 적 학생인민군을 본 적도 있고, 소풍 갔다가 인민군 거처를 발견한 일도 있다.

[주제어] 해방, 피난, 연락선, 흉년, 밀대, 폭격, 전투, 은신, 인민군, 국군, 굴, 군청, 보복, 빨갱이, 지서, 공무원

[1] 일제강점기에 탄압받고 살다

[조사자: 전쟁 때, 그 때가 할머니 몇 살이셨어요, 6.25 터지는 해?] 열다섯 살, 6.25는 열다섯 살. 그 이전에는 해방이 열 살에 됐으니까, 일제를 10년을 겪

었고. 그래서 저기, 내가 전쟁은 하지 말자라는 주제로 쓴 글이 있는데, 요오믄 보여 줄라고, [조사자: 저희한테 보여주세요.] 아니, 보여 줄라고 하는데요 뭣이 좀, 프린트가 막 줄이 쭉쭉쭉— 가지고 해서, 어디 또 보낼라는데 그렇게 생겨서 좀 고치 달랐드이 아예 가지고 가더니, 그 마누라가 갑자기 뭐 산기가 있어 어쨌다고 오도가도 안허니 그러네? 저 인터넷 열어졌어. [조사자: 그러면 뭐 메일 이런 거 다 쓰시지 않으세요?] 응, 메일로 보내주면 되고. 지금도 열어 보고, 열어놨다 지금 이렇게 우선 꺼놨어. [조사자: 예. 이따가 다 끝나고 저희가 한번 볼게요.] 한번 열어봐. 보고 뭐, 보고 사진을 찍어가든지. [조사자: 담아가든지, USB에.] 사진으로 담아가든지. [조사자: 사진을 찍든지 그렇게 할게요.]

[조사자: 그러면 열다섯 살 때 전쟁 났으면, 6.25가 났으면…….] 그때 중학교 2학년, 시골 중학교. 그래도 우리 아버지가 그때 군청에 과장으로 계셨고, 우리 또 삼촌, 말하자면 숙부는 지서장으로 있었어. 그때 마천리라고, 그때 내 지서장을 함양 군내로 다니다가. [조사자: 함양에 계셨어요?] 어. 함양에 나는 그적에 경상도 사람이야, 사실은. 시집을 전라도로 와갖고 이제 여기 온지가, 스물한 살에 와서 지금 55년 넘어 살았네, 그러고 보니까이. 아 56년 째네, 지금.

[조사자: 아니 고 시대에는 이렇게 지역 간에 잘 결혼 안하지 않았어요?] 아이고, 왜 그 좋은 딸을 전라도로 보내느냐고 막. (청중 웃음) 아버지 친구 분도 그러고, 나 굉장히 막 짝사랑 한, 나는 전혀 마음 안 둔, 저 한마을에 내보단 한 학년 밑에고 나이는 동갑이었더라고. 몰라, 그때는 동갑이었는지도 모른데 아무튼 짝사랑 한 총각도 있었고. 요 뭐 무슨 편지도 무지 우리 동생들한테 시켜서 많이 오고, 막 서로 데려 갈라고 막 많이 그랬다. [조사자: 그러게, 그랬을 거 같애요. 할머니 너무 고우세요.] 고운 건 인제 막 그런 건 없고, 이제 그냥 좀 내가 그렇게라도 학교 물 쪼끔, 시골에서 그때 글 모르는 사람도 무지 많았은 시댄데, 또 아버지가 이제 일제 공부를 하고 그러셔서 이제, 일제

때부터 공무원이셨거든.

부산에서 우리는 해방을 맞았어. 아니 요 전쟁 때. 1학년 때 우리는 부산으로 갔어. 그래서 일제 때 상황도 엄청 많고, 그 일제 탄압하는 거, 뭐 처녀들. 예를 들어서 엄마가 밑에 동생을 날라고 막 시골에서, 거창이 저 할머니 집이니까, 거기 가서 꿀이랑, 할아버지가 기른 꿀, 지금 알기론 팥, 콩 그런 걸 가지고 이렇게 막 보따리 뭐 해서 넣어서 싸고 막 해서 이렇게 했는데, 김천을, 거창서 이제 김천을 뭐 버스로 가가지고 김천서 인자 기차를 타고 가는데, 그래 막 그때 나이에 여덟 살, 아니 아홉 살 이렇게 했을 때 막, 그 순경들이 이렇게 이제, 이미 지금 상황 그게, 순경 옷 입고 칼 차고 그런 사람들이 막 와서 보따리를 다 찔르는 거여. 그걸 뺏아 가는 거여. 이제 엄마가 막 산월달이 돼서 이렇게 거시기한데, 이제 그걸 막– 다 안 뺏길라고 막 그랬던 거도 기억이 나고.

또 그 전쟁이 인자, 그때 제 2차 세계대전 이야기부텀 먼저 해야겄네? [조사자: 예.] 그러면은, 내가 알기로는 아버지가 공무원이었으니까, 왜정 때, 도청에 다녔어. 나 국민학교를 다니는데 바로 아버지랑 함께 같이 읍내 나가고 그랬는데, 해방되던 그 무렵쯤 됐을 때 그 부산 뒤에, 그 부민동 뒤에가 이자 층층으로 다 부산이 그래 층계로 돼 있잖아, 산이 있으면은. 이렇게 막 평지가 넓은 게 아니라 부산은 그래, 해변가라. 그러믄 거기에다 방공호를 뚫어놓고, 요약해서, 뚫어놓고 반별로 그 굴속으로 들어가는 거여. 정찰기가 돌면은, 이제 연습을 해야 돼, 그거를. 그래갖고 인자, 일본말로 인자 그때는 인자 막,

"겐까이 게이오."

허믄 인자 뭐라지? 경보가 울리고 이자 해제가 울리고 그래, 이자 그 싸이렌으로. 그러믄 막 그 굴로 전–부 들어가는데, 이자 공무원 부인이고 한대서 우리 엄마는, 그 당시 그래도 어찌 일본글을 알으셨어. 엄마는 알아서 나를, '가 기 구 게 고' 쓰는데 못썼다고 이자 막 야단했으니까 알았던 거 같애. 이

자 막 어문은 알고 그렁게, 우리 엄마도 면장 딸이고 그랬으니까. 그 지주여, 그 꼴짝에. 거창군 북상면 그 소정리라는 데서 내가 태어났는데, 뭐 그래 이자 거식한 가정이고 항게 다. 그 아버지는 성산 김씨고 그니까 상당히 뭐 다들 글을 많이 배운 분들이여, 성산 김씨, 우리 아버지네 몇이가. 그런 사연이 있었어.

그래 그때 우리 고모도 뭐 그때 초등, 나보다 여섯 살 위에, 지금 살아계시지, 팔십 세 살. 그 초등학교를 다니는 집안 처녀들이 많았어. 참– 이쁘고 막 그때, 지금도 내 눈으로 봐도 그때 예쁘고 막, 모여 놀면 그 유행가도 막– 부르고 막, 우리 고모는 일 안 헐라고 나를 그냥, 댓 살 먹었응게, 나를 업고 그냥 막 달아나가고 그래 그랬거든.

인자 그런 것도 있고 그랬는데, 그래서 해방이, 이 맞기 전에 굉장히 막 일본 사람들이 치열하게 아주, 인자 도시에 살았어도. 긍게 그런 거 꿀이랑 그런 걸 뺏겼다니깐? 곡식을 갖고 오는 걸 그래서 막 안 줄라고 엄마는 그러고 울고 막 그렁게 그냥 가지고 가버렸어. 인자 그런 것도 기억이 나고.

그래서 그 인제 수도가 멀–고, 부산도 그땐 수도가 아래쪽만 있는 놈을 그걸 막 불 끄는 연습, 그래 인제 전쟁 때 다 있는 거야. 이러게 바게스로 가지고 전해주고– 전해주고, 막 한반원들이 다 나와 서서 여자들 몸빼 딱 입고 그거 인자 하고 그래.

그래 인자 우린 보꾸보시라고 해서, 그 8월이고 여름인데도, 이제 폭격을 맞으면 살아야 항게 그 겨울에 썼던 모자, 솜을 놔서 그때는 이렇게 인제 앞에를 동그롬하니 이래 추위에 쓰는 그런 모자, 여 여기가(귀를 가리키며) 좀 내려오게꼬롬 해서 그걸 다 써야 돼. 그때 8월 15일 날 해방잉게 그 전엔대. 그걸 쓰고 이제 밤에 막 그 굴속으로, 방공호로 들어가야 돼.

그럼 인자 그 울려, 인자 막. 싸이렌이 울리고 불을 다– 꺼버려, 인자 시내 불을. 그러면은 지금 왜 우리 뭐 그런 거 하듯이, 그래갖고 인제 그 굴속으로 들어가 인제 딱 있으믄 인자 그 경보가 풀린다는, 인자 또 싸이렌이 울리믄 집으로 나오고. 인자 연습이지. 그러고 밤늦게- 보믄 막 하늘 높-으게 비행기가 떠. 그게 미군 정찰기야. 그래 그때 일본하고 싸웠잖아, 2차 대전은. 긍게 우린 일본의 속국이었으니까 그런 전쟁을 다 겪어야지.

그래 우리 고모도 시골에, 거창에 있는데 배를 그날 탈라고 부산까지 온 거야, 정신대로, 말하자면 인자. 아주 멍청한 것들 보단 그때도 학교를 나온 사람들을 원했어. 그런데 일본 사람들은 인자, 뭘로 인자 종군을 뭘로 보낼라고 했는지는 모르지만 좌우간 그 뽑혀 가갖고 그렇게 막, 오빠가 그런 데 있으면서 좀 빼주게 하지 그랬다고 원망을 하고 그랬어. 그랬다고 했어, 인자 그 뒤에. 그래서 막 그날 해방이 돼버려서 이 배를 못타고 풀려서 났거든. 우리 고모는 인자 그런 역사가 있고. 우리 아버지는 인자, 그 당시는 일제에서 그 공무원을 하니깐 인자 그 밑에서 인자 하라는 대로 했었든지 뭐 그렇고 그랬어.

[2] 해방이 다가오자 부친이 가족들을 부산에서 거창으로 피난 보내다

[조사자: 그럼 해방된 거는 할머니 어떻게 들으셨어요?] 이자 해방은, 그래서 내가 지금도 잊어버리지 않는 게 그 인자 늘 그런 연습을 하고 그러니까. 그때 막 애기들이 엄마가, 우리 엄마가 종종 있고 막내가 큰딸이고 항게, 밑에 바로 남동생, 또 동생, 둘, 셋, 나까지 셋인가? 응. 그렇게 데리고, 넷인가 데리고, 아버지가 인자 피난을 시켰어, 거창으로. 일부 말하자면 인자 솔가를 시킨 거여. 아버지는 인제 집은 거기 가지고 있고 우리를, 피난을 인자 시골로 가라고 부산서 거창으로 피난을 보냈어.

그래서 뭐 짐을 꾸려가지고 그 실꼬 가서, 인제 그런 거는 어른들이 했응게, 내가 열 살잉게 잘 모르겠는데, 날- 마다 그런 막 상황이야, 인자. 급박한 상황이야. 일본에 인제 그러니까 인자 그래서 짝 7월 28일 이라는 게 지금도 잊혀지들 안 해, 그 당시에 그 말했던 게. 그날 이사를 갔어. 이사를 왔어, 막 김천으로 어디로 해서 막 해갖고 또 쓰리쿼타 뭐, 그런 데다가 좀 실꼬, 뭐 이불보자기랑.

그래 뭐 그 마을에 우리 인자 할아버지 할머니 마을이 바로 덕유산 자락인데, 소정리라믄 거창에서도 젤로 덕유산 밑이거든? 근데 고 실꼬오고 어찌고 한 거는 어른들이 했응게 아시모리 한데, 지금은 막 그릇이 다 깨진 거야, 사기그릇이. 그 사과궤짝 잘쪽-한 데다가 이렇게 막 포개서 뭘 신문지에도 싸고 해서 담은 것이, 막 덜커덩 거리고, 막 소구루마로, 또 거창읍내다 놓고 소구루마로 또 실꼬 거기로까지 30리- 50리 길을 갔으니까 막 다 깨져갖고 동구 밖에다 내다 던지고 그런 거 알고. 또 일본 사람들이 이자 그렇게 했어요.

그러고 인자 해방이 8월 15일 날 됐지. 근데 막 8월 15일 날 해방되니까, 인제 할머니 마을에 와 있는 거야, 인자 이 이사를 왔응게, 아버진 거그가 계싰고. 근데 막 그 해방된 날 막 어디서 그렇게 꽹과리 치는 거, 그런 거 이게 막- 나서 마을에서 막 그 동 회관에서, 일본에 때도 큰 마을에는 다 동 회관이 있었어. 의자도 있고 이렇게 칠판도 있고 다 그런 게 있었네. 그런데 막 그 꽹과리를 치고 막 좋아서 인자 해방됐다고 막 만세를 부르고 춤을 추고 막 그런 걸 있었어.

그러고 막 그해, 아무튼 뭐 그래서 그해 추석이 돌아왔잖아. 인제 8월이니까 좀 있다가 그랬는데. 그 신파극을 하는데 막 '심수일과 이순애' 이런 신파극을 하고 이렇게 뭐, 그 예술은 뭐 그때나 지금이나 우리도 어릴 때 많이 했거든. 나도 열다섯- 열여섯 나 동네 예술제를 했거든, 내가 주관해서 다 인자 그런 걸 하고. 그런 건 다- 사람이 있는 동안 했던가봐, 그때도. 그 막 동에서 신파극도 하고 노래도 불르고 뭐 인자 꽹과리 치고 해갖고,

어 그거 나 인자 수필집에도 내가 인제 쓴 것이 있지, 내가 생각나는 대로. 달이 밝고 추석이면 그거 생각이 나는 거야. 60년 전에, 그- 이전에 60년이 훨씬 넘는 이전에, 그때 그 추석에 그 처녀들이 막 머리 처렁처렁- 따고 막

달밤에 춤을 추고 그냥, 어디서 노래도 그렇게 배와서 그때 뭐 '황성옛터', 뭐– 뭐 막, 그 처녀들이, 우리 다 김씨 마을이거든. 그렇게 잘 부르고 놀았어. 달이 막 이쪽에서 뜬 것이 서편에 가 내 지도록 우리도 막 그때 쪼끄만 해도 좋아서 그걸 보고 앉았고 그랬었어. 해방이 되니까 그렇게 좋아 하더라고. 그 인자 해방까지는 그렇게 됐고. 그 이후로 인자 세상이 바뀌기 시작하는 거야.

[3] 해방 후 함양, 부산 등지로 이사하면서 국민학교를 다니다

그래서 나도 인자 아버지가 협천 군청으로 오셔서 얼마가 있다가 함양군청으로 이자 왔어. 해방이 되고 난 뒤에 인자 새로 모두 조정을 항게 고향 가까이 오느라고. 그렇게 인제 이 원래 거창 군청에 있다가 이자 부산으로 그리해 갔지만. 함양에도 그 성산 김씨가 일부 고 함양에서 좀 30분 걸어오는 마을에가 이렇게 그, 산이 함양을 배경하는 뒷산이 있어, 철령봉이라고. 그 밑에가 김씨가 많이 살았는데 이제 글로 이사를 왔어.

긍게 내가 일 년은 어중간하게 8월 달에부터 그 이듬해 한 몇, 얼마까지, 한 일 년을 걸쳐서, 긍게 3학년 4학년을 걸쳐서 할머니 집에서 5키로를 말하자면 학교를 다녔어. 그 북상면사무소 소재지에가 이 초등학교가 있어서 우리 아버지도, 뭐 고모도 다 그 학교를 나온 거야. 이제 면소재지에 하나가 있는 거야. 그래서 거그는, 우리 할머니 마을은 덕유산 밑에 슥– 올라가는 게 5키로나 되는 데를 한 일 년을 걸어 다녔네. **[조사자: 그 학교가 이름이 어떻게 돼요?]** 긍게 그 소정리, 아니 아니야. 북상면 초등학교일 테지? **[조사자: 북상초등학교?]** 응, 이자 옛날에는 하나니까, 면 단위마다 하나씩 있었으니까. 거기를 내가 다녔어. 그때는 학생도 한 반이었던가 그랜 거 같애. 여자 좀 있고, 남자 좀 있고.

거그 쫌 다니다가 이제 함양으로 아버지가 인자 발령을 받아서 오시며 글로 이사를 인자 나왔지, 고 거창서. 인제 내가 초등학교를 입학은 거창에서 처음에 막 해갖고, 3월 달에 해가지고 한 달인가 다녔어.

왜냐면 그게 생각나는 게 신사 있잖아? 그 지역에 높은 곳에 언제나 그 일본 사람들 그 신사를 모신 곳이 있었어. 그래서 다 만들어 놨어, 층계를 많-이 올라가갖고. 남원도 있고 뭐 어디도 있고, 좀 큰 도시에는 꼭 신사를 모시 놓는 데를 해놓고 아침마다 거기를 가서 참배를 하는 거야. 그럼 인자 초등학생들도 거기를 가. [조사자: 아-, 모두 다 가서 참배를 시켜요?] 응. 막 가서 했어. 그래서 내가 그 거창에서 인자 말하자면 했응 게 뭐, 좀 입이 똑똑하고 쪼께 보기에 그랬나봐. 그래서 1학년 때, 지금도 생각나는 게 기댄한 막대기로,

"고레와 호꾸방 대쓰."

이자 이것은 칠판입니다. 그 이제 알리주는 거, 우리 그 학생들한테. 일본 시대 땐데, 그걸 했거든. 일본글을 잘 쓰고 이제 아버지도 배완 사람이고 항게 이자 해갖고는, 그런 기억이 나요, 내가.

"고레와 호꾸방 대쓰."

그러고 한 한 달인가 두 달, 모르겠어. 한두 달 잠깐 다니다가 부산으로 아버지가 발령이 나서 가셔서 이자 따라갔지. 거기서 다니면서도 이게, 딱지가 인자 하나는 이게 조장일 테지, 지금으로 하면. 줄이 네 줄인가 있으믄, 한 조에 하나로 이거 두 개는 부반장. 세 개는 반장, 그래. 그래 내가 그때 처음에 막 가서, 이동해서 가갖고는, 1학년 때는 이게 부장을 했어.

그러곤 인자 그 다음에, 그게 언젠가 농, 농 어떤 서랍 돌아댕기다가, 이제 친정에서 옛날에 어디 있다가, 그냥 해방되고 이제 없어졌네. 그 노란 걸로 그 딱지를 딱 해서 줘. 그러면은 이제 점심시간이 되믄 조장하고 빵을 들것에다가, 그때도 점심을 줬어요.

그래 눈감고 백지를 하나 딱 깔아놓고 바게스를 갖고 와서, 전-부 일본 사람들은 철저해요. 위생도 그러고. 그럼 인자 일본 사람 학교니까, 우리 한국 사람이 다니지만 제도가 그러니까, 딱 바게스를 물을 인자 떠갖고 조장들

이 갖다 노면은 다 인자 손을 다 씻고 와서 백지 하나 딱 깔고는 눈감고 있으면, 점심시간에, 우리 조장들이 그 빵 가져온 거, 납작하이- 둥그름 하이, 지금 이래 요런 빵 하나씩을, 점심에 먹을 수 있는 거, 뭐 맛도 없어. 그때 당시에 소금하고 뭐만 넣었어, 아무튼. 그냥 떼 먹으면 요기나 하는 거야. 그걸 그렇게 줘서, 그래도 도시학교니까 있지, 시골은 그런 것도 없네. 이렇게- 이렇게 놔 주믄 인자 그런 걸 했거든. 그래서 인제 2학년 때는 이 부반장을 했어. 그런 기억이 나.

그런데 3학년, 열 살 되자, 그때는 3월 달에 이게 바뀌는 게 아니고 8월 달로 돼있어. 7월까지가 한 학기, 한 학년, 아마 이랬을 거 같애. 그러고 나중에 좀 인자 어느 때에 이게 인자 3월 달로 통일이 다 됐지.

긍게 3학년, 이게 가다까나 알지, 일본어 쪼금은. 가다까나만 배우다가 히라까나를 들어가는 판에 이게 고만 해방이 돼버려서, 우리가 참- 이게 여러 가지로 피해자여. 이거면 이거지. 저거면 저거지. 뭘 좀, 그래도 일본 거를 6년까지 한 사람들은 지금도 한문도 잘 쓰고 상등인데, 이건 그냥, (웃음) 완전히 아주 불우한 시기야, 우리가 가장, 내가 지금 생각하면은. 그래서 이것도 못 배우고, 저것도 못 배우고 어정쩡쩡- 한, 그렁게 초등학교를 몇 번이야? 한 번 입학해갖고 부산 갔다가 저리 또 거창 갔다가 또 함양 와서, 이게 네 번을 초등학교를 했으니.

여기를 오니까, 함양을 와서 거기를 인자, 거기도 함양읍내 학교가 아니고 또 서포면이라고 또 저기, 그때는 학생들이 안 왔응게 이자 우리가 다 한반이여. 여자 한 다섯 명- 여섯 명 그러고, 남자 인자 하고 그렇게 해서 한반이여. 그 면 학교니까, 읍내는 좀 많고, 그렇게 다녔는데, 아니 거기서 오니까는 영 이게 막, 분수가 요 괄호 닫고 열고, 그 시골학교에서 뭐 어쩌도 못했는디, 여기 4 · 5학년을 함께 같이 배우는 거야, 또 이게 한 학년이 따로가 아니라. 그래갖고 뭐가 뭔지를 모르겠어, 아주.

그래서 선생님이 따로 나를 가르쳐주고. 다른 건 다 말하고 얘기도 잘 그런 거는 잘 하는데 그게, 이게 산수가 젤로 부족한 거야. 그거는 기초를 알아서 공식을 알아야 되잖아, 이치를. 아 그래갖고 내가 이내 분수가 어찌 되는가 그런 걸, 괄호 닫고 열고를 모르고 넘어갔네. (웃음) 그래 이제 또 선생님이 따로 가르쳐주기도 하고, 이뻐라고 하고, 이자 어디서 전학 오고 했다고 해서.

그때도 왕따가 있었어. 이자 뭘 시키면 선생님이 꼭 나를 시키는 거야. 근데 나이도 두 살도 많고 막 이 시골처녀, 막 이렇게 크고 작고 막 지그재근데, 이제 짜그만 하고, 외부에서 오고, 또 그래도 뭐 군청에 과장 딸이라고 하고, 좀 그러고 낙낙하이 뭐, 이 상냥하이 좀 그랬다고 그랬나봐. 그렇게 아 이 학생들이, 그 반 여학생들이, 그러고 그 선생님이 꼭,

"세이요꼬!"

그래 갖고는 김영옥이 이 앞으로 오래갖고는, 그 인자 선자라고 일본시대 때 이름인데 저, 원래는 영옥인데. 그리고 뭐 오라고 허믄 심부름을 나를 시켜. 뭐 교실에가 뭘 해오라든지 뭣을 하믄 긍게 미워하는 거야, 이제 이 반원들이 나만 이뻐 한다고. 그래갖고는 막 왕따를 시켜서 내가 상당히 이 좀 그랬거든. [조사자: 이쁨 받으셔갖구?] 그래갖고 놀리고 나를 막 그러더라고. 이제 이 교실 뒤에 쉬는 시간 나와갖고 막, 이거 뭐 뭐야, 새끼를 이만한 걸 갖고 막,

"구렁이- 구렁이!"

나를 놀려갖고 막 내가 뒷걸음치다가 왜 그 오줌 나오는 데 있잖아? 여기서 소변을 누면은 이만치 퍼 나르기도 좋게 해논 거, 이렇게 세맨으로 이만하니 해논 데가 있어. 뚜껑도 그때 어떻게 안 덮었어. 거기 내가 풍덩 빠져버렸네, 뒷걸음질치다가. 그래 막 애들이 놀래갖고 나를 건져갖고 막 그 옆에 또랑에 가서 막 옷을 벳기고 씻겨주고 그랬거든. 그래 그게 잊혀지들 않는 거야. 그게 왕따여, 그때도. 그래 선생님이 좀 이뻐라 허믄은 꼭 그 반원들이 그리 샘을 부리갖고 그래요. 요즘도 그런 이자 공부 잘하는 애들이 주로 왕따 당하잖아. [조사자: 맞아요.] (웃음) 그런 기억도 있고.

[4] 해방 직후 숙부가족이 귀국해서 함께 살다

그래 인자 해방이 됐고. 해방 된 것에도 피해가 많지. 뭐 콩깨묵밥 해먹고 뭐 그랬어, 다. 배급으로 콩깨묵 주더라, 거창 있을 때. 그래믄 거기다 쌀 쪼끔 놔가지고, 뜬 것은 더 못 먹어요, 냄새가 나서. [조사자: 공무원이셨는데도 그렇게 먹는 게 힘들었어요?] 그럼, 그렇지. 월급이라고 쬐–끔 주고 막 일만 마–이 시키고 막 뭐 앞장서는 건 다시키고 그렇게 굉장히 어려움이 많지.

인자 해방이 딱 되던 해에 무슨 일 있나믄은, 어 이자, 예를 들어 우리 가족이, 아버지가 오남맨데, 이제 저 아들 셋 딸 이자 둘이고 그래. 이제 작은 아버지들 하고 아버지랑, 이제 끝에서 작은아버지는 우리가 부산 있을 때 진해에서 뭐 배 만들고 비행기, 아무튼 뭐 만드는 데 하여튼, 말하자면 군사품 뭐 어찌케 하는 데에 다녔어. 내가 그것만 알아. 진해에 사셨어. [조사자: 배 만드는 데요?] 배 만드는 덴지 몰라. 그래 나중에 이제 해방되고는 경찰로 이제 입적했는데 그땐 그랬고.

아니 해방되던 해에, 이제 해방이 딱 돼버렸다, 8월 15일 날. 그러니까 3형제에서 큰고모 작은고모가 있는데, 이제 작은고모는 처녀로 있고 이, 나보다 여섯 살 위였응게. 근디 그 큰고모가 동경 옆에 그 뭐이지? 그 폭격 떨어친 데가 어디여? 히로시마냐? [조사자: 예, 히로시마.] 거기에가 가서 고모부에 이제 손대서 무슨 공장을 했어, 공장을. 그러게 고모를 글로 시집을 보냈어. 일본으로 시집을 간 거에 할머니가 따라 갔대요, 시집갈 때에. 그 이웃 마을에 사는 분인데, 이자 고향은 여긴데, 그 아들이 거그가 있응게 이자 그 예만 올리고 간 뒤에 이제 시집갈 때는 고 할머니가 데리고 간 거야, 이제 일본을. 고모랑 같이 갔겄지. 그래 가서 할머니도 또 일본을 구경을 잘 하셨다고 그런 소리 들었고.

근데 이자 딱 폭격이 널어치고 해방이 됐는데, 우리 두째 작은 아버지는, 마 이건 마 사적인 일이지만, 할아버지 형제가 4형젠데, 두째 할아버진데 우리 할아버지가, 아주 멋쟁이고 뭐 호걸이고 막 이야기 상당히 좀 재미있고 막 그래. 긍게 이 일을 안 해요, 쉽게 말해서. 뭐 농사를 짓고 막 고부라지게 하는 것이 아니야. 이게 뭐 만주로 어디로 뭐 논 얼마 팔아갖고, 뭐 논도 마이 부모가 줘서 탔는데도, 늘린 것은 아니고 막 그걸 가지고 많이 막 쓰고 살았대요. 이 일을 안한 거여. 어디로, 만주로 가고 어디로 가고 돌아다니시다 오고 막 그러고 하고.

이 그러니깐 우리 아버지는 갈쳤는데 우리 두째 작은아버지는 안 가르쳤다 이거여, 인자 두째 아들은, 쪼르르 하이 아들이 셋인데. 이제 끝에 작은아버지는 쫌 더 학교를 가고. 긍게 그래서 인자, 별 어떤 뭐 그 당시에도 직업이 어려웠어요. 그렇게 해방되기 전에 뭐 가진 거 없고, 그런다고 농사가 있어야지. 할아버지가 이리저리 댕김서 없애가지고 농사는 쪼끔이고 그렇게 그 고모네 따라갔어. 거기 가면 일거리가 있다고.

그래서 벌써 우리 사촌 오빠가 나보다 한 살 위여. 나 우에 오빠가 하나, 우리 오빠는 죽었어. 네 살 먹어 홍역을 해서 죽었대. 긍게 이제 그 작은아버지하고 두 살 사이야, 우리 아버지가. 그 밑에 가서 있어서 일을 하는데 애를 셋을 낳았어. 데리고 간 아들 하나하고 거기 일본에 가서 두 딸을 낳고 셋 해가지고 약간 배가 불러서 왔어. 와서 한 두세 달 있다 애기를 낳았어. 그런 작은아버지 가족이 옴싹 왔어.

해방 됭게 7일을 걸려서 왔대요, 연락선을 타고 오는데. 그래서 물이 없어서 막 오줌을 받아서 이 검은 고무신짝에다 받아 먹고 그렇게 해서 7일 간을 걸려서 연락선이 부산에 닿아서 집에를 온 거여. 긍게 떨어져 있던 가족이, 끝에 작은아버지네 가족 왔지, 우리 들어왔지, 뭐 농사도 변변치, 뭐 많든 않은 그 시기에 할머니 할아버지하고 딸하고 오붓하게 세 식구가 사는데 이 놈의 몽땅 가족이 온 거야.

[5] 전쟁 통에 흉년이 들어 끼니를 걱정하다

그니깐 뭐 말만 들었지, 소금밥 해먹는다고? 나는 다 목격했어, 밥도 먹었고. 이게 그해 지내는데, 그 겨울을 나고 인자 가족들이 다 모여서 막 겨울도 겨우 나고는, 경상도는 흉년이 딱 들었어, 그해가 아주. 언제나 전쟁은 흉년이 따라요. 농사도 못 돌보고 막 난리가 나고는 그래서 거기서 아–주 한 가족이 사는데 이거는 뭐 죽을 맛이여. 전부다 막 배도 고프고 먹을게 없어.

그래서 산에 가서 나무 보면은 빗기다가 막 쑥 캐다오고, 나물 캐다가 먹고 막, 다랫잎도 따고. 뭐 먹을 것이라고는 이파리는 다 따다가 쌂아서 나물로도 먹고. 쑥은 아주 그냥 매일 그냥 식구대로 여자들은 쑥 뜯으러 가고. 이제 송구를 빗기서 갖구 오면은, 나무를 솔나무를 빗긴다. 이만–한치 인자 이렇게 높은 가지 실한게 이걸, 중간이라야 그게 톡톡하이 살이 있어. 그 솔나무 또 그게도. 그걸 막 빗기다가, 이렇게 가상에 해서 빗기다가, 이렇게 막 쟁이 놓고는 껍데기를 인자 그 억센 거를 싹 빗겨.

그럼 이자, 속에 그 있잖아. 피 그 매끄람한 거 그걸 막 솥에다가 넙적–넙적하이 다시마 같이 생긴 것을 가매솥에다가 넣고 폭–폭 쌂아요. 목– 물르게 쌂아서 건지면 이자 솔구내가 나서 보통 못 먹으믄 멫–번을 그 너럭지에다가 물을 담아서 막 울리는 거야. 그걸 울려갖고는 이따만한 그 따듬돌, 보믄 따듬돌 높으고 컸는데 우리 작은어매, 우리 엄마 막 마주 앉아서 그걸 방망이로 뚜드려. 할머니도 뚜드리고 막 그걸 뚜드려서 보드랍–게, 그걸 멫 번이고 푹 울려가지고 그걸 부드랍–게 이렇게 막 뚜드리서 막 하믄 인제 섬유질이 막 굉장히 강해요, 그게.

그렇게 해서 그걸 솥에다 앉히고 쌂아서 이제 구해온 걸 쪼끔 앉혀서 해놓으믄 이자 할아버지 뭐 누구 애기 뭐 다, 아이 뭐 그 우리 부산서 우리는 엄마랑 그렇게 살다가 이자 너무 먹이고 싶은 거야, 우리 엄마가. 그게 잊혀지들 않는 게, 그래서 어디서 쌀을 인자 이웃에 어다 돈을 좀 주고 어디서 했는가 쌀밥을 한번 먹이고 싶은 거야. 우리 남동생이랑 나랑 이제 또 밑에 동생이랑, 그러니까 그 식구들은 다는 못 먹고, 쪼끔 이웃에, 쪼끔 떨어진 이웃에 와서 냄비에다 밥을 해가지고, 그런 집들에는 또 괜찮은 집은 괜찮아. 우리 집은 할아버지가 그렇게 해서 없애고, 논도 쪼끔 있는데다가 온-방 몽땅 와 노니까 이게 막 없지.

아 그랬으먼은, 그래갖고 냄비에다 밥을 해서 부엌바닥에다가 이렇게 서이를 앉히 놓고 또 떠멕이고. (웃음) 그걸 우리 고모가 와서, (청중 웃음) [조사자: 이웃집에 가서 먹고 있는데?] 어. 그 이웃집에서 맨들어갖고 했는데, 어디 부엌문 뒤에가 그 이렇게 우에 있는데 그 담으로 지내다 거기를 들어다봤어. (웃음) 아이고 그랬으니 그게 어떻게 됐어? 막 아이고, 그렇게 이자 막 할아버지가 좀 인자 회를 내고 그러믄 할머니는 그걸 다독거리시니라고.

우리 할머니는 참 한양 조씨로 종까지 데리고 시집온 분이거든. 그래서 둘째 작은아버지까지 길러주고 시집보냈다고 하더라고. 그만큼 참 점잔하고, 그 할머니의 공덕을 잊을 수가 없어. 많이 거시글 받았지.

그래 나는 사실은 어릴 때랑은 다 이 그래도 그 당시에 학식이 있는 집에서 자랐어. 우리 엄마도 그렇고 예의바르고 뭐, 이 마무케나 가난하고 막 큰 사람이 아니여, 인자 상당히. 그러고 아버지가 책을 읽기를 제-일, 일본시대 때도 막 책을 이렇게, 어디 그 지금 같으믄은 애들 그 만화 있는 거, 막 어디 이게 그림 있는 그런 책, 일본시대 사람들 어린이들한테랑 그런 거 참 잘한다. 무조건 일본 낮다고 할게 아니라 뽄 받을 거 많아요.

우리 한국사람 이 민족성이랑 뭐든 하는 짓이 지금 개선할게 얼마나 많아. 엊저녁에 인터넷 메칠 안보다가 보니까 '일본 사람과 한국'이라는 두 개를 비교해 논 말이 죽 써 있어. 그걸 내가 다 읽어봤어. 한국 사람은 이렇게- 이렇게 하는데 일본 사람은 이런다. 한국 사람과 일본을 열 몇 가지를 딱 해놨더라고. 딱 맞아요. 한국 사람은 속이 텅 비었어. 뭐 글도 모르고 뭐 책도 안

읽고 뭐 알도 모린 게 막 이런 거 주렁주렁 달고 대니고, 차도 큰 거 돼야 위신 내세우고, 일본 사람은 그러지 않아.

[6] 식량부족으로 대가족이 함께 살기 힘들어 전라도와 경상도로 흩어지다

[조사자: 할머니 그때 드셨던 쌀밥이 맛있으셨어요?] 맛있지. 그래서 좀 떠먹고 그러는데, 막 이자 그것이 발각이 돼갖고는 인자 막 또, 그런 막, 집안 소동이 있고 그러고는 해서. 그 작은아버지 있는 식구가 많고, 이자 애기를 또 낳았어. 인자 한집에 못 산다고 인자 두째 작은 할아버지, 우리가 할아버지 두짼게 셋째 작은할아버지네 아래채에다 방에다가 내 줬어.

그 인자 거기서 살은 게 배도 고프고 먹을 길이 없어서 전라도로, 그래도 아무튼 여기 전라도는 흉년이 안 졌어. 그래서 전라도로 넘어 대니면서 우리 할머니랑 엿을 꼬아서, 전라도로 가믄 잘 팔린당게 엄마랑 그렇게 작은어매랑 그 엿을 꼬았어. 저녁마다 엿 꼬아서 그 이틀 한판 하믄은, 작은아버지도 거그서 이제 회사가 없어졌고 그렁게, 와서 있고 그렁게, 짊어지고 여기 덕유산을 넘어 다녔어.

그래 무인지경에 사십 리란 소리만 들었어, 그때 어린 나이에. 그게 인가도 없고 뭣도 없어. 거기서 그렇게 넘어가면은 무주 무풍이 나와. 무주 안성이 나와, 거기 넘으면은. 그런 데를 넘어 다니면서 쌀을 구해다, 갈 때는 엿 좀 인자 가져가갖고 올 때는 쌀자루를 지고 오고.

또 우리 아버지가 그 후생과에 있었어, 부산에서 이자 왜정 때. 그 일본 사람들이 가면서 아버지에다가 의약품을 많이 줬어. 금계락하고. 그때 말하믄 구아니친, 설사약. 이질이 막 성했거든. 그러고 또 마라리아가 성했어, 그 당시에. 그렇게 그 마라리아약하고 금계락하고 그거하고 약품을 많이 줘서 우리가 그래도 지금 몇 년을 함양 와서 그 약품을, 동네 사람들 오면은 아버지는 그냥 무료로 주더래도 감자랑 뭐 이 갖고 와서 줘. 그래서 우리가 이런 걸 이렇게 교환해서 먹고 그랬네. 인자 그런 일도 있고.

그때 당시에 그 일본사람들이 가면서 아버지한테다가, 그런 거 노출되도 아무 거시기 없는 것이지만은, 이 일본 사람들 옷 해 입는 거 있어, 요 저 모직으로 됐는데, 국방색으로 그걸로 갖고 일본 사람들은 당꼬바지 만들고 이렇게 다 했어. 그게 세루야. 말하자면 이름이 세루라 그래. 순, 그게 순모로 된 거, 좋은 거야. 뭐 저 이런 그땐 화학사는 전혀 없었으니까. 그런 거를 이렇게 필로 한 필 묶은 것도 주고, 면으로 뭐 광목도 좀 주고 그래서, 그런 것도 갖고 전라도로 넘어와서 막 짊어지고 와.

우선 뭐 입이 포도청이라 막 배가 고프니까, 그렇게 지반 갈등이 할아버지는 맨날 화를 내고, 아이 막 세 식구서 오붓하이 지내다가 이 막 많은 식구가 와서 뭐 먹는 것도 그렇지 막, 어쩌지 항게 막, 그럼 할머니는 막 달래고 막 그러고, 막 시끄럽고 막 집안이.

그래서 이 두째 작은아버지는 그렇게 해서 이 전라도로 넘어 왔어. 그냥 보따리 짊어지고, 이불보따리하고 뭐 그런 거만, 이 일본서 갖고 나온 이불보따리만 짊어지고 그러고는 넘어–넘어 온 것이 이 전라도로 와서, 여그 여기에 진안에 와서 정착을 해가지고 장터에 그 왜 천막 쳐 논 게 있잖아. 그 밑에서 살고 있었대요, 한 달을.

그렇게 이제 군에서 아홉 평을 어디 한쪽 그 냇가에 요만큼을 주면서 집을 지어서 살으라고 그래서 그 산에 가서 이 나무를 베다가 이렇게 오두막같이 지어가지고 이 살았어. 그래도 거기서 7남매를 뒀어 인자 이. 그 후에도 더 낳고 해서 그냥 터전 잡고 살아서 거기서 그냥 다 자녀들 지금 인자 두째 아들만 그 하나 있고 다 갔지, 앞에 다들 돌아가셨고. 그런 것도 있고. 그 해방 때 뭐 가정에서 그런 것도 있고.

[7] 전라도로 이주한 큰고모가 마을 부자에게 막내고모를 시집 보내다

6.25 때가 많아. 해방은 다 어린 시절이라 인자 그런 걸 해서, 이게 어렵고 가난하고 해방 맞고 막 가족이 와서, 뿔뿔이 헤어졌다가, 우리 고모네도 왔어. 근데 고모는 시갓집이 있잖아 이. 인제 시갓집으로 갔는데 그기도 가믄 역시도 마찬가지여, 나갔든 사람이 들오니까. 그래서 전라도로 고모부랑 모두 그 엿이랑 팔러 오다 보니까 그 무주 안성 그 마을로 내려왔대요.

그렁게 그 마을에를 보니까 그 중에서 젤로 부잣집이 있어. 그 집에 그 아들한테다가 우리 작은고모를 중매를, 아이 우리 고모가 그냥 아주 거기를 넘어와서 그냥 살았어. 이래 이렇게 항게 인자, 봉게 밥을 얻어다가라도 먹을 수 있겄다 싶응게 자기 가족을 데리고 이렇게 글로 왔네, 이사를. 그렁게 뭐 이게 고향도 아니고 우선 먹고 살을라니까는 먹을 걸 구하기 위해서 글로 넘어온 거여. 넘어왔대요, 가족을 데리고.

뭐 이 이리 기차를 타고, 뭐 뭐 버스를 타고 온 것도 아니고 그 제를 넘어서 이렇게 와갖고 그기 어디 누구, 인제 이제 막 아래채 어디 얄궂은 데서 살아가고 있으면서 그 동네서 젤로 부자, 강부자 집에 아들한테다 우리 막내 고모를 중매를 했어. 그래서 그 고모는 시집을 오고, 큰고모는 막 하-도 일도 안하고, 그래도 도시에 살믄서 그렇게, 참 내가 봤지만, 꽤 키도 크고 막 예쁘고 그러고 했는데, 거기서 막 일을 너-무 막, 하절에 많이 하다가 뇌염으로, 뇌 뭣으로 금방 그래 돌아가셔버렸어. 이게 인자 고모부는 그 뒤로 인자 고모 죽고는 그냥 그곳을 떠나서 서울로 가갖고 그 공업적인 어떤 기술이 있는가 그 아들들이 해가지고, 다이아 뭐 하고 해서 사장도 하고 잘 살아. 그 고모 딸 하나 아들 둘이 데리고 와서 그 그런 비극이야, 완전히 그게. 이게 전쟁의 비극, 그랬고.

[8] 6.25가 발발하자 숙부가 서산전투에 참전하다

그래서 우리 그 고모는 할 수 없이 전라도 사람한테로 시집을 오고, 우린 경상도 사람이지만 작은아버지는 또 진안으로 와서 먹고 살기 위해서 온 것이, 전라도 사람들이 뭐, 이 뭐 전라도 뭐 그런 거 없어. 그냥 밥 먹을랑게 우선 이쪽은 흉년이 안지고 쫌 곡창지대잖아. 이래 먹을라고 그러고 정착했지.

[조사자: 그럼 할머니네는 전쟁 때는 어디에 사셨어요, 6.25 한국전쟁 났을 때?] 함양. 그렇게 이제 함양으로 아버지가 오셔서 거기서 인자 어- 학교를, 초등학교를 졸업하고 이제 중학교는 우리 동네서는 남자들 서이, 나 하나, 여자는 나 하나지. 그래 그때는 함양 6회 졸업생인데 그때가 인제 해방되고 바로 생긴 농민중학교야. 남자는 세 반인가 되고, 여자 남자 합해서 한 반 네 반인가 됐을꺼네. 우리 인자 동창회도 계속했었거든 작년에 파해버렸어. 6회는 너무 노인들이라 늙고 그런다고.

그랬는데 인제 거기서 중학교를 다녔는데 인제 6.25 사변이 났어. 그래서 사변이 났는데 저 내가 쓴 데가 잠깐 그 병, 전쟁의 피해가 있었다는 것은. 그래서 인자 그, 아버지가 군청에 그때 과장으로 계셨고, 우리 서, 작은 아버지는 서포 지서장도 하고 마천 지서장 가 있었어. 마천면의 지서장으로 있을 때 해방이 되었어. 직업도 있고 뭐 그전에 여러 군데 다녔어.

그랬는데 그 짐을 막 작은 아버지가 인민군이 내려온 다음이라 전투를 나가야 되잖아. 가족들을 우선 우리 집으로, 인자 마천면이 아니고 시골이고 지리산 밑잉께. 싹 우리집으로 데려다 놓고 작은 아버지는 전투로 갔는데. 서산. 서산 전투가 그때 하두 치열했거든. 거기서 죽었다는 소식을 들었어. 나중에 살아 돌아오셨더라구. 서북이 된 뒤에. 막 어떻게 어떻게 작은 아버지가 아름아름해가지고 그렇게 했고,

[9] 아버지가 뒷산에 숨어 살다가 발각되어 인민군에게 끌려가다

그래서 아버지랑 피난을 갔어요. 인자 온 뒤에 막 미숫가루 찧고, 콩가루 볶고 해가꼬. 일본시대에 마 장비가 다 있드만. 아버지가 국방색으로 된 병이나 뭐시나 뭐뭐 마스크도 있고. 그때 일제 때 있던 것이 몇 년 안 됐응께. 장비가 있어서 해서 미스르 사포에다 해서 하나 짊어지고 피난을 가셨어. 작은 아버지 식구들이랑 우리 이렇게 다들, 우리.

인제 어디로 가서 들응게 서산전투에서 인자 작은아버지랑 돌아가셨다는 소리를 들응게, 인제 도저히 이 가족을 엄마는 애기를 낳아놓고 얼마 안되고 가서 있을 수가 없는 거야 아버지가. 그래서 어디만치 하여튼 뭐뭐 대구까지는 못 갔고 좀 상당히 많은 거리를 갔다가 걸어서 되돌아 오셨어, 며칠 후에. 아버지가 집으로 어 어. 이 가족을 못 잊어서 아버지가 오신 거야.

그래서 와서 숨어서 숨어서 살았어. 우리 인제 뒤에가 막 지금도 가보면 있지만 함양 뒷산에 철연봉이라고 하는 거기가 다른 바우라는 곳이 있었어. 그런데 거기가 바위가 이따마이하이 집채만 한 바위들이 많아, 뒷산 이쪽 저쪽 막 그렁께. 아버지가 거기서 숨어서 살으면 엄마는 이 이 대바구니 일본시대에 있거든. 그그 거기다 시장바구니 했는데. 거기다 밥을 담아서 해가꼬. 엄마도 갖다 나르고, 내가 갖다 날랐지. 아버지를. 어디 밭 매러 가면 이리 돌아서 어디 어디만치 갖다 놓으면 아버지가 이렇게 이렇게 손짓하면, 내가 갖고 오면, 아버지가 그걸 인자 남 안볼 때 점심시간, 모두 인자 사람들 들어. 한마을에서도 이렇게 나타나.

우리는 양반 집이었거든. 모두 양반잉게. 그때 당시 모두 아씨라 하고 뭐 이렇게 이렇게 하고. 머슴 살고 이렇게 하시 받던 사람들이 무조건 공산당이었어. 알도 모르고. 공산당 전체를 모르고 그 당시에는 이걸 알아야해. 암것도 모르는 사람은 밑에 억눌린 삶에서, 자본주의에서 억눌린 사람도 갔고. 또 인제 공부를 많이 해서 사상이 인제 공동분배하고 하고 뭐하고 좋다고 하니까는 좀 알고 간사람. 이 두 부류야. 같은 공산당이 됐어도.

이 밑에 마을에서 억눌리고 머슴살이하고 이래 못사는 사람들이 인제 그게 인제 밀대를, 밀대라고 해 그걸 인자. 있어 다 어디고. 그걸 인자. 그게 가측에 사람들이 와가지고 매수를 해서 해놈서 동네 누구누구 지목을 해서.

그리고 우리 마을에가 이대 국회위원이 있었거든. 그때 이대 국회위원이야. 인자 일대는 사년하고. 일대 인자 이대 국회위원 김영삼씨라고 우리 마을 집안 아저씨거든. 내나 성산 김씨. 우리 아버지랑 항렬이 같으고 한 대. 그러니까 인제 완전히 못사는 사람들의 표적이 된 거지.

이렇든 저렇든 간에 아버지는 인심을 안 잃고 동네에서 굉장히 약 그런 거, 그시기 해주고 부지런하고 잘 하고 동네일 다 보고, 그때쯤 놀음이 막 성했어요. 해방되고 일본 시대 때부터 이 노름이 마을마다 성해가지고 그때도 노름 아주 성해 막.

아부지는 신문 막 그런 거, 책 같은 거 선구자 역할을 하셨어. 읽어주고 사랑방에 가서 항상 사람들 모인 데서 그런 걸 못하게 인제 막아주고, 인제 그런 일도 하시고. 우리야 인심은 잃었지만 마을에서 인제 자우간 그 인민군 내무반에서 아부지를 데려갔어. 어느 때 와서 인자. [조사자 : 아직도 숨어 계시는데, 뒷동산에서?] 아니 아니, 인자 숨어계시고 비나 오고하면 인자. 한 열흘, 한 보름도 넘어 그래 집에 오셔서 계셨어. 그래 그게 누구 눈에 발각이 됐어.

그러고는 우리가 돼지를 한 마리 밑에 키웠어. 우리가 인제. 농사는 없어도. 거식도 키우고 뭐야 토끼도 길르고 인제 그런 거 했어. 뭐 농사도 없었어. 그런데 조그만한 집에서 사는데 돼지우리 밑에는 하모, 그때 변을 보면 돼지고 먹고 그랬어. 거기에다가 거죽대기를 더 깔고 인제 이렇게 이렇게 돼 있응께. 아버지가 저녁에는 거기서 홑이불 가지고 모기도 있고 항께는 그냥 주무시고 그랬어.

그런데 인자 어쨌든 마, 넘의 눈에 동네가 뜨이지. 동구 밖에 나갔다 들어오는 거 봐갖고. 와서 있다고 가서 알리니까. 뭐 죽일라고 데려간 건 아니었을 것 같애 지금도. 아버지를 후생과에 가 계셨으니까. 주로 다른 내무 그런게 아니라. 이렇게 좀 그럴라고 하는데. 아휴 모시고 간 뒤로 마 소식이 없는거야 인제 뭐. 하모 뭐 그 사람들이 와서 가자고 해서 포승줄해서 묶고 그러진 않고 가자고 딱 둘이 서인가 와가지고 딱 데려강게, 읍내는 인자 걸어서 갈 수 있어. 삼십분이면 그래 데려갔다.

[10] 국군 수복작전으로 전쟁이 치열해지면서 마을과 군청이 폭격 당하다

아 그러고는 인자 얼마 안 있는데 인자 그때부터 수복이 되네 마네, 아군하고 인자 전쟁이 치열한 거여. 그래가꼬 마 우리 동네 우리 집이 여기가 있고, 이쪽에 이 시골마당에 그 산자락이 쫙 마을이 있으면 이쪽에 등덕이 있는데 거기다 마 폭격을 했어. 그렁께 마 그 옆에 집에는 밖에 있는 두지에도 마 파편이 와서 꽂히고 마, 이렇게 둘러 패였어. 뭘로 막 쌕쌕이가 와서 아무튼 그냥 마 폭격을 탁하고 가면은 쏟아지고. 그때는 마 기와집 있는 데는 다 했어. 마을에도. 남원 읍내 같은 데, 요요 변두리에 사는 향족이 있는 시가집 있는데, 거기도 뭐 외갓집들이 잘 살고. 옛날에 그 기와집들 다 폭격 다 당했어. 인제 무조건 비행기는 그냥 기와집 잘사는 집 그런대로 폭격을 하는 거야.

그런데 군청에도 폭격을 했네. 마 군청이 불이 훨훨 타올라. 밤인데. 군청에 폭격했다 그러더니. 그래 엄마는 막 그래 인제 애기 낳고 두 달이나 됐었어. 그랬는데 막 죽었다고. 아버지 인자 인자 군청에 들어갔는데 저 군청에 불이 탔다고 인자 소문이 막 들어오니께. 아부지 돌아가셨다고 통곡을 하고, 우리는 인자 어떻게 살꺼냐고.

우리아버지가 피난을 갔다 안가고 오셔갖고 우리 작은 어머니네 가족을 친정으로, 친정이 거창군에 마리면에서 조금 올라갔는지 그 세실이라는 데가 있어. 그러니까 인자 거기를 걸어서 마 구르마도 태우고 어쩌고 저쩌고. 차가 그때 뭐 요 없으니까. 친정에다 친정은 그그 또 괜찮게 살고 막내딸이고 그러거든, 작은 어머니가 곱게 살다가 그러고 하신 분이라. 애기가 둘이었어. 머시매가. 나보다 열 살 아래 남동생 있고. 또 그 밑에 동생하나 있고. 그래가 작은어머니 식구들, 작은 아버지 죽었다고 하이 우리 집에서 마 이이, 한테 있을 방이 없는 거야. 옛날 산칸방 작은 방 큰방 부엌 하나 있는 거 밖에 더 있어. 그런데 우리 집 식구도 복잡하고 그렁게.

그래서 아버지가 오셔서 그 작은 아버지를 아버지는 마 사복 마 크잔한 거 삼베옷 입고 뭐 해가꼬. 그 짐 조금 우선. 아 근데 짐을 아래층에다가, 작은 아버지 짐을 고리짝 쫓아 뭐 막 짐을 갖다가, 살림살이 싹 나뭇간 아래, 그 말하자면 옆으로 행랑채가 있는데. 여근 돼지 마구고 가운데는 왜 옛날에는 나무를 쟁여놨으요. 나무간이 있는데 그래서 거기다 짐을 갖다 놓고 앞에다가 가리나무로 가라놨어.

나무로 막 이렇게 했더니 와서, 그 인민군들이 와서 읍내서 뭐 알고 와갖고 싹 해서 다 뒤져 다 가져갔어. 작은 아버지 옷이네 뭐시네, 뭐뭐 그 집 것을, 그런 걸 다 가져갔어. 그런 거 작은 어머니랑 우리 다 봤지. 우리 있는데 와서 아버지도 없고, 없는데 그때 피난가시고 없을 때 와서 다 가져가고. 이래마 우리 엄마가 많이 놀래고.

그래가꼬 읍내 군청에 불이 탕께 느그 아부지 죽었다고. 또 작은아버지 죽은 데다가 아버지까지 죽고 만 작은 어머니 식구는 그리 데리다 주고 오고, 그 막 야단을 치고 피난을 갔지. 그 마을에도 폭격을 들이상께 더 시골로 가는 거야. 드, 이십 리 밖에 드 드, 어디 마을로 갔어. 토끼랑 뭐이랑 다 두고 갔네. 개도 한 마리 있는데 두고 가고, 뭐 돼지도 두고 가고, 누가 먹일 사람도 없고 자우간.

그러고 갔더니 개가 토끼를 다 잡아먹고, 토끼도 배가 고프니까 토끼장을 나무로 얼금얼금 해서 해놨는데 빡빡 긁어갖고 갉아먹고. 그러니까 개가 물고 끄집어 내가꼬 마 개가 잡아먹은 게. 개도 많이 키우면은 먹을 것이 없고 마 눈이 뒤집어 지고 그러면은 사람도 해칠 것만 같은. 그때 어린 생각에 그런 게 들더라고. 그래갖고 마 동네도 개가 풀어 다니고.

[11] 수복이후 죽은 줄 알았던 작은아버지와 아버지가 살아 돌아오다

그때도 간 사람 가고 안간 사람 안가고 그랬어요. 왜냐면 그 뭐 안 가도 될 사람들은 좀 안 가고 있고 그랬네. 인제 뭐 그런 사람들이 좀 봐주고. 뒷집 아주머니가 이래 봐주고 마. 그래서 마 무거운 거 이고, 쌀 자루 이고 피난을 갔다 오는데 한쪽에서는, 송장 썩는 냄새 맡아봤어? (웃음)

그 냇가이가 있는 쪽에 우리 마을로 들어오자면 막 까치 까마귀가 송장 썩은 데는 까마귀가, 어레 온 사방 까마귀가 깍깍 거리고 우는데 건너편에서 그 주둥이에다가 끅끅. 죽겠어. 근게 인자 막 파헤치고. 인자 피난을 갔다 오는 날 오는데 그걸 파헤쳐놓게 막 냄새가 여름철에 막 진동을 하고. 까마귀는 울고, 먼데 좀 멀찌감치 인자 누군가는 모를 정도로 사람이, 그런데 검은 치마를 입고 흰 적삼 입은, 막 통곡을 하고 울고. 아구 그런 난리도 없데.

[조사자: 누가 누구를 죽인 건데요?] 아 인민군이 여기 그 가만있어, 더 나쁜 사람. 쉽게 말해서 아주 더. 그 우리 아버지는 데려갔어도 사실은 인자 몰라, 더 있으면 명단이 그때 명단이 있어갖고 조금만 더 오래 있으면 엄청 많이 죽었어. 그런데 인제 그렇게는 안하고. 근데 죽었다고 우리 아버지를 인자 마 우리 엄마는 그랬는데. 그런데 아버지가 인심을 안 잃고 또 뭐, 후생과니까는 이렇게 약 그런 거 하고 실험하는 것이었지. 큰 거시기 아니었으니까는.

나도 물 좀 마셔야겠다. 이거 하나 먹고. 그 우리 할머니 마을에서 일어난 일은 더 말할 것이 없어. 그 싱크대, 아니 아니, 그 식탁 위에 파란, 그 나 먹던 거 좀 줘 나 물 좀 마시게.

[조사자: 천천히 하세요.] 응. 또 우리 할머니 마을에는 [조사자: 할머니 마을은 어디였어요?] 거창이지. 거창서 우리가 함양으로 왔응게. 거창 그 덕유산 밑에는 덕유산으로 다 빨갱이들이 다 도망갔잖아. 그래 마 아부지는 그때 군청 다녀보면 내가 막. 포스터 나온 거 그런 거는, 우리 아버지가 글도 좋아하시고 그런 거 잘 쓰고 하는데. 빨갱이, 그때는 마 김일성. 손가락 빨그라이 물칠해가꼬 이렇게 딱 찍은 거 같은 거, 포스터 쪼그만한 포스터 해서 날리고. 공산당 빨갱이라 그랬어, 그때는. 완전 빨갱이로 취급을 해가꼬. 그때 그 애들이 뭔 죄가 있어. 한 집안, 인자 우리 개인적은 고런 거는 그렇다 이, 피난 때 그런 걸 겪었어.

그래서 왔는데 나중에 수복이 된 뒤에. 작은 아버지도 완전히 수복이 된 뒤에 찾아 살아서 오셨고. 우리 아버지도 인자 군청에서 죽이던 않고 인자 그러고 있는데 인자. 수복이 되고 해서 옷이 옷을 좀 보내달라고 해서 인자, 군청 불난 뒤에 아버지 인자 옷을 어머니가 속옷을 여름옷을 인자 싸서 보냈더니 헌옷이 오고 인자, 살아 있다는 거지 인자.

[조사자: 아버지가 군청 안에 계셨던 것은 맞아요?] 그건 인자 모르지. [조사자: 모르셔요.] 내가 봉께 그 사람들도 폭격하고 하고 항게 어떤 숨을 곳을 해놓고 피했지. 그 사람들 사람은 안 죽었지. 폭격했을 때 빙빙 돌고 어쩌고 그 옆에 기와집들이랑 이렇게 하니까 그도 어디 피신처를 해놨겄지. 그래서 인자 돌아가신 줄 알았더니 안 돌아가시고 옷을 보내라고 해서 누가 인자 인편이 왔어. 그래서 인자 엄마가 옷을 보내주고 인자 그랬더니 아버지 헌옷이 오고 그렇게 인자 살아있다는 걸 알았지.

[12] 어머니가 위장병으로 돌아가다

그렇게 해서 인자 인자 수복이 됐고. 수복 된 뒤에도 어려움이 모두 많고 다, 뭐 한마을에서 뭐 그런데. 인자 함양 아 거창 우리 할머니 집 이야기를 조금 해요 인자. 여기는 우리는 그런 어려움을 다 당했어요. 그랬는데. 그런데 수복이 됭게 그런대로 사는데 아이 못살던 머슴들하고 인자 판이 딱 갈라진 거야 인제. 완전히 알아버린 거야 인제 이게 사람이.

그렁게 그 머슴들은, 그때 인자 공부도 좀 배우고 잘 살던 사람은 그 후에 도시로 도시로 다 나갔어 다들. 그러고는 지금은 그 마을에 그때 당시 다 아랫사람들 머슴 했던 사람들이, 그 농토들 재산은 다 지금 현재 그 사람들이 다 잡고 있고. 그기 사는 사람이 몇 없어요. 제대로 배우고 했던 사람들은 다 나가버리고 쉽게 인제 못 배운 사람들만, 농사 좀 있고 한 사람들만 그 남아 있었어요. 우리 김씨들은 거진 다 나가버리고 없어. 그 밑에 아래 일했던 사람들은 좀 있고. 그러고 함양에가 함양, 우리는 그런 겪어서 좀 했고. 음.

그때 우리엄마가 그때 놀라고 놀라고 해가꼬 마, 조리도 못하고 먹도 못하고 항께 마, 늘 배가 아프다고 그라고. 그래도 마 그러고 저러고 핸 아프다고 늘 그래가꼬. 나 삼학년 때부터 아파서 인자 수복이 돼서 항께 맨날 아프다고 해서 절반을 날 결석을 시키고. 그 애기를 인자 봐야 되잖아. 그 인자 시장에를 갈라면 나를 놓고 가라고 농사짓는다고. 그러고 저러고 하더니. 그 이듬해 그냥 삼학년 때 내내 아팠어. 그렇게 하고 하더니 그게 위암이었던 가봐. 위암으로 돌아가가꼬 위장병인데 뭐 생기는 걸 약도 안 먹고 내비리 둥께 위암으로 발전했지.

[조사자: 그럼 할머니가 몇 살 때 어머니가 돌아가신 거에요?] 그게 짐 나이로는 열일곱이라고 해도 뭐, 내가 섣달 생일이고 하니까 사실은 뭐 열여섯 살 때 죽은 거지. 그게 나를, 굉장히 내가 공부도 잘하고 똑똑하고 딸 자랑을 만연하고 초등학교 다닐 때부터도 그러고 항게 참 중학교를 시키고 내가 너는 빤, 우리 엄마 말이

"항상 떡 장사를 해도 너는 대학까지 가르친다."

고 늘 그랬거든. 근데 몸이 아파갖고 인자, 그 말기 환자를 집에서 그 고통을 다 겪으고 내가 다 봤응게. 그 이듬해 칠월 달에 돌아가셨는데. 그 애기하

고 그거하고 동생들 다 하고 내가 그거를 부담하느라고. 우리 엄마가 살았으면 내가 참 어떤 뭣을 했더래도 나를 대학까지 가르칠……. (웃음)

진주가 이모가 있었어. 그때 우리엄마 동생이 여동생이. 근데 진주 사범을 갈라고 딱 마음을 먹었는데 뭐 엄마가 뭐 그렇게 많이 아프니까는 동생하고 두고 살 수가 없잖아. 난 그게 한 이야. 내 서리 맞은 거야 .그래서 그냥 그때 열 명이 고등학교를 갔네. 우리 반에서 그 삼십 명 중에서 그 삼양에 고등학교가 하나, 그때 열 명만 또 생겼어. 남자하고 합해서 그리저리 해갖고. 해서 초등학교 선생도 하고 그랬어.

거기서 고등학교. 고등학교까지는 이수를 하고 진주 사범 가서 뭐 그시기도 보고 연수도 받고 어쩌고 어쩌고 해가꼬. 다 교수가. 말하자면 초등학교 교사도해서 교감까지 된 애도 있고. 뭐 이러고 한데. 나는 그렇게 하고 싶으고 학구파고 그랬는데 똑똑하고 공부도 잘하고 그랬어도 이 전쟁 때문에 내가 공부를 못했어. 그래서 내가 한이 된 거야. 그래 인제 늘그막에 칠십이 넘어서 그냥 내가 지금이라도 뭐 해볼라고 수필반 다니고 뭐 해서 지금 수필집도 두 권 내고 뭐하고, 난 책과 마 살아. 뭐 책을 싸고.

[13] 개인적인 앙심으로 재당숙네 두 아들이 죽임 당하다

[조사자: 할머니 그러면 할머니 집안…….] 그랬고. 할머니 집안에는 우리 할아버지가 사형젠데 요 끝에 할아버지가 굉장히 똑똑하고 그러셨거든. 근데 이 할아버지가 사상이 바뀐 거야. 그쪽 사상이. 그 당시에 공부를 글도 많이 읽고 그랬으니까. 그럼 또 이 큰 할아버지는 이렇게 뭐 큰 아들잉께 농사짓고 살아. 위에 또 할아버지 모시고 큰집에서.

고 우에 작은 아들이 둘인데 끝에 딸 많이 낳고 아들 끝으로, 그 작은 아들을 인자 작은 할아버지가 유인해가지고 인자 둘이가 사상이 틀려 인자. 그래서 인자 다른 거야. 긍게 피해가 많지. 서로가 좀 형제 간잉게는 이렇게는 못하는데 사상이 달랐어. 그러믄 그렇게 그분들이 세상이 이렇게 바뀌어지고 낭게 아무 무엇을 못하잖아. 이 자녀들도 뭘 못하고 여기 이 작은 할아버지 큰 할아버지 작은 아들 자손도 못하고. 본인도 뭣도 못하고. 결국 참 그렇게 갔어.

그랬는데 무슨 일이 있었는가 하믄 할머니의 들은 이야기여. 인자 뭣이, 인자 그 뒤로 마 죽고 우리 할머니가 오셨응게. 그리고 인자 할머니고 거창이게 왔다갔다 늘 항게. 그런 이야기를 가면 이야기하고 오면 이야기하고 해서 듣는데. 밤에는 말 들었지. 밤에는 인민군 낮에는 국군. 인자 면사무소를 놓고 인자 이렇게 하면 밤에는 이렇게 되고 인자 이런 형편이었어.

그러는데 우리 할아버지 둘째지, 셋째 할아버지의 큰 아들은 병사 계장이었어. 병사. 병사계장. 그때 인자 군인을 가냐 마냐. 마 이렇게 마 군인을 보내고 항게 그러고. 또 재당숙은 우에 작은 할아버지네 아들 재당숙은 청년단장이었어. 잘생기고 아주 똑똑했지. 거창읍내. 그 면청에, 그런 분이었어.

아 근데 그때 6.25 사변 났을 때 앙심을 품은 거여. 자기네 아들 군인 빼달랑게 안빼주고 고런 뭐 개인적인 일이 그시기 있었던가봐. 그랬더니 고 지금 우리 마을에서, 고 거창 그렇게 인제 북산 면소재지. 우리 집은 산 쪽고. 할머니 마을은 좀 올라와서 동네가 자그마한, 자그마한 있어갖고 소중리라 그러고. 그 면소재지는, 그가 인자 그가 뭐냐 소정면, 소정면이지 그가. 아니 소정리가 아니고, 그가 아구 모르겠다. 그냥 치매라고 했, 하여튼 면소재지에 있는 고 쪽에 마을에 있는 사람이 나중에 알고봉게, 그 사람이라는게 다 나타났지.

이 당숙 아들하, 당숙하고 그 재당숙하고 둘을 데려다가 어느 날 둘을 데려다가, 동구 밖에서 그 마을을 들어갈라면은 그때 우리아버지가 옛날 맨 면서기에서부터 시작해서 좀 있다가 갔는데 그때 그 삼판이 거가 좋잖아, 나무가. 일본시대 때 나무 한나라고, 그 신작로도 아부지가 서둘러서 냈다고 하더라구. 그 뭐 포장된 건 아니래도 이렇게 말하자면 소리길이 아니고 차가 다닐 수 있는, 삼판 차를 끌어내고 댕깅께 한길이야. 우리 학교 다닐 때 글로 다녔거든. 뭐 많이 넓은건 아니고 뭐 겨우 일차선 남짓하이 되는, 인자 차 하나 다닐 정도로, 쓰리쿼더 같은 거 인자 다니고.

근데 그 동구 밖에서 그 할머니 집 동구, 조금 내려온 데서 돌로 찧어서 죽였어. 긍게 막 인자 결정이 난거야. 그게 그 인자 병사계에 있고 청년 단장이고 그렇게, 그 뭐 인자 앙심이지, 개인적 앙심. 그래갖고 그 두 양반을, 그 거창한 양반들이 인물도 얼마나 잘 생기고 다 거식한 양반들을, 그래 둘을 동구 밖에 데려다 죽여 버렸어.

긍게 뭐 인자 밤에는 이쪽 이쪽 말도 못하고 모두 이러는데, 또 얼마 안 있다가는 그 아들 둘을 데려갔어. 그 당숙네 아들. 이 이 우리 당숙은 그때가 젊은 나이여서 그 뭐야, 그 딸만 대여섯 살 먹고 아직은 그랬었어. 그런데 데려다 죽였어. 그 아들 삼형제거든. 그런데 마 큰아들이, 그 둘째도 저기 부산 어디 나가 있고. 아들 셋이 다 인물도 좋고, 우리 집안 그식들이 다 인물이 좋았어. 그런데 그 큰아들 병사계장하는 아들을 데려다 죽였어. 둘이를 한날 저녁에 데려다 죽였어.

그래놓게 인자 이러게 되니까, 약간 인자 후한이 두렵잖아. 그때는 완전히, 인자 밤에는 인민군 낮에는 그때여 인자. 그 무렵인데. 그러기 전에 인자 이 양반들을 죽여놨고. 그러고 인자 밤에는 수복이 된 뒤에 자기들이 인자, 그게 자식이 있응게 후한이 응, 그 재당숙네 아들이 거창 고등학교에 다니고 중학교에 다니는 인자, 연년 인자 이렇게 두 형제를 어느 날 산으로 데려갔어.

산에는 데려, 인자 덕유산에는 인자 빨갱이가 있었어. 마 토벌을 하고 공격토. 인자 작전을 하고 싸우는 판이었어. 데려다가 큰애는 목을 졸라서 그 넥타이 뭐 뭐, 하여튼 그냥 끈으로 나무에다 딱 묶어놓고 목을 졸라서 죽여 버리고. 그 마, 죽은 채로 나중에 발견을 했고. 작은 거는 데리고 앞잽이로 좀 마을을 뭘, 모릉게 그냥 인민군들이 그걸 데려다 내려오, 우리 아버지 할머니 집에 와서도 책이네 뭐네 다 가져갔데요. 뭐 그식한 거는 다가져가고.

자우간 뭐 쌀이고 뭐고 어디 땅을 파고 감차 놔야되고, 즈그도 살아야 항게 밥을 먹고 인가를 내려와야 살잖아. 우선 목숨을 걸고 살아야 항게. 그러고는 인자 안 들킬라고 막 숨겨놓고, 막 하다못해 성냥도 필요하잖아. 그러니 성냥이 뭐, 밤에는 내려오면 산도적 같이 다 가져가고. 또 막 국군들은 치열하게 싸우고 어디로 숨어버링게 못찾 그래서 나무를 다 베어버렸잖아 그때.

아주 나무가 귀해가지꼬는 마 우리 이, 결혼하고 마 나무내도 심, 오디 산이 다 민둥산이었어. 그리고 뭐한 데는 마 몇 미타 거리 하나씩만 세워놓고 다 베어버렸어. 그래야 환히 보이지. 아주 깊은 산, 마 지리산 속은 못해도 보통 근방에 있는 야산 애지간하이 조금 거시간 산은 다 그때 나무를 다 베버렸다. 그래가꼬 참 나무가 귀했어. 한참. 하믄 그 시절에 고생이라는 거는 그건 말도 못한데이.

그래서 그 당숙이랑 재당숙은 그런 식으로 했는데. 그 아들까지 갖다 그래버렸어. 그게 인제 후한이 두려우니까. 즈그 보복을 할까 싶응게. [조사자: 그래서 그 작은 아들은?] 그 작은 아들은 마을에를 어느 마을에를 갔어. 마을이 어딘지를 모르고 밤에만 내려와야 항게. 마을을 내려와가지고. 근디 이 애가 말하자면 고무신 검은 거를 신었는데 그걸 어따 던져 놓고 올라가던가 했어야지. 밤이 어두웅게 인제. 칠흙같이 어두울땡게 인제. 감나무에로 올라가서 숨었어. 그런데 인제 가면서 데리고 갈라고 봉게 없거든. 막 찾응게 없어. 그런데 봉게 이 신발이 있는거야 감나무 밑에. 그렁게 그걸 데려다가 죽였다잖아. 그래서 둘을 다 죽였어. 그 집 아들을. 씨를 말렸 버렸어. 그런 비극도 있어. 한 가정에.

[조사자: 아까 전에 그 죽인 분이, 동네 마을 주민이 이제…….] 마을은 아니여. 한 그, 저 면소재지에 있는 마을. 몇 마을 건너서 있는 사람이여. 이 뭐 그런

데는 오래 살면 이 아, 다 알거든. 뭐 저 체육대회도 한다. 뭐 한다 뭐하면 뭐 학교 뭐 있고. 이 뭐 어느 정도 알응게, 이자 지금 보복이 두려 웅게 지그 살라고. 긍게 상대방을 죽인 거여, 그렇게 아들까지.

[조사자: 아들 원래 군대를 안 빼줘서 보복심에 다 이렇게 죽였다는 거죠?] 긍게 인자 뭔 사유가 있겠지만은, 사상도 다른데다가 그런 뭐가 쪼끔 있었다는, 인자 소식이 뭐 이제 나중에 인자 이래저래 말이 난 게 인자 그랬다 할머니가 그런 얘길 하시더라고.

그래갖구 뭐 아무튼 뭐 밤에는 뭐 안 들키는 것이 제일 수고 뭐, 별 것 다 가져가버리고 그러기를 멫 달을 했어요. 그걸 한 달만 잠깐만 하면, 공비가 다 없어질 때까지 산에서 마지막 다 숨어서, 또 그런 게 있지.

[14] 좌익이었던 막내고모네 시어른들이 다락에 숨어서 생활하다가 자수하다

이제 오래 되노니까 얘기 다, 이제 막내 고모가 우리 저 안성으로 왔대잖아. 그기 또 그 작은아버지 시작은 아버지지, 그러니까 긍게. 시작은 아버지가 사상이 또 달랐네. 그래갖고 피난을 못갔어. 이자 어디로 말하자면 이리 내려 오도 못 하고, 내려 오믄 인자 또 잡혀서 여기서 죽어. 긍게 어찌도 못 하고 막 자수하라고 그러고 많이 막 그랬거든. 시기를 줬어, 인자 뭐 또 산에 숨어있고 하던 사람들.

근데 그 고모네 집 다락에서 살았다잖아, 시작은 아버지가. 우리 고모가 며느리니까는 인제 어쩌겄어. 아버지, 시아버지랑 이제 다 하라고 하는 것이라. 이제 식사를 해서 늘 이자 다락에다 넣어주고 그랬는데. 우리 큰고모가 한 번을 어찌게 딱, 그 인자 동생 집잉게 인자 어찌다 하믄 뭐 그 집일도 하고 항게, 들어다 보니 그 다락에 그냥 눈이 마주쳤어.

근데 그 작은아버지도 똑똑한 양반이여. 말하자믄 공부도, 근디 그때 긍게 두 가지라고 했잖아, 아주 없는 사람하고 공부 좀 많이 한 사람하고. 그래서 그 거그 가 있더라는 것이야. 오래된 뒤에여, 좀 몇 달에 몇 년 됐어. 쪼끔 막 한참 됐어. 그 해방, 저 저 수복되고 난 뒤에. 긍게 이 이 양반이 그양 오도가도 못 하는 거여, 나타나도 못 하고. 긍게 자수를 하러 딱 이러믄 좋은데, 그러도 못 하고 엉겁질에 이제 막 숨어있는 것이 얼굴이 뽄도 아이고 그러지.

그렁게 그 형님도 그걸 뭐 내쫓을 수도 없는 거고. 동생이 그러고 있응게 그것도 참 어려운 일이지. 그 다락에 있는 거를 우리 큰 고모가 봤어. 그렁게 인자 거기서 얘기도 못 하고 친정에를 왔어, 큰고모가. 와서 자기 오빠가, 바로 위에 오빠가 경찰이잖아, 우리 작은 아버지가이, 바로 밑에 동생잉게. 이제 할머니한테다 얘기를 했어. 할아버지 할머니 있는 데다가 고모가 이제 얘기를 했어. 긍게 또 할머니 할아버지가 고모, 그게 고모도 밥을 해주니까 이게 나중에 이게 또 문제잖아. 내 딸이 가서, 그 말하자믄 그 양반 밥을 해주는 그런 입장이니까 할머니 할아버지가 듣고는, 이제 작은아버지가 인자 오시래갖고 얘길 했어.

그래서 인자 그거를, 직접 뭐 작은아버지가 가서 그렇게 한 게 아니라 이쪽 경찰에다 알려가지고 지시해서. 긍게 그 양반도 잘했지. 그 다락생활이 말이 그렇지 어떻게 해요, 거드서. 막 얼굴도 뭐 햇빛을 볼 수가 있나 어쩌다가 요강에다가 뭣도 다 보고, 넘 눈에 안 띠는 그런 생활을 한 비극도 있다 이 말이여. 이자 예를 들으믄 누구라고는 할 거 없는데 그런 게 있어. 그래갖고는 인자 경찰이 가서는 데려다가 인자, 긍께 인자 자수를 하고 인자 풀어줬지. 그래서 나중에 인자 그 양반이 꽤 공부도 많이 하고 해서 한약 그 기술이 있으니 한약 거시기 해서, 나중에 인자 풀어줬어. 그랬어. 그래갖고 또 살아. 그런 경우도 있고.

[15] 진외갓집 숙부가 좌익으로 형무소에서 죽다

아이-고 또 뭐, 우리 작은아버지가 또 겪은 얘기들도 뭐 수도 없이 많아, 전쟁 얘기. [조사자: 그런 얘기들 좀 해주세요. 작은아버지 참 겪은 일 많으시겠죠, 지서에 계셨으면.] 아 뭐 경찰에 있응게. 뭐 하이튼 그 막 한 집에 형제간에서도 이게 다 깨지고, 말에.

그럼 인자 우리 또 외갓집을 인자, 진외갓집을 봐야겠네? 우리 할머니 친정이다 이. 할머니 친정을, 그 오빠 아들이 둘이여 이. 긍게 우리 할머니 아들이 인자 있고 이. 긍게 이 아부지하고 그 인자 외사촌간이잖아. 우리 아부지의 외사촌 형이여. 여기 형이고 하나는 동생이고, 우리 아버지는 고 가운데가, 삼형제가 일본에 가서 공부하고 할 때 사진을 봐봐. 인물덩어리네 참말로 그 당시에. 저쪽 뭐이지? 동경대학 다니고 막 한양 조씨, 그때 있고 살림도 있고 그렁게, 그렇게 해고 있는데 그 동생이 또 아이고 사람이, 어 그렁게 그 동생이 인제 그래서. 그때 부인도 말하자믄 고등학교, 대구 고녀 나온 부인을 맞이하고 헝게 상당히 인테리급이고 막 아주 그런 쪽이야.

그런데 인자 그 사상이 됫게 이자 그러니까 대구형무소에 가 있잖아, 인자. 어떻게 해서 인자 월북을 못했고 인자, 또 아주 우두머리 쪽 인자 많은 거시기니까, 지식인이고 상당한 거시깅게 형무소에 있을 때, 이 애기 거기서 난 아들이 하나 있는데, 그 아들을 나서는 백일 때만 가서 구경만 시켜주고. 엄마가 데리고 가 형무소에 있는 걸 한번 뵈주고만 나오고는, 아버지니 뭣이니 해버리지.

그러믄 그 아들은 일도 못 해요. 그때 사상이 쫌만 뭐 사돈 팔촌이 되믄 그렇게만 걸렀다믄은 이 사회적인 어떤 일, 공직이라는 거는 더군다나 못 했어. 그게 아주 큰- 아주, 부모로, 아 인제 태어난 게 뭘 알어. 그러지만은 부모가 그랬대서.

이 전쟁이라는 건요, 참 별것도 아녀. 풀어주믄, 내가 아주 그런 걸 이 사항을 지금 조용히 생각해보믄 정말 전쟁은 없어야 되고 안해야 돼. 그래서 내가 전쟁만은 하지 말자라는 주제로 저 써 논 것이거든.

근데 그래가지고 그 아들이 이자 크는데도 그 엄마는 인자 미망인이여. 그 인문도 좋고 배운 게 있고 항게 그 전에는 그 거창에서 나 결혼할 당시에 거기서 미망인 협회 회장을 했어. 지금으로 하믄 그게 지금 미망인 회장이여이. 이래 죽었든 저래 죽었든 막 전쟁에 막 맨 미망인 덩어리야. 전부 그래서 군인을 안 갈라고 했어.

그래서 첨에, 이런 말이 있거든. 첨에 인자 군인이 나오면은 돈으로 이, 빼달라고 소가 가고, 집이 가고, 논이 가고, 마지막엔 사람이 결국 간다 이거여. 그래서 죽었어. 우리 그 저 이제 엄마, 돌아가신 엄마가 이제 그렇게 해서 돌아가시고 새로 온 엄마네 남동생도 군인을 안 갈라다– 안 갈라다가, 이게 참 논이 가고 뭣이 가고 다 재산 다 가고는, 마지막에 가갖고, 딸만 둘 낳고 갔는데 결국 군인 가서 죽었잖아. 그러게 평생 그냥 미망인으로 살고, 그 딸 그냥 그 둘 그렇게 인자 나라에서 보조금 좀 주고 인자 지급을 해서 지내는 거야. 그러게 평생 과부댁이로 살고 (웃음)

그런 일이 있는가 하면은, 막 이집 저집 뭐 어느 집이고, 이거는 막 내가 겪으고 아는 우리 가족사의 얘기지만, 막 그 모르는 엄–청 많은 모두 전쟁 피해는, 뭐 이북서 내려온 사람도 어찌고 고생허고 살았냐. 뭐 그런 거야.

근데 그 참 그 외갓집 그, 그 진외갓집 오빠도 그 아들이 아무것도 못하고 그 큰오빠의, 큰오빠의 아들도 아무것도 못해. 작은아버지가 그렇게 해서 갔대서. 그 인물 좋고 그런 양반이, 지금 우리 영감하고 동갑이, 살아계시거든. 그기 뭐 그냥 옷 장사 하고 뭐 장사나 하고 그랬지, 그 아까 그때 형무소에서 돌아가신 그 아들은 고향에서 지금 음식점 해. 뭘 할 수가 없어. 인자 그 아들, 다 인자 풀리니까 지금은 그 아들 둘은 다 경상대학교 교수로 있고, 아들 둘인데 그렇다 하거든. 그래 지금 시골에서 그 음식점 해.

[조사자: 그럼 거기 형무소에서 돌아가신 분은 거기서 어떻게 법집행이 돼서 돌

아가신 거예요? 아니면 아픈 뭐 병으로 가셨나?] 집행으로. [조사자: 법 집행이 됐어요?] 그때는 얼마나 많이 막, 그 죽이고 서로 막 이렇게 했다고. 이북으로 간 사람도 못간 사람은 막 죽고 어찌고 했어. [조사자: 그럼 백일 때는 애기만 잠깐 얼굴 한번 보시고 돌아가신 거예요?] 응. 그랬어.

그러고도 또 우리 학교 다닐 때 교장선생님이 있었어 이. 그 사택이 있었어. [조사자: 중학교 때?] 아니여, 초등학교 때. 그 사택이 있었는데 그 교장선생님네 아들이 여럿이었어 이. 그 우리가 사택이라서 알어, 6학년 때라. 인자 이렇게 해서 보고 그랬는데, 그 아들 중에서, 그 많은 아들 중에서 또 뭐 둘째 아들인가? 우리가 좀 이 아는 오빠였어. 우리보다는 쪼끔 나이가 많으고 그랬는데, 거기도 그때 그랬쌌어. 밑에 동생들이 줄줄이 학교를 다니니까 다 알지. 그 둘째 아들도 그때 이북으로 갔다더라. 그때 이북으로 간 사람도 많았어요. 간 사람은 가고, 못 간 사람은 이자 어디 처져갖고 죽고. 또 뭐 어찌게도 하고 뭐. 아-이 그만 전쟁은 무고한 사람들이야.

진-짜 그거 따지고 보믄은 사상이 다르다는 이유, 이념, 말하자믄 종족이 다르다는 이류, 요즘도 뭐 그러잖아. 뭐 시리아나 뭐 저기도 뭐 종족이 다르다는 이유, 또 종교가 다르다는 이유, 이게 따지고 보믄 벨-것도 아니고 먹고 살 것도 아니고 아무것도 아닌데. 또 내 나라가 아니라는 이유, 뭐 내 나라 우로 지나갔다는 이유, 뭐 앞으로 지나갔다는 이유, 뭐 아 이 같은 종족끼리 이게 뭐야. 그게 백성이, 우리 전쟁을 원하나? 원하지 않지. 이거는 통치자, 어느 나라마다 그 통치자의 야욕에 의해서, 그 일신의 야욕, 지그가 통치를 할라긍게, 안 놀랑게, 그래서 싸와. 그래서 내가 그 인자 ○○인가에 갔을 적에 써 논 것이여. 그거는 뭐 누가 시킨 것도 아니고 내가 겪어서 현재 내가 이 나이 먹도록 느낀 것을 글로 쓴 거야, 나 잡아갈라믄 잡아 가고. (청중 웃음)

[16] 서산전투에서 죽은 줄 알았던 작은아버지가 살아오다

나는 전쟁이 일어나면은, 안당해본 사람은 몰라요. 당한 나는 엄청 피해자거든. [조사자: 그 작은 아버지가 지서 일을 하셨어가지고……] 그때 지서장이었어. 그 작은 어머이 지금도 살아있어. [조사자: 지서장이었으니까] 지금도 구십이야 구십. 지금도 살아있어. [조사자: 살아계셔요?] 응 지금 요양원에 한 5-6년째 있어. [조사자: 아. 어디 많이 편찮으세요?] 아 허리를 좀 못쓰고 해서 인자 병원에, 남원, 아니야 그 한양성심병원에 한 3년 있응게, 병원에서 너무 오래 있으면 다른 사람도 그거 이용을 해야 되고 해서, 그 인자 그 옆에 요양원으로 와서 지금 한 4년채 되나? [조사자: 말씀은 잘하셔요?] 어. 말은 잘해. 근데 쫌 인자 지난봄에 저번 때, 4월 달이었나? 엄마가, 우리 엄마하고 동갑이거든? 그리고 그 아까 그 저 대구서 돌아가셨다는 그 양반 부인하고 같아. 다 90이여. 지금 동갑이여. 그 그 양반은 괜찮드만. 원래 좀 지식인이고 거시그 하고 하믄 몸 관리도 그렇고, 뭐 잘하고 하믄 쪼끔 오래 사는, 쪼끔 그런 뭐도 있더라. 우리 엄마는 아주 정신력이 좋고, 지금도 90인데 혼자 계시고 허는디 내가 사흘 전에 전화 했네.

[조사자: 어머니?] 새로 온 엄마. 거기는 곡성에서 왔어. 우리학교 교장선생님 부인이 사촌 동생이여. 긍게 사촌 언니가 애기를 못 가져서 이혼 당해와 있었어. 인자 그냥 이혼을 시켰어. 고 작은마누라 얻어갖고 아들을 둘이나 났는데 거기서 살겠어? 그렇게 이제 그 곡성에서 말하자믄 우리 엄마는 오셨어. 나 열일곱에 왔어. 그래서 60년이 됐어, 지금 우리 엄마가 온지.

[조사자: 그러면 아버님은 재혼을 언제 하셨어요?] 긍게 그 이듬해 바로 했지. [조사자: 어머니 돌아가시고 그 이듬해?] 어. 7월에 돌아가셨는데 거의 인자 섣달그믐 대목에 이야기가 돼갖고 1월, 인자 설 쇠고 오셨어, 우리 엄마가. 그랬응게 지금 서른하나에 오셔갖고 60이, 딱 60년 됐어, 우리 집에 온지가. 애기도 없어. 애기 못 나갖고 인자 온 집잉게.

그래 자기 사촌언니를, 우리 아버지가 그때 사친회 회장을 했거든, 우리 학교에, 초등학교에. 군청에 다니시니고 그렁게. 그때, 지금은 뭐 그걸 보고 뭐라는가 몰라도 그런 것도 바뀌대? 육성회장이다 뭐 뭣이다. 그때는 사친회장이라고, 어. 사친회장이었어, 우리 아버지가.

아 그렁게 인제 이, 아 애들을 갓난이까지 해서 다섯을 있는 데를. 그 인자 지금 오신 엄마는 애기를 못 가진다는 것도 인자 그 판명이 나고 항게, 작은 마누라를 얻어갖고 막 머시매를 거듭 둘을 났응게, 그 찡겨 살아 봐야 그렁게 친정에서 데려왔어. 차라리 혼자 있다가 어디 그 애기 못난 집에다, 아니 뭐 지금 말하믄 상처자라도 있으믄 가서 사는 게 낫다 해갖고 거기 집에 와서 있는데. 그 우리 그 교장댁이가, 그 자기 사촌 언니여. 큰집에 언니, 이 작은 집에 언닌데 말하자믄, 중매를 해서 왔지.

[조사자: 그 작은아버님 고생하셨단 얘기를 좀 들으신 거 있으시면] 우리 작은 아버지? [조사자: 예. 그 뭐 서산 그쪽으로 가셔서 전투에서도 사라지셨다가 돌아 오시고…….] 아 서산 전투에서 전투가, 아 긍게 다 그때 막 앞뒤로 탁탁 꺼울, 이자 전투를 해서 싸우는데. 그 거기를 우리 작은아버지, 말하자믄 대고모라 긍게이, 할머니 고모지? 할머니 고모가 어느 마을에 살아. 그 인자 서산 밑에 어디 어디께, 아니 위에 그 위에 저기 사는 것을 알으셨던가봐.

그리고 이제 그때 뭐 지서장 이리저리 하고 다닝게 인제 순경들은 뭐 그 지리를 알잖아. 근디 그날도 이제 막 인민군들하고 이자 교전이 벌어졌어. 막 피난을 가면서 이자 막 교전을 하는 거야, 막 인민군 가는 데서 맞춰서 나오셔갖고. 근데 그러게 인자 죽었다고 소문이 났지. 그때 간 사람이 살아온 사람이 없어. 다 죽었어.

근디 막 그 봇도랑 물이라고 왜 인자 논에 물대느라고 그 봇도랑 물이 있거든. 시골에 가믄은 논에 물대느라고. 긍게 한쪽에는 언덕이고 이쪽은 이게 그 언덕 밑으로 인제 또랑이 있어. 근디 막 앞뒤로 와서 막 총알이 텅텅– 막 쏟아지는 거야. 작은아버지가 이제 오셔서 얘기를 해. 우리 엄마한테랑

와서 얘기를 하는데, 앞뒤로 막 텅텅— 쏟아지는데 서도 못 하고. 일어서믄 막 이쪽에서 막 이쪽 거시기에서 보이니까, 막 앞뒤로 총알이 막 널어지는데 거기를 막 바—짝 그 언덕에로 붙여가지고. 옷은 다 벗어서 던져버리고 팬티만 입고, 그 인자 그 뭐 저저 경찰복이 인자 발각이 되믄 더 그렇게 아예 인제 막 뭔 속옷만 입었겠지. 이제 막 팬티하고 속옷만 하나 걸치고는 싹 벗어버리고 막 고개를 탁— 숙이고, 막 거게를 가서 또 어쨌든지 그 대고모집 그 마을에만 들어가야겠다는 일념으로 막 허리를 구부리고 막 얼—마를 그 물줄기를, 또랑을 따라서 왔대요.

그렇게 해가지고 그 어두워지자 인자 그 마을에를 그런 상태로 들어가서 거기서 인자 옷을, 삼배 옷을 얻어 입고 총을, 총은 인자 뭐 M1총이 뭐 그 경찰잉게 있었겄잖아. 그 총이랑 뭐 인자 뭣을, 무기는 인자 삽하고 뭐하고 한테 같이 포대에다가, 이자 뭐 옛날에 뭐 쌀 포대 같은 데다 넣어서 묶고 했겄지. 그래서 가마니에다 넣어서 이제 저 변장같이 해가지고, 뭐 꼭 보릿대 모자 푹 쓰고, 거기서 이자 옷 주는 삼배 옷으로 이제 갈아입고 그러고 갔다는 것이야, 피난을.

이자 그릉게, 이자 거기만 벗어나면은 이자 몰르지, 그 지역을 벗어나면은. 이자 함양 거시기를 벗어나서 거창으로 해서, 그렇게 해서 인자, 거기서 인자 이렇게 가는 차를 타고 가는데 아무튼 막 고생을 엄청 하고. 긍게 죽었다고 싹 판정을 했다니까.

긍게 우리 아버지는 인자, 차를 타도 일행이 같이 모두 인자 피난길에, 그 말하자믄 동네 그 아저씨랑 그 국회의원 아저씨랑 그렇게 그 모두, 또 사촌이랑 그 아저씨네 친척 뭐 누구랑 또 면에 뭐 다니고 했거든. 다 그렇게 같이 함께 갔어요. 그래서 떠났어. 아버지 그런 거 다 배낭 짊어지고 막 이렇게 하고 갔는데, 이자 죽었다는 소문이 인제 어디만치 강게 들리니까 도—저히 아버지가 발길을 갈 수가 없어서, 어디만치 가셔서 인자, 한 이틀인가 뭐 아무튼 좀 가시고 난 뒤에 아마, 한 삼일이나 됐나 모르겄네? 이제 별로 오래 안 돼. 그렇게 오셨어, 좌우간. 그래 오셔갖고 숨어다니고 데려다니면서 찾고 그래다 들켜가지고 읍내로 가서 그랬어. 인제 살아왔어.

그러고 인자 엄마는 그때 인자 얻은 병으로 인자, [조사자: 돌아가시고?] 응. 약도 못쓰고 인제 어쩌도 못 하고 막 얼매나 놀랬겄어. 시동생 죽었는 데다가 아버지까지 죽었다고 하고 인제 이놈의 식구가 어찌…….

그리고 인민군들이 와서 그 막 옷을 막 그 총대로 막 다 이 다 뒤져 끌어내 가지고는 찾드라고, 뭐 지 그, 지들 짐 갖다 논 거. 알지. 이제 짐 같은 거 뭐 들여온 것도 알고 뭐 동네 밀대가 다 있어요. [조사자: 그래도 식구들을 괴롭히지는 않았나 봐요? 그러니까 어딨는지 대라고 협박하거나…….] 아이 그러고만 했지. 아니 인자 뭐 우리는 모릉게. 그냥 여기 그 짐만, 작은아버지는 인자 가시면서 마천서 실꼬 와서, 어디 차로 실꼬 와서 여기다가 인자, 동네도 찻길도 그때는 없어. 구루마로, 뭐 어찌됐는가 뭐 짐이나 뭐 많이 갖고 왔겄어, 옷가지지? 뭐 살림살이도 뭐 갖고 마이 오도 못해. 인자 그런 것도 없어. 아무튼 그래도 좀 뭐 고리짝조차 뭣조차 해서 뭐 나뭇간에다 넣어 놓고, 막 나무로 가려놨었거든? 근데 이자 막 와서 싹 뒤져갖고 그걸 다 가져갔어. 옷이랑 그 경찰복 옷이고 뭣이고 뭐 필요한 거 그런 걸 다 가져가더라고. 가져가고 그래 뭐 우리는 뭐 너다이 보고만 있었지.

[17] 민가에서 쉬고 있는 학생인민군들을 보다

아—따 근데 우리 집엘 들어갈라믄 이게 좀 큰 골목에서 좁은 골목으로 들어가야 이게 이 맞창 집있거든, 우리 집이? 그럼 이제 고, 고 두 번채 집, 요 인제 골목에서 들어가자믄 요짝에가 대문이 있고 요쪽에. 그런데 그 집이 좀 잘 살았어. 거기가 우리 동창도 인자, 남자 동창네 있는 지그 형수집이여.

그 인자 그 집에 둘째아들이 있는데, 큰아들은 뭐 뭐 하고 있고, 아 근데 저—기 사범학교를 다녔어. 이자 사범학교 다닐 때 장가를 갔어. 그 무조건 장가들, 결혼들 일찍 항게. 그 인자 새댁이 저-기 어디 지곡면인가? 함양 다른 면에서 이제 시집을 왔는데, 그 배게랑 뭣이랑 그런 거 농에 있는 거를 다 끄내 놓고. 거그가 이제 쪽문이, 이자 이렇게 대문을 열면은 그 아래, 이자 아래채가 인자 있고, 큰 채는 인자 그 시어머니랑 인자 거기 있고 그런데.

거그 쭉- 있는데 막 인민군 순 다- 젊디젊은 학생이야. 뭐 고등학생정도 될 그런 나이, 젊은 나이 애가 막 발이 부르터갖고 하-얀 발이 막 부르터서 이북에서 내려온 그게……. **[조사자: 그 군복을 입고 다녀요?]** 아 요 군복은 빨간한 거 이런 거 다 입었어. 그 사람들은 입었는지 이렇게 하고 모자 쓰고 먼 길을 걸어왔으니 얼마나, 이렇게 내가 인제 그 물을 ,인제 우리는 좀 나가야 질어왔어. 요기 좀 산비탈이라 물이 없어.

이제 저 동네 이 이렇게 막 큰- 우물이 인자 두 개, 이제 아래 웃마을에 있고 그런데. 좀 나도 한 30메타 40메타 정도 가야 이제 물을 이고 와야 되니, 천상 물을 질어다 먹어야 됭게, 나도 이제 글로 들랑거리고 보믄은 막 그 대문을 활짝 열어놓고 모퉁이 문도 여름잉게 막 열어놨는데, 이게 눈에 선하네. 그 새댁 해온 뭐 베개야 뭐야 그걸 막 쭉- 마루에서 모두 베고, 이 다리 바깥쪽으로 막 이 이렇게, 지그도 막 그러니 보는데 막 문드러지고, 막 다리가 막 붉혀서 막 하-얀 다리가 이, 양말 뭣이는 신었는데 막 이제 깝깝항게 지그도 벗어서, 다리가 오직 아프겄어, 걸어왔는데. 그때 뭐 차타고 오는 것도 없고, 막 이북에서 좌우간 내려서 걸어- 걸어 와서. 긍게 막 무조건 인제 막 그 집에서 뭐 해 달래서 먹고. 막 긍게 감자도 삶아서 내고. 뭐 주야 되니 어쩌. 그것도 막 한 여남은씩 그 마루에 막 쭉- 누웠는데.

나는 막 고개를 이렇게 숙이고 그 물을 이고, 뭐 애기 걸레 뭐 빨고 해갖고 거그를 이 천상 지나가야 되니. (웃음) 참 이렇게 히끗히끗 보믄, 막 그렇게 하고 인제 얼마 있다 갔어. 인자 계속 인자 남원 어디 이렇게 이쪽 길로 어디로 내려와갖고 남원 쪽으로 갔는지, 저리 아래쪽으로 내려갔는지는 몰라, 난.

인자 근데 그 누워있고, 그 동네 들어와갖고 그런 거 나 봤네.

[조사자: 그래도 막 횡포를 부리거나 그러진 않았나 봐요?] 아니 그러든 않았지. 뭐 민간인들한테는 뭐, 그 사람들은 그냥 진군하는 것이고. [조사자: 원래 밀대가 무서웠다고…….] 죽이는 건 동네 것들이, 이 지방 것들이 다 그렇게 해서 해가지고 누군 죽이야 하고 누군 살리야고 이거 다 해갖고 올리고. 그 사람들은 좌우간 뭐 시킨 대로 밀고만 내려가는 거지, 이자 군인들이고 긍게. 뭐 이 먹어야 되잖아? 그러믄 즈그가 뭐 먹을 걸 갖고 왔겄어? 뭐 아무 마을에든 들어가서 인자 막 개도 잡고 막 뭣도 잡는 거야. 그냥 막 잡아서 삶아갖고 막 먹고, 뭐 해달라고 해서 먹고, 무서워서 벌벌 떵게. 다 뭐 그랬지. 그 사람들은 인자 진군하는 그런 쪽이여.

그렁게 와서 쉬는데 막 이 이렇게 발을 보니까 다– 발이 막 부르트고 막, 이 그래갖고 하얀 다리를 쭉–쭉 뻗고 눕는 걸 내가 본 것이 지금도 기억나요. [조사자: 그 나이가 많이 어려요?] 응. 어려. 학생들이야, 학생들. 뭐 아주 작은 중학생은 아니고 쬬끔 큰 뭐 고등학생 정도 되더라고. 그때 많이 내려왔잖아.

그래갖고 이래저래 그때 죽은 사람들이 얼매나 된지 알어? 요샌 인제 막 통계도 나오고 그러지. 아 그 철교를 그냥 팍 끊어버리닝게로 뭐 피난 내려오다가도 막, 뭐 거시기하고 말고 한강에서 뭐 그래서 죽고 그래서 전쟁은 하지 말았으믄이야.

나는 아무리 뭐 해도 할 이유가 없어. 그래서 인자 나는 종교를 갖고 있고, 그렁게 더 성서를 보고 하니까는 더 인자 그런 것을 더 느끼게 되는 거야. 그러고 예수께서도, 내가 또 들은 얘기가, 칼을 든 자는 칼로 망한다고 그랬어. 그러고 보복을 하지, 보복은 하늘에 맡기고 절대로 하지 마라 그랬어. 보복은 복수, 복수, 복수, 복수 영–영 이어 가는 거야. 항상 서로 적으로 여기고. 긍게 복수는 하늘에 맡기고 알아서, 이기고 지는 건 알아서 해주겠다

여. 그걸 인자 성서, 고대 그 말하자믄, 그 거시기 히랍 성서에가 그게 다 나온잖아. 구약에, 쉽게 말해서 구약에가. 그 구약을 왜 우리가 보고 있냐 하면은 하나님 백성과 아닌 것을 하나님이 지원을 해주고 안 해주고 한 거를, 그걸 기록해 논 거여, 그거는 다. 그러니까 절대로 이 싸워 복수하지 마라 그랬어. 그러고는 원수를 사랑하라는 말이 그래서 나온 거야. 원수를 미워해다 보믄 그 원수, 그 원수, 원수, 원수, 계-속 이어가는 거여. 긍게 그 원수를 삼지 말고, 원수를 사랑하고 감화를 시키라는 거지. 이게 그것은 뭐 꼭 그 나라끼리만 아니라 이렇게 우리 가정 내에서도, 부부간에도 그렇고 막 미운 거, 미운 것만 하면은 이건 결국 파탄 나고 마는 거야. 에- 미울수록 더 잘 해주믄은 그것도 사람인지라 그래 결국은 그 미움이 사라지고, 말하자면 잘못한 것이 다 인자, 잘못 핸 거는 사과를 하고 해서 좋아지잖아. 이게 좋아지도록 만들어야지 요롷게 쌈만 하믄 되냐?

그래갖고 군인 안 간다고 뭐 싸움 연습 안 한다고 여호와증인은, 난 여호와증인이여, 솔직한 말로. 그렇게 내가 성서공부를 많-이 한 사람이라서 더 알아. 그래서 지금 미래에는 사실 하나님을 두려워해야지, 이까짓 사람 했든 얘긴 문제도 아니여. 일-시에도 동해에서 서해까지 뻔-쩍 하는 순간적으로 이게 시킨다고 했거든. 멸망시키면은 그들은 다 악과 선을, 악인들을 멸한다 그랬어. 긍게 선한사람, 선인들, 의인들은 살아남게 해서 이 땅을 그들에게 주겠다 해. 죽어서 하늘나라로 뭐 한다고 인간을 땅에다가 만들어 놘 사람들을 죽어서 데려가. 요새 거짓종교들이 얼-마나, 죽으믄 천당 간다고 돈도 많이 끌어다 모으고 즈그는 호의호식 하고.

내 요새 지금 요 할머니가 요 기독교에 안 다니고 싶은데 시어머니가 제사가 12남매여, 우에 시부모 형제들이. 그리고 자기 형제가 7남매여. 긍게 시어머니가 이 며느리 일도 안 하고 그런 며느리를 이거를 그대로 물려줄 수 없다 해서, 내가 이 교회를 다니면 그런 거 안 한다 헝게, 내가 교회를 다닝께 너도 다니라 해갖고, 요 3개월 여기 온 뒤에 시어머니가 죽었어. 죽음서 교회를 다니라 해서 몇 년 다녀. 그 인제 남편이 1년 전에 죽었어. 80이여. 나보다 세 살 위인데, 그 이북에서 피난 온 할머니여. 내가 오늘도 그 양반이 건강했더라면은 또 그 이북에서 어떻게 해서 피난 오게 됐는가, 처녀 때 그 사범학교라 했어.

그때는 이북이 상당히 수준이 이남보다 30년이 앞섰다고 했대. 그래서 거-진 처녀들도 이 아주, 이북이 중국문화를 그쪽이 가까웁고 해갖고 했는가? 아 옛날에 대국 있잖아. 이 다닐라믄 다 이 이북을 통해서 다 이 올라강게, 평양감사, 왜 그 말이 나왔겄어. 이남에도 많지만은 평양감사도 제 싫으면 안 한다 소리가, 평양감사쯤 되믄 좌우간 왕 다음에는 가는 이 권력이 있었어.

긍게 그때 그랬는데, 그 열일곱 살엔가 하여튼 뭐 사범학교까지 나온 뒤에 동생하고 피난을 온 거야. 여그가 자기 작은아버지가 있다든가 뭐 어찌고 해서 좌우간 그때 막 뒤죽박죽 했을 때 내려와갖고 부산에서 정착을 해갖고 살았어. 그래서 거기도 전쟁 피해자여, 사실을 보면은. 그래서 지금 아무도, 어 그 군인하고 결혼했어, 요 전주사람하고. 어 인자 그 결혼이란 것도 그렇게 돼잖아 이? 뭐 누가 인자 또 인자 조사를 하고 있는데, 그 인자 그 사단장인가 뭐 인자 좀 부자인 사람이 해서 중매를 해줘서 결혼을 한 거야. 그 뭐 결혼이라는 건 나도 뭐 이 사람 내가 알기를 해요? 우리 전주, 요 이자 남원 요 우리 영감을 전혀 모르지. 여긴 또 인자 일제 피해자여. 요건 또 인자 6.25는 요렇게 인자 했다이.

[18] 아버지가 군청에 끌려가서 죽은 줄 알고 남은 가족끼리 피난을 가다

[조사자: 아, 잠깐만 거기 아버지하고 밀대들한테 대원들이 잡혀가서, 고 이렇

게 잡혀가셨던 상황에 대해서 들으신 건 없으세요?] 아, 그날 아버지가 이제 돼지막 우에가 이자 올라가서 있고 그러는데. 이제 밀대들이 인자, 그 동네서 인자 이 와서 있다는 걸 알고 인제, 그 사람들이 찾아 왔어. 이제 아버지 다 있는 거 알고 왔다고. 그 인제 어디 뭐 들에가 숨었다믄 숨었지, 뭐 말을 안 할 수가 없는 거야. 그렁게 인자 그냥 아버지가 인자 그 돼지막 우에 있다고 항게, 이자 다 이름도 불르믄서 내려오라고 인자, 그래가지고 아버지가 인자 거기서 내려왔지. 그랬더니 그냥 가시자고 해서 그 입은 옷차림으로 갔어. 뭐 챙길 새도 없고.

[조사자: 그래서 어디 가서 뭐 했어요?] 아 잠깐 뭐 좀 조사 좀 한다고 그러믄서 데려갔어. [조사자: 뭐 어디 가서 뭐 어떻게 했다 이런 얘기……] 아이 그런 건 못 물어보지. 아이 조사, 뭐 조사할 게 있고 뭐 그런다고 그러면서. 막 화내갖고 데려가는 것이 아니라 이제 뭐 인자 좋은 거시기로, 인간잉게, 아이 그냥 거기서 뭐 조사할 게 있고 항게. 뭐 내무반이라던가? 그때는 내무소원이라고 그랬나, 내무반이라고 그런가? 아무튼 읍내 군청에를 좀 가자 그거여. 아버지 군청에서 있었응게 인자. 그러믄 인자 뭐 모르지. 인자 군청 내막, 뭣이 어디 있는 것도 알고 그걸 물어봤는가? 뭐 그거는 우리가 인자 그 뒤로 알 수가 없고. [조사자: 옷 가지고 오라는 얘기만 들으신 거예요?] 그러고 가신지가 한 열흘이나 됐어. 아무튼 근데도 아무 소식이 없어. 긍게 죽었는지 살았는지도 모릉게 엄마는 애간장이 녹는 거야.

근데 폭격이 막, 우리 동네도 널어치고 인자 막 폭격을 하기 시작해. 우리 이제 수복을 해서 오면서 인자 상륙작전을 했잖아. 그래갖고 이남 전체를 이자 또 막 그 인자, 긍께 그것도 가리도 않고, 좌우간 뭐 학교믄 학교 뭐, 마을에도 큰 기와집만 때렸어. 어쨌든 간에 그래서 불을 태와서 없앴어. 아 그러는데 인자 군청이 폭격을 당했어, 함양군청이. 그러니 막 인자 군청으로 끌려간 양반이 폭격을 당하는데 갑자기 있응게, 거그가 있응게 엄마가 죽었을 것

이다고 아버지를 막, 훨훨 뛰면서

"이제 느그 아버지까지 죽고 우린 어떻게 사냐?"

고. 엄마가 막 통곡을 하고 울고 막 그러던 것을 지금도, 막 우리도 다 따라 울고 막 그랬지. 지금도 그 장면이 눈에 선- 해요. [조사자: 그러면 아버지가 나오시고 나서 어머니가 돌아가신 거예요?] 그렇지 인자. 그 그러고 나왔어.

그러고 열흘이나 가고 없어서 우리 인자 피난을 갔어요. 자꾸 막 그 마을 거그 폭격을 항게 아버지 없이 우리가 피난을 갔어. 아버진 이자 군청에로 잡혀가고 없는데, 그 막 쌀자루 이고 뭐 이고 막 해가지고 우리 동생이랑 막 업고 엄마하고. 그래 있을 수가 없고 뭐 또 잡히가고 어찔라고 그랬던가 모르겄어. 안 간 사람은 안 갔어.

[조사자: 피난 어디로 가셨어요?] 거기가 지금 남원으로 올라오는 데 거기가 구룡촌이라고 있거든? 구룡리라고 있어. 근데 그 지금으로 요래 하면 바로 그 남원 왔다갔다 하는 길가야. 거기가 길 밑에 그 대밭있고 한 데, 구룡촌, 근데 거기서는 한 20리 되지, 거리로. 그렇게 왔어.

거기서 그때는 인제 분교에 애들이 거기서 또 우리 학교로 말하자면 다니던 그 쪼끄만한 분교도 하나 있어갖고 다니고 그랬고, 또 저학년은 거그 분교 다니고 4학년 이상은 또 우리 학교로 인제 그 거리실이라고 거기서 내려오고 그랬네. 그 인월을, 그 인월 넘어가는 데 있거든? 함양으로 내려가는 이게 날랑 이렇게 있으믄 이쪽은 인월, 이 남원군이고 이쪽은 함양군이야. 거그가 몇 년 있었고. 그래서 거기 내려 와가지고.

[조사자: 그 얼마나 있었어요, 구룡리는?] 음-, 많이는 안 있었는 거 같애. 뭐 한 열흘이나 있었나? [조사자: 어디서 어떻게 생활하고 지내신 거예요?] 그 인자 막 그 알음이 있었어. [조사자: 아는 사람네?] 그 인자 이웃에 사는 분에 뭐 친정인가 뭐이 됐어. 거기서 막 함께 자고, 여름에 인자 막 자고 그랬지. [조사자: 그럼 얼마나 많은 인원들이 같이 그 집에 있었던 거예요?] 아이고 한

집에 막 다 오는 게 아니라 인자 알임알임, 자기 알임알임 찡겨서 갔지. 근데 거기도 인자 고 누가 구룡촌 아지매라고, 자기 친정이 거기 있응게 거 인자 가고 자기들은 안 갔어. [조사자: 아, 소개만 해주고?] 그 인자 우리만 갔지, 찍힌 사람들. (웃음) 쉽게 말해서 찍힌 사람들.

거 좀 그 머슴하고 없이 살고 뭐 가난한 사람들은, 긍게 이 백성은 이리 가나 저리 가나 아무 상관없어. 지도자들, 지그들이 이걸 놓으면은 이자 큰일 나고, 지금도 그러잖아. 통치자, 통치자와 그 권력을 가지고 휘두르는, 지금도 그치, 이북에서 뭐 김일성에서부터 김정일하고 뭣이-뭣이 해서 지금 고우에 장악하고 있는 그들이 이게 인자 이렇게 뒤집어 지거든, 인자 숙청이 되든 뭐 인자 지그는 망한 거야. 그렇게 그거 안 놀라고 지그가 이렇게 잡고, 군까지 다 잡고 지금 반세기가 넘게 이렇게 잡고 있는 거 아녀. 그 밑에 이북 사람들, 그 인민 백성들이 누가 쌈하고 싶고 이북하고 이남하고 싸울라고 해? 근데 그들이 통일을 못 하고 누구 가믄, 이남 가믄 죽이고 이북 가믄 죽이고, 아니 뭐 죽이든 어찌든 '안된다.' 이 막아놨잖아. 38선 해놓고 막아놓고 못 가게 하고. 아 그렇게 이런 비극이 낭게 그 뭐 만남의 광장을 해서 그 만나고. 왜 이집 가고 저집 가고 다 하고 싶은데 못 하게 법으로 막아 놓게 할 수 없이 그 차를 타고 가믄서 울고 그냥 그 그게 비극이지 뭐야. 누가 그래? 백성들이 그래? 통치자들이 그려, 한 마디로.

(이웃사람들에 대해 이야기함)

[19] 산으로 소풍 갔다가 인민군 거처를 발견하고 도망 오다

[조사자: 그 함양 그쪽에 있잖아요, 이제 그래서 전쟁이 끝나고 난 다음에 이제 북한으로 못 넘어가고 이제 잔류했던, 남아있던 인민군들…….] 근데 내가 좀 저 할께 이. 내가 중학교 2학년 때 6.25사변이 났지? 이제 그해 여름 지나고 3학년 때 봄에 소풍을 갔다. 그때까지도 남아있었어, 잔재가. 지금 몇 년을

갔어. 좌우간 뭐 그 저 저 지리산 쪽에 뭐 있는 공비들 다 죽게. 근디 삼봉산으로, 우리 인자 거기가 함양인게 삼봉산이라고 그 지리산 자락에 붙은 산이야. 그게 또 상당히 그거도 높아. 삼봉산으로 봄에 소풍을 갔네. 근데 이제 뭐 그때 그 다른 사람은 보자기고 한데, 그래도 뭐 아버지 거시기고 해서 이제 가방에다가 도시락을 넣어서 들고 가고 이자 그랬어 이, 우리가 여학생들도.

그래서 거기 삼봉산으로 소풍을 갔는데 아-따 그 산 경치 좋은 거는 말할 것도 없고, 그 산에 피는 왜 막 이 그걸 연산홍이라고 해야돼나 뭐이나? 막 둥드름- 하이 막 그 철쭉꽃이 막 이짝만씩 하게 큰 것이 막 가지가 쭉-쭉 뻗어 있고, 좌우간 봄철에 갔는데 다래꽃도 피고, 뭐 다래도 막 그 이 쭉- 뻗어서 막 파란 게 있고. 뭐 엄청 그 경치도 좋고 그런 데로 우리가 이제 뭐, 길도 없어요. 막 이자 그냥 그래도 선생님 인솔하는데 따라서, 우리 그 담임들이 해서 올라가고 했는데.

어디- 어디를 갔는데 이자 남자애들이 먼저 이자 어디를 돌다가 막 선생님한테 와서 보고를 하는 거여. 그 어디 골짜기 이렇-게 쑥- 들었는데, 막 무서워서 나무도 못 하러 갔어. 그 공비들이 한때 죽일까 싶어서. 그때는 막 완전히 살벌한 세상이었어. 막 서로 죽이는 이런 거시기고 그렇게 산에도 못 갔는데, 아 거기 갔더니 연기가 솔솔 나는 거야. 그래서 봤더니 거기다가 이렇게, 우리도 언뜻 봤어. 나도 보기는 봤어. 그 산장막에서 쳐다봤어. 우리가 이제 거기 모이라고 해서 모였는데, 내리다 봉게 이런 집으로 그냥, 말하자면 그 산에 나무 쨌응게 이렇게- 이렇게 해갖고 막을 지은 거여. 길게, 막이 길게 지논 게 연기가 한쪽에서 나더라고. 굴뚝같이 뭐 뭐이가 있는가. 뭐이 아무튼 막, 그렇게 막 선생님이

"하산! 하산!"

해갖고 막 우리가 얼마나, 집에 와서 보니 막 도시락이 다 빠지고 없고. 이 가방을 들고 왔는디 막. [조사자: (웃음) 혼비백산해서 이렇게 내려왔나 보네

요.] 암튼, 나무에 막, 어쨌든 막 빨리 내려가라는 것이여. 막- 그래서 막 옷도 다 긁히고 막 그 가방이 밑으로 이게 막 그 억센 나무가 막 길도 뭣도 없어. 막 미끄러지고 붙잡고 막- 해서 내려옹게 이게 막 다 없어졌어.

그 그래서 산 속에서 많이 살았어요, 그 사람들이. 마지막 순간까지, 뭐 지리산이 얼마나 커. 골짝골짝, 아 피아골에서는 얼마나 많이 죽고. 오직해서, 피가 흘러내려서 피아골이잖아. [조사자: 그런 얘기를 아시는 것 좀, 그 피아골에 얽힌 얘기…….] (웃음) 아니 그래서, 그래서 그 사람도 못 가고 얼-마나 그러다 지금은 인자 관광지로 해서 나도 인자 피아골을 가보고, 거기 뭐 칠불사도까지 올라가보고 그 그랬는데, 몇 년 전에 우리 애랑 뭐 저기해서 갔어.

[20] 전쟁이 나자 마을이 좌우익으로 갈리고 군청에 포스터가 붙다

[조사자: 그 전쟁 났다는 얘기를 어떻게 들으셨어요? 누구 그러니까 어른들한테 들으셨어요, 아니면 학교에서?] 아, 그날? 6.25새벽에 났을 때? 그때 학교를 갔든가? 그게 아시모리 한데, 아침이야, 아침. 아버지가 출근하면서 그랬는가? 아무튼 큰일 났다고, 막 이게 전쟁이 터져 이북이 내려오고 막 지금 전쟁이 났다는 것이여. 그래서 막 학교도 못 가고, 아무튼 새벽에 그랬는데 이제, 긍게 그 관청잉게 쉽게 소식을 듣잖아. 그래서 아버지가 출근을 해갖고 오셔서 그랬든가 어쨌든가 막 전쟁 났다고, 이거 야단났다고 막 이북이 지금 밀려와서 어디까지 내려오고 있고 막 뭣이가 어쩌고 했다고, 이자 라디오를 듣고서 안 거지. 신문은 그때 나왔는가 어쨌는가, 그래갖고 뭐 알았어.

그렇게 막 인제 막 큰일 난 거지. 이자 그때 그런 게 뭐 동네가 다 이게 전쟁이 한번 난리가 나니까 마음을 다 알아버린 거야. 이게 인제 다 알게 되더라고. 그래서, 그래 내 아까도 말했지만 두 부류 것이 잘난 사람은 잘나서 사회주의 (웃음) 또 아주 그 쪼끔 아랫사람들한테는 그 자본주의, 막 좀 있는 사람들한테 이- 좀 누질린 상태잖아. 근데 그게는 이제 '공평하게 똑같이 먹는다.', 이 공산주의는 똑같이 갈라 먹고, 말하자믄 빈부차이가 없고 막 그런 당게 좋아서 그냥 무조건 따라간 거라.

아이 동네에서 그만 딱 달라졌어. 저 이게 공직, 말하자믄 공무원 있는 사람만 쏙 빼고 그 나머지는 다 그만 마을에서 덮어 지내. 암암리로 다 그래. 노골적으로 막 이렇게는 못 해도, 그래갖고 시뜩시뜩 하고 말도 잘 안하고 완전히 그냥 이 막 달라져서, 태도가 달라져버려.

"아씨- 아씨."

하고 막 굽신굽신하다가 막 어느 날 딱 달라져버려.

[조사자: 네. 사상이 다른 사람들을 그 좌익 쪽에 있는 사람들은 빨갱이라 불렀고, 이 분들은 뭐라고 불러요, 사람들이?] 아 인제 빨갱이고, 여기는 이자 우리 국군잉게, 이자 우리 한국으로 이렇게 했지.

그래갖고 난 이제 아버지가 군청에 다니싱게, 그때 그 포스터나 뭐 보믄 막 빨갱이라는 말이 막 있고. 모-든 붉은 것은 뭐 그 사람들 표시야. 손가락도 막 딱- 이렇게 해갖고 막. [조사자: (웃음) 빨간색으로?] 응. 이렇게 갈마질라고 한다고, 까꾸로 이 이렇게 된 거 이렇게 해서 있고, 포스터가 있고, 빨갱이 뭐 해가지고.

또 그러고 뭐 맨- 그게 우리도 막 6.25난 노래, 그 6.25 노래 뭐 배워가지고 또 하고, 또 무슨 노래? 아무튼 뭐 전쟁에 난 노래를 학교에서도 인자 보급을 많이 했어. [조사자: 그때 그 전쟁노래 배우신 거 지금 기억이 나세요?] 아이고 막상 하라 긍게 하도 안 해버릇 해서 하나도 모르겄네. 고 6.25노래 있잖아. 뭐 뭐이지? 그거 막 해갖고 학교에서 막 그 1등, 2등 그것도 하고. 그러믄 날마다 부르고 뭐, 낙동강 노래도 뭐, [조사자: 아, 낙동강 노래도 있고 그래요?]

(노래) "낙동강은 낙동강은 끊임없이 흐르는 물"

그런 노래도 있어.

(노래) "무쇠 낙동강"

끝에 가서 그런 노래도 있고, 또 그 뭐 맨–날 했던 노래 뭐이냐, 그거?

(노래) "아아– 잊으랴 어찌 우리 이 날을"

[조사자: 저도 배웠어요. 그 노랜 저도 배웠어요. 진짜 역사가 오래 된 노래구나, 할머니 학교 다닐 때 배웠으면……] 응. 그 노래도 했고, 또 뭐 뭐 있는데 모르겠어.

반란군으로 오인받아 죽임 당한 아버지

안 종 운

"그때는 소용이 없어. 저놈이 빨갱이다 허므는 그양 죽여부려 무조건."

자 료 명: 20120219안종운(함평)
조 사 일: 2012년 2월 19일
조사시간: 1시간 56분 37초
구 연 자: 안종운(남 · 1938년생)
조 사 자: 심우장, 박현숙, 박혜진, 조홍윤, 황승업
조사장소: 전라남도 함평군 해보면 광암리 (마을회관)

[조사과정 및 구연상황]

마을 이장인 안종운 제보자는 바쁜 와중에도 조사가 잘 진행되도록 마을회관에 모인 어른들께 협조를 요청해 주었다. 같은 자리에 있던 다른 제보자들이 구연하는 내내 안종운 제보자는 전화통화를 하러 수시로 들락날락거렸다. 안종운 제보자 본인이 구연하는 도중에도 전화벨이 계속 울려서 이야기를 잠시 중단하고 나갔다가 한참 만에 돌아와 구연을 마무리 지었다.

[구연자 정보]

안종운 제보자는 1938년에 함평에서 태어났다. 한국전쟁 때 함평 지서장의 횡포가 심해 잠시 고향을 떠나 광주에서 살다가 돌아왔다. 조사 당시 마을 이장을 맡고 있었다.

[이야기 개요]

15세에 반란군을 감시하기 위해 야간순찰을 돌다가 보초 교대 시간에 늦게 왔다는 이유로 술 취한 지서장에게 매를 맞았는데, 당시 지서장의 횡포가 심했다. 경찰초소에 장작 해주러 간 아버지가 반란군으로 몰려서 마을기동대에게 죽임 당하고, 젊고 유능한 외삼촌은 인민군에게 총 맞아 죽었다.

[주제어] 반란군, 빨치산, 지서, 야간순찰, 인민군, 기동대, 경찰

[1] 술 취한 지서장에게 얻어맞다

뭐 저기, 나도 헐 얘기 있는디요. 육이오 막 나가꼬 그 지방빨갱이들이 많앴어. 그랬는디 저 젊은 사람들은 전부 군대로 잡아가부렀어. 무조건 그냥. 군대 입대시켜부리고. 이자 나 그때 열다섯 살 먹었어. 열다섯 살 먹었는데 노인네들허고 애들, 큰애들허고뱈이 없어. 그니까 이자 지방 빨갱이들이 있으니까 동네 야경을 해라. 그래가꼬 야경을, 노인네들은 산봉아리다가 이룧게 등불 켜놓고, 이제 지서에 보기 좋게 해놓고 거 가서 하고. 젊은 사람들은 초지녁, 저저 애들은 초지녁허고 밤중허고 새벽하고 세 조로 해가꼬 매일 지서로 연락을 가. 인자 우리 동네 빨갱이들 왔다 안 왔다, 인자 그 연락이 가는데.

한참 다니다가 그날 비가 엄청나게 와가꼬는 껌껌해서 이자 논길로 가는데, 나허고 나이 먹은 사람하고 이자 둘이서 거를 가다가 하도 껌껌해서 헤매

다가 늦게 들어갔어. 지서주임이 최남현이라고 있어. (한 자씩 또박또박 발음하며) 최.남.현. 그 사람이 술을 잔뜩 먹고 나오드니

"너 이 새끼들 몇 신데 이제 왔어?"

그 이자

"야 이 새끼야 왜 이제 왔어?"

허면서는 첨에 이자 나이 쫌 먹은 사람, 나보담 더 먹은 사람은 엎드려뻗쳐 허드니

"책상에다 딱 엎드려 뻗쳐."

험서 대나무, 이 큰 나무로 막 뚜드러 패는데 하나씩 패믄 그냥 시커메지는 거야. 그래가꼬 얼매를 뚜드러 맞아부리드라고. 그드니

"너는 이 시키야 어디서 왔어?"

그서

"나도 같이 왔습니다."

헝게

"너도 어리다고 너라고 안 맞어? 이 새끼야 너도 엎드려."

엎드니까 한 대를 탁 때리니까 그양 저가 팍 쓰러져부렀어.

"이 새끼야 안 일어나?"

겨우 어특해서 일어났어.

또 그서 다섯 대를 맞었는데 거짓말 안하고 그래서 내가 허리가 꿉어졌어. 그때 그 저기 해가꼬, 맞아가꼬. 그래가꼬는 집이 와서 보니까 거짓말 아니라 궁댕이를 까 재꼈는데 씨뻘개가꼬 그양 뻘겋고 퍼렇고 멍이 들어가꼬 막 터

져서 피가 삐질삐질 나오는 거야.

그때가 여름인데 시정에서 앉어서 노는데 개울이 좋거든. 거가서 막 씻으라고 그래서 두 사람이 같이 맞은 사람들이 저녁내 허고낭게 이자 우리 어머니가 이자 난리 났지 인자. 아들 하나 있는 거 죽인다고 죽였다고. 그래가꼬는

"도저히, 너 여기 있으믄 죽는다."

그래가꼬는 어머니가 쌀 싸고 돈 좀 해서 주고.

그서 그때는 육이오 막 난 때라 버스도 안다녀서 그놈을 자루에다 맨들어가꼬 새내키로 해서 고놈 짊어지고 문창까지 왔어. 문창까지 와가꼬는 버스가 없응게 군인들 거 무슨 사업이라고 하잖아요. [청중: 후생사업.] 후생사업허는 군인 차, 고놈을 뒤에서 탔는데 비포장이라 얼매나 먼지가 나든지. 대가리서부터 이런 데까지 다 써 부린 거야 먼지가 막.

그놈을 타고 광주서 내려가꼬는 우리 친척 아는 집으로 해가꼬 이자 방 하나 얻어가꼬 그때 인자 학교 다녀부링게 죽음 면을 해부렀지. 그래가꼬 인자 그래가꼬 지금 내가 허리를 못 써요 맞아가지고. 그른데 그른 사람들은 뭔 보상이 없어. 소용이 없어.

[2] 아버지가 반란군이라는 누명을 쓰고 죽임을 당하다

[조사자: 그럼 전쟁 나서 어르신은 군대는 안가셨겠네요?] 전쟁터는 안 갔는디, 우리 아부지도 그때 돌아가셨어. 나도 소장, 저 법원에 들어가 있어. 들어가 있는데. 우리 아부지 돌아가실 때 나도 갔어 그 현자. 갔는디 다섯 명을, 다섯 명이 어뜨해 죽었는고 하니 지서에 밤이므는 빨갱이들이 오니까 고지라고 이렇게 탁탁 초소를 해놨는데. 거기다가 추니까 나무를 갖다 주야 불을 피고 저녁에 경찰들이 지탱해나강게 우리 동네보고 해 오라고 항게, 우리 아부지하고 다섯 사람이 나무를 해서 져다가 주고 오는데. 그 안날 우리 동네

뒷산에서 봉화를 했어 빨갱이들이. (휴대폰이 울려서 통화를 하던 중 마을에 해결할 일이 생겼다며 잠시 이야기를 중단하고 자리를 떴다가 다시 돌아옴.)

[조사자: 이장님 하시던 이야기 해주셔야죠.] 예 그러죠. 그래서 우리 아부지를 어특 해든지 살릴라고 모두 동네 돼지를 큰 놈 하나 잡었어요. 잡아가꼬 인자 지서에다 갖다 줬거든. [조사자: 근데 아버지가 왜 나무를?] 아, 나무 지고 갔다가 부려놓고 오는 도중에 함평 기동대들이 그냥, 그 우리 동네 뒤에서 봉화했다고 해가꼬 인자 연락이 가니까 넘어온 거야, 함평서 기동대가. 그래가꼬 넘어오니까

"이놈들, 니들 봉화허러 간다."고.

그래가꼬 빨갱이라고 해가꼬 잡어다가 지서에가 집어 너 놨어. 감옥 저기다가. 어디 창고 같은 디다.

가만 봉게 우리가 밥을 갖다 줬지. 그래 인자 밥을 먹고 그랬는디. 이자 좋게 해주라고 지서주임이 '나병혼'가 그런디. 그 분한테 갖다 주니까, 돼지를 잡아다주니까 이자 먹었어. 그래가꼬 와가꼬는, 먹고는 함평으로 가다가 인자 중간에 다섯 명을 다 죽여부린 거야.

그래가꼬 그 이튿날 연락을 받고는 가서 봉게 죽어가꼬 있는데, 다섯이 다 죽었는데. 여하튼 머리가 완전히 벌집 되얐어 그냥. 그래가꼬 얼굴 딱응게 나와. 옷 입은 걸로 저기 했는데. 그냥 막, 그 잔디를 부여잡고 막 저기 해서 뜯는 게 한 주먹 쥐고 돌아가셨는데. 내가 수건을 갖다가 그 밑에 개울이 내려간 데 거그서 빨아다 주므는 어머니랑 우리 고모랑 이자 얼굴 딲고 딲고 해서 제, 저기가 나왔어 얼굴이.

그랬는데 그것이 억울허게 돼지는 돼지대로 한 마리 우리가 잡아서 줬지. 그때는 소용이 없어. 저놈이 빨갱이다 허므는 그양 죽여부려 무조건. 저 놈 나쁜 놈이다 허믄 죽여부렀고.

그러고 육이오 때 인민군들 나도 봤어. 와가꼬 나도 쫙 봤는데 인민군들 안 죽였어요. 그르고 그냥 가부렀는데. 인민군들이 들어왔을 때 그, 저 농협

에 저기 했던 사람들. 저 뭐 그때 한청인가 뭔가 있었잖아요. 뭐 단장. 또 저 대서허는 사람들, 여러 사람들 그런 사람들을 월봉리, 저 월평이란 데서 밤에 와가꼬 그 사람들 다 끌어다가 신작로 가운데다 놓고 몽댕이로 다 때려 죽여부렸어. [청중: 누가? 반란군이?] 아니 지방 저기들이. 동네서. [청중: 폭도들이?] 예. 그르니까 그때는 경찰들도 안 죽였제 군인들도 안 죽였제. 근디 동네사람들이 그릏게 죽인 거여. [청중: 동네사람들이 죽인 거 많어.] 그니까 말 들어보니까 막 사람 살리라고 뚜드러 패서 죽인디 오죽이 안 죽고 그른 소리 허겄어. 나도 사람 죽인 거 많이 봤어. 그냥 총으로 쏴 죽이믄. [청중: 차라리 총을 쏴 죽이는 게 나.]

[3] 젊고 똑똑한 외삼촌이 인민군에게 총 맞아 죽다

[조사자: 이 마을에 피난민들도 많이 왔어요?] 여그는 피난민이 있는 게 아니라 피난을 나간 디거든요. (청중들에게 물어보며) 네 번인가 저기 했지요? 나갔지요? 살다가 나가고 또 나가라고 하믄 나가고 그렇제. 여기 집이 다 비어있는 상태여, 여기는. 바로 여기 용천사 저기가 빨갱이들 본부예요, 불갑산. 그랬어. 그르니까 여그서 살지를 못했지. 전부 주민들을 나가라고 해가꼬 딴 디 가서 방 얻어가꼬 살다가, 또 인자 잠잠해지믄 와서 살으라고 하믄 또 살고. 네 번을 그랬어요. [청중: 그렇게 반란군 고장이라고 안 혀요.] 우리 동네나 마찬가지여 나산도. [조사자: 반란군 잡을라고 불을 다 질렀어요 여기를?] 이자 여기 있으면은, 빨갱이들 있으믄 주민들이 다칠까봐 나가란 거지.

그니까 육이오 때는 이쪽에 시달리고 저짝에 시달리고. 왜냐, 빨갱이들이 저녁에 와가꼬 밥을 해도라고 허믄, 배 고픙게 안 해주믄 죽잉게 해준단 말이여. 그르므는 연락 안 가믄 또 뚜드러 패 막. 주민들 독려해가꼬. 그니까 또 가서 그랬다고 하믄 또 잡아다 뚜드러 패. 긍게 이쪽에서 맞고 저쪽에서 맞고. 그러다가 못 이겨가꼬 입산해부러 식구가 전부. 요요 불갑산으로, 일로.

그래가꼬 여그서 민간인들 많이 죽은 거에요, 입산.

그래가꼬 무조건 키 크고 뭐 허고 헌 사람은 나이고 뭐고 상관없이 잡아갔어. 긍게 나도 키가 크니까 빨갱이들이 저녁에 오믄 우리 어머니가 구석지다가 이룹게 한쪽으로 몰아치믄, 이불이 크잖아요 방에 하나 큰 놈. 그놈으로 그냥 이불을 싹 덮어노믄, 그 속에서 있으믄 그래도 들려. 그양 막 뭐라고 누가 있냐, 없냐. 그래가꼬 가만히 들응게 쌀을 도가지다 담아 놨는데, 그놈을 가지 가드라고. 쓸어 담응게 우리 어머니가 그 빨갱이를 붙들고

"나는 저 어디서 소개당해가꼬 여그 와가꼬 아무것도 먹을 거는 이거 빽이 없소"

헝게는 한 사람이 그러드만.

"그냥 부서 주라"고.

긍게 인자 부서주고 갔어. [김석주: 그 사람 괜찮은 사람이여.]

그래가꼬 여하튼 무조건 소고 나락까지 다 가즈 갔잖아요. 나락, 이룹게 저 타작을 않고 이룹게 쭉 눌러놨어. 고놈까지 다 가즈 가부렀어. 쌀이믄 쌀 있는 대로 다 가지 가불고. 뭐 소는 다 끌어다 잡아 묵어부리고. 딴 건 저, 헐 것도 없고.

그래가지고 우리 외삼춘이 방위군인 있었잖아요. 거그서 서무를 봤어. 저녁에 빨갱이들이 왔는디 학교 하나 불 안탄 놈이 있는디, 거 가 있었는디. 이자 거, 마루 밑에다가 전부 저저, 방위군인이 있었는데, 불을 지르면서

"니들 저저, 안 죽을라믄 나오라"고.

헝게 우리 외삼춘은 나가부렀네, 거기서. 문을 열고 인자 저기를, 판대기를 떠들고. 마루판장을. 그르고 나머지들은 어특해 양철로 했등가 막 때링게 터지드래요. 고리 다 나가부렀네. 우리 외삼춘만 딱 가가꼬는 빨갱이들이 여기, 불갑산 여기. 여기에다 오다가, 산은 여기 있잖아 저수지 있는 데. 거그 오다

"너 나가믄, 도망 가믄 살려준다."

그릉게 도망강게 쏴서 죽여부렀어. 그래가꼬는 여기가 맞아부린 거여. 긍게 막 뚜드러 패고 헌 게 거기여.

왜 살았는고 허니, 우리 외삼춘이 조선대학교 다니다가 그릏게 됐거든요. 유명했어, 다 알아 빨갱이들이. 그르니까 그 살릴랑게 못 살리게 허고. 그 총 맞아가꼬 여그 다리 맞았응게 그냥 두면 살 거 아니요, 치료 해주믄. 근디 이자 혼자서 놔둥게 걷지도 목하고 그양 거그서 일주일 만엔가 죽어부렀어.

그래가꼬 인자 연락해준 사람들이, 그래서 그 사람들이 묻어서 해가꼬는 인자 어느 사무소에 있다 해가꼬는 우리 외할아부지한테 연락이 왔어. 그래가꼬 거 가서 파 왔어.

그니께 그래가꼬 저기 있잖애요 그 저, 육이오 때 죽은 사람들 저기 허라고. 인제 우리 외갓집이 잘 살았거든요. 보상 타라고 헝게 싫다고, 마다고 했어. 탈 때마다 속상허다고 우리 외숙모가. [조사자: 외삼촌이 큰외삼춘입니까?] 그러지요. [조사자: 제일 장남?] 예. [조사자: 장남이고 그때 당시 조선대학교 다녔으면 엄청 잘 났겠네요?] 그러지요. [조사자: 얼마나 아까웠을까요?] 인물도 좋고 아주 똑똑했죠. 그니까 육이오 때는 무조건, 젊은 사람들은 무조건 이리저리.

경찰 아버지와 좌익 숙부간의 비극

허 화 행

"우리 할머니두, 형 갖다 그렇게 한 놈은 죽이라구, 열 번도 죽여야 된다구."

자 료 명: 20120213허화행(나주)
조 사 일: 2012년 2월 13일
조사시간: 27분
구 연 자: 허화행(여 · 1941년생) 강하님(여 · 1930년생)
조 사 자: 심우장, 박혜진
조사장소: 전라남도 나주시 다도면 궁원리 마을회관

[조사배경 및 조사방법]

마을회관에 들어서자 어르신들이 고구마부침을 해서 나눠 먹고 계셨다. 한국전쟁 당시 경험했던 일들을 이야기해달라고 하자 대부분 기억하고 싶지 않은 경험이라며 주저하는 반응을 보였다. 허화행 제보자가 적극적으로 경험담을 구연하자 소극적이었던 어르신들도 이야기에 귀를 기울였고 종종 이야기판에 참여하는 등의 반응을 보였다. 허화행 제보자가 주도적으로 이야기판을 이끌었고, 조사자가 청중들에게도 구연을 유도하자 강하님 제보자가 짧게 구연하였다.

[구연자 정보]

허화행 제보자는 1941년에 여주 이천에서 태어났다. 제보자는 숨어 지내던 부친을 자수시키겠다고 밀고한 숙부에 대한 원망이 크다. 부친의 사망과 부친 친구들의 숙부에 대한 보복에 관한 이야기에서 더 나아가지 못하였다.

[이야기 개요]

부친은 우익 활동을 하고, 숙부는 좌익 활동을 했다. 숙부는 형을 자수시키겠다는 생각으로 마을 사람들이 땅굴을 파서 숨겨주었던 형을 밀고한다. 동네 빨갱이들도 형이 은거해 있는 사실을 알면서 묵인해 줬는데, 혈육인 동생이 밀고를 했다. 그 결과 제보자의 부친은 끌려가 죽임을 당하고 만다. 다시 전세가 역전되었을 때, 우익 활동을 하던 부친의 친구들이 좌익 활동을 한 숙부를 죽인다.

[주제어] 좌우 갈등, 형제 비극, 아버지, 숙부, 동네 빨갱이, 은거, 밀고, 인공, 폭행, 자수

[1] 경찰이었던 아버지와 빨갱이였던 작은 아버지 간의 형제 비극

[청중: 그것이 언능 나올 얘기가 아녀요.] [조사자: 연세가 어떻게 되셨어요?] 일흔 하나요. [조사자: 그러면 그때는 아주 어렸을 때네요?] [청중: 나 열 살 묵었을 땡게 어렸을 때제. 다 기억하제.] [조사자: 기억하세요?] 그러죠. [조사자: 대체로 다른 마을들 보니까 여든은 넘으셔야 이야기를 잘 하시던데.] [청중: 나는 열아홉 살에 시집와서 그해 인공 겪었어.] [조사자: 그러면 지금 여든 하나 되셨

습니까?] [청중: 징그럽게도 고생했어.] [청중: 나는 그래도 우리 외갓집으로 가부렀어.]

아이고 나는 육이오래믄 지긋지긋해. 우리 아부지를 빨갱이가 붙잡아가가지구. [조사자: 그래서 어떻게 하셨어요?] 그전에 우리아부지가 대한도총단에 다녔었거든, 빨갱이 잡으러 다니는 데. [조사자: 무슨 단이요?] 대한독총단이라고 그러나? [조사자: 아, 독총단이요?] 몰라, 나 어릴 적잉게. 내가 지끔 일흔 둘인데 그런 기억이 나.

근데 그전에 우리 아부지는 여기 저기구, 우리 작은 아버지가 빨갱이였어. 그래가지구 우리 아부지를 동네사람들이 다, 땅을 파구 시골에서 인제 사는데 거기다 이룹게 감춰놨는데, 우리 작은 아부지가 그냥 빨갱이들 데리구 와가지구 [청중: 빨갱이 집이가 있으믄 못 살어.] 응. 그래가지구 형 자수시킨다구 데려가가지구, 일주일만 있으믄 우리 아군이 오는데 그냥 그 눔들이 잡아간 거야. 빨갱이들이, 우리 작은 아부지가 빨갱인데 데리구가가지구.

[조사자: 친정이 어디세요?] 나 여주. 이천서 살았지. 옛날에 이천이 고향이었어요. [조사자: 지금 말씀하시는 거 이천에서 경험하신 걸 말씀하시는 건가요?] 그렇지요. [청중: 이천에서 그러고 육이오 했구만.] 아, 육이오가 아니고, 우리는 빨갱이들이 그렇게 육이오 때 겪은 거지. [청중: 빨갱이들 있는 집은 못 살았어, 그때.]

그래가지고서네 우리 아부지를 그 빨갱이들한테 붙잡아가가지구, 그 전에 뭐 광나루 다리래나 어디루 해서 뭐 끌고가가지구 저거 해서, 일주일만 있으믄 우리 아군들 오는데, 그래가지고서나 이제 다 그 사람들이, 빨갱이들이 들어가구서 나중에 이제 우리 작은 아부지를 잡아다놓구 우리 어머이더러 와서 보라구 그러드래. 그래가지구 어뜋게 했으믄 좋겠냐 그러드래. 그서 죽일래믄 죽이구 맘대루 해라 그랬대. 그래서 을마나 뚜드러 팼는지 다 죽어가드래. 그래가지구 인천 바다에 가서 쏴 죽였다고 그러드래. [조사자: 아, 그래서 그때 돌아가셨어요?] 그래서 우리 아부지는 붙잡아가가지구서 그놈들이 인제 어뚷게 죽였겠지.

그러구 우리 작은 아부지두 이제 우리 아부지 친구들이 이제 다 들어와가지구 인제 다 아니까는 이제 죽였다구 그러드라구. [조사자: 아이고!] 그니까 그렇게 해서 망했어, 우리 집안이. [조사자: 그러면 어머니께서 자식들 키우시면서 굉장히 고생이 많으셨겠네요?] 우리 친정어머니가 고생 말도 못했지요. 그리구 우리 할머니두, 같은 아들이지만 그놈은 죽여야 된다구, 형 갖다 그렇게 한 놈은 죽이라구, 열 번도 죽여야 된다구. 그래가지구 우리 할머니두 같은 자식이잖아? 근데두 막 죽이라구 그러드래. 우리 아부지 친구들이 죽였나봐. 그때는 이제 우리 아부지두 빨갱이 잡으러 대니는 저거 했었는데, 이제 더 그놈들이 앙심을 먹고 그 지랄 한 거지.

[조사자: 그러니까 아버지께서는 빨갱이 잡으러 돌아다니셨고, 그 다음에 작은 아버지께서는 빨갱이를 하셨고. 그래서 아버지 있는 곳을 작은 아버지가 알려줘 갖고 아버지를 잡아가니까 아버지 친구들이 그 작은 아버지를 잡아다가 어떻게 하셨구나?] 우리 아부지는 일주일만 있었으믄 살았대, 그때. 근데 우리 작은 아부지가 아주, 그 우리 엄마가 들에 가는 바구니에다가 밥을 가져 가가지구서네 이룷게 갖다, 동네 빨갱이두 있으니까, 동네 빨갱이두 있었대, 거기 그 동네. 그런데 [청중: 인공 때는 한 동네 사람이] 누가 볼까봐, 밥을 들에 가는 것 모양 해가지구, 겨우 사람 하나 들어가 누울 만큼 동네서 숨겨줬어. 그렇게 그런데두, 그렇게 우리 작은 아부지가 형수 자수시킨다구 그렇게 그냥 형 내노라구, 뭐 시동생이 그러니 꼼짝없이 그렇게 해가지구 [조사자: 그때 작은 아버지도 결혼을 하셨었어요?] 그랬지. 했을 거야, 아마. [조사자: 그러면 작은 아버지의] 가족들도 다 죽었지요.

[청중: 인공 끄집어내믄 한도 끝도 없어.] 우리 집안은 그렇게 해가지구 망했어. 그래가지구 우리 작은 아부지두 그렇게 죽구, 우리 아부지도 진짜 [조사자: 그런데 그런 이야기를 해주셔야 기록에 남습니다. 그래야 다시 안 일어나지

요.] 우리 아부지는 일주일만 있으믄 사는데, 그때. [청중: 근다고 전쟁이 안 일어나겄소?] [조사자: 예?] [청중: 요고 기록 해논다고 전쟁이 안 일어나?] [청중: 인자 뒤로 뒤로 후손이라도 그때 그렇게 했다는 명령 내려놀라고 그러제.] [조사자: 그럼요.] 나는 육이오라믄 아주 이가 갈려. [청중: 후손이라도 놔둔다고 그런 거 조사 다 해갔어. 인공 때 죽은 사람들, 다 조사해갔어.] [조사자: 아, 그랬었어요?] [청중: 몇 번을. 어쯔고 죽었소, 어쯔고?] [조사자: 아, 그런 거 말구요. 저희는 뭐 언제 어떻게 돌아가셨는가 이런 거는 중요하지 않구요. 그때 고생했던 경험들 있지 않습니까. 고 이야기를 듣고 싶어서요.] [청중: 말도 못 헌당께.] [조사자: 고 말도 못하는 고생]

그래가지구 우리는요, 인제 딴 사람들은 피난 안 가두 우리는 피난 나갔어요. 그때 그 저기 했을 때. 왜냐? 그 빨갱이들이 인자 우리 아부지가 빨갱이들 잡으러 대닌 것을 알기 땜에, 우리는 남들 피난 안 가구 이룧게 있었을 적에두 가서, 저 친척집에 가서 숨어 다녔어요. [청중: 집안에 빨갱이 하나가 있으믄 그래.] [조사자: 그래서 어디로? 여주라고 그러셨어요?] 여주 이천 살았어요. [조사자: 여주 이천에서 어디로 피난 가셨어요?] 우리는 그전에 부발면, 여주 이천 부발면이라고 있었거든, 거기서 살았어요. 그러구 인제, 그래가지구 이모네 집이루 어디루 갔던 거 같애. 내가 어려서. [조사자: 거기서 얼마정도나 있다가 다시 돌아가셨어요?] 누가? [조사자: 거기서, 이모네 집에서 어느 정도 살다가 다시 고향으로 돌아가셨냐구요?] 나는 얼마 안 살다가 다시 돌아갔지. 인제 동네 사람들, 빨갱이들 피할라구, 인제 동네 사람들, 우리는 우리 아부지가 그런 거를 잡으로 다녔기 때문에 그냥 맨날 비행기가, 그 사람들이 뭐 갖다가 붙이면 그런 것두 겁이 나구, 비행기가 막 돌면 문턱에다 붙여노믄 막 겁나구, 동네 빨갱이들두 겁나구, 그냥 신고헐까봐. 그래가지구 그냥 나만 아마, 쪼끄만 우리 동생허구 삼남매였었는데, 나만 데리구 댕겼을 거야. 큰 거만 데리구 댕기구 쪼끄만 것들은 우리 외할머니한테 맽기구 다니구 그랬어.

[조사자: 그러면 육이오 때 경험했던 거를 친정어머니가 육이오 끝난 다음에 자식들 키우시면서 자주 이렇게 말씀 해주셨나요? 아버지 돌아가신 거나 아니면 작은 아버지] 내가 알지요. 그래가지구 우리 아부지 저거는 아마 이천군에 어디 저거에 다 푯말에 있다구 그러는 거 같드라구. 이름이 남아있다고 그러는 거 같드라구. 우리 아부지가 그전에 대한독총단에 무슨 간부로 있었거든. 그러니까네 그게 다 남어있지, 이제 그렇게. [조사자: 그러면 제가 보기에는 그 외할머닌가요? 그 친할머니. 어르신의 친할머니가 제일 속상하셨을 거 같은데. 지금 아들 둘이 서로를 죽인 거 아녜요?] 그렇죠. 그래가지구 우리는 그릏게 해가지구 망했어. 그전에 이천군에서 둘째가라구 그러믄 서럽게, 이천군에 지금 고속버스터미날 있는 데가 그전 우리 집터였었거든요. 이천군 그 고속버스터미날이. 그거 난리에 다 망했지 뭐. 이릏게 저릏게들 다 되구. [청중: (고구마부침을 권하며) 잡쉬들, 잡수셔.]

그나마나 뭐 이거 지끔 조사 다녀 봐야 어려서들 다 한 거라 잊어먹지. [조사자: 그런데 여든을 넘으신 분들은 기억하시는 게 많아요. 그때 한참 애들 낳아가지고 키우실 때거든요. 갓난 애기도 있고.] [청중: 잊어불도 안 해. 하도 징허 죽겄어서, 아주. 할머니들도]

그래도 우리 아부지는 빨갱이가 붙잡아갔기 때문에 지끔 돌아가셨는지 살으셨는지도 모르는 거지. 그냥 그렇게 있어요, 그냥. [조사자: 혹시 북한으로 넘어가셔서 그쪽에서 살아 계신지도 모르겠네요?] 근데 그놈들이 그전에 광나루 뭐 어디루 이릏게 해가지구 이릏게 짐 져가지구 끌고다니구 막 그런대는 소문이 들리구, 들렸다구. 우리 어머니가 그런 소리 하드라구. 그래가지구 그눔들이 죽였을, 죽였을 거라구 그러드라구. 빨갱이 잡으러 다닌 걸 알았기 땜에 더 죽였을 거라구 그러드라구.

그래두 우리 아부지는 동생을 그냥 어뚷게 해든지 자수시키구 저거 할라구 그래가지구 지붕 꼭대기에다 판자를 이릏게 해가지구, 그전에 우리가 제재소

했었거든요, 크게 이천군에서. 그렇게 해서 꼭대기에다 그냥 숨겨놓구 그랬었대, 우리 아부지는. 이제 아주 활동을 안했기 땜에. 사상만 우리 작은 아부지가 빨갱이였었지, 이제 활동은 안 했지. 그런데 그냥 빨갱이가 쳐들어오니까 이제 그때 활동을 하기 시작한 거지, 우리 작은 아부지두. 그렇게 해가지구 우리 아, 자기 형은 하물며 그렇게 자기를 숨겨줬는데, 그눔은 그렇게 못되게 자기 형을 그렇게 자수시킨다구 구뎅이까지 와서 그 사람들을 아리켜줘 감서 끌구가가지구 그렇게 형을 죽였어. 그래가지구 우리는 그때 다 망했어요. 나는 육이오래므는, 나는 진짜 살았으믄 우리 아부지가 유학까지 보냈을 거구.

[조사자: 이천에서 언제 내려오셨어요, 여기로?] 아 인제, 그전에 군인한테루 내가 시집을 가가지구 인제, 제대해가지구 인제, 여기루 인제 벌 길른다구 내려와가지구, 전라도 온 지는 한 십오 년 됐어요. 인제 여기서 뿌리 박구 살라구. 전라도가 어쩐지두 몰랐었는데 [청중: 이천 그런 데가] 이천서만 살았나? 시집을 이제, 나 어려서는 이천이지, 고향이.

[조사자: 다른 어르신들 한 토막만 이야기 해주시죠. 어떤 경험 하셨어요, 어르신은?] [청중: 쫓겨 대니고 그랬제.] [조사자: 고 이야기를 좀 자세하게 해 주십시오, 하나만.] 쫓겨 대닌 거 몰르지, 뭐 어려서. 나는 이제 아부지를 그렇게 했대는 거를 아니까 기억이 나지, 이제. 나는 늘 엄마한테 그런 소리를 듣구, 이제 내가 그런 경험을 겪었지. [청중: 우도 뭣을 지내야 하제. 엄마들한테 말 듣고는 기억을 못 해.] 아부지를 그렇게 했기 땜에 그런 걸 아는 거지, 모르지. [조사자: 지금 그거는 어머니한테 들으신 거죠?] 그럼요. 그르구 내가 또 직접 엄마하구 같이 이모 집으루 다니구 이런 건 알지. [조사자: 그러니까 어렴풋하게 있는 거, 열흘만 더 기다렸으면은] 일주일만. [조사자: 일주일만 기다렸으면 왔다 이런 거는 어머니가 다 해주신 거 아녜요, 말씀을?] 그렇지요. 그렇지요. 그렇게 맨날 구뎅이까지 그렇게 보여주고 그런 얘기를 들었지.

[2] 군인들이 죄 없는 피난민들을 많이 때렸다는 이야기

[청중 1: 다른 데는 군인들이 얼렁 밀고 진주 됐는디, 다도면 못 밀어갖고 반란군들이 싹 몰려와갖고 다도 사람들같이 고생 안 한 사람들 없어.] [조사자: 아 그러셨어요?] [청중: 싹 사방에 군인들이 접수해부링게] [청중 2: 여 동네도 한나도 없이 다 타져붔어요, 인공 때. 집 한나도 없이 다 타졌어.] [청중 1: 집은 뭐 반란군들이 안 태웠어.] [청중 2: 경찰들이 와서] [청중 1: 군인들이 와서 질러 부렀어. 그래갖고는 피난 갔다오니께 몸뚱이 백이 없었어. 암 것도 없었어. 밥 해먹을 숟구락 하나가 없었어.] [조사자: 막 치고 사셨다면서요?] [청중 1: 그랬지, 모도. 그러고 인자 보앙매미로 피난 나가라고 항게, 보앙매미로 피난 나가서 넘으 방 이만한 것에서도 살았고.]

[청중 2: 옛날에 항아리 속에가 들어가갖고 잽혀갖고 죽고 그랬어.] 우리 집은 숟갈도 하나 안 읎어졌어. 그른데 나는 우리 아부지를 그렇게 해서 그룮게 고생했지. [청중 1: 피난 나갔다 옹게 아무것도 없드랑게.]

[조사자: 피난 가셨다 위험하지는 않으셨어요?] [청중 1: 어찌 위험 안해라.] [청중 2: 군인들이 길에다가, 우리 영감도 징그럽게 뚜드러 맞았어, 아주.] [조사자: 왜 팼어요?] [청중 1: 거그 저 피난민들, 군인들이 성질만 나믄 피난민들 잡어다가 뚜드렀어. 신석 지서에로 잡어다가. 그래갖고 골병든 사람들이 많았어, 죄도 없는 사람들이. 근디 멀리, 피난을 멀리 나간 사람들은 괜찮았어. 우리는 구석으로 나가갖고. 신석서 뭐 여그 다도 들어와갖고 뭔 나쁜 일만 있으믄 그냥 피난민들 나오라 그래갖고 신석 지서에다 잡아다놓고 어트게 남자들 뚜드러붔드니, 아주 등에서 피가 찍찍 나.] [조사자: 그러면 할아버지도 그때 고생 좀 많이 하셨겠네요?] [청중 1: 아주 그냥 피가 빠삭빠삭 말르고] [청중: 전에는 그렇게 뚜드러 맞어.] [청중: 그렁게 얼렁 죽어부렀지.] [조사자: 그것 때문에 일찍 돌아가셨어요?] [청중 1: 그랬는가 어쨌는가 일찍 돌아가셨어.] [청중 2: 전쟁 때 맞어갖고 아주 골병 든 사람 많았제.]

[청중 1: 다른 디는 다 진주 됐는디, 다도가 진주가 못 돼갖고 그양, 진주헐 띠에는 그냥 사방에서 퉁탕퉁탕– 총 소리 낭께, 그냥 산중이로 내뺐어. 근디 노가리재 넘어강게 산허리 앞에 강께는, 막 피난 나간 사람보다 막 동무– 동무– 어서 오라고 허드랑께. 그룧게 노가리재 넘어서 산에로 간 사람들이 거시기 싹 몰려부렸어. 저 거시기] [청중 2: 만세동.] [청중 1: 만세동 앞에. 그래갖고는 싹 논빼미다가 잡아다 놓고는 태극기를 빤드시 세우드랑께. 글떡에는 동무– 동무– 막 어서 오라고 군인들이, 그 사람들인 줄 알고 몰려나갔제. 그래갖고는 사람 싹 잡아다 논빼미다가 쓰라기 영둣이 영거서 놔두고는 태극기를 세우드랑게. 우들은 그 가새가 있는데]

[조사자: 그러니까 어떻게 됐다구요? 자세히, 그러니까 국군인데] [청중 1: 아이고 이제 그만해. 헐라믄 한도 끝도 없어.] [조사자: 국군인데 반란군처럼, 국군인데 반란군처럼 이렇게 오라고 해가지고 한 거예요?] 그랬당께는. 이자 여그 반란군이 싹 몰려갖고 있응게, 이자 군인들은 오믄 무조건 사람들을 죽잉께, 그 사람들이 이라 나려오라고 항께 싹 나려갔어, 이자. 긍께는 그냥 아조 학생들이고 뭣이고 그양 남자들이 칵– 잡아다가 산 아래 논빼미다가 놔두고는 태극기를 빤드시 세우드랑게. [조사자: 국군이었네요?] 국군이 그랬어. [조사자: 그래가지고] 그래갖고 여그는 못 밀어갖고 전주서 밀고 들오고 광주서 밀고 들오고, 나주서 밀고 들오고 화순서 밀고 들오고, 저 영산포서 밀고들와갖고 그래갖고 다 여기 싸부렀어. 포위를 해부렀어 그냥. 그래갖고 그냥 여기 사람들 아주 난리라믄 써름써름해.

[3] 강하님: 학생이었던 시동생이 방학 때 고향에 왔다가 인공들이 들어오는 바람에 죽다

우리 시아제도 광주서 고등학교 댕기다, 고등학교 3학년인디 여름방학 때 집이를 들왔어. 그래갖고는 인자 광주로 나갈라고 항게 그양 그새 인공들이 몰아갖고 질이 맥혀붕게 못 나가부렀어. 그래갖고 여그 와 있다가 죽어부렀어. 글안으믄 시아제 머리 좋고 징그럽게 이뻤었고 잘 생겼어라. 근데 그 사람들이 잡아가부렀어. [조사자: 어디 경찰들이요?] 경찰들이 잡아가븠지, 이자. 피난 나간 놈을 잡아가븠지. 무성께, 피난 나강게. 긍께 우리 시어마니도 그 병으로 그양 글안해도 아픈 사람이 얼릉 돌아가셔븠어. 화가 나갖고. [조사자: 아, 아들이 죽으니까요?]

그때만 해도 그룹게 광주서 갈친 사람 드물었어라. [조사자: 아, 그러면 굉장히 머리가 좋으셨던 모양이예요?] 좋고, 아주 그양 바까들 못 쓴다고 아주 막, 나 시집 옹께 그러드랑께. [조사자: 뭐 한다구요?] 바까들 못 쓴다고, 잘 생겨서. 공부도 잘 허고. [청중: 큰 사람 된다고.] 큰 사람 된다고 그러드랑께. 여간 키 크고 잘 생기고 이쁩디다, 나 시집옹께. 그양 눈썹도 부슬부슬해갖고 키 클으고, 광주서 들오믄 이쁘드랑께, 그양. [조사자: 아저씨보다 더 이뻤는가 본데요?] 오메~ 즈그 성은 찌금찌끔해. [청중: 죽은 시아제가 잘 생겼드랑게, 시집옹께.] 양복 입고 광주서 들오믄 매끈해 빠져, 태가 자르르 해갖고. 징허니 이뻤어. 그니 이제 방학 때 집에 들어와갖고 이자 광주를 못 나가븠어. 광주로 나가븠으믄 안 죽었제. 질이 맥혀서 못 나가부렀어.

[청중: 우리 동네는 나간 사람은 다 죽었어] [청중: 우리 친정오빠는 이장질 허는디 항아리 속에서 잡아가부렀어. 갖다 끄서다 죽여부렀어.] [청중 1: 나중에 죽을 건지 살아났잖아.] [청중: 그 짝에서, 솔찬히] [청중: 우리 시아부지도 동창가새로 죽여불고, 시아제도 말만 듣고 몰라, 나는.] [청중: 반란군들이 너이 데려다가] [청중: 그때는 무조건 사람만 보이믄 죽여븠어, 빨갱이들이.] [청중: 우리 성부 따문에]

[조사자: 특히 여기 다도가 심했던 거 같네요?] 응. 여 고랑이 심했는가봐. 여가 헉허니 아주 사람 겁나게 많이 죽었당게. [조사자: 다른 동네는 안 그런데 여기가 특히 심한 거 같아요.] 넘에 동네도 암시렁도 안 해. 여가 여 고랑창이 그렇고 심했어. 큰 고랑창도 엄청, 그 큰 골도 그렇고.

우리 집안 시숙은, 아주 그 애기들 양씬 갖다가 막 갖다 잡아 놓고, 그냥 밀어 놓고 죽이라고 그냥, 창으로 찔으라고 허고. 고놈이 해갖고 애기 울음소리도 안 들을라고 아주. [청중: 인공 때 많이 그랬어. 징그라.] 그래도 연주 시숙이 제일 많이 맞었어. 골골허고. 그때는 죄 있는 사람은 내빼붕게 괜찮으고 죄 없는 사람이 그렇고 맞아붔당게. [조사자: 어중간하게 못 빠져나오고?] 죄 없응게 안 내빼. 그래갖고 많이 맞아붔당게, 그떡에. 엄한 사람들이. [청중: 마루 밑에 숨어갖고 있었어.] 죄 있는 사람은 미리서 튀어불꺼 아니요. 근디 인자 죄 없는 사람은 내가 죄가 없는디 어쩔란디 허고 있다가 그러고 당해부렀제. 말하믄 징그라.

이념의 피해자와 인민재판

김 용 성

"갸들은 선량했어 이북 애들은. 여기 지방 빨치산들이 들어가면 죽이고 막 그랬지"

자 료 명: 20130820김용성(무주)
조 사 일: 2013년 8월 16일
조사시간: 40분
구 연 자: 김용성(남 · 1936년생)
조 사 자: 신동흔, 김경섭, 김정은, 한상효
조사장소: 전라북도 무주군 안성면 사전마을

[조사과정 및 구연상황]

조사팀이 마을 주민을 차에 태워 드리다가 우연히 들르게 된 무주군 안성면 사전마을은 정감록에 소개될 정도로 명당인 마을이다. 마침 마을 입구 정자에서 쉬고 있던 김용성 할아버지가 조사팀의 방문 목적을 듣고는 적당한 구연자를 손수 연락해 의도하지 않았던 이야기판을 정자에서 벌일 수 있었다. 김용성 할아버지는 화자로도 구연해 주었고, 여러 명의 제보자를 소개해 자신의 집에서 이야기판을 펼칠 수 있도록 도와주기도 했다.

[구연자 정보]

김용성 할아버지는 조사단이 우연히 마을 정자에 들렀을 때, 정자에 계시다가 마을 유래를 비롯한 이야기 해 주신 분이다. 그러다 이야기 잘하는 제보자까지 몸소 섭외해 주시는 도움을 주신 분이다. 이 마을이 고향으로 고향 마을에 대한 자부심이 대단했다.

[이야기 개요]

마을 앞을 지나가다 커다란 정자에서 쉬고 있는 화자를 우연히 만나 이야기를 청했고, 김용성 화자는 다른 분들까지 섭외해 주면서 구연에 도움을 주었다. 화자는 사전마을의 내력과 좌·우익에 의한 피해사례, 인민재판의 공포 등을 이야기했다.

[주제어] 인민군, 좌익, 우익, 공산당, 인민재판, 빨치산, 이현상, 덕유산

[1] 빨치산대장 이현상 부대가 덕유산에서 전멸하다

[조사자: 저희는요. 여기서 이 동네에서 6.25 때 어땠는지 알고 싶은데요. 그때는 몇 살 되셨어요?] 한 열다섯 살. [조사자: 예, 그러시네요. 그러면 이 마을에서 다 겪으신 거예요?] 이 부락에는 빨갱이가 없었어. 갸들(인민군)은 내려와서 순했어. 개들은 이북서 팔로군 빨간선 갸들은 진짜 온 사람들은 못 쓰는 돈이라도 전부 돈을 주고 닭 잡아먹었어. [조사자: 돈을 주고 잡아먹었어요?] 돈을 주고 잡아먹었어. [조사자: 그냥 가지고 가지 않았구나!] 그냥 가지고 간 게 아니고.

근데 여기 문제는 빨치산, 빨치산이 지방 빨치산 지방 빨갱이들이 이것들

이 들어가 가지고 사람 막 죽이는 기여. 사람 막 죽여. 근데 이 부락은 부락 사람이 부락을 죽이고 서로 죽이고 그런 일은 없었고.

안성에 저 명천에 김차선 씨라는 분이 치안대 지서장이요. 그분이 치안 대장을 했어. 그분이 사람이 순해서 좋았어. 그래서 그분이 웬만한 것은 다 빼내고 도피시키고 [조사자: 덮어 주셨구나!] 덮어 줬어. 근데 도행리이라고 요 밑에 거기 사람들이 여 와서 많이 죽었어. 잡아가도 죽었고. 젊은 사람이 여기서 마지막에 빨치산이 원래 텃골이라고 요 바로 뒤에 봉대 뒤 [조사자: 여기 뒤에] 장개 지나가면 대북 있었지. 대북, 대북 지나가면 계북면 골짜기에서 계북면 거기서 빨치산이 전멸했어.

이현상이가 여기 금산 사람이야. 금산. [조사자: 금산 사람이에요?] 금산면 가마시라고 외버리 이현상이가 거기 사람이에요. 그런데 참 잘 있었는데 5사단이 와가지고 마지막에 토벌 작전해가지고 여기서 전멸을 해버렸지.

솔직히 이현상이가 들은 얘기를 들어보면 산에서 부대를 딱 이동하면 그곳이 쭉 습격이래. 그만큼 영리했어. 왜 이현상이가 왜 실패를 했나? 이현상이가 박헌영이 계통이야. 박헌영이 계통인데. 김일성이한테 박헌영이가 숙청을 당해 버렸어. 숙청을 당하니까 이현상이가 공산당에 와도 저는 죽는기여. 이현상이 박헌영 집계가 되면 이제 갸들은 숙청 아니야. 공산당은 기본이요. 공산당은 당은 기본은 자기 패가 아니면 뭐 싸그리 그 계통은 죽여 버리잖아. 그러니까 이현상이가 혼자 말해서 정신이 간 거지, 말하자면. 해봤자, 해 봤자다. 살아 봤자다. 가도 죽어도 그러니까 정신이 햇갈린 상태에 간 거지 여기서 텃골리이란 돼서 전멸 당 했어. 마지막 빨치산 부대가. [조사자: 빨치산 부대가 그게 한 몇 언제쯤 몇 월쯤이었을까요? 전쟁 나고?] 전쟁 나고, 연도는, 연도는 기억 못하겠네. [조사자: 추웠어요, 더웠어요?] 아마 빨치산이 종지부가 여기서 났어. 여기서 지리산으로 어디로 왔다 갔다 덕유산으로 왔다 갔다 했는데 여기서 끝났지.

[2] 인민군이 잡아간 사람들에게 관용을 베풀어 살려주다

마지막에 나도 잽혀가서 알았지. 짐 지고 [조사자: 짐 하라고 그러지요.] 중학교 때, 중학교 때 [조사자: 그 얘기를 한번 해 주세요?] 이쪽에 빨치산 내려와 가지고 잽혀 가지고 짐으로 저기 덕유산까지 갔다 왔다니까. [조사자: 거기가 가지고 다시 보내 주셨어요?] 보내줬어. 걔들은 순했어.

이 부락 사람이 파견대에서 총들도 공비하고 싸웠어. 향방 해가지고, 전투부대가 있는데. 총을 메고 잡혔어. 집으로, 집으로 왔다가 부락민들이 따라간 사람들이 그 사람하고 올 때에는 죽을 것 아니야. 짐은 지고 갔지만은 그런데 보내줬어. [조사자: 그 사람도?] 보내준 이유가 간단히야.

“네가 있다고 해서 우리가 하고 싶은 일을 못하는 것도 아니고 음 네가 죽였다고 해서 내가 너 때문에 하고 못하는 문제가 아니지 네 인생이 불쌍하니까 살려주는 거다.”

[조사자: 정말요?]

"다시 가라, 단 총은 메지 마라!"

보내줬어. 그래서 여기 와서 대구로 이사를 가버렸지 그만. 그만 대구로 가버렸지. 그만큼 걔들은 선량했어. 걔들은 이북 애들은. 여기 지방 빨치산들이 들어가자면 죽이고 막 그랬지. 걔들은 순했어. [조사자: 짐은 짊어지고 가신 게 몇 월쯤?] 8월. [조사자: 더웠나? 8월, 더웠을 때] [조사자: 빨치산한테 저기 인민군한테요.] 아니요. 여기서는 말하자면 이북한테 현물세 주고 우리들한테 세금 내고 그랬어. 6.25 사변 나가지고 겨울날에 걔들한테 세금 바쳤어. 걔들한테. 그 덕유산으로 가면 여기 큰 굴이 많아. 그쪽으로 갔다가 나중에 빨치산 소탕하면서 다 싸 잡았지.

[3] 덕유산에 큰 굴이 많아 피난 한 사람들이 예로부터 많았다

[조사자: 여기 굴이 많은가 봐, 여기 굴 얘기들 많이 하시더라고요.] 내가 얘기한 내 11대 할아버지 그 양반이 여기서 피난하실 적에 이 덕유산 너머에 오수자라는 스님이 있었어. 스님이 오수자 그 양반이 어떻게 그리 내려왔어. 오수자가 저 너머에서 이쪽으로 안내를 해서 여기서 피난을 했어. 보면 노비를 팔십 명을 데리고 하인을 팔십 명을 데리고. [조사자: 어마, 어마하네요.] 덕유산에 가보니까 그래 이제 내려온 얘기지만 굴이 어디 있는지 모르잖아. 말만 금강굴에서 피난을 가셨다. 그러니까 내가 지금으로부터 20년 전, 15년 전에 가 찾아보자. 그래 덕 밑에 덕고락이란 부락에 약 캐고 다니는 노인들이 있어. 젊은 사람들 근데 알아보니까 그런 굴이 있데. 그 얘기요. 굴이 그럼 한

번 가보자. 사람을 데리고 갔어. 동창이나 하나 있어 데려갔어. 그리로 저 쪼만한 작은 봉오리들이 고 밑에 바로 그 뒤로 올라가면은 이쪽 능선에서 이리 빠져나와 이리 능이 있더라고 저기 절벽이요. 근데 친구도 뭐라 그러냐면 약을 캐러 갔는데 가다 보니까 굴이 있어서 호랑이 굴이라고 막 도망을 와 버려서 굴은 못 들어가 봤다 그 얘기요. [조사자: 무서워서]

그래서 우리를 안내하더니 이쪽에서 하여튼 요 방향으로 올라가면 저 위에 있다 그래 굴이 있다 그 얘기해. 그래 몇이서 한 댓명이 쭉 내려서가지고, 총대를 세워가지고 걸어 올라갔어. 벼위밖 이렇게 하이 올라가니까 진짜 굴이 있네. 그래서 이렇게 딱 절벽이 됐는데 이게 바위여 바우. 근데 가보니까 그 앞에를 싸 올렸어. 축대를 해가지고 번번하게 만들었어. 허고 이제 바람 막느냐고 한쪽을 담을, 담을 쳐서 지금도 있어. 그래서 들어가 보니까 안에가 한 삼백명을 들어갈 수 있는 동굴, 굴이 있어. [조사자: 어머어머 그래요.] 근데 굴을 갔다가 다 돌을 다 골랐어. 판판하게. 돌을 골라 놓고 한쪽에는 이렇게 높은 게 또 하나가 있어. 근데 양반이 앉았던 자리 것 갔어. 그 앞이 넓은 곳은 움막을 졌거나 그런 것 같아. 도구를 싸서 이렇게 내려오는 데를 삐딱한 데를 이렇게 싸 올려서 이렇게 굴 앞에는 평지를 만들어 [조사자: 만들어 논거에요.] 맨들어 놨어. [조사자: 빨치산 있었을까? 거기 서] 갸들이 있었지. [조사자: 거기에 있었을 것 같아. 빨치산들도 다] 그만큼 넓어 굴 안이 [조사자: 300명이나 될 정도면, 그런데 가보셨구나!] 들어가는 입구는 아마 여기 여기 요거 3분에 1정도 들어갈 군역이 그런데 거기는 벙벙이야. 그렇게 굴 안이. [조사자: 그러셨구나!] 그래서 구분이 천을 보고 올라가서 벼슬을 버리고 내려오신 거야.

[4] 사촌, 팔촌 중에는 좌익이나 우익활동으로 죽은 사람들이 있다

[조사자: 근데 아까 인민군한테 짐 실어다 주셨던 거지요? 빨치산이 아니라] 빨

치산이 아니라, 그때는 전쟁 후니까. [조사자: 그때는 전쟁 후니까 다 같이 있었구나!] 수복이 다 된 다음에 잔당들 있었잖아. 지리산으로 이리 왔다 갔다 했지. 걔들이. [조사자: 근데 그런 얘기 처음 들어 가지고 인민군들이 그렇게 말하는 얘기는 처음 들어 가지고, 진짜 당당하네요.]

[조사자: 피난 같은 것 안 가셨어요?] 피난은 안 갔어. [조사자: 그냥 여기 있었구나!] 여기 살았지. [조사자: 이 동네는 큰 피해 없었어요?] 큰 피해 없었어. 단 이제 정신 사상 적으로 잡혀서 군인들한테 여기 김용만이라는 집안 형이 하나 죽었어. 사상 때문에 죽었어. 나 당숙 되는 사람은 경찰을 했는데. 남하를 못했어. 남하를 못하고 잡혀서 죽고. 또 큰집 장조카 되는 사람은 김호준이라는 일제시대에 일본군 소위로 해방되고 나와서 전주 3연대 부연대장을 했어. 부연대장을 전주 전주고, 전주중학교 배석 장교로 있으면서 3연대 부연대장을 했다고. 그 밑에 소위로 말하자면 교관하던 장영순이는 장관까지 했잖아. 장영순이는 그 분도 조카도 6.25 사변 때 남하를 못해서 죽었어. 잡혀가지고. 걔들이 죽이고 갔지. [조사자: 4촌 형님이요?] 아니 그니까 8촌에 9촌 되네. 아버지하고 나하고 8촌간이니까 [조사자: 여기 다 모여 사셔 가지고 다 아시는 거지요?] 지금은 다 어쨌는데. 그전에 여기가 집성촌이요. [조사자: 그러내요.]

[조사자: 집안 간에 사상이 달라가지고 서로 이렇게 부자 간에 형제간에 그런 거 없었어요?] 말하자면 어 군인한테 죽은 사람은 김용만이라고 요 사상 때문에 죽었고. 그런데 인민군한테 잡혀 가지고 죽었는지. 막 인민군들이 죽이고 [조사자: 그랬잖아요.] 그 몇 사람을 제외하고는 동네는 평온했어. 안 죽고 평온했어. [조사자: 그런데 저희는 왜 죽이는 지도 궁금해 갖고 우리 세대는 모르잖아요?] 아 그런 게. 인민군이 볼 적에 전주 삼연대 부연대장을 했으니까 적인께 죽이지. [조사자: 사상 때문에 돌아가셨다는 분은?] 김용만하고 집안 내 그분 [조사자: 그분은 활동은 특별한 활동을 하신 거예요?] 좌익, 우익. 이 박사가 하는 것은 우익이고, 이제 뭐, 여운형하고 [조사자: 여운형하고 그러셨구나!]

그 한 사람은 좌익이고. 왜냐면 공산 이론은 이 농민, 못 사는 사람들이 볼 적에 그 이상 천국이 없거든. 공산주의라는 것이. 근데 지금 독재가 심리가 공산당 아닌가. 우리나라는 박근혜 대통령 욕을 할 수 있지만, 이북에서 김정은 욕했다가는 즉가닥 죽어. 말하자면 그러고 공산은 기본은 갸들은 하나 죽으면 하나의 직계를 죽여 버리잖아. 공산당이.

[5] 인민재판으로 사람을 죽이다

공산당 그런데 공산이 공산당이 들어와서 인민재판하잖아. 인민재판 [조사자: 어떻게 해요?] 그게 뭐야. 그 부락에서 제일 무식한 놈을 위원장으로 만들어 [조사자: 위원장을 만들고] 그러다 치켜 올리니까 이놈이 막 안하무인 아니야. 그러니까 지들이 죽이고 싶은 사람을 다 죽어 버리는 거야. 부락 인민재판해 가지고

"죽이자!"

하면

"옳소, 옳소!"

해 가지고 돈 많은 사람 죽이고, 관계해 있던 사람 죽이고 이제 지들이 죽일 사람을 전부 인민위원장 입을 통해서 죽여. 죽여 놓고 그러면 여론이 생기잖아. 여론이 그러면 마지막에 누구를 죽이나? 인민위원장 그놈을 죽여. 왜? "우리는 몰랐는데 인민위원장이 그렇게 했습니다."하고 그 책임을 전부 똘똘 뭉쳐서 그 놈을 죽여 버려. 마지막에 죽여. 그게 바로 공산당에 이론이 그거야. 공산당에 이론이 그 무식한 놈을 만들어 나야 지가 시키는 대로하지 아는 사람은 안 한다 그 말이야. 전부 위원장 말 대로 전부다 해 놓고는 죽이고 있으면 지들 의사 반영해서 전부 죽이지. 죽여 놓고 나서 마지막에 여론이 생기면 우리를

지금 생각해봐요. 지금 한총련 문제 있잖아. 한총련이 다 학생이니까. 한

총련이 박근혜 대통령 때문에 데모도 하고 막 이러고 그러는데. 이북을 위해서 큰 소리치는데. 만약에 이북 정권이 들어오면 일번 도태가 한총련이요. 왜? 그놈들은 또 데모 또 할 놈들이거든. 그러니께 받아 들었지만은 갸들 세상이 오면 일 번 제거자가 한총련이야. 말하자면 그걸 몰라. 공산주의라는 것이 이론적으로는 그렇게 좋을 수가 없어. 다 나눠 먹으니까 부자 없고 나눠 먹으니까 그런데 세상에 지금 봐 다 알잖아. 왜 못 살아요. 공산주의가 왜 못 살아요? TV 나오지 새벽 별보기 운동, 천석 베기 운동 열심히 한다는 얘기하는데. 천 삽을 떠올린 놈도 쌀 한 주먹 배급, 안 한 놈도 한 주먹이요. 그런께 이북 강원도 농사 갔다 온 사람 많은 게 들어봐 들판에 나락이 얼마나 컸는가 보면 안 되겠다 이거야. 땀을 흘려도 한주먹. 배급 그게 오산이야. 그래 못 살아.

중국이 고르바초프가 민주화 했잖아. 고르바초프가 그쪽이 중국이 고르바초프를 욕을 했어. 그런데 지금 중국이 어때, 어때 어떠냐고 중국 전부 땅을 개방 시켜 버렸어. 이북은 안 되잖아. 정부가 가지고 있으면 왜 너 요 만큼 세금 내고 너 먹고 살아 그러면 땀나게 땅 파서 일햐. 왜? 한 마지이서 쌀 한마지 주고 나머지 너희 먹어라 그러면 더 많이 따면 지꺼니까. 그러면 이북 놈들은 아무리 해봤자 봉투로 해가지고 돌아오는 것 똑같혀. 그러니까 못 산다 이거야.

[조사자: 이 동네에서 그래도 인민 위원장 했던 사람 죽었어요?] 왜? 기본을 했니까 해야지. 위원장 했어도 끝나고 깨끗했어요. 그랬어. 깨끗했어. 수복되가지고 깨끗했어. [조사자: 위원장 했어도 이렇게 사람들을 해치지 않았어요?] 해쳤어야. 죄를 받든가 벌을 받든가 하지. [조사자: 위원장을 했어도 사람을 해치지 않았어요?] 어 끝나니까 인민위원장이 어쩔 수 없는 거 아니야.

[조사자: 미군들은 안 들어왔어요. 동네에 미군은 안 들어왔어요?] 아! 미군을 안 들어 아! 지나갔지. 지나갔지. 부락에 대해서 한 일은 없어. 내가 덕유산에서 내가 막 포를 싸가지고 날 리가 났지. 갸들이 지나가면 뭐 여기 내려와

서 사람들하고 접촉하건 없어. [조사자: 여기는 어른 신 그러면 여기서 보도연맹 관련해서 이렇게 사람들 죽이고 그런 일 없었어요?] 없었어. 우리 부락에는 그런 것 없었어. [조사자: 보도연맹 그런 것 없었고] 조용했어. [조사자: 그러면 여기 피난 거의 아무도 안 가셨어요?] 안 갔지. 안 갔어. 피난을.

인민군보다 지방 빨갱이가 더 무섭던 시절

김 영 순

"제일 무서운 것이 동네 폭도들이여. 인민군들은 모른께 괜찮아"

자 료 명: 20140416김영순(영암)
조 사 일: 2014년 4월 16일
조사시간: 1시간 23분
구 연 자: 김영순(여 · 1933년생)
조 사 자: 박현숙, 김현희, 이승민
조사장소: 서울 영등포구 양평1가 (구연자 자녀의 집)

[조사과정 및 구연상황]

제보자 손녀의 주선으로 제보자와 인터뷰가 성사되었다. 영암에 거주하는 제보자가 서울에서 만나기를 희망하여 서울 방문 일정이 있는 날을 맞춰 인터뷰 날짜를 잡았다. 조사자들은 세월호 사고 뉴스를 들으며 제보자와 만나기로 한 장소로 향했다. 자녀의 집에서 조사자를 기다리고 있던 제보자는 조사자와 간단히 인사를 나눈 뒤 구연을 시작하였다. 인터뷰를 주선한 손녀딸이 청중으로 참여하였다.

[구연자 정보]

김영순 제보자는 1933년 음력 4월 8일 전남 영암에서 출생하였다. 어릴 때 어머니를 여의고, 18세 되던 해 한국전쟁을 겪었다. 이 시기에 면사무소 출근했던 아버지가 갑작스럽게 세상을 떠났다. 유일한 혈육인 오빠는 목숨을 보존하기 위하여 도피생활을 하여, 제보자는 홀로 집안을 지키며 온전히 전쟁을 맞이하였다. 1955년(당시 23세)에 혼인하여 전남 여수에서 29년을 살았다. 그런 뒤 1984년(당시 52세)에 서울로 올라와 26년을 살다가 2010년(당시 78세)에 다시 고향인 영암으로 돌아가 지금까지 살고 있다.

[이야기 개요]

일제강점기 때 군수용품으로 조달하기 위해 학생들에게 송진 채취나 아카시아 나뭇잎 채취 양을 과도하게 배당하였다. 할당량을 채우지 못하면 늦은 시간까지 학교에 남아 있어야 했다. 한국전쟁 당시 면장이었던 부친은 주변에 어려운 직원이나 이웃에게 곡식을 자주 나누어 주었다. 면장이면서 부자였던 부친은 집안에 피해를 줄이기 위해서 빨치산에게 자금을 제공하기도 하였다. 부친은 빨치산이 찾아오는 날은 일찍 귀가를 하였는데, 제보자는 문밖에서 암호 '콩'을 외치며 부친을 부르는 빨치산을 목격하기도 하였다. 부친은 아침에 면사무소로 출근하였는데 갑자기 사망하였다. 아직까지 부친의 사망 원인을 정확히 알지 못한다.

한국전쟁 당시 집안에서 오누이만 살아있었지만, 오빠는 유학생 조직 활동으로 도피 생활을 하였고, 제보자는 홀로 집을 지키며 동네 빨갱이들의 횡포를 감내해야만 했다. 인민군이 후퇴하면서 지방 빨갱이들의 횡포가 더욱 악랄해지자 제보자는 남성들의 위협에서 살아남기 위해 기혼자로 위장을 하기도 하고, 밤이면 집을 나와 밭에서 숨어 지내기도 하였다. 어느 날은 동네 빨갱이들이 집을 태웠다. 그래서 부친이 화장실 안에 숨겨 놓은 금고가 모두 녹아내려 집문서, 논문서는 모두 타버렸고, 노란 금덩이만 남아있었다. 제보자는 부친이 물려준 땅 덕분에 농번기 때가 되면 일꾼들에게 양식을 넉넉히 제공해 주었고, 일꾼들은 제보자의 농삿일을 적극적으로 도와주어 결실이 좋았다. 제보자는 피난민들에게도 먹거리를 넉넉하게 제공하여 도움을 주기도 하였다.

도피 중이던 오빠가 동네 빨갱이에게 잡혀 끌려갔다. 그런데 좌익들에게 인정을 많이 베풀었던 부친과 경찰 형부 덕분에 무사히 살아 나왔다. 오빠는 유학생 조직에서 함께 활동했던 여인과 결혼하였고, 제보자도 23세에 결혼하였다.

[주제어] 지방빨갱이, 전소(全燒), 나락, 경찰가족, 부친 사망

[1] 일제강점기 때 군수용품 제조를 위한 배당

[조사자: 저희가 어르신들 경험하셨던 이야기 듣고 다니거든요. 그런데 할머님 전쟁 때 몇 살이셨어요?] 열여덟 살. [조사자: 그러면 해방 전에도 기억이 나시겠어요?] 열네 살 때인가 해방이 돼서 그것은 약간 희미해요. 6 · 25는 생생한데 해방된 것은 희미해요. [조사자: 그러면 전쟁 났을 때 전후로 해서 기억나시는 대로] 뭔 전쟁이요? [조사자: 6 · 25 전쟁이요. 일정 때는 잘 생각 안 나신다고] 그때, 해방은 열네 살 먹은 해, 그때는 주로 일만 했어요. [조사자: 어떤 일 하셨어요?] 농번기 때는 논에 가서 보리 베고, 모 심고 또 그 전쟁터 말밥이라고 그래가지고 마초 베고, 풀 베어서 거름 만들고, 그 일제시대에 하는 거요. 일제시대는 그런 걸 많이 하고 학교를 가도 그때는 초등학교인께. 학교를 가도 주로 모아서 가요. [조사자: 학교를요?] 하나 둘이 안 가고 나무 밑에로 어디, 어디 구역은 어디, 어디 구역은 어디 모아가지고 학교를 단체로 가

요. [조사자: 왜요? 그러는 이유가 있어요?] 비행기. 그 B29가 때릴 때인께. [조사자: 아, 그럼 집에 올 때도요?] 올 때도 같이 모아서 오고. 그러고 아침에는 학교를 갈 때 책가방을 가지고 가는 게 아니라, 시골이라 새끼를 꼬아서 요즘 배낭마니로 망으로 해서 새끼로 해서, 망이라 할까? 망을 짜가지고 낫도 넣고 옷도 넣고 짊어지고 그래가지고 수업은 오전수업만 하고 오후에는 나무껍질 벳기고 송진, 송진이라고 하면 알아요? 솔나무에서 잎이 짤라가지고 거기서 큰 거이 송진이 돼. 그라면 낫으로 탁! 때리면 떨어져. 그놈을 모아 갖고 송진기름도 냈어요. 열네 살 묵었을 때. [조사자: 그럼, 그게 집에서 쓰는 거예요?] 아니지. 학교로 갖다 주면 거그서 인자 아마 전쟁터에 보낼 거 같애. [조사자: 그 기름으로?] 그때는 그야말로 요즘에 요만한 촛대 하얀 거 그런 것에다 기름도 쓰고. 전기가 없었으니까. 일제시대에 그렇게 살았어.

[조사자: 할머니 그때 열네 살 때 어디 살고 계셨던 거예요?] 영암 그 집이서. [조사자: 영암 어디요?] 영암읍 역리 220번지에 살았어요. [조사자: 그럼, 한국전쟁도 거기서 겪으셨겠네요?] 응. 거그서 나갖고 거그서 크고, 거기서 8 · 15도 되고, 6 · 25도 되고, 그 집이서, 6 · 25 좌익들이 후퇴할라면서 집을 불질러 부렀지. 집을 불질러 부러갖고 또 다른 데로 이사 좀 갔다가. 지금 사는 집으로 짓어서 그리 갔지.

[조사자: 그러면, 학교 다니실 때 몇 학년이셨어요?] 5학년. [조사자: 송진기름 내가지고 학교에 갖다 주고.] 봄 되면 아카시아나무 띠어서 말려서 말 멕인디, 전쟁터에 말 멕인다고 그런 것도. 공부는 신경 안 썼어요. [조사자: 그럼, 계속 그런 걸 학교에 갖다 주고 그러셨어요?] 그란께. 학교에서 공부는 얼마 안 하고, 주로 인자 요즘 서울 같으면 동인데, 그땐 시골이라 리. 그런대로 인자 단체로 모아서 초등학교 고학년들이 그놈 모집하고, 우린 해다 바치고. 그 대신 그 양을 안 채와가지고 오면 이틀이고 삼일이고 그 양을 채우라고 그래요. [조사자: 양이 얼마나 돼요?] 그때 양을 모르겄는데 여하튼 배낭으로 하나. 배낭이 크지는 않는데. 망이다. 시골말로 망이라고 새끼를 꼬아가지고 배낭

마냥 크게 만든 게 있어요. 배낭만치로 딱 짊어지고, 그런 걸로 하나 해야 제 양이 돼요. 말려가지고 그것도. 그란께 농사가 많은께 머슴이 있는데 자꾸 머슴을 졸라. 그때 안씨라는 사람이 머슴을 살았는데.

"안씨 얼른 나 내일 학교가게 풀 말려줘. 풀 말려줘."

그러면 말려주면 그 놈을 갖고 가야 제 활동을 해요. 그래야 일찌거니 보내주지. 안 그라면 안 보내줘. 캄캄할 때까지 안 보내줘요.

[조사자: 그럼, 학교에서는 뭐해요?] 늦게까지 있다가 아홉 시나 되면 그때나 보내지. 그라고 학교 청소하라 하고. 놋그릇 같은 건 다 가져가고. [조사자: 베 짜고 이런 것도 다 가져간다고 그러던데요?] 우리 산 데는 베는 없어요. 모시 길쌈은 안 했어요. 농사만 많고. 길쌈이라고 하는데 길쌈은 안 하고 농사만 지었어요.

[2] 출근한 부친의 갑작스런 사망소식

[조사자: 그러면 한국전쟁은 어떻게 아셨어요?] 6 · 25전쟁이 났는데 우리는 잘 몰랐지. 근데 라디오가 있었어요. 그때 라디오가 있었는데. 이상하니 우리 오빠가

"아 큰일났네. 큰일났네."

나하고 두 살 터울인데. 그 말이 뭔 말인지 몰랐어요.

"한강이 무너졌네."

그 말이 뭔 말인지 몰랐어요. 나이는 열여덟 살이나 됐어도 그 말이 뭔 말인지 모르고, 그냥 평상시 하던 대로 살았어요. 그랬는데 그때 6 · 25때 우리 아버지가 일제시대에는 군청에를 다녔고, 6 · 25후로는 면사무소로 근무를 했어요. 그래갖고 6 · 25 터지자마자, 그러니까 내가 어려서라 고혈압인가 심장마비인가 모를 정도로 돌아가셔 버렸어. 토요일 날. [조사자: 아버지가요?] 예. 우리 집도 목욕탕이 있는데 목욕탕에는 뭐가 하나 쟁여져 있으니까.

면사무소에다가 소사보고 물을 데우라고 해가지고. 그날이 토요일이어서 점심 잡수시고 면사무소에 물 데우라고 했다고 목욕 가신다고 그러시더라요. 그래서 그런 줄만 알았지. 토요일이고 그렁께. 그랬더만은 세 시에서 네 시 사이나 됐는가. 소사가 막 담질해. 면사무소하고 우리하고 얼마 안 머는데. 소사가 막 달려오면서,

"사모님, 사모님."

인자 우리 어머님한테 하는 소리야.

"사모님, 사모님. 면장님 돌아가셨어요."

그래요. 뭔 말도 아닌 소리지. 그래서 내가,

"뭐요?"

면사무소에가 김판성이가 있고, 신판성이가 있었어. 그란께 소사는 김판이고, 얼른 부르기 쉽게. 소사는 김판이고 그때 직원은 신판이요. 김판이 와가지고

"면장님 돌아가셨소."

그래서 금방 목욕하러 가신 양반이 돌아가셨다는 것이 말이나 돼요?

"김판, 뭐요? 뭐요?"

항께. 숨을 막 쉬면서,

"면장님 돌아가셨어요."

그래요. 그란께,

"뭔 말이요? 뭔 말이요?"

항께. 말을 거벅 해봤자 그 말 뿐이요.

"면장님 돌아가셨다."고.

돌아가시면서.

"내 앞다지 세트는, 아 앞다지 세트는 내 사진갑 뒤에 있다고 해라."

그 말뿐. 그란께, 그 당시로 들을 때는, 지금까지도 심장마비로 돌아가셨는가 고혈압으로 돌아가셨는가 그걸 몰라요. 그땐 의사들도 많이 없고.

[조사자: 그때가 언제였어요? 전쟁 중이었어요?] 6 · 25때. 나 열여덟 살 먹었을 때. [조사자: 몇일 날이요?] 날짜는 정확히 몰라. 그때는 날짜고 달력이고 그런 것을 아예 못 봐. 여하튼 해 뜨면 훤하면 날 샜는가보다. 저녁 되면 밤이 돌아왔는갑다. 그란께 시간이고 뭐이고 없어.

[3] 아버지가 밤에 찾아온 반란군에게 돈을 준 이유

[조사자: 그러면, 전쟁 전에도 영암 쪽이면 한참.] 6 · 25? 영암 쪽은 지리산 줄기잖아요. 지리산 줄기라. [조사자: 반란군들 피해가 많았을 거 같은데요?] 많았어. 더구나 나는 반란군을 겪었어요. 왜냐면 나로 해서는 아버지거든. 그란데 그 당시로 봐서는 아버지 위치에서도 어찌할 수가 없었던 거 같애. 지금 생각하면은 어찌할 수가 없었던 거 같애. 낮에는 면사무소 면장이라고 출근을 해요. 그때는 식량이 귀했소. 식량이 귀한께 면사무소는 쌀이 많이 있거든. 그란께 객지에서 온 공무원들은 군수 같은 사람은 그렇지 않지만, 서장이네 경찰서 직원들 먹고 살 것이 없잖아요. 그란께 면사무소로 자꾸 쌀 주라고 오는 거야. 내가 보기엔. 그란께 쌀도 많은께. 낮에는 그리 쌀도 주고, 면사무소 쌀도 줬다가. 우리 쌀도 줬다가. 집에 있는 쌀을 아까 말한 김판이 가져가.

"왜 김판 쌀을 가져가?"

그라면,

"면장님이 면사무소에 갖다 놓라고 했어요."

그라면 내가,

"아버지 왜 쌀을 가져가세요?"

하면 아버지가,

"아따, 사찰계장이 쌀이 없다고 굶어 죽겄다고 안 하냐?"

그란께. 개인적으로도 주고.

그때는 또 식량 배급제였어요. 그러고 내가 보기는 그때도 우리 아버지는 살라고 그랬는 거 같애. 낮에는 출근하고 밤에는 그 사람들이 와요. [조사자: 집으로요?] 응. 집으로 와갖고, 그 대신 아버지하고 약속이 된 것 같아. 내가 지금 생각하면, 약속이 돼가지고 뭐랄까? 현찰이 중하지.

그때는 현찰이 중한께. 돈을 꽉 말아가지고 요만이나 하게 요즘 은행에서 동전 오백 원짜리 묶은 거. 그런 것을 내가 준 데를 봤어요. 그것을 밤에 그 사람들이 와요. 밤에 오면 고에 딱 말아놨다가, 문 딱 열면 얼른 주면 번개같이 사라져 버려, 그 사람들이. 긍께 밤에는 그 사람들 도와주고 또 낮에는 기냥 또 출근해서 업무보고. 내가 보기에 그런 거 같애. 내가 보기에는 우리 아버지란 사람도 낮에 어쩔 수 없이 출근하고, 또 밤에는 그 사람들 안 도와주면 죽이잖아요. 밤에 와서 죽여 부러. 또 아들 하나 밖에 없는데 자기하고 아들하고 얼마나 생명이 중허요. 그란께 아들하나 있은께. 아들 살릴랑께 또 주고 낮에는 자기 직무가 있은께 또 출근을 하고. 내가 보기에 그런 거 같애. 진짜 준 데도 봤고. 그라믄 그 사람들이 번개같이 와가지고, 그 당시로 봐가지고 우리 집이 담이었어요. 돌담, 돌하고 흙하고 섞어서 하고 위에 마람 얹지고. 그란데 그리 넘어와. 그리 넘어와서 딱 시간을 재는 갑서. 시간을 재면 다른 날은 우리 아버지가 술을 좋아하고 아는 사람이 많은께 얼른 안 들어오시는데 딱 일찌거니 들어오는 날은 뭔가 있겄다는 내가 딱 추측을 해. 그럼 아닌 것 아니라 그날 밤에는 뭐가 와요. 문 똑똑 뚜드리믄 우리 아버지가 얼른 돈을 준 것 같애. 내가 보기에. 그라믄 그 사람들은 번개같이 사라져 부러.

그란께 언제 한 번은 그런 정보가 샜던 거 같애요. 그런디 우리 집에서 자금을 조달해 간다는 정보가 새서 그란 거 같은디. 한 번은 우리 아버지는 안 들어 오셨어. 자기들끼리 우리 아버지가 그 사람들하고 연락을 날짜를 안 받았은께 우리 아버지가 안 들어오셨다고 나는 생각을 하는데. 우리 집이 오관접집이어요. 그란께 좀 크제. 그란디 나 자는 방에서 뭐이 뒷문을 '똑똑' 뚜드

리드라고. 그래서 내가 무서운께

"누구요?"

그랬어. 그란께,

"문 열어."

그러더라고. 그래서 문을 열어 줬지. 문을 열어 줬더만은 아무도 없거든. 나 혼자 있고. 우리 아버지는 안 들어 오셨고. 그란께,

"콩"

그러더라고. 그란께 앞뒷문이 있는데 뒷문에서

"콩"

그란께, 앞문에서

"팥"

그라고 딱 들어오더라구요.

그란께 그 사람들 암호요. 그거이 경찰관이요. 그란데 우리 아버지는 그때 안 들어오셨어. 긍께 살라고 하는 거지. 또 아들도 하나 밖에 없고. 울아버지는 아들 하나 딸 둘이었거든요. 우리 언니하고 나하고. 우리 언니는 여덟 살에 일제시대에 학교 들어가가지고 열여덟 살에 고등과까지 나와가지고 열여덟 살에 봄에 졸업을 해가지고 가을에 시집을 가버렸어. 그란께 어째서 시집을 왜 그리 빨리 시집을 갔느냐고. 아무것도 할지도 모르는데 시집을 갔어. 그래서

"왜 그리 빨리 갔냐?"

항께.

"내가 가고 싶어 갔냐? 아버지가 가라고 항께 갔지."

그란께.

"안 갈라면 말지, 왜 가?"

그란께.

낮에는 직장에서 시달리고, 밤에는 그 사람들한테 시달리고. 그란데 언니

가 결혼한 사람이 일제시대 경찰관이었어. 일제시대 경찰관이요. 그라고 또 인정이 많아가지고 그랬던가 어쨌던가. 그래도 좌익들을 많이 살려줬어요. [조사자: 그 형부가요?] 응.

[4] 살기 위해 시키는 대로 해야 하던 시절

그란께 우리 오빠를 6 · 25가 터져가지고 우리 아버지 초상은 쳤고 면면장비로 치뤘어요. 쳤는데 우리가 갈 곳이 없어. 그때까지는 집에 불은 안 질르니께 집에 가 있어. 그라믄 나오라고 하면 또 나가야 돼요. 나가서 지금 같으면 회관이라고 하는데, 그때 같으면 리사무소였을까? 리사무소에 가서 인자 안 나오면 안 나온다고 또 반동이거든요. 그러니께 나오라고 하면 또 나가야 돼요. 나갔어. 나간께 인공기 그리라고 그래요. 나도 인공기도 그려 봤어. 그라고 인자 안 가면 안된께. 안 가면 죽여. 시킨 대로 해야 돼요. 그라고,

"인공기 그리라."

그러면 그리고. 점심 먹는다고 집에서 나와서 들여다보고,

"김 동무"

내가 김씨거든요.

"김 동무, 몇 시까지 밥 먹고 와요."

그라믄 할 수 없이 밥 묵고, 처음에는 그랬어.

처음에는 그랬는데 인자 후퇴할라고는 막보기를 합디다. 집에 와서 하얀 옷은 안 가져가. 아무리 좋아도. [조사자: 눈에 띄니까 그럴까요?] 응. 아무리 좋아도 옛날 옷은 지금 생각하면 옷도 아니지. 그란디 옛날에는 국방색. 여하튼 흰 것만 빼놓고 옷도 다 가져가부러. 여자 옷 남자 옷 구별할 것 없이 다 가져가부러. 그란디 우리도 또 그것도 입어야 되잖아요. 그란데 숨겨 놓은 것도 다 뒤벼서 가져가. 하얀 것은 안 가져가. 그라고 패물이고 뭐이고 보면 본대로 다 가져가부러요. 가져가도,

“왜 가져가요?”

말을 못해.

그래가지고 우리는 인자 그 당시로 봐서는 금고도 있고 그랬어. 그래가지고 화장실을 팠어. 전용화장실을 파가지고 거기다 항아리를 묻었어. 항아리를 묻어서 부피 큰 것은 항아리에 담고, 금덩어리 같은 것은 금고에다 넣고. 그랬는디 6 · 25 나서 인자 그럭저럭 세월이 어짜다 어짜다 인자 시간을 알까. 훤하믄 날 샜는 갑다. 시도 때도 없이 배고프면 밥 앵기면 묵고 안 앵기면 못 묵고. 그냥 그라고 사는디. 인자 후퇴를 할랑께. 그 안에는 절대.

[5] 인공시절 인민군과 동네 폭도

제일 무서운 것이 동네 폭도들이여. 폭도들. 인민군들은 모른께 괜찮아. 근데 우리 위치로 봐서는 형부가 경찰관이제, 아버지가 면면장이제. 아조 자기네들 목적하는 반동 아니요. 그란데 우리 아버지는 다행히 밤에 조직적으로 준 거이 있고. 우리 형부는 어찌됐건 인심을 참, ‘김창순’이라하면 좌익들이 다 알 정도여. [조사자: 김창순이요?] 응. 김창순.

그랬는디 우리 오빠를 내가 인자 우리 집이서 그때는 불을 안 질렀은께. 그때까지는 그리 안 심했어요. 막 와서는 그리 안 심했어, 모른께. 그랬는디 나중에 가면 갈수록 지방 폭도들이 들고 일어난 거야. 그라믄 우리는 그 사람들이 무서와. 그럼 동네 사람들이 우르르 잡아다 줘. 잡아다 주면 거기서는 우리 오빠를 내줘. 우리 아버지가 또 그랬제. 우리 형부가 또 많이 살려 줬제. 그래 놓으니께 김창순이 처남이라고 하면 풀러줘. 그래가지고 우리 오빠가 살아났고.

인자 나중에 후퇴할 때는 인자 밭고랑에서 산고랑에서 살았는데. 처음에는 지방 폭도만 아니면 뭐인지를 모르니께. 인민군들이 어리디 어려요. 학생들이여. 그라고 학생들이 전쟁이 터진께 무기를 줘서 바로 내려보냈대요. 그란데 키가 적어. 그란데 이북 총은 크잖아요. 딱쿵딱쿵 그라고. 딱쿵총 키가 큰께 학생들이 요리 총을 메고 끝터리는 손으로 잡아야 돼. 그 사람들은 안 무서워. 어리고 학생들이라 안 무서운데, 동네 사람, 지방 폭도들이 무서워요. 그라고 영암은 지리산 줄기라 폭도들이 많이 와. 지리산 출발해서 산으로 쑥 타고 오면 금정면으로 해서 영암으로 온단 말이요. 그래가지고 끝터리잉께 사람이 그리 많아. 좌익 사람들 처음에는 뭐 별로 많은지 모르겠는데, 나중에는 칼빙을 차고 댕기더만, 그 사람들은. [조사자: 뭐를요?] 칼빙총. [조사자: 칼빈총] 응. 칼빙은 키가 적잖아요. 그란께 칼빙총은 키 적은께 키 적은 놈 차고 댕기는 사람은,

"아, 이북서 내려온 사람인 갑다."

그 대신 긴 총은,

"아, 학생들인 갑다."

그것을 알았어요. 그러고 그 사람들은 주로 밤에 활동을 해. 낮에는 별로 활동을 안 하고, 낮에는. 그 당시로 봐서 경찰서가 내무소였고, 부락이 서울 같으면 동사무소인디 시골이라 리사무소인디. 내무청년회라 했는가 하도 오래된 거이라. 내무청년회라 했는가 여하튼 그런 거 였어요. 그라고 밤에는 막 활동을 해. 그라고 낮에는 별로 활동이 없어요. 인공기, 우리는 거그서도 지그 얼른 눈에 띄고 또 동네사람들이 말을 항께 알아.

"저것들은 학교 다녔고, 저것은 무식자다."

그러고 항께 그 사람들이 오라고 그래.

"동무, 이름이 뭐이요?"

그래.

우짤 때는 모른 사람이면 가명으로 하고, 아는 사람이면 할 수 없이 끌려가야 돼요. 가면 인공기 만들라고 하고, 청소하라고 하고 그래. 하면 할 수 없이 해야 해요.

[조사자: 그러면 그 마을에 인민군 부대가 주둔을 했었어요?] 했지요. [조사자:

어디서 주둔해요?] 경찰서에요. 그란께 내무소라고. 경찰서를 내무소라고 바꿨지. 긍께 자기들 나름대로 6 · 25 터지기 전에 좌익으로 활동했던 사람 그 사람들이 두목을 하고 내무소장이요. 우리 같으면 경찰서장이고, 그 당시로 봐서는 내무소장. [조사자: 마을 사람이었겠네요?] 아니, 마을 사람도 있고 리 · 면 · 군 단위가 있잖아요. 그란께 군단위로 간 사람은 내무소장. 동네는 뭔 청년회고 뭐이고 그랬을 거이요, 아마. 그라고 낮에는 가서 종이로 인공기 만들고. 이제 밥 먹고 오라고 하면 그 시간 되면 밥 먹고 가야 돼요.

[6] 악랄해지는 사람들의 횡포에 대처하는 법

그란께 막 6 · 25가 터져갖고는 그렇게 했는데 자기들이 후퇴하게 되니까 아주 악랄하더라구요. 그라고 인천, 그 당시로 내가 알기는 인천서 함포사격을 했어요. 함포사격을 하니께 서울까지

"둥"

하고 울렸어. 아 영암까지 울렸구나. (제보자가 혼잣말로) '아, 이 멍충이 서울을 내가 지금 살고 있지 그때는 영암서 살았지.'

"둥"

하고 울리면 그때부터는 막 악랄해요.

[조사자: 어떻게 해요?] 이 사람을 사람 취급을 안 해. 자기들이 유리한 것만 욕심난 것은 밤에 소도 몰아가고 쌀이 있으면. 또 쌀만 가져가는 핫바리들이 있어. 그 중에서도 조금 높은 사람들은 권총 차고 군인들 옷 뺏어서 그 놈 입고 그라고. 뭣 안 들고 다니는데 거기 나름대로 핫바리들은 짐만 지고 다녀. 그란께 보고 좋은 것 있으면,

"야, 어디로 갖고 가"

그라믄 또 그리고 갖고 가고. 그런 거이 번복하고.

그라다 저라다가 가을이 된께. 곡식이 익잖아요. 언제 한 번은 나락을 세

개인가 갖다 주더니, 한 나무에 나락 알이 몇 개 있는가 세어보라고 해요. 그래도 나락 세는 것은 또 괜찮애. 나락은 좀 크니까. 조 세라고 할 때는 어짜요? 그런 것도 세어 봤어요. [조사자: 그래서 가져가요? 조도 세어가지고?] 응. 내가 몇 알 났다고 그러면 조는 진짜 셀 수가 없어. 그라고 밭에서 일하니께 손 요런 데가 까끌한께. 세다보면 손에 엉겨서 도로 오고 도로 오고. 그래도 어째도 그 사람들 눈은 피해야지, 나는. 그 사람들 보믄 내가 살지 죽을지 모릉께. 그 사람들이 가자고 하면 할 수 없이 가야항께. 될 수 있으면 그 사람들 눈을 피해요. 눈을 피해가지고 인자 안 사람이 더 무서운께, 안 사람은 안 만날라고. 차라리 인민군들 만나면 모릉께.

"니 가족사항이 어떻게 돼?"

그래요.

"아, 남편은 부산으로 고무신 치러가서 아직 안 왔다고."

그라고.

머리 딱 올리고 [조사자: 그러고 다니셨어요?] 응. 수건 쓰고. 그라고 바지 입고. 아, 그때는 몸빼였어, 바지가 아니라. 바지 입고 기냥 허스름하니 하고 다니고, 그리고 동네사람 안 사람이면

"아저씨, 안녕하세요?"

그란께

"잘 숨으시요."

그래. 좀 좋은 사람들은

"잘 숨으시요."

그란께, 우리가 농사가 많은께 농사를 지으면 그 사람들은 낮에 일을 하러도 오고 그랬어. 그라믄 밥도 많이씩 퍼줘. 그라고 돈도 빌려달라고 하면 얼른 줘버려. 해코지 할까 무서운께. 그란데 돈 빌려간 놈이 안 갚으려고 나중에 해코지를 하더라고 [조사자: 어떻게 해코지를 해요?] 그때는 우리가 농사도 많고, 또 초상도 우리 돈 안 들이고 치고 면면장비로 치룬께. 또 돈도 좀 많

이 있었고. 앞다지 안에가 돈이 한하게 들었더라구요. 그란께 그 사람들이 빌려주라고 하면 얼릉얼릉 줘부러. 그랬더만은 6 · 25 터지기 전에 줬어.

6 · 25가 딱 터징께 나타나. 그란께 돈 주라 안 할라고 하는데 지그가 더 뭐라고 해. 그래서 우리가 돈 줄 때는 지그가 사정해서 줬지만, 받을라고도 안 하고 해코지만 안 하면 그렇게 생각을 했지. 그란데 그 사람들이 후퇴를 할라고 하니까 막 찾으러 다니더라고요. 우리를 찾으러 다녀. 한 동네 사람이. [조사자: 해치려구?] 해칠라고 그랬지. 그럴 때는 막 숨어다녔어요. 그럴 때는 집에도 밤에도 못 들어가고. 지금 나 사는 집하고 삼십 키로가 떨어진 데가 그 앞에가 다 우리 땅이요. 논밭이요. 논에서는 못 자잖아. 밭에 가서 자요. 신문 깔고.

[조사자: 그러면 거기를 어머니랑 오빠랑 같이요?] 오빠랑 둘이 있었어요. [조사자: 둘이서만요. 언니는 시집을 가셨으니까.] 언니는 시집을 갔고. 그때 어머니가 한 분 계셨었는데 계모였어요. 계모가 와서 딸을 하나 낳았어요. 딸을 하나 낳았는데 그냥 자기 몫아치 주라고 하더라구요. 그래서 줬어. [조사자: 아버지 돌아가시고 난 다음에요?] 응. 바로 줬어.

[조사자: 그럼, 6 · 25 났을 때는 이미 떠나고 안 계셨어요?] 아니, 6 · 25날 때는 같이 살았지. 그란께 6 · 25, 같이 살다가 6 · 25 터질 때까지 살다가 아버지가 돌아가신께 조금 있으니까 그냥 주라고 하더라고. 그래서 자기 몫아치를 띠어 주었어.

[조사자: 그럼 오빠랑 두 분이서만 계셨네요?] 응. 그란께 간단하기는 하지. 오빠는 그때로 봐서는 유학생으로 들어가고. 목포중학교라는 데는 일본사람만 다니는데요. 오빠는 목포중학교 유학생으로 들어가고 나는 그란께 둘이 만나면 눈으로 말하고 돈만 좀 갖고 가고. 오빠는 자기들 나름대로 유학생들끼리 조직이 있었으니까. 그래갖고 나는 밭에서 주로 살고. [조사자: 그러면 그 반란군들 피해서 피난은 안 가셨어요?] 갈 수가 없어요. 나는 길도 모르고 오빠하고 같이 다니다가 둘이 같이 죽어버리면 어떡해. 그러니까 오빠는 오

빠대로 가고 나는 우리 집 근처만 맴돌았지. 나는 집 지키고 근처에 맴돌고 오빠는 자기들 유학생끼리 뭉쳐가지고 돌아다니고. 그러니까 나중에 말 들어보니까 유학생들끼리 시골로 가서 하나씩 와서 공기 살펴보고 도로 들어가고 집에 와서 옷 갈아입고 돈 갖고 가고. 그러니까 우리가 돈을 땅에다 묻었다니까요. 돈이 많이 있은께. 그 당시로 봐서는.

[7] 인민군의 방화로 녹아내린 부친의 금고

우리 아버지가 돌아가셔 놓으니까 옛날 앞다지로 돈이 하나 있더라구요. 그란께 오빠가 오면 돈 주고 화장실을 파고 화장실에 돈을 묻었어요. 금고에다 돈을 반틈 넣어놓고 화장실에 묻었는데 인민군들이 후퇴할라면서 집을 불질러분께 옛날 집이라 짚이 쌓였잖아요. 그란께 며칠을 그 놈이 누져가지고 금고가 열로 탔어. 그래가지고 인민군은 후퇴하고 인자 경찰이 진주를 했어. 진주를 해가지고 본께 금고가 눌었는디. 금고가 다섯 겹이 있더라구요. 키가 발화가 돼서 안돼. 그러니까 군인들이 뿌셔가지고 금을 알맹이를 알게 되었어. 우리 아버지가 태극기에다가 금을 묶어 놨는데 이렇게 만져보니까 바삭바삭해. 눌어갖고. 열로 눌어갖고. 그란디 금은 노란히 있더라고. 돈은 넣어 놓았는디 열로 까매. 다 타져버렸는디 금만 노래가지고 있더라구요. 논문서, 산문서 그런 것들도 다 눌려부러서 탄 형태 그대로 있고. 금만 노라니 있어.

[8] 낮에는 농토, 밤에는 경찰서 이중생활

낮에는 인민군이 후퇴해. 밤에는 인민군들 판이여. 경찰서 주위에까지는 못 간께. 딱쿵딱쿵하고 쏘면 밤에 총을 쏘면 불이 휭하니 가요. 파라니 불이여. 그렇게 보이거든요, 밤에는. 그라믄 낮에는 아군들이 와서 우리가 농사도 짓고, 진주 해놓으니께. 그러고 밤에는 인민군들이 쫓아와서 뭣을 가질러 오는 거야. 먹을 것 가질러. 돈 뺏으러 오고. 그러니까 낮에는 경찰들이 허고. 가족들은 밤이면 경찰서로 피난을 가고 동네에서 살 수가 없어. 오개 성이거든요, 영암이라는 데는. 성 밖에 성 안에 그렇게 말하는디 밤에는 사람들이 성 안에 들어올라고 사람들이 애를 써. 그란데 경찰 가족들은 저녁이면 경찰서에 가서 자. 낮에는 와서 농사를 짓고 밤에는 경찰서에 가서 자. 해가 지면 다 경찰서로 가. 그라믄 미쳐 못 가고 있으면 그 사람들은 땅거미 들어서 출발해갖고 먹고 살 것 가질러 오거든요. 그라믄 우리는 그 사람들 오기 전에 경찰서를 가야돼. 그라고 경찰 가족들은 경찰서에서 밥을 줘요. 저녁밥하고 이렇게 천막을 딱 치고, 요즘이니까 말 좋은께 천막이지 예전에는 챌이요. 광목으로 하는 챌. 그 밑에 가서 저녁이면 자고 아침이면 자기 농토로 와요. 농토로 낮에 와서 농사짓고 밤이면 해 질라고 하면 돌아가는데. 어느 날은 해도 안 졌는데 딱쿵 소리가 나더라구요. 그러니까 못 갔어. 미쳐 경찰서로 못 갔는데 그 사람들 소리가 나. 그래도 거기를 가야 산께. 우리 언니하고 오빠하고 나하고 밖에 없고. 형부는 근무를 하고 우리 언니가 애기들이 있은께. 그 애기들하고 언니하고 오빠하고 나하고는 저녁이면 경찰서에 가서 자요. 경찰서에서 잔디. 어느 날 우리가 늦어버렸어. 그란디 우리 언니가 애기들이 있잖아요. 애기들이 있는디 그것들을 델꼬 가야돼. 그란디 극도에 도달형께. 뭐 피난 갈 때 애기 데리고 간다는 것이 베개 업고 갔다는 말이 실감이 갈 정도야. 내가 겪어 봤으니까. 내가 우리 조카 하나를 제 시간에 들어가면 정문으로 들어가. 정문으로 들어가는데. 딱쿵 소리가 나면 정문을 안 열어 줘부러. 그란께 정문으로 못 들어간께 후문으로 경찰서 뺑 돌아서 흙으로 쌓아서, 성 같은 것을 쌓아서. 애기를 경찰서로 던지니께 홀랑 들어가더라고. 그때 우리 형부 동생이 있었어. 영암중학교 선생질하느라고. 지금 목동서 살거야 아마. 목동서 사는디. 거 남자인께 아마 나보다 세 살인가 네 살인가 더 묵었어. 그란께 아주 젊잖아요. 그란께 그때는 내가 경자삼촌 그랬거든. 자기는 혼자 올라갈 수가 있어. 나도 혼자 올라갈 수는 있는디. 애기들 때문에 혼자 못 가니께. [조사자: 애기가 있으니까요.] 애기를 잡고 여그를 잡고 훅 잡아 던진께 그 사람도 우에서 받았어요. 그렇게도 살았어요, 우리는.

[9] 살기 위해 헤어져야 했던 남매

그라고 낮에는 지그들 눈에 씌면 가서 일하고. 일이라는 게가 인공기 만드는 거. 그런 것 하고 지그 밥해 주고. [조사자: 그럼 그 인공기 만든 걸 마을 곳곳에 걸어요? 어떻게 해요?] 걸기도 하고 큰 놈은 걸고. 또 새로 나온 사람 이북서 내려온 사람은 줘. 갖고 댕기라고. 인민군 지그 뭣이라고 표시하느라고. 갖고 댕기라고. [조사자: 그러면 그런 거 만드는 일만 하셨고, 보통은 젊은 사람들 모아 놓고 교육도 시키고 그러던데요.] 교육도 시켰어. 그란데 그때는 우리는 뭔 말이 뭔 말인지 모르겄더라고. 그란께 이리 큰 방이 아니고 적은 방에다가 그때는 학교 다닌 사람이 별로 없었잖아요. 진짜 무식한 사람들만 많애. 그란께 말 알아묵는다는 사람들을 데려다 놓고 뭘 시켜. 그란데 사상이

틀려 놓은께 전혀 우리는 못 알아 묵었어. 말끝마다,

"동무는 어짜고. 동무는 어짜고."

밤낮 그렇게 해. 그란디 자꾸,

"동무"

소리만 알지 다른 말은 잘 못 알아 먹겄어.

"동무들은 앞으로 충성을 다 해야 하고."

그런 말을 어짜고 많이 하는데 맨 동무자만 나옹께. 아이고 교회 다니는 사람들은

"하느님 아버지."

하더만은 저 사람들은 '동무만 들먹인다.' 내 속으로. 그란데 난 교회도 안 간께 그런 말을 잘못 알아먹겄어. 어쩌께 해서 우리 집으로 해서 울 오빠 죽었단 소식이나 안 들어오면 그 생각이지 모르겠어. 그때는 어찌게 해서 거짓말을 했건 참말을 했건 생명만 이어나가기를. 그거이 안 사람이 오면 가슴이 다 철렁하고, 모른 사람이 오면 거짓말을 해도 넘어간께. 괜찮애. 그란데 안 사람이 더 무서웠어.

"니 면장 딸이지?"

그라믄 아니라고 할 수가 없잖아요. 그라고 다른 사람들이 뭐라고 하면,

"결혼해가지고 남편은 부산으로 고무신 치러 갔는데 안 왔다."고.

그렇게 떠넘겨 쳐버리는데 안 놈들한테는 어찌할 수가 없어. 그란께 안 놈이 오면 머리를 섬짓하고 모른 사람은 뭐라고 대답을 할까 그 생각이었어요. [조사자: 그러면 오빠는 어찌 되었든 숨어 지내셔야 되었잖아요. 어디 숨어 지내셨어요?] 그란께 내가 안 따라다녀 봐서 모르는데. 나중에 알고 보니까 주로 그 시골로 다니면서 헛간에 소마구청 그런데서 잤다고 하더라구요. 혼자 자는 것도 아니고 유학생 조직이 있었어. 그란께 유학생들끼리 그 선배들하고 소마구청에 주로 헛간에 그때는 모기도 많았어. 그란데도 살랑께. [조사자: 오빠가 유학생 조직이랑 같이 피해 다니실 때는, 그때가 인공 때예요?] 인공 때.

목포서 학교 다니다가 와가지고 인공 때. [조사자: 그럼 오빠도 없으시고? 혼자 계속 계셨어요?] 같이 있으면 같이 죽잖아요. [조사자: 그러니까요. 어떻게 지내셨어요? 그 전쟁 때.] 어짤 수 없어. 살랑께. [조사자: 그래도 오빠 어디로 갔는지 그런 거.] 그란께 나는 어디를. 그 당시로 봐서도 우리 아버지란 사람이 이 딸이 뭐이 좋다고 비접만 들어도 업고 병원에 가요. 그러고 일제시대였어도 안 오잖아요. 그라믄 자기들이 뭐 할당한 거 수량을 못 밟으면 안 보내줘. 그라믄 소사시켜서 자전거 타고 나 델러 보내요.

"이 시간까지 학교서 공부도 안 가르치면서 뭣하러 잡아놨냐?"고.

그러고 교장한테 퍼 붓고. 그러니까 우리 아버지가 좀 쎘던 갑서. 지금 생각하니까. 그 당시로 봐서는 먹을 것이 없은께 다 면사무소에서 식량을 타가야 먹고 쌀 형편잉께. 면장이니까 그 정도는 마음대로 할 수가 있잖아요.

"누구 식량 몇 가마니 줘라."

그때는 키로가 없은께.

"몇 가마니 줘라. 몇 가마니 줘라."

우리 아버지가 해야 주거든. 그란께 우리 아버지한테는 뭐인가 모르게 쩔쩔 맸던 갑서. 일제시대는 군청에 다녔고 해방 후로는 인자 면사무소로 와가지고 면장직하고 그래 놓으니께 그냥 내가 잘 산 것이 아니라 아버지 덕에 잘 먹고 있었지.

그러니까 난 뭐 무서운지도 모르고 놈은 나물죽도 못 먹는데 나는 쌀밥만 먹고 살았어. 그 당시로 봐서는 좀 우러러 봤지. 그러고 또 개인적으로 우리가 황천회사라는 회사가 있었어요, 술 만드는데. 월출산 물로 해서 술 만드는데 우리 아버지를 함부러 못 건들어. 지그는 발령 나서 가버리면 그만인데 우리 아버지는 영암사람이잖아요. 그러니까 내가 지금 생각하면 우리 아버지가 밤에는 그 사람들하고 뭐하고, 낮에는 또 자기 직장에 또 그란께 복잡했을 거 같애. 그란께 '혈압에 돌아가시지 않았나' 그 생각도 났어, 내가. 밤낮을 그것도 뭐 소소한 것도 아니고 좌익들 뒤대줄라 또 나오면 서장들, 공무원들

먹여 살릴라. 그란께 우리 아버지가 나한테 하신 말씀이,

"너는 무조건 아무것도 모른다. 누가 뭔 말을 하더라도 모른다고만 해라."

그 말씀을 한 번 하시더라구요. 그러나저나 가만히 본께 밤이면 와서 번개 같이 사라지는 사람도 있고.

[10] 좌익 살려준 경찰 형부 덕분에 살아온 오빠

[조사자: 그러면 그 사람들은 월출산에서 내려와요?] 지리산에서. 영암 금정면이라는 데가 지리산줄기야. 그래서 지리산 폭도들이 금정면까지 내려와요. [조사자: 그럼 몇 명이나 와요? 집에 돈 받으러는?] 보통 다섯, 다섯이 제일 많으고. 그란디 진짜 내려오는 사람은 다섯이 안 돼. 둘이 아니면 하나. 그란디 지방 폭도들이 따라다니는 거야. 그 사람들이 오면 지방 폭도들이 따라다닌께 지방 폭도가 무서웠어요. 그 사람들은 모른께 안 무서워. 거짓말도 하고 그러는데. 이 사람들은 지방 폭도는 다 알잖아요. 그러니까 우리 오빠를 죽이려고 데리고 가는데 내 눈으로 봤어. 우리 집에서 도구통에 올라서서 보면 담이 있는데 넘어 갔더라구요. 끝터리에서 세 번차. 이렇게 묶어 가더라구요. 그래가지고 인자 죽으면 같이 죽을라고. 우리 오빠 죽고 나 혼자 살면 뭐하요. 죽으면 같이 죽는다고 생각을 하고 죽으면 같이 죽고 살면 같이 산다고 쫓아 갔어. 그랬더만은 개생질한 데로 갔다고 그래. 그래서 내가 개생대로 갔어 내가. 가니라고간께 우리 오빠가 털래털래 와라. 진짜 우리 오빤가 아닌가 그때는 안경도 안 쓰고 눈이 좋은 때인가 진짜 우리 오빠 같은 데 길까 아닐까.

"오빠"

그란께 대답을 하더라고. 그라믄 안 죽었구나.

"오빠, 어찧게요?"

"매형 이름 들멕이면서 창순이 처남이냐고 그래서 기다라고 하니까 살려주

더라."

그러니까 우리 형부도 전남 신안 사람이여. 어찌됐건 간에 좌익들을 많이 살려 줬어. 생기기는 무대잖이 크게 생겼어도 인정이 많아가지고 누구 와서 애달프게 하고 사정하고간께. 주로 부모들이 와서 사정하고 안 허요. 그래가지고 많이 살려줘 놓은께 김창순이 아냐고 해서 매형이라고 하니까 가라고 하더라요. 그래서,

"아니 매형 아냐고 해서 안다고 하니까 가라고 하더라."

그래서 그날 저녁에는 둘이 밥 해먹었어. 바로 갔다 왔은께 그날은 안 데려갈 것 아니요. 그날 저녁에는 둘이 밥 해먹었어. 그러고 또 어찧게 밥을 해먹었는지 안 해먹었는지 몰라.

[조사자: 그럼 오빠는 계속 숨어 지내다가 잡힌 거예요? 그 바닥 폭도들한테?]

처음에는 뭣도 몰랐지. 뭣도 모른디 가만히 보니께 유학생들끼리 조직을 허고 그래서

"오빠 그런 거 해도 돼?"

"안 할 수 없다. 나만 하는 것도 아니고 안 할 수 없은께 따라는 가야된다."

그러더라고.

[11] 병풍 뒤에 숨어 지내던 고모부의 죽음

그러더만은 처음에는 별로 심하지 않았어요. 그런데 무작무작 심해지더라고. 걸음걸이가 달라져. 그 사람들은 절대 반듯이 안 걸어요. 좋게를 안 걸어. 무지하게 급해, 걸음걸이가. 그란께 인민군은 급하게 건께 젊은 사람이 급하게 걸어가면 인민군인지 알아. 그란께 이북 걸음이 그란가봐요. 낮에는 그라제.

우리 고모부가 계셨어. 고모부가 계셨는데 고모부도 숨을 데가 없으면,

"영순아 어떻게 사냐?"

그라고 오셔. 그라믄 우리 집이 큰께 농을 이 만큼 잡아내고 둘이 그 뒤로 숨어. [조사자: 고모부랑요?] 고모부랑. 거그서 내가 열여덟 살에 화투를 다 배웠다니까요. [조사자: 그 뒤에 숨어서요?] 응. 못 나온께. 위험한께. 집은 문 다 열어놓고.

[조사자: 그런데 고모랑 고모부는 왜 피해 계셨어요?] 좀 있는 사람은 다 잡아 갈라고 한께. [조사자: 고모네도 부자셨구나.] 좀 있는 사람은 다 잡아 죽여. 그란께 그 사람들은 인민군이 무서운 게 아니라 조직 폭도들이 무서운께. 좀 있은께. 돈 안주면 죽일 것 아니요. 그러니까 고모부하고 나하고 농 뒤에서 그때 열여덟 살 먹어서 화투를 배웠다니까요. 그란께 우리가 난 여자고 잘 모른디 걸음걸이를 보면 이북서 내려온 사람이다. 지방 폭도라는 것을 알게 돼요. 그라고 지방 폭도들은 좀 뚤레뚤레 하면서 가고, 인민군들은 키가 쬐깐 한께 총을 들쳐 메고 손으로 잡고 걸음을 빨리 걸어. 그런데 지방 폭도들은 고개를 자꾸 돌려. [조사자: 뭘 주시하느라고] 그런 데를 내가 봤어.

[조사자: 그럼 고모랑 고모부는 집에서 얼마나 숨어 계셨어요?] 그란데 결국 돌아가셨어. 그때 잽혀가지고. 나하고 그때까지는 그렇게 안 심할 때라 문 다 열어놓고 농 뒤에서 둘이 화투 칠 때는 그대로 넘어 갔는디. 나는 고모부한테 배우고. 그 다음에 어디서 잽혀가지고 돌아가셨어.

"점재 죽었다."

글더라고. 우리 고모부 이름이 김점재거든요. 그 좁은 바닥에서

"점재 죽었다."

그라믄 죽는 거요. 끌려갔다 그러면 또 죽는 거고. [조사자: 그러면 집에 계실 때는 잘 숨어 계셨다가] 그렇지 나하고는 농 뒤에 잘 숨어 있었지. 그랬는데 나중에 들어보니까

"점재 죽었다"고.

그러더라구요. 그래가지고 가버렸어. 그라니께 죽었다하면 인자 가족들은 어디서 죽었는가 찾으러 다니는 거요. 그 사람들은 총으로도 안 죽여요. 창으

로 찔러 죽여요. 그란께 그냥 고통을 당하면서 죽어라 그거이지. 총으로 딱 쏘면 금방 죽잖아요. 근디 총으로 딱 쏴서 총을 맞고 죽으면 부어 사람이. 띵띵 부어. 그란께 보통 옷 입고 있다가 죽으면 불잖아요. 꼭 고무풍선 같아요. 사람이. 부어서 펑펑해. 나는 안 차 보고 눈으로만 봤지만 남자들은 오다가다 발로도 안 차요. 그러면 펑펑해. 공 같애, 꼭 고무.

[조사자: 그러면 고모부도 결국 부자라는 이유로 잡혀서] 응. 지그말 안 듣고 뭐 주라고 할 때 안 주면. 그래서 우리 아버지가 그렇게 퍼 줬는 갑서. 그란께 저녁이면 딱 와서 예약을 하지. 가면서 언제 온다든가. 그란데 나중에 밤에 왔다 간 사람들을 본께 교육자가 그렇게 많아요. 우리 선생도 왔다갔더라고 그란께 내 선생이 나한테 그렇게 잘했어. 하덕한 선생이라고 그렇게 잘했는데 나중에 알고 보니까 한 동네 사람이더라고. 먼 데서 오는 것도 아니야. 한 동네 사람이고 학교 선생하면서도 우리 아버지한테 돈 갖다가. 그란께 이렇게 바로 안 오지. 몇 단계 거쳐서 오지. 그란께 우리집에 와서 우리 아버지한테 돈 갖고 가서 있으면 자기 집에 자기 친구 같이 놀러 와서 거그서 갖고 가는 거지. 그렇게 하더라고. 지금 인자 가만히 생각해본께 다 선이 그렇게 닿았던 갑서. [조사자: 그러면 인공들 들어오고 할 때 부자라는 이유로] 부자는 다 반동이여.

[12] 방화로 불타는 집을 바라만 봐야 했던 상황

[조사자: 집에 그렇게 피해는 받지 않으신 거네요?] 처음에는 그 사람들도 별로 해코지를 안 했어요. 그란데 나중에 갈라고 할 때. [조사자: 아, 이제 후퇴할 때.] 후퇴 할라고 할 때는 죽이고 가고 집 불 질러 불고. [조사자: 집에 불은 왜 질렀죠? 할머니 집만 질렀어요? 아님 마을 전체를 질렀어요?] 다 지른 것은 아니지. 명색이 지그가 보기에 반동이것다 그렇게 한 사람들만 질렀지. 그란께 역리 백련동이란데서 우리 집하고 세 집만 지르고 나머지는 안 질렀어.

[조사자: 그때 집에 계셨어요? 불 지를 때?] 못 있지. [조사자: 그땐 어디 가 계셨어요?] 밭에 가 있었지. [조사자: 밭에 숨어 있고 집에 왔더니 불이 나 있었어요?] 아니, 집 불탄 데를 이렇게 봤어요. 그래도 내 집 불탄다고 갈 수가 없잖아요. 오빠도 없었고 나는 불 타던가 말던가 밭고랑에서 이라고 쳐다보고 있었지.

[조사자: 아니, 혼자서 그 전쟁통에, 아이쿠.] 어쩔 수가 없어. [조사자: 그러면 집에 머슴들도 있고 그랬잖아요. 그러면 인공들 들어오고 나서 머슴이었던 사람들이 자기네가] 그런 거이 있었어. 그런 거이 있었어. [조사자: 그러면 집에서 일하던 머슴들이] 그란데 우리 머슴은 참 착해가지고 혼자 몸뚱아리여. 나이 묵어서 장가도 못 가고 참 착한 머슴이었어. 그란께

"큰애기 숨어요. 얼른 숨어요. 저기들 모두 잡혀 가요. 얼른 큰애기 숨어요."

나한테 그 힌트를 주고 가면 나한테 힌트 주고 자기는 딴 길로 가. 딴 길로 가고 나는 밭고랑으로 가고.

"나 저그 오다본께 그 놈 새끼들 많이 있었어요. 큰애기 얼른 숨어요."

그러고 며칠 있다가 한 번 살짝 둘러다 봐. 그라고

"뭐이 필요하요?"

그러고 물어봐. 그라면 주로 필요한 게 수건 밖에 필요한 것이 없어. [조사자: 수건이요?] 그때도 이런 좋은 수건은 귀하고 무명베로 한 거. 그놈이라도 갖다 주면 땀도 닦고 얼굴이라도 둘러쓰고 밭고랑에 가 드러누웠어야지.

"수건하고 신문지하고를 내가 갖다주라."했어.

근데 또 신문도 귀해요. 집에는 많이 있지만은 또 우리 집에는 못 가게 하거든, 내가.

"안돼, 나중에 엄한 소리 입은께 집은 가지 말어."

내가 그러거든.

그란께 자기 꼼마리에다 차고 다니다가 수건 딱 빼서 주고 가부러. 참 머슴

이 착했어요. [조사자: 숨어 지낼 때요?] 응. 난 숨어 지낼 때.

[조사자: 매일 밤낮으로 왔다 갔다 하신 게 아니였어요? 아예 나와 계셨어요?] 아니, 밤에는 집에 갈 수도 있고. 낮에 조용하면 그때는 또 집에 가서 방에 가서 자고. 집에 가서 방에 가서 자도 못 자. 친구들 오라고 해서 같이 자, 무서운께. 그러면 밤소리라 할까? 걸어가는 소리가 착착착착 걸어가는 소리가 나면,

"아, 인민군 간다."

그렇게 우리가 알아. 그러고 주로 그 사람들은 밤에 활동을 한께. 낮에는 뭣을 만들고 그리 만들어요. 그런께 우리는 인공기만 만들었어요. 인공기 만들고 써내라 한 것은 동네 반동들 써내라고. 그란데 우리가 내가 반동을 어찌 써내것소.

"모른다."

하지.

"나는 아무것도 모른다고."

그렇게만 하지.

[조사자: 그럼 모른다고 그러면 그걸로 뭔가 불이익이 오거나 그러진 않았어요?] 응. 모른다 한께. 그란데 나중에 극도에 도달하고 후퇴 할라고 할 때는 물불이 안 보이나봐. [조사자: 그러면 그 중에서도 반동이라고 쓰는 사람은 있었겠어요? 거기 혼자 가 계시는 건 아니잖아요. 여러 사람 같이 가 있었죠?] 몇 사람. [조사자: 몇 사람 와 있어요? 그럼 이름을 적는 사람도 있을 거 아니에요.] 그라지. 그리고 직접 우리보고 적어내라고 그리 해요. [조사자: 그러면 그렇게 지목된 사람들 중에는 어떻게, 가서 피해를 받고 그러나요?] 잡어가지. [조사자: 잡아가요?] 잡어가면 주로 죽여요. 주로 죽이는 데도 이렇게 한 사람 두 사람 데리고 안 죽여. 한 이십 명 모아 놓고 같이 죽여부러. 그란께 영암 군서면이라는 데를 가면 여러이 죽은 묘가 이렇게 있어. 거기다 넣어 놓고 불쳐질러 죽여분께 거기서 다 죽어버린께. 인자 가족들이고 아군이 진주해가지고는 거

기다 묘를 만들었지, 다같이 해서. 그런 묘도 있어요, 군서면에 가면. 지금은 있는가 몰라도 전에는 있었어. 인자 요즘 내가 안 가봐서 지금은 있는가 모르는데 그때는 있었어.

[조사자: 그러면 언니는 경찰 부인이잖아요. 경찰 아내인데 전쟁 때 언니는 고초를 겪거나 하지 않으셨어요?] 그란께 언니는 시가가 하의면인께 시가로 갔어요. 거그는 인민군이 들어오고 거기까지는 못 했는가봐. 지방 폭도들만 쫌 들썩거리다가 인자 따로 살다가 애기들 데리고 거기서 좀 살랑께 좀 안 불편하겄소? 불편하지.

그란께로 우리 언니가 나올 때,

"가다가 죽으면 없었던 걸로 하고 살면 어머니 아들 살면 올게요."

그러고 나왔대요. 애기들 데리고. 딸 셋 데리고.

그라고 인자 영암서 후퇴를 이렇게 할 때를, 그때 우리 형부 계급이 경사였어. 그란께 밑에 사람들 데리고 후퇴하는 데를 내가 봤어요. 역불로 간다는 말을 못 해. 그때는 핸드폰이 있소? 무전기가 있소? 그니까 자기는 무전기가 있지만은 우리는 받을 무전기가 없어. 우리 집 앞을 이라고 지나가더라고. 내가 도구통, 담이면 여기 도구통이 있어. 그라믄 내가 도구통 위로 올라가가지고 내가 우리 형부 후퇴하는 데를 봤어. 요거 요거 손을 한 번 흔들고 가부렀어. 그러고는 못 봤어. 그래가지고 진주해서는 아닌 게 아니라 가족이 있어서 그란가 제일 먼저 왔더라고. 제일 먼저 와도 혹시 상태를 모른께. 우리 집 앞에가 공원이거든요. 영암 공원이여. 공원으로 올라가가지고 총을 한 방 쏘더라고. 왔다는 신호지. M1 같은 것은 소리가 근데 그 사람들은 이 없어. 그란께 M1을 "팡" 쏘더라고 집으로 바로 안 들어오고. 그란디 집은 불타버리고 없은께. 그 사람들은 불탄지 어쩐지 모른께 공원에서 M1을 "팡" 쏘더라고. M1 소리는 아군인디. 행여나 하고 봤더만 지그 딸이 경자거든. 지금 미국서 살고 있는디.

"경자야"

하고 부르더라고.

그러니께 경자야 소리를 부를 때는 가족 아니여. 그래가지고 온 줄 알았고.

또 우리 오빠 친구 하나가 되게 어린 것이 그때 경찰로 들어갔어. 그란께 그때 우리 형부를 따라 왔어. 우리 집 온다고 지가 인제 영암 사람이 아닌께. 그때 장성 사람인가 됐는디. 정성모라고 있는디 우리 오빠 친구 하나 있었어. 근데 우리 오빠가 목포에서 간혹 오면 같이 오고 글더라고. 그란디 그거이 와서 칼빙을 한 번 쏘더라구요. 그래서 아군 있는 갑다. 그란디 유학생들 조직에서는 저 인천의 함포 사격을 쏜께 아군이 온다는 것을 알고 그때부터는 뿔뿔이 지그끼리 헤어져서 가족 찾아 온 거이여. 그란께 이제 오빠가 왔어. [조사자: 아버지가 되게 인심을 많이 얻으셨었나봐요?] 그란께 밤이면 그 사람들 주고 낮에는 또 나가서 근무하고 그래 놓은께. 김창순씨 처남, 면장아들 그래서 살려주더라요. 그래서 살았다고 그래.

[13] 면사무소 소사에게 양식을 가져다 준 아버지

[조사자: 그러면 아버지가 많은 사람들한테 베풀었던 이야기들 기억나시는 거 지금 해주신 이야기 말고도.] 그때는 내가 어리고 일제시대 후로 6 · 25 후로 그란께 별로 그런 기억은 없는디. 면사무소 소사가 집에 와서 자꾸 쌀을 가져간 것은 내가 알아. 그런께 그 공무원들은 다 먹어야 할 것 아니요. 그란데 자기들은 쌀은 못 갖고 오잖아요. 남편 따라 직장 따라 오면서 쌀 가지고 오겄소? 그란께 그 사람들 자꾸 쌀 갖다 준 데는 내가 집에서 쌀을 가져간께. 우리가 농사는 많은께 식구는 별로 없고. 오빠, 언니, 나, 아부지, 어머니 그렇게 밖에 없은께. 자꾸 쌀 가져간 것만 알고 밤에 와서 뭐라 하면 얼른 퍼주고. 아버지가 일찌거니 들어오시면 인자 그때도 어린 마음에도 좀 그런 감이 느끼더라구요. 아버지가 일찌거니 들어오시면 오늘 저녁에 또 뭐이 갖고 갈란 갑다 그 생각이 내가 나더라고.

[조사자: 아버지 장례식 때는 마을 사람들이 많이 왔어요? 그때가 이미 인공 때잖아요.] 인공 때야. [조사자: 그런데 장례식 치를 때 어땠어요?] 서울서는 해서 내려오고 영암서는 면면장비로 장례식 치르고 그랬어요. 그러니까 우리는 가만히 앉아 있고 면사무소 관리라 옛날 이장들하고 면사무소 직원들하고 그렇게 초상을 치대요.

[조사자: 그러면 그때는 인민군이 마을까지 들어오기 전이에요?] 응, 아니, 하나씩은 들어 왔어. 그란데 워낙 사람이 많은께. 나 지금 살고 있는 거그가 그때는 논이었어요. 그란디 지금은 밭으로 되고 집을 거그다 지었는디. 여하튼 그리 하나였어 사람이. 아버지 아는 사람 다 오지. 시골 일 보는 사람 다 오지. 그란께 무지하게 많았어. 그러고 인자 초상 치고 좀 조용해지고 그란께 인민군이 내려왔어. 그란께 우리 아버지 초상 칠 때는 위에서 내려오는 중이었지 영암까지는 안 오고. 금정면에서 연결만 돼가지고 그 사람들 보고 내무소 직원이라고 완장 차고, 우리가 내무소 직원이라는 것을 모르는디 빨간 완장을 차고 다녀요. 여기다가 인공기 그려가지고 빨간 완장을 차고 다녀. 그란께 숫자가 적은께 감히 안 건드려요.

[조사자: 아버지가 자금을 대주고 할 때는 이미 6 · 25전쟁이 나기 이전에 산에 들어가 있는 반란군들이 내려오고 토벌대가 잡으러 다니고 이럴 때잖아요. 그쵸? 그럼 그게 한 번 들통이 나서 경찰들한테 아버지가 고초를 겪거나 그런 적은 없었어요?] 그런 적은 없었어요. [조사자 : 다행히 안 걸렸어요?] 우리 아버지는 그것은 안 걸렸어. 그것은 안 걸리고 6 · 25, 우리 아버지 돌아가시기 전에 영암까지 인민군들 안 내려 왔는데도 간혹 총소리는 났어. 밤에 간혹 총소리는 났어도 큰 피해는 없었어요.

[14] 생활력 강한 이북 피난민

큰 피해는 없었는데 영암은 좁아요. 금정 지리산 줄기라는 것만 있지 영암은 지금도, 내가 영암을 다시 가서 햇수로 사 년차 살고 있는데 2010년도에 내려가서 살고 있는데 서울 어디 동 한 동 밖에 안돼. 한 동도 못 돼요. 그렇게 적어요. [조사자: 그러면 영암쪽으로도 피난민들이 많이 오지 않았어요? 마을에?] 이북 피난민들이요? [조사자: 예. 이북 피난민이요.] 왔었어요. 그래가지고 가을이 됐어. 가을이 되니께 피난민들은 먹고 살 것이 없잖아요 막 내려와 놓은께. 그란데 그렇게 억세더라구요. 그란께 저녁이면 인자 낮에 인부들 하면 밥도 남고 반찬도 남고 그라면 저녁이면 그 사람들이 싹 가져가버려. [조사자: 피난민들이 와서요?] 응. 그라고 피난민들은 배가 고픈께 앞뒤를 안 가려. 다 돌라 먹어버려. 그란데 또 피난민들을 일도 시킬 수가 있어. 피난민은 할 일이 없잖아요. 그란께 낮이면 와서 일하고 밥 묵고 또 내일 일 할 것이 있으면,

"내일 올게요."

그라고 가는데 할 것이 없으면

"밥 남으면 주쇼."

그래. 그라믄 우리는 농사 지은께 쌀이야 그런 거이 쳐진께. 먹고 살겄다는데 주라고 하면 안 줄 수가 없잖아요. 다 줘요. 그라고 낮에 오고가다가도 배가 고프면,

"밥 좀 주쇼."

그라면 줘. 이녁 농사 지은 것이고 있는 반찬이고 그란께 줘요. 그란께 우리 일한다고 하면 사람들이 막 서로 와. [조사자: 잘 주니까요.] 자기 일 맞춰놔도. 반찬 잘 해주고 밥 많이 주고 또 놀 때 먹으라고 싸주고. 그란께 우리 일할 때 그때는,

"면장집 일, 면장집 일"

그렇게 말을 했지.

그러고 오다가다가도 배가 고프면 와서 밥 주라고 하면 줘요. 똑같은 사람이고 배가 고프다는데 우리만 먹겄소? 근디 그 사람들이 생활력이 강해가지

고 한 2-3년 된께 그때만 해도 영암서 가게나 장사 같은 것을 심하게 안 했어요. 근데 그 사람들은 생활력이 강한께 쬐깐만 자리 좋은데 한 평이 되었건 두 평이 되었건 장사를 벌리는 거야. 그래가지고 내가 열여덟 살에 6 · 25가 왔는디. 그래가지고 스물세 살에 결혼을 했어. 그란께 스무 살 스물한 살 때는 큰 가게는 이북사람들이 다 차지해버렸어. 돈을 벌어가지고. 그래가지고 그 사람들이 영암 상권을 다 가지고 있더라니까요. 생활력이 강하고 그런께.

근디 영암사람들은 나 결혼하기 전에 볼 때나 지금이나 별로 발전한 것이 없어. 공장 하나도 없어요. 그러니까 공기는 좋아. 공기는 좋고 물도 좋고 내가 몰라 확실한가 어쩐가는 모르겠지만 언제 방송을 들었는데 강원도 물이 제일 좋고 그 다음이 영암 물이래요. 물하고 공기하고는 좋아요.

[조사자: 그런데 집으로 피난민들이 들어와서 같이 생활하거나 하시진 않으셨어요?] 그란디, 가을에 피난민들이 영암에 모두 모여 놓은 게 짚으로 나락을 하면 그 짚이 나오잖아요. 그 짚으로 가운데 딱 묶으면 뜨셔. 거그서 자. [조사자: 자기들이 만들어서 거기서 생활을 해요?] 자기들끼리 그러고 또 시골에 가면 빈집 있잖아요. 빈집서 자. [조사자: 어디서 온 사람들이래요?] 다 이북말 합디다. [조사자: 북에서 다 내려 왔다고 그래요?] 이북말 하고 또 어리고. 내가 열여덟 살에 6 · 25가 터졌는데 스물한두 살 때에 조금 청년들이여. 나보다 조금씩 더 먹은 사람들이야. 그 사람들이 그리 생활력이 강해. 그래가지고 결혼해가지고 다음에 가 보니께 제일 번화한 데는 그것들이 다 차지하고 있더랑께. 꼽사상회 하나가 꼽사였거든. 그란데 꼽사라 일은 잘 못하니께 맨 밥만 얻어 먹으러 와. 그란데 언제 한데 가서 본께 영암 부자가 되어가지고 있더라고, 꼽사상회라고 간판도 싹 써붙이고. 그렇게 됐어. 그란께 처음에는 꼽사라고 불쌍한께 다 도와준께 그놈을 자기는 모태가지고 인자 장사를 해가지고 부자가 되어분 거여. 꼽사상회라는 제일 번화한데다 꼽사상회를 해놨더라고, 인제 지금은 그것도 없어졌는데. 그러니라. [조사자: 그러면 밥 달라고 그러면 그냥 주세요?] 그때는 누구든지 밥 주라고 하면 줘야해. 그라고 또 좌

익들 그 사람들인지도 모른께. 그 사람은 그래서도 줘야 되고 또 안 사람은 안께 주고 또 꼽사 같은 사람은 불쌍한께 주고. 우리는 맨 밥을 줘.

[15] 일꾼들에게 넉넉하게 베푼 인심

[조사자: 전쟁 통에 다들 굶고 그럴 때 집은 그래도 잘 살아서 할머니께서 먹는 거는 별로 걱정 없이 사셨어요?] 우리는 아버지가 계실 때는 아버지 덕으로 잘 살았고 또 6 · 25가 터졌어도 농사가 많은께 땅이 많은께. 또 인부들 오라고 하면 또 많이 오고. 놈의 일 마쳐놨다가도 우리 일 한다고 하면 와서 해 주고. 그 대신 일 하러 오면 저녁 밥 먹고 그 뒷날 먹을 놈까지 싸주고 집에 애기들 있으면 더 많이 주고. 그란께 사람들이 글더라구요.

"아이고 면장집이는 부잔께 먹는 것으로 일꾼을 휜다."고.

나보다가 글더라고.

듣고난께 그 말이 맞는 말이여. 그 배고픈 사람들 밥 한 끼니 준 거이 지그는 얼마나 좋소. [조사자: 그럼요.] 집이 있는 새끼들도 밥 먹어야 한께. 그놈 갖다 주고. 그란께 다른 일 맞췄다가도 우리 일 하라고 하면 그 집 일 잡아치고 와버려. 그란께 아침밥도 자기들 얼마나 먹고 오겠어요. 그라믄 아침 새때 밥이랑 국이랑 몽창 해줘. 그라고 한 두서너 시간 있으면 점심 때 돼. 점심 묵으믄 또 두서너 시간 있으면 또 먹어야 해. 또 그라믄 집에 들어와서 또 묵어야 해. 하루 네 번 다섯 번을 묵어요. 그란께 인부를 얻어 놔두면 인부들은 일하면 주로 집이서는 먹는 것 하고. 지금인께 차가 있고 구르마가 있는데 옛날에는 바리개로 짊어지고 갖다 날려. 일을 하면 갖다 날리기만 한 사람도 있어. 멕여 살려야 한께. 그란께 우리 일이라고 하면 첫째 집에 있는 새끼들 주라고 하고 주고 또 오다가다 하면 주고 그런께 먹은 것으로 휘어가지고 그리 잘 해줬어. 그란께 농사철에 딱딱 농사했지. 농사는 철이 있어요. 철이 있는데 그 철에 맞춰서 해야 수확이 제대로 나. 그란께 모 심어 놓고 중복, 말복, 초복이 있잖아요. 초복에 심은 놈하고 말복에 심은 놈하고 나락이 다 틀려. 지금은 인자 기계로 심은께 하루에도 몇 십 마지기씩 심어버리는데 그때는 하루에 몇 십 마지기를 못 심잖아요. 기계로 심은께 요즘 하루에 몇 십 마지기 심은께 제철에 딱딱 맞게 심어. 그란께 수확이 제대로 나지. 옛날에는 손이 없은께 말복에 심은 논도 많아. 그럼 그 만큼 수확이 적게 나요, 말복에 심은 놈은. [조사자: 그러면 인공 때도 농사를 그렇게 잘 지으셨어요?] 인공 때는 몇 달 안되니께 이미 모를 심어 놓은 뒤였지. [조사자: 그때도 일 도와주고 하는 사람들이 있어요?] 그 사람들은 아무것도 걸릴 것이 없는, 날 새면 일할 때 있으면 일하고 [조사자: 일하는 사람들이요?] 응. 그리고 그 사람들은 논밭이 없어. 그란께 넘의 일 안 하면 먹고 살 길이 없어. 그러니까 그 사람들은 걸림이 없잖아요. 뭐 돈이 있다거나 땅이 있다거나 그런 것이 없은께 그 사람들은 아예 요즘 말로 터치인가 뭣을 안 하지.

[16] 지방 폭도들의 횡포

그란께 모른 사람이 인민군들이 오면 차라리 편한디 지방 폭도 그 동네 안 사람들이 제일 무서워. 동네 안 사람들은 이렇게 가더라도 이렇게 딱 지나가면 옛날에는 길이 좁았잖아요. 지금은 다 이렇게 큰데. 옛날에는 이렇게 좁아. 할 일 없이 전에는 느그 세상이었지만 지금은 우리 세상이다 이러고 어깨를 갖다가 탁 쳐. 그래도 말 못해. 그럼 암 말도 못하고 그냥 가야지. 그란께 좌익으로 오고 산에서 있다가 6 · 25때도 있다가 인민군이 내려온께 지그 세상이다. 그라고 좋게 가다가도 나보다 몇 살 더 먹은 놈이 인자 지그 뭔 마음이 있다가 인민군 내려오면 지그 세상이다 하고 아무데나 가다가 탁 쳐부러. 왜 치냐는 말을 못해요. 왜 치냐고 하면 시비 걸었다고 싸움하면 어쩔 거이요. 그란께 보이는 대로 굽실거려요. [조사자: 그래도 와서 뭘 뺏어가거나 그러진 않아요?] 뺏어 간단께. 막 와서도 쌀 있으면 쌀 딱 갖고 가버려. 말 없어.

"동무 이거 압수함."

말도 없어.

"압수함."

그걸로 끝나.

[조사자: 그러면 그걸 개인이 가져가요? 아니면 어디다가 바쳐요?] 그러니까 갖고 간 것은 물론 인자 개인으로는 안 가져간 것 같지만은. 그란디 유격대들은 개인적으로 가져가 자기들 집이 있으니까. 그란디 인민군들은 개인적으로 안 가져가. 갖다가 인자 그 여천이라고 그란가? 뭔 천이라고 동네 회관 같은 데가 있었어요. 지금 같으면 회관인데. [조사자: 마을회관 같은데요.] 응. 아침에 그리 출근하라고 하면은 꼭 그 시간에 가야 해요. 안 가면 안 돼.

[조사자: 젊은 사람만 모아요?] 젊은 사람만. 노인네들은 아니. [조사자: 여자 남자 가리지 않고요?] 안 가리고 젊은 사람들만. 그란디 또 이상한 거이 자꾸 사람을 이렇게 갈드만. [조사자: 갈아요?] 한 사람이 그 사무소에 나온 게 아니고 오늘 이 사람이 나왔다 하면, 다음 날 다른 사람이 또 나와. 완장 찬 사람은 많아야 둘이고 아니면 하나. 그라고 완장 찬 사람은 내무소에서 왔다 지금 같으면 경찰서, 그렇게 우리가 생각을 해요. 절대 여럿이 같이 못 다녀요. 혼자서 아니면 많이 다녀야 둘이. 안 사람이 무섭지 모른 사람은 괜찮애요. [조사자: 그래도 그 시절을 혼자서 겪으셨다니까] 어쩌겄소. 갈 데는 없고.

[17] 남매의 결혼 과정

[조사자: 그러면 시집은 어떻게 가셨어요? 누가 중신을 해가지구요?] 아, 인자 시집은 스물세 살 먹을 때 갔은께 세월이 좀 흘렀잖아요. 그때는 인자 어느 정도 진정이 됐고 정부에서도. 그때는 인자 피난은 안 다니고 농사도 편히 지을 수 있고. 집이 불 나버렸은께 그 집에서는 못 살고. 인자 조금 더 읍으로 들어와서 원래 언니 살던 집이 있고 요만한 길 건너 그 위에 집이 하나

났어. 그래서 우리가 그 놈을 사서 그리로 이사를 갔지. 그래서 오빠가 거기서 결혼을 하고 또 나도 거기서 결혼을 하고. [조사자: 그럼, 오빠가 동생을 결혼 시킨 거네요?] 말을 하자면 오빠는 내가 시키고 나는 오빠를 시키고 그런 거이지. 부모님들이 안 계시니까. [조사자: 오빠를 중신하셨어요?] 오빠는 내둥 경찰이 진주해가지고 유학생 조직이 있었잖아요. 그란께 언니는 광여고 오빠는 목중 그래가지고 둘이 그 6 · 25후로는 그런 게 좀 셌어요. 권총 차고 댕기고 글더만. 비서 데리고 댕기고 유학생 사무소가 제법 크고. 그랑게 오빠는 남자는 유학 회장 올케는 여자 회장. 그래가지고 둘이 결혼했어요. [조사자: 연애하셨구나.] 그래가지고 스물세 살 때 둘이 결혼을 했어요. 둘이 다 스물세 살 때 동갑짜리로.

[조사자: 그 왜 부잣집의 외동딸인데다 혼자 계셔서 동네에서 자꾸 수작 거는 총각들 많지 않았어요?] 그란께 탁 치고 간당께.

"왜 그라요?"

말을 못하고 고개만 숙이고 돌아서야 한당께요.

[조사자: 그게 다에요?] 그란께 밤이면 숨어. [조사자: 숨어요? 무서워서요?] 그란께 밭에 가서도 자고 저녁에 혼자 못 자고. 그란께 동네 친구들 나하고 셋이 자 우리집이서 큰방에서. [조사자: 폭도도 무섭고 남자들이라서 무섭고.] 응. 남자들이라서 무섭고 폭도도 무섭고 같이 있으면 같이 죽은께 하나는 살아야 될 것 아닌께 그래서 자꾸 떨어져서 있는 거여. 그란데 뭐 핸드폰이 있어? 무전기가 있어? 보면 '아, 살아 있구나.' 안 보면 '행여나 어쨌는가.' 그란디 영암은 이렇게 시야가 좁은께 누구 죽으면 죽었단 말이 얼른얼른 들려요. 그란께

"점재 죽었다."

그 말이 우리 고숙 죽었다 그 말 아니요.

그란디 영오 죽었다는 말이 얼른 안 나더라구요. 우리 오빠 이름이 영오인디. 그라더만 인자 인천상륙작전 해가지고 와서 본께 다 살았어. 우리 식구는

하나도 안 죽었어. 그것만 해도 다행으로 생각해요.

[조사자: 혹시 오빠 이야기는 좀 들은 게 있으세요? 유학생 조직에서 같이 숨어 다니고 이럴 때] 그런 것은 내가 별로 없네요. [조사자: 오빠한테는 별로 들은 게 없으시구요?] 그란께 결혼한 것 하나 있어. [조사자: 어떤 이야기요?] 아따, 유학생 조직에서 동갑끼리 결혼한 것. 그라고는 내가 알라고도 안 하고.

[조사자: 오빠는 숨어 있다가 어떻게 잡히셨대요?] 여하튼 어디 간다고 갔는데 갑자기 우리 집에서 본께 이렇게 묶어 가지고 앞에 가. 우리 집이 있고 도구통 위로 올라가서 이렇게 봤는디 시골이라 사람이 별로 많지가 않잖아요. 사람이 많지 않은께 그때는 다 이렇게 눈치들만 봐. 말은 못 하고 말은 한 번 떨어지면 못 줏어 담잖아요. 이렇게 눈치들만 모두 봐. 그란디

"영오 끌려갔다."

글더라고.

누가 하나가 보면 금방 전파가 돼불어. 그래서 본께 아닌 것이 아니라 가더라구요. 이렇게 묶어가지고 가. 요리 묶으고 이렇게 묶으고. 그라고 중간에 한 5미터씩 사람이 안 가면 안 간다고 말 치듯이 쳐. 그래도 어디로 간다고 한께 우리 사는 동네에 빛깔이라는 데가 있어. 덕진면하고 영암면하고 사이에. 그리 갔다고 하더라고. 그래서 제치고 간께 (오빠가) 와. 그래서

"왜 온가?"

그란께,

"창순씨 아냐고 해서 안다고 하니까 가라고 하더라."

우리 형부.

[조사자: 인심을 많이 얻으셨어요.] 응. 형부가 살려 준 사람이 거기 있었든가 봐. [조사자: 다행이네요. 그쵸?] 진짜 내가 겪은 것 중에 이상한 거이 조를 세라고 하니 내가 어떻게 세겄소. [조사자: 그러게요.] 조 세 모가지 가져와서,

"동무 이거 세요."

그래.

그러면 세다가 도로 합쳐지고. 그란디 그 나락은 셀만 해. [조사자: 농사를 많이 지으셔서 뺏기는 것도 많으셨겠어요?] 그거 주라 어쩌라 말이 없어. [조사자: 세라고만 하구요?] 아니. 인자 집에 있는 것은 지그가 다 가져가. [조사자: 그냥 다 가져 가구요?] 응.

"이거 압수한다."

고 하고 가져가. 그냥 안 가져가고 압수한다고. [조사자: 그래도 안 뺏기려고 많이 숨겨 놓잖아요?] 그래도 그런 것은 많이 못 숨기잖아요. 그란께 금고에 있는 거 옛날에는 화장실도 요즘 화장실마냥 저런 게 아니라 화장실만 따로 지어가지고 거름도 하고 그래 놓은께 화장실을 파가지고 항아리를 하나 묻어가지고 거기다 모두 잡아넣은 놈 그건 살고, 금고에 치는 논문서 집문서 다 없어지고 금덩어리만 노란히 나온 거 금고에서는 그것 밖에 못 찾았어. [조사자: 그게 제일 아깝네요. 불 타서.] 그란디 아까운 것도 아까운 건데. 등기인디. 말하자면 논밭 재산 등기인디. 그거이 하나도 없어져 버렸어요.

[18] 강제로 빼앗겨도 아무 말 할 수 없었던 시절

[조사자: 아휴, 그러면 어머니는 언제 돌아가신 거예요?] 어려서 돌아가셨어요. 그란께 어머니도 어려서 돌아가셔 놓으니까 뭔 병으로 돌아가셨는지도 모르고, 또 아버지도 지금 내가 생각한께 혈압으로 돌아가신 것 같아. 그러니까 말 한마디도 안 해보고 그냥

"내 앞다지 속에 내 앞다지 키는 내 사진 뒤에 있다고 해라."

소사한테 그 말 한마디.

옛날에는 소사 급사가 있었어요. 사무소마다. 그런데 소사는 청소 같은 거 하고 급사는 심부름 하고 그렇게 있었어. 그란께 소사는 목욕탕 물 데우고. 어째서 그랬는가 나 가서본께 면사무소 옛날에는 숙직실이 있었어요. 지금은 숙직실이 없는데. 숙직실에 딱 요 깔고 누워 계시더라고. 가서본께. [조사자:

안 그래도 면장 이렇게 되면, 인공 때는 고생하고 고초 많이 겪어야 하는 직책인데] 그란께 밤이면 주고 낮에는 또 나가서 하면.

[조사자: 그때 암호 소리 들었다고 하셨잖아요. '콩,팥' 그게 경찰이었어요? 아니면 산에 있는 사람들이었어요?] 응. 경찰. 그러니까 우리 아버지가 좌익들한테 뭣을 준다는 정보를 어서 들었던 갑서. 그란께 그것을 알고 내 생각인디 그것을 알고 왔던 갑서. 그란께 아버지 방에는 불이 안 써져 있고 내 방에는 불이 써졌은께 인자 똑똑 뚜드린께 자기들 암호대로 할 줄 알았는데

"누구요?"

그라고.

내가 나간께 뒷문에서

"콩"

그란께, 앞문에서

"팥"

그라고 연락을 해.

그란께 내가 문을 열어 줬지, 혼자 있은께. 그란께 아버지 나름대로 그 사람들이 온 날은 일찌거니 들어오시고, 서로 연락이 현금 조달 같은 걸 안 하시는 날에는 좀 늦게 들어오시고. 그란디 지그가 짚기를 잘못 짚었지. 그란데 그건 순간적이여. 순간적인 걸 내가 딱 생각하기는 우리 담임선생인 한 동네 사람도 와서 가져갔단께. 그러니까 그 사람들이 바로 가가지고 먼 데서 온게 아니라 연결 연결로 그거이 장거리 하면 들통 날 수가 있은께 한 동네여. 우리 집하고 뻔하니 보여. 그라면 인자 누가 거그서 와서 또 가져가고 또 가져가고 그러겠지. 내 생각에는 그리 가더라구요. [조사자: 그래도 어려운 시절에 많이 베푸셨어요.] 아니, 베푼 것도 없고. [조사자: 배고픈 사람 밥 주는 게 얼마나 큰 일인데요.] 그란께 쌀은 무지하니 있은께. 농사를 많이 지은께. 내둥 아까 말한 목욕탕도 우리 집에 있었는데 그 쌀 다 끄집어 내고 물 데우려면 힘들잖아요. 그란께 면사무소에다 목욕물을 데운 거야. 거기 쌀이 있은께.

면사무소는 그때는 배급제였어. 그란디 배급을 안 준께.

소사가 와서

"면장님이 쌀 한 가마니 갖다가 누집 갖다주라고 합디다."

하도 갖다준께 내가

"이번에는 누 집 가요?"

그라면,

"사찰계장 집 간다."

고 하던가 옛날에는 지금은 정보계장이 옛날에는 사찰계장이었어요. 누 집에 간다, 누 집에 간다 그래서 내가 들어봐서 알았어.

[조사자: 그럼 부친은 성함이 어떻게 되세요?] 김은 나하고 똑같고. [조사자: 그렇죠.] 복자 진자. [조사자: 김 복자 진자] 쉰두 살에 돌아가셨어요. [조사자: 아휴, 너무 젊을 때 가셨네요. 아버지 돌아가시고 나서는 정말 앞이 깜깜하셨겠어요.] 응. 어짜겄소, 그냥 닥치니께 그대로 그대로 산 거이요. [조사자: 아이고, 생각만 해도 무서워요. 혼자 밭에서 숨어 지낸다고 생각하니까.] 어짤 수 없어. 그란께 머슴이 큰 역할을 했어.

"어디 난리인께 큰애기 나가지 마시오."

수건만 딱 던져 주고도 가고.

"신문이 필요해요."

그라면 갖다가 신문 주고.

[조사자: 그러면, 인민군들이 후퇴하고 나서 지방 빨갱이들은 산으로 올라갔을 거고, 그 다음부터는 살기가 좀 괜찮으셨어요?] 그란데 살기는 낮에 저녁에 구별 없이 살고, 그 대신 간혹 딱콩 총소리 그 당시 말로는 어디 습격 왔다고 그래. 인자 좋게 온 게 아니라 누구 하나라도 죽이고 뭘 갖고 갈라고 온께 습격 왔다 그렇게 해.

예를 들면,

"덕진지서 습격했다. 신북지서 습격했다."

그렇게 말이 나와요.

한 번에는 못 달라 들고 우리도 인자 피난을 경찰서로 안 가고. 그래도 인자 혹시 무서운께 경찰서 가까운 데다 모두 방 얻어 놓고 경찰서는 인자 좀 잠잠해진께 못 들어가. 그란께 모두 경찰서 가까운 데다 방 얻어 놓고 잠은 거그 가서 자고 그렇게도 했어요. [조사자: 그럼 한 번도 집에 뭘 가지러 오거나 한 적은 없었어요?] 있었지. [조사자: 있었어요? 후퇴하고 나서도요?] 후퇴하고 나서도 초저녁에 와서 가져가. 그러면 우리는 절대 못 가져 가게를 못해. 압수한다고 그래. 그라고 우리도 그 집은 가져가도 괜찮은 거 그런 것만 놔두지. [조사자: 보통 그렇게 주거나 밥을 해주거나 하면 경찰에서 고초가 엄청 심할 텐데요?] 있었어. 있었어. 있었는디

"안 죽을랑께 해줬소. 안 해주면 죽인다고 한께 해줬소."

그렇게 말할 수밖에. 사실이고 또 그거이.

해주고 싶어서 해주는 게가 아니라 주고 싶어서 주는 게 아니라 안 죽을랑께. 그 사람들은 그 자리에서 사람을 죽인께. 그란께 안 죽을랑께 해주고 주

고 그런 거야. 그러니까 소 같은 것도 끌고 가버려. 그러고 인자 기름 같은 거 검정 옷 흰 옷 빼놓고 그런 것만 있으면 무조건 "동무 이거 압수함매."

그라고 가져가버려. 그걸로 끝나.

"왜 가져가요? 주고 가쇼."

말을 못 해.

여하튼 그 앞에서는 살아 나온 것이 수인께. 그 자리만 벗어나서 살면 그 생각이제. 그라고 욕심도 없어져요. 뭐이든 주라고 하면 다 줘 불고 '나만 살려주면' 그런 생각이제 지금같이 욕심 부리고 '저것은 내 것이다.' 그런 거 전혀 없어. '어째도 저 사람하고 나하고 빨리 멀어지고 안 죽이기만 하면 된다.' 그런 식이었어. [조사자: 그러니까 서로 나쁜 감정 안 만들기 위해 애를 많이 쓰셨네요.] 나쁜 감정 먹으면 다음에 와서 또 죽일지도 모르니께. 절대

"예. 예."

압수하면 그라면 그걸로 끝나.

"그거 누구 거인디 왜 가져가요? 내꺼 가져가지 마시요."

그런 것은 전혀 상상을 못 해요. 어서 어떻게 만날지 모른께. 또 그 사람들이 감정 한 번 써불면 그쪽으로 안 오더라도 다른 사람한테 또 시킬 수가 있어. 그란께 절대 감정을 속아서는 안 돼.

무조건,

"예. 예."

그러고 살았어.

지금까지 사요. 그 사람들 손에 안 죽어 놓은께. [조사자: 그러게요. 어려운 시절 힘들게 잘 버티셨네요.] 그래도 뭐 별로 놈은 죽도 못 먹을 때 쌀밥만 먹었고 일제시대에도. 또 우찌 됐건 아버지 덕에 그란께 지금도 살고 있으면 친구들이 그래요.

"자네는 어려서부터 잘 살더니 지금도 그리 잘 산다."

그래요.

"어려서 사는 건 내 복인가? 부모 덕이었지."

그냥 그래요.

[조사자: 아휴, 그래도 아버지가 돌아가시면서 돈을 또 잘 묻어 놓으셔 가지고] 응. 그라고 땅이 많아 놓은께.

칠불사와 빨치산, 이현상 이야기

권 기 선 외

"반란군들이 칠불사에 와서 아지트를 지어다 놓고 살았단 말이야. 절을 놔더서는 안되겠다. 이래가지고, 삼연대가 와서 절을 불을 질러 버렸다 이거야"

자 료 명: 20120110권기선외(하동)
조 사 일: 2012년 1월 10일
조사시간: 약 70분
구 연 자: 권기선(남 · 1928년생), 이정석(남 · 1938년생), 최성래(남 · 1936년생)
조 사 자: 김종군, 김경섭, 김정은, 김효실, 이부희
조사장소: 경상남도 하동군 화개면 범왕 노인회관

[조사과정 및 구연상황]

조사팀이 방문한 하동군 화개면(일명 화개골) 일대는 여수, 순천 사건 발발 후 군경에게 쫓겨 백운산을 넘어 온 인원들이 1차 빨치산 활동을 전개한 곳이다. 밤이면 빨치산, 낮이면 군경에게 시달리며 온갖 역경을 경험했던 분들

을 도처에서 만날 수 있었다. 조사팀이 칠불사 밑에 있는 범왕 노인회관을 찾아 가니 많은 어르신들이 모여 있었다. 조사팀이 방문 목적을 한참 설명하고 나서 여러 제보자들의 경험담을 들었다.

[구연자 정보]

권기선 할아버지는 1928년생으로 군 입대 시를 제외하고는 줄곧 이곳 하동 범왕에서 생활해 오신 분이다. 노인회관에서도 연세가 가장 많은 어르신이었다. 범왕리 내역과 칠불사 이야기를 시작으로 빨치산과 관련된 마을의 사연을 가장 먼저 이야기해 주었고, 그 뒤로 이정석, 최성래 할아버지 순으로 빨치산의 활동과 이현상 사살 내력을 이야기 했다.

[이야기 개요]

범왕 혹은 수각 지역은 칠불사라는 유명한 절이 빨치산에 의해 불 탄 적이 있었던 곳이다. 범왕이라는 지역의 내력과 빨치산이 이곳 일대에서 활약하던 당시의 이야기가 전개되었다. 특히 남부군 대장 이현상에 얽힌 흥미로운 일화가 구연되었다.

[주제어] 빨치산, 군경, 여순반란, 반란군, 이현상, 남부군, 사살, 범왕, 칠불사

[1] 범왕의 내력과 칠불사 이야기 그리고 빨치산

(권기선 할아버지)

세 개 부락이 범왕이 워고, 음―범왕이라는데 방금 뭐이, 조사자님들이 올라간 데가, 범왕이고, 여이는 이 수각이라는 데고, 위에 가면 목동이라는데가 있는데, 3개 부락으로 노놔져 가지고 있어, 이제 산 지형 때문에 한번 모일라면 상당히 힘들고 그래. 그리해서 이 참 옛날 얘기를 들으러 올라고 왔는디, 기억 하는 대로 얘길 한번 해볼게요. 우리는 내자 전장(전쟁)통에서 우리

가 살아나왔거든. 그리고 우리는 대한민국도 겪이고 인민군도 겪이고 왜놈도 겪이고 뭐 별다른 참 뭐 이 우리가 이 고통을 지내고 이 살아서 왔는디. 여기에 인자 우리가 6.25때 전장이 나가지고. 좀 재벌이 있고, 또 어디 배경이 조금 있는 사람은 단체로 다 나가부리고 인자 와도 못하고 우리 같은 사람들만 저- 남아서 있다가 오늘날까지 우리가 여-거져 이러고 있는디. 우리 전장으로 이르면은 30년 동안 거실했으니께(겪었으니까) 하루 종일 앉아서 얘길 해도 그 얘길 다 못 헙니다.

간단히 요점만 애기허자면은, 저짝에 칠불사부텀 얘기를 해볼께요. 칠불사 이 절이라는 것이 수로왕의 '시조 절'이라고 이렇게 되가지구 있는디. 에- 수로왕께서 자기 자제분 칠형제 분이 공부를 하러 나갔는지, 아- 이 대한민국의 전국적으로 절 다 댕기면서,

'우리 아들들이 어디서 공부를 하고 있는고?'

이렇게 알기 위해서. 지리산으로 이제 들어섰단 말이야. 함양으로 절에 들어가지고 벽성 재를 넘어가지고 오다가 여그에 가면 삼경[조사자: 삼영?] 삼

영. 삼영성이 저기서 인자 이– 자기 아들을 찾는 과정에, 삼영성이 삼–정도 머물렀다는 말이지. 이래가지고 자기 아들이 칠불사에서 칠인 예불이 공부를 한다는 것을 얘기를 듣고, 범왕 그 꼬랑으로 들어가면 시내라고 시내거리라고 있어. 거기서 임시 개재를 보고 [조사자: 재재?] 왕이 그러고 있는디. 그때 사람이 한 오육백 명이 인자 거의 왔단 말이야. 재작거리와 재를 내주고. 또 범왕 앞에 보면 인자 대울이라고 있어. 대궐이라고 있는디. [조사자: 대궐?] 임시 대궐이지. [청중: 김수로왕 대궐] 아 거기서 임시 대궐을 지었단 말이야. 이래서 인자 거 이 왕의 가족은 내외가 왔는데, 안식구는 왕하고 대인들하고 인자 함께 거주를 못해. 담 밑에를 가면 대비(지명)라고 있어. 대비라고 있는디, 대비는 거기서 거처를 하고. 이게 인자 이 수로왕은 대궐에 거기서 있으면서 칠불을 거기서 자리를 잡아놓고. 아들을 공부 하는 모습을 보러 갈라고 좀 내려가지고 올라가니까. 자기 아들이 뭔에 알았어요. 뭔에 알고, 참 우리를 만나 볼라고 부모님들이 여까지 찾아온 줄은 참 대단한 정성을 가지고 찾아 왔는디.

'우리가 공부가 덜 끝났으니까 우리 만나보면 공부에 지장이 있으니께.'

칠불사 올라가면 연못(영지)이라고 있어. 요전에 물이 [조사자: 네, 보고 왔어요.] 인근의 거 밑에까지 거 다 있거든요.

"우리 하상만 보고 가이소." (연못에 비친 그림자만 보라는 뜻)

그래서 요렇게 인자 아들 공부를 갖다 심신공부 하러 재 놓은 속된 말이 있는데 이렇게 공부에 정성을 들여 놓고, 아들을 만나보면 공부에 지장이 있어 만나 볼 수가 있느냐, 그래서 연못에 가서 칠형제 분이 공부하는 모습이 '촥–' 나타나거든. 에 그리해서 우리가 여기 남기고 가야 되겄는디, 비(碑)를 하나 세워나, 비를 세워 놨는디. 그 인제 몸종을 거기다 제일 큰 종을, 말을 하자면 요새 비석에 비는 이것들을 전부 오가면서, 돈을 엄청 나게 많이 줘가지고, 우리 아덜 관리를 좀 해라. 이렇게 해서 돈이 많다고 하니까 욕심이 생긴거여.

'내가 이 비를 갖다 버리고, 어디 가서 양반 노릇을 해야 되겄다.'

이래 인자 그분이 갖다가 요새로 말하면 비석 거기다 묻어 버렸단 말이야, 묻었는디. 고거이 인자 이 나중에 우리 일본놈들이 들어가고, 이렇게 인자 세월이 흘러가고 보니께, 시조의 절이기 때문에 우리 시조를 캐내야겠다. 이리해가지고 인제 나도 거 발굴하는데 가가지고, 몇 차례 가가지고 돈도 벌어 먹었습니다만은, 고것이 인자 동(銅)이라고 인정이 돼서 동! [조사자: 동?] 동! 거시기 구리! [조사자: 구리! 네.] 그러면은 탐정기를 갖다 되놓으면 동이면은 철이랑 같이 되야 하거든. 삼년동안을 갖다가 이- 거- 탐정기를 갖다 들여다 놓고[조사자: 금속탐지기?] 탐지기가 나오면은 다른 쇳덩아리만 나오고 삼년동안을 발굴을 허다가 못해서, 인자 그때는 이- 동이 아니고 석으로 인자 판단을 하거든. [조사자: 돌로?] 하모 돌로. 그래서 오늘날까지 못 찾고 말았는데. 그러서 인자 그 잤다는 것만 남았지. 비 자체만은 어디다 거기다 묻어버리고. 그것을 못 찾아. 고걸 찾으면은 김씨의 뿌리가 어디서 나오는고 확실히 알거인디. 그걸 못 찾았어. 그래서 인자, 그렇다는 것을 전설에 이렇게 나왔고.

우리가 거기 이후로 절이라는 것이 800년 역사라는 것이 이렇게 있는디. 역사가 깊은 절이거든. 그래서 우리 그 절 밑에 있으면서 이 절의 도움도 많이 받고 이렇게 했는디. 우리가 필연적으로 좋은 지역이다 이렇게 생각하고만 살았는디, 아이-살다보니께로 6.25를 만나게 됐잖아. 6.25를 만내가지고, 이 선배들 이- 제 역시 우리 밑에 후배들꺼지 전장통에 30년 동안 이렇게 살아나오다가 오늘날까지 여기서 이 생활을 하고 그러고 있는디. 우리 사는 고통이야 말로 우리 어른들은 왜놈들한테 압제를 받았고, 우리 세대는 6.25 나가지고 인민군한테 압제를 받았고, 우리가 산걸 보면. 지옥에 살았다 그 말이지.

그래서 우리는 늙어가면서 좋은 세상에서 오래 살자, 우리가 공기 좋고, 이제 우리가 때가 왔다. 이렇게 참 기쁜 맘으로 느끼고 이 살고 있는디. 그

전쟁을 다 그치고 참 호화로운 세상에서 살고 있는디. 한간에 참 살기 좋았단 말이지. 좋은디. 우리 대한민국이 뒷걸음질을 하고 뒷걸음질을. 이 경제아들이 우리 국민들 잘 살게 만들어줘라 이렇게 줬더만은. 우리가 알기에는 가만히 텔레빌 보니까 사회면을 보면 전부 도적질만 하고 앉아있어. 국민들을 외면하고 내 살라고만 욕심을 가지고, 국민들의 주권을 전혀 생각 안한단 그 말이지. 이래서 이 우리가 수십년 전부터 각 기관에 KBS, MBC, 대학 계통에서 와가지고, 많이 참 이야기를 허라고. 우리 나름대로 이야기를 하고 있습니다만은. 우리가 살기 좋은 세상에서, 우리는 살기는 그전에 비하면 살기는 참 좋긴 좋아요. 그러나 우리 국민들을 불안하게 정부에서 만든다. 이래서 우리가 인자 생각허기는 이 요새 인자 신세대 대학교 학생들이 옳은 정치를 해서 우리 국민들을, 우리 후배들은 잘 살 수 있는 이런 터전을 맨들어줘야 되겠다- 이렇게 생각가지고 있습니다. 헐 말이 많습니다만 이렇게 허고.

[조사자: 말씀을 너무 잘하셔 가지구요, 6.25때 사셨던 그 이야기도 조금 더 해주세요. 저희가요, 그 이야기를 이젠 들을 일이 없어가지고, 할아버지들, 할머니들 찾으러 다니거든요. 6.25때 얼마나 지옥이셨는지 얘기 좀. 여기 어땠어요? 그때?] 뭐가요? [조사자: 6.25 때 여기 어땠어요?] 6.25 때 그전부터 우리 여기 살았지.

[청중(이몽실): 아, 그니까 반란군 나간, 알아듣기 쉽게 반란군 온 이야기 좀 싹 좀 다해달라고, 그 말이야.] (웃음)

[조사자: 맞아요. 그거여요.]

[조사자: 칠불사 아자방 불타고 한 이야기를 쭉-쭉 하시면.]

[청중(이몽실): 그 이야기 싸게(빨리) 해줘.]

인자, 칠불사 아짜방(아자방)이라는 것이 삼연대라고 있었어. 삼연대. [청중(이정석): 군인 사는데.] 요새는 사단 소속이지만, 그전에는 연대거든요. 연대가 이렇게 인자 있는데. 6.25사변이. 여수반란사건이 나서, 이게 참- 백운산에서 이 여순 반란사건이 나가지고. 백운산에서 그 사람들이 활동을 하다가 섬진을 건너 지리산으로 들어갔단 말이야. [조사자: 섬진강을 건너서]이래 가지고 군갱(군경)합동을 해서, 이 참 우리 주민들 허고 합동 작전을 해서 여그서 이 많이 실전을 해서 이렇게 했는데. 그분들이 이제 반란군들이 절에 와서 아지트를 지어다 놓고 살았단 말이야. [조사자: 칠불에?] 어, 칠불에서. 인자, 이래서 거기다가 아지트를 지어 놓고 이 화개니 구례니 이런 쪽을 막 털어가다 생명유지를 하고 이렇게 했는디.

'아– 절을 놔더서는(놓아둬서는) 안되겠다. 작전상 에– 칠불사를 소화를 시켜야겠다.'

이래가지고, 삼연대가 와서 집(절)을 불을 질러 버렸다 이거야. 인자 불을 질러 버린 연후에 이 아지트에 토굴을 만들어가지고 그분들이 지리산에 가면은 산골짜기고 굴도 많이 있고. 이렇게 하는디. 거기서 인저 그 사람들이 살아남았단 그 말이야. 그래서 함양이나 여 지리산 하동이나 구례나 이 오 개 지리산 갈래에 오 개 군인디. 오 개의 군을 돌아다니면서 전부 털어다가 산속에서 자기들이 인자 인민군을 세운다고 이렇게 이 전쟁을 많이 하고 이렇게 했는디. 우리가 다 여그 있는 분들은 전부 6.25때 전쟁을 다 겪은 분들이야. 이래서 요새 뭐 어느 나라 전장을 하고 이렇게 하는디. 그 이전하고 우리가 육전(육이오)을 헐 때 그때 허고는 천지차이가 있지만은. 우리가 전장 속에 살아 나왔고.

[2] 빨치산 치하의 생활상

우리가 인자 이 소개(피난)를 다 나와 갖고. [조사자: 어디로 갔었어요?] 화개 같은데, 용강 같은데 있다가, 농사철이 되면은 순갱의(순경의) 인도 하에서 들어가서 농사를 짓게 해주면 농사를 지어 인자. 전부 산에서 보초를 서주고. 인민군들이 들어와서 주민들을 갖다가 탈세를 해서 해를 입힐까 싶어서. 인자 오후에 싹–또 다 나간단 말이야. 나가가지고 농사철이 되면은, 그것도 농사철에 들어오지 농한기에는 들어 오도 못하고 거- 가서, 군경합동으로 인도를 해가지고 농사를 짓고, 인자 농사를 지어가지고 그걸 다 가지고 나올 수가 없어 갖고. 오고 인자. 요새는 도로가 있어 차가 왔다갔다 이렇게 하지만은. 그때는 여그저그 쌀 한 되 뵈러 지고 댕기고 다니는 그런 형편이라. 그래서 인자 농사를 지어가지고 땅 속에 파묻었어. 땅 속에다 아무도 모르게! 모른다고 했건만은. 저 삼연대에서 반란군들이 쳐다보고, 묻어놓는 걸 보고, 밤이 되면 확 파가지고 가고. [조사자: 아이고, 그걸 또 봐요, 보고 있구나!] 그래서 농사를 지어야 겠는디, 굶주리면서 그 농사를 지면서 얼매나 우리가 뼈저린 느낌을 받았고, 이렇게 허는디, 참. 우리가 낮으로는 인민공화국이고 [청중: 낮에는 대한민국!] 어. 낮으로는 대한민국이고 저녁으로는 인민공화국이라고 이러고 있는디. 이 골짝 사람들은 밤에 가가 가지고 그 저녁이면은 인민군에게 시달려도, 낮에는 대한민국 군경들이 들어오고 이렇게 한단 말이야. 이 골짝 사람들은 관에 가가지고 뺨 하나 맞은 일이 없어. 그분들이 뭐라고 했는고이는,

"농사를 지내고 돌아만 앉을 수는 없다. 그리하나, 사상만은 변하지 말라!"

고 그랬단 말이야. [조사자: 사상은!] 오늘날까지 우리가 사상을 안 변하고 지내기 때문에, 그 당시에 사상이 좀 불순자가 있었으면 우리 겉으면(같으면) 다 죽었어. 우리 원비 대천문에서 다 죽었을 것인디. 오로지 그때는 내 생명하나 살아야겠다는 그런 조건하에서, 어디 뭐 협박하나 하는 사람도 없었거니와 협박하나 뉘한테 한 일이 없고 저쪽에 서 가지고 뭐 여기를 가지다가 체포가 되가지고 연락을 져 준것도 없고. 된 그대로. 밤이면은 그 사람들 지시를 받고, 낮이면 대한민국 지시를 받고 이라기 때문에, 우리 수각 사람은 관에 가서 뺨 하나 맞은 적이 없고, 오늘날까지 우리가 여생을 보내고 있어요.

[조사자: 그럼 소개를 저기 전쟁 나고 바로 쌍계사 쪽으로 내려갔습니까? 아니면 여순반란군 때?] 하모, 반란군 때.

(청중이었던 이정석 화자로 잠시 바뀜)

[조사자: 몇 년에 들어왔을까요? 여순사건 때?]

[이정석: 여 왜 인천 상륙 전에. 인민군이 여기 내려가지고, 말하자면 인저 사변이 나니까 그 인민군들은 위로 못가니까, 전부 산으로 들어갔지. [조사자: 지리산으로?] 이정석: 우리 소개는 6.25사변 전에도 소개를 했습니다. 여순 반란사건 때부터.] [조사자: 그럼 그때 그 사람들이 숨어 들었을 것 아닙니까?] [청중: 그 사람들이 요로로 들어왔지요. 연곡을 거쳐서 요리 목동으로 범왕으로 해서 토끼봉으로 올라갔지.] 유독 14연대하고 이현세 연대하고 같이 갔던 거지.

[조사자: 그럼 몇 년까지? 전쟁 끝나고도 한동안 못 들어왔을 거 아니에요?]

횟수는 잘 모르겄는디 우리가 왜 [청중: 우리가 한 6-7년 나당겼을 거에요.] [조사자: 6-7년 소개를 그렇게?] 우리가 그러니까 저게 해방되고 나서 초등학교를 갔는데, 우리가 그러니까 3학년, 우리가 졸업할 무렵까지 그 소개를 나다녔어. 그러니까 6-7년 된 거지.

[청중(이몽실): 그러면 아짜방을 군인들이 불을 질렀어요?] 그러니까 그 아짜방이 6.25사변 전에 불이 났습니다. 구례 삼연대가 참 우리 주민들을 데리고 세석평전으로 출동을 가고 그랬는데, 우리 주민들을 손발을 많이 어르고, 사람들을 많이 죽이고 그랬어요. 그랬는데 반란군들이 칠불사를 가서 아지트를 잡고 있었는데, 그러니까 가까운데 놨두고 괜히 가서 서민들을 많이 죽여버렸죠. [조사자: 세석으로?] [청중(권기선): 6.25나기 전에] 그러니까 그 뒤에 우리 주민을 소개를 나가 있는데, 인자 불은 안 되고 헐라고 집을 거두러 들어왔어요. 싹 들어가면서 군부대를 양쪽에다 되고 [청중: 우리 사는 집, 말하자면 민간집] 우리가 집을 거둘러 들어왔는데 [조사자: 집을 걷다니? 위에 지붕을 싹 걷어버려?] [청중: 공비가 산다고 싹 거둬내라.] 집을 싹 거둘기로 해서 거둘러 들어왔는데 [청중(이몽실): 전엔 쐬다구집 아닙니까? 쐬다구집] 전초가 범왕도 하고 목동도 하고 그랬어요. 반란군이 저거 칠불사에 있으니까.

그래 인자 범왕 마을에는 군인들이 양쪽에서 탁- 매복을 하고 우리 주민이 들어가니까 그 사람들이 잤는가 어쨌는가 몰랐다가 우리 주민이 들어가니까 쫓겨올라갔어요. 그런걸 우리 군인들이 잡았어요. [청중: 둘이 둘이!] 둘을 잡았어요. (웃음) 그러할 때 저-어기 저 또 중간에 보초서는 사람이 총소리가 나더래. [청중: 칠불 본부에서 총소리가 난 게 그마.] 총소리가 나더래요. 군인들이 이 사람들뿐이 아니고 대부대가 있으니까 빨리 내려가라고 그러고 내려갔대요. 우리 주민들이 오면 손볼 것도 많고 그래서 같이 못나가고. 군인들은 내려와 버리고 있는디. 주민들이 여그 반란군이 막아서 못 내려가고 저-그 사거리에서 신흥으로 저리 빠졌어요. 그랬는데 인자 의신에 있는 군인들이 지원을 하러 넘어오다가 저 삼정으로 해서 범왕으로 오다가 목동으로 돌아보니까, 아무 기척이 없으니까 목동으로 넘어갔대요. 넘어갔는데 반란군들이 딱 와가지고 매복을 하고 있다고 일개 소대를 홀딱 잡아버렸어요. [조사자: 매복하고 있다가.]

그러고 나서 인자 그러고 나서 군인들이 뭐 인자 불을 내버렸어요. 우리 주민들 집도 뭣도 아무것도 없이 싹-. 절부터서. [조사자: 그러면 범왕을 다 불을 냈어요?] 범왕 대성을 싹 다 내버렸어요. 그니까 저 인작에 '의암'이 제일 높은 마을이 있었어요. 거기는 전부 다 소개를 나가버리고 [권기선: 신흥부터] [조사자: 신흥부터 다?] 신흥부터서 범왕, 대성을 다 불을 싹 질러버렸어요. 그래가지고 그 뒤로 인자 우리가 들어오면은 집도 없이 밥을 해먹고, [청중: 다수 밑에서 자고] [권기선: 농사지으라고] 3-4월에 들어와 갖고 농사를 지어갖고, 1년 동안 지으면 가을에, 가을도 다 안 되서 다 나오래요. 그럼 막 우리가 추수를 해 놓으면 사내 몇 명이 와서 지어다 줘요. 그때 아무것도 없고 지게로 지어 나를 판이니까. 그래도 지어다 줘서 우리가 내려가고 그래고 한 7년 동안을 그렇게 살았어요.

참 그리 했는데 소개를 나 댕기는 중에 6.25사변이 났어요. 그리고 그때 6.25사변이 났을 때는 우리가 들어와서 만세를 부르고 집을 지었는데, 또 불을 내버렸어요. 우리가 저 집을 두 번 지고, 세 번을 내버렸어요. 원집 내고, 또 지은 거 내고 두 번째 내고 세 번째 내버렸어요.

[조사자: 그럼 저녁으로 만날 내려와요? 반란군들이 보급투쟁을?] 만날 내려오는 건 아니고. 그 사람들도 인자 자기도 어느 시기가 되면은 내려오고 그러죠. 또 와서 그 사람들이 우리한테 피해는 안줍니다. 무조건 허고 뭐 옷, 쌀을 줘라. [청중(이몽실): 신도 벗겨가고!] [청중: 신도 좋은거 있으면 가져가버리고. 옷도 좋은거 있으면 가져가버리고.]

(이후 노인정에 계신 어르신들께서 화자 청중 나뉘지 않고 돌아가면서 말씀을 나누셨음)

[권기선: 그 당시 우리 요 선배들께서, 모친, 부친께서 작업들 유달리 하려고 이렇게 하려고 그, 전에 명베, 삼베, 민지베 이 놔 놓은 것들, 만들어 놓은 것들 전부 그 사람들이 저 농 안에 넣어 놓은거 뒤져가지고 싹 다가지고 올라가고 그랬어.]

[이정석: 인자 그 사람들이 그걸 가지고 가면 따스거든. 민지베 따스거든, 겨울에.]

[최성래: 겨울에 발도 감고, 허리 이런대도 감고. 추우니까. 그때는 별다른 뭐 옷이 없었거든.]

[이정석: 좋다는 것이 광목이지.] (웃음)

[권기선: 여순 반란사건 이후 6.25때까지 우리 지리산의 오개군 가야에서는 우야 또 마찬가지였어. 마찬가지고, 좀 심한데가 있었지. 함양, 산청 신청면으로 가면은 일개, 그 이 일개 면이 솔방 인민군들이 와가지고 점령을 해갖고, 거기서 농사를 짓고, 거기서 이 아지트를 만들어가지고 일개 면에서 거주를 하면서 그때는 몇 백명이 됐어요, 아무튼 인민군이. 그러 5개군을 돌아다니면서 여름에는 주민들이 돌아올 필요 없이 호박꼬치 것은 것을 따다가 전부다 이– 생활에 기여를 했고, 참 이렇게 해서 그때는 살을 때는]

[권기선: '참 인민공화국이 되겠다'.]

[권기선: 허 이렇게 생각혀였던 바, 지금은 참 살기 좋은 세상이 됐습니다만은, 그런 반면에 '우리가 이 불안에 떨고 있다'.]

[권기선: 요렇게 지금 생각하고 있습니다.]

[이정석: 지금 젊은 세대들은 학교를 다니고 참 반공교육을 배웠겠습니다만, 실지로 안 겪어 보면 이북 사람들이 얼마만큼 우리한테 피해를 줬는지 모릅니다. 우리는 현실을 겪었기 때문에 그걸 참, 이야그는 못해도 맘속으로는 많이 경험하고 있습니다.]

[최성래: 지금 우리가 이야기하지만은 참내 젊은 사람들이 뭐이 부족해서 저라는고. 우리는 그 많은 것에서 살아나왔다. 뭐이 부족해서 데모를 하고 그러느고. 그런 이야기를 하거든요.]

[이정석: 학교에서 나왔다니까 말이죠, 참, 나 한가지 참- 젊은 사람들 들, 뭣이 생각하냐면은, 그 뭐- 다 참 아무리 우리가 자유당, 참 자유국가라 해도, 그래도 남북간이 적이 되어 있는거 아닙니까? 근디, 좋은 것은 교류를 할 수 있지만은 왜 이북을 지지 하는 그 사람들은 그 생각이 어떤지 그것 좀. 참, 6.25사건 같은 그런 정치를 한번 겪었으면 좋겠습니다. 그럼 좀 이북이 어떻고 이남이 어떻고 그것 좀 알고.]

[최성래: 이것도 아니고 저것도 아니고, 요세 대학생들 자기들 허잔대로 말하고 싶은대로 마음대로 씨부러 대고, 그것 참 나 안 좋아요.]

[청중(이몽실): 고생을 안 해 봐 그러지.]

[조사자: 할아버지!(이정석 할아버지를 가리키며) 그러면 해방 때 초등학교를 입학하셨으면 연세가 어떻게 되시는거에요?] 저 38년생입니다. [조사자: 아 그러셨구나! 띠가?] 범띠. [조사자: 성함이? 함자가?] 이자 정자 석자입니다. [조사자: 이름이 세련되세요. 젊은 사람 이름 같아요. 원래 범왕 사세요?]예. [조사자: 토박이시구나, 농사지으러 계속 나가셨다가, 소개 나가셨다는게 뭐에요?] 피난 나갔다고. [조사자: 피난 간 걸 소개나간다고 그래.]

[조사자: 어르신(권기선 할아버지를 가리키며) 연세가 어떻게 되십니까?] 팔십

너이요. [조사자: 그럼 몇 년생이세요?] 28년생. [조사자: 28년생이면 무슨띠입니까?] 용띠. [조사자: 함자가?] 권기선. [조사자: 정정하시고, 발음도 좋으시고. 얘기도 많이 해주시고.]

[청중: 노인 회장님이십니다.] [조사자: 회장님이시구, 저, 범왕 사세요?]예.

[조사자: 어르신(최성래 할아버지를 가리키며)은 존함이 어떻게 되세요?]최성래, 36년. [조사자: 36년이면은, 쥐띠?] 병자년. 호적상 [조사자: 올해는 일흔여섯이시구. 전쟁 때는 몇이라고 그러셨죠?] 열다섯 살. 6.25사변 때, 우린 인민군들 많이 쫓겨가고 징집가고 그랬어.

[3] 남부군 사령관 이현상을 사살하다

[조사자: 어르신! 반란군들 이야기하면서 늦게 까지 반란군들 막 여거 응거했잖습니까? 전쟁 끝나고도. 그래서 인자, 우리 하기로 남부군들이 반란군들이 했다해가지고, 사령관이 이현상이라고 하지 않습니까?] 예 (청중 여러분들이 고개를

끄덕이며) [조사자: 이현상이 빗점에서 잡혔다 어쨌다 하는데, 고 그때 들은 이야기를 한번 해보세요.]

[권기선: 이현상씨가 참 지리산 빨치산 대장으로 요렇게 이 활동을 했는디, 우리 군에 있을 때 이현상이를 잡았다 하는 것을 우리 군대장께서

"니그 고향에 이현상이가 대성부장에서 잡혔단다."

회관으로 와서 얘기를 들어보니까 빗점이라는데 거기 가면은, 거기다 아지트를 이- 마련해 놓고 있었는디, 인자 대성, 의신 사람들은 진작에 알았어요. 인자 그때. 이현상이가 있는지는 몰라도. 반란군들이 아지트를 해갖고 거기 있다는 것은 알았어. 알았는디. 이걸 어떡해야 위치를 파악하는가? 의신에 그 의장이나 책임지는 사람들이 관에서 이렇게 부탁을 내렸지만은, 그 사람들은,

"어떤 방안을 해서라도 행방을 좀 알으켜 줘라."

이렇게 했단 말이야.]

그래 인자 봄에 채벌 짓을 하러 들여보냈어. 약을, 지리산의 약초를 캐라고. 캐라도 망태를 메고 들어가보니까, 빗점이라는데 가에 들어 가면은 암산이라고 하는디, 거기에다 나무에다 아지트를 차려놓고 이렇게 하는 것을 봤어요. 그래서 인자 어떻게 든 유도를 한번 해라, 유도를 해갖고. 그 빗점 안에 들어가면은 큰 너들이라고 있는디. 경찰에서 거기가서 잠복을 하고 있었어. 잠복을 하고 있었는디, 거기에 (이현상이)건네오는기라. 건네 오는 것을 보고 총을 가지고 이현상이를 잡았어. 이현상이를 잡아가지고. 그 전에는 길이 없어가지고 요 범왕으로 요리 넘으면 신흥가기가 빨라요. 그래 뒤에다 짊어지고 신흥까지 이현상이를 인자. 거기서 모가지만 떼가지고 중앙으로 올라갔다고 들었어요. 이현상이라는 것이, 이현상이라는 사람이 빨치산 대장으로 와가지고 얼굴도 본 사람이 없고, 인자 그래서 그 사람이 그렇게 똑똑했다고 그런 소리를 듣고 그렇게 있는디. 인자 그걸 갖다가 경찰이 잡았다 군인들이 잡았다, 재판까지 해가지고 헐 수 없이 경찰이 못 이기고 군인들이 잡았다고

요렇게 인정이 되버렸어요. [조사자: 군경이 서로 했구나!]

이현상을 하나 잡고 난 뒤에서는 지리산에 빨치산이 없어져 버렸어. [청중: 대장이 없으니까.] 없어져버렸는디, 그 이후에 정순덕, 이용해라는 사람이 지리산에 다니면서 이 살상도 많이 하고 그랐기 때문에. [조사자: 늦게까지 남아서.] [청중: 넛이] 이용해라는 사람은 죽었고. 남자는. 정순덕이라는 여자는 살아가지고 진주에 거주해갖고 책도 내고 그랬어요. 정순덕이라는 여자는. 책도 내고 그랬는데 지금은 죽었는지 어쨌는지는 모르지만은, 한 십이 년 전까지는 살았다고 그랬어요. 진주 저짝에서 살았다고.

지리산 주변에 댕기면서 자기 말 안듣고 이런 사람은 우리 요 꼬랑에는 그런 봉변을 안 당했습니다만은, 저-저그 전라도 요고라는데 가면은 사람도 줘여뿌리고, 불도 질러버리고. 저 함양으로 절로 다니며니서 사람도 몇 사람 죽인 일이 있고, 말 안 들으면은 이 뭐 행패도 놓는 경우가 있고 그런 일이 있는디, 요 꼬랑에서는 그분들이 와가지고 둘러 댕기는가 안 댕기는지가도 모르겄고, 요 근처 여 전라도만 왔지, 경상도 하동 땅에는 뭐 와서 폐를 준 일이 없고. 이렇게 하다가 인자 그뒤 이후로 그 사람들이 죽어버린 이후로는 지리산에 아무런 고통 문제가 나타나고 그런 건 없었어.

최성래: 그런디 참, 지금도 지금은, 우리가 그래 합니다. 그렇게 생각합니다. 그때는 그 다른 타임이 딱 되가지고. 단체가 되버립니다. 쭉 단체가 되버려가지고, 사람이 사는, 저희 때는. 지금은 이런 사람 다 죽습니다. 인즉은 그럽니다. 타임제가 딱 되가지고, 하나 딱 통금, 하나는 헌병, 그런 얘기 대저, 저녁에는 인민공화국 낮에는 대한민국 그런디. 이거 허다가 혹시 사정이 달라 가지고이 하나,

"저놈은 나쁜 놈!"

이건 복잡해집니다, 그마. 주민한테, "저놈은 나쁜 사람이다. 저 놈은 경찰 아잽이다."

예를 들면, 말을 건네면, 말을 건네면은. [청중: 서로 스파이가 있어가지고,

사상을 가지고.] 우리 마을은 다 통일 되가지고. [조사자: 그런 사람이 없었구나!] 그려가지고 아무 우리 면은 시장 지낸 사람들도 없고. 근 이십여년을 그 육이오 그 전쟁에 죽은 사람이 없었습니다. 지금 우리 마을은, 스님이 그럽니다. 우리 마을은 참 복타고 난 마을이다. 절대 그런 일이 없어. 누구 하나 어디로 자른 일이 없어. [청중: 군인들한테 빰 한 대 맞은 일 없으니께.]

[이정석: 우리 마을에서 이장 반장을 계속 했어요. (권기선 할아버지를 가리키며) 그만큼 인간 단체가 있으니까. [조사자 :단결이 잘 되고.] 그때는 마, 이장 반장만해도 잡아갔지. 그런디 딱 단체가 되갖고 이 마을에서 이장반장을 계속 했어요.

[최성래: 그래, 지금도 그래. 무슨 단체만 되면 산다. 이 왜? 단체가 되야지.]

[청중: 그때 단체가 잘 되고 했으니까, 앞으로 우리 마을 좀 잘 살게 해줘요. (웃음) 아짜방도 있고, 칠불사도 있고 그러니까.]

[이몽실: 이현상인가가 저거 나 어렸을 때, 우리 영감님이 호대갖고. 어렸을 때 이현상인가를 저- 삼장서 잡았는데, 우리 큰 오빠허고, 우리 큰 아저씨허고 지고 옆에, 저-다운리 재를 넘어갔어요.] [청중: 시체를 지고?] 하-, 지고. 구례 어데 가갖고, 비항기(비행기)를 가자는데, 그때 사람들은 사람들이 너무 수대갖고(순진해갖고), 비항기를 타면 오줌을 잘금 잘금 싼다고 그래갖구. 거 비항기를 못타고 서울을 못가고 도로, 그 길로 도로 왔어. [조사자: 아. 시신 지고 간 사람들이?] 아하-, 지고 간 사람들이. 서울로 비항기를 타고 가자는디. 그리 못가고 돌아오시버렸는디.

[이정석: 에, 그거이, 남원에다. 남짓골 사령부가 있었어, 사령부가 있었는데, 이현상이를 인자 잡은 원인을 우리는 그렇게 알고 있습니다. 저거-거 우리는 이렇게 알고 있습니다. 저기 그- 빨치산에서 귀순한 사람들이 현역들 조직을 해가지고, [최성래: 경찰로 많이 들어와가지고] 그 사람들이 저녁에 순찰을 댕기며 반란군을 다 잡는 거래요. 그래 인자 그 사람들이 범왕뒤 마을로

요로 등을 싹 타고 들어가지고 새벽에 들어가면서 보니까 그 골에 가가지고 연기가 나더래요. 그래 그걸 살살 들어가니까 아지트가 있더랍니다. [조사자: 아, 연기보고-] 거기서 총을 쐈는데, 이현상이가 죽었어요. 죽었는데, 이현상이는 옷을 얄굽게 입고 옛날 저 뭐냐, 저 자기 비서는 옷을 좋게 입고 있더랍니다. 그래, 그놈이 이현상이라 모가지를 잘라 왔는디. 나중에 보니까 딴 놈을 잘랐지. 그래 인자 그리했는데 [청중: 옷을 바꿔 입었으니까] [조사자: 그렇구나, 그렇구나!] 군인들이 잘라서 가빠려서 인자 보고를 했는디. 거 한 사람이 거 귀순한 사람이, 이정석: "아니다. 이현상이는"

[청중: 같이 부대에 있던 사람이 귀순했지!]

[이정석: "딴 사람을 잘라왔다." 그래 갖고 경찰을 모집해갖고, 하루 저녁에 자고 일어났더니만, 새벽에 총을 들고 이리 올라 오는거여요. 조금 있으니 올라가더니만, 총을 막 쏘는 거에요. 그러다니 인자 조금 있으니까, "이현상이 잡았다!"고. 한 열시나 되니까, 여거 외부하고 범왕 동네 사람들을 인부를 내갖고 지고 넘어갔어요. 그래갖고 인자 저거 대대 거 본부가 영구에 있어요. 서남지골 사령부가 남원에 있을 때, 그리 너머 가지고 이현상이를 들고 와갖고. 이렇게 그. 이현상이를 경찰들이 잡았다고 선언을 하니까. 군인들이 가만히 생각하니까 이상하거든요, '저거 분명 잡았는데.' 그래 인자 이상해서 인자 그걸 거- 사령부에 가갖고 대조를 하고, 그것도 안되갖고 재판을 했답니다. 재판을 해갖고, 그러면 이 사람을 "권총으로 쐈냐?" 이랬대요.

총싼 것을 근데, 유격대는 기관단 총을 가지고 있었고, 경찰은 전부 갈빙을 가지고 있었어. 그래 인자 경찰들은 갈빙을 쐈다고 그러고 유격대들은 기관총을 쐈다고 그래가지고. 거 부검을 해보니까, 기관탄총 실탄이 나와서, 군인들이 승리를 했대요. 그래서 우리는 그렇게 알고 있습니다. 그래 인자 여기 저 짐지고 간 사람이 명수리성님하고 당내성님하고, 둘이 지고 갔어. 둘이 지고 갔는데 그분들을 서남지부 사령부, 그 말하자면 남원에 가지고 한 달을 있다가 왔어.]

[최성래: 증거자료.]

[이몽실: 그 사람들은 범왕까지 지고 왔고. 우리 오빠허고 큰 아저씨하고 지고 넘어갔지.]

[이정석: 한 달을 붙들어서]

[조사자: 쌍계사 앞에 다리 앞에 효수를, 목을 잘라서 걸었다는 것은 가짜고?]

[최성래: 그거는 그 후고.]

[이정석: 그거는 그전에 동유격대라는 사람들이 반란군을 잡아다가 그렇게, 우리 학교 댕길때. 참 가방 메고 나가면 책가방 메고 나가면 무서워요, 다리가에 요만한데. 부담스럽고 다리가에 요만하건 전 안있습니까?]

[최성래: 다리 전 위에 시니들이 있지? 그 위에다인자(웃음)]

[이정석: 그 위에다 딱 언자놓고.]

[최성래: 사거리를!]

[이정석: 모가지를 떼다가 언자놓고. 인자 두들겨 패는 거야. 군인들이 패는 거야. 다리목에서. 그때 거가 한동가리는 나무다리가 있었거든. 거기다 놓고. 우리가 참 학교 댕기면서 보면 참 무서웠어. 두들겨 패는 거야.](웃음)

[권기선: 국민들 인자 동의를 해결하는거야.]

[최성래: 경찰들이 압박을 많이 받고.]

[조사자: 그래, 막 때려요?]

[이정석: 그런 걸 많이 겪었어요.]

노부부의 빨치산 · 한국전쟁 체험기

이 몽 실 · 권 기 선

"우리 지역만 그런 것이 아니고, 전라도 다니면서 소를 엄청나게 잡아 들였어. 고기를 먹어야 산속에서 몸을 보호하기 때문에 그렇게 반란군생활을 했다 하는 거지"

자 료 명: 20120110이몽실 · 권기선(하동)
조 사 일: 2012년 1월 10일
조사시간: 약 70분
구 연 자: 권기선(남 · 1928년생), 이몽실(여 · 1939년생)
조 사 자: 김종군, 김경섭, 김정은, 김효실, 이부희
조사장소: 경상남도 하동군 화개면 범왕리 권기선 · 이몽실 자택

[조사과정 및 구연상황]

조사팀이 방문한 하동군 화개면(일명 화개골) 일대는 여수, 순천 사건 발발 후 군경에게 쫓겨 백운산을 넘어 온 인원들이 1차 빨치산 활동을 전개한 곳이다. 밤이면 빨치산, 낮이면 군경에게 시달리며 온갖 역경을 경험했던 분들

을 도처에서 만날 수 있었다. 오전에 들렀던 범왕 노인회관에서 부부 사이인 화자들을 만나 오후에 다시 만나기로 약속하고 범왕리 자택으로 찾아가 이야기를 들었다.

[구연자 정보]

권기선 할아버지와 이몽실 할머니는 부부 사이로 범왕 노인회관에서 만났던 화자이다. 다른 사람들보다 구연에 앞장 서는 모습을 보여서 자택으로 찾아가 이야기를 들었다. 두 분 모두 이곳이 고향으로 할아버지가 입대했을 때 말고는 줄곧 범왕에서 생활했다.

[이야기 개요]

빨치산 치하의 인민재판 경험과 가족의 험난한 생활상을 구연했다. 특히 이몽실 할머니는 경찰이 남부군 대장 이현상을 체포할 때 친정 오빠가 직접 참가한 이야기를 상세하게 이야기 했다. 권기선 할아버지는 한국전쟁 참전담과 대한청년단 이야기를 구연했다.

[주제어] 빨치산, 반란군, 인민재판, 남부군, 이현상, 대한청년단, 가족, 칠불사, 옛날이야기, 일본인, 당산

[1] 이몽실: 반란군의 전투를 직접 경험하다

[조사자: 소개가고 피난 갔던 이야기도 재미있게 해 주시고, 다 못 들어서. 원래 친정도 범왕입니까? 한동네 혼사를 했네. 오빠(권기선 할아버지)가 멋있었나 보네.] (웃음) 우리 영감님이 군에 가갔고 5년만엔가 제대를 했어. 만 5년에. 그 전장시대가 되가지고, 가서 죽었다고 막 재 날아 왔쌌다고 그랬거든, 그 때. 재 날아왔다 쌌고 그랬는디 우리 [조사자: 재 날아왔다는게 화장해서 태워 갖고 왔다고.] 화장해가지고 죽었다고 했잖어. [조사자: 재-날아왔다고-] 그랬

는디 우리 시아바지가 그땐 돈이 없으니까 가메 솥을 팔았어. 가며 솥을 팔아서 아들 옆으로 간다고 갔는데, 부상을 당해갖고만 부상당해 와버렸대. 그랬는디만 죽었다 소문이 나갔고 죽었다 재도 날왔다.

'객지에서 죽었다, 재도 날아왔다'

그랬거든요. 그랬는디 어찌 한 4년만엔가 몇 년 만에 이저 휴가를 왔는기라. 4년 만에 휴가를 왔어. 그러니께 살았다고 인자. 죽었다는 사람이 살아왔다고. 그리 되가지고 우짜다가. 나는 어리고 우리 영감님은 나이 많고, 내가 욕심이 났던가, 뭐 집안이 욕심이 났던가고마. 우리가 많다고 마다해도 나이가 많고 난 살림을 안산다고. 그리해도 고만 자꾸 중신애비 넣어개지고. 한 1년도 더해 중신애비를 넣고. 그러니께 우리 친정어머이가

"모르겠다."고.

그렇게 허랙(허락)을 저가지고. 모르겠다고 허랙을 해가지마. 양반집에는 옛날에 그렇게 안해요. 양반집이서는 이 그뭐 사신도 어떻고 그래도 모르는데. 사진이 그 사진이 와부렀어. [조사자: 사진이 왔어요.] 그래 친정아버지가

너무 양반이라 전주 이씨. 그런께 그거 사진을 다시 못주고. 한기라. 억지로 한기라. 그거이 산거이 여태까지 살아온거야. (웃음) [조사자: 재밌네, 할머니] 너무 예법을 지니고 양반이거든 친정아버지가. 똑똑하시고 훌륭하시고, 지금은 훌륭하다고 그러지 옛날에는 똑똑하다 안하고, 우리 아들 친구가 오니까 좋네? [조사자: 네, 말씀하세요.]

[조사자: 성함이?] [조사자: 이자몽자실자. '몽실언니' 소설도 있는데. 일흔세살 토끼띠시구. 나이차가 많이 나시네.] (웃음) 11년차이. [조사자: 영감님하고 나이차 많이 나시네.] 그러니께 나는 나이가 어리고, 우리 영감님은 군에 갔다온께. 인자 그때는 나이가 많아 군대를 갔다와요. 그래가지고 5년 만에 제대를 하니까 나이가 많아버리지. [조사자: 재밌었다. 돌아가신 줄 알았는데. 일흔 셋.]

[조사자: 바깥어른이 여든 넷이시구?] 다섯 올라가요. 나는 넷 되고 우리 영감님은 다섯 되고.

[조사자: 할머니 아까 피난 갔던 얘기 그거 다 하다가 못했어가지고 그때 그 얘기 좀 다시 해주세요. 반란군 막 오면 소개(피난) 갔다 이랬던] 소개도 가고. 그래 인자 아까 화개 십경 시켰다는 것이 그거이 어찌됐냐하면, 반란군들이 화개에 고치, 화개 저거 장터에 고치가 있었거든. 다 쫓아냈는가 죽었는가, 여하튼 지금은 화개 뒤에 막 송장데미가 많다고 그러고 그랬어요. 그때는 전장이 나갖고. 화개를 싹 해버리니께, 화개를 반란군들이 싹 들어버렸어요. 화개치들이 싹 들어올려어 그냥.

그러노니께 우리 친정어머니하고 아버지하고 오빠랑 그러는기라.

"니가 젤로 나이 어리니까, 니는 가도 괜찮다. 한번 내려 가봐라."

용강 그 진권이집 알지요? 거기가 우리 고모집이거든. 당고모집이. 그때 보리 한마니를 져다 났어. 그때는 보리한가마니는 큰부자야. 그래 인자 나하고 재종 동생 영자라고 있어. 그래 둘이서 인자 가보라고 용강을 가라는 기라. 그리 내리 가니까 가니까 오매 숲에 옛날에는 산길이라. 그리로 가니까 얼러 메고서 털털로 메고 오고 사람 세두리 해고. 전투를 해갖고 부상을 당해갖고. [조사자: 누가?] 빨갱이들. 칠불사로 올라가는기라. [조사자: 부상당해서] 싹 그러고 얼러메고 올라가고, 우리 마을 쪽으로 오는 건 사람 삼분이 일도 안돼. 저 대성골로만 학교, 여여- 신흥 학교 학교 가면 바글바글바글이 사람들이 어떻게 많은 고만 땅도 안 뵈일 정도 그렇게 많은기라. 반란군들이. 그런데 인제 화개 사람들을 싹 동원시켜가지고 지고 오고 이불도 지고 오고 양식도 지고 오고, 막 별에 별거 다 지고 와. 뭐 곶감이니 별거 다 걷어갖고 짊어지고, 다 뜰어 갖고(뜯어갖고) 올는기라. 여튼. 소고 뭐이고. 다 뜰어올리는기라. 그래 우리는 갔다 왔는디. 나중에 들은께 왜 용강 그 기천뜰 사는 집 그 사람이 그 사람이 이름이 뭐이래? 영자 외가집이라, 외할머니라 말하자만. 영자 외할머니가 기천뜰에 살았어. 근데 그 사람이 소를, 암소를 잃어부렸어, 인자, 반란군들이. 그러니께 올래와갔고, 학교를 와갔고 요리 뛰댕기고 저리 뛰어 댕기고 막, 이 사람이 탁 찌르면서,

"이 할머이가 왜 이러고 댕기냐고, 이 할무태기가 왜 이러고 댕기냐고 "

그러니 개로 만치로 뛰면서. 자꾸 뛰어댕깅께. 대장이 하나 요리 호루레기 탁 차고 있는게 대장만 맨기로라네. 가 자꾸 살고 절을 한께.

"왜 이래요, 할머이? 왜이래요, 할머이?"

자꾸 그러더래. 그래 자꾸 그러든가 말든가 자꾸 절을 한께.

"할머이 소감을 한번 말해보라!"

고 그러더래.

"달리 말고 나가 큰 황소 한 마리인데, 그거 우리 목숨인데, 그거만이만 노아주면 좋겠다."

싼개,

"어떤거가? 할무이 소가? 몰고 가라!"

그러더래. 그래 그걸 찾아가지고 몰고 간게요, 할무이가. [조사자: 어머머, 그러기도 하는구나!] 그래갖고, 그 사람은 소를 찾았다는 이야기라.

그거는 인자 저짝 대성골로 가니께 그거만 알지, 학교만 알고 잘모르고.

범왕골로 올라가갔는디. 별거 다 뜰어가고 와갖고 고마 요리 손이러는 짭메고 해갖고 가시리 지어놓으니께, 엄한걸 다 양말짝을 나한테 씻쳐주라는디. 양말짝을 몇 켤레씩 신었어. 발이 시려우니까. 그런걸 그 때 어느 땐가 몰라, 10월인가 뭐 9월인가 그 정도 됐는디. 그래가 내가 씻겨다(빨아) 주면, 또 씻겨달라고, 내가 귀찮아서 안한다고 했어. 내거는 작으니까 해돌라고, 그때는 내가 어려서 예쁘장하게 생겼논께. '예삐'라고 그라니기라. [조사자: 그 사람들은 어디 있고, 동네에 있고?] 여부락에. 여부락에 있는데. 우리들이 여부락에 사는데. 여짝 집내는 우리 집이 거든. 그기 사는데 그기와서 그라거든. 집집마다 바글바글해 반란군들이. [조사자: 집집 마다 다 들어가 있구만!] 싹 다 들어와가지고 바글바글해. 그럼시로 내가 이제 빨아줬지. 어쩔기도 얘기도 못하니까. 빨라 주고 있었는데. 다바리 부대라 카능가 뭔 부대가 와갔고. [조사자: 다바리 부대?] 부락사람들 다 모아놓고 춤을 추고 노래를 부르고 그르능기라. 그거를 자기들 사람 맹글라고. 우리들을. [조사자: 교화하는거지.] [조사자: 동요한다고 하는 거구나!] 이름도 다 지어불고. 우리는 벌벌 떨고 그러고 같이 있는데, 그래가 인자 할매들도 이름을 갈쳐주라고 하니 안 갈쳐주잖아. 하나는

"나는 곰 가시나요."

그라고, 하나는

"이름이 몰때굴래요."

그래났네. [조자사: 뭐! 뭐라고, 몰때?] '몰때굴래'(웃음) [조사자: 몰때굴래] 이름이 '몰때굴래'요. 그만 적어 달라고 끝내 우스러우니까. 아닌 말을 갈쳐주니까 적다가 쫙 찢어 버렸거든. 그 사람들이 [조사자: 아! 이름을 자꾸 물어보니까, 그렇게 막] 쫙 찍어버리고 그랬는데. 할무이가 지금 살아계시거든. 곰가시나라카는 사람. 몰때굴라는 사람은 돌아가시고. 서른 다섯 살 묵은 사람이라고 여자가 좀 어지게(어질게) 생겼어. 자기 남편이 부르니까 앞으로 나왔다고 하는기라. [조사자: 여자 빨치산이에요?] 여자 빨치산. 요래 수건 쓰고, 옷고름 떨다

가 입고 춤을 추고 둘이 춤을 추고 둘이 내우(내외)지간을 해가 지고 꽃바구니 춤을 추고 야단이야. [조사자: 꽃바구니 춤 추고] 춤만 추고 야단이야. 그래서 우리들은 어려 노니까 그때는 할메한테 그러는 걸 모르는 거지.

그러고 또 그 사람들이 가뻐리고 없으니까 아까도 얘기했지만 반란군들이 오면 우리 보면 '개놈들 연락자'라고 하고, 또 군인이 오면 '빨갱이 연락자'라고 그러고. [조사자: 군인들 연락자라, 빨갱이 연락자라 아이고] 그라고 우리들은 모르는 일이라 반란군이 오면 연락을 안 해 줄 수가 없어요. 연락을 해야지. 한번은 우리 아버지가 연락을 하러 간다고 내물에 내려가셨다가 내물로 내려 갔다 왔는데. 내가 오니까. 아버지를 델고 반란군이 델고 저쪽으로 돌아가시거든. 그 소리를 안 할라고 하다가 큰오빠보고

"오빠 아부지를 저리로 델꼬 갔어요."

그 사람들이 따라가더니 사정사정해서 델꼬 죽인다 그래요. 우리 아버지를 [청중: 죽인다고] 연락처 데라고. 오빠가 사정 사정해서 데리고 왔다고. 아부지랑 오빠랑 새파래이 왔더라고. 아부지를. 그래가 오빠 딴에는

"네가 갈쳐 줘가 살았다."고.

그래가 안 돌아 가시고 델꼬 오셨어. [조사자: 큰일 날뻔했다!] 아부지 안돌아가시고 델꼬 오셨어. 큰일 날 뻔 했지. 내가 그 설명 조금만 늦게 했어도 죽었을꺼야. 참말로 천만다행이라고 해샀대. 그런일도 있었고.

또 반란군들이 저녁으로 오면요, 다 돌아가면서 밥을 허래요. 와서 밥을하라. 양석(양식)도 없는데 밥을 허래. 쌀 있는 대로 밥을 허래. 그래 밥을 해가 절로 어데로 올라 가재. 반찬도 없고 그냥 시락국(시래기국)같은거 끼리가(끓여서) 우리 언니하고 나하고 이고 올라 가면은 저 올라 가면은 반란군이 바글바글해. 그 사람들 다 갖다 먹이는 기라. 그리도 살고 그랬어요.

[조사자: 할머니 그때 몇 살이셨어요?] 그때 일학년 하다가 본께 열한 살 열두 살 그 정도 묵었을 기라. [조사자: 10살, 11살] 그래 여다 주고 난 쪼끔 작게 이고 가고, 우리 언니는 올케언니는 많이 이고 가고. 그래 갖다주고.

그 산 세상을 생각하면 말도 못해. [조사자: 그렇게 밥을. 할머니 드실 것도 없으셨을 텐데.] 그 사람들은 지나가고 나면, 또 군대가 와서 밥을 해주래. [조사자: 아후, 어떡해요.] 군인들 와서 해 줄라면 해 줘야지 안 해줄 수는 없지. 안 해주면 '빨갱이 연락자'라고 하는데. [조사자: 어떡해?!] 또 해줘야지. 밥을 해서 주고. 군인 한패 지내고 나면 반란군오고. 반란군 한패 지내고 나면 군인들 오고. 어떻게 아다리는 안되더라고요. 한패 지내고 나면 또 한 패. 만날 오는 사람마다 '빨갱이 연락자'라 하고 '개놈들 연락자'라 하고 그렇게 살고 했는데.

이야기 더할나니까? [조사자: 네, 찬찬히 하시면 돼요.] 그리오고, 개덕이 안 나네. (웃음) [조사자: 생각이 안 난다고요? 개덕이 안 난다고가.] [조사자: 아! 제가 몰라가지고.] (웃음) 그래가 우리가 저 밤이라도 주우러 가면 가실에(가을에) 차를 보면 반란군들이 왔어. 저 밑에 논박에 살짝이 갖다 넣어 노면 나중에 오면 싹 다 가져가고. 없고. 또 농사 지어갖고 소개 나갔다, 알지요? [조사자: 네.] 저 소개 나갔다 들어오면 또 농사짓고 가실에 소개 나갔다 오면 쌀 다 양포 가져가 뿌고 없어. 보리쌀하고 싹 다 퍼 가뿌고 없어 그래 우리 묵을 것도 없어. 우리 어매는 울고불고, 그래 우리는 굶어 죽겠다고 울고. 그러면 소구밥 해묵고, 쑥밥 해묵고 산에 가서 또 냉이 뜯어가 삶아 묵기도 하고. 그리살고, 그리 험한 세상을 많이 살았어요. 그래 우리 오빠따라 나가가 이자 모함이라는데 거 가서 소개 나가가 사는디. 막 전투한다고 빨갱이 왔다고 난리를 지기는기라(치는거라). 반란군 왔다고. 그래 마 싹 다 와가 우리보고 업드려 있으라카는디. 우리 소개 나간 그 집은 애들 홍진를 받았는디 우리는 그집 뒤안(뒤뜰)에 가가 엎졌는디 전투가 난리라. 반란군 군인들 내려오고, 전투가 났는데. 이두 저거 아부지가 청(마루)에 [조사자: 마루] 옛날 집. 청에 나와 딱 앉으니께 그만 총에 직통으로 맞아버렸어. [조사자: 전쟁하는 거 볼라고 나왔다가?] 직통으로 막 뚜드려 맞져가지고, 직통으로 뚫어가지고, 그랬는디.

그 명순이라는 집 그 집이 아부지가 이웃이 아이고 야단이야 난리 났으니까 쫓아갔는 기라. 그 집에 아들 그거이 홍진 받은 아들 육 일만에 죽어삐리고. 아-들이(애들이) 일곱이나 돼도 딸은 일곱이나 돼도 아들은 하나도 없어. [조사자: 홍진으로 해서.] 홍진 옛날 홍진 무섭다 아니야. 애이가. 홍진 맞은 아를 냅 두고 초상난데 사람 죽은데 갔다오니까 고만 아가 홍진인거도 못 풀고 육 일만에 죽었뿟다 아이가. 딸만 그집이 일곱인가 돼 그집이. 손이 막았뿟어(그집이 손이 끊겼어) 그집이. 그리 전투도 나고. 그런 세상도 줬고. 오면은 온 산천에 불을 내 버렸어. 군인들이. 반란군온다고 그랬는가. 그리 모든 산천에 불을 났어. 칠불산에 불 싹 내버리고. 그러면 몇 년 후에 고사리가 밀이(많이) 어데나고. [조사자: 고사리 많이 나지. 불나서.] 취나물도 많이 나고. 그래서 끊기도 하고.

그러고는 나가 잘 모르것네. 생각이 안나서. [조사자: 정말 재밌네. 그래도. 할머니 여자 빨치산 봤던 얘기들도 조금 더 얘기도 해주고, 여자 빨치산 어땠는지. 여자 빨치산?][조사자: 여자 반란군들] [조사자: 반란군들 어때요?] [조사자: 이뻐요? 이쁘게 생겼어?] 예뻐. 예쁘고 똑똑하고. [조사자: 예쁘고, 똑똑하고, 춤도 잘 추고?] 춤도 잘 추고. 또 남자들도 똑똑해. 참 똑똑해. 말도 잘 하고. 똑똑해. 어찌 다 똑똑한 사람만 모았는가 몰라. [조사자: 여기 경상도 사투리 쓰는 사람은 없었습니까?] 경상도 사투리라 해봐. 저 북한사람들 말이, 경상도 사람 말이라 '땅땅 땅땅이 짱짱' 울리는거이. 그런데 지금 요량이라 그랬지. 북한 사람 말이 아이라(아니라). 북한 사람들은 뭐 이상하이 말 하잖아. 내린 말이 들을려고 하는데. 내린 말을 안들어. 차랑 차랑 말이 나와. 말이 들때는 차랑 맨땅됐니 그래. 우리들 싹 모아놓고, 저녁 마다 모아 놓고 연설을 해. 연설도 하고, 두부 사람 만들다고 군땅도니. 맨땅도니. 막 그래. 군니가 군땅도 있고 맨땅도 있대. 면에 가면 어떻게 하고, 군에 가면 어떻게 하고 저거 사람 만들라고 오만 얘기 다 들어가게 해. [조사자: 자기들 사람 만드느냐고.] 한식구 맹글라고. 우리 친정 아부지가

"난리가 딴거 없다 지금 난리니까 우짜든지 입 조심 해라. 입. 한 말만 잘못하면 다 죽으니께. 어쨌든 참고 살아야 된다."고.

날마다 부탁이 그기라.

"어쨌든 입 닫고 살아라."

이장 반장 할라고(알라고) 발광을 해. 그 사람들 갈춰주면(가르쳐주면) 다 죽어인자. 군인 가족들 갈쳐주면 다죽고. 그러니께 어째뜬 아무 말을 안해야 돼. 어째뜬 입을 참고 살아야대. [조사자: 이장이 누군지. 반장이 누군지. 저집의 아들이 군대 갔다는 이런 얘기 하면 안 돼.] 싹 다 잡아가가 총살시키고. 전부 우린 모른다고 해야 돼. 무조건 모른다고 해라해 우리 친정 아부지가. 그렇게 하고 살았어 우리는. [조사자: 그런 집이 실제로 있었나요? 말을 해가지고 죽은 집?] 인제 여기는 요부락에는 그런 일이 없는디 부락에 저 알로 (아래로) 나가면 많아요. 저 저 전라도쪽에는 무조건 저녁마다 오면 실어다 마 청년들을 실어다 다 쥑어뿌고(죽여버리고). 피안골로 가 다 죽여 가부꼬. 과부가 전라도는 한정없이 많았어. 전부 혼자 사는 사람이 전라도에서 나왔어 그때. 무조건 츄럭(트럭)으로 한추럭씩 담아서 죽였대. 피안골 갔다가. [조사자: 피안골 많이 그랬다고, 얘기 많죠?] 전부 애맨 사람이 많이 죽었죠. 애맨 사람이 다 죽었겠째, 그러잖께. 우리친정 아부지가

"입조심해라. 입조심해라. 난리가 뭐고하면 이게 난리니께 난리가 끝나면 또 편한 세상온다."

항시 당부를 그렇게 했어. 우리 친정 아부지가. 지금 지나고 나면 전부 그 말씀이 옳은 말씀인기라. 그렇게 살았어. 우리가.

[조사자: 할머니, 아까(노인정에서) 이현상 시체 짊어지고 갔던 얘기 이런것들 아까 재미있게 해주셨는데. 다시 기억나시지요. 그 얘기도 해주세요? 오빠 두 분이 짊어 지고 갔다고 얘기 하셨죠?] 우리 친정에 오빠 나한테 오빠하고, 우리 친정 제일 큰언니 형부하고 [조사자: 형부] 형부하고 둘이 남한 살구나 저짝 전라도로 차로 갔겠지 인자. 갔는디 그리가가꼬. 서울로 가재더래 비행기타

고. 그런데 위험해갖고. 요즘은 안 그런데 비행기가. 올라갔다 내려갔다 오줌을 잘금잘금 싼다고 놀라갖고. [조사자: 비행기가] 겁이 나가 안가신기라. 그때 가셨으면 괜찮았는디. 그래가 안가셨다고 오빠랑 그때 난리전쟁 지나고 다 돌아가셨어요.

[조사자: 그 앞의 얘기 좀 더 지게 이렇게 지고 갔었던. 얘기, 아까 좀 길게 얘기해주셨는데.] 아, 이현생이. 우리는 그날 난 어렸을 때라 잘 모르고 이현생이 잡았다고 그라닌기라. 현생이 잡아가 지고 오는 걸 봤어 우리가. 저리 지고 넘어가. 우리 오빠들이 지고 온기라. 저기서 여까정 딴 사람이 지고 왔다가 여기서 큰오빠하고 우리 큰 아저씨하고 지고 그리로 넘어간기라. 그렇게 지고 갔다고 얘기 했어. 아이고, 참말로.

[조사자: 얘기도 재밌게 하시고.]

권기선 할아버지가 들어오셔서 잠시 중단.

[조사자: 여기 밖에, 저기 환갑잔치 할 때 사진 보니까? 거기 또 그때 시아버지 모시고 사셨는지, 할아버지 한분 계시던데. 사진에?] 우리 큰 아저씨. 그분이 지

고 넘어 가신거지. [조사자: 아, 그 할아버지가요, 재밌네, 나는 환갑 때 까지 모시고 살았나 해서.] 우리 오빠 사진은 얼릉 돌아가셨으니까 없고, 그 아저씨는 우리 영감님 환갑 때 오셨어서 같이 사진을 찍고. 아버지 살아계시면 지금, 칠십 아홉. [조사자: 아버지 살아계시면 일흔아홉, 그렇죠] 우리 정현이하고 동갑이라요. [조사자: 정현이라고 친구에요.] [조사자: 그렇지 않아도, 정현이가 어머니 닮았네?] 닮았어요? 아버지보다 났지. [조사자: 얼굴이 보여.] [조사자: 아이 그러고 신촌, 형제분들 신촌와 사시잖아요.] [권기선: 우리 동서하고, 형님하고] [조사자(김종군): 응 그렇죠. 금순하고도 권금순이, 금순이하고도 우리 동기고] 아 그렇구나. [조사자: 금순이도 울 동기라.] 금순이가 신촌 살지. [조사자: 오경은씨한테 시집가서 살고]

[조사자: 할아버지 국가유공자이셨어요?] [권기선: 전방에 가가(가서)한 뭐 3년동안 전쟁을 했지.] [조사자: 그때 전쟁 통에] [권기선: 한참 전쟁 할 때 쯤에. 그때 말이 소위가 말하자면 소대장. 그전에 중위가 소대장을 다 하는디 .그때는 인자 그 상사가 소대장 하는데 많았어.] [조사자: 모자라서?] [권기선: 고등학교를 바로 나와 가지고 바로 소대장 했거든. 하루살이 소위라고.] [조사자: 하루살이 소위(웃음)] [권기선: 백마고지. 무조건 뭐 이 고지역만 한 개도 풀이란 게 없고, 한쪽에서 전장을 3년 동안 했어.] [조사자: 그러면 영장이 51년에 나왔어요? 전쟁한 난 이듬에나 나왔어요? 영장이] [권기선: 51년, 내가 25살 먹어서 갔으니까. 그 정도에 됐을끼야.] [조사자: 51년에 갔으니까. 28년 생이야.] [조사자: 그러면 그전에는 반란군들이 소개 내려가 가지고 있다가 혹시 동네 있다가 잡히면, 산으로 가자고 안 해.] 많이 갔지. 그때는 [권기선: 산으로 많이 갔지.] [조사자: 짐 지고 가자고 그래요?] [권기선: 하마, 짐 지고 가고] [조사자: 우리 편하자고. 막 안 그래.] 안 보내는거. 막 똥 누러 간다 하고 [조사자: 도망을 좀 나와야 데고.] 도망을 좀 나왔지. 많이 그리 가가지고, 그 허리 끈도 빼트러 버린데, 도망 갈까비. 허리 끈도 없고 똥누러 간다는거 지켜셨는 거. 살짝 뒤로 뭉게 뭉게 뒤로 나가, 붙어 나가갖고, 그냥 도망가 뿌리면 총을

싸고 날리지. 그냥 뒤로 뒹굴러서 나오고, 한 사람 두 사람 엄청 그랬어. 그 당시에는 [조사자: 계속] 그 사람들한테 안 끌려 가려고 [조사자: 한참 그때 젊은 때데 저기 요쪽에는 토벌때나, 아니면 반란군이나 젊은 사람 남자들 탐을 안네요? 저기 인력 맨들려고.]

[조사자: 아니 많이 그리했지. 많이 그리 했는데. 이제 저들 듣는데는 또 참여할 때는 특별히 이렇게 안한다고 안하면 안 돼요?] [조사자: 말로는.] [권기선: 그러하나 이 우리는 대한민국 국민이기 때문에 말 하나 만은 이 바로 다른데 '아무리 그래도 다른데는 절대 안 넘어 간다.' 그러면 이제 투철한 정신을 가지고 버터 나가기 때문에 대한민국 정치 뭐 시세나 경찰들이 와도 군인들을 안 막고, 전쟁해 추려냈고, 뭐 아부님도 여 와서 그 이 오랜 화개 고랑에 안 지켜도, 원래 화천리 계시다가] [조사자: 예, 예, 저희 백부도 반란군 총에 돌아가셨거든 그 동네 일곱 사람이 한꺼번에 끌려가서 그 저 가문동 국민학교 뒤에서] 소장사 하나 막 반란군 총에 죽었다 싸고 그랬거든. 그때 돈뭉탱이 안 빼끼려고 그랬지요. 저 소장수. [권기선: 뭐가.] 소장사가 돈뭉탱이 하나 안 뺄끼라고 그러다가 [조사자: 몰라. 거까지는 모르고.] 하나 죽였어. 반란군들이 와가지고 [조사자: 소 장사는?] 뚝 던져놓고 주룽하나 그랬나. 어쨌는가. 하듯 하나 죽었어. 싸고. [조사자: 죽었다는 얘기 나오고, 잡혀가면 그렇게 막 도망쳐야 되고] 잡혀가면 죽은께. 여하튼 잡혀가면 죽은 사람 만들라고 발강을 하고 그란께. [권기선: 밖에 없고] [조사자: 예, 큰 외삼촌하고, 뭐 큰 외삼은 삼년 전에 돌아가셨고, 작은 삼촌 돌아가셨고] 그러니께 얘기를 해요. 전쟁시대 얘기를. 그거하러 오셨으니께. [조사자: 뭐!, 생각나는 대로 하라고 하셨는데.] 얘기를 해주셔. 밖에 좀 나갔다 올게.

[2] 권기선: 빨치산에 잡혀 가다가 기지를 발휘해 탈출하다

(이몽실 할머니가 부엌으로 가시고, 권기선 할아버지로 화자가가 바뀜)

왜정 때는 지나간 얘긴데 제처 놓고라도, 해방이 되갖고 우리가 사는 세상을 얘기를, 다음 이야기 참 기억력이 없어서, 다 얘기를 못하지만은. 큰 건은 이 죽은 고비를 당한 그것은 어느 정도 머리에 돌고, 우리가 나이가 좀 작이가 작았으면 총기가 있을 텐데, 나이 좀 먹어 놓니까 정신도 허물어지고 여 산골에 있으면, 진주문화방송, 뭐 SBS, 뭐 서울 KBS 그 취재를 일 년에 여러 차례씩 들어와요. 내가 옆에서, 나는 뭐 그렇게 할 일도 없는데. 옆에 주변에 있는 분들이 지리산에 이 공기와 어울려서 고생을 많이 했다는 얘기를 해줬기 때문에 나한테 많이 와서 인제 이 취재를 한께. 그리 아까도 대충 어는 정도 얘기 했지만은 낮에는 대한민국이고, 밤에는 인민공화국이고 그랬지. 이 산에서 내려다 보고 있다가 낮으로는 군경와서 있다가 밤이 되면 싹 내려가 버려리면, 해가 저무려지면은 여기 들어와요, 들어와가지고 우리도 먹고 살아야 될 것 아니야. 우리도 한나라에 국민이다. 그렇게 얘기를 한다고 거기서 총발을 들이대고. 우리는 먹어야되는데도 줘야된다고, 우리 내일 아침에 먹을건 줘야돼. [조사자: 그럼요.]

그래노면 이 동네 이 마을에 식량을 갔다 떨고, 마 아까 삼베 내는거, 뭐 육메 내는 것 가간다 그러고, 그러거 많이 해도 저들이 먹어야 될 짐을 산에까지 올라가, 산에까지 올라가 갖고 인민재판이라고 해. 인민재판. 자기들하고 같이 따라다니면 좋은 시절오니께, 같이 활동을 하자는 그거야. 그러면은 우리 가족들 놔두고 그럴 수 없다. 이래서 그러면은 대불이고 따라간 사람은 없고, 싫다 하면 데리고 가지 않는다. 지금까지 따라간 사람은 없고 그런디 한참 여수 반란사건 나가지고 이 기반에 화개, 간부 들 이런 사람 다 데고 올라 오고 이랬어요. 그래서 이제 우린

"여수반란 사건이 났다."

소식만 들었지. 날들이 모르고 지내다가, 한날 새벽에 우리 동막리 반장하고, 이장하고 오더니만 큰일 났다고 저기저굴 식량이 있는데 다 떨어 내야 한다 이렇게해서 전부 다 털어내 줬어. 털어내 줬어. 저 앞에 요 밑에 빈터가

하나가 있었는데 거 가보니까. 다 군인들이 그만 한 200명 이렇게 의논하고 있는거 있지. 여수반란 사건 사고를 일으킨 사람들이라, 그래서 이 보니까 화개면에 간부하는 사람들 다 싹 데리고 올라가.

[조사자: 사회주의 사상이 있는 사람들] 여여 한 한평지 조합장하는 사람 아버지 한용도라했지. 그분이 한청 대장으로 있는디. 그 분 결박을 해가지고 일로 올라왔지. [조사자: 여까지 끌고 왔어요?] 또 나 한테 진목사는 오삼도라는 사람이 한청 대장인데. 대장인데 그 사람 소 몰고 올라와 갔고, 아주 고짱(곧장) 거 까지 소 한 마리를 몰고 그 사람들이 전부 묶어가지고 올라갔어. 너들네이 때문에 사람들도 못 땡기는데 군인들을 갔다가 싹 업게라는 거야. 이렇게 업게 연대 연대 엮기면 소를 등어리 위로 몰고가. 몰고가 우리가 볼적에는 사람 몰고 가는 사람만, 사람 등어리가 터지고 이럴 정도데. 소가 그 위로 올라가서 사람이 없더라고, 소에 볼 적에 땅을 짚고 댕기는 거하고, 사람위로 가는 거하고 그만큼 영맹성으로 가겠다는 사람은 한 개도 안싸서 [조사자: 소가?] 아니 사람이 안 탔지. 소를 등어리 위에 놓고 가. 여여 딱딱어깨 지면은 사람 발에 빠지면 소가 못가거든 사람이 엎드리면 소가 그 위로 걸어 놓고 가게. [조사자: 소가 그 위로 가게 해 주는 구나!] 그 사람들이 그렇게 교육을 받아가지고 어느 산골이라, 어느 뱅이나 소를 몰고 간다는 거야. 소를 잡아가지는 못가고, 그걸 갖다 어디 모르는데 가서 잡아가지고 자기들 먹을라고, 그렇게 소를 많이 몰고 갔다. [조사자: 아!, 산동으로]

우리 지역만 그런 것이 아니고, 전라도 하명으로 다니면서 소를 엄청나게 잡아 드렸어. 자기들도 고기를 먹어야 산속에서 몸을 갖다 보호하기 때문에 그렇게 반란군생활을 했다 하는 거지. 그래서 이제 이 수도사단이 여 와갔고 그 사람들은 토벌을 다 시켰는데. 토벌 다 시켰는데. 이제 그 사람들이 짊을 지고 올라가려면 민간인들 짐을 이고 올라가야 돼. 누구는 여기 빠지는지 올라가가지고, 요세는 좋은 신, 양말, 옷이 좋은 게 있었지만은 그전에는 옷이 뭐있어? 얄구진 내의 한 개 입고 발에 동상이 걸려가지고 화개에 동상이 걸려가지고 병신이된 사람이 스무명은 돼. 그래가지고 죽은 사람도 있고 그 이후에 이 세상이 달라졌기 때문에 그잖아도 국가 유공자로 해가지고 지금도 그의 몇 사람이 유공자 댓가를 받고 충분한 정부의 생활을 하고 있는데 한 그렇게 된지가 15년 밖에 안돼. 그전에는 그럴 여력이 없고, 그리고 바라지도 않고, 이렇게 정부가 이 좀 살만하고 바로 잡혔기 때문에 과거에 고생한 분은 전부 찾아가지고 유공자되는 사람들은 그렇게해서 정부에서 돈을 주고, 또 그렇지 않으면은 뭐 1급에서 2급 3급 7급까지 있는다. 3급자리까지는 한 달에 한 돈이 15만원에서 20만원 나오고, 4급되면은 전화세하고, 전기세허고 고거 이제 보조가되고 그랬지요.

[조사자: 예, 보조를 좀 해주고] 나는 유공자로 되어가 있긴 있어도 난 한 달에 15만원 전방에 가서 이 내가 부상을 당해서 내려와서. 그래서 공로가 있기 때문에 유공자로 해가지고 이렇게 대우를 받고. [조사자: 여기서는 할아버지 돌아가신줄 아셨다고, 돌아가신줄 알았대요.] 그전에 우리가 어려운 고비를 넘비고 어째든 간에 요위에 집을 좋게 지놓고 이렇게 살다가 우리 큰아들이 이참 중교학 졸업을 하고 화개 청년회 사회체가 있어가지고, 사회체 회장을 하다가 어째 화개면에 책임을 지고 청년활동을 하다가 이 사업을 한다고 어쩌고 어쩌고 집 좋은, 우리 논 열한마직을 홀랑 다 날려 버리고, 넘어가 버리고, 오갈 때 가 없어가지고, 여기가 우리가 놔 놓은게 아니고, 처조카가 있는데, 처조카 인제 콘테이너를 세워가지고 어느날 [조사자: 그러셨구나!, 그런 사연이 있으셨구나!] [조사자: 사연이 있으시지. 그러면, 방금 이야기 하실 때, 그 한 의원이랑 다 잡혔는데 그때 그사람들은 그래도 안죽었네. 그러면요?] 안 죽고, 우리 때문에 살었어. 인민재판을 했어. 한 스무 명 짊을 지고 올라갔는데. 총격을 하려고 올라가 갔고, 하나 하나 데려다 전부 다 묻는거라.

"이사람이 화개 그 책임을 지고 있으면서 주민들한테 어떤 행동을 했으냐?"

그거 물을 적에 그런 일도 없었고. 또 정부에서 화개 책임을 저라. 한청에 올라갈 수 있는 간부를 줘라. 자기가 헐라고 하는 것은 아니거든. 그러가 혼연일체가 되어 한 스물다섯 명이나 잡혀 올라간 사람들이 다 그렇게 해서 한마음 한 뜻에 얘기 짠 것만이 얘기를 했어. 그래서 소도 도로 몰고 내려오고 사람도 그대로 싹 다시 내려고. [조사자: 인민재판 하고 다시 내려 왔구만, 다시] 한영덕 의원이 회장된지가, 고인이 된지가 한 12년 됐지만, 그분이 이 골장 출신이고 또 범왕 대해 참 배려를 많이 해주고 그랬어. 그래도 범왕골짜기 있는 사람이 전쟁 통에 살아 나오다가 참 살기 좋은 세상이 되기 때문에 도와줘야겠다 해서 민영을 한 8년 동안 했거든. 8년 동안 하면서 우리 골짜기에 도움을 많이 받고 했다고. 그래 찾다 찾다 이렇기 때문에. 그전에는 산골에는 어찌 사느냐 이렇게 해도, 도시 사람들은 좋은데 산다고 그래. 좋은데 산다고, 공기 좋고, 물 좋고 좋은데 산다고. [조사자: 그렇죠. 저희들은 그렇게 느껴져서요. 예]

그께하고 있는데 아까도 내가 대충 얘기하고 그랬지만. 우리가 그렇게 전쟁 속에 싸워 나가다가 가에 사는 거라하면 참 좋은 세상이야. 그리하나, 우리는 이 배운 사람들이 다 정치하러 나갔기 때문에 참 믿고 도장을 꾹 꾹 찍어 줘 놓고 보니께 전부 도둑놈 판이라 이게(웃음) [조사자: 맞아요.] 이렇게 걸어가는 것도 당신 도둑놈이라는 생각이 요렇게 먼저 들어간다고, 우리가 오늘날 까지 한나라당을 지지를 해 나갔는데 한나라당이 요새 땅 바닥에 떨어져 버렸지요. 떨어져 버렸는데. 바로 이제 그 새로운 정치를 어떻게 되어가 가지고 우리들의 국민들의 마을을 사로잡을 것인가?

[조사자: 할아버지 저희요. 할아버지 이렇게 사셨을 때 죽을 고비 넘기시고 막 이랬던, 이야기는 없으세요?] 많이 있지. [조사자: 그런 것 좀 얘기 해주세요? 죽을 고비 넘기시고?] (이몽실 할머니가 먹을 것을 권한다.) 내가 군에 가기 이전에 여수반란 사건이 나서, 음 사회, 사회 여 지방 거기 단체 생활을 좀 했거든. [조사자: 그 한청이라는 겁니까?] 한청이란거. [조사자: 한청이 뭐 줄인 말일까?] [이몽실: 지금 말하면 방위] 한청이라는 것은 우리 지방 방위를. [이

몽실: 지금 방위를] [조사자: 청년 자치대 같은] 청년 단체 [조사자: 한국 청년 뭐 이런거]그 당시에는 총도 안 메고] [조사자: 총도 안 메고 그냥 그렇게] 총도 안 메고, 그전에는 대창을 나가지고 활동을 했지. 청중: 대창으로 [조사자: 대창] 청중: 나가가고 활동을 했는데, 죽창이란 말이 그건데. [조사자: 예 죽창 얘기 많이 듣죠.] 그걸 할라 갖다 활동 했는디.

그게 이후에 그래 안 되겠다 해가지고 훈련을 내려까지 해가지고, 총을 하나, 왜정 때 쓰던 고고지가 있어. 고고지총 있어. 방하세 요리 내려가지고 이 수동으로 해가지고 자동이 아니고 수동으로 한번 요리 방아쇠 요리 있다가 넘기면 한발 나고, 한발 나고 이러니께 고고지신이고 있었는데. 고놈을 가지고 왜놈들이 쓰는 총이였는디, 왜놈들이 갈 적에 인자 그걸 우리 한국 사람들이 빼어와 가지고 그걸 창고에, 무기창고에 다가 넣어 났다가 인자 우리 대한민국 단체에 그 훈련 고렇게 하고 고렇게 했는디. 그것 갖고 활동을 하다가. 죽창을 가지고 하다가 인자 그 이후에 했는디. 단체 생활을 하고 인께. 우리가 단체장을 하고 그렇게 야물 때 칠,팔명 올라갔는데. 한 반란군들이 나타나. 요새는 양복을 허리띠를 이렇게 메지만, 그전에는 배로 허리띠 요래 한복입고 가지고, 허리끈을 전부 끌르라는 거야. 그래 끌러주니까는, 아까 고것만 잡고 자기들을 따라 땡기라는 거야. [조사자: 아이고!] 그래가지고 아까 신천면, 신천면 거기에다 일개 면을 갖다가 반란군이 점령을 해가지고 있더라고, 인자 거기를 갔어. 거기 갔는데 이 박사네 재라고 이 단체라면 단체 단체데. [조사자: 박사재] 내가 거기면 통도 컸지. 한 칠팔 명이 잽혀갔는디. 나는 뭐 백기 뭐 대변 안보거든.

"대변 보고 싶다."고.

이렇게 하니까. 허리 끈 풀어 놓고 가니까 허리끈을 붙들어 매고, 재 못넘어갔고 쉬 갖고 있는데 가만히 생각해 보니 내가 재를 넘으면 튀어오지 못하겠어. 거기서 내가 머리에 딱 깨가지고 도는 거지, 대변도 안보고 싶은데, 대변이 보고 싶다고 하니까,

"가라."고,

이 갈 때는 총을 메고 대변을 보는데 요래 따라 내려 오더니만은 나를 쳐다 보고 있더니만 저 위를 쳐다 보고 있는거야. 그래 요리 내다 보니까 채게 다리 하나 있는데 뒤로 미끄러져도 죽진 안하겠더라고 그 머무적 머무적 뭐 내려오면서 훌쩍 그 어디가 톡 떨어졌는지. 돌아서 보면,

"이놈의 개놈의 새끼가 도망 쳤다."고

막 공포탄을 막 세리고 놓는거라. 그 반란군들이 대여섯명 우리를 데리고 가는 막 내려다 보고 막 총을 놓고, 이러더만

"개놈의 새끼 가만히 서 있으라고, 총 안 맞아 죽으려면 가만히 서 있으라!"고.

그러는 것을 그 뒤로 내려와 갔고, 신을 신고 갖는데 신도 다 벗겨져 버리고 없고, 옷도 가생이가 다 찢어버리고 없고, 한복 누빈거 입고 갔는데. 그 뭐 있간디. 가생이가 어디 꼬챙이에 걸리면 그 찢어지기 마련이지. 이만치 내려오니까 낯바닥에 피낭살이가 되어가지고 아는 집에 재를 넘고 내려오니께. 어느 노인 한 분이

"니가 왜 그랬냐?"고,

아 모르고 배고프니까,

"밥이나 좀 달라!"고 그랬지,

데리고 가가지고, 보래밥 찌꺼지 주는 것을 꿀맛 같이 먹고. 화개로 바로 내려왔지. 화개로 바로 내려와 가지고, 그전에 이 정문에 내려오고 주임을 할 적에 화개 면장을 해가지고. 한영토라고 면장을 할 적에 내려가니까. 주임이 하는 말이

"니 잘 뛰어왔다. 거 전면에 들어갔으면 영원히 너는 빨갱이 됐을건데. 잘 뛰어나왔다."

쭉 된 데를 신고해 주고, 겁이 나서 여기로 올수가 있어야지요. [조사자: 그렇죠.] 못 올라와서 학교 이 초등학교 그 분교 거 있는데 거 앞 안에 거 나

가서 소개 나가서 있고, 이삿짐을 거 놔두고 들어오는 상태에서 그러고 있는데. 앞에서 두러 오고 있다 말이야. 우리 집으로 올라와야 되겠다 싶어서. 그때 7, 8월이 됐는데. 인자 그자 벼를 심어 가지고 그때 비(벼)가 찍찍 오고 있는디 나락에 볶으면 먹을 수 있는 그런 교외가 됐지. 나흘이 있었는데. 거기에 들어가서 나는 아파가지고 들어 눴는디. 나 잡아 갔는 사람들이 왔드라니까. 와가지고 암튼, 집이 불싸 질러버리고 총살 시키려고 왔는디. 아파 가지고 동무가 이렇고 있으니께 죽일 수는 없고, 지기들이 와서 나 약도 주고 그랬지. [조사자: 오히려 약도 주고. 붙잡으러 와서요? 아이고.](웃음) 붙잡으러 와서 약도 주고 이리해서 그 뒤로 인자 이 참,

여기서 가을이 되면은 도급계라고 있재? 나락 오른거. [조사자: 나락을] 쌀, 그 비가(베어) 오는데 뭐 나락 그거 벼(베어) 가지고 와서, 손수 고만 발록 없는거 훑어 갖고, 솥에서 다 볶아가지고, 우리 쌀 만들어 가지고, 찧어가기고 식량 만들어 가지고 다 가져가고 그랬어. [조사자: 그래가 와서?] 지리산에 오야 군 중에 산간 지방에 있는 사람들은 그런 고통을 다 겪었지. 나만 겪은 건 아니고 그런께 그당시에 한 3년 동안이라는 것은, 가연 뭐 뭐 연대장이나 가는 것가 마찬가지로 살았어. 생명은 붙였지. 먹는것도 올케 못 먹고, 올케 놔두고 먹을 수도 없고, 여건도 그렇게 됐고. 이래서 참 농사라고 지어놓고 담에 와서 먹으려고 아무도 모르게 같다 땅속에 묻어 놓은면 다 빼어 버리고, 요새는 백성들이 먹고 있는거 정부에서 무료로 주고, 돈받고 주고 식량 같은 거 걱정안하는데. 그때는 당장 한 개도 사먹을 필요도 없고, 먹는 것이 용했지. 그런 고통을 겪으로 났는데. 요새는 그전에 우리 사는 걸 생각하면, 참으로 가만히 참 신혼생활이 어디겠니? 요새 내 손자 결혼한 두 놈 있지만은 그런 얘기를 하면은 머리 둔해 가지고 연구를 못해서 못 먹고 살았다 그래요. (웃음) [이몽실: 양식 없다면 라면 삶아 먹지요. 그래. 라면이 있어나. 그때]

[조사자: 근데 산에 같이 갔던 할아버지는 도망 치셨는데. 도망 못 쳤던 사람들은 어떻게 됐어요?] 그사람들은 한 6개월 뒤에 온 사람도 있고 [조사자: 6개월

뒤에 도망친 사람도 있고?, 1년 뒤에 도망 온 사람도 있고?] 다 도망치라고 보낸 준 건 안했지. [조사자: 같이 있다가 6개월 이따 도망가고, 1년 있다가 도망가고] [이몽실: 어찌해도 도망은 다 왔는데.] [조사자: 도망을 다 오셨고, 돌아가신 분은 없었었고, 돌아가신 분은?] [이몽실: 아이고, 저] 죽은 사람, 나랑 잡혀간 사람들 죽은 사람 많아요. [조사자: 그때?]

몇 사람 안 남았어요. 세 사람, 세 사람? 두사람! 두레 마을, 두사람 같이 갔는데. 의신골에 하나있고, 나 하나 있고. [조사자: 의신골에 한명?] 여기 두 사람 있고 여, 여 뒤에 영감하나 있고. [조사자: 영감 하나 있고?] [조사자: 옛날 여기서 의심 넘겨 댕기때는 어디로 댕깁니까? 신흥으로 나가서 댕겨?] [이몽실: 신흥으로 나가지고] 신흥으로 꼬박 꼬박 뭐이 아까 무슨 장에 갈라도 화개까지 꼬박 꼬박 걸어 나갔고 화개역 이게 장중이라. [조사자: 요렇게 재를, 능선을 타면 안돼? 의신 갈라면?] 아니 의신은 못 넘어가지. 재를 넘어가는 데가 있지. [조사자: 재를 넘을 안돼요?] [이몽실: 사심으로 넘어가고 요거 단계로 넘어가고] [조사자: 넘어가면 의신이 나와?] [이몽실: 요리 요짝 단계로 넘어가면 삼제가 나오고] 요적으로 가면 삼제가 나와가지고 요리 내려가면 의신이 나오고. [이몽실: 요사심에서 넘으면 의신이 나오고 요런 길이라. 요렇게 댕기던.] [조사자: 걸어서 다니셨어요? 예전에는?] [이몽실: 걸어서 다녔어요.] [조사자: 여기서 예전에 의신에 넘어 가라면 얼마나 걸렸어요? 반나절] [이몽실: 어구, 하머, 한 나절씩 걸렸시오.] [조사자: 한 나절 걸리고?]

[3] 이몽실 · 권기선: 가족 이야기와 마을 이야기

[이몽실: 내가 우리 정인이(자식), 정인이 두 살 인가 먹어서 사사, 의신 분교 운동을 했어. 운동을 했는디. 그걸 업고 인자, 그저 신원을 돌아서 올라가는데 운동회를 하라 가는데. 그때 공빈대들이 저 신양 의신, 의신 신양을 닦는데. 모두 여 헐 낄로 오는 사람 신양 오는 사람. 그래 그래서 나도 신양으

로 한번 가볼까? 가는데. 아무도 사람은 안보이고 군인들만 버글버글버글해. 그래도 군인들이 있으니까? 무서워 죽겠는데. 우애 창기를 요래 요래 하는기라. 허다가 나가 요래 한께. 요만한 돌이 나 여 살이 딱. 그래 군인들이 막 쫓아 오는기라. 마. 어쩌냐고 막 쫒아는데. 무서워 가지고 떠띠감 떠띠감 나 잡으러 온다고 떠띠감 더 쫒아와.]

[조사자: 더 쫓아와?]

[이몽실: "아주머니, 아주머니 나"]

[조사자: 다쳐가지고 이렇게 돌봐 줄라고 하는건데?]

[이몽실: 아! 그 사람 놀래서 나 큰일 났다. 싶어 쫓아오는디.]

[조사자: 군인들이 그렇게 무서운거야!]

[이몽실: 난 군인이 날 잡으러 온다고, 그냥 얼마나 뛰가다가 "아줌매, 아줌매 좀 어땠어요?" "괜찮아요." 또 뛰가. 아를 엎고 그 뛰간거 생각하면 지금 참말로 내가 참 멍청이다 싶어.]

[조사자: 군인들은 무서우니까? 무조건]

[권기선: 의신 인자.]

[조사자: 예, 의신 거 가서.]

[권기선: 전시관 뭐 만들어났지?]

[조사자: 예, 전시관 한번 보고 왔어요.]

[조사자: 노인정에 가서 몇 분 만나 뵙고 왔어요. 최태종할아버지.]

[권기선: 거기 인자 이 참으로 진실로 아는 분은 지금 몸이 거동이 좀 안좋아 가지고, 신병이 안 좋아가지고 서울 가서 있고, 정맹균이라고.

조사자: 그러찮아도 서울 갔다고 그러더라고요. 정맹규였나!]

[권기선: 고장에 그래도 의 인물이고, 또 그런데 잘 아는 사람이고, 나보다 3살 아랜데. 우리 이장도 많이 하고, 그 지역의 역권도 잘 알고, 근데 의신에 가면 여 몇 사람 아는 사람도 있어도 세밀허니 그 아는 사람은 고분 빽에 없고 이렇기 한데. 전시관이 이 그 정윤기 그 사람 때문에 했어.

[조사자: 아! 그 할아버지가 그랬구나!]

(이후 다시 권기선 할아버지가 이야기를 풀어내심.)

그 사람이 인자, 이 여 고랑에는 우리 범왕 고랑에는 그런 사람은 없어도 개섬은 그전에 이 공비가 출몰하고 이렇게 할 적에 그 책을 하나 확실히는 몰라도 그 한 사람이 몇 사람이 고인이 많이 됐고. 그 사람이 그걸 조금 기록해 논거지. 거기다. 그래 전시관 그랬게 해놔도 그 책자 만든 실제 근본, 그것도 이제 진실은 아니고 혹은 와전이 돼서 한일도 있고 이랐기 때문에 정확하게 맞다 안 할 겁니다 만은. 지리산에서 공비가 출몰해서 그렇게 해놨다는 전시관에 전시가 잘되어가 있지. 그리고 저 산에 고랑에 가면은 저 반섬이란데 거 지리산 오름이 이 전체적인 우경, 5개군 내에서 작게 해 놓은 것을 갖다가, 현재로 전부다 해 놓은 데가 있다고. [조사자: 저 반섬 저쪽에] 저쪽에 반섬 전라북도. [조사자: 예, 남원 넘어서] 그거이 웬래 쌍계산에 오게 되있어, 쌍계산, 쌍계사에 오게 돼 있는데 자유당 때 그 남한출신 국회위원이 한분, 한뭐시기라고 이름이 잘 안 들어오는디 잊어버렸는지. 그분이 자유당 때 그래도 똑똑한 분이 한분 있어 갖고, 몰래 이 주동자가 쌍계산 여그 그 사람이 반섬에 갔다 넣거든. 이끼로 봐서 지금 개발이 돼서 그렇지 돼서 그렇지 그전에는 사람이 살도 못 할 때다. [조사자: 맞아.] 그런데 반섬이라는데가 전세기가 들어서고 여 거기에 거시기 화계 거기에 여 언제야 성삼재? [조사자: 성산재?] [조사자: 성산재 이렇게 길을 뚫어주고, 이렇게 했기 때문에 발전이 되가지고.] [조사자: 반섬이 좋아졌죠.] 발전이 되가지고, 옛날 화계골 하나 발전이 됐는데. 그 당시에는 화계에다 되면 그 상고촌이라. 화개도 촌이지만은 그래도 여 골짜기에는 밖에 나가 국회의원이나 똑똑한 사람이 없기 때문에 뺏겼단 그 말이야. 그래서 여 지방에 있는 사람들이 우리 지방에 뭐 행정책임 있는 사람들이나

'우리 쌍계산에다 이 전시관을 두지 그랬냐. 거기다 뒀느냐!'

자꾸 인자 국회에다 항의를 하고, 정부에서 항의를 해싸니까? 의신골에 거

기다 전시관을 하나 놓고, 그 동기가 이현상이 잡은 그 바람에 그 전시관이 된 것이야. 그래서

'원 대가리는 반란군 대가리는 우리 화계 의신서 잡았다. 그래 의신도 뭘 만들어야 될꺼 아니냐!'

이렇게 해서 전시관이 만들어 진거지 용기 그 분이 상당히 노력을 많이 했고, 이현상이가 그 꼬랑에서 죽었기 때문에 그걸로 해가지고. 지리산 전투는 전시관을 거기다 만든거야. [조사자: 아! 그러네, 아 귀한 얘기를 유래를 다 들었네, 여기다 이렇게 된 거, 의신에 있는, 의신에서 못했던 얘기 여기 와서 들었네요. 의신할아버지는 하나도 말 안했는데] 그 사람이 있었으면 내가 잘못된 의신라고 생각하고 그 사람이 있으면 나 못지 않게 충분이 얘기를 많이 했을건데 그걸 아는 사람이 서, 너 사람 밖에 없어요. [조사자: 아니에요. 다들 너무 재미있게 얘기해주셔 가지고.]

[조사자: 딸 내집, 몸이 안 좋아서 서울 딸 내 집 갔다 하더라고요.] [조사자: 그 사람이 천식이 있어 가지고, 그 사람도 그전에 의신 꼬랑에서 그중 낫게 살고, 말마디나 하고 그렇게 했었는데. 자기 아들이 잘못 되어 가지고 이 정부에 빚을 많이 져 갖고 화병 뭐 비슷하니 이렇게 해가지고 병이 자꾸 악화가 돼서. 말하자면 이 병이 여러 가지야. 합병증이 와 가지고 자기 딸들이 둘이 여 시집도 안가고 절로 갔는데. 딸 큰딸 작은딸이 인자 뭐 돈이 있어 가지고 자기 아버지를 오래 살게 할라고 수술 하면은 6개월 밖에 못살고, 수술 안하면 1년 산다고.] 산다고 이렇게 진단을 받은 게 있어서.

이래서 약물로만 돈이 얼마 들던 간에 내가 돈 있는 데 까지는 아버지 오래 살도록 만들어야 된다 해가지고 자기 딸이 데꼬 가서 [조사자: 건강이 영 많이 안 좋은 갑네.] 많이 안 좋아 [이몽실: 많이 안 좋아.] 잘 댕기지고 못하고 [조사자: 아 그렇구나! 나는 그냥 또 의신 어른들은 설세러 오길까만 이러길네.] [조사자: 설 새러 올란 지도 모르지.] 설 새러 올께라고 이야기를 하던데 [이몽실: 의신 그쪽 꼬랑에서는 젤로 훌륭한 사람이야.] 그런께 저도 알지요 뭐,

나이는 나하고 세 살 아래라도 참 나하고 의지 많이 하고, 또 사회 생활도 좀 이렇게 했기 때문에 둘도 없는 친구로 이렇게 하고 나한테도 자기가 뭐 자기가 할 수 있는 것도 혼자 한다고 나한테 얘기를 많이 해주고, 나도 자기한테 뭐 얘기 못할 말 없이 친구이자 하기 때문에 많이 얘기하고 했는데. 자기는 나하고 노인회장 6년 하다가 자기는 몸이 안 좋아 못들어 오고, 내가 지금 노인회장 자리를 올해 십일 년째야. 십일 년째데 안 할라고 해도 한해 더하라 한해 더하라 그래서] [조사자: 잘하시니까 그렇지요.]

오늘까지 이러고 있는데. 노인이 뭐 하는 것은 없지만은 화계 하동군에 367개 노인정이 있는데. 이게 모범 노인정이 되어가지고 범왕고랑에서. [이몽실: 욕심을 안챙겨요.] [조사자: 잘하시니까 그렇죠.] [이몽실: 잘하니까.] [조사자: 어른신 노인정 위에 이렇게 송신탑 같이 올라간거 뭡니까? 노인정 위에] 안테나 [조사자: 그냥 TV 수신 안테나] TV 여 거기시 여러 가지 세개 안테나가 들어가 있는데. [조사자: 통합 안테나] 010 자리가 있고, 016자리가 있고, 017자리가 있고 [조사자: 통신사 통신사] [조사자: 세를 받는거야!] [조사자: 통신사 안테나구나!] [조사자: 다 그래서 그 동네에다 세를 들여 놓지요! 그사람들이] 청중: 1년에 한 7백만원 밖에 [조사자: 매해 7백만원씩이요?] 안테나를 그 세워서. [조사자: 괜찮겠다. 그래도 적은 돈은 아니잖아요?] 요거 뭐 요새 나온거. [조사자: 스마트 폰] 완전이다 개인는데 까지 다 고거 되면은 요거 뜯어 간다고 이러고 있는데 고 책임자한테 물의니까 지금 이제 말은 그렇게 되어가 있지만은 아직 10년이 있을란지 20년있을란지 모른다고 [조사자: 2G, 2G없앤다고] 근데 이 우리 노인정에서 항의를 많이 해요, 아니 어떤 사람 얘기를 들어 보면은 전파를 받으니까 남은 아픈 사람 몸에 별로 안 좋다. [조사자: 그런 얘기를 많이해요] [조사자: 전파 때문에 암도 많이 생긴다고 하니까] 나이 든 사람 그전에 험악하게 살다가 좋은세상 살고, 여생을 보낼라고 있는데 [조사자: 왜 노인정 위에다] 전파를 안 좋은데 왜 하느냐! 없어도 노인들이 여기서 여가 생활을 하는 게 아니고 저 살림을 사는 게 아니고 여가 생활 잠깐 이따가 집으로 돌아가고 이러니까 해 놓은 목적이다.

우리가 당당하니 임대를 주고 하니까 여 노인정에도 뭐 좀 아니요 조금씩 받고 있기는 받고 있는데 한 가지 우려되는 것은 비가 많이 오면은 [조사자: 무거운 거 있어 붕괴 될까 싶어.] 시멘이라는 것이 물을 많이 먹으면 그거 약하거든 그게 그거 하나 걱정 된다 그런 께 그런 사람들도 자기들도 그런 장담은 못해. [조사자: 그게 마을 회관이니까 마을 회관에 그런 섭외가 들어와 세워깔면 국내 돈으로 들어오니까.] 어느 분들이 얘기를 많이 해요. 나이 든 사람이들 전파를 받으면 나이든 사람들이 안 좋다. 더군다나 요새는 늙은 사람이나 젊은 사람들이나 휴대폰을 갖고 있기 때문에 휴대폰 이란게 전파를 받고 뭐 모든 되기 때문에 몸에 휴대폰을 가지고 있으면 전파를 안 받을 수 없다. [조사자: 맞아요. 또 저녁을 잡수셔야 되는데 이젠 하실 말씀 어느 정도 하셨으면 종료를 하고.] [조사자: 1시간이 지났네.] [조사자: 또 저녁 잡수셔야줘 추워지는데]

[조사자: 할아버지 여기여 재미있는 아까 칠불사] [조사자: 칠부사 같은 그런 얘기 처럼 재미있는 옛날 이야기 있어요?] [조사자: 돌에 관련된 이야기나] [조사자: 저희 도깨비 얘기도 좋아하는데] [청중: 도깨비 그 미신 없다 할 수 없다고 나는 봐요래] [조사자: 도깨비 있지요?] 돌에 관한 전설 그거는 여기에 전설 한가지 얘기 한다면 [조사자: 좋아요 좋아] 컨테이너 이거 요거 우리 마을 회관이라고 당상관 요래 내려오면은 당상 당상나무 하나 있어] [조사자: 당상 나무 있어요?] 있었어. [조사자: 지금 없네. 찍으려고 했더니] 느티나무라고 있거든 일년에 이 서돌음녁 서돌금은날 인자 당상 제라고 제를 모셔 그전에 어른들부터 천년이 넘어다는 당산이 있었는데 이제 그 우리가 그런 일을 당하기 전에는 나무에 무슨 신이 붙어가지고 뭐 미신이 있냐 대부분이 이렇게 생각을 했는데 태산에 임재란 사람이 당산을 모시고 있어.

임재란 사람이 당산을 모시는데, 동시에 섣달 그믄날 그 추운데 그 얼음을 깨고 목욕을 세 번을 해야 된다. 따슨물에도 안하고 이 찬물에 물을 깨고 들어가서 그런이 정신력이 있는 사람이라서 그 당사를 모신다 요렇게 내가 있었는데 몰랐지. 임신한 사람이 당사를 모시는것도 몰라. 젊은 새댁이 이제 그 임신을 했그만은 그 집안에서 당사를 모시고더만, 당사 딱 모시고 난 초아랫날 저녁부터 달이 요때 되면은 질부 안다고 호랭이가 막 산이야 뭐가 우는거야. [조사자: 호랑이가?] 울어서 칠부사에 스님이 한분 있었더가 이 당산을 깨끗한 사람이 못 모시고, 좀 더러운 사람이 모셔서 그런 현상이 일어났다. 이리해서 당산을 다시 모셔기 때문에 당산 모신 그 사람인 정신을 가지고 정신을 모셨, 당산 한 보름 됐단 말이야 보름 지낸 뒤에 저녁 올라오면 문고리 잡아 놓고 밥 일찍 해 먹고 방에서 벌벌 떨고 안아 있는기라. [조사자: 호랑이 내려오까 싶어서] 호랑이 울면 얼래 벌래 울기땁시 겁이나 나갈 수가 있어야지. 그래서 못나가고 이렇게 있는데 한 보름 지낸 뒤에 칠부산에 있는 그 큰형님이 더러운 사람이 당산을 모셨기 때문에 이런 불상사가 일어났으니 깨끗한 사람이 당산을 다시 모시라고 이렇게 해서 몇 년동안 이자 당산을 모신 그사람이 이자 그 정성으로 당산을 모시고 당사를 모신 그 이튿날부터 뭐 조용하게 뭐 그래서 이 목행이라도 그렇게 정성을 드리면은 아 신이 있다 이렇게 생각하고 지금 이 대한민국 대통령이나 각나라 수당들이 오면은 외국 가면은 공무 때에서 찾아가. 그런께 반드시 신이 이따는 거지 이거지.

그래서 그전에 시간이 하는 말이 일본사람들은 집터로 큰사람이 나고 우리 대한민국은 큰사람이 난다 그랬는데 그게 분명하다 그래. 우리 대한민국에 그전에 세계에서 똑똑한 사람 많이 났데. 인재들이 많이 났는데, 그 전에 전설 내려오는 걸 애기을 들어보면 뭐 이 출세 딱하면은 큰 사람은 수염이 시커멓게 나고, 아주 배꼽에 뭐 전리한 하고 날 때부터 이렇게 태어날 때부터 그렇게 태어나는거야. 그러면은 아홉 살 여덜살 되면 나가 버리고 없어. 그 사람이 거이 나라에 나가서 큰사람 될 사람이라. 이렇게 한디 일본 놈이 여 나와가지고 산세를 보니까 대한민국에 이렇게 이 똑똑한 사람이 많고 인재가 많이 난다 해서가지고 대한민국에 전체 댕기면서 점을 다 박고. [조사자: 예 그랬다지요]

붓으로 가지고 붓으로 가지고 혈을 딱딱 잘라버렸어. 우리 화계 마을에 노래내기 신천앞에 그거 일본 놈들이 붓으로 가지고 자랐어. 붓을 자랐는데. 신천 꼬랑에 충초송이에 있는 물에 피가 삼일동안 흘렀데. 그런게 내려와서 잘라버려가지고 노르메기에 있는 거기사 좋은 산이야] [조사자: 노르메기 그 산이야. [조사자: 걸어온산] 신천 [조사자: 신천 앞에] 그쪽 [조사자: 그게 원래는 걸어 온 산이 었어?] [조사자: 원래는 큰 사람이, 큰 사람이 날 큰 장사가 날 그런 지역이였는데 요걸 나두다가 큰사람이 나면 나중에 일본이 큰일 나겠다 쉽어서 전국적으로 댕기면서 민간인을 다 잘라버렸데.] [조사자: 그랬구나!] [청중: 이래 가지고 우리 대한민국은 큰 인재가 난다 이렇게 되어가 있는데. 요새는 과학을 공부하기 때문에 그전에 말이지. 지금은 인제 뭐 그 못지 않게 그전에는 그냥 알아가지고 천기를 보기도 일이 나겠다 했는데. 요즘은 과학적으로 연구를 해가지고 기를 보고 이런 시대야 그렇게 때문에 그전엔 그렇게 했건만은 요새는 과학 시대기 때문에 과학으로, 과학이 발달 못한 나라가 선진국이다. 그렇게 알고 있는데 우리가 텔레비 뉴스를 들어 보면은 거의.] [조사자: 그럼 여기 당상 나무가 없어져 버렸어요.] [청중: 없어] 그때 일본 사람들이 와가지 베 버렸어. [조사자: 다 태어버렸구나!] 나무가 너무 크니까 일본 사람들이 다 베 버렸어.

백 명의 빨치산 귀를 자른 강백규

김중식 외

"백 명 어치를 끊었다고 백귀라고 그랬거든. 빨치산들하고 귀를 끊어가지고요"

자 료 명: 20130819김중식외(장수)
조 사 일: 2013년 08월 19일
조사시간: 75분
구 연 자: 김중식(남 · 1935년생)
조 사 자: 심우장, 박현숙, 황승업, 김현희
조사장소: 전북 장수군 계남면 장안리 희평마을 (정자)

[조사과정 및 구연상황]

조사자가 사전에 마을 이장님과 통화를 하여 조사자의 방문일정을 맞추었다. 김중식 제보자와 몇 몇 마을 주민들이 정자에 둘러 앉아 있다가 조사팀을 반갑게 맞아주었다. 제보자는 조사자에게 조사취지를 들은 뒤 적극적으로 구술을 주도해 나갔다. 제보자 구연도중 청중이 갑자기 개입하여 자신의 이야기를 구연함으로써 제보자의 구연내용이 다소 산만해지기도 하였다.

[구연자 정보]

김중식 제보자는 1935년 장수군 계남면 장안리 희평마을에서 태어났다. 한국전쟁 발발당시 16살이었다. 이야기판에서 이야기를 주도하려는 경향을 보인다. 마을 역사와 일에 관해서는 자신이 최고라는 자부심이 크다.

김가매 제보자는 1932년에 태어나서 장수 계남으로 시집을 왔다. 김중식 제보자의 사촌형수이다.

[이야기 개요]

희평마을에 빨치산 대부대가 며칠 동안 주둔하여 수발들었다. 이현상 부대가 마을에 주둔하여 치안대와 협상하기도 하였다. 치안대 대원 중에는 전설적인 인물 '강백규'라는 인물이 있었다. 활약이 대단하여 빨치산 중 강백규를 모르는 이가 없었다. 산에서 빨치산이 내려오면 뜸도 들이지 않은 밥을 소쿠리에 담아 뜨거운 물이 흐르는 채로 머리에 이고 피난 갔던 일도 있었다. 남자 주민들은 빨치산들이 시키는 대로 가축이나 양식을 지게에 지고 산에 날라주기도 하였다. 마을 주민들은 이념과는 무관하게 살아남기 위해 치안대와 빨치산, 양쪽 진영 모두의 식량을 마련하여 제공하며 힘겨운 날들을 보냈다.

[주제어] 주먹밥, 지방방위대, 치안대, 입산자, 빨치산, 강백규, 백귀, 회담, 전공비, 반공투사, 이현상, 할당제, 신발, 뜨거운 밥물, 소쿠리

[1] 김중식: 6.25 이후 6년간 농사를 지을 수 없었던 이유

그때만 해도 한 30여 호가 살면서 한디, 참말이 그라제 50년대 참 6.25 났잖아. 그때 내 다 같이 살았어, 35호가. 그 윗동네가 한 25호. 여기가 한 10호 살고. 그래 나는 이제 35년 생으로 그때 당시 왜정 때, 이 9살에 입학을

해가지고 3학년 때 해방이 됐어요. 그래 인제 지 혼재 남 잘해 서울에 학교를 걸어댕기는 상태 있을 때여요. 그래 인자 정계가 중핵교가 없었는데, 학원이 생겨서 여기 이제 학원에 들어가서 내 3년 후에 학교, 중학교로 승격이 됐지만은. 2학년 때, 중핵교 2학년 때 말하자면 6.25를 났어요. 그러니까 6.25 당하고 난께, 지금 말하자면 6월 25일 날 그래가지고 한 7월 초석이나 그 사람들 다 갔을 거야. 저렇게 에, 들어와서. 저 뭐 경찰하고 인자 다– 피난다 가버리고 지방 사람은 싹 했는데. 그러자 뭐 이놈들이 들어와서 이제 전쟁을 하면서 일차적으로 들어와서 행정으로 다 하는데, 그 면에 면장, 뭐 부락위원장 다 정해서. 어, 그때만 해도 부락위원장 다한 사람들은, 책 읽는 사람들은 심지 뭐 서수 모가지까지 세고 생겼어. 말하자면 다들 뭐 농사 지면 다가져 가잖여. 그러니까 부락책임자들이 밤잠을 못자고 있다가 겨우. 그러다 본께 음력으로 말하면 8월 열나흘 날, 그 사람들이 해체한 거여. 그래 말하자면, 인천상륙작전이 돼가지고 맥히니깐 후퇴한 거여. 우리는 뭣도 몰랐지. 음력으로 우리가 그 해 말하자면, 7월 초석 왔다가 재우 9월 한 초석에 그양 내려 왔어. 그렇지 않겠슴매? 음력 8월 열나흘 날. [조사자1: 그럼 한 두 달 정도 여기에 있었네요?] 그렇지, 한 두 달.

그때부터 6.25, 그래 6.25 관계 때문에 오신 거 아니에요? 에 근디, 실제로 나는 인제 8월 때부터 살았지만은. 그래 인제 그때만 해도 내가 열여섯 인게, 어 징집도 안 되고, 결구게서 내가, 결국 이제 갸들이 폭두위하고 나서 53년도에 이래 됐지만은 56년도까지 여기 빨치산들이 있었어요. 56년도 7월 달에 마지막으로 어 갸, 이제 이현상이가 지리산 이제 집합시키는 데 가는 사람들한테 우리 동네가 마지막으로 당했어요. 그래 그 사람들 7월 달에 가고는 그 후로는 인제 빨갱이가 없어져 버렸제. 그래 6년간을, 에 6.25나고 나서 6년간을 농사를 못 지었어. 그러니께 먹고살 수가 없었지. 그래 내가 참 학교진학도 못하고 결국 이제 참 지금까지 농사를 짓는데. 에 그래 6년 동안을, 그러믄 낮에를 인자 이 우리 동네 윗가에는 에 관리를 다 못하니까 소개를 시켰어, 전부 이주를 시켰어. 낮에 들어가 일하고 저녁으로는 이 밑에 동 가서 자고, 먹고 살고 그랬어. 그래 농사를 몬, 농사를 짓겄어? 그러니 이 지역 주민들이 먹고 사는데 핍박을 받았지만은. 그러고 인자 저녁으로 이 사람들이 내려와서 있는 대로 다 짐대로 다 가지가.

[2] 마을에 내려와 소를 잡아가는 반란군

쌀이고 뭐 된장이고 간장이고. 뭐 인제 돼지고 소고 다 뺏겼지. 그때만 해도 소가 참 살림 반쪽이라 했는디. 소를 전부 농사를 지을 적은 사람 힘으로 못하잖아. 그때는 운반, 에 힘을 쓰는 것이 없으니까 기기가 소여. 하루 저녁에는 우리 삼대소가 소를 하루 저녁에 다 뺏겼어요. 그것을 반복한 것이 6년을 버텼다. 그리 살아 왔어요.

[조사자1: 어르신도 집에서 키우던 소를 뺏겼었어요?] 아 뺏겼지. 내가 그때는 요집에 살았었는데.

[제보자2: 저는 저 웃동네 살았는데요, 옛날에 살던 집 위에 올라가면 산 요렇게 카모에 거기다가 굴을 파놓고 나무를 우에 걸, 이렇게 해가지고 건너 질 가서 허물을 덮고 거기다 소를 감췄어요. 그런데 인자 여, 이 사람들이 와가지고 집집이 저 말을 한 마리씩 이렇게 맥이고 막, 저 낮으로는 돼지 맥일려고 딱 나오면은 도끼머리로 돼지머리를 쳐버려. 그래가지고 막 요 골목길로 가면은, 그러믄 잡아가지고 인자 저 큰 가마솥에다 끓여가지고, 농가 가마솥에 다. 수제비를 떠서 인자 먹어요. 그 지금도 저 그 천막 저, 천막 친 데 다 있어요. 저 우리 올라 가면은 지금 숲이 우거져 그런데. 그래가지고 아-주 피해가 말도 못하고.]

[3] 마을사람들 전체가 훈련받는 인민군의 밥을 준비하다

걔들이 3개월 동안, 2개월도 다음에 아 3개월도 안됐어요. 점령하자마자, 이런 거 자꾸 연고를 모른댔잖아? 여가 훈련소야. 여서 교육 시가지고 첨 그 전진해서 보내는 거야. [조사자1: 여기 어디에서 훈련 했나요?] 아이, 여기 우리 동네 주변이야. 그래서 이 앞 뒤 산이 전부 가들 훈련장이고, 막사 안으로 전부 텐트 치는 자리 만들어서. 그러믄 인제 마을이 막, 마을마다 요기 큰 고개가, 요 마을마다 그때만 해도 소 맥이게 큰 가마솥이 있잖아? 거기다가 그냥 돼지 잡아 삶고, 밥을 해서 전부 주먹밥 뭉쳐서 전부 우리 주민들이 해서 뭉치 줬어. 그래 다들 점령하고 있는 동안에는, 딴 데는 그놈들이 지내가버리면 끝나지만, 점령하면 끝나지만은. 이월째기 말하자면 우리 동네 주변이 훈련소야. 그래가지고 돼지고 소 해놓으라 해. 그러믄 돼지를 그냥 잡냐 하면은, 가들 또 돈을 줘, 주기는. 써 먹도 못했습니다, 그 다음. 그래가지고 참 돼지 잡아서 삶아서 맥이고, 훈련 받는 사람들 밥을 우리가 전부 주먹밥해서 나놔주고. 그렇게 살다가 이제 한, 말하자면 그게 1년만 지나도 못 살았듯, 암마. 양력 7월 초석에 와가지고 양력 9월 초석에 결국 음력으로는, 내가 날짜는 인제 양력으로는 모르지만은 음력으로 8월 열나흘 날부터 후퇴해서 넘어왔어. 그래가지고 이제 가들이 지내고 난께, 중간에서 올라가다 차단이 돼버린 게 빨치산이 인제 여기 남은 거여.

그래 인제 여하간 50년대서부터 6년까지, 인제 그 사람들 지내고 나서는 여 장병들이 남아서 탈취해 나가는 거여. 그래 인자 아까 우리 회장도 그런 말 했지만은, 그래 인제 우리가 우리 동네 전부 소개 내서 여 사람 못살게 하고 그랬는데. 소를, 나는 인제 농지 때 내려가는데 저 갱변에 가서 자. 소를 여 안 뺏길라고. 그람시 보급군인을 가면서 소개를 하고. 소, 돼지까지도 몰고 내려가서 이제 소를 안 뺏길라고. 그래도 결국 하루 저녁 안심하고 있다가 삼대소가 소를 다 뺏겼어요. 그래 그 정도로. 내가 그러다가도 인제 대부대가 내려 오면은 이 월짝을 다 점령 햐. 그러믄 인자 치안대들이 결국 저녁마다 저 고지를 이러고고 지키고, 부락마다 와서 초소를, 아 저 파병이 나오고 했지만. 대부대가 내려 오면은 물밀듯이 싹 떨어져 가버리는 거야. 그러니 저들은 마음대로 떨어가지고 그냥 밤새도록 그런데, 인부들, 우리들, 저 사람들 저 주민들은 지리산 올려 보냐. 이 장안산 넘어로 가서 이제 곳곳 안 드갔어? 백운산에. 거까지 져다줘. 그래 밤새도록. 그런데 낮이면 인제 지원군이 오니께,

[4] 지방방위대가 구성되다

지방 주민들 거시를 그때만 해도 이제, 에- 가들이 물러가고 나서 그자 때는, 전투를 하니까 군인으로 전부 가고 나머지 사람들은 지방을 지키기 위해서 열여섯 살, 열일곱 살 먹는 우리 또래들도 총을 들고 댕겼어. 치안대로. 그럼 인제 경찰에서 총을 줘가지고 옷을 입혀서, 밥은 이제 주민들이 해주고. 그래 그 치안대가 나중에 인제, 나중에는 장수경찰서 유격사찰대로 개칭해가지고, 조직을 해서 우리 지방 사람들이 지켰지. 그래 인제 숫자가 적으니께 대부대 내려오면은 그냥 싸워 보도 못하고 내려가는 거야.

그래 인자 결과적으로 우리 계남, 면마다 그렇게 단체로 좀 자청해서 지방 방위대가 생겼는데. 유격사찰조 대장으로서 장수경찰서 온 경찰서 사람들이 총책임자고, 지방 주민들 거시고는 우리 계남면에는, 에- 우리 동네 출신이야. 강백규 씨라고. 그 분이 참 나보다 한 열 살 더 잡쉈는데, 대담한 분이여. 그 양반 책임, 막상 반란군이 들어 와서 방에 가서 방을 떨면은 마루 밑에 딱 들어가서 숨었다가 떨어갖고 나오면 쏴 죽이고. 그냥 그 사람들 따라 댕김서 죽였어. 그래 그 정도로 용감한 분이 있었고. 그럼 그때만 해도 인계면이 한 50명도 안 될 거에요, 대원들이. 인자는 이제 지방 사람들이 나이 먹은 사람도 있지만은 우리 또래들이 참 총을 들고 댕겼어요. 그러다 인자 결국,

휴전되고 나서 다, 군대 다 갔지요. 그때 그 전투를, 여기서 지방자치대로 또 전투를 하고.

그라고 인자 결과적으로 강백규 씨는 나이가 먹은 게 인자 군대는 안 가고. 56년 그 마지막까지, 마지막 간 부대에 한테 참 불행하게도 전사를 당했지. 그래 인제 우리 계남리에서 모아가지고, 주민들이 모으고, 군에서 지원 받아서 비석을 해가지고 요 앞에다 잘 해 놨어요. 나중에는 우리 지방으로는 공로자지.

[5] 강백규의 죽음

그런데 그 분은 미리 말씀드리지만은, 그 대원으로 댕기다가도 우리 동네 사람도. 그래 이제 집에 이제 댕기다가 결혼한 분인데, 집에 다니러 온 것을 그 놈들이 퇴근하면서 집 오니까, 그 집에 들어가는 걸 알고 딱 들어가 잡아가꼬 마 갖다 직이 버렸어요. [제보자2: 누구여? 논에 쳐 백혀 죽었어, 총 맞아 죽어가지고.] 아니 강백규는 인자 그렇고. 아니, 김기백이. 거 방위대에 댕기다가 죽었잖아. [제보자2: 거 김상배 씨라는 분은 짐 지우고 와서 행불했지요?] 아니, 거기는 해방되고 나서 인제 경비대를 자원입대해서 군, 군대고, 정식으로 그랬어요. 그런데 6.25 때 아 휴가도 그제 거기 가서는 6.25 때 율지면 까지 왔다는, 봤다는 사람이 있는데 그 뒤로 그냥 올라가다 죽었는게비여.

그러고 인제 우리 지방이 인자 또 그러믄 총을 메는 사람도 있지만은 부락도 말하자믄, 조를 짜가지고 보초를 서. 그럼 가들이 오면 인자 연락을 하고. 그때만 해도 전화가 어딨어? 뭐 그냥. 그래 이웃동네 내려온게 이웃동네 사람들이 가들 들어온다고 내려가다가 요 밑에 요 바로 밑에 우리 동네 밑엔데.

"손, 누구냐?"

그런게

"연락 가려 그랬다."고.

우리 안 오는지 알고.

아니. 백규는 그랬지만은 박점식이라고 그 사람은 그랬고. 또 심원식이는 저쪽 돌아가다가 둘이 만났는데, 그 놈들이 보초를 둘이 서거든? 둘이. 이 양반이 힘이 장사여. 아 총든 사람한테 달라 들어서 이게 될 거여? 그래 그 자리에서 죽어버렸어. (먼 산 쪽을 가리키며) 저기서. 하루저녁에 둘이 죽었어. 그래 인자 그 정도로 지방에서 이제 가들을 지킬라고 노력했고. 그러고 가재에서는 양정소 저 아비도 파란만이 들어가 저 좌담하고 있는디, 그놈들이 쏴서 그 사람이 죽었잖여.

[6] 백 명의 귀를 잘라서 붙은 이름, 강백귀

[제보자2: 강백규씨는 백 명 어치를 끊었다고 백귀라고 그랬거든. 빨치산들하고 귀를 끊어가지고요 딱 총 쏴가지고 주머니에다 옇고 댕겼어요, 그거를 귀를. 보고를 했다고 그러더라고요.] 6년 동안을 그러고 당한께 가들이 강백규 미리 외웠어, 빨치산들이. '이 계남지방에 오면은 강백규가 그렇게 무서운 놈'이라고 아주, 가들도 알고 있어요. 그러고 인자 결과적으로 휴전되고 나서 3년 동안을 그랬는데, 휴전되고 나서 서남지부 전투경찰이라고, 경찰들이 들어와서 그 사람들하고 전투를 했고. 또 5사단이 왔었어. 이제 휴전되고 나니

까. 5사단이 와서 그 사람들한테 마이 죽었어. 그라고 겨울에 이자 우리가 저 장산곶이 있으면은 에- 우리가 밥을 지고 간 사람도 막 발이 얼어서 그랬지만은, 얼어서 한 사람들 방에 갖다가 눕히면

"고컴 지딤혔네."

하고 죽어버려. 그러고 이 앞에서 내가 보낸게 아니고 열 명을 그 화장실에서 보냈어. 군인들을. 군인들도 그리 죽었어, 갸들한테. 그렇고롬 전투에서 죽지 않아, 얼어서 죽은 사람들 열 명도 넘어. 그렇지. 그래 인자 5사단이 와도 안 되야. 5사단도 만날 당해, 가들한테. 그런게 나중에 그냥 수도사단이 내려 와가지고 하는데, 그때는 인제 비행기까지 막 왔었지. 그래서 인제 여기서부터 인제 후퇴해서 막 올라가고, 가는 데 따라 가면서 포로를, 다 이제 폭격을 하고 이래 가지고. 참 그때는 네차를, 인제 죽은 사람도 있지만은 네차를 포로로 잡았어. 그렇게 하고 인자 쭉쭉 했지만은. 결국 잡는 놈이 56년까지, 그 후로도 3년은 더 댕겼어. 그래 결과적으로 마지막으로는 이현상이가 참 그, 나중에 알고 본게 여기 저 총책임자로 남한에 남아 있는 놈인데. 그 사람이 이제 지리산으로 집합시키는데 그때, 마지막 부대한테 강백규가 아까 그랬구만.

[제보자2: 그때가 몇 년도죠? 강백규.] 56년도라. 아, 56년. [제보자2: 내가 그 양반 돌아가시 가지고, 저 윗동네 살았는데. 제가 목격을 했어요. 7살 때. 돌아가신 분을 저 쪼 우리 동네 아주머니가 우리 바로 밑에 집에 사는데. 아 집에 인자 저녁에, 그 아랫날 저녁에 총소리가 났단 말이여. 총소리가 빵빵 세 번 났는데. 이자 저는 어리기 때문에 어른들은 인제 삼, 삼베. 삼베 기는 거, 그 뺏기는 거. 그거 작업을 하는 데 놀러를 갔었어요. 놀러를 가는데 저 사지, 사지스봉. 노오란 베. 거 말하자면 그 뭐이라 그래야 돼? 청바지. 청바지가 사지스봉. 저 그걸 입고 다섯 명이 왔어요. 와가지고 여기

"군인들 보초 섰냐?"

그랴. 그러니까 인자 그 주인이 이관산 씨라고. 그 분이

"보초 안 슨다."
그란게 우리 할아버지가
"아이, 뭔 소리를 하는가, 이 사람아. 요 보초 군인들 와서 서네. 어디 가 선지는 몰라 그렇지, 서네."
그래서 인자 가고나면 막 혼을 내더라고, 그 아저씨를.
"아이, 민폐를 안 끼쳐야 되는거 아이가, 이 사람아. 안 서도 슨다 그래야 될 거 아이가."
그래가지고 인자, 그 집을 찾아 간 거여. 그 저, 강백규 씨 마누라 집에 가서 싸악 뒤지고 그라고 왔어요. 그래가지고 인자 강백규 씨가 여야 두막리 인자 여 근무를 서면서 돌, 돌에 아들 돌에 인자 그 소주 한 병을 (가슴팍에 병을 넣는 시늉을 하며) 여 딱 넣고, 저 올라오다가 여 당했어요. 이 권총 빼러 (웃옷에서 권총을 빼려는 시늉을 하며) 들어가는 순간, 탁 총 맞아 가지고 죽은 거여. 저 저기 보초 서다가.] 여기 저 파견 나왔은께, 그 놈들이 수발을 한게,
"나다."
했다면 우리 아군인지 알고. 아 빠짝 들어가서 보는데 거 우리 아군이라고 그런게,
"손들라."
그런 게 손을 번쩍 들었어. 나중에 안게. [제보자2: 그러고 인자 다음날 그 죽은 시체를 담가에 메고 저 이자 웃담에 올라가더라고. 그 출상을 제가 인자 또 아들이니까 가서 구경은 한 거여. 구경하니까 인제 그 관을 떠 들고 아버지 되는 분이
"백규야, 잘 가거라. 내가 니가 가져온 술 먹는다."
그러면서 인자. 아이 말을 못햐. 대담하게 그냥. 만일 가들인 줄 알았으면 그 사람이 안 죽는데. [제보자2: 머리를 종이로 딱 머리를 쌌더만. 거 떠들고 자.] 그때만 해도 이자 전화기가 없은게 이 아래, 말하믄 본부중대 있다가 여

기 인자 아군이 와있은게 그냥 안심하고 올라오면서 수화를 한게

"나다."

하고

"우리 아군이다."

라고 그랬는데 가들이여. 그래 인제, 그때서는 보면 바로 손을 들었으면 안돼. 그 성격을, 뒤따라오면서 총을 쏜 사람인데. 칼빈 단도가 뒤에 있어. 이걸 빼로 들어간게 가슴에 딱 총을 들이대는데 그 자리에서 그만. 그래 내 그 놈들이 총을 쏜게 그래도 이제 우리 아군들이 그때 가 이제 응사를 했는데. 아군들도 몰랐지. 딱 일결에 와서 살짝 와서 안 그래버렸어.

[7] 강백규의 직책

[조사자1: 강백규 씨는 정확하게 직책이 뭐 습니까?] [제보자2: 향토방위로 여기 인자 그때 저, 군복입고 근무지역을 했어요.] 그 분은 본래 일본에 살았어. 해방되고 나와 가지고 인자 나라가 그런게, 그때만 해도 이제 직업이 없지. 농사도 없고. [제보자2: 그 명칭이 뭐지요? 향토방위 뭐, 치안.] 아이 그저, 본래 치안대라고 그랬지. 자진해서 했고, 여기서 권해서 하고, 지방에서 했는데. 나중에 장주경찰서 유격사찰대란 명칭가지고 경찰서를 공 경사란, 이름은 모르겠어. 공 경사가 총책임자였어. [제보자2: 지금은 일행이 서울 한 분 살아 계시요. 여 왜 병수 저거 형, 병훈이 저거 형이지요? 병수 저거 큰 형. 병훈인가 왜 황병훈이. 그 양반이 저 같이 전투해가지고 싹 꿰고 있더만.] 황병훈은 저 우리보다 두 살 더 먹었는데. [제보자2: 병훈이. 서울에 있는 분.] 병주여, 병주. [제보자2: 병주 성아여? 저 서울 같이 가면서 큰 성 말고 둘짼가?] 아 그래, 둘째라. 그리고 고 밑에가 이제 병욱이고. [제보자2: 그 이는 강백규 씨 하고 같이 근무를 많이 섰어요.] 아 저 태진이 형님도 같이 다녔지. (옆에 앉아 있던 여성 청중을 가리키며) 이 양반이 내 사촌형수씬데, 내 사촌

형이 나보다 세 살 더 먹어. 그 양반도 강백규랑 같이 총 맞았잖아.

계남서 소상하게 그 실정을 6.25에서부터 어, 56년 끝나는 날까지 지방에서 지켜본 사람은 나밖에 없어. 그라고 인제 이 양인철이 [제보자2: 김병욱씨가 돌아 가셨제.] 아니 그란께, 지금 살아 있는 사람은 양인철이라고 한 거리 가서, 박동우 그 사람들이 이제 그 때 같이 총 메고 다녔는데, 어 휴전되고 나서 다 군대를 갔는데. 그래 인자 그 사람들은 그 이현상이 부대 올 때에도 같이 있었고 해서 장수군 군수한테 내가 인제 그 사람들을 추천해가지고 그 사람들이 책자에 나오고 했는데. 현재 전투를 해서 따라댕긴 사람, 살아있는 사람은 그 사람들뿐이야. 지금 살아있어.

[8] 경찰서장과 빨치산 부대의 회담

[조사자1: 그러면 여기 매번 내려오는 부대는 다 이현상부대였어요?] 아니야. 본래는 이연관이라는 총책임자가 해서 내려 왔는데, 그 사람이 계곡서 죽었어. 그러고 나서 나중에 이현상이라는 것을 그 뒤에 알았는데. 내가 알기에 이현생이라 알고 있는데 그 책자는 이현생이라 그랬더니 이현상이라 만들어. 서울사람이거든? 말하자믄 남로당 총책임자로 김일성이가 그 내려와가지고 상륙작전 돼서 차단이 된게, 이 인민군을 살리기 위해서 이 남한의 총책임자가 이현상이여. 그 때 당시에. 그러고 인제 정부에서 다 소멸이 되고 마지막 와서는, 지리산 와서 종전이 돼버렸지. [조사자1: 그런 대부대면 몇 명 정도가 마을에 내려 왔나요?] 아 근께, 이현상이 부대가 이제 대부대 왔을 때는 이 3개 리를 점령했었지. [제보자2: 엄청 많았지.] 삼일간 점령을 하면서 장수경찰서장하고 회담을 제안했어. 장수 경찰서장이 직접 안가고 대신 보내가지고 회담까지 한 사람이여. 삼일 간을 점령했어. 명덕리 지역, 오동, 대곡, 명덕해서 그 밑에. [조사자1: 그러면 집결지가 있어요? 아니면 각 집집마다 들어가요?] 아니 그러니까 명덕리 이 지역을 점령을 했단께. [제보자2: 우리 동네 주

둔한 기간도 길지 않아요?] 아니 그러니까 첫 번에 내려와서 자꾸 인제 의용군을 소집해갖고 요 와서 훈련해서 저 그 낙동강전투까지 내려 보냈어. 그런게 그것이 글씨, 7월 초석에 와가지고 9월 초석에 후퇴해 갔으니께 한 2개월 동안.

[9] 살기 위해 쌀도 주고, 하라는 대로 하던 시절

[조사자1: 그러면 3개리에 이렇게 주둔하고 있을 때 어르신은 그때 치안대 활동하셨어요?] 아니, 나는 그 땐 안했지. 그때는 인자 학교 당기고 해놓은게 그런 데 참여를 안 하고. 그래 대신 부역을 많이 했지. [조사자1: 어떤 부역을 했어요?] 아니 이제 지방 사람들이 밥도 져다 날라야 되고, 또 고지마다, 그때만 해도 장작을 때아, 불을. 그란게 우리가 전부 나무장작 패가지고 저 산락막까지도 장작 져 가지고 그랬지. [조사자1: 그러면 저 산에까지 밥도 나르고 그랬어요?] 어, 밥도 나르고. [제보자2: 저 재 너머까지 지고 다녔지.] 우리 지방에 살믄서 지방치안대도 [조사자1: 그런데 어느 마을에 가면 밥해주고 이러고 나면, 이 토벌대들이 와서 밥해줬다고 마을 주민들 괴롭히고 하던데요?] 아 그란게, 아 그렇죠이. 우리 밤이면 가들이 점령하고 낮에는 우리 아군이 하고. 근디 우짤거, 살라니께. [제보자2: 저녁은 숨었지, 산에 가서. 나 일곱 살 때, 할아버지, 할아버지하고 저 골짝에 가 숨어 있으면 막 총알이 앞에 막 비오듯기 쏟아지는 거여.] 아 인제 그보다도 제일 이제 크게 보면은 함양, 산청이 지리산에 인자 많이 있었잖아? 그러다 본게 낮에는 아군이 점령하고, 인제 밤에는 가들이 잔게 아군들이 넘다 마있어, 군인들이. 그래서 나중에 그 함양, 산청, 인민 저 거창 인민학살이 그거여. 군인들이 악이 올라가지고 악으로 이건만 이 전방에 해대가지고 막 쏘아 죽여. 그래서 나중에 4.19혁명 나서 그 흑막이 나오고 그 뒤에 참 국회의원들이 진상조사를 하고 그랬는데. 아근데, 그러닌게 군인들이 그때만 해도 악이 난게 있지만은, 아이 주민들이

공산사상 가진 사람들이 누가 있어? 그러니 살란 게 그놈들 말 안들을 수 없고, 쌀 달라하면 쌀 줘야 되고. 아 하라는 대로 해야지, 어떻게 할 거야? 그라고 인자 가들 가고나면 우리 행세하고 그런 것인데. 그래서 이제 우리 아군이 거기서 넝달 죽었단 말이여, 군인이. 아주 죽었어, 군인들 많이 죽었어. 그런디 악이 나닌게 그만 중대를 막 마구 죽이버렸어.

그라고 내가 인제 군대를 15사단을 갔는데, 60년 4.19혁명이 일어나고 나서, 15사단이 그때 양평에서 주둔하고 있었어. 그럼 사단장이 조재미 씬데, 그 분이 우리 사단장으로 왔는데. 15사단이 4.19혁명 나서 서울을 치안을 했어. 그래 우리 사단수색대가 중앙청 청와대 전부를 우리가 관장을 했어. 딴 부대는 이제 미워할 것이라고. 참 15사단이 들어가서 완전히 민주당이 정권을 잡던 그날까지 하나, 참 주민들 희생 없이, 충돌 없이 잘 치안했다 이기여. 그래서 그때 당시 조재미 사단장이 그래 대대장이여. 그 함양, 거창 인민학살 할 때에. 근디 그때 처벌받을 것을 그때 서울 치안을 잘했다고 그 공로로 해서 처벌을 안 받았어. 조재미 사단장이. 그런게 그때 당시는 글시 아군이 하도 많이 죽은게 아 주민인지 뻔히 알면서 그냥 악이 나서 막 죽여 버렸어. 전부 공산주의자들이라고. 근디 아 그 사람들이 공산주의를 알디? 아 어떻게 알거여? 아 그래서 우리 지방에도 역시 가들이 오면 돌라는 대로 다 해줘. 닭 잡아 달라면 닭 잡고, 소 잡아 달라면 소 잡아 줘야 돼.

그래 인자 이 골짝에도 대부대가 한 번 와가 하루 점령한 때가 있었어. 그러고 인제 그러믄 전체 준비를 나서 짐지고 가자면 짐 지고 가야 되야. 혼자서 우리 아군들이 처벌 할 수가 없지, 그러믄. 하루 점령할 때는 나는 소를 몰고 저 뒷동산에 가서 있었어. (산을 가리키며) 요 뒤에. 근디 가만히 이제 (다른 청중을 가리키며) 너도 있었가이? 너도 살았은게. 우리 대수가 소를 묶고 저 거가 밭이고 숲이 있었어. 밭을 다 해놨어, 그때만 하더라도. 그런디 가만히 보면, 저녁내 소울음 소리가 나고 그냥 날은 안 새야. 그래 이제 날새고 난게 이제 아군들이 오잖야. 그럼 이제 가들이 싹 물러 나고. 그래 그때 내려 왔는데. 나는 주로 이제 저녁이면은 소몰고 이 아래 저수지 있는 데, 거기 가서 인제 계남소재지 하천에, 강변에 가서 하믄 그 모기 뜯겨 가면서 그때 그랬지. 그런 것이 일곱 살 때여.

[제보자2: 식량 다 털어가고, 뭐 피해 말도 못하지.] 그 사람들 오면 그 사람들 말 들어야 돼야. 안 그러면 죽는 거여. 또 바로 요 거리에 어른 한 분이 가들이 인자 뭘

"내놔."

하면, 안 내주면 막,

"이놈들아 날 죽여놓고 가지 않으면."

해댔어. 인제 술을 한 잔 먹기는 먹었던 거지. 그래 끌고 가다 그냥 칼로 쑤셔 죽였어. [조사자1: 그러면 그때 6.25 근간해서 이 동네에서 몇 분정도나 돌아가셨나요?] 그래도 우리 지방에서는 아까 인자 얘기했던 강백규라고 있고, 한 사람이 치안대를 댕기다가 저녁에 잠자러 왔다가 그놈들한테 붙잽혀가지고 죽고. 우리 지방 사람이 죽은 것은 우리 마을로 해서 그분들 둘하고, 연락간다고 하다가 두 양반이 하루저녁에 죽고. 그라고 이제 이 골짝으 가재가서 죽고. [청중: 아 십 명 지기 저기서 안 죽었어요?] 아 그러니까 원식이가 저 거리에서 죽었고, 점식이는 요기서 죽고. (다른 청중을 바라보며) 아저씨는 그때, 요 아저씨는 도망가서 모르잖아. 뭐 우리하고 다같이 있었는데. 그래 인제 그 사람들이, 저 아래로 내려갈라믄 거기서 그냥 총소리가 난께 이 양반들은 요 거리가 저 물레방아실이 있었어. 거기 가서 그날 저녁을 지냈어. 그런데 한 사람은 그

"연락가요?"

그랬단 말이여, 우리 아군이 보초 서는 줄 알고. 그래 이건. 죽어 버렸어. 이 골짝에서도 가들한테 죽은 사람이 한 대 여섯명 되고, 전사한 사람은 또 뭐. 그래도 우리 지방 사람은 그렇게 전방 가서 전사한 사람이 몇 안 되야.

[10] 똑똑한 사람은 첩보활동가로 만들다

[조사자1: 그럼 마을에서 산으로 올라가신 분은 안 계세요?] 우리 지방에 딱, 위원장, 위원장 한 사람이 원래 사상이 좀 있었어. 박택근이라고. 장산를 따라갔는디, 그 양반 첩이 있어. 첩이 그냥 악착같이 권유를 하고 그래갖고 지방서 방송을 하고 해서 결국 자수해서 있지. 박영만이 저그 아버지라더구만. 박택근이라고. [조사자1: 자수하고 나서는 그냥 잘 지내셨나요?] 아 뭐, 그냥 일반이 돼갖고 뭐. [조사자1: 그럼 그 분은 지금 어디 계세요?] 아 죽었지, 나이가 많아. [제보자2: 지금 아들이 전주 살아요. 나하고 동갑인디.] [조사자1: 그러면 마을 분들이 그 가족들을 찾아가고 그러지는 않으셨어요?] [제보자2: 그러니까 똑똑한 사람을 지목을 해가지고 말하자면, 첩보활동을 하게 만들었어요. 그래가지고 각 가정의 은수저, 뭐 은그릇 싹 다 뺏아 가. 그냥 집집이 다 뺏어가버려요. 귀중품은.]

우리 지방 사람은 그래도 인심이 좋아가지고 박택근이란 사람도 자수시키고. 그분이 이제 또 산에 있을 때도, 참 후하게 했기 때문에 인심을 안 잃었어요. 그 사람 나와서 사업도 했고, 아들네가 다 잘 살아요. 그 멧알 지역가면은 아군들이 말하자면, 해방되고 나서 공산사상 가진 사람이 있었잖여. 그 사람들 다 죽여갖고. 그래 인자 말하자믄 우리 아군이 들어 와가지고 또 그래서 지방 사람도 많이 죽었어. 서로 죽였어. 그런데 우리 장수에서는 그런 것은 없었어. 우리 이 관내뿐만 아니라. 우리 계남면이 7개 리인데, 여 저수지 아래가 3개 리, 저 우게가 5개 리 그런디. 어 우리 계남리에는 서로 사상으로 인해서 지방 사람끼리 싸워서 죽인 것은 없고. 요짜서 전투하다가 죽은 거은 있고. 가카게 임실만 해도, 저 놈들이 밀리 가면서 우리 아군들, 자유민주주의들 하는 사람들 죽였고, 또 우리 아군들이 후퇴해 가면서 이 놈들 냅두면은 저 놈들 써라 그런다고 가면서, 후퇴하면서 죽였어. 공산사상 가진 사람들을, 같은 지방에서도. 그래 사람이 많이 죽었지. 순창으로 막.

[11] 강백규 반공투사 전공비 추진 과정

[제보자2: 어린 시절에 초등학교 다닐 때, 저그 올라오다가 강백규 씨 그 분이 좀 짓궂었어요. 학생들이 쭉 올라오는데 대맹이를 막 모가지로 까가지고 한 세 명이 군인이 내려 왔네. 그래서 또 저리 돌아가는데, 나는 인자 아는 분이라고 질까이로 오니까 허리다 착 감아 부리잖아요. 내 허리다가.] [조사자1: 뭐를요?] [제보자2: 대명이를.] [조사자1: 아, 뱀을요?] 그래 목이 빠져 가지고 막 이렇게 치켜들고 따라 오는데. 요까지 도망와가지고 막 쌍욕을 하고 내가 왔는데, 어머니보고 얘기 했더니 막 욕을 얼마나 허믄. (일동 웃음) 그런데도 인자 커가지고 내가 인자 성역화 한다고 건의를 얼마나 한지 알아요? 그래가지고 계남면에 저 개발위원회 거시기 8명 자문위원을 해가지고 2,000만원으로 해가지고 비석 세워줬어요. 거 제 명의로, 둘이 명의로 땅 되어 있어요, 여기.] [조사자1: 그러니까 마을 사람들이 비를 세우신 거잖아요?] 지방에서 추진위원장을 내세워 가지고 추진회에서, 지방에서 2,000만원 모금하고 1,000만원 모금 했어요.

[12] 험한 산 지형 때문에 빨치산을 많이 치른 마을

어쨌건 6.25가 발발해가지고 우리 계남지역이 우리 내동지역에 이 장안산, 지리산 이게 말하자믄, 장안산이 백두산으로부터 8대 주산이었어. 한 번슥 쉬었다 나가는 데. 8대 주산이더라고, 이 장안산이. 인제 여기서 한 번 쉬어가지고 인제 지리산으로 가서, 지리산서 이제 한라산으로 갔는데. 덕유산이 바로 요쪽 장계 뒤에 무주쪽에 가 있고. 인제 장안산이 있어서 장안산에서 인제 쉬어가지고 지리산 나가는데. 그런데 산맥을 이어서 이 빨치산들이 있어. 이리 쭉– 말하자믄, 지리산 쪽에 갈라믄 여길 여길 거쳐 가게 돼있어. 그래 인제 여기 지방에 주둔한 빨치산도 있지만은 그 사람들이 합체하면서 저 쪽에서 오는 놈들까지 여기를 다 거쳐 갔어. 그란께 주로 인제 우리 여기 빨치산을 많이 치러야 했어. 아 그래서 6년 동안을 참 먹고 살기, 그 열심히 살아도 그때만 해도 배고픈 세상인디, 교사일생을 한 놈들 뺏기지. 아이 한, 한나절씩 일했다가 와서 저녁때로 와서 농사 지갖고 그게 돼갔어? 참 산다는 게 사는 게 아녔었지.

[조사자1: 그렇게 가축들도 다 뺏기고, 농사지은 것도 다 뺏기고 그러면 뭘 먹고 사셨어요?] 아 그런게 이제, 풀뿌리, 나무 뿌리, 나무 껍데기 뱃기 먹고 한 세상이 그때여. 우리는 그렇게 지냈어. 그라고 인제 재차 이제 휴전되고 나서부터 그렇게 고생을 하다가 5.16혁명 나고 나서부터 인제 참, 새마을사업 하면서 더 열심히 해가지고. 그래 이제 나중에 보릿고개 없어잔게 뭐하디. 보리 나락이 전에, 영글기 전에 풋보리를 갖가다 동토 다 찧어다 먹었어. 영글 때까지 밥허덜 못 하니께. 그래서 보릿고개를 없애야지 하고 새마을운동 참, 노래도 있지만은. 그렇게 해서 박정희 대통령이 그래도 저 통일벼. 그것이 우리 여기 있는 나락보다 베도 더 났어. 그것이 사실은 이제.

[13] 그 시절에 비하면 지금은 좋은 시절

그래 이제 결론은 우리가 인제 배부른 세상 살기 위해서. 그라믄 새마을사업도 역시 그때만 해도 괭이, 목괭이. 그래서 인자 그 새마을사업 할 때, 겨울에도 그 언 땅을 괭이로 파서 질을 냈어. 그때만 해도 리어카 하나 냉기두면 나중에 또 쓰고 하면 지금 이렇게. 지금은 이제 전부 장비로 해서 이래서 이렇게 하지, 그때만 해도 구르마가 뭐여? 소 댕기고 사람 댕기는 게 길이야. 논두렁 밭으로 대녔어. 그래 뭐 리어카가 있어 뭐? 그래 소로 가지고 지게로 날만 새면 등에 지게를 들고 다녔어. 뭐이고 지고 댕겨야 된게. 운반수단이 지게여. 그러다 인제 새마을사업 때문에 리어카가 생기고, 구르마가 생기고. 이렇게 해서 좋은 세상이 됐는데. 그래서 글시 그때만 해도 먹더를 못해서 풀뿌리를 구하기가. 사람이 얼굴이 붓고 몸이 붓어. 그란게 혹시 인제 일을 하러 가믄 모심을 때, 이런 때는 쌀밥을 먹는데, (양손을 20Cm정도 벌리며) 이렇게 담은 밥을 두 그릇 먹어도 허덕허덕 햐. 그럼 금방 또 꺼져. 그란게 요시는 지금 하루를 굶어도 배부른지를 몰라. 속살이 쪄갖고 있은게. 빼짝 마른 속에 그놈을 먹으면 제대로 소화가 되냔 말이야. 욕심 없지.

그렇게 살아 왔어, 우리가. 그래 요새 젊은 사람들은 절로 다 쌀 사는 줄 알아도, 저게 전부 밭이여, 이게 이렇게 도산이 전부 밭이여. 지금 생각하면, 우째 저기서 밭을 해먹는지 모르지만은. 나무를 비고 괭이로 그냥 골을 치고. 그 나무 그놈 속갱이는 패와가지고 불을 질러. 화전민이지, 말하자면. 그렇게 해서 담배농사도 짓고, 서수도 갈고 감자고 심고. 그렇게 해 먹은 거야. 여기 전부 밭이야, 이 근방이. 여그만 해도 옥토지, 가까운게. 그렇게 살았어. 아 그러고 글시 30호가 이 아래, 웃동네 살았는디, 지금은 딱 요 웃동네 딱 한 집 살고, 아까 이 사람이 거기서 내려 왔는데. 이 사람하고 한 사람이 다 지어요, 그 골짜기는. 한 이십 다섯 호가 살았던 데를. 전부 그 산, 말하자믄 밭을 해먹었어, 그때부터. 지금은 인제 그래도 장비가 들어갈 만한 데만 해먹으니까 그렇지. 딱 두 사람이 지어 불어. 이웃동네, 한 이십, 삼십 동 살았던 동네를.

[14] 지방 사람들의 치안대 뒷바라지

[조사자1: 어르신 열여섯 살쯤에 치안대활동 하셨다 그러셨잖아요?] 아니, 나는 안했다니까요. [조사자1: 어르신은 안하시고, 마을 사람들 열일곱, 열여덟 살 때 한 거 아니에요?] 아니, 최하가 우리동갑 때 우리가 우리 동창들도 한 서넛 되야. 토벌대 다닌 사람이. 나는 그때만 해도 제일 나이 적은 사람이 우리 또래들이 했어. [조사자1: 그럼 어르신은 밥 해다가 산에 다 날라주고 한 적은 없으세요?] 아니, 그런 건 했지. 아니, 그것도 그렇지만은 지방 사람들이 치안대를 다 뒷바라지 했잖아요. 그놈들은 아니, 실제가 총들도 댕기면서 말하자믄 지방을 지킨다고 하는데. 저녁에 야식 안 해준다고 그 이장을 두드려

패고 그랬어. 뭐 그때만 해도 저, 내나 동네 사람이고 그랬어. 그런게 전혀, 난리지, 말하자면. 그란게 이제 진짜 우리 치안대들 노을시 골찌 장작 해다 줘야 되지, 밥해줘야 되지, 새 해줘야 되지. 또 저녁으로 저놈들한테 오면 다 뺏겨야지. 그렇게 살았어. 그란게 참 실제가 인제, 그때만 해도 인제 정년이 돼서 군대 간 사람은 군대 갔지만은, 나이 많이 먹고 어린 사람들, 지방에 있는 사람들은 진짜 이중으로 시달렸어. [청중: 저 거시기, 보리쌀을 한 번 째에는 돌질 해갖고 삶아 줬어요.] 아, 물레방아가 있는 데만 해도 말이 할 때 말이지, 다급하면 아 글씨 아까 풋보리 모가지 갖다가 그냥 찧어서 말하자믄, 그렇게 먹었단 말이야. [청중: 아 저 밀, 콩가물 그 이렇게 침자 같은 거 눌르는 거 그거 삶으면 물에 삐렸다가 콩가루 먹고 사는 것이 이미.] 왜정 말년에는 콩가루만 먹고 살았고. 왜정 때는 인제 농사를 지면, 그놈들이 싹 나락을 하나도 못 먹게 햐. 솥을, 저 솥 머리만 열어보고 댕겨. 쌀밥 해놓는가이. 농사 지으면은 그냥 그 타작만 하면 싹 공초 다 해버리야 돼야. 아 쌀밥 해놓는가 밥솥 열어보고 댕겼는데. 그란데 갑잤다고 지대 갖다 놓고 무방을 꾸질러고 장작 패, 장작불이냐? 내놓으라는 거여, 없는 것을. 그렇게 살았어, 우리 어른들은.

[청중: 그때는 옷도 두고 못 입었어요, 그때는 옷도 두고 못 입었다고, 감춰야지. 다 가져갔어요.] [조사자1: 어디에 다 감추나요?] [청중: 땅속에.] 아 땅속에도 묻고 별짓 다했지. 아 근게 나락도 참 뭐, 땅 속에 다 묻어도 마당에도 묻을 수 있고 그랬는데, 그때만 해도 나무 이렇게 해서 부엌에 가면 나무 저기 있었거든? 그런 데 한 것은 헛 것이여. '전혀 이런 데는 묻지 않았것다.' 하는 데다 묻어야지, 그런 데 묻어 갖고는 다 찾아 가지야. [조사자1: 그럼 들통이 안 날려면 어디에 묻어야 해요?] 뭐 외진 데 가서 묻어야지. (일동 웃음) 우리도 머리 쓰지만은 그 놈들이 머리를 더 잘 써서 우리 것을 파 가고. 그런게 머리 써야 되지, 말하자믄. (일동 웃음) 아무리 저거들 그래도 또 감춰서 먹고 사는 방법도 있고.

[15] 부락마다 치안대에서 요구하는 품목 할당

[조사자1: 할머니, 전쟁이 났을 때 나이가 어떻게 되셨어요?] [김가매: 나요? 열아홉 살이요.] 요집에 살았었어요. [조사자1: 전쟁 나서 피난 가셨어요?] [김가매: 피난 한창 다녔지, 그때.] [조사자1: 어디로 피난 가셨어요?] [김가매: 저 가재라고 하는 동네도 가고, 금평도 가고. 그래 난중에는 저-기 저, 배나무골로 까지 갔었어요. 친척 있는 데로 찾아 다녔지, 이제.] [조사자1: 시부모님이랑 다 같이 가셨던 거에요? 그때 아기는 있었나요?] [김가매: 그때는 그저 내 몸하나 살라고 하는 거지, 뭐 이런 저런 생활을 할 수 가 없었어요.] 이 양반이 내 사촌형수 씨인데, 내 사촌형수 씨가 나보다 세 살 더 먹어. 강백규랑 같이 총들고 같이 댕기면서 반란군을 죽였어. 그리고 나중에 인제 휴전되고 나서, 이제 요기서 지방에서 지방대로 하고, 또 군대복무를 하래서 군대에 가서 제주도 가서 훈련받고 고생 많이 하고 온 양반이야. 그런데 절루 와 살다가 돌아 가셨는디. (잠시 잡담) 내가 지방에서 그래도 인자 부역할 것은 뭐 장작 같은 거 다 져다 저 소, 지서에도 우리가 저 장작 해다 줘야 돼야. 그때는 나무가 다 없어. 나무를 다 해 땐게. 본래는, 그때만 해도 연탄이 뭐 어딨을 때야? 저 큰 산 너머에까지 덩굴도 없었어. 그때 뭐 화목을 다 나무를 땐게. 깔생이도 다 갖다 나무 땠어. 그래 인자 지서에 경찰들, 말하자믄 따시게 해야된께, 부락에다 배당하랴. '어느 부락에 장작 몇 짐.' 우리가 다 해다 줘야 돼. 또 고지서 근무하는 사람 있어가지고, 저 바로 앞에 솟바위 거기가 고지여. 경찰들이 와서 주둔하고 있어. 그 산 너머까지 장작 지고 가야 돼. 그런 거 다 지방 사람이 했어. 진짜 참 그때만 해도 생명을 어떻게 보전해서 사냐 하는 정도로만 다 거 가들 시키는 대로 하고, 우리 아군들이 시키는 대로 해 줘야. [조사자1: 엄청 무서웠겠어요?] 죽느냐 사느냐의 기론데 뭐. 그란게 군인이나 경찰관도 잘 들어야 되지만, 밤에는 가들 말도 들어야 돼야. 그래야 산다는 거야. 아 글시 나이 먹었다는 분이 여시 대고

“나 죽이고 가져가라.”고.

하고 막 버티고 못가져 가게 한게, 결국 이리 끌고 가서 요 웃동네 위에 가서 죽었는데, 나중에 그리 가서 본 게 칼로 그냥 난도를 해서 죽였어. 그럼 어째. 아, 종림이 저 아버지. 그란게 인자는 목숨 살라면

“아, 예, 예.”

하고 시키는 대로 하는 수밖에 없는 거지. 난세 아니여?

[16] 신발이 닳을까봐 신발 두고 맨발로 다니던 시절

(다른 청중을 가리키며) 이 양반은 일본시절, 일본 놈 왜정말년에 징용까지 갔다 온 양반이여. 일본까지 갔다 온 양반이여. 그라고 인제 해방되고 나서 6.25나고 나서 또 군대 갔다 왔지. 그래 솔직하게 그때만 해도 밥 먹고 그냥 아들 낳고 하면은 키워서 밥 맥여서 결혼에서 윗 뒷집 살고 그랬지, 어디 밖에 한 번도 안 나가고 살았어. 옛날에 장수 사람들은 기차 꼴도 못 보고 죽은 사람 많아. 기차가 어떻게 생겼는지도 몰라. 그 지방에 살아서 그 지방에서

죽었어, 어디 나가 보도 못하고. 그러다 인제 전쟁 때문에 시골 사람들도 밖에 나가고 그랬어. 전쟁 때문에 기차 구경들 한 사람들 많아, 군인 가면서. 군인 가면서 처음 타 본 사람도 많아.

그래 나는 이제 35년생인데, 왜정 말년에 그 고생할 때 그래도 참 배부른 세댄데도, 그때만 해도 감자라도 우리는 해서 밥을 그때 굶지는 않고 살았어. 논농사는 싹 뺏기고. 그런데 왜정 말년 재꼈지. 그라고 그때만 해도 신을 저 짚신 삼아 신어. 부모가 삼아주는 신을. 고무신이 어디 있을까니? 저 한참 가다보면, 가운데 신총장 날이 있어. 그게 뚝 떨어지면 맨발 벗고 댕겼어. 그거는 저 아프리카 맨발 댕기는 사람보고 불쌍하다 그러지만은 우리도 맨발 벗고 살았어. 그러다가 이제 어쩌다 배급이 한 학교에 몇 개씩 나와, 고무신이. 검은 고무신이. 그 신밑 보아야 돼야. 집으면 해동이 되면은 아까워 신고 댕기도 못하고 들고 댕겼어. 그런 세상 살다가 그러다 이제 해방된 거여. 해방되고 나서 이제 핵교를 갔는데, 종이가 있어야지. 그때만 해도 짚종이라고 그래가지고, 지금 저 마대포대가 뭐여? 이상하게 생겼는데 거기 다 그런 화초장에 다 글씨를 썼어. 연필도 일본 놈 때는 그래도 괜찮았는데, 연필도 그때 제대로 못 만들어서 잘 쓰이지도 않아, 어 연필도.

[17] 후퇴하는 인민군부대에게 달려가 밥을 전해준 이유

[조사자1: 아까 밥해준 이야기 좀 해주세요. 밥을 얼마나 많이 해주셨어요?] [김가매: (어깨 넓이만큼 두 팔을 벌리며) 이런 솥이 있는데 쌀 가지고 한 9킬로? 좀 돼요. 그런 걸로 하루 몇 번씩 삶아 내지요.] 아 형수씨 그 놈들 주둔하고 나서 큰집도 저 왜정 때 그냥 큰 가마솥 밥. 그건 아마 30명도 더 먹을 거요. [김가매: 그거는 옛날에 저 목욕통 같이 생겼어. 거기 다가도 하나씩 하고. 그런디 지금 생각해 보면은 반찬은 뭣을 했는지 생각이 안 나요.] 아 우리 집에서 돼지를 뭐이 가마솥에 다 끓여서. 그래 이제 나중에 막 다급하면은

그냥 죽는다고 해서 날랐는데. 뭣 때문에 막

"달려라. 달려라."

하는데 그래도 우리는 한 줌이라도 더 줄라고 그래서 도망가는데, 고 놈 그때 도망갔던 게벼 아마. [조사자1: 군인들이요?] 아니, 저 인민군들. [조사자 1: 인민군들이 도망가면 잘 가라고 하면 될 텐데, 그걸 또 쫓아가서 줘요?] 말하자면 후퇴를 가는지를 알간디? 그리고 그것이 우리 자식이나 우리 형이랑 똑같은데. 아니 내나 여그 와서 훈련 받는 사람들은 우리 남한에 내려 와가지고, 우리 같은 사람들 징집해 온 사람들이여. 군대를 보충 할란게. 남한에 내려와서 징용이라 해서 전부 말하자믄 잽혀 온 사람들이여. 아 근디 다 같은 사람인데. [김복남: 그때는 남자들은 숨어야 돼. 남자들은 데리고 가버려요. 그러니깐 숨겨야 돼. 저 쪽 거 굴 파놓고 양반들 가서 잤어요, 숨어가지고. 그래가지고 여자들만 남았어. 아 우리 양반들만 보면 다 끌고 간게.] 김기백이도 그놈들한테 끌려 간게. 아 그런데 이제, 그때만 해도 이렇게 해서. (김복남 청자를 가리키며) 이 양반은 또 잘로 먹고 살았어, 나한테 시집와서 그렇지. 그런데 요가 훈련소라. 저 우리 앞산이랑 뒷산이랑. [청중: 그 앵반 죽었을 때도 여그는 안 왔지, 저 우에 있었지.] 강백규 죽고 나서 왔지. 아이 내가 강백규가 이제, 아니 강백규는 저 시집와서 죽었어. 그거는 56년도에 죽었고. [김복남: 아니야. 그것은 듣고 왔지요.] [김가매: 그란게 그 사람도 그때 올라 오면은

"누구요?"

그라믄

"손들어."

그라믄 손을 들었으면 괜찮아. 호주머니 권총 빼러 이렇게 들어가다 그냥 그 섰던 사람이 팡 팡. 두 방에 그만 죽었어. 그래갖고 여기를 반절 쳐 박혀서 그만. 우리도 무서워서. 조금해. 그 아주머니는 몇이는 우에 도겸에 짚단 속에 다 숨어 갖고 있고. 숨어서 바라본께 그러더라고 무셔.] [김복남: 아니

저 웃동네 희풍 오빠는 뭐 어디 저 저그메는 어디 숨었다가 하든가? 잽혀 갔댜 어쨌댜?] 기백이요? [김복남: 아니요, 기백이 말고. 작은 집 오빠.] 아 그 쓸 데 없는 소리 말고, 그것은. 아 그때는 저 광 위에 딴 천장이 있어. 그 인제 문을 하나 해놓고 거 놓고 올라가서 숨기도 하고 그랬데. [김가매: 이 소장네 살아서 반란군이 왔어요. 그란디 그 양반은 어떻게 재치가 빠르던지. 그 전에 호롱불 썼잖아? 새부지랑 댕기를 치마 속에다 또르르륵 몰아서 이렇게 감추고 다녔어 그 사람들 따라 댕기면서. 참 재치 빠른 사람이더구만. 불씨를 쪼금해서 심지를 해갖고 불어서 갖고 왔는데 다 들이가잖아] (청중들끼리 의견을 주고 받으면서 소리가 겹침) [조사자1: 불을 못 키게 하려고 일부로 이렇게 감춘 겁니까? 불을 키고 이렇게 싹 찾으니까?] [김가매: 예. 솜으로 이래 댕기다가 이렇게 심지를 하면은 이렇게 커요. 그걸 붙잡고 댕김서 다 싸리한 데를 간게, 얼른 배게를 낼갖고 치마에 다 이렇게 따로 또르르 몰아서 감추고 다니더라고요. 우리 시어머니가. 따라 댕김서 완전 다라.]

[18] 뜨거운 밥물이 떨어지는 소쿠리를 이고 간 피난

[조사자1: 피난은 누가 나가라고 해서 나가신 거에요?] 아 본인들이 알아서 인제 피난을 가는 거지, 누가 시켜서 햐? [조사자1: 마을 다 비우라고 하기도 하고.] 아니 거기서 인제 경찰에서 인제. [김가매: 저기 저 산에서 해가 넘어가면 내려와요. 가뭇가뭇가뭇 해 내려오면은, 밥을 부글부글 끓여 놓으면은 소쿠리에 다 퍼갖고 이고 가. 언제 뭐 다라이에 할 수도 없고. (밥을 머리에 이는 시늉을 하며) 소쿠리 다 이고 가면 밥물이 퉁퉁퉁 떨어지면 뜨거 그냥. 살라고 그래도 죽고 살고 아랫동네로 그리 내려가는 거라. 그래 그거 가지고 한술 뜨고.] 한데 알기 쉽게 6.25가 나고 전쟁을 저 전방에서 하잖아? 그란께 인자 자꾸 징집해서 가고 하는 판인데. 치안대 경찰 힘으로 치안을 못하잖여?

그래 지방에서 또 인제 자진해서 나온 사람도 있지만은 그 숫자 갖고는 치안을 못하기 때문에 우리 장안리만해도 이집 지형 괴묵, 요 지석골 요론 데는 요 밑으로 전부 소개를 시켰어, 못 있게. 왜냐하면 관리를 다 못하니까. 그라고 인제 나중에 다급해서 우리까지고 저 알로, 이 아랫동네로 내려갔어. 그래 53년, 3년을 전투했잖아? 6.25나고 나서. 53년 7월 달에 말하자면 휴전이 되고나서는 나중에 전투경찰도 전방에 갔다가 이제 고 밑으로 내려오고. 서남지부전투경찰이 그때 205부댄데, 그 사람들이 여기 와서 그 우리 치안대랑 같이 하고. 그래도 안 된게 나중에 군인 75사단이, 아니 5사단이 왔어. 5사단이 와서 만날 가들한테 당했어. 그때 그래도 숫자가 많은께. 저기 빨치산들 숫자가 많은게. 그래 나중에 수도사단이 내려오면서 누가 비행기까지 와갖고. 그때도, 거의 큰 숫자를 죽였지. 그라고 이제 그 뒤로부터는 이제 지방에서 잔당 하는, 군인들 다 철수해버리고. 그래도 나중에 전투경찰은 56년도까지 있었어. 전투경찰. 내가 55년도에 결혼 했는데, 55년도까지 전투경찰이 여기 있었어.

[조사자1: 할머니, 직접 겪으신 이야기 좀 더 해주세요.] [김가매: 그때도 농사를 지야 밥을 먹고 살잖아요? 그래 갖고 이제 낮에 와서 이렇게 밭, 농사일을 하고. 또 반란군이 내려오면 살아야 된게 인제 밥을, 그때 일찍 해요, 해 있을 때. 그래갖고 밥을 인자 하면은 조-리 저 지금은 길이 나서 그렇지, 산이 둘이가 저기서 요까지 있었어요. 그래가지고 이렇게 밥을 하다 바라보면 시끔시끔시끔하게 내려와요. 해가 떨어지면. 그라면은 인자 안 죽고 살라고 지금 같으면은 요 다라이 안으로다가 쌀을 푸지, 바빠서 막 소쿠리에 다가 푸고 가면은, 급하고는 밑에 다 뭐를 받쳐서 이렇게 이고 가면은, 밥물이 가상에서 뚱골뚱골뚱골 떨어져 그냥. 그래도 이제 가다보면은 밥이 돼요. 그래가지고 갔지. 가서 이 아랫동네 가서 인제 식구들이 앉아서 묵으면 그냥 묵을만 해요, 그냥. 그래서 그냥 먹고. 반찬을 뭐하고 뭐 저기, 별로 없고. 그라고 인자 아침에 시오에 올라와서 또 밥해 먹고, 들에 와서 농사지었고, 일 다 하고. 해 넘어가면 또 밥 한 끼로 해서 먹고 아랫동네로 내려가고. 그저 뭐 쉬는

틈 사이에 빨래 해 입고. 그저 농사를 어떻게라도 지야 밥을 묵은게 부지런히 하다가 또 해 넘어 가면 아랫동네를 내려가고. 아침에는 올라오고. 그랬더니 서신이 설에 버렸다 하데. 그 해에 강백규하고 많이 죽기 안 내고서, 나 신부 왔는데. 죽었다고 왔는데 3월 달에. 그때부터 굴려 가지고 그래갖고는 그라고 나서 군인들이 주둔하고 있은 게 이쪽에 들 했어. 안 왔는데 1년 만에 강백규 양반이 이렇게 올라오는데 뜻밖에 그렇게 반란군이 내려왔대요. 내려와서 그 사람을 직이고 가버렸어. 그래 쫓겨 간 거라, 군인들한테. 그래 그것이 이렇게 상식적으로 생각하면은 '그 사람이 사람을 마이 직있기 때문에 그 사람들이 죽었는가?' 싶은 생각이 들어가더라고요.]

[조사자1: 그런데 그렇게 위에서 거뭇거뭇 내려오면 무서우셔서 밥을 그냥 놔두고 도망갈 것 같은데 그걸 또 퍼 가지고 이고 가셨어요?] [김가매: 그거야, 그거 죽지 않을라면 먹어야지. 그란게 그거 퍼가지고 가야지. 그거를 두고 가면 누가 밥을 주나요? 안 주지. 다 죽겄는데. (일동 웃음) 그래서 먹고 살으라고 퍼갖고 가는 거야. 다 들고 가야지.] 아까도 얘기 했지만, 6.25 당시만 해도 여 산에 나무가 없으. 산망으로 댕겨도 사람이 보이여. 다 베어버리고. 그라고 이제 유난히 큰 도로변에는 거 나무가 있으면 옆으로 베었어. 저 주민들을 시켜서. 말하자면 관리하기 멋 하다고, 가들이 숨을 수 있다 해가지고. 아 옆으로 우리를 동원을 시키서 나무를 빗다고, 도로변에. 그래, 나무가 없어. 그래 우린 산에 다 가서 일하다가도 내려왔지, 그냥. [조사자1: 그러면 음식을 져다 주면, 거기 안에 근거지까지는 안 가시고 어디 지점까지만 가시나 봐요?] 아, 저 밥 지고 가는 것은 저기 우리 아군들, 지금 저 장안산 나막까지 져다 주고 그랬고. 가들은 식량만 떨어가지고 가고. 인제 장안산 넘어가서 그러면 또 경상도 백운산이라는 데 있어. 장안산하고 백운산하고 마주 바라보는 데, 구골이란 데가 제일 큰 골짜기 인데. 저그 아랫뜰 까지는 안가. 장안산 날막만 갖다 주면서, 저그 아군들이 마지막으로 온다고, 고지라고 내려놓고 가라 그랴. 그래 숫자가 많다는 판단은 할 수 있지. [청자: XX부대올 적에는 장안

산 너머 무릉 재 넘어가 이렇게 번번하이 짐슬이 바지 있었는데, 그거 다 소머리나 만들지, 저 집 마냥으로 꽉 찼버리고. 뭐 고추랭이, 사람 먹는 건 다 인제 인부들 동원시켜서 져다 나르는데. 그거 저그 부대 있는 주둔지는 우리는 안 델고 가고

"가라."고.

그러고. 참, 총 맞은 놈 갖다 우리가 떼 밀어줘야 되고. 그랬지.] [조사자1: 아, 총 맞아서 죽은 사람을 데려다 줘야 돼요?] [청중: 총 맞아서 죽은 게 아니고, 부상자를 인민군들은 우리가 떼밀어 줘야 될 거 아니여.] 그러믄서 보면, 여자들이 많고 참 어린 아들도. [조사자1: 여자 빨치산도 많습니까?] 많어야, 빨치산들. 고 것들이 디비는데 더 세밀히 디벼. (일동 웃음) 지방 빨치산들이, 아이 저 공산사상 가진 사람들이 종전하고 나서 많이 따라 갔어. 지방 사람도. [청중: 아 지방 빨갱이 많이 따라 갔댔잖어, 거기.] 아 붙잡혀온 사람들이야 뭐 어떤 방면으로도 다 도망갔지, 이까지. 사상을 가지고 인제 어차피 고향을 못 갈 사람들이 따라 댕긴기야. 고향에서 이제 그 공산사상 가진지를 알잖아, 고향 가믄. 그래 그 사람들은 그 사람들 따라 와가지고 집에를 안가고 괜히 여그 와서 다 죽었고. 사상 없는 사람들은 끌려 온 사람들이야. 다 도망갔지.

[19] 김복남: 강백규의 비극적 최후에 대한 평가

[김복남: 저 친정오빠가 거시기 거, 굴 파놓고 해 넘어가면 거 잤단께.] [조사자1: 누구 친정오빠가요?] [김복남: 친정오빠가 여 재 너머에서 살았어. 여기.] [조사자1: 할머니 친정 오빠가요?] [김복남: 친정오빠, 우리 친정오빠가. 올케 성하고 둘이 도망가고, 아버지하고 엄마하고. 그래갖고 찾으면 아들 없다고.] [조사자1: 안 들키고 잘 숨으셨어요?] [김복남: 네. 그러고 숨었지. 저녁때 되면 고마 도망 간 거여.] [김가매: 그러믄 반란군 안 왔나?] [김복남: 아냐,

와갖고 저 옷이랑 다 감쳐 놓고 거 살았고마.] [조사자1: 그럼 또 옷하고 뭘 감추셨어요?] [김복남: 클 때는 막 감 겉은 것도 요 짚동에다가 싸서 세워 놓으면 것도 발견하고. 곶감 깎아서 짚다발에다 해서 저 천장에 걷다가도 감추고. 더그매 천장에다가도 가서 더그매까지 다 디비서 다 찾아 갔지. 그랬어요, 클 때.] [조사자1: 더그매가 뭔가요?] [김복남: 옛날에 그냥 여 집 지으면 (집 모양을 그리면서 천장부분을 가리키며) 여 더그매가 있었지요.] [김가매: 밑에는 돼지 맥이고, 위에 인제 바로 깔아서 더그매를 해고 짐을 재이고.] [김복남: 짐을 쟁였는데, 그래갖고는 그 곶감까지도 다– 그런 데까지 다 디벼.] [김가매: 내가 저 돼지 막, 더그매 짚 속에서 강백규 양반 죽는 거 봤어. 가만히 숨어 있응게로 이렇게 반란군, 저 군인들은 저기서 보초 섰고. 가운데 길로 올라오고. 반란군이 그때 막 요렇게 요렇게 나오대. 나와 갖고는

"손들라우!"

그런게 손은 안들고 (허리춤에서 권총을 꺼내는 시늉을 하며) 이렇게 하니까. 팡 팡 쐈어.] [김복남: 그 양반은 마이 사람을 죽이서 그런 거 겉어요.] [조사자1: 강백규란 분이 사람 죽이는 걸로 많이 알려져 있나 봐요?] [김복남: 예, 막 그랬어요.] [김가매: 없어, 모르긌어, (웃으며) 다 잊어 버렸어. 그래 해만 넘어 가면은 그게 인제 이랬었어요. 농사짓는 거는 낮에 해 있을 때 하고, 해만 떨어지면은 몸 숨길 데 뒤에 골, 꼴에 다 저 강내골 끝에 있는 골이, 올라가서 그런 걸 가지고 또 숨고. 저 뒷동산에 (양팔을 벌려 원을 크게 그리며) 이만한 구뎅이가 있었는데 그 안에도 숨고. 나중에는 안 돼서 이제 아래로 갔지.]

마지막 빨치산 정순덕과의 추억

진 필 순

"즈그 아버지가 큰 논구덩 대이면서, '정순덕아 야 이년아, 애비 왔다 나오니라' 카데. 그래 숨어 갖고 나오도 안 하고…"

자 료 명: 20130121진필순(산청)
조 사 일: 2013년 1월 21일
조사시간: 90분
구 연 자: 진필순(여 · 1936년생)
조 사 자: 김경섭, 김정은, 이부희, 박샘이
조사장소: 경상남도 산청군 시천면 진필순 화자 댁

[조사과정 및 구연상황]

산청군 시천면 경로당에서 하루 전에 만났던 화자를 만나러 집으로 찾아갔다. 한겨울 지리산 밑이라 날씨는 쌀쌀했지만 집안에서 조사가 이루어져 큰 어려움은 없었다. 화자는 아무도 없는 조용한 집안 거실에서 주로 빨치산 치하를 살았던 경험담을 구연하였다.

[구연자 정보]

진필순 할머니는 화자는 시천면 동당마을 경로당에서 만났다가 구연에 흥미를 보여 다음날 아침, 자택에서 다시 만난 화자이다. 그녀의 전쟁체험담에서 가장 눈길을 끄는 것은 한국전쟁 종전 10년 후인 1963년 마지막 빨치산으로 체포되어 유명세를 탄 정순덕과 어려서 같이 자란 경험이었다.

[이야기 개요]

열두 살 어린 나이 언니가 전쟁통에 시집을 갔다. 키가 큰 탓에 빨리 잡혀갈까 무서워 시집을 일찍 가게 되었다. 소개민이라 구박받으며 힘들게 지냈다. 빨치산 정순덕과 어린 시절 친구였다. 정순덕과 어려서 함께 자라난 추억, 그리고 그녀가 사면된 1985년 이후의 일 등을 구술했다.

[주제어] 빨치산, 소개(疏開), 여자 빨치산, 유엔군, 국군, 정순덕, 어린 시절, 친구, 시집, 여자 인민군

[1] 전쟁통에 언니가 시집을 가다

나 열두살 무으서 우리 언니가 시집을 가는데 옛날에는 저기 차를 타고 안 댕기고 걸어 댕겼거든. [조사자: 할머니는 열두 살이시고 언니는?] 언니는 내캉보담 다섯 더 묵은께. [조사자: 아 열일곱 살?] 그렁께네 저 시집을 가는데 신랑이 저기 갤혼 날 갤혼식을 와서, 왔는디. 그날 저녁은 마 총을 얼마나 쏴 쟀히는가 마 첫날 저녁에 뭐이 식구들이 다 들어가 앉아 있어. [조사자: 아 한 방에.]

그 이튿날 자고 나서 본께네 저. 저게 지서, 우리 지서가 한 오미리 오맷 간다 캤고 쪼매 올라가믄 지서가 있어. 고매 쫌 더 올리가믄 맨이 있고 그 우에 그가 인자 시갓집인디, [조사자: 동네로 결혼하셨는데 그랬구나.] 동네가

아인디 저 홍계로 갔지. 홍계로 갔는디 긍께네 저기에 하릿제 하릿시가 갈낀디 겁이 나서 몬 가서 이틀로 쉬어 갔어. 근데 없는 집이 뭐 하루 더 쉴라카믄 새 신랑이 왔는데 얼매나 귀찮소. [조사자: 힘들었겠네요.]

하모 힘이 들었소. 그래 인자 저기 이틀로 쉬어갖고 인제 우리가 인제 우리 언니 데불다 준다꼬 인제 올라 갔거등. 올라강께 막 저 지서, 거서 강 불 싹 다 질러삐고 누님들이 막 터럭모자 씌고 터럭 옷 노란 거 입고 도롯가(돌이) 그 큰 도롯가(돌이) 팬팬하니 누워 자는기라. 그 자믄서 몬 올라가믄 그런데 저게 기슭인데 우짤까 해갖고 사정을 항께 올라가라 캐. 데불다 주고 내려옴서 어뚷게 무섭던지

"뭐 해려믄 우짤라고"

하믄서 무서워 죽겄는기라. 그러고는 인자 저 시집을 보내고 인제 집에 와가 있었는디 동짓달에 시집을 갔거등. 음력으로 동짓달에. 그러고는 인자 설 시고 인자 그래.. 그래서 강께네 그. 저. 지서 갱찰들이 사악 우리를 불러갖고 다 다 오고 헌집 한 개 얻어갖고 지서 채리고 그랬어. 그래 했는디, 그라

고 나서는 또 빨갱이가 짐 음더라꼬. 암 기척이 음서.

[2] 유엔군과 빨치산들이 동네를 점령하다

그러고로 살었는디 한 그년 봄 된 께네 저 저기에 거서 가드라고. 한 저기 음력으로 치거든 한 오월달 유월달은 되었을기라. 그래 또 우리가 여럿이 갔어. 저 소미로.

소미로 갔는데 비가 철철 오는데 소미로 간께네 저 군인들이 마이 내려온기라. 한 삼십맹이 도로로 이래 내려온기라. 도로가 새로 그래 우리는 군인인가 했어. 그랬더니 뒤에 소문 들은께네 저 짝 유엔군들이 선발대로 내려오는기라. 유엔군들이 막 내려와서… [조사자: 유엔군들이 아님 빨갱이들이?] 그 나는… 저기 유엔군들이 아님 빨갱이들이 다. 빨치산이 거기거등. 그렁께네 마 동네 마을 사악 다 점령을 다 해 내려와서 마 아가씨들도 오고 마 남한 사람들도 오고 싹 다 내려왔더라꼬.

그래 인제 동네 점령을 해갖고 있는디, 저기 남자들은 젊은 사람들 민청 위원장 맨들고 또 이런 아가씨들은, 우리들은 인자 그 때 어린께네이? 우리들은 그른께 열네 살 채 들었지 인자. 그래서 저기 청소년을 맹글고 머슴아들이든가 가스나든가 싹 다고 뭐 그래가 저녁 때모 그 땐 싹 다 퇴근해갖고 거시기 갱찰들 퇴근해가 다 가 비리고 없는디 저 질 파러 가서 저가 저기… 다리 놔 놓은 거 저기… 그 뭐 싹 다 저가 하고 동네인들하고 싹 다 저녁이 되믄 질 파러 가고.

질 파러 가고 그랬는디 그래 인자 뭐 농사 지 논 것도 세라 카고, 세라 카고. 저 나락 그것도 쌀 나 그것도 싹 다 세라 카고 그라데. 그래가 저녁이 되믄 모이갖고 노래 부르라 카고 저 아들은. 그래 그리 쌌드니 내가 이야그를 뒤바까 했다.

그리 했는디 갱찰들이 싹 다 퇴근해가 감스로 우리집은 살 방이 지담, 해가

돌 담이그든? 짓는 집은. 돌담인디 우리 잠복해가 와가 있다 감스로 옷을 한 가방 묻어놓고 갔어. 그라고 그래갖고 인자 그리 있었는디. 고마 뭐 저… 저 이 유엔군들이 사악 밀고 내려와서 뭐 보라개마 싹 다 점령을 다 해가 있고. 한 일 년인가 이 년인가 그리 인민군 시대가 돼가 있었어. 기담에. 빨갱이 시대 했다가.

그래서 내려 와가 있었는디 한 날 저녁으로 그리 하고 막 모이 갖고 그 속하고 민촌 위원장네 만나싸고 해쌌는디. 긍께 동네 청년들도 가만있었지 그래가 우리 오빠도 위원장으로 뽑히가 있었고. 그래 뽑히가 있었는디 한 일 년 있잉께네 저 군인들 들어온다꼬 마 그 상태로 사악 밀고 올라와 빨갱이들이. 사악 밀고 올라 오는기라. 싹 밀고 올라 오드이 저 저기 구루마 끌고 모아군이 딸딸이 차. 그런 거 싹 끗고 올라 오드이 인제 싹 점령해가 있는기지.

그 점령해가 있드이 그 뒤에는 인자 싹 다 산으로 올라가 부렀는디 군인들이 또 들어오는기라. 군인들이 인민군이 싹 그서 항께 인제 싹 다 인제 군인들이 내려와서 저 산 높은 봉우리를 다 타고 군인들이 내려 오는기라. 그 인민군들은 불안해 다 있다 아이요. 그래 마 총을 쏴 내려오고 마 난린기라.

난린디 그 상태로 싹 다 피란가고 우리도 피란간대요. 하모. 저 다운사 절 뒤로 올라가서. 우리 오빠도 가고 싹 다 갔는디. 그 뒤에는 그 때는 인자 그리 들어오고 나서 또 지나가 비고 나서 집이 불지르고 그라는디, 지나고 나서 기척도 엄서. 그래가 또 싹 또 동네로 내려가 살았거등.

살았는디 인자 정월 초하룻날에, 음력으로 정월 초하룻날인디 정월, 내일이 초하룻날인 거 같으믄 오늘 같음 이 짝 고을에 불을 질러가 연기가 되게 올라오는 기야. 저 짝 고을에서 초하루가 온께네. 연기가 되게 올라오고 막 인자 내일은 여 올끼다 이래 쌌는디. 그래 정월 초하룻날 우리가 제사를 모시고 우리 오빠랑 우리 아바이랑 우리 어매가 내 세 사람 묵자고 세상 배렀어.

그래갖고 인자 우리 올케 언니랑 뭐뭐 죽어도 같이 죽는다고 집이 가마이 들어 앉아가 있었어. 가마이 들어 앉아가 있응께네 저 군인들이 딴 집 다 가고 난중이 되어서 집 꼬라지 본께네 만주서 왔더라고. 그래 우리 오빠도 델꼬 가고 우리도 마, 저 타작 마당으로 큰 마당에로 싹 동네 사람들 다 불러내더라고. 그랬는디 막 군인들이 어둠치고 한께 총을 쏴 싹 내려오그당. 그 속에 저 산 속에 저그 있다가. 그래 논께네 고마 급한께 후퇴를 싹 다 해 빘어. 군인들이. 빨갱이들이 총을 쏴모. [조사자: 밤에 되니까 막 오니까.]

하모. 싹 다 총을 쏴고 내려온께네 그마 빨갱이들이, 밤에 후퇴를 했는디 뒤에 가는 사람은 마 대밭으로 막 어이 넘어져, 천장에 있는 그 속으로 천장으로 그란데 다 숨었어. 저 군인들이. 전엔 뭐 전투갱찰도 있었고, 방위들도 있었고, 한이 엄섰거든.

그래 다 숨어가 있었는디 저저 빨갱이들이 그 뭐 있는가 없는가 몰랐는디 그것도 부락민이 또 스빠이가 있어. 그 뭐 쪼깨 한 사람씩 스빠이가 다 있어. 저짝에 저 군인들 저 인민군들 스빠이가 있어. 그래 놓은께 싹 다 그래 찾아 온께 잡아갖고, [조사자: 그 속에 숨었던 군인들?] 하모. 천장에 저 방 천장에 있는 걸 모릴낀데 대밭에 있는 거하고 모릴낀데 그걸 찾아와 잡아가 싹 다 올라갔다이. 옷을 뱃기 갖고 막 그래가 올라가고 그랬잖아.

[조사자: 추운데…] 추운 것도 모르고 뭐 그런 사람들 말도 몬해. 그래 쌌더마는 그리 하고 갔는디 인자 그 뒤에 인자 또 한 댓은 더 있었을게다. 또 군인들 데리와서 마 앙모를 하는기야. 부락 사람들한테 고마. 부락 사람들한테 마 그 저 그서 글쳐줬다고 앙모를 하는기야. 부락 사람들 다 잡아 죽일라 캐더마. 군인들이 와서. 그래 안 나갔어. [조사자: 이번에는 군인들이 잡아가겠다고…] 하모.

[3] 오빠가 빨치산들에게 잡혀 가다

그래 그 때 집이 있었는디 잽히 나와 갖고 저저… 그 사람들하고 뭐 그 저 저기 빨갱이들이 또 쳐 내려오거덩. 저 군인들 와서 그 사는 무리에. 그랬는디 우리는 옷을 심카놨다 그 숨긴 드러운 걸 줬어. 우리집이서 파가 줬어. 그래 논께네 우리들은 그리 안하는디 아는 사람이 더 무섭와요. 우리 동네 사람들은 우리 동네 사람 아이가. 우리 고을 중 오빠라.

그랬는디 우리 저 오빠를 더 찾고 난리를 해는기라. 그래갖고… 그 서에서 왔다고 또 군인들이 덮치 갖고 빨갱이들 대항해. 어디로 그렁께 빨갱이들이 총을 쏴갖고 또 내려오그덩. 그릉께네 고마 또 후퇴를 해비리고. 우리 오빠는 그리 잽히 가고. 저기 빨갱이들한테 잽히 가고.

마을에 부엌이 저 참 깊은 부엌이 있어. 그 그마 총을 되게 싸대니 거 딱 엎지가 있응께네 빨갱이들도 가비고 군인들도 가비고 그래서 마 우찌 하도 몬했어. 저기 깽이(괭이)를 울러 메고. 비가 오는디. 깽이를 울러메고 저 뒤에 저 우에 산이… 논이 있는디 논에 거 올라간… 올라간께네 그 아는 사람이 울 오빠 이름이 진상갭(진상갑:오빠 이름)이고만. [조사자: 진상갑?] 상갭이, 상갭이 상… 뒤에 따라 오드란다.

그래 자꾸 절로 갔다 캐. 그래 싹 이리저리 후퇴 다 해 가 부리고 밤새도록 비를 막어 바우 밑에 앉어가 있다가. 우리는 막 식구대로 우리 올케 새이는 우리 숙모랑 앉아서 잽히갔다 울어 쌌고. 그래 저저 거스그하고 거시기… 저기 안 잡히가고 그렁게 내리 왔어. 우리 오빠가 내리 왔어. 그 길로 내리 가서 고마 저 거시기 총을 멨어 방위들. [조사자: 군인들 방위들? 어떤 총을 말하는 거지? 총을 멨어?] 군인들 총을 메지. 방위들인께네 인자.

덕산을 와서 싹 다 밀고 올라와서 그리 군인들 밀고 올라와서 저 대한민국 전체가 되었거든 그러믄. 그래놓은께 덕산으로 뻐드렁치고 한데 쫓아 내리왔어. 총을 메고 올라왔어. 총을 메고 올라왔는디 그 뒤에도 비러 오는데 방앗이 있네 뭐 있네 보리 그놈 저 뜯어가 삐 놓은 그런 거 갖가 덕서 비비 놓은 거 갖다 도구통에 찧이 갖고 내가 씨그로 저 요새는 수도가 있어. 그렇지만 그 때는 수도도 음섰거덩. 수도도 엄섰는디 물에 저 샘에. 씻구러 간다 캉께네 저 빨갱이들이 좌라락 내려오드마.

우리 오빠가 총 메고 와가 있다가 총… 저 울타리 밑에 그런 디 숨겼는디 풀 밑에 그 따가 옇어 놓고, 오다가 벗어 옇어 놓고 논에 논 메러 갔는디 내리 가는기라. 그래 내가 고마 씻도 안하고 고마 바로 이고 왔어. 집으로. 이고 온께네 우리 오빠가 왔는데 고마 저… 저기 있다 그라데. 밑에 내려가고. 덕산으로 내려감서 그래 안잡혔어 그래도. 말도 몬했어 그것도. [조사자: 오빠 그렇게 여러 번 왔다 갔다 잡히다 말았다 막 이랬네.] 하모.

저 그래갖고 방위 슬 땐가 여이 와서 저기 거스그로 저 산으로 피란을 갔다 아이가. 내가 오게 돼서 어찌된진 모르겄다. 그른디 피란을 갔는디 소굴로 피란을 갔는디, 우리 아버지, 우리 아버지는 막 우리 올케 새이, 내, 울 오빠 서이 피란을 갔는디 울 오빠는 딴 데로 고마 산으로 가고, 우리 올케 새이는 여럿이 동네 사람들 가는 데로 가가 있었는디, 산에 거 저 저기… 거시기에 이래가 앉거 누워 있응까 군인들이 마 지내가믄서 손 들고 나오라고 고함을 지르고 나와대 있더라 캐.

그런데 우리 오빠로 그릏카는가. 벌썩 인나 갔으믄 그 때 죽었을기라. 인났으믄. 그래가 마 죽은 듯이 가만히 누워가 있으니 지내가드라 카네. 인자 쳐 놓은께 나무가 치 놓은께네 몬 찾고. 그래갖고 저리 그 새가 있다 집이 와서 있다 또 내리가고. 죽을 고비 우리 오빠도 많이 냄깄어. 요새는 괜찮이. 그것 땜에 인자. 말도 몬하지 울 오빠는 이제는. [조사자: 어제는 말씀하시기를 오빠가 잡혔다가 풀려난 얘기도 해주셨었는데.] 그래. 잽혔다가 풀려났어 그렇게. [조사자: 어떻게 풀려났다고.]

그래 한께네. 거시기 했어. 저기 풀리나 갖고 저 덕산으로 싹 대한군이 들어왔는데 대한군이 또 칠월 음력으로 칠월 백중날 고지마다 싹 다 밀고 내려와서 고지에 싹 다 빨갱이들이 있었그덩. 고지마다 싹 총을 쏴고 내리와서 저녁 내 총을 갖고 서로 양편이 볶응께네 나가도 몬하고 그랬는디, 저 저기 자고 난께 하더라고.

고마 그 때 딸리 올라갔어. 빨갱이들한테. 딸리 올라 가 갖고 저 우리도 갔더이라. 우리 올케 새이랑 울 오빠랑 내랑 서이 가서 저 장대이, 삼장 장대이 골차(골짜기)라고 짚은 골차 들어갔는디 뱅기가 자꾸 폭객을 하고 그 때도.

폭객을 자꾸 하고 그리 했는디 거서 거시기 음승께네 양식이 엄승께 보릿쌀 쪼깨 집에서 가가 온 거 감을 따 놔갖고 그래가 밥을 해 묵고, 거스그 한 사람들은 막 소를 목고 와서 잡아 묵고 그라데. 소를 잡아 묵고 그랬는디 그 년(그 해) 인제 여름에 그래 있었는데 그 년(그 해) 가실에 들에 인제 나락이 누럴 때. 군인들이 참 많이 들어온다 캐. 수도 사단이라꼬 마이 들어온다 캐. 마이 들어온다꼬 연락이 왔어. 그것도 연락공이 있그덩. 그래 동네 마을에 청년들이 아마 열댓이 있었는디 저녁에 인제 연락을 방위… 방위 서는 사람들하고 연락을 해 갖고 그래 우리 오빠들 싹 내려올랑께 그 수도 사단이 싹 들어왔어. 한 명 없이 잽히 나왔어 다. 그 때 그 막 친일파도 오고 그래 안 했나.

참 말도 몬했어 그라고. 그래 잽히 내리와서 인제 이리 거스그 대한군으로 인제 가세해 갖고 이래 빨갱이 따라 안 갔지. 그 때 안 내려왔으믄 다 죽었어. 다 죽어 삐맀어. [**조사자: 그래도 오빠가 인민위원장도 하고 그랬는데 안 죽고 잘 사셨네요.**] 하모. 그리 마이 안 놓은께네. 군인들 빨갱이들한테 마이 안 따라가고 집이 있다가 또 저 숨으러 가고… 맨 처음 저 군인들 왔을 적 잽히가 그 뒤에는 고마 다 숨으러 다 가버리는 거야. 동네 사람들은 거의 다 숨으러 가 버려. 있다 하면 다 죽이고 하모. 비는 사람은 쏴 죽이고 한께네.

그래가 뭐 산에 올라가가 있다가. 연락을 받고 저 그 년 가시고 내리와서 자수를 싹 했그덩. 열다섯이 딱 자수해고 내려와 그렁께네, 아따 마 군인들이 얼마나 산을 디지갖고 다 잡아내. 다 잡아내. [**조사자: 자수하길 잘했네.**] 하모. 자수하길 잘했지. 그래 운수가 있다 안 쌌어. 동네 운수가 있어갖고 잽히 나와서 그래 거시기 했어. 그래가 인제 군대 갔데이. 그 이듬해. 군대 가 갖고 저 제주도 가 훈련 받고 그래고 왔어. 울 오빠도 깡판이 참 좋소. 깡판도 좋고 똑똑하다. [조사자: 그래도 군인 갔으니 전쟁하고 얼마나 또 힘드셨겠어.] 그래도 저기 거스그 저기 제주도가 훈련받고 나와서 저기 밥해주는디, 취사반장 해 갖고. 취사반장 해는기 군인들이 욕을 덜 봐. [조사자: 그 때는 또 고생 안하셨네?] 그람 우리 오빠 그라고. 저기 조상들이 돌봤는가. 하모 자기가 그래 욕을 안 봤다 이라카지.

[4] 올케가 경찰서에서 아이를 낳다

[조사자: 할머니 어머니랑 아버지는 없으셨나?] 우리 어머이가 그래 저 저기 우리 엄마가 내 세상 볼 때 세상 배리고, 울 아버지가 인제 울 아버지하고 우리 오빠하고 우리 올케 새이하고 내하고 또 시집 간 새이하고 그래 살았어. 그란데 재혼을 안 하고 울 아버지가 살았어. 살았는디 울 오빠는 국민학교 대일 때(다닐 때) 저 거시기 글씨가 참 좋아갖고 미술 있는 거. 그거 해가 상 받고 그래가 일본으로 가 비렀어. 졸업 맞고 고마. 국민학교 졸업 맞고 일본으로 가 비렀어. [조사자: 큰 오빠는 또 그렇게 일본 가 버리고.]

[조사자: 그래도 아버진 안 끌려 가셨네?] 아버진 영감인디. 할밴디 하모. 그래 우린 저저 내 우에 새이는 그 때 동짓달에 시집갔다. 평생 시집갔다. 큰 새이는 저 홍계거덩. 산 우에거덩. 거 시집을 갔는디 우리 행부가 그 뭐 대항군들 들어온께 그래 빨갱이라꼬 잽히갖고 얼마나 시꺼문네. [조사자: 고생했어?] 하모.

고생해가 그래 그 뒤에 인자 빨갱이들한테 잽히가 시꺼뭇고 또 그새 갖고 우리 새이 또 동네사람들 가는데 저 산에 따라 올라 가빼릿다. 임신해갖고 산에 따라 올라가 산청 갱찰서에서 아 낳았다. 산청 경찰서에서 아를 낳아갖고 마 저기 한 달 넘으면 시험해가 저기 단성이라 부르는 디가 있었는디 우리 아가 여 그 그정인지 기입을 해지러 가서 우리 속에 나왔던 아이거든. 저기 단성 안에 속에 나왔는디 우리 행부가 인제 피난간께 속에 나왔어.

싹 다 마을에 인제 다 비워가 아무도 엄섰그등. 그래 놓은께네 저 우리 아버지가 인자 저 우리하고 우리 올케새이 친정에 살았는디, 이래 거 간께네 밥도 우리 올케새이 친정 간께네, 저 술찌기, 그 탁주하고 술찌기 안 있소? 그 솔 이파리 놔가 찌는디 그 따로 보리밥에다 놔갖고 해줌 새삼 못 묵겄디. 그래도 배가 고파서 묵고 그랬는디 그래 저 칠전고지에 그 때 군인들이 있었는디 우리 행부가 구루마쟁이 했그덩. 구루마쟁이 집이 저기 전화가 왔다고 거시기 되어가

"전화가 왔다"

이래 쌌어. 그래가 인제 울 아부지가 저 시어미한테 집을 해줬어. 그래서 우리 오빠 울 아버지가 거 가서 인자 기입을 해놓은께네 시어매가 단성꺼정 아 놓으니까 찾아갔다 그랬다 캐. 산청꺼정. 찾아가논께네 아는 낳아 놓은께네 고마 저가 델꼬 나와비고 갱찰서 데꼬 나와 비고 우리 새이는 미역국에 있는 밥을 해가 한 그릇을 주더란다. 동네 사람들 싹 갱찰서 잽히 갔는데 밥을 해다준께 우리 새이는 한 번 떠 묵을려 해도 동네 사람들 싹 다와 빼뜨러 묵으더라 캐 고마. 그 아들이 우짜겄노 고마 배가 곯아 죽겄는디.

그래가 인자 한 댓새 있다가 저기 여관으로 데려다 주드라 카데. 그래 퉁퉁 부어서 한 달 있다가 나오는디 그래도 그서 가 있더라. 아는 마 그 질로 오마 죽었느므니. 뵈도 안하고 그래갖고 살다 우리 형부도 징역 살고 나와 갖고 인자 저기 그 어디여. 저 전라도 어디라 카드라. 전라도 여수 갱찰 거시기에… 거시기에 있었는디. [조사자: 징역 살고 나왔는데 그래도 경찰하셨네?] 경찰도 안 했어.

그 그가 살고 나왔는디 인자 거슥 몇 년도 안 차서 인자 그리 빼내놨는디 그래가 마 또 저 그 때 논을 우리 새이… 인제 작은 며느리가 저이 논을 두 마지 지어주는 걸로. 그걸 팔아갖고 인자 우리 행부를 빼 냈어. 시어매가.

'나가 이야글 거꾸로 한다.'

시어매가 맨에를 갔다 오면 우리 행부 맨에를 갔다오믄 지 아들 아이요.

갔다 오믄 말도… 갔다 오믄 말도 안하드라 캐. [조사자: 어쨌는지 이렇게 얘기를 해 줘야 되는데…] 우찌 있노, 우째 사노 말도 안하드라 캐.

그래 우리 새이가 품을 팔아갖고 솜씨가 참 좋더이다. 품을 팔아갖고 그래갖고 인자 내 죽었는가 살었는가 내하고 한 번… [조사자: 아 봐야겠다.] 응. 그래 인제 갔다 오고 나서는 일로 제 잡고 하는기라. 우리 새이가 그리 제 잡고 하는디. 그래가 빼내 놓은께네 그래 시간이 안 찼다고 또 잡아 가분겨. 논만 팔아 먹이고 말았어. [조사자: 뺐더니 다시 또 진짜…]

또 개울에 마 춥어서 찬 바닥에 춥어서 몬살겄다 그 때. 그래가 있다 나와서 … 거시기 마산가서 업자로 그 일하다 있다 세상 배렸다. 우리 행부. 우리 새이도 거서, 가다가 마 암이 들어가 세상 배렸다. 다 세상 배리고 저 큰 아들은 작은 아들하고 서울 가서 잘 산다. 참 잘 살어. 아들만 둘이 되니 첫 아들 낳아가 이리 배리고, 둘째 아들 셋째 아들 그래 낳아 갖고 둘이는 저가 잘 산다. [조사자: 그렇게 키우셨구나… 힘들게.] 아휴. 말도 몬해요. 우리 새이는.

[5] 키가 커서 잡혀갈까봐 일찍 결혼하다.

[조사자: 그러면 할머니는 전쟁 중에 결혼하셨다 그랬죠?] 하모. 여기에 그 때는. [조사자: 그 얘기도 좀 해 주세요.] 그 때는 마을에 이리 저 아지매 그 등치 있는 사람들, 아가씨들 조깨 큰 거 있으믄 전투 갱찰들이 와서 마 잡아가서 몬살 그래. 강탈로 쓰이고. 그래다 나중에 동네에 굴 파는디 그 들어 앉아가 있고 저녁 오믄 저 또 밤 나왔다 저녁은 밤에 살살 돌아대님서 그런 사람들 다 잡아내고, 잡아 쥑일 거라 그럼서 자꾸 나오라 싸믄 안 나가고 되나.

그래갖고 마 강탈당하고. 그래갖고 저 우리도 그래가 있다가 인자 완전 좀 거시기 군인들이 후퇴를 했다 해요. 그시기 저 모시고 그걸 했다 해요. 후진을 했다 해요. 후진을 하고 나서 나도 소개 나와갖고 거스그에 있으면서 그래 시집을 열일곱 살 먹어서 여기 시집 온께네 여긴 암것도 엄꼬. [조사자: 여기로 시집 오신 거야?] 예. 이집으로 와서. 왔는디.

우리 시어매는 구십 다섯에 세상 배렀고, 우리 시아배는 팔십에 세상 배렀고, 우리 영감은 그 때 칠십 네 한가 그래 세상 배렀다. 그래 배리고 그랬는디 저 우에 논이 있는디 농사 지어가 갖다 놓고 나락 몇 개 나온 거 그거 털어갖고 저따가 여어 딱 꽁가 놓고. 저녁 무렵 들어오면은 빨갱이들 조르르 따라와 갖고. [조사자: 아… 따라와?] 하모. 그 때도 몰리, 저 빨갱이들은 몰리 다닐 때다. 대항군들 저리 있어도 몰리 저 있는고로 살짝살짝 돼 있는기라. 그릉께네 따라와 갖고 고마 나를 그 쥑이고 갈라 캐. 저 위에다 밥 깨나 지어다 주고 안 왔소.

[조사자: 그래도 잡아가진 않았네, 인민군들은.] 잡아가진 않았어. 잡아가진 안하고. 저녁먹고 여 앉아 있으믄 도구통에 방아 찧어가 밥 해묵고. 낼 아침 거리도 못 찧어 놔 세 번이나 찧어 묵어야 되니 다 빼뜨러 가부러 싸서. 저 전엔 그 땐 트럭 수건이 그 때 나왔거든. 트럭 수건 나온 그것도 모가지에 걸고 하나 못 있었어. 빼뜨러 가 삐리고 신도 다 빼뜨러 가 비리고 다 빼뜨러 가 비렀어. 그래 집으로 가 우리 아버지 맹글어가 신고 다녔어.

[조사자: 할머니 계셨던 덕소 그쪽보다는 여기 더 높은 데 올라오신 거네. 산쪽으로 시집오신 거네.] 그 땐 저 웃짝으로 어… 빨갱이들이 산에 숨어가 있음서. 다 그래 저… 저 진주 저짝으로도 막 털러 전역으로 가고. [조사자: 아 진주까지도 내려왔었구나.] 하모. 저 다 털러 가고 그래.

[조사자: 할머니 사셨던 동네는 이름이 뭐였는데?] 저… 댁교. [조사자: 덕교?]

삼장 댁교라꼬 이거 누우면… [조사자: 아… 삼장덕교.] 하모. [조사자: 거기도 또 날려고. 근데 할머니 고개 넘어서 일로 시집 오신 거구나.] 거기 거의 그냥 천지여. 다 거시기 돼 있는데 뭐. 말도 몬했어 그 때.

[6] 인민군들의 눈을 피해

[조사자: 그럼 인민군들은 그래도 이렇게 여자들 잡아가고 그러진 않았나 봐요. 빨갱이들하고.] 잡아가진 않아. 잡아가진 않았는디 인제 짐이 있으믄 쌀이나 있으믄 빼뜨러 가 갖고 쥐고 가는기라. 쥐고 가서 저 까지 갖다 놔놓고 그래. 거 인제 산에다. 우리 영감이 쥐고 간께 저기 도구통 찧는 게 있더래. 그래 찧어가 해 묵고 살드라 캐. 그런 다음 제사가 들어도 전혀 우린 불도 몬 써놨어. [조사자: 제사 있으면은 딱 알지 제사 있는 집.] 하모. 불 쏘인 집 찾아 와서 막 그새 싸서 불도 몬 쓰고 고마 저녁 묵을 때 제사 지내고 그랬어. [조사자: 아 저녁을 빨리 하고 그냥.] 누워, 딱 누워 자야 돼. 겁이 나서.

[조사자: 추울 때 내려 와서 같이 자자거나 그러진 않았어?] 그러진 안해. 그러진 않았는디 저 그 많은 사람들이 내려와서 배고픈게 밥 해달라 카모 어쩔 수 없이 해준다 해. 해주믄 대한군이 와서 밥해줬다고 반동이라고 또 잡아가고. 마 이리 잡아가고 저리 잡아가고 마이 죽었어. 사람들이 잽혀가고. [조사자: 그렇다고 밥 안 해줄 수도 없잖아.] 안해줄 수도 엄지. 저 짝에도 와서 안해줄 수도 엄꼬, 군인들도 가도 안해줄 수도 엄꼬. 그런기라.

[조사자: 그럼 막 서로 와서 밥 해줬냐고 또 막 추궁하고 그래?] 하모. 반동이라서 밥해줬다고 그리 막 거스그를 하는기라. 젊은 사람들 잡아다 대한군은 뚜드러 패고 막. [조사자: 대한군들은 이렇게 막 여자들 있으면 잡아가고 막 이랬어? 대한군들도?] 대한군은 잡아가진 않았어. 저 빨갱이니 뭐니 잡아가진 않았어.

그래 인저 거시기 됐는디 저기 빨갱이가 산에 저 막 추운 디 있다 아이요.

그리 있는디 그마 저녁 때면 고마 내려 온 기야. 내려와서 마을에 가서 신도 빼뜨러 신고 가고, 옷도 빼뜨러 입고 가고, 식량도 빼뜨러가 짊어지고 가고 그랬어. 그래 갖고 묵고 살고 그랬어. 그래가 싹 다 거기서 했는데 우리 친구 하나는 내하고 같이 있었는데 따라 올라 갔는가 고마 기척도 엄씨 따라 올라 가 버렸어.

근디 저기 울 오빠를 보는디 중국 사람이 여 저 식당 일하는 데 있다 카데. 그 사람이 그라카는데 이름하고 그래 글쳐주믄서 중국 가가 있다 카데. 그 사람도 안 죽고. 우리 친구가 안 죽고 있다 칸다 싸. [조사자: 친구가 살아 있었네?] 살아 있다 캐. 인제 죽었나 몰라. 몇 해 전에 거가 살았대. 이름하고 글쳐줌서 그르게 있다 칸다 그래 쌌데.

[조사자: 할머니 남편 분은 몇 살 차이셨어요? 영감님하고는?] 네 살. [조사자: 영감님도 계속 잡아간다고 서로 난리였겠네? 따라오라 그러고 군인가라 그러고.] 내 시집오기 전에 저 덕산 저 우리도 속여 나와 덕산 저기 있어가 덕산에 있었는디, 저기 우리 어무이가 막 아들을 못 놓다 늦게 낳아갖고 얼매나 막 그 새 쌌는디 고마 할 전에 보믄 저 들고만 있다 잽혀 갔다 캐. 짐을 지어 갔다 고. [조사자: 짐 지고 올라갔다 잡혔구나.] 하모.

짐 지고 올라갔는디 우리 할매 친정에 사촌들이 싹 다 빨갱이들이라 캐. 저 삼장 부안에 있던. 그래 우리 어무이가 따라가서

"아우 우리 아무개씨 좀 나와 달라"

싸도 들은 체도 안 하드래. 앞에 짐 지어가는 걸 보고 막 그 사람들 높은 사람들이라 카데. 그래 좀 일로 놔두라꼬 막 그래 사정을 해도 들은 체도 안 하고 델꼬 가드라 카모.

아유 마 그래갖고 저 저 다운사를 저기 어디 그런 데 가가 있다가 그런데 짐 지고 인제 빨갱이 물이 들었지 인제. 자꾸 저가 씩인께네. 그래 그럼 따라 해야 될 거 아이가. 그래 했는디 한 번은 점심 묵고 나가서 거서 뭘 묵고 나서 그 사람들이 피피하니 누워 자드라 아니야. 누워 자서 그래 저기에 낚이걸

러 간다 도랑으로 내려가믄 도랑으로 따라가며 붙어 가믄 내려 가부렀어. 이리. 내리 와갖고 이 저기에 고마 여 와서 살았어. 그래가 있었어. 멀리 나와갖고 잽힜으믄 죽었을기라. 도랑으로, 도랑으로 내리왔어. 여 사람들 다 욕봤어 참 많이.

[조사자: 그럼 또 인민군 오면 또 무섭잖아.] 무섭지. [조사자: 그래서 또 숨었어? 대한군이랑 같이?] 그런께 숨어갖고 도랑으로 냇가로, 냇가로 내려온기라. 개울가로. [조사자: 여기 막 집에 왔어도 인민군들이 또 쌀 뺏으러 올 때마다 숨어야 되나?] 그 때 마 숨고, 저녁 묵으러 고마 그 사람들 내려오는 그치가 있으믄 뭐 어딨다가 숨어버리고, 또 잽히믄 그 땐 큰일나는 기지. 하모. 실컨 묵었어.

그래갖고 얼마나 뚜드러 맞고 골병이 들고 그래갖고 여 인자 그 새 와가 있는디 영장이 나왔어. 군인들한테서. 방에 서가 있응께네 영장이 나왔어. 영장이 마 그 때는 휠체어에 델꼬 왔거든. 영장도 서양화고. 있는데 뵈는대로 다 델꼬 가 삐리드만. 그릉께네 인자 영장 나오모 갈라꼬 저저 도랑가 저 있는데 동굴 비슷해. 그런 데 여름 내 살았어. [조사자: 여름 내 거기서 숨어 있었구나 그냥.]

아는 님이 더 하고 아무 것이 저 있다고 말해주고 그래. 요새도 그래 안 카나. 잘 때도 안 왔드라 안 카나. 동네 아는 사람이 더 무섭와. 그래가 찾아왔데이. 그래 숨어가 있다가 정월 초 이틀날 군대 갔데이. 거서.

[조사자: 그럼 거의 전쟁 끝나갈 때 군대 가셨네?] 인제 그 때는 휴전 싹 되고 나서 여 있다가 그래갖고 인제 군대 가 갖고 몸이 아파갖고 아무 것도 못 묵고 저 굶어갖고. 어디 군대 가서 굶어갖고 바짝 말라왔어. 그래 정월 저기에 정월 초승에 편지가 생전 안 오드만 전엔 편지도 엄꼬 전화도 엄꼬 그래. 인자 배가 고파 몬 살겄다고 그래 편지가 왔어 인제. 우린 아무것도 엄꼬 저 돈 있는 사람은 돈을 빚을 내갖고 빌리갖고 그래가 인자 우리 시아배 올라가시는 께네 설에 뻣뻣한 떡, 그 가갖고 따사워가지고 그래 생기야 되는데 뻣뻣

한 그거를 마구 먹어도 배가 안 아프더란다. 그래갖고 병원에 있어가 병원에 후송을 해갖고 그래가 제대해고 나왔어.

[조사자: 그런 것 치고는 그래도 오래 사셨다 다행히.] 옛날에는 공부도 뭐 암것도 엄섰는디 공부도 몬하고 못 얻어묵고 그래갖고 저저 글도 모르고 암것도 몰라는 게 더 해. [조사자: 할머니도 열두 살에 그 때 막 총… 저기 나고 그래갖고 인민군하고 맨날 내려오고 그래서 공부 못하셨겠네?]

그 때 그 안에 외정시대 때. 내 저 핵교 가라고 거시기 쪼가리가 나왔어. 핵교 들어가라꼬. 그래 우리 아버지가 가라 캤는디 엄마가 엄스니께 옷이 있나 입고 대닐 거. 저기 사루마다 띠 속에 팬티와 요만치 오는 거 거시기 배에 끈 엮어가 입고 댕깄지. 딴 사람들은 옷도 입고 대니는디 내는 치매도 엄꼬 뭐 이래가. [조사자: 엄마가 없으니까.] 그렁께네 내 핵교도 안 가고 말아 빘어. [조사자: 아… 너무 창피하고 그랬었었구나.] 하모. 챙피해서. 우리 친구들은 다 옷이 어데 있는데 나는 사루마다를 입고 대닐까네. 나는 안 갔어 그래. 아니 말도 몬하요. 마 큰 이야기는 말도 몬하요.

[7] 6.25 때 오히려 호강하다

[조사자: 근데 호강하셨다고 그렇게 말씀하셔가지고 할머니… 정말.] 6.25 때 호강시레 했다 캤지 뭐. [조사자: 호강시레 한 번 했어?] 호강시레 살았다 그 때는. [조사자: 오… 그래. 깜짝 놀랐네.]

그래… 저기 거스그. 빨갱이들 저 있고 대한군들 덕산에 있을 제, 대한군들이 저기 막 군인들이, 거스그 방위들하고 갱찰들하고 쫙 올라가그등. 총 메고 막 싹 다 지레 다 올라가고 나믄 인제 그래 저저 올라가고 나믄 인제… 우리 부락면들이 저그 집에 저 나락하고 쌀하고 묻어 놓은 거. 그 파러 따라 올라가는기라. 그 때 열 세 살인가 무었는디 나락을 열 되 이고 와서 저 홍계까정 가서 이래 왔어. 열 되 이고 오믄 주인 다 떼 주고 이리 온 사람 다 떼 주고 그리 갈라 묵었어. [조사자: 아 그렇게 서로…] 그래가 묵고 살아 그래쌌어. 아이고 말도 마소 말도 마. 몬 죽어서 사는 기지 그거 마. [조사자: 응… 나물 캐서 드시고.]

그래 여 와서 아무 것도 없어갖고. 저 그 복조리, 복조리 하드라꼬 여. 시아버지랑. [조사자: 아… 복조리 만드셔갖고 그거 장사하셨어?] 복조리를 저 복조리를 마이 해갖고 생전 맨 처음 인제 배왔는 건 배울 수가 있어. 그 때 우리 시어매는 밀어 쌌고, 누구냐 또 그 몬한다 밀어 쌌고… 그래 억지로 해갖고 인자 우리 영감하고 막 식구들 배와가 우리 쌀, 저 복조리 대 찐기 산에 올라가 찌그덩. 산에 올라가서 저 십리도 더 가고 재임도 안거 가 갖고 그래가 쪄가 내려와서 저녁으로 또 똑해고, 낮에는 오까 쪄가고 그래드만. 그래갖고 공부 시키고 아들 그래갖고 내.

그래 내가 그래서 티 음써리 놨는데 우리 큰 아도 내가 그렇게 했소. 우리는 살도 우찌 살다가 말다가 마, 도시로 나가라 캤어. 시동상 집이 도시에 두 집이나 있어서 그래 나가라 캤어. 그래 놓은께 다 아들은 마 아들 너이, 뭐 딸 둘 다 나가 삤더이다. [조사자: 그 시동생이 싫어하진 않았어?] 우리 저 농사 지어가 그 때는 우리가 그로 뭐지 쌀하고 다 대줬는데 뭐. 다 대줬지 하모. 그래 내 그랑코요. 식량은 식량대로 주고 배는 배대로 아들 또 굶리고. [조사자: 자기들이 더 먹고 그랬지 아무래도…]

그 때는 아무래도 음써 놓은께네. 뭐 또 그랬으믄 굶리져 굶린 것도 아이고 엄써 놓은께네. 그래 우리 두 채끼(둘째가) 여서 여덟 살 묵어서 핵교 들었그덩. 여덟 살 묵어서 핵교 들어 놓은께네, 저 저기 우리 두 채끼 공부를 좀 잘해. 거서 상을 받고 그래. 그래 부산으로 고마 전학을 시킸으믄 될 낀디 저 그 가서 저가 학교를 들었음 될 낀디 전학을 시키 놓은께네. 학년 더 늦어져 비리고 안 돼. 그래서 대이다 그래도 거서 인자 대학 마치고 군대 갔다오고 그래 했어. 그리 욕을 봐 놓은께 우리 아들도 다 예리하고 아 개안케 살아요. 저그는 먹고 산다고. 공부 쉬고 할라믄 애를 봐서 그렇지. 아이고 말도 몬하요 우리 산 거는.

[조사자: 할머니 막 먹을 거 구하러 다니고 할머니 그래서 장사하러 다니셨어요? 전쟁 났는데도? 그거 복조리?] 복조리 여… 마이 맹글어 놓으믄 사러 와. [조사자: 아 사러 와?] 하모. 사러 와 갖고는… 하모 사러 왔어. 그래 아래 열린 저 곶감 축제할 때 복조리 띠어 동적 사람들이든 뭐든 저짝 땅의 사람은 하러 가라 캐서 해 갖고 마이 팔았다 카데. 우리는 인제 나와 몬해서 몬 가고 나는 이 풍이 왔그덩. 몸에 풍이 와서 산에도 몬 대이고 이렇게 몬 대이. 마이 몬 대이. 그래 놓은께네 벌써 파산하고 뭐. 저가 가서 거스그하고 그래.

[조사자: 그래 또 아까 할머니 다시 얘기 시작해 볼게요. 순경 옷을 묻었던 걸 줘 가지고 그걸 또 순경들이…] 그 사람들이 데려 왔어. 임자가 들어 왔어. 임자가 들어왔는께 그래도 우리는… [조사자: 아 보호해 줬어? 딴 집들은 막 가고 추궁하고 막 이랬는데?] 주인이 다 파 디비 줬지. 그 때는. 그래 우리는 고마 저 울가에 이리 저 담이 있그덩. 담을 뜯고 묻어 놨다네. 그래 놓은께 그래와 놓은께 저놈 저 좋다 카데. 하모. 그 사람들이 좋다카데. [조사자: 아… 좋다 그러고.] 우리가 덕 마이 봤다 우리가. [조사자: 덕을 봤어? 그러게… 우리 오빠도 덕 보고.] 하모. 덕을 봤어. [조사자: 아… 그러셨구나.]

전에는 마. 저기 피란 와 놓으믄 쌀도 묻어 놓고 가고 나락도 묻어 놓고 가. 다 묻어 놓고 가. 비가 오믄 다 썩어 빠져 버리고 그래. 여 속에 들어가서도 저기 저녁으로 무슬려 빨갱이들이 내려와서 마 사람 몬살 그래. 이거 다 친키고. 하모 무섭더이요. 여 사람들도 엄꼬 우짜도 속에 들었는 사람 주인 하나씩 있으믄 빨갱이 내려올까 싶어서 참 무섭와 고마. 겁이 나더이다.

저저 우리 친정의 실자도 그 저기 군인들 가믄 인자 따라 들어가 갖고, 그 사동이 양철통으로 안 돼있나. 사동에다 장을, 간장을 똑같이 담아놓고 온 거, 그 놈을 해서 이고 오믄 총알이 핑 핑 하고 그래더이다. 총알이 자꾸 날아오고… [조사자: 아… 그거 빨리 내 놓으라고.] 하모. 그래서 몬 가고 그래. [조사자: 그거 뺏어 가져가는구나.] 뺏어 갈라 그러는 게 아니라 즈그 인민군

할라고 델꼬 있을라고 몬가고로 그래. [조사자: 막 아는 사람들이 서로 막 더 얘기해 가고 잡아가게 하고.]

속에 들어와서 소금 한 개 까와서 밥을 떠묵고 일을 했거등요. 소금 그것도 떨어지믄 요 얻으러 옆에 저 온 사람한테 얻으러 가믄 그것도 음서. 맨 밥 먹고 그랬어. 소금도 없어서. [조사자: 밥도 쌀밥도 아니었을 거 아냐.] 쌀밥이 뭐꼬. 저 저기 여 와서 농사 지어 놓은께네 비료도 엄꼬 그래갖고 나락이 쌀도 부하니 다 다 물러져삐고. 그래갖고 저기 싸리 그놈 쪼께 저 저기 밥에 놔 갖고 쑥을 삶아갖고 밥 놓는디 빵 돌리 놔가 저기 저 이렇게 묵고 그랬다.

그래가 저저 계모년에 들어서 숭년이 들어갖고 저 진주가서 저기 가실이 해 갖고 쌀 다 대주고 마. 싸놓은 보릿쌀 다 대가 먹고. 가실에 쌀 대 대주고 그랬다. 우린 식구가 많아 시동상들 서이지, 우리 시어매 시아배 있지, 우리 둘이제. 식구가 많았어.

[조사자: 식구는 또 많은데 복조리밖에 또 안 하고.] 하모. 말도 몬했어. 마이 하고. [조사자: 그래도 복조리 사러 오네? 신기하다 이 산 속까지.] 하모. 마이 치러 갔어 그 때는. 그렁께네 마 이 때 되면 누워 잘 여유도 엄따 거 맹그느라. 누워 잘 여유도 엄써. 복조리 가 얼마나 맹글었겠니. 잠을 안 자고 서둘러 맹글었는디 뭐. [조사자: 시어머니는 또 못한다고 구박하고…] 하모. 그 때는 우리 익숙하이 돼 갖고 마이 했어. 내가 제일 마이했어. [조사자: 맞아. 그렇지 뭐. 며느리 금방 가르치면 잘 하는데 금방 하지.] 하모. 마이 했어.

[조사자: 언니가 좀 커 갖고 언니가 옷 좀 해 주고 막 그러셨나 보다.] 내 시집올 때 옷 다 해주고. 그래 막 우리 영감 세상 배맀을까 울 새이 세상 배린 게 더 서운해. 그래 아파가 우리 집이 와 갖고 녹차 따 갖고 녹차 따가 좀 가가고 그래 쌌는디 세상을 배리 비렸어. 더 서운해. [조사자: 그래도 언니랑 사는 동네는 그래도 가까운 편이었던 거죠.] 마산 살았어. 마산 살고 여 오고 그랬네.

[8] 소개민 출신이라고 마을 사람들에게 구박을 받다

[조사자: 마산. 그럼 좀 멀었네. 할머니가 이렇게 키가 커갖고 잡혀갈 것 같아 가지고 결혼 빨리했다 그랬는데.] 하모. 그 때는 뭐 지금이랑 그 때는 뭐 키는 다 같애 키 쪼깨 뭐 이르다 안 했소. 지금이나 그 때나 뭐 옷을 입어 보믄 우리 저 언니들이 그 친정을 또 한 해 살았거등. 친정을 한 해 살었는디 내 그 때 이야그는 안 했는 갑다. 저 피란 가 갖고 저 거스그 백운산 골짝으로 피난을 가 있이. 있다가 내려온께네 우리 아버지는 코도 안 뀁 뭇내기 송아지를 몰고 덕산을 내리 와 비리고 집은 불 싹 타 비리고 엄꼬. 그래 내 놓은 거 떡국, 떡국 가래, 콩나물, 울타리다 내 놓은 것도 다 타비리고.

막 그런 걸 갖다 동네 사람들 모이갖고 글로 인자 그새갖고 끼니 묵고 밤에 내리와서 덕산들 내리온께 티 내갖고 내리온께네 고마 막 그 티 내갖고 불을 다 질러비고 천장 알매 친 집은 안 찌그러졌거등. 알매 친 집은 안 찌그라졌는데 그 봐야 있다가 인자 우리 올케 새이는 우리가 그릉께 세간이 있는가 없는가 보소. 쌀이라도 한 개 거 넣을란께 남의 아를 말야, 업고 나와 이거지. 아를 몬 업고 간다고 아를 업고 가지. 그래서 아를 업고 내리왔어. 남의 아를. 우리 올케 새이는 인자 임신을 해가 있었고.

그래가 인자 즈그 친정으로 가고 우리는 저저 그 그시기 한보라 카는디 그리 들어갔는디, 그 해 있다가 인자 나와서 저 친정 새이집으로 가고 그 이튿날 질이 터져서 친정 새이집으로 간께 우리 새이는 우리 어떻는가 싶어 여거스그에 또 들어와 보고 우리 나오는데 이리 들어와 불고. [조사자: 다시 들어와 보고 길이 엇갈렸네.] 하모. 길이 엇갈려가 인자 그 이튿날 누워 자고. 그렁께 군인들이 마 저 거스그 총을 이래가 메고 마 터럭 모자를 쓰고 누르고 옷을 입고 마 이래가 군인들 이래 지나가믄 절대 일로 몬 건넜어. 질을 끊어버리믄 총을 쏴불고 그래 싸서.

그래 한 옆으로 몰리, 몰리믄 숨어서 막 그래가 내려온께네 우리 아바이가 저기 우리 이모집이 송아지를 몰아다 매 놓고 저 그 때는 야경을 했거든. 저기 요새 같으믄 그 아빠트 그 뭐시기 수위, 그리 해믄 그리 그 짚으로가 이어 갖고 그래가 있는디 그 옆어가 우리 아바이가 나와가 있어. 그래 내가 따라간께 송아지를 갖다 매 놨는디 그 있는 디도 또 빨갱이가 또 저 우리 송아지를 몰고 갈라 캐. 송아지를 요래 몰고 갈라 캐. 넘의 집이 알구지 그래 놨는디도 그래 싸. 그래서 저기 우리 오빠도 산에 갔다고 더 키워야 된다고 안된다 싼께 그럼 놔두고 가레이.

놔두고 가더이 그 뒤에 인자 우리 올케 새이가 친정가서 딸을 낳아가 왔어. 그렁께 울 아버지, 우리 올케 새이, 아, 내 그리 한 방에 방을 한 개 얻어가 한 방에서 있어서 한 방에 있었는디 그래 하룻저녁은 산에 울 오빠가 내려왔어. 산에 그 때 갔다 내리 왔는데 그래 쇠를 몰고 갈라 싸서 그렇다 그렁께네 그 날 저녁은 두 번째 와도 안 몰고 가. 그랬더니 세 번째 와서는 싹 몰고 갔네. [조사자: 응. 두 번째까지는 좀 봐 주더니 그 땐 또 먹을 게 없었나봐. 송아지를 그렇게 가져가 버렸어?] 송아지도 몰고 가비랐네, 산에서 먹을 게 있나. 묵고 살라 그러제.

[조사자: 어이고. 근데 송아지까지 뺏겼으니 뭐. 집엔 아무 것도 없네?] 집에 아무 것도 없지. 소개 나와서. 아무 것도 없는디 저 저 저그는 앞에 내려와 저그는 본토지 사람이라 그래 쌌드이,

"소개민 사람인가."

이라 카데. 우리가 소개 갔다 소개 갔그등. 빨갱이라 한다고 동네 못 있고, 저 소개라 나갔어 우리가 다. [조사자: 그래 또 소개민이라고 막 또 그렇게 구박해?] 하모. 소개민이 사람인가 카데이. [조사자: 그걸 누가. 거기 사는 사람들이?] 하모. 동네 사는 사람들이. 그 동네 사는 사람들이. 소개민이 많이 오믄 귀찮그든. 그런 사람들은 또 못 남으래고. [조사자: 그렇게 해 갖고 또 서로 그랬구나.]

참 말도 몬해고 논두렁 풀이라 캐면 다 캐가 무쳐 먹고 쌀하고 무쳐 먹고

그래 쌌고. 배가 고파서. [조사자: 이런 산 같은 데선 칡 같은 거 뭐 그런 것도 하고…] 칡도 몬 파묵지 그 때는 팔 수가 있나. [조사자: 칡도 안 되고 그럼 뭐 드셨나?] 우리 동네 사는 저… 사람도 아이고, 넘의 산에 가서 몬 파묵는기라. 그래가 인자 군인들 들어가믄 인자 쌀 묻어 놓은 그 짝 가서 그 카고 챙기 묵고 살라고 그래.

[조사자: 겨울 보내기가 너무 힘드셨겠다.] 너무 힘들지. 요새는 저 계곡가 가면 다리 다 놔놨다 아이요. 전엔 다리도 안 놔놓고 돌로가 이거를 건넜지. 징검다리 그걸 놔 놓은께 추우는 게 바람이 불고 물이 얼어갖고 다리 우에 건너갈라 카믄 물에 퐁 빠지고. 우린 뜨뜻한 옷을 입고도 저 소개지 올라갔다. 그래갖고 저 뭘 쪼깨 가 와서 묵고 그랬어. 그 땐 뭐 사는기라이 살도 몬하는 기지. [조사자: 완전 고생하셨고만…] 아이고 말도 몬했어. [조사자: 그래도 할머니 지금 잘 사신다.] 이리 잘 살어. 나 몸이… 몸이 뱅신이 돼가 어디 나가질 몬하고. [조사자: 어디가 편찮으신데.] 풍이 와 갖고. 풍 온지가 벌써 한 근 십 년 다 돼가.

[9] 어릴 적 함께 놀았던 빨치산 정순덕

[조사자: 할머니 이렇게 여자 빨갱이들도 보셨어요?] 여기 빨갱이들 노래 얼미나 잘 부르는데. 청소년들 막 노래 갈쳐주고. 저녁으로 모이갖고. [조사자: 할머니 노래 기억나는 거 있으세요? 안 나죠, 너무 오래돼서.] 오래돼서 난 몰라요. [조사자: 응 맞어. 기억 안 나실 것 같애.] 백두산 줄기줄기 피 흘린 자오선을… 그런 건 됐지. 오래됐지. 그거는 알었는디 여서는 모르겠더이다. [조사자: 율동 알려주고 막. 그런다고 하더라구요.]

그래 갖고 뭐. 저 저 여 우리 마을에 덜러… 여 살 것 같으믄 저 딴 마을에 저 밑에 마을에 저녁으로 막 뭐 덜러, 가지러 갔다캐데. 우린 뭐 가지러 가도 뭐 있나 고미 딴 사람 문지(먼저) 다 가가고 읎는디, 거 갔다 오고 그래 쌌다

하데. 안 나가믄 안 되는디 어차피 나가야지. [조사자: 그래도 밥 해줬다고 죽진 않으셨네? 거기 그래갖고 죽은 사람들도 있었어요? 서로 군인 와 갖고 또 인민군 빨갱이 밥 해줬다고 그러고.] 것도 인자 남자들이나 죽일까 여자들은 안 죽이. 그래 정순덕이 안 있소.

[조사자: 아, 정순덕이 얘기 내가 여쭤볼려고 지금 그렇잖아도. 할려 그랬는데. 정순덕이 얘기 좀 해 줘 할머니.] 정순덕이 그 사람이 저 덕산 양덕이라 카는데 그리 시집 갔그덩. 정순덕이 처음에 즈그 아버지가 우리 친정으로 아제가… 아제 돼 있는기라. 참 사람이 좋다. [조사자: 정순덕 좋죠. 그 얘기 하더라고. 정순덕 좋다고.] 참 저 처음에 저그 아버지 좋았어. 사람이 그래. [조사자: 친정어머닐 아셨구나.]

친정어머니는 아는데 정순덕이 그 사람은 몇살 때 봤는디 즈그 큰 언니는 저 거스그 뱅이 있어 천지랄 하는기라. 소개 나와갖고 우리 친정서 소개 나와가 저 평년 달에 거그 살았그덩. 봄을 자르가 여 방 한 칸 방 한 칸 저 쪽에도 한 칸씩 있었어. 살았는디 정순덕이 저그 새이하고 엄마 즈그 아버지하고 마한 구석에 한 세간 밑에 졸졸하니 살았어.

정순덕이 저 그래 저 그런 뱅이 있어 놓은께 시집가가 다시 돌아와 삐고, 친정으로 왔고. 그래 저 그 동상 정순덕이 그거는 양덕에 즈그 저 시어매 시아배 또 그 시할매 있는디 갤혼을 했다 캐. 갤혼을 해 갖고 저 신랑이 저 빨갱이로 내리 와서 따라 올라 가빘나 하고. 신랑이 따라 올라 가빘는 게 지도 고마 그 빨갱이 시대가 된게 되기 고마 설칬어. 되기 설치갖고 고마. [조사자: 설쳤구나 그 때. 빨갱이 시대에.]

빨갱이 되니, 되게 설쳐갖고 따라 올라 가 부렀어. 빨갱이들 하고. 빨갱이 따라 올라 갔는디. 정순덕이 따라 올라 갔는디 그 뒤에 거스그하고 소문을 들은께 요 내원 골짝에 여서 잽힜그덩. [조사자: 63년에 잡혔대요. 되게 오래 있었지.] 맻 해 뒷년에 잽힜지 뭐. 맻 해 뒷년에 잽힜는디, 정순덕이 즈그 아버지가 후진 때 저 출동가믄 앞에 서서,

"정순덕아 야 이년아, 애비 왔다 나오니라."

이래 싸.

[조사자: 아! 아버지가 군인을 따라 다니셨구나!] 응. 그래 따라 대이면서,

"정순덕아 야 이년아, 애비 왔다 나오니라."

해서 나오노? 숨어 갖고. 그… 그래 저… 내오니라 카는데 그 헌 집이 있었는디 거 와서 누워 자고 가고 그랬드라데. 거 와서 누워 자고 가고. 그랬는디 그 집 주인이 딱 종가가 있다 저 군인 … 거스그 갱찰들한티 신고를 할라꼬. 딱 그 새까지고 빵 집을 빵 둘러 싸고 꼼짝을 몬하고 옹그서 갔드란다. 그래 몬하고 있다가 한 그래 인자 정순덕이 매칠 날 저녁에 밥을 해 줌서 거 또 매칠 날 저녁에 뫼냐고 카니까 매칠날 저녁이라 카데.

그래 안 오는 날 저녁 내리 와서 신고 해놓고, 거 와서 딱 저기 밭으로 오면은 갱찰들이 싹 포로 해가 있다 벌써. 그래 잡아 갔어. 그래 우리 거… 가서 저기 그 누워 자고 간 거 집도 보고 그랬다. 그 내오고 나서. 뭐 자리도 없고 구들장에 놔 놓고 있는데 그 딱 그 위에 인자 주인이 있어 놓은께 그 가서 밥도 얻어먹고 그랬는갑데. 그래가 잡히갔어. 그래 잽히가고 뭐 죽으비, 즈그 아버지도 뭐 그 새가 죽어비고, 남형제가 하나 있는 것도 저 이름이 정자덕이라. 이름이 정자덕이. 저 서울 가서 우예 다 사는가 우짜든가 죽었나 몰라.

[조사자: 정순덕이가 할머니보다 나이가 어땠어요?] 내가 많지. [조사자: 많이 많… 언니보다도 더 많았지.] 하모. 언니대로 됐을끼고마. 언니대로 됐을끼. 조그마하니 댕굴댕굴하이

"언니야."

정순덕이 하모. 쪼그마니 동글하게 그래. [조사자: 보셨구나, 어릴 때는.] 어릴 때 봤지 하모. 우리 저기 아지매 딸들하고 우리가 같이 놀고 그랬는데.

[조사자: 같이 놀고 그랬어 어릴 때는. 오… 근데 그래도 그렇게 어떻게 그렇게 올라갔네. 남편 따라 그냥 올라가 버렸구나.] 남편 따라 올라갔는 그 고마 바로

옆에 산에 따라 올라갔어. 하모 저저 빨갱이… 저 군인들 후퇴하고 나서 빨갱이들 거스그 돼서 되기 설쳤어. 지가 따라 올라가서. 신랑이 그리 됐다 싶어서 마 따라 올라갔어. [조사자: 신랑은 먼저 죽었겠다.] 신랑도 먼저 죽은 놈 [조사자: 마지막 남았었으니까.]

그래 즈그 아버지가 큰 논구덩 대이면서,

"정순덕아 야 이년아, 애비 왔다 나오니라."

카데. 그래 숨어 갖고 나오도 안 하고 있다. 내원을 내려왔다 카데. 즈그 친정이 내원 골짝 살았그덩. 즈 어매 즈그 아버지도 거그 살았그덩. [조사자: 할머니, 정순덕이 봤다는 할머니는 할머니가 처음이다? 할머니 같이 놀았다는 할머니는.]

[10] 전쟁이란 게 뭔지도 몰랐던 어린 나이

[조사자: 할머니는 전쟁이 뭔지도 모르고 있었는데 막 전쟁 났다고 그랬다며.] 하모. 모리고 있었지. 그른디 저 우리가 새 메러 가믄 이짝 골짝 여 밭 가 있는데 새 메러 가믄 저 물 건너 그 빨갱이가 딱 오믄 우리 새배 들러 올까 싶어 집에 쫓아가기 바빴다. 올까 싶어서. 그렇지 그 뭐 또. 저녁, 저녁에 또 저 먼 데서 빨갱이 왔다 외믄 막. 저저 빨갱이가 오믄 부락 사람들이 막 뭘 양철통을 퉁퉁 뚜드리거덩. 그라믄 고마… 고마 놀래갖고 막 꼼짝도 안하고 집에 들어 앉아 있었다.

[조사자: 알려주는 사람 있구요. 그래도 양철통 두들기며.] 하모. 추운 데서 인자 빨갱이들 오믄 저 웃담에서 오믄. 아랫담 사람들이 막 그래 뭘 뚜드리는기라. 그럼 저 건너 빨갱이들 왔다 그래쌌는 거. [조사자: 그럼 인제 조용히 저 불 끄고 있어야 돼.] 그 불도 쓰도 몬했어. [조사자: 불 쓰면 연기 나고 그런 집은 꼭 오니까.] 하모. 제사 지내고 그랄 때 불 써 놓으믄 다 찾아 온께네. [조사자: 와서 다 가져가고. 제사도 거의 못 지냈겠다.] 제사도 저녁 묵을 때 같이 떠나비

리. 저녁 같이 떠나 비리고 말고.

[조사자: 근데 드실 것도 없어서 제사한다고 뭐 음식도 많지 않았겠네.] 그런 거 음서. 뭐 맹글고 뭐 우짜요. 밥에 반찬해가 밥이나 쪼깨 담아놓지 뭐. 제사라 캐 뭐 할 수가 해야제. 할 수 음지 뭐. [조사자: 닭을 키우겠어 뭘 키워… 다 키워봤자 다 가져가고 막 이랬을 텐데…] 그래. [조사자: 고생하셨네 완전히.]

[조사자: 잡혀갔다가 살아 온 사람들 중에 재미있던 얘기 있었던 거 있나? 가서 뭐 시켰더라 뭐 이런 거. 갔다 온 사람 있나? 인민군 됐다가, 빨갱이 됐다가 내려온 사람들 얘기 뭐 없어요?] 여는 그런 거 엄더라. 우리 친정에는 우리 친구들은 마이 갔다 왔는디. [조사자: 그럼 막 군인들한테 안 잡혀 갔어?] 안 잽히갔어. [조사자: 아 그래도 또 그래 잘 살았네? 다행이네…] 숨어가 살았는디 뭐. [조사자: 어차피 계속 숨어서.]

웃동네 우리 고모가 있었그덩. 그래 놓은께 날로 만나 숨고. 젊은 새댁이들도 나와 대이도 몬하고. 낮으로는 마 전투갱찰, 군인들 뭐 방위들 바글바글 한께네 발광을 하고 지랄하고 싸서. [조사자: 어떻게 발광해?] 잡아갈라꼬. [조사자: 여자들?] 하모. 여자들 잡아가 저 강탈시킬라 그러지. [조사자: 군인들은 그런다 그러데.] 군인들도 그래고 전투갱철들도 그래고 다 그래.

[조사자: 근데 빨갱이들은 그러진 않았다고.] 빨갱이들은 그러진 안해. 나는 빨갱이들이 와서 빨간가 했어. 빨간가 했드이 안 빨가 그래도. 있는 사람이라. 참 노래도 잘 부르고 인물도 좋고 좋데. 저 거스그 중공군들이 그렇데. 참 잘하데 노래 참 잘하데. [조사자: 중공군도 보셨구나.] 중공군들 그것들도 싹 밀고 내려왔던가 6.25 때. 내려왔지 하모. [조사자: 그 때 그래서 그 때 보셨구나.] 하모. 그 때 마이 봤지.

[조사자: 노래도 잘 해? 중공군들도?] 노래도 잘하고 저 젊은 아들 뭐 소년단이라 싸믄서 끼워 갖고 저녁마다 노래 걸쳐주고 마 그래 쌌데. [조사자: 그렇구나. 인민군들도 노래 잘하잖아.] 내가… 그 사람들이 인민군들 아이가. 유엔

군들이 유엔군들. [조사자: 저기는. 어… 미군들은 보셨어?] 미군들도 뭐 동네 와서 마이 있었지. [조사자: 껌둥이 뭐 이렇게 보셨어?] 껌디 그런 사람들은 안 왔어요. [조사자: 안 왔어 그래도.]

[조사자: (빨갱이들) 그래도 막 어른들한테 그래도 해코지는 안하고?] 동네 사람들 어른들한테 해코지는 안 해. 밥 해달라꼬 매라 캐도. 밥 해주믄 개안코 그렇지 뭐. [조사자: 근데 아무 것도 없을 때도 있잖아요.] 아무 것도 없을 때도 있어도. 인제 즈그꺼 가와서 또 해달라 카고 그러제. 신도 마 벗어 놓은 거 신고 달라 비리고 마. 저그 산에서 뭐 있나 그런께 다 뺏아가고 그렇지. 옷도 빼뜨러 가고 수것도 털수건 그것도 싹. 저녁 묵고 심켜야 돼. 숟가락, 밥그릇 그런 거는 싹 심켜야 돼. 저녁 먹고 나면 저 저 물 밑에 내까지 한 데 바구니에다 갖다 심키야 돼. 빼뜨러가 싸서. 전에는 뭐 신발이나 흔해 쌌나. 신발도 귀해고 했는디 뭐.

[조사자: 이렇게 구들장 파고 숨어 있었기도 하고 그랬다는데 그랬어요?] 우리는 구들장 파가 숨어 있기는 안 했는데 정순덕이 그렇데. 있던데 봉께 중산에 저 거스그 해났더이. [조사자: 봤었어요. 거 있다 깜짝 놀랐어. 사람이 있어가지고 깜짝 놀랐잖아.] 사람이 있어. 그래 인자 인형이. [조사자: 인형이 이렇게 있는데 놀랬어.] 그래? [조사자: 구들장 밑에 있으니까.] 저저 삼장 거 있을 때도 구들장 밑에 있었다 카드마. 근데 개울에 춥고 할 때는 우짤끼고 그런 데가 또 있어야 되지.

[조사자: 근데 어떻게 천장에 있는 것도 알아내고. 잡아가라고 그렇게 얘기했을까?] 저 천장에 있는 것은 뭐 저기에 글쳐 줘가 잡아가고 그랬다 아이가. 그때 그래갖고 마이 죽었다. 마이 죽고 그렁께네 막 대한군들이 와서 뭐 저 군인 죅인다꼬 또 동네 사람한테 앙알을 하고 막 얼매나 저 뭣한 사람 잡아내가 뚜드러 패고 난리를 칬는데.

[12] 여자 인민군 이야기

[조사자: 그래도 할머니가 정순덕 얘기해 준 거 다 재밌었네. 소개 나갔던 얘기도 다 재밌고.] 소개 나와서 도리어 욕 봤소. 막 이고 지고 대있거덩. [조사자: 맨날 먹을 거 지고 다녀야 되는 거네. 그러다가도 인민군한테 걸리면 뺏겨야 되고.]

그래가 내리오는디 마 총을 쏴가 총알이 휑휑 날아가든가 삐웅삐웅 소리가 나믄서 가드라다 캐. 저 저기 우리 동네 사는 그 물 건너에 서당골이라 카는디 거 있는 사람은 젊은 사람 아가씨그덩. 산에 올라가서 전에는 단발하는 것도 안 좋다 캤더이다. 부락 사내들이. 단발로 안 좋다 캤는디 단발 딱 하고 그저 따발이 총 그거 메고 딱 내려왔다 카데. [조사자: 여자가.]

그것도 자수 안 하고 자수 해갖고 저 어디라 크드라. 거그 살다가 여 차 안 들어 올 때 걸어 올라가는 걸 내가 봤다. 그래가 어디 가냐고 하니 친정이 중사에 인제 있었그덩. 그 그리 올라가드라. 아 낳아갖고. [조사자: 아 그게 몇 살 때 그랬어 그렇게?] 그 때 시집 와서 한… 열 여덟인가 그래 완전 어렸어. 곡정… 곡정 저 곡정꺼정 차가 왔다 여는 걸어 올라갔그덩. 그 때 함 봤다.

[조사자: 그 때까지 살아 계셨구나. 지금 살아계셨나?] 시집가서 아 낳아가 업고 오던디 그 때는. [조사자: 그래도 그렇게 인민군하고 그러셨는데도.] 하모. 저 잽히가고 저 수용소가서 얼매나 살다 와갖고 마. [조사자: 아 수용소에서 또 살다 오셨구나.] 수용소에서 살다 와야 되지, 그리 안 하면 되는가? 저기 우리 저 덕산 그 소개 와 시집 와가 있을 때, 저… 산에 군인들이 와서 그 소개민들 그 잡아내는 기 장군들마 얼매나 마이 잡아냈다고. 부락사람들로 하모 보따리 싸고 마 이고 짊어지고 잽혀 내려왔어.

부모가 없는 고아의 피난살이

신 원 교

"식구가 있는 사람은 산에 댕겨도 밥을 주러 댕겼는데. 나는 식구가 없으니까. 굶어서 굶어서 그래 피란하다가."

자 료 명: 20140408신원교(정선)
조 사 일: 2014년 4월 8일
조사시간: 32분
구 연 자: 신원교(남 · 1926년생)
조 사 자: 오정미, 김효실, 한상효
조사장소: 강원도 정선군 송천길 (유촌1리)

[조사과정 및 구연상황]

정선에서 만난 첫 번째 화자에게서 신원교 화자를 소개받았다. 화자 집의 마당에서 조사가 시작되었다. 평생을 강원도 정선에서 사신 신원교 화자는 생생하게 6.25 전쟁 당시를 기억하고 계셨다. 다만, 연세로 인해 발음이 부정확하여, 조사를 빨리 마무리 지었다.

[구연자 정보]

화자는 정선이 고향이다. 일찍 아버지를 여의고, 어머니도 재가하셔서 고아나 다름없이 살다 전쟁을 겪게 되었다. 화자의 대부분의 이야기는 가족 없이 홀로 지낸 전쟁에 초점이 맞추어져 있다. 다행히도 현재는 가정을 이루셔서 자녀와 손주까지 보시며 다복하게 살고 계신다.

[이야기 개요]

아버지가 일찍 돌아가시고 어머니는 재가하시는 바람에 혼자 남겨졌다. 혼자 산 속에 피란을 했는데, 먹을 것을 챙겨주는 가족이 없어서 굶으며 살아야 했다. 가족이 없어 방위군에 끌려갔다. 방위군은 가족이 없는 사람이 주로 끌려갔지만 숫자를 맞추기 위해 마을에서 뽑기를 해서 억지로 차출 당했다.

방위군은 국군과 달리 군복도 군번도 아무런 혜택도 없었다. 보급대가 군대의 식량을 나르다 죽어도 아무런 보상을 받지 못하는 것처럼 방위군은 국군과 똑같이 싸웠지만 아무런 보상이 없이 그야말로 개죽음을 당하는 것이다. 방위대는 제대로 된 훈련도 받지 못해서 전투에서 죽는 경우가 많았고, 굶어 죽거나 얼어 죽는 경우도 많았다. 방위대는 죽어도 방위대 동료들이 시체를 가마니에 싸서 산에 묻었다. 워낙 죽는 사람이 많고 힘이 들어서 땅 속에 깊이 묻지 않고 잊혀졌다. 간혹 같은 동네 사람이나 아는 사람이 팻말을 남겨둬서 전쟁 뒤에 가족이 수습해 묘를 만들기도 했다. 정부에서 방위군을 유지하기 어려워서 자주 귀향증을 주며 집으로 보냈는데, 집으로 돌아가던 중에도 많이 죽었다. 무사히 고향으로 돌아와 결혼을 했다. 집도 돈도 가족도 없어서 처가살이를 하며 살았는데 아직까지 잘 살고 있다.

밤이면 국군들이 지방 빨갱이를 잡아다가 죽였다. 지방 빨갱이로 알려지면 그 가족들도 몰살당했기 때문에 죽어도 그 시체를 수습해가는 사람이 없었다. 심부름을 하다가 지방 빨갱이로 몰려 죽는 경우도 있었지만 죽을까봐 가족끼리도 모른 체 했다. 총을 맞았지만 살아서 집으로 돌아온 경우가 있었는데, 다시 잡혀가서 결국 죽이기도 했다.

아군은 들어오기 전에 수습대를 보내서 그 마을에 어느 집이 소를 키우는지 어느 집에 처녀가 있는지를 자세히 조사했다. 이북 사람들은 자기 먹을 것만을 챙겼지만 아군은 나쁜 짓을 했다. 아군끼리도 나쁘다고 생각은 하지만 말리지는 못했고, 전쟁 중 죽으면 죽어도 싸다고 생각했다. 여자가 잡혀갈 때 마을 남자들도 말리지 못했다. 말리다가 총에 맞아 죽을 수 있고 사상이 나쁘다며 빨갱이로 몰리기 때문이었다. 욕을 본 처녀들을 마을 사람들은 욕하지 않았고, 군인들이 마을을 떠난 뒤 조용히 살았다.

[주제어] 고아, 피난, 방위군, 차출, 지방 빨갱이, 몰살, 귀향증, 인민군, 국군, 겁탈, 여자짓, 고향, 결혼

[1] 가족 없는 고아가 견뎌야 하는 전쟁

[조사자: 그러면 원래 고향은 어디세요? 어르신?] 고향이 정선이여 정선. [조사자: 아, 원래.] 원래 출신. 정선 덕송리라는 데서 나가지고. 우리 아버지 일찍 돌아가셔가지고. 우리 어머니 또 몇 달 후에 가시고. 난 내돌아다닌. 그때는 뭐이냐면 밥도 못 먹었어요. [조사자: 일정 때.] 야. 밥도 얻어먹고 다닐 땐데. 내가 저 동면이라는 데가. 동면 가서 있다가. [조사자: 동면? 네.] 동면 가 있다가 거서 6.25를 다. 6.25사변에 내가 붙들러 가지 안을라고 산에 다니며 피란하고. 굶었지. 뭐 밥 해줄 사람이 있어! 식구가 있는 사람은 산에 댕겨도 밥을 주러 댕겼는데. 나는 식구가 없으니까. 굶어서 굶어서 그래 피란하다가.

그기 인제 11월. 11월 쯤 되니까는 저 방위군라는 거 청방. 청방위라는 거는 피난민이죠. 그 젊은 사람은 방위군으로 데리고 가더라고. 이만 저만해서 붙들어서. 그만 저 군대를 면제를 안 된다고 그래가지고 방위대라는 데를 나갔는데. 여 부산으로 걸어서 꼭 열 네시간이 린다 열 네시간.

[조사자: 부산? 부산까지 열 네 시간 걸어서 가신거에요?] 부산 가서 제주도를 간다고. 군에 간다고. 그때 뭐 인민군이 내리고 이래 보내고. 동, 동지래도 그래고. 하여튼 열 네 시간을 걸어서 부산 저기 뭐야 걸어갔잖아. 뭐이가 동래라는. 동래 부산이라 하는데 꼭 열 네 시간을 걸어갔다고. [조사자: 동래 부산을.]

그래가 제주도 건너갈라하는데. 이제는 또 건너가지 못하게. 되레 오다가서는. 구포라는 데를 와서 붙들려지고. 그래 뭐냐면 저 서울 경찰서 이런 있는 놈들이 말이야. 밥 먹을 새가 없으니. 그런 사람 붙들러가지고 교육을 시키는 척해야 밥 벌어먹고 사니까. 그 붙들려가지고 거 가서 죽을 뻔하고. 죽은 사람도 많고.

[조사자: 아, 경찰들이. 말하자면 가족도 없고 집도 없는 젊은 남자들을 잡아다가 훈련을 시키러 이렇게 잡아가요?] 훈련이 아니라. 경찰서 있는 사람들이 피란. 그 사람들도 피란하러 나왔지. 게 나와 보니 한 번씩 있어? 그래서 그런 청방에 가는 그런 젊은 사람들이 몇 백 명 붙들어가지고 수용했어야 거기서 밥을 먹거든. 그라고 거기다 붙들러 가가지고 제주도도 못가고 집에도 못 들어가고. 게서 많이 죽었어. 굶어서 죽고. 얼어서도 죽고. 나는 죽지 않고 살아나서 그래. 그래서.

[조사자: 그럼 붙들려서 거기서 뭐 일을 시켜요, 뭐?] 그때 뭐 날이 일이 없어요. 일이 그 방 그 가마니데기 깔아놓고. 그냥 많이 죽었죠. 밥도 뭐 굶고 얼러서 주고. 그래 거 뭐 감기도 걸려서 있었는데 나는 죽지 않고. 그 삼월 달, 사월 달되니. 삼월 달되니까 귀향시켜 주더라고. 정부에서. [조사자: 정부에서 뭐라고요?] 귀향식. 집으로 보낼라고. [조사자: 아, 귀향식.] 야. 그래 귀향청을 해줘. 오니 글쎄 뭐 어 인제 오면서도 죽고 뭐 그런. 나는 죽지 않고 살아서 왔지. 그러고 살았지.

[조사자: 그럼 집으로 귀향식으로 해서 보내줘서 할아버지는 다시 정선으로 오셨어요?] 갈 데 있어? 와야 뭐 죽이고 밥이고 뭐 얻어먹지. 원래가면 밥 하나도 못 얻어먹어요. 그때는 일해 줘도 밥도 안주는. 밥도 안주고. 그 뭐 저

돈도 어쩌고 없으니 단지 먹는 거만. 먹지 않으면 죽잖아. 그래 내 그렇게 살았으니. [조사자: 할아버님, 그러면 이야기 조금 정리해보면. 아버님이 일찍 돌아가셔서 일찍 여의셔서 어머님은 따른 데로 재가를 하신 거에요?] 그렇지. [조사자: 그래서 형제도 없고 그냥 혼자가 되신 거에요?] 혼자지. 종친이. 나는 아주 독신이야. 뭐 누이도 한분도 없고 나는 독신이야. [조사자: 정말 힘드셨겠어요.] 죽지 않길 다행이야. 여즉 살아왔으니. 그래가지고 이제 여기 와서 살고 말이야. 내가 아까 전에 뭐 얻어먹고 살으라고. 아휴.

[조사자: 그러면 그 전쟁. 6.25전쟁이 터졌다 그거는 어떻게 아셨어요?] 그때는 뭐 내가 피란 나갔죠 뭐. 그 놈들한테 붙들리면 의용군에 가면 죽어요. 의용군에 가면. 많이 죽었는데. 나는 죽지 않을라고 인민군 온다하면 쫓겨 살아가고 살아가고. 굶어서. 그래가지고 6.25를 6.25 8월달 되니까. 그만 이놈들이 도망을. 그래서 그만 가 버리고. 우리 아군이 들어오니까 갈 데 있어. 그때부터 내가 그냥 살았죠.

아군이 들어오니깐 또 방위대가 뭐 뭐 뭔가 해가지고 조직을 해가지고 아이고 내가 고생하는 게 아주 말도 없이. 나는 일정 때부터. 일정 때부터 이 그때 열세 살, 열다섯 살만 되면 일본 보국대를 갈라는지 뭐 뭐 그런 식으로 막 붙들려갔대요. 그래서 피해서 쫓겨 보지 못해요. 그래서 안갔잖아. 여즉 피했죠.

[2] 국군과 다른 방위대가 된 사연

피해다 여 군인을, 군인을 갔어요. 군인을 처음에 갔다가 아 또 뭐 또 앞서 와가지고 있다가 가가지고. 군대 가서 죽을 뻔 했어. 군대 가서. 그래 가지고 죽지 않고 살아있는 사회에 나와서.

[조사자: 정확히 말하면 군인으로 가신게 아니라 국군이 하는 방위대로 가신거에요, 할아버님? 그러면 국군이 하는 일하고 방위대가 하는 일이 뭐가 달라요?] 그 똑같애. 전쟁하는. 전쟁하느라고. 전쟁하는 게. 방위대라 하는 거는. 방위를 해가지고 그 피란시키는 여 놔두며는 젊은이 막 전쟁하니까는. 그래서 여 아군에서 여 그때 저기 이승만씨 대통령하고. 국방부장관 뭐 그래가지고 여 나서서 젊은아들 청년들 싹 땡겨대서 조직을 해가지고 가자 그랬어. 그 싹 방위군이니 청방이니 해가지고 싹 갔잖아. 싹 싹. 거 가서 많이 죽었어요. 굶어서 죽고 얼어서 죽고 뭐.

[조사자: 그럼 방위대는 국군처럼 이런 뭐죠? 그거? 이름 써 있는 거.] 아무것도 없어요. [조사자: 아무것도 없어요?] 아무것도 없어. [조사자: 죽어도 죽은지도 모르고.] 우리 한복. 집안에서 쓰봉(바지)떼기. 그때는 요 해방 전에는 쓰봉도 없어요. 촌에서 했던 그 바지, 저고리. 바지, 저고리 그거를 입고 그거를 입고 내가 저게 방위군에 가니까. 재는 저 동래 부산을 거기가서 거서 한 보름까지 계속 했는데. 막 붙들려 온 사람. 한국 사람인데 군복도 없고 여 바지, 저고리 해 입고 바지, 저고리 입고 훈련을 시키더라고 훈련. 아 그 전에 아저씨 바지를 입고 훈련을 시키고. 교관이라는 사람은 뭔 짝데기를 들고 훈련시키고.

그래 거서 한참 싸울 적에 한 일주일만 총도 쏠 줄도 모르고. 그것도 그래 올라가서, 올라가니까 죽고. 엄청 죽었어 뭐. 많이 죽었어요. 그 뭐 뭐 훈련도 못받고 총도 뭐 쏠 줄도 모르고. 게 막 데리고 가니 많이 와서 죽었잖아.

[조사자: 그러면 방위대는 죽어도 아무런 신분 표식도 없고.] 없죠. 아무것도.

[조사자: 죽어도 알 수가 없네요.] 아무것도 없어 뭐. [조사자: 국군은 적어도 죽으면 이렇게 뜯어보면 이 사람이 이름이 뭔지. 일병인지, 이병인지 알 수 있잖아요.] 군번. [조사자: 군번 군번.] 군번을 보면 알죠. [조사자: 근데 방위대는 죽어도 알 수도 없는.] 아무것도. 방위대는 개죽듯이 해고. 그냥 죽으면 가마니 죽을 싸가지고. 그것도 사열병이라고 그 같이 간 동료들이 밥 얻어먹을, 배고프니까 그 사람 가다 밥 먹으러 가는데 밥을 좀 이만치 먹고. 이걸 먹고 힘내가지고 이 송, 죽은 사람 가마니에 싸가지고 둘러매고 가서 저 산에 올라가면 힘이 없으니까 갖다 뭐 낙엽으로 이리 묻어서 덮어놔서. 아 해고 그랬죠. 그래. 방위대가 죽으며는 여즉지 아무 영양가가 없어. 아무것도 없어. 뭔 뭐 보상이 있나 뭐. 아무것도 아무것도 없어. [조사자: 방위대는 차출이겠네요 그럼.] 방위대는 뭐 보급대랑 같아요. 보급대가 죽어도 아무것도 없잖아요. 죽으면 그만이지. [조사자: 아, 보급대도.] 야. 보급대도 그래. 보급대도 군인 전투하는데 밥 지고 올라가다 죽어도 그거는 뭐 군인은 군인이라고 뭐 알아줘도. 아주 죽어도 알아줘도 이 보급대는 방위대나 아무것도 아니라.

[조사자: 그럼 방위대나 보급대는 어르신처럼 가족이 없거나 좀 그런 사람들 위주로 뽑아간거에요?] 야. 그럼 그때 뭐 가족이 있어도. 가족이 있어도 가야죠. 고 아주 뭐 한 동네, 한 반에 몇 명씩. 그 저 무리에서 배치시키고 하니 그 숫자를 채워야 되지. 안 채우면 안 되잖아요. 강제로 뭐 나머지를 살던지 혼자 댕기던데 쉬고 있어든지. 그 나오면 안 갈라하니 뽑기 해가지고 그 당첨되나마나 헐 수 없이 가잖아. 시방처럼 그렇게 가고 싶으면 가고 지원병이 없고. 강제로 막.

[조사자: 그러면 같이 방위대에 있다가 전쟁에 참여해서 죽은 무슨 게 동료나 친구 분들이 많으셨겠네요. 주변에.] 많죠. 많죠. 아이 같이 가가지고 이 죽으면 가마데기에 하고 이래. 잘 먹지 못하고 얼어 죽었었지. 이런 눈에 먼지가 부-하게 까실하게. 그 나한테 별 수 없으니. 한 하루만 지나면 아주 몇 십이 모여. 송장이 몇 십이. 그 누가 처치하나. 그래 같이 동료들이. 그 참 가마니래도 뜯어서 술 싸서 해가지고 메고. 저 허리 산에 가다가 착 덮어놓고는 힘도 없이. 쟁기도 없이 그냥 그래 묻어 놔가지고.

게도 거 같이 한 동네서 먼 친척이거나 뭐 이래 이런 사람은 죽으면 그래 묻어 놓고는 거기 푯말을 써서 아무개나. 그 인제 그 후에 조용히 난리가 난 끝난 뒤에 그 찾아 왔어요. 그 푯말을 보고 그래 인제 부모가 있는 사람이 이제 찾아가지고. 집에 와서 묘를 쓴 사람도 있고 그랬죠. 그때는 뭐 사람이 살고말고 개만도 못하고 뭐.

[조사자: 요기 정선에 그러면 방위대로 가신 어르신들이 많았어요, 어르신?] 많죠 뭐. 죽기도 하고. 그땐 뭐 저 한 이십 살. 보면 전부다 이 사람 전부다 이상 전부다. 삼십 오세 까지는 전부 부대 간다고 싹 방위대까지는 강제로 갔잖아. 강제로. 그 가야지. 그 피란이 피란도 아니고 뭐 가는 사람이 피란이지. 죽어요. 거 인민군 그때 뭐 저 뭐이 저 죽은 군인 막 나오고 이럴 판이라. 죽어도 모르지 뭐. 그래서.

[조사자: 요기 인민군들이 많았어요, 정선에?] 인민군이 많았죠 뭐. 보도, 인

민군이 아니고 보도 연맹이라해가지고 이북 정치를 받아가지고 그 빨갱이 이래요. 그 놈들이 말이야 지방 내용을 아니까. 그 우리 집에 뭐 좀 그래 그 놈들 잡아가고 뭐. 그랬죠 뭐. 그때는 살고 말고. 말도 못해.

[3] 서른에 간 장가와 참전 이야기

[조사자: 그럼 어르신. 결혼은 언제 하셨어요? 전쟁 다 끝나고?] 나 혼자 댕기니 뭐 있어? 집도 없고 돈도 없고 식구도 없는 게 뭐. 내 새끼 결혼을 한 삼십 먹어서 내가. 그 뭐 사람이 내가 돈이 있던지 친척이 있던지 뭐 재산이 있어야 가지. 그때는 색시들은 많지마는 그 뭐 올 사람도 없고. 내가 그때 그 딸은 있어도 그 나이 많은 사람은 일을 못하니까. 머슴삼에 내 처가살이 했잖어. 처가살이 해가지고 거서 내 장개를 가가지고. 그 처가살이 갔다고 처가살러 갔다 이거야. 처가살이 뭔지 아시오? (웃음) [조사자: 알죠 알죠.]

아이고. 그 전엔 처가살이 겉보리 한 말만 되도 처가살이 안한다 하는데. 여즉지 처가살이 한다고. 거서 그게 뭐냐. 머슴꼴. 머슴이지 뭐.

그래가서는 그래도 아니되나. 한 삼십 먹어가서 장개 가가지고. 시방은 삼십 먹은 총각이 쎗지만. 그때는 삼십. 뭐이 이십만 넘어도 늦어서 장개 못가요. 저거 뭐 병신이라고 저거 아무것도 아니니. 장개도 못가고. 그때는 뭐 저 색시들도 많고 총각들도 많고 여 이런 산골에는. 그래 뭐 말도 못했어요. 게 나는 삼십 그때 결혼식 해가지고 그 집 와서 살잖아요. (웃음)

[조사자: 그럼 그때 할머니랑 결혼하셔서 이렇게 평생 해로 하신 거에요, 할아버님?] 응. 살지. 그 살죠. 그런게 인제는 뭐 뭐 그 사람 팔자가 좋은 편이라 내가 이제는 아들 둘, 딸 넷. 6남매 낳아 키워서. [조사자: 팔남. 아 그렇죠. 6남매지.] 그래 그걸 세월이 또 뭐 아들 전부 공부를 시키느라고. 아휴. 돈은 없지. 그래 그 뭐 그랬어요.

[조사자: 할아버님. 근데 궁금한 건. 사실 그 방위대로 있으면서 말씀 들어보니

까. 살아남기 되게 힘든데 그래도 어떻게 할아버지는 운, 운이 물론 좋으셨겠지만 어떻게 중간에 그래도 도망을 나오신거세요, 할아버님?] 도망이나 마나 뭐 그때는 뭐 뭐 전란 중에서 많이 죽었지 뭐 뭐. 전쟁 할 때 같으면 그기 뭐하지 뭐. 방위대는 죽으면 그만이야 뭐. 가만 놔두면 속방을 시킨다고. 고향 가라고. 그 모아놓으니 뭐 정부에서 먹여 살리도 못하니까. 그래고 뭐 귀향증을 시켜서 고향 가라고. 고향 오다가 고향 오다가 중간에서도 죽고. 많이 죽었어. 게 나는 다행으로 죽도 않고 고향 오니까 여 서 살죠.

[조사자: 그렇구나. 아까 저기 슈퍼 아주머니 말씀이 저쪽에 해산나들이? 해산나들이 인민군들 막 무덤이 많았다고 그러는데.]

아이. 해산나들이 뿐만 아니라 전에도 맨 무덤이. 밤에 그거를 뭐냐 보도연맹이라 하는 지방 빨갱이라는. 그거는 경찰서 순경들 내려 와가지고 붙들어다가 어디 뭐 창고 가 갇아 놨다가. 하룻밤만 지내면 그대로 밤 되면. 그 전에 서이고 너이고 다섯이고 여섯이고 줄줄 세워가지고. 그래가지고 밤에 껌껌하고 칠흑되며는 구뎅이 파 놓은 거 사람들 죽여서 구뎅이를 쭉 파 놓은 그 다음에 줄을 세워. 한 놈은 뒤에서 총을 쏴가지고. 엎어서 죽. 그 슬슬 묻고. 아 암튼 죽었죠.

저기다 가면 그 가면 맨 맨 거 가면 무덤골. 그때는 저 아무 동네나 다 그래요. 방공호라 해가지고 그 인민군들이 후퇴하고 갈 적에 아 산을 구뎅이 파 놓은 거 가서 많이 빠지고 많이 죽었지. 이 보도연맹, 지방 빨갱이라 해가지고. 하긴 그 빨갱이라 하며는 이래 애 머스마를 머스마를 조그만한 싹 죽이고 딸은 기집아는 안 죽이고. 가족 아주 싹 죽인대. 그 빨갱이라 하며는

[조사자: 죽이는 거는 국군들? 국군들이?] 국군들이 그러겠죠. 그건 뭐 그저 남자들 죽이고, 애도 죽이고. 여자도 죽이고 뭐. 많이 죽이고. 밤에 보면 경찰이 밤에 보면 하다 한 여남음씩 세우고서. 껌껌한데 그 구뎅이 판 데다 쭉 세워놓고 뒤에서 총을 쏴 엎어서 죽으면 고만이야. 그리 묻고.

아 집에는 그 구뎅이 묻은 땅이 쑥 하더니 그게 한동안 썩어 빠져서 가라

앉아서. 그 냄새도 나고. 아 시방 말도 못하죠. 그래도 죽은 놈은 많이 죽고 뭐 찾아볼래도 있어 뭐 식구가. 식구가 있어도 거 뭐 뭐 하다보면 같이 빨갱이라 해가지고 하니. 가서 죽을 테니까. 죽어도 그만이야 뭐. 가 보도 못해요. 죽으면 죽었지 뭐.

[조사자: 그분들 중에서도 억울하신 분들이 많이 있었겠어요, 어르신.]

아이 그러면요 그거 전에 그기 인민군이 처음 나갈 적에는 여 지방 사람들 어떤 스무 명이 개코 아무것도 모르지만 강출인지 뭘 뭐를 뭐 심부름 시켜가지고는 그놈 가다 내빼가지고 아주 마이 그게 경찰에서 들어오니까 아 그냥 그냥 강제 붙들어가다 식구들 막 죽이고. 그 어떤 놈들은 아주 아주 저 뭐 말도 못하고 그래 그런 사람을 딴 비명에 가서 많이 죽었잖아. 남이 뭐 그런 거는. 아이고. 죽으면 뭐. 말도 못하고 뭐. 나도 정신이 없어. 많이 죽었어.

그래서 지방 빨갱이라 하는 사람은 식구를 싹 죽여요. 아주 삼족을 멸해. 유족 친족 뭐 하여간 가족을 싹 죽이잖아. 그기 가족은 겁나지요. 가족을 싹 죽였다고. 이래가지고 죽은 뒤에야 아 뭐 어디 말 할 데도 못하고 뭐. 그때 당시 내 말 살면 다 해라하고. 아이 아버지가 죽어도 아들도 안 따라가지. 아들이 가도 아버지가 안 따라가지. 그 내 혼자 살라고. 그랬어.

[4] 아군들의 여자짓

그런데 아군들이 제일 아주 나쁜 사람들이야. 아주 아군. 아군이 한 번 척 척 들어오면. 뭐 수습대에서 오면 우선하면 이 들어오면 그 집에 처녀 있느냐, 또 소가 있느냐. 그걸 철저히 조사해가지고. 오면 그 아군이 그 소 잡아 먹고 처녀들 막 들여다가 못 쓰게 맨들고. 인민군은 안 그래요. 인민군은 이 북에서 나와서 자기들 먹는 것만 생각하지. 그런 나쁜 짓은 안하더라고. 그래 많이 아군도 많이 죽었지. 아주 제일 못 되게 하는 게 아군이 제일 못되게 해. [조사자: 다들 그 얘기 하시더라구요. 다른 지역도 그 소리 하세요.] 아이고.

말도 못해.

[조사자: 근데 막 전 궁금한 건 아군들이 왜 처녀들한테 여자들한테 나쁜 짓할 때 그럼 물론 어렵겠지만 동네 다른 착한 동네 마을 청년들이나 누구 막 오빠나 뭐 사촌이나 하여간 남자들이 도와주거나 보호해주질.] 없어요. 내가 살아야하지 뭐 뭐 그 가 저 뭔 말하다보면 쏴 죽이고 뭐 막 그래. 아 그 무서버서 못해. 빨갱이라 하면서 사상 나쁘다 하니. 뭐 사상이 뭐 나빠지 않으지만서도 아니 많이 죽었어요. 사상이 나쁘도 않고 그 아주 착한 사람을 그래 그래 막 죽였으니 뭐.

우리도 나도 아군에 갔다 왔지만 아군이 제일 나쁜 사람들이야. 인민군은 안 그래요. 이북 사람은 자기 먹는 것만 생각하지. 뭐 그 못할 짓은 안한다고. 아이 아군 놈들 젊은 놈들이 그렇지만. 이런 촌에 들어오며는 소 잡아들여라. 색시 뭐 유부녀 막 한번 하면하고는 아니 이놈들이 욕을 보이고. 아니 못된 짓을. 그 놈들이 아군들은 그러지.

"아휴. 저 놈으 새끼 못됐다. 저 놈으 새끼는 죽어버려야지."

아군들이 죽여야 할텐데. 전쟁에 죽는다니. 아 그 놈들이 저 한번 가서 폭격을 만나서 많이 죽기는 죽더라고. 죽으니 아 싸다고 뭐. 저 아군이 불쌍하다 안하고. [조사자: 응. 그렇죠. 나쁜 짓을 했는데. 맞어.] 아군이 제일 나빠요.

아이고 저기 뭐이 저 대갑이라는 데 한 사람을 그 그 아무것도 아니지마는 인민군에 이리로 와서 그때 뭐 좀 이러해 심부름 했다고 아 붙들어가서 그 지방 뭐 한청이니 뭐 뭐이가 아 한국 사람들이 나쁜 사람들이야. 그 놈들이 사람을 죽였잖아. 지방 사람들을. 뻔히 알면서. [조사자: 그냥 심부름만 한건데.] 야. 지 친 형제도 죽어도 말도 못하고. 그 나만 살면 된다.

그래고 한 사람은 아 아무것도 아닌데 그거 심부름 했다고 아 이놈의 저기 뭐 뭐 붙들어다가서 죽였잖아. 그 죽이고서는 거기서 설설 묻었어. 아 그래 며칠 후에 보면 그 살아왔어요. 자빠졌는데. 그 살아왔는데. 집에 오니 어쩔 수 있어? 집에 와서 있어 봐도 그 나가가지고. 그 놈 말만 듣고 붙들어다가 아 그래 살아 왔는 걸 가만-히 집에서 여자가 밥을 해 먹이고 가만히 나가도 못하게 있는데. 아 어쩌다 한동안 며칠 있다가 이놈한테 보여 가지고. 아 그 놈이 죽였는데 살아왔더라 해가지고 기어코 또 붙들어다가 아 두 번만에 죽였잖아. 게 너무 딱하잖아. 한번 죽여서 살아왔으면 천명인데. [조사자: 아, 그렇죠. 천명인데.]

게서 붙들어 또 죽이느냐 이거야. 나쁜 사람들이야. 한국 사람들이 제일 나빠요. [조사자: 그러게. 살아왔는데.]

[조사자: 그러면 그렇게 인민군한테 그 나쁜, 욕된 것 당한 여자들은 어떻게 살았어요? 그 이후로는. 그 분들은?] 여자들이야 밥 먹고 고만 살지. 여자들 살지 뭐. [조사자: 그냥 그래도.] 욕만 봤지.

[조사자: 동네에서 그렇다고 옛날말로 화냥년이라고 한다거나 그러지 않고?] 아니 그런 강제로 했는데 화냥년. [조사자: 맞아요, 맞아요. 근데 어떤 지역은 그랬다고 그래서.]

자기가 화냥했, 화냥해야 말이지. 욕을 하고 나쁘다 하지. 불쌍한 거지. 억지로 뭐 죽지 못해 사는 거지. 당한거지. [조사자: 맞아요. 여자들이 피해자인거지. 그게.] 그 놈들이 간 뒤에 여자들 조용하니. [조사자: 결혼도 하고.] 다 하는 거니 뭐. 다 잘 살아요. 그렇게 하는 사람들은 시방 다 보면 팔십 다 넘었어요. [조사자: 그러니까 그때.] 그때 한 그런 열 칠 팔세. 한 이십 세 되던 이하고. 시방이면 뭐…

강원도 인제의 6.25 전쟁 풍경

김 희 준

"처녀가 하도 급해서 젖을 꺼내놓고 남의 애를, 먹어 이 새끼야, 먹어."

자료명: 20130512김희준(인제) 조사일: 2013년 5월 12일 조사시간: 40분 구연자: 김희준(남 · 1938년생) 외 4인 조사자: 오정미, 김효실, 남경우 조사장소: 강원도 인제군 신남리 노인회관

[조사과정 및 구연상황]

마을회관에는 김희준 할아버지와 다섯 분의 할머니가 모여 계셨다. 6.25 전쟁에 관해 묻자, 자연스럽게 할머님들은 김희준 할어버지를 지목하였다. 가장 먼저 김희준 할아버지가 당시의 전쟁 풍경에 관해 구술하기 시작하자, 다른 할머니들도 이야기를 거들면서 서로의 기억을 풀어나갔다. 전반부는 김희준이 주로 구술하였다면, 후반부는 5분의 할머니도 청중에서 공동구술자가 되어 구술한 것이다.

[구연자 정보]

김희준은 인제에서 한평생을 사셨다. 김희준은 젊은 시절에 산파를 하기도 해서 남자임에도 불구하고 할머님들과 친화력이 매우 좋았다. 특히, 마을의 모든 분들에 관해서 상세하게 알고 있어, 마을 대부분의 사람들의 동정을 다 꿰뚫고 계셨다.

[이야기 개요]

6.25가 일어나기 전날 오토바이를 탄 군인들이 내려오는 것을 구경했고, 다음날 전쟁이 일어나서 피난을 가게 되었다. 인민군들에게 당한 것이 많아서 주민들이 인민군들에게 보복하기도 했다. 동짓달 난리에는 중공군이 차를 타고 밀고 내려왔다. 중공군들은 먹을 것들을 빼앗아 먹었고, 인민군들은 사람들을 죽였다. 가장 무서운 것은 지방 빨갱이였는데, 사람들을 끌고 와서 밤새도록 두르려 팼다. 그렇게 사람을 때린 이후 강가에 산채로 묻었다. 당시 색시들은 군인들에게 괴롭힘을 많이 당했다. 여자들만 검문을 핑계로 끌고 가서 강간을 하는 경우도 있었고, 끌려가 죽는 경우도 많았다.

피난을 갈 적에 가마니가 너무 무거워서 몰래 구멍을 뚫었었다. 남편은 북으로 간 뒤 할머니는 시어머니와 둘이서 남쪽으로 피난을 내려왔다. 피난을 떠나기 전 두 아들이 모두 홍역에 걸려 아침, 저녁으로 죽어 산에다 묻고 내려왔다. 당시 입을 옷이 없어서 미군 담요로 옷을 해 입었는데, 이가 굉장히 많았다.

[주제어] 지방 빨갱이, 중공군, 인민군, 겨울 난리, 색시, 여자짓, 강간, 오토바이, 말, 이북, 피난, 미군 담요, 아이, 홍역, 죽음

[1] 오토바이를 타고 인민군이 내려오다

[조사자: 계속 여기 인제에서 어렸을 때부터?] 예. [조사자: 인제가 고향이세요?] 예. [조사자: 와-.] 왜? [조사자: 그러면.] 촌놈이지 뭐. [조사자: 아니죠 왜. 그럼 그때 전쟁, 6.25 날 무렵에 연세가 대충 몇 살.] 열 하나. 열 둘. [조사자: 그럼 그때 혹시 기억나시는 게 있으세요?] 뭐 저녁에 이북 애들이 저녁에 오도바이 타고. 오도바이 하여튼 오도바이 그때 처음 봤어 난. 오도바이를 저녁에 6월 24일날 저녁에. 엄청- 왔어 하여튼. 우린 그래서 모 심다가, 그때는 모 심질 않고 심부름 해. 모 쫑이라고 허지? [청중: 그럼.] 모쫑 허는데 비가 욱씬 욱씬 오는데. 계-속 나오는거야. 아침부터 아주 저녁때까지. 그 야- 무신놈으 오도바이가 많은지. 전쟁인지 뭔지 알지도 못한거야. [조사자: 북한에서? 오토바이 타고?] 요 인제서. 인제서 살았는데. [조사자: 네.] 그래 나 내 그 이튿날 아침에 내 그 이튿날 아침에는 대번 뭐 비가 많이 왔잖아 그날 아주. 6.25 그날 24일날 저녁에 비가 엄청 왔어요. 이북이, 이북 사람들 이짝에 넘어오면 그짝시리 확- 사람들 다치니 여기선 대비를 했나? 대비를 못했잖아. 그래서 그냥 나오는거야 그냥. 게 쫓겨 가는 거야 계속.

계속 쫓겨 가서 하도 저거 하니께. 8, 8연대라고 있었어 8연대. 군이 8연대가 있었는데. 여기 철정이라고 아는지 모르겠는데 거문산에서 여기 오다보믄. 차 타고 왔죠? 차타고 오믄 저-기 검문소, 헌병 검문소 하나 있어요. 그 전에 시방은 골로 이렇게 났지만 그전에 요렇게 돌았어요. 거기 땅, 땡크를 여덟 개를 올렸어요 8사단이. 뒤에 올라가가지고 거기다 놓고 자기도 죽으면서 내려가고. 거기 시방 그 유적비가 서 있어요. [조사자: 철정에.] 예, 철정 거기. 말고개라고 그러지? 그걸 가지고. 말고개. [청중: 사람 많이 죽었어요, 그때.] 많-이 죽었어요 그때.

그러니 뭐 24일 날, 25일 날 아침에는 뭐 그냥 홍천이다 뭐. 홍천. 우린 그때 걔들이 나오니깐 걔들이 지도를 벽에 붙이고 여기 점령했다, 저기 점령했다. 그러니 계속 쫓겨가는거지 우리야. 우리 아군은. 뭐 대비를 했었나? 그 다음에 인제 얼마 있다가 인제 또 우리가 인제 미군이 왔잖아. 미군이 와 가지고 그래가지고선 우린, 내려오고. 아군이 들어와서 살은 거지 계속해서 있다가. 고상은 말도 못해. 그 고상은. [청중: 그 우리 10월 달, 11월 달 피난 갔을 때.] 1.4 후퇴. 11월 달. [청중: 6.25가 나고.] 밤이야. [청중: 홍천 들어왔다가 또 나가고.] 또 나갔어. [청중: 밤에.] 밤에 또 나오고. [청중: 추울 때.] [조사자: 어르신 그럼 그때 그 6월 24일 비 많이 오고 25일 날 북한쪽, 그래서 오토바이 타고 막 내려올 때. 어르신은 그때, 그때 누구랑 함께 여기서, 부모님하고?] 그럼 부모님하고 있지. 왜 나오는지도 모르고. [조사자: 모르고.]

"야- 오도바이 좋다."고.

막 그랬는데.

"저거 좋다."고.

그랬는데 그 이튿날 아침에 보니 인민군들이 저짝으로 쳐 내려가는거야. 계속해서. 그니까 우리는. [청중: 땡크가 가고.] 땡크가 가고. [청중: 깃발을 달고, 말타고 가고.] 저기 저 미군이 올라오니까 계속해서 쫓겨 올라가고.

[2] 나쁜 여자짓들을 하다

하여튼 그때는 우리 피난을 했으니깐. 미군이 같이 오잖아? 제일 첫 고개로 들어오믄, 내 이런 얘기를 해도 되는지 모르지만. 제일 우리 미, 한국군이 제일 나쁜 게 있는 게 뭔 줄 알아? 남 이 저 여자들 찾아댕기네, 전쟁은 안하고. [조사자: 네. 맞아요.] 전, 옛날에는 여자들을 찾아 피난하는데 가. [청중: 미군들 알으켜줘.] 미군들도 알으켜주는 거야 저기 색시들 있다고. 할머니들은 여기다가 오만상에다가 뭐 검댕 칠하고. [청중: 미군들 온다그러면.] 다락. [청중: 다락에 올라가 숨었어.] 다락 올라가 숨어가지고 저거 허는데 그 알으켜줬으니 그 할머니 내려올거 아니야 그지? 미군이 돌도 모르고,

"색시, 색시."

그랬단 말이야.

저 며구색시. 저게. 며구지. 이쪽이 아주 싹했어 아주. 색시 세우니까 이 양반들이 그랬단 말이야. 가매로 내리뺐어. 가매로 내리빼서 여기 딪는데로 내빼더라고. 야. 콩밭에 내빼서 숨어서 살긴 살았어. 지금 살아서 시방 우리보다 한 살 위에 그 사람이. 아홉이야. 한 살 위. [조사자: 미군이 쫓아오니까.] 그럼 급허잖아.

[3] 배고픔과 싸우다

그래서 진짜로 고생 많이 했어. 뭐 쌀이 있어야 밥을 먹지. 또 와서 밥을 해, 이 군, 미군들이 인민군들 들어갈 적에. 어떻게 했는줄 알아? 인민군이 들어갈 적에 졸았잖아. 밤새-도록 어디서 졸아오믄 방에서 자는 거야 이제. 한 사람을 냉겨놓고. 보초 서잖아 한 사람. 냉겨놓고 자면 이 자는데, 이 사람은 사람이 아니야! 이 사람도 졸리니까 자잖아. 그럼 할머니들이 밥을 하며는, 밥을 하라 그러면 나가서 밥을. 하-도 인민군들한테 혼났기 때문에 물을 끓여다 부었어, 거기다가. 그런 사실도 있어. 누가? 이 사람들 자는데 뜨거운 물을 갖다 부니까 다 죽는거 아니야. 한국사람 인민군들한테 그랬으면 우린 아주 전멸하잖아. 그럼 내빼고 딴 데로 또 가고 그랬어.

아유 먹을 게 있어야지. 먹을게 뭐 다 그놈 새끼들이 다 퍼가고. 다 퍼가고 먹을 게 없어가지고. 말도 못해 먹는거. [청중: 에이고 난 도토리만 먹어가지고 화장실을 못갔다고.] [조사자: 어르신 그럼 그때 부모님하고 피난 안가셨어요?] 저기 나갔다가 그 사람들한테 베게(보이게?) 차타고 가는 사람한테. 뭔 동굴을 들어가라는데 어떡해. 우린 괜찮다고 들어가라는데. 또 갈 수도 없고. 타고 내빼는데 우리가 그걸 어떻게 가. 걸어갈 수도 없잖아. 그렇게 가가지고 우리는 진짜 먹질 못해서 크지도 못했어 우린. 밥도 못먹고 그래가지고.

그 그 다음에 미군이 나왔는데 무슨 쪼꼬렛 그런거지. 주지. 그거 던져주믄 시방도 그런 거지는 없을거야. 그걸 하나 이렇게 읃어먹고. 짬뽕을 이렇게 내비래. 걔들은 갖다 고기같은거 미군들이 먹다 냉긴거. 그걸 파묻어놓으면 그걸 갖다가 끓여가지고 먹고 그랬어. [청중: 그거 얼마나 먹었는지 알어?] 말도 못하게 먹었어요 우린. [청중: 감자 껍데기 삶아 내비리는 것도.] 그것도 갖다 먹고. [청중: 배가 고파서 죽겠는데 뭐.] 배가 고파서. 그래서 하여튼 배곱, 다 싫어 배고픈건. 지금 우리 옷을 미군들이 갖다 학교에다 주는데. 학교. 학교에다 주는데 우유까루를 갖다 줘요. 우윳가루를 갖다줘서 그냥 코 박고 먹다가 코가 맥히고 막 그래 식겁하잖아.그래 죽을 뻔. (웃음) [조사자: 우유가루 갖고?] 그럼. 그러니까 달달하고 그렇잖아? 그런데 맨날 주며는 그걸 또 쪄 주더라고. 게 저 솥에다 찌니까 또 우두둑 우두둑 깨물어도 맛있어요. 그게. 그게 어느 날은 구호품준다 오라 그러더라고 학교서. 구호품 준다고 가니까 뭐 여자들은 초나 주고. 그땐 이런 걸 몰라. 뭐 가죽잠바 구경도 못했는데 가죽을 주더라고. 가죽이야 지금, 재수가 좋으면 못입으면 그 뭐 청바지 뭐 이런 거 얻어 입고 그랬어. 그렇게 해가지고 우리 살았어. 말도 못해 야유. 우리 애들 그러니까 뭐라 그러는 줄 알아? 배고파 죽을 뻔했다니깐,

"아휴, 아버지 라면이라도 삶아 잡수지."

(웃음) 라면이 어딨어? 라면이 나온지 한 40년 되나, 30년 되나. [청중: 라면이 나온지 얼마 돼?]

[4] 피난민이 되다

[조사자: 어르신 그러면 전쟁 그때 형제 관계가 어떻게 되셨어요?] 내가 맏이야. 그래가지고 뭐 우리 아버지는 군인을 갔다 오셨는데 나는 그 다음에. [조사자: 어리니까.] 응. 그 다음에 인제 어 그러니까 61년도, 61년도 군인 갔지.

[조사자: 그럼 그때 전쟁 때문에 뭐 피난가다라던가, 전쟁 폭격에 뭐 혹시 가족 중에 누가 다치거나 뭐 그런.] 그런 사람은 없었어요. [조사자: 다행이네요.] 나는 보는 건 그런 걸 봤어. 엄마가 총에 맞아서, 어떻게 폭탄에 맞아서 정중올랐다 그러는데. 저기 저 뭐야 뽕나무, 요기 앞에 뽕나무 시방 저 초록색, 하얀 할머니 있잖아요? 그 할머니네 고 옆에서 거기 있는데 거기 어디매네 올라 업혀 있는거 야 이렇게. 업혀 있는데 애가 살았어. [청중: 날아가서 거기 떨어진거지.] 고럼. 애가 살았는데 전부 그냥 이래 그랬는데 죽은거야. 우린 죽었는지도 몰랐어 그때. 야, 그래가지고선 저거하고. 저 짝에는 시방 저 뭐야 최원태 누나네 집에는 할아버지가 나와서 이래고 있는데. 저기 기관총을 죄 싸가지고 이기 벨이 확 나가가지고 죽고 그래고 돌아댕겼고. 아이고 말도 못해. 옛날 그거는 말도 못해. 아휴 우리 할머니들은 뭐 이 양반들, 이 양반들 다 그때 고생. [청중: 안동까정 갔었고.] 열 세살, 열 두 살인가. [청중: 들어왔을 때가 열 네 살인가.]

[조사자: 어르신 그럼 인제에는 그렇게 오토바이타고 북한군들이 내려왔을 때,

다 그 오토바이 탄 사람들이 북한 군인들이었었어요?] 그럼. 군인였었어. 근데 그 사람들이 난 아주 어디 경쟁허러 가는 줄 알았어요. 모 심으면서 구경만, 비가 줄줄 오는데. 데-고 나오는거야. 여기타고 옆에 하나 타더라고 오토바이가. [청중: 여기가 이북였었는데 뭘.] 넘어오고 넘어가고. 넘어오고. 아침에는. 여 여 여기가 이북, 이남이에요. 어디가 이남이야? 관대리가, 관대리라고 38선이야. 인민군이 그걸, 우리 아군도 그런 게 있었어요. 소령인데 우릴, 군인을 이리로 보내서 이 산으로 해가지고. 그럼 인민군이 여기 나와서 저기 가서 포로를 해가지고 싹 가지고 들어가고.

[청중: 그 6월 달에 피난 사람 많이 나와서 국민학교에서 말짱 그 있을 때에 피난민이 남아있었거든.] 그럼 그때. [청중: 그때 여름이야. 우의를 쳤는데.] 우의 쳤지 여름에. [청중: 우의를 쳤는데, 그때 나와서 있어서. 내가, 아이고 여까지 피난민이 많이 왔다고. 피난민이 많이 왔다고 날더러 귀경가자고 그러는거야 우리 친구들이.

"야야, 거기가면 아주 좀 저기 주먹밥도 주고 막 그런다."고.

"그래 우리 가보자."

그래서 이제 내려 갔어. 원거리를. 그랬더니 피난민이 장남국민학교에서 아주 많이 있는거야. 그래서 여기 사람들이 나왔어요.] 그럼 여기서 나왔지. [청중: 여기 사람이 나와서 있어. 장남국민학교에서. 그런데 빨래를 말짱 돌에다 해 널고 그래는데, 나도 주먹밥을 주대. 그래서 우리도 피난민인가해 거기 쫓아들어가서 읃어벅고 올라갔어. 그런데 며칠 있더니.] 또 들어왔는데 뭐. [청중: 다 들어갔더라고. 들어가지고 고 해 그 농사를 짓고 그리고 동짓달 난리가 크게 난거.] 크게 났지. 또 동짓달 난리 또 났어.

[5] 동짓달 난리에 만난 중공군들은 너무 더러웠다

[조사자: 할아버님 우선 동짓달 난리 그것도 한 번 더 얘기해주세요, 어르신.]

[청중: 그럼. 그 동짓달에 난걸 얘기해줘야지. 그때는 인민군이 차로 나왔어.] 그땐 차가 있었어. [청중: 동짓달 난리가 더 무서웠지.] 그때 처음에는 오도바이였는데 그 다음에 무슨 저 산타는 겉은거 있지? 그런 걸 타고 나왔더라고. 그땐 말도 나왔었지? 말도 많아서. [청중: 말 타고 얼마나 멋있게 했었는데.] 그 중국 놈들이 말을 가지고 나왔고. 얘기 들어보니까 중국놈들 다 죄인들이래. 그래가지고 그거 일로 전쟁을 내보냈는데. 걔들은 한 다섯사람이 총 하나 있어. 그 다음엔 여그 먹을거나 걸머지고 그랬지. 뭐 아무것도 없어. 그 다섯 사람 올러 총 하나 있더라고. 그렇게 댕겼어 걔들은.

[청중: 중공군들이 나와서 죽을 끓여가지고 오줌통에다 퍼가지고.] (웃음) 걔들 그거 이상하더라고. 냄새나는 데다가 그걸 퍼. 퍼서 먹어 그게. [청중: 먹어대는거야.] 그릇이 없는것도 아니거든. 근디 꼭 오줌똥 그 외 그 전에는 시방은 오강이 지금 반들반들허니. 그 전에는 뭐 저 시커먼 오강 있잖아요? [청중: 지금 옹기로 맨들은 거.] 응 옹기로 맨드니. 아주 오줌 뽀캐가 이렇–게 앉았어. 거기다 거기다 떠다 먹어, 걔들은. [청중: 오줌을 받아가지고.] 거름을 했어. [청중: 오이 밭에다 주구 다 했단 말이야.] 그걸 거름해가서 뜨고.

시방 그래 시방 우리도 요전에 그런 얘기 했지만 그 가는 사람들이. 가는 사람들이 그랬어.

“아휴, 그러지말고 좀 우리 화장실에 가서 똥 좀 누라고 거름허게.”

그런, 그땐 거름이 그렇게 없었어요. 예, 그래가지고선. [청중: 아, 화장실에 가보지. 왜 집에가서 가야지 거기서 보면 안돼. 남의 집에서.] 그거 갖다가 저거 했잖아. [조사자: 거름이 귀한거라.] 그럼. 거름이 귀한 거를. [청중: 불을 떼가지고 그 재를 있잖아? 이렇게 돌맹이를 이렇게 둘을 놔 요기다가. 요렇게 둘을 놓고서는 여기다 재를 부어. 거기다가 대변을 보고 그 재를 요렇게 묻어놔. 그래가지고 이 뒤에다 이렇게 많이 쌓아놨다가.] 거름을 해. [청중: 거름 하다가 감자도 심고 옥수수도 심궜어. 비료가 없잖아 그때는. 그럼.] [청중: 왜, 똥통도 있지.] 그 거기다가. 그건 재정 때 봐가준거에요. 그래도 아이고. 똥통바가지고 재정땐. [청중: 난 그거 파서.] 그랬었어. [청중: 옛날 사람들은 그거 다 알아.] 아이고 말도 못했어. 그때는 먹을 게 없어서 제일 고생한 건 말도 못했어. [청중: 그거는 말도 못해.] [조사자: 동란 때 그럼 피난을 또 나오셨겠어요, 어르신.] 세 번인가 네 번. 말도, 몇 번 나왔지. [청중: 여긴 가깝잖아.] 계속 열세 번 나가면 열세 번 들어왔다 또 나가고 그래야 돼. [청중: 왔다 갔다 왔다 갔다.]

[조사자: 혹시 그럼 그때 여기 마을에서 비극적인 일은 없었어요? 춘천이나 홍천은 그런 일이 많더라구요.] 여기는 인민군이 여섯이 나왔는데, 고런 얘기나 해주까. [조사자: 네네.] 인민군이 여섯이 나와가지고. 사람을, 동네 사람을 조–기 저 그러니깐 저기 시방 뭐야. 그 이 저 고흥, 고기가 고 카드가 있었거든. 거기서 여섯을 찔렀어 칼로. [조사자: 인민군이?] 응. 인민군이 여섯을 찌르는데 처음에 맞은 사람이 빨리 자빠졌어. 근디 이기 이기 여섯이 다 자빠지니께 다 죽었구나. [청중: 거 살아나왔다 그러데.] 고 한사람이 살았어. 그때. [청중: 나도 들었어.] 한 사람이 살으면서, 내빼면서 똥을 다 쌌어. 절로. 올래, 똥을 싸면서 올라가는데, 요 사람들이 신풍리 가다가 지랄을 저 파묻은 거. 저가 파고 저가 묻은거야. 그걸 캘라그러다 여섯이 다 한꺼번에 죽었어. 그런 적은 있었어요. 말도 못해 아이고. [조사자: 그 한명 살아남으신 분은 그래서 어떻게 되셨어요?] 그 양반 살아가지고 나이가 많아 돌아가셨어. [청중: 그 얘기를 하더라고.] 그렇게 여기도 하– 참 많았었어.

[6] 지방 빨갱이가 제일 무섭다

여기는 그래도 빨갱이가 없어. 빨갱이가 무슨 빨갱이가 제일 무서워, 동네 빨갱이가 제일 무섭지. [청중: 동네빨갱이가 제일 무서웠었지.] 이렇–게 있다가 이 아주머니 뭐 저거 하며는 이 아주머니 평시에는 아무렇지 않은데. 인민군이 나오면 일러. 저기 저기 아주 진 빨갱이라고. 그럼 그건 갖다 그냥 갖다가 줘이는거야. 여기 저 두촌을 피난을 나와서 한 집이 들어가니깐.

"아니 아니 왜 나와요, 들어가지. 응?"

그러다 그날 저녁에 그 사람들 다 들어갔어. 싹 들어갔어. [청중: 여기 이북 넘어간 사람 꽤 있어요.] 많-어 여기. [청중: 많죠. 그 지방빨갱이야. 그게.] 지방 빨갱이가 더 무서워 사람. 제일 무서운 게 지방빨갱이. [청중: 제 형제도 모르고 그 지랄한게.] [청중: 그것들은 다 들어갔어.] [조사자: 그 지방빨갱이 얘기도 좀 해주세요 혹시 모.] 지방빨갱이는요 대개는 요. 대개가 보면요 에- 그 학대받는다 그러나 뭐라 그래? [청중: 그렇지 뭐.] 일꾼들이. 이 그러니까 종살이 그런 식으로. [청중: 홍서방네 부자에 그 일꾼사리들은 다 넘어 갔어요.] 그럼 그 일꾼사리들은 나오믄 여기다 완장, 빨건 완장 하나 턱 칙해. 그 인민군들이. 그러면 애들은 의기양양하단 날은 가서 얘기만 하면. 갖다 죽이고 그랬어. 그 그게 지방빨갱이가요. 그래서 우리도 지금도 그 얘길 해. 다른 사람은 모르잖어. 그저 여기서 전쟁나면 딴 데로 떠서 가야지. 동네에 있으믄 반장이라도,

"저 집이 반장이었어요. 저 집에 아버지 경찰이었다."

그러면 다 죽는 거야. [청중: 무조건 죽여.] 무조건 죽여. 경찰이고 뭐고. 그래 여기서 떠야 돼. [조사자: 떠야 돼요.]

[조사자: 그럼 지방빨갱이 때문에 혹시 억울하게 동네에서 돌아가신 분이거나.] 여기 있지요. 많아요. [조사자: 그 얘기 좀 해주세요. 그 이야기. 구체적인 뭐 어떻게 지방빨갱이가 어떻게. 그런 이야기가 있어요?] [청중: 우리 백주동 살을 적에. 김부리 사람이 인제 이 있는데, 백주동에 있을 때 우리 시아버지가 이장이거든. 그러니까 이장네 집으로 끌고 온거야. 김부리 사람들을. 끌고 와서 밤-새도록 두드려패는거야. 개잡는 소리를 해. 밤새도록.] [청중: 그걸 왜 이장네 집에서 패는거야?] [청중: 누가 알어?] [청중: 그땐 이장이.] 끝발이 컸어. [청중: 그래선 거 가서 밤새도록 두드러 패는데, 우리는 그 뒷집에 살고 시아버지네는 앞집에 살았는데. 밤-새도록 두드려패는거야.] 우리, 우리집

이서 아주 시끄러와 죽겠는거야. 아주 뭐 개잡는 소리를 해. 그 그렇게 가죽 밴드로다 그렇게 두드려 패더래. [청중: 그 소떼같은 걸 빼가지고 때리고.]

[청중: 글쎄, 그랬는데. 그 이튿날 새벽에 컴컴-한데 뭐 떠들고 지랄하는 데. 그 앞에 등강으로 그 사람들을 끌고 가서 구뎅일 파고 그저 죽지도 않은 걸 살은걸 데려 넣고서는 묻은거야. 묻으고 죽었다고 갔지. 그 새끼들은 간 거야. 그러니까 그랬는데 그 사람 하나는 살아서 나왔어. 나와 가지고 어떻게 기어 나와서. 그 이장이 엎드러 파 놀랬지. 놀래서 빼돌려서 갔는데.]

그 다 죽은 줄 알고 그 자식들은 김부리 있는데도 난리가 그리 눌러놨으니 뭐 어디가 찾을 수 있어? 못 찾았지. 죽은 줄 알았지. 그래서 그 우리가 그걸 얘기해줬더니. 와서 거길 파니까. 빽다구가 세 개만 있더래. 너이를 갖다가 그 지랄했는데 하나는 도망간게 어디로 갔는지. 살아간 건 어디로 가 살았는지 죽었는지 모르지. 아이고.] 무서와요 무서와. [청중: 아주 와서 알으켜달라고 사정을 하는데 안 알켜줄 수 있어?] [청중: 아이고 알으켜줘야지.] [청중: 그래 가서 봤는데 세 개만 있더래.]

그래서 3.8 여 근가에 있는 사람들은요 빨갱이가 없어. 왜 빨갱이가 없는지 알아요? 하도 고생을 해놔서. 해놔서 빨갱이 없는데. 인민군이 들어갈 때. 우리를 죽였어 사람을. 왜 죽였는지 알어? 원수잖아. 아주 저 새끼들이 사람 죽이는 건 많이 봤잖아. 그래서 방법은 어떻게 죽였느냐하면 그 골목 들어가는 루트가 있잖아. 얼로해서 그 새끼 들어간다는. 우리 젊은 사람들도 가 숨어갖고 돌을 내려떤지고 그랬었어요. 예. 젊은 애들이 가서 숨어서. 얼마나, 얼마나 악질로 그 새끼들이 그랬는지 우리 젊은 사람들도 갖다 죽이고 그랬는데.

그것들이 여기 그 전에 경찰이 인제 수복돼 들어와 있는데. 인제 잔여 병들이, 인민군들이 들어 갈 거 아니에요? 글로 들어가는데. 진짜 모가지를 짤라. 인민군. 잔여 병들. 그래가지고 사람을 짤라가지고 그걸 멀어서, 그 전에 전화가 없어요. 군인 전화가지고 뭐이 돌려가지고 냅-다 돌려야돼. 빼빼빼빼

해야 이제 한마디 무선 되는데. 그러면 인민군 하나 잡았다 그러면 왼쪽 귀를 짤라가져오라고, 모가지를 짤라가져오라 그래요 처음에는. 그 다음엔 또 잡았다 그러면 그 다음엔 귀를 잘라오라 왼귀. 그 다음 또 또 붙잡았다 그러면 바른 귀. 그 다음 또 왼귀를. 왼귀는 두 개는 없잖아 그지? 그렇게 해서 확인을 했어요 사람 죽은거를. 말도 못해요 아이고. 그런걸 생각하면.

[7] 피난 중에 생긴 일들을 말하다

[청중: 난리나면 그런 고생 또 할까봐 겁나.] 하이고. [청중: 이젠 그렇겐 안 해.] 이제는 앉아서 죽지 그양. 이제는 그렇지 않아. 그전이나 그렇지. [청중: 안동까정 가는데 보따리를 얼마나 지고 가는지 여기가 아주 뚝살이 배겼어. 거 가정 지고 나갔으니깐.] [조사자: 거기가 어디세요, 할머니?] 안동. [조사자: 안동?] 안동꺼정 가셨대. [청중: 거기꺼정 갔다왔어.] 나는 좁쌀인가 뭐 옵쌀인가 지켰는데 무거워 죽겠더라고. 씨 여기를 따놨지. 밤인, 밤인데 알아?

밤인데 모르잖아. 어른들이 알면 혼나지. 씨발 무거워 죽겠는데 어떡해. 가긴 가야지. [청중: 가다가 배가 고프면 어떡해. 먹어야지.] 몰라. 따놨더니. 한 뭐 많이 따놨지. 졸졸졸졸 하더니 점점 가벼워지더라.

"너는 쌀을 어쨌느냐?"

"몰라요."

내가 모른다고 그러지 내가 뚫어졌는지 내가 알아? (웃음) 그래가지고 그렇게 해가지고 죽겠더라니까 무거워서 처음엔. 한말을 지었는데.

[청중: 아이고 우리언니 동짓달 그 피난에 애기를 가졌는데 가다가. 애기를 났어. 밖에서. 내가 11월 달 같애. 11월 달. 양력으로. 그러는데 애기를 났는데요 아들을 났는데 또 막 쳐 나오니까 어떻게 헐 수가 없잖아. 복골서 났어. 요기. 두촌 밑에 복골이래는 데가 있어.] 어, 알어 복골. [청중: 거기서 났는데 업고 쪼금 갔어 인제. 게 애 난 업으면 피가 벌건거 애를 입혀가지고 가는거야. 어디만치 가니까 애가 얼어 죽었어. [청중: 사나? 뺄건거. 금방 난거.] 우리 언니가 애를 났는데, 내가 언니랑 같이 나왔어. 애가 얼어 죽었어. 근데 그걸 파묻진 못해고. 겨울에 얼긴허고 어떡해. 남의 집까리에다 넣고 갔어요. 어디 가다가. 헐 수 없는걸. [청중: 헐 수 없어.] 여기 관서방은, 관서방이는 여기 나오다가 여기 까치강에서 났는데. 나가지고서는, 겨울이야 그때가. [청중: 동짓달이겠지. 동짓달 난리였어. 11월달 난리.] 낳았는데 뭘 낳아가지고선 까치강에다 좀 어디가 됐긴 했겠지? 돌아서 자기 채고 그 다음에 애를 보니께 애가 진짜 얼어죽었다고. [청중: 얼어 죽어. 우리도 얼어 죽었지. 우리 언니가 애를 나서.] 아이고 말도 못해.

군인 갈 적에. 내가 그런 걸 한 번 봤어. 내가 카튜사(카투사) 의무대 있었거든. 내 33개월 22일날. 1반에 제대했는데. 저- 동두천서. 카튜사 미군 아마 인민군하고 격전이 한번 붙었었어요. 근데 내가 그 교환을 해서 거기를 가게 됐어. 헬기로 거기다 갖다 놓는거야. 그 그거 이것들 뭐 환자들 좀 빨리 보라고. 한국군이 있으니까. 한국 카튜사가 있었어. 나는 나도 모르게, 나도 몰르게 한국사람부텀 입을 틀어막거든. 그 피를 제거를 시켰더니. 양놈으 새끼가 총으로 나를 쏠라고 그러더라고. [청중: 그 살린다고?] 아니 왜 한국사람부텀, 왜 카투사부텀 보느녜. 그래 말해. 야, 나도 잘못한게 왜냐하믄 아주 막 앞에 있고, 미군이 앞에 있고, 카튜사가 요 뒤에 있는걸 왜 뒤에 있는걸 제쳐놓고 뒤에 가서 하느냐고. 나도 나쁘긴 나쁘지. (웃음) [청중: 한국 사람 살리려고 그랬겠지.] 근데 그게 나도 모르는, 나도 모르는 생각이야 그거는.

근디 근디 이렇게 보니깐 양놈은 눈까리가 빠졌더라고. 여기 앉아있는 놈은. 근디 자는 물을 먹어 매구. 그럼 죽잖아. 그래서 그걸 담요를 아가리에다 받쳐주는디 여기서 잡아댕기며 총을 나한테 져 넣어. 왜 여기 앞에 있는 사람부텀, 미군부터 하지 카튜사부터 허느녜. 사람 족속이 그게 무섭더라고. 아이고. [청중: 나도 모르게 그렇게 된다고.] 나도 모르게 그렇게 된거야. [청중: 우리가 그냥 이치적으로 생각을 해도, 애가 둘이서 볶아치는데. 외국애하고 우리 한국애면 한국애를 먼저 맨질라하지 외국애를 먼저 맨질라고 그러냐고.] 그 동족이라는 게 그-렇게 무서워요. [청중: 그게 그렇게 무서운거지.]

[조사자: 할아버님 그럼 그때 아버님은 어떻게, 군대 가셨었어요?] 예. 가 계셨었었지. [조사자: 아버님 없이 그냥 전쟁.] 엄마가 같이 그 다음에 다니는거지 뭐. 그랬는데 두천서 만났어 아버지를. [조사자: 어떻게.] 군인이 거기 와 있는데. 내가 우리가 밥 얻어먹으러 어머니가 뭘 허러 갔었냐하며는 밥해주고 밥 저 누룽지 얻으러 거기를 갔어. 한 일고여덟 아주머니들이. 거기서 만났어요. [조사자: 아버지를?] 예. [청중: 천생연분이야 그게. (웃음)] [조사자: 그래서 아버지를 만났는데 어떻게 하시고.] 연락은 되잖아. 군인이라도 연락이 되죠? 그죠? 그러니깐 그 부대 계시고 우리는 이제 또 거기서 제대해가지고 오시고. 그러니 연락은 되더라고 그러니까. 부대 이름을 알고 하니까. 그 누룽지 읃어먹을라고 거 아 밥 없는데 어떻게. 배고파 죽겠는데. [청중: 그 누룽지가 대수야?] 그러니까 가서 밥해주면 누룽지 줘요 군인들이. 그걸 갖다 삶아 먹을라고.

[8] 인제 할머니들의 이야기

[청중: 우리는 피난가면서 밥을 먹을라고 뭐 그릇이나 크나. 요맨한 냄비하나 가져가 밥을 아홉식구가 거기다 해가지고 먹을라 그러면 군인들이 뭐 그냥 무서운게 손도 안씻고 와, 손으로 들이대. 그 우리는 이렇게 나섰어. 거기서 뭘 먹어. 밥을 한 두 번 못먹은 게 아니야.] 배가고파 죽을 지경인데 뭐. [청중: 군인들이 죽겠다고 먹는데 우리가 거기서 뭘 먹겠다고 그래. 다 먹은 다음에 그릇만 챙겨가지고 가고 그랬다니깐. (웃음)]

[조사자: 할머님 아까 안동으로 피난가셨던 이야기 좀 조금 자세하게 해주세요 할머니.] [청중: 뭘.] [조사자: 그래도.] [청중: 안동으로 안가고.] [조사자: 안동으로 아니라고 그러셨나.] [청중: 아이 거기 동네 이름도 잊어버렸네. 거 가 살면선 안동가서 주민등록을 내야 집엘 간대. 그래서 주민등록 내러 안동꺼정 갔지 내. 아 그때 내가 처녀적에 머리꽁지 여까지. 아 물든 옷을 입고 갔네. 아 동네 사람이 아-이고 그거 안된다고. 그거 벗어서 싸고 속옷 바람에 수건을 주면서 수건을 쓰고 가래. 그르고 가면 저 군인들 때문에 못간대. 미국놈들이, 미국놈들이 가면서 흔들도 저 지랄을 허는거야. 아 그러니까 그 동네 사람이,

"아이고, 아가씨 저러고 가면 안된다."고.

그러면서 옷을 벗고 하얗게 입고 가라고. 수건을 주면서 즈 옷을 주면서 옷을 그렇게 입고 가라고. 아가씨 저러고 가면 못간다고. 그래서 안동꺼정 가서 주민등록하고 그 고생을 하고 왔지.

거기 저 신풍리 저 조돈실이 있잖아? 알죠? [청중: 돈실이 알죠.] 돈실이. 갸는 처녀가 하도 급해서 젖을 꺼내놓고 남의 애를,

"먹어 이 새끼야, 먹어." (웃음)

아이 미군이 와서 저거 하니깐. 강제로 먹으라니 야(애)가 먹어? 울고.

"이놈으 새꺄 왜 안먹냐."

그러니까. [청중: 색시 해면서 지랄을 지랄을 햐.] 별꼴을 다 봤어.

아이고 그 돈실이는 그래가지고도 우리끼리 얘기지. 갸는 가서 저 미군들이 끌고 가가지고 일어나지 못했는데 뭐. [청중: 그때 그런 사람 많대요.] 강간을 해서 일어나지 못했어. [조사자: 맞아요. 많다 그러더라구요.] [청중: 우리는 피난가서 못봤는데. 우리 동네, 우리 친구들은 아주 초서에 끌고가서 지랄하잖아. 가니까 다 죽었더래는데.] 아이고 돈실이도 밤에 업고 올라가는데.

[조사자: 그 얘기 좀 그냥 이름만 할머니, 그 할머니 이름만 빼시고 그냥 이야기만 한번 해주세요. 어차피 아주 옛날 얘긴데. 어떻게 되신건데요.] [청중: 이름도 다 잊어버렸어.] [조사자: 그 할머니 얘기.] [청중: 이름 쓰면 어때.] [조사자: 이름은 뺄게요. 어떻게? 어떤 일인데?] [청중: 조씨라고 해.] [조사자: 조씨. 알았어요. 조씨 할머니.] 조씨 할머닌데. 피난을, 피난을 허고 있는데. 피난을 허고 있는데 그러니깐 어느 식이냐면. 남자들은 조사를 안 하는데 여자들은 조사를 해야 된데. 빨갱인가 아닌가. [조사자: 누가?] 군인. [조사자: 군인이?] 한국 군인이. 그러니까 처녀니 총을 가지고 조사를 해야된대니 안할 수가 있어야지. 그러니까 안간다고 막 울고 그러니까 벽에다 대고 저 바우에다 대고 와다다당 떨어질꺼 아니야. 아 죽으니깐 가야될거 아니야. 쫓아가야지. 쫓아가는데 그 다음에, 뭐 그 이튿날 저녁때 소문이 났는데 업어가야 된다는 거야. 남으 그 놈으 새끼들이 얼마나 지랄을 했던지. [청중: 하나둘이 했겠?] [청중: 데려다놓고 한 두사람이 아니고 여러 사람이 인제 그러니까.] 그런 적도 있었어. [청중: 죽은 사람도 있어요.] [청중: 여자만 다니면 늙은 이들한테도 그지랄해서.] 아휴. 늙은이도.

저 우에 친구 어머니는 쬐끄매서 떡공 알어? 떡공 알어? 모르지? 떡치는 그 전에 쳐서 넣는. [조사자: 아아.] 고걸 엎어놓고 고 안에다 넣었어. [청중: (웃음) 쬐끄맸구만.] 어. [청중: 강아지새끼만 했나?] 강아지보다 쬐끔 적지 뭐. [청중: 옛날에는 방에 들어갈라믄 떡공을 이렇게 놓고 그걸 밟고 올라갔잖아. 그걸 벌렁 째끼고 거기다.] 어서 봤는지 이렇게 들구서,

"어, 색시."

야. 참 환장하겠데. 환장하겠어. [청중: 아휴 그때는 이북사람보다도 한국 사람이.] 한국 사람이 더 나빠. [청중: 더 나빠. 그 새끼들이 알으켜줘가지고 지랄했는데 뭐.] 그냥 모르는 건 알으켜줘가지고.

[조사자: 할머님 그때 그래서 그 흰색 옷입고 그 안동으로 가실 때 그때가 몇 살이셨던거에요, 할머니?] 청년이지. [청중: 열일곱살.] [조사자: 열일곱살. 그면 그때.] [청중: 열여덟살이였을거. 열여덟에 나와서 가서 피난갔다 와가지고 결혼했으니. [조사자: 아, 그면 할머님은 전쟁나셨을 때가 몇 살이셨던거에요, 할머니?] [청중: 열 일곱에 그랬지.] [조사자: 열일곱에.] 거 가서 한 해 여름을 나고. 안동읍에 나가가지고. [조사자: 안동가서 산에. 그 피난 얘기 좀 자세하게 좀 해주세요.] 우리 할, 저 할머니가 대단한 얘기가 있는데. 영감은, 영감은 저거 되고. 할머니. 아들이 그, 그 그 아들이랑 들어간 거 얘기 해. [청중: 우리 아들?] 응. [청중: 우린 아들도 없지.] 그럼 누구야. 영감이 들어갔어? [청중: 이북으로?] 그럼. 영감이 들어갔지 저이. [조사자: 그 얘기 좀.] [청중: 스물아홉에 들어갔지.]

(본격적으로 이야기를 듣기 위해 자리를 잠시 변경함.)

저 할머니는 왜 고생을 허느냐면. 저 할머니가 에 이북계셨기 때문에. 시방 땅도 다 저 가있고 그랬는데. [조사자: 아, 원래 고향이.] 예. 친정 어 얘기해봐. 어떻게 해가지고. [청중: 이북 땅에 있었어. 이 할머니는 이북 땅에.] 이북을 어떻게. 애들이 왜 이북을 들어가고 그랬나. [청중: 그 하나하나 물어봐요.] [청중: 이북을 왜 거길 들어가. 거 사니까 들어갔지.] [청중: 할머니는 어떻게 안들어갔어?] [청중: 나도 들어갔다 나왔지요. 저 이포리갔다 들어갔다 나왔지요.] [청중: 그 난리를 다 뚫고.] [청중: 이북 사람이야. 우리는 이남 사람이고.] [조사자: 그러신 분들이 많더라구요. 저희가 다녀보면.] [청중: 이북이래 몇 십리 들어가면 이북인데.] [청중: 여긴데 뭐.] [청중: 관대리 강만 건너가면.] [청중: 관대리 강만 건너가면 이북인데.] [조사자: 그럼 원래 정확히 고향이.] [청

중: 고향이 서화리.] [조사자: 서화리. 거기가 뭐 평안도? 어디.] 강원도 인제 서화리. [조사자: 인제 서화리.] [청중: 인제 서화리.] [조사자: 그때는 거기가 북한쪽에.] [청중: 요 강만 건너가면 이북인데.] [조사자: 이야기 좀 해주세요 어르신. 할머니. 이건 뭐 아무것도 할머니한테.]

왜 사별이 됐나 물어봐. [청중: 왜 사별된 건 뭐 난리에 그 사람 들어가고 우리는 있다가 나오고.] [청중: 혼자 나오셨어?] [청중: 시어머니하고 같이 나왔지.] [청중: 그러면 예 할아버지는 그리 가고. 그 딸들은 아니잖아.] [청중: 딸들은 있지. 다 죽구 읎구 여기 와 났지.] [청중: 여기 넘어와서. 인제 영감을 얻어서 애 났다 이거지?] [청중: 그럼. 그것들은 여기서 나 키운거지.] [청중: 시어머이하고 같이 넘어오고.] [청중: 시어머니하고 둘이 넘어왔지. 그렇게 살았구만 뭐.

[조사자: 그러면 그때 시어머님하고 단둘이서만.] 그럼. [조사자: 자녀분들은 없으셨어요?] 다 죽었지유. 끌고 댕기다 하도 둘이 다 죽더라카이. [조사자: 피난다니다가?] 그럼. [청중: 여기 넘어와서?] [청중: 넘어오긴. 거기서 저.] [청중: 거기서 이북서 내대잖아.] [청중: 가정에서 죽었어.] [조사자: 어떻게 어떻게 피난다니다가 아이들이 죽게 됐어요?] [청중: 병에 걸리니 약이 있어?] [청중: 홍역에 걸리면, 홍역 걸린 애들은 다 죽었어.] [청중: 그래서 다 죽었지. 아침에 하나 죽구. 시살짜리는 아침에 죽구. 일곱 살짜리는 오다가 저녁때 죽은거 그냥 산에다 묻었어. 들여노니까 발이 이렇게 나오잖아. 이놈을 걷어놓고 그냥 슬쩍 해놓고 나왔지 뭐. [청중: 그러고는 시어매랑 같이 둘이서.]

[청중: 그럼. 둘이 나와서. 나오기는 우리 시어매도 여기 나왔지. 나와서.] [청중: 그래 나와서 어디 계셨어?] [청중: 지금 저 집이 있었어. 저 청소구네 집자리. 거기 살았어. 거기 살다가 또 나는 또 영감을, 신랑을. 영감이 아니라 그때는 신랑을 얻고 시어매는 거기 있을 수 없으니까 저– 소재로 갔어. 소재가서 인제 물래 자즙고 거기서 얻어 잡숫고 있다가. 병이 들잖아. 병이 드니까 또 끌어왔지. 그러고 인제 그 지금 청소구네 집 자리서 돌아가셨어.

그래가지고 저 지금 봉천네 있는 거기다가. 산에 썼는데 어디로 갔는지 모르지.] [청중: 다 파헤쳐놨지.] [청중: 다 파뒤집었지 뭐.]

[조사자: 그러면 그때 그 그 남편분, 그때 당시 남편분 되셨던 분은 오낙 내려오지 않았어요?] [청중: 나오진 않고 들어갔지 뭐 그때.] [청중: 이북으로 넘어갔대.] [청중: 이북으로 넘어갔지.] [조사자: 왜, 왜. 왜 저기 어머니가, 어머니랑 부인과 아이들이 이쪽에.] [청중: 있는데 왜 나왔냐고? 강습을, 강습을 갔는데. 강습을 들어갔는데. 사흘만에 내몰고 들여몰고 그랬어.] [조사자: 강습을 가요? 그게 무슨 말이에요.] [청중: 훈련 받으러.] [청중: 교육 받으러 갔구먼? 말하자면.] [청중: 그럼. 교육 받으러 갔지.] [청중: 이북으로 교육 받으러 갔네. 그 다음에 난리가 나서 후떡후떡.] [청중: 간 다음에 이게 난리가 나니까는 아주머니는 나오고.] [청중: 나오고. 그 사람은 들어가고. 그러다 아주 이렇게.] [청중: 헤어진게 아니고 그렇게 된거야. 말해는 거 보니까.] [청중: 죽었는지 살았는지 뭐.] [청중: 죽었겠지 뭐. 나보덤 두 살 더 많은데.] [청중: 아이고 돌아가셨지. 이북 넘어간 사람이 얼마나 많은데. 여기 사람들도 넘어갔는데.] [청중: 간지 사흘만에 그랬어 사흘만에. 내몰고 들여몰고.] [청중: 그럼. 그러니까 교육받으러 갔다 그 패들은 넘어간거고. 올래야 올수가 없어요 그때는.] [청중: 게 죽었는지 살았는지 모르지. 죽었겠지 여태 있겠어.]

[청중: 꿈에도 안보여?] [청중: 안보여요. 처음에는 꿈에 보이더니 이제 안보여.] [청중: 꿈에 보이던데.] [청중: 안보여.] (모두 웃음) [청중: 뭘 보게.] [청중: 아니 나는 꿈에 보이더라고.] [청중: 처음에 갔을 때 몇 달은 보여. 와. 눈을 감으면 집으로 와. 그러는데 그 다음엔 안보여. 인제는 안보여.] [청중: 꿈에 보이더라고.] [청중: 몇 십 년이여 벌써.] [청중: 아주 젊어서 고-대로 아주. 고대로 쫙 빼입고 오대.]

[조사자: 그러면 그때 이후로는 저기 남편분 뭐 소식도 하나.] [청중: 소식을 어서 뭐. 그 다음에 꽉 맥혔는데.] [청중: 죽었는지 살았는지.] [청중: 다 그때 그래서 지금 그 이산가족이 다 그렇게.] [조사자: 그러니까요. 비극적이에요.]

[청중: 여기 와 사니까는 자꾸 꿈이면 오더라고.] [청중: 그래 내가 물어봤잖아. 꿈에 안보이더냐고.] [청중: 꿈에 보에. 몇 번은.] [조사자: 처음에는.] [청중: 그럼. 한 3년은 보이지.]

[조사자: 그러면, 그러고 나서 다시 이 재가하신거시네요 그러면? 그럼 처음에는 여기 나와서 애들 다, 두 아이들 다 묻고.] [청중: 그럼. 혼자 나왔어. 시어머니하고 두 며느리, 시어머니 나왔어,] [조사자: 시어머니하고 두분이서 막 피난을 계속 다니신거잖아요.] [청중: 댕기는 게 아니라 내모니까는 둘이 나왔지요. 나오니 뭐 어떻게 살 수거 없으니. 그맘때 생각을 하면 뭐. 시집가라그래 못살아. 젊으니까 시집가라그래 못산다고. 그래서 우리 시.] [청중: 또 이렇게 이쁘니까.] [청중: 에이구.] [청중: 이쁘니까 가만두나?] [청중: 외사촌 시아재버니가 시집을 가라 그러더라고.

"지수(재수)씨 혼자 못삽니다. 동상은 못나옵니다. 재혼허세요."

[조사자: 누가, 누가 그러셨다고요?] [청중: 외사촌 시아주버니가.] [조사자: 어 외사촌 시아주버니가. 그래서, 그래서. 누가.] [청중: 그럼. 영감 얻어가지고 살다가 이제 영감도 다 죽고 이제 혼자 남았어.] [조사자: 자녀는 그럼 지금은 어떻게 되세요?] [청중: 딸만 둘 있어.] [조사자: 딸만 둘.]

[청중: 근데 아주머니 여기 넘어 왔을 때, 처음에 넘어왔을 때 여기 있질않고 피난 나갔잖아. 어디까지 갔어?] [청중: 원주.] 원주. 다 원주. [청중: 원주 수용소 가는데. 저기 저-기 가서. 원주가서 제천가는 그 기차는 안탔어?] [청중: 안탔어. 원주.] 수용소, 밤나무 수용소 있었지? [청중: 그럼. 거기 있었지. 거기 있다 일로 들어온거에요.] [청중: 야중나갔다 우리보다.] [청중: 거기 있다가 또 저 짝에 수용소 또 있어.] 그래 그쪽으로는. [청중: 저 거기 가 또 몇 달 있다 왔어. 거기서 집으로 가라 그래서.] [청중: 근디 우리는 이때 여기서 장남서 피난나가서 원주로 갔는데. 그 기차 있잖아요. 기차 안에는.] 그게 끝났어요. 고 기차가 다. [청중: 기차 안에는 짐을 잔뜩 싣고 우리보고 기차 꼭대기래도 갈래면, 제천을 갈래면 타래.] [청중: 없어. 그때 기차가.] 없었어요.

[청중: 우리는 그걸 탔어. 아니요 우리는 그걸 탔어요. 아침에 보니까는 기차 화통이 그 이렇게 굴에 빠져나갈 때 아주 그래. 사람이 눈만 밴질밴질햇게 제천가서 내려노니까 까마귀 사촌 같더라고. 사람이 막] 에이 그 전에 까마귀 사춘. 그 전에 애들 코를 어떻게 이렇게 시쳤는지. [청중: 아, 여기 번들번들 했지 여기.] (모두 웃음)

[청중: 아이고 내 잊어먹지도 않아. 우리 딸은 하도 옷이 없어서. 전쟁 난 뒤로 그 저 담요 있잖아. 담요 왜. 미군 남요 내비리는 거를 주워다가 몸빼를 해입혀. 그믄 그 놈으 몸빼에 이가 얼-매나 많은지. 이가 바글바글 핸거야.] [청중: 아이 왜 이렇게 이가 많지유?] [청중: 그래서 잡을래야 잡을수가 없더라고. 화로 불을 때다놓고 이렇게 대면요. 그 담요에서 이가 말도 못하게 나와. 그러면 이를 이렇게 해가지고서는 툭툭 털어 거기다. 후두둑 후두둑 했어요. 에이구 이가 얼매나 많은지.] 구수한 냄새가 나는데. [청중: 왜 이렇게 이가 많았지.] [청중: 아니여 저 학교 댕길때도 그렇게 이가 많애유.] DDT를, 이 DDT를 등허리를 긁어갖고 이렇게 줬어. [청중: 하도 이가 많아서.] 이가 많아서. 75년도까지 군인들 이 주머니를 차고 댕겼어요. DDT를 여기. 70년도까지. [청중: 난 이 그렇게 많은거 처음봤어 그때.] [청중: 우리 딸래미가.] [청중: 그때 그렇게 이가 많았어.]

담요 몸빼. (청중들이 이에 대한 얘기를 모두 하기 시작하자) 아줌마, 담요 몸빼 얘기를 내가 한마디 해야되겠어. 응? [청중: 지겨워. 못살아.] [청중: 홀딱 벗은거?] 응. [조사자: 하세요. 어르신 또.] 담요 몸빼를. [청중: 아 여기서 가마니 사가지고 있는데.] 내가 그 입히줬잖아 그걸 참. 입히줬잖아. 나하고 기서가. 김부리서 나왔어 그 양반이. [조사자: 김부리서.] 응. 그 담요 몸빼를 해서 입었는데. 그 전에 빤쓰두 없는 모양이지? [청중: 빤스가 어딨어?] 그랬는데, 그랬는데 저 왜 내 친구 곽기서라고 있어,

"아저씨, 아저씨."

우릴보고.

"학생, 학생."

그러더라고.

"왜요?"

그러니까,

"이 가매 좀 일으켜줘요."

그러더라고. 가매가 크잖아? 가매를 이렇게 이었어. 그러고 이 아주머니가 쪼끄려앉았을거 아니야. 이렇게, 이렇게 앉았더니 일어나야 될 거 아니야. 그 이렇게 벌떡 일어나더니 이 고무줄이 툭 끊어졌네. 이렇게 일어나다가. (모두 웃음) 그날 장날이라 사람은 많지. 그 양반은 이거 깨면 큰일이잖아. 아! 우리가 빨리 내려놔서 이 아주머니는 저 경안네 방앗간 뒤로 뛰고. 이걸 쥐고선. 얼매나 울었는지 그 아주머니가 거기 가서. 안 울었겠어 글쎄? [청중: 아이 허리띠라도 묶고 왔으면.] [청중: 그런 생각을 했겠수?] 아이 얼매나 울었는지. [청중: 딸 사람인가봐.] 응? [청중: 딴 사람인가봐.] 몰라. 김부리 사람이야. 우린 그 여자 알아. [청중: 아이 산골 사람이 가매를 사서 였어?] 였어. [청중: 이고 가다가 그랬지. 그때는 차가 없으니까 다 이고 걸어서.] [청중: 생각을 해면 허리띠라도 맸으면 그러지만.] 허리띠가 어딨어. 그노무 고무줄이 툭 끊어지니까 홀랑 벗어지는거야 아주. [청중: 팬티가 없는데, 팬티가 없는데.] [청중: 얼마나 보기 좋았겠나.] 사람들은 이 아줌마 우는 것만. 이걸 내려, 깨지도 못허고,

"아흑-."

그래서 우리가 빨리 들려놓고서 이 아줌마 여기 이렇게 쥐고 방앗간으로 들고 내뛰고 그랬었어. 아이고 참 없이 사는 건 말도 못해요. 아이고. 내가. [청중: 전쟁난 뒤로 들어와서도요. 고생을 엄청 했어.]

내가 군인가가지고. 군인. 여기 논산 훈련소를 갔는데. 부지런-히 세워놓더니 우와기(윗옷) 하나 주는 사람있고, 쓰봉(바지)을 하나 주는 사람있고. 쓰봉을 하나 탔는데 바지가 여기가 없어. 한가닥이. 이걸 어떻게 입어 이거

를. 그래고 그 다음에 이 누비옷을 주더라고. 저녁에 입고 자는데 스물스물스물 죽겠네 아주. 뭐 아주 죽을 지경이야. 아 그래서 교관한테,

"아이 이거 아주 죽겠는데요. 괴로워서."

그러니께,

"이 새끼야 자빠져 자."

어딜 뭐 뭐라그래. 꼼짝도 못하고. 그래가지고. 그 이튿날 이를 천마리를 잡으라 그래잖아. 천마리를. 우와기 그거를 훌떡 벗어가지고 뒤집어가지고 성냥개치있지? 성냥개피를 두부를 놓고선 성냥개피로 두두두둘 말려. 천마리가 뭐야. 말도 못하게 나오지. 그래도 그 잡아 입으믄 좀 나요. [청중: 낫지 아무래도.] 그 이거를 어떻게 이거. 이거 가다리(바짓가랑이) 없는걸. [청중: 이런데 옷 입으믄. 예를 들어서 말하자면 속 아래 속은 일로 소캐하고 이가 하얘. 하얘.] [청중: 이렇게 꿰매는 사람도 있어.] 요 요 이렇게 접어가지고 꿰매야겠지. 나오겠지, 피도 나오겠지. 아파 죽겠는데. 괴롭고. [청중: 그거 이 잡는 거 화리를 들이대야돼.] 그때는 군인이 화리가 어딨어요? 군인이. 화리가. (청중 웃음) 아 난 이거를 이거를 이것 때문에 밤에 잠을 못자는거야. 어디서든 이걸 갖다가 달으래니 이걸 어디가 달아 글쎄. 그래가지고 아가 우와기가 하나 있더라고. 그래서 우와기 있으면 이거 이걸 하나 짤라다가 이걸 여기다 달아가지고선 꼬매가지고 요기다 이렇게해가지고. 한쪽은 우와기. 아이고 말도 못해. [청중: 살던 생각을 허면 참.]

근데 훈련을 이렇게 가는데. 한 놈으 새끼는 그거 있잖아. 뜨물똥. 뜨물똥에서 턱 허더니 먹는거야. 배고파서. [청중: 미군 짬뽕 나온거. 우리가 보릿고개서 얼매나 갖다 먹었는데. 그걸] 그렇게 먹고 살았어요 군인들도. [청중: 군인 짬뽕 안 먹은 사람 없어요.] [청중: 미군들이.] [청중: 그건 더럽지도 않아.] [청중: 미군 애들은 잘 먹잖아. 그 꿀꿀이래는 게 나와. 뵈래별거 막 쳐놓은거. 그 어디냐면.] [청중: 꿀꿀이 죽이라그러잖아.] [청중: 그 어디냐면 절골 빵구대가 있었어요.] 그래 맞아. 빵구대. 절골 빵구대. 야– 그거 맞어. [청

중: 절골 빵구대가 있는데 그걸 어디다 내비렸느냐면 보릿고개에다 내비렸어. 장남서 우리가 그걸 다 줏으러 왔어 인제. 우리 패거리가 전부.] [청중: 그때는 쓰레기통 주서다 막.] [청중: 쓰레기통 줏으러. 그래면 그거 와서 내삐리는거. 감자도 막 걔들은 굵게 까요. 이렇게 쫄다시피해. 그래서 그 껍데기도 주숴가고 감자 까던거 주숴가지고 꿀꿀이 가져가지. 그 뭐 내비리는 거 다.] 닭도 있지 [청중: 차에서 쏟으면요 갈가무때(갈까마귀떼)같이 매들어서 우리들이 여럿이. 어른사람, 장남사람 뭐 사람 다 오잖아요.] 갈가무떼도 그런 갈가무떼가 없을거야. [청중: 그니까 서로 못주숴. 근데 이제 두 차가 나와. 보릿고개서 그 차 나오는게 보여요. 왜 그 뒤에 쓰레기통 차에 달고 오잖아.

"저기 온다! 온다!"

해면 뭐 남자 애들이 기운있으니까 남자애들이 먼저가서 다 디리줍고. 우리는 막 내리 떠밀고. 우리는 못 읃어가 인제. 만재네가 장남이, 만재네가 있었어. 그 새끼가 기운이 아주 있어서 많이 주섰어.

"나 좀 하나 줘."

싫다 그러더라고. 싫다 그러면 막 잡아댕겨서 나도 내 주머니에 쳐 넣었지. (웃음) 그랬더니 막 때리더라고. 때리고나마나 얻어 맞아도 그거 좀 얻어가지고 가야돼. 그래서 그 쓸게미 주스러 내 보릿고개 많이 나왔어.] 여긴 천주교가 그 여기 천주교 자리가 쓸게미자리요. [조사자: 쓸게미?] 긍게 여기 왜 쓰레기통이라 그러지. 그러니까 거기가 뭐 꿀꿀이라 그래 그. [조사자: 꿀꿀이 죽.] 그걸 갖다가. [청중: 구뎅이를 파놓고 거기다 쏟아 붓는다고 다.] 불쌍하지. 즈가 볼 적에 시방 저-기. [청중: 나 시집가기 전인데.] 물 더러운거 먹잖아? 그거보담 더했어. [청중: 그래도 안죽어.] 그래도 안 죽어. 그렇게 해도 안 죽어. [청중: 고기라는데 뭐. 꿀꿀이 죽이 전부 고기라 그러더라고.] 다 고기에요 고기야. [청중: 글쎄 우리가 그 세월이 한 10년은 돼죠? 거의?] 거즘 10년 돼요. [청중: 거즘 10년동안 고생했어.] 그래가지고 우리네들이 지금 그래도 고생한 우리들이 애들을 많이 나가지고. 이 우리나라를 이만큼 해놨어.

그렇기 때문에 노인네들을 괄시하면 안돼. [조사자: 맞아요, 맞아.]

(젊은 사람들이 아이를 안 낳는 문제에 대한 이야기를 하다 이야기를 하던 할머니가 딸 여섯을 낳고 아들을 낳은 이야기가 이어짐. 최근에 단국대 병원에서 수술을 받았다는 이야기를 하시면서 수술 자국을 보여주심.)

[조사자: 할머님 그러면 전쟁 중에 결혼하신건 아니시죠.] [청중: 끝나고 했었지.] [청중: 끝나고 피난갔다 와서 했지.] [청중: 끝나고 했다고?] [청중: 우리도 그랬는데.] [청중: 그때도 군인들이 와 지랄 벌였어.] [조사자: 그렇죠? 그때도.] [청중: 결혼식날 색시 봐야한다고 와 들여다보고 지랄해. 시아버지가 이장이니깐 뛰들어오진 못하고. 바깥에서 지랄하고 막.] [조사자: 그 얘기 좀 해주세요. 그것도 좀 특이하다. 결혼식을 하고 계신데 전쟁 끝난 거잖아요 그때는.] [청중: 그럼. 끝나도 군인들이 댕겼어. 그 우리집은 이제 시아버지가 이장이니께 못그러고. 그 하루, 그날 세집이가 결혼을 해서. 세 집 결혼식핸 걸 신랑 달아 묶는다고 때리고 지랄해 일어나 댕기질 못했어 신랑들이. 또 우리집은 시아버지가 이장이니께 그저 배깥에 지랄하다 못그러고. 여러 집들은 아주 행패를 부리고 지랄해서. 색시 뱃겨달라고 지랄하고 신랑을 달아묶는다고 두드려 패고 달고 패고 그래서 걸어댕기질 못했어.] [조사자: 군인들이? 신랑을?] [청중: 그럼 군인들이 그 지랄했지.] 약해면 끌고 가.

[청중: "우린 언제 죽는런지도 모르는데 너희는 결혼식을 해?"]

이 지랄해면서. [조사자: 어떻게 그래도 어떻게 쫓아냈어요, 군인들을?] [청중: 그래면 인제 하루 이틀 지내가니까 그 인제 군인들이 그 다음엔 잘 안왔지. 어쩌다 들어오고. 그 전쟁 끝난 다음에 그 지랄을 해. 우리는 언제 죽을지도 모르는데 결혼식을 해냐 그러면서. 근데 우리집은 시아버지가 이장이니까 와 그 지랄을 못해고 딴 집이가 지랄허더래.

총살 위기를 넘기고 적군과 싸우다

이 병 상

"한 사람이 딱 죽었지 총에. 그때에 집합명령만 안 내렸으믄 우리가 다 죽었을 기여"

자 료 명: 20130820이병상(무주)
조 사 일: 2013년 8월 20일
조사시간: 70분
구 연 자: 이병상(남 · 1923년생)
조 사 자: 박현숙, 조홍윤, 황승업
조사장소: 전라남도 무주군 설천면 삼곡리 (구연자의 집)

[조사과정 및 구연상황]

조사자가 통한마을 이장에게 추천받은 제보자에게 전화통화로 조사취지를 설명하고 인터뷰 동의를 얻었다. 조사자가 제보자의 집을 찾아 방문하자 제보자 부부는 마침 생신에 맞춰 부모님을 뵈러온 딸을 배웅하고 있었다. 딸은 낯선 이들을 방문을 경계하였으나 조사취지를 듣고 관심을 보였다. 딸이 자리를 뜨고 난 뒤, 곧바로 인터뷰를 시작하였다. 그런데 대문 밖이 바로 도로라 지나가는 차량 소리 때문에 녹음 상태로 별로 좋지 않았다. 그래서 다시 자리를 안방으로 옮겨 인터뷰를 진행하였다. 이후 안정감 있게 인터뷰가 마무리 되었다.

[구연자 정보]

이상병 제보자는 1923년에 무주군 설치면에 태어났다. 한국전쟁 때 반란군으로 몰려서 총살을 당할 뻔도 하고, 치안대원으로 활동하기도 하였다. 제보자는 한복을 곱게 차려입고 조사자를 맞이하였다. 고령임에도 꼿꼿하게 앉아서 발음도 비교적 정확하게 표현하였다. 몇 해 전에, 관광에서 만난 조명순과 부부의 연을 맺었다. 구연 내내 웃는 표정을 지었으며 아내와 눈이 마주칠 때마다 화사한 웃음으로 아내에게 화답하였다.

[이야기 개요]

화랑부대가 마을에 들어왔을 때 마을에 사는 남자들을 총부리를 겨누며 끌고 갔다. 마을에 끌려온 남자 아홉 명을 밭에다 데려다 놓고 꿇어앉혀 놓고는 실탄을 쏘아 일곱 명을 사살했다. 옆 사람이 소대장에게 살려달라고 애원을 할 때 집합명령이 떨어져 옆 사람과 제보자는 겨우 목숨을 건졌다. 그 후 마을 치안대 활동을 하면서 빨치산 토벌을 하러 다녔다. 그 토벌과정에서도 여러 번이 죽을 고비를 넘기고 살아왔다.

인민군들이 동네를 불태워 제보자는 가족들과 피난을 잠시 갔다가 마을이 평온해지자 다시 마을로 돌아왔다. 제보자는 동네 반장으로 일하면서 치안미, 경상비를 거둬 치안대원들을 먹여 살렸다.

[주제어] 구사일생, 총살, 전소, 구명, 화랑부대, 치안미, 반란군 출몰, 신고, 인민군, 점령, 나락세기, 피난, 이현상부대, 치안대원, 덕유산

[1] 경찰한테 끌려가 총살당할 위기에 처하다

[조사자: 어르신 성함이 어떻게 되세요?] 이, 이 병 상. [조사자: 아 병자 상 자.] 예. [조사자: 태생이 몇 년생이세요?] 에, 23년 생이요. 일구이삼 년.

[조사자: 전쟁 나기 이전부터 여기 반란군들 마을에도 많이 내려오고 일들이 많았잖아요. 그때 죽 해방이 후부터 죽 경험하신 이야기를.] 경험은요, 다 겪었어요, 다 겪었어. [조사자: 어르신 살아오신 이야기를 편하게 죽 해주시면 돼요.]

[조사자: 그래서 어르신 이야기를 편하게 죽, 보고 듣고 느끼신 이야기를 해주시면 돼요. 어린 손주들한테 이야기 해주신다 생각하시고.] 그러믄 반란사건부텀 육이오 사변 전, 육이오 사변 때 얘기해요, 반란사건. [조사자: 그 이전부터 해방부터 죽 이야기해주셔도 돼요.] 해방되고 난 다음에 저 여수반란사건이 생겼거든요. 그래 여기는 산중이래서 여수반란사건의 공비가 어디 저 댕기질 못해. 이 산간으루다가 탈출해가지구 먹구 살았단 말이여. [조사자: 네.]

그래 먹구 살믄서, 이 시방 사람들 어디 산에 가믄 붙들어가지구 정보도 듣구 그 사람들이 와가지구 이 산 밑에 사람들 집에, 이른 데 나올래니까 우리 아군들한테 붙잡히겠으니까, 경찰들한테 붙잡히겠으니까 이 산 밑에루, 덕유산 밑에 요길 돌면서 산골 집에루 댕기면서는 탈출해다, 식량을 탈출해다 먹구 살았거든. [조사자: 네.]

살다가 아, 그 육이오 사변이 나면서 육이오 사변이 날 적에 저 이북사람들이 이리 니려왔잖아요. 그 내려오믄 저 대구 팔공산 있는 데 막 큰집, 서울 점령하고 막 대구로 내리 닥쳤단 말이여. 내리 닥쳐가지구 대구 팔공산에 가 가지구 모두 멈춰서 있구. 국민들두. 국민들두 그리 내려가 산다구 해서 대구 루 간 사람들이 많아요. 강원도서 충청도서 이 전라도서. 그 막 가족들이 내려간겨. 그냥 뭐뭐 내려가가지고 있는데. 우리내 이 산간지방에서는 그냥 제 집이 가만히 있었구, 이 구천달리는.

있었는데 거그서 인제 미군들이 나와가지고 그거를 막 공습을 하구 막 공포탄을 떤지구 이래니까 이놈들이 배기질 못하니까 도로 상 올라간다 이거여. 그 올라가니까 우리 미군들하고 우리 아군들이 조직 돼가지구 막으니까 못 넘어가구. 넘어간 사람들은 넘어가구 못 넘어간 사람은 여기 있어 그 패잔병이 돼 가지구 먹구 살 길이 있는가. 시방 이 산 밑으루 가차운 데 저 경찰서나 이른데 가차, 으 먼데 떨어져서 못 오게 됭게는 밤낮으루 떨어다 쳐먹구 저 짐 지켜가구, 빨갱이들이. 짐 지켜가지구 가구 그래가꾸. 그름 또 우리 아군들이 들어와가지구 서로 만내가지고 전장두 허구. 그랬단말이여.

그래니까 이제 여북해서 여기 무주구천동 설천면에, 무주구천동은 덕유산이 가깝고 지리산이 가깝고 이래니까 이놈들이 여기 많이 주둔을 하구 있었어요. 그래니까 낮에는 이놈들이 여기 와서 있구 이래니까 아군들이 그래 말이 있었어요. 아군들이 낮에는 들어와 군인들이 들어오니까 이 놈들이 피해야겠다, 저녁이므는 인제 다 가니까 아군들이 가니까 징, 지방에 와서 막 쌀 떨어 가구 뭐 만들어 가구, 뭐 짐 지구 있는 거 일반들 주민들이 다 집 지켜가지구 가구 이래는 세상이 있었어요. 그러니까 여북해 말이 구천동은 낮에는 공산주의, 공산주의, 낮에는 민주주의다 이룽게 소문이 났어요. 그룽게꺼정.

그룽게 날다, 살다가 이제 미국에서 그 상륙작전을 하는 머리에 사가지구 해가지구 우리가 승리를 해서 그놈들이 패잔병이 돼가지구 몇 년간을 여그서 소탕을 댕기구 이럴 제, 군인두 막 들어오구 군인들이 화랑, 첨에 군인들 들어올 적에 화랑사단이 들어와가지구 이 동네를 산곡리 배뱅이 신곡리 이룽게 상계리 있었는데, 자연부락 단위는 뭐 여러 군데여. 보안리도 있구, 관동리도 있구. 군인들이 와서 불을 질렀어요. 불을. [조사자: 군인들이요?] 군인들이. 이래 놔뒀다간 빨갱이들 집 되구 빨갱이 멕여살리므는 저기래서 여기 불, 산곡리 여길 제일 먼저 불 질렀어요.

그래가지구 인제 이 사람들이 갈 데 있는가요. 소개를 설천면 있는데 거 소재지, 거기는 불을 안 질렀기 때문에 거기를 가고 그 다음에 화랑부대가 또 들어왔었거든요. 화랑부대가 들어와가지구 주둔을 해구 여기 배뱅리. 배방리 관동 이리 다 주둔을 해가지구 있었어요. 그래 공비 여기 막 들어온 거를 막 밤에 여기 있다는 소리를 듣구서는, 와가지구 여기를 막 있으니까 군인들이 들어와가지구 밤에 점령해가지구. 즈그 놈들이 또 정보가 있으니까 밤에 들어온다구 하니까 새북에 다 내뺐어. 부락에 집집마다 다 있다가. 군인들이 들어와서 집집마다 막 방에 들어와서 총기를 대구 빨갱이 있는가 인제 찾아보니 읎거든, 다 가구.

그래가지구 있다가 내가 죽을 뻔허게 헌 거는 배뱅리 그때 살았어요 여기 배뱅리. 고래실이래는 데 사는데 거기 한, 우리는 큰 동네는 사십호 되구 이짝에는 한 열댓 집 되는 데서 살았는데. 소개를 당해서 그 관동 가 갔는데, 그 빨갱이들은 다 갔는데 군인들이 막 식전에부텀 들이닥치드라구. 들어닥쳐서 총부리 대구 문 열라구 하고. 막 총을 들구 방에 가서 다 뒤졌어 그눔들이 숨어가지구 있나.

그럴 적에 그 고 뒤에 한 사람이 젊은 사람이 있었는데 그 집이를 가니까 군인이 가니까 쫓겨서 웃방으로 도망을 쳤어. 그르니까 군인들이 의심을 샀어. 이놈이 사상이 틀린놈이니까 우리를 보고 쫓겨 가는가부다. 아 그럼 데리고 묶어 데리고 묶어가지고 나왔단 말이야. 그 고기에 우리네 남자들이 있는게 한 아홉 명이 있었어요. 아홉 명두 다 데리구 가드라구요. 이눔들 다 죽인다구. 아 그래서 살 사람은 살 운명이 생기는 기여. 그래서 그그 고기 배뱅이 고지가 있어요, 지금두. 거기다가 야중에 복구가 돼가지구 지서는 못 짓구 파견 삼아 지서삼아, 경찰에서 신광철이래는 그 냥반이 지서장으루 와가지구 부대를 이끌었는데. 그리 인제 그때 그때는 거기 안 들어섰었는데 화랑부대 들어왔을 적에 이눔들 다 죽인다구 데리가드라구요, 고리. 그 나는 가믄서

'설마 죄 없는 사람 죽이랴.'

이룧게 알구 따라가서.

아홉 사램이 죽 있으니까 가니까 이룧게 언덕이 졌는데 이 밑에 밭이 있었어요. 이 밭에 야, 야진 데루다가 전부 꿇어앉히드라구. 꿇어앉혀. 그래드니 와서 이놈들 다 쏴 죽인다구. 다 쏴 죽인다구 해믄서는 그래 해드라구. 그 높은 데 올라서서 소대장이라구 그래드라구. 그래서 실탄을 덜컥덜컥 하드니 한방 턱 쏴요. 그래서 한방 턱 쐈는데

'설마 공폴테지. 성한 사람 죽이겠는가.'

이래 생각하구 난 옆에서, 눈두 뜨구 어디 뭐 어디 돌래다 보지두 말래는 기여. 그래 있었는데 이룧게 일곱이 죽 앉었는데 요기서 하나 둘, 내가 여섯 번째 앉았었어요. 일곱 번째 여기 딴 사람이 앉았구. 그랬는데 이 사람 첫 번 사람은 쐈든 기여. 그래 우린 옆에두 돌려다 보지 말래서 안 봤는 기여. 앉아서 이룧게 있는데.

그 옆에 있는 양반이 그때 무렵에 한 육십 살 먹었는데 그 냥반이 똘똘햐. 면위원두 살구 이랬든 양반인데 아 그 자기 옆에 있든 사람을 총 쏴서 씨러져 죽거든. 그 담이 내가 죽을 참 아닌가 하구 이 냥반이 죽기 살기를 모르구 여기를 언덕에 쫓어 올라갔어. 올러가서 그 소대장 손목을 잡았어. 사람 살려 달라구. 사람 살리래. 그랜, 그랜데 그때에 실탄 딱 한발만 있든 게 나가구 실탄 뒤에는 중이 있었어, 소대장이. 그러자 그, 그, 고 너메 큰 동네서 집합 명령이 내렸어. 집합명령이. 그래가지구 집합해서 죽 가뿌리고 우리가 여섯이 고스란히 있었구 한 사람은 그 사람이 딱 죽었지 총에. 그때에 집합명령만 안 내렸으믄 우리가 다 죽었을 기여. 그런 광경을 또 지냈었어요.

[2] 반란군 출몰 신고 갔다가 겪은 전투

그래가지구 살다가 인제 차차차차 그눔들은 인제 자꾸 잡히구 패잔병이 돼서 산쪽으루 숨어댕기구 몇 명 안되구 이라니까 여기 복구가 됐어요. 복구가 돼서 전부 이 설천 배뱅이, 설천으루 안성으루 전부 소개돼 갔다가 여기를 와서 인제 복구를 했는데. 인제 아군이 와서 거기를 오늘밤에 점령을 해가지구 그 삼사십 명 됐었어요. 이 지방에 주민들이 인제 저 총을 미구 내 고장 내, 내 면, 내 고장 지킨다는 식으루 지방 주민들이 총을 메구 나오구. 인제 무주서 신광철이라구 하는 그 분이 책임자로, 신광철이.

그래가지구선 지내, 지내는, 치안을 허구 공비는 여전히 저 산 밑으루 외딴 데루는 그 눔들이 떨어서 쌀을 가지구 가구 이랬었단 말이여. 그랬는데 한 번은 우리가 내가 사는 동안 그 우에 살았는데 밤을 낮에 집이서 못 자요. 피해가지구 그 눔들이 밤엔 와서 뭐 짐 지켜가지구 가구 빨갱이들이. 짐 지켜가지구 가구 이래니까 집이서 못 자구 외딴 데 참 안 올 데루 가서 인제 숨어서 남자들이 모여서 자구 이랬는데.

그, 그 옆에 있는 사램이 헐레벌떡하구 그 우리 자는 데를 쫓어왔어요. 뭐라구 하느냐 하믄 반란군들이 와가지구 내 동생을 붙잡아갔다 이거야. 붙잡아갔다구 그랴. 아 그러니 그 파견대 그 파견대가 그 밑에 동네 그 날망, 그 날망이 지끔두 있거든요. 거기를 가야 가서 연락을 해줘야 되겠는데 빨갱이가 들어와서 우리 동생 데려갔다. 그르니 빨갱이, 동생을 안 데려갔어두 빨갱이가 들어왔으니 연락을 해야 되거든. 가라구 하니 한 너덧 사람이 있었는데 갈 사람이 안 나서. 안 나서. 그래 내가 나서 갔어요. 나이두 내가 좀 그 사람들보다 작구 이래.

내가 그 밤에, 그래니까는 한 아홉시냐. 구월 열이트, 열하루, 열이튿 날 저녁이여. 음력 구월 열이튿 날 저녁인데 달이 화장창 밝았단 말이여. 달이 밝아. 그래 거길 갔어요, 갔드니. 가다보니까 수류탄이 장치해 놨어, 그 질에다가. 우리, 우리 아군들이. 빨갱이들이 오므는 거기 터지라구. 아 거기 뭣두 모르구 확 지냈다, 이거여. 그때 정신이 있드라 수류탄은 야진 데루 숨어, 얕은 데루 숨어야 된다구 그래. 거기에 질이 엉떡이 한 서너 질 되는 길뚝이, 밑에 논이여. 그리 굴렀어. 굴러가지구 이래 엎치니까 막 터져가지구 이리 굴러가드라구. 그래 살았어요, 내가. 살았어.

그래가지구 거기를, 우리 파견대 있는 델 가서 연락을 해니까. 아 우리가 그때에 공비들이 이른 데, 잔비 공비가 지리산으루 산이 크니까 월동해러 간다구 간대는 정보가 무주경찰서에두 들어왔던 모냥이여. 그래가지구 그눔 잡으러 예비해가지구 지원병을 또 많이 보냈어. 여그다. 뭐 하 많이 보냈는데 무주서 경비주임이 그 뚱뚱한 사람이 이름이 뭐드라. 그분이 그걸 인솔해가지구 왔었어. 그래 가니까 전장할 준비를 달려, 온대는 걸 알구 우리 아군들이 하는 말이 지서장이나 아군들이 하는 말이 나두 못가게 해요, 거그서. 그래 거그서, 그날 하루 지내구 그 이튿날두 안 보내. 안 보내주구 전장 이제 끝이 나야 간다구.

그래가지구 그 이튿날 또 이제 점심 먹구 저녁을 먹구 나니까 총소리가, 저눔들은 뽀진뽀진 사방을 점령해가지구 들오는데 저녁 멫 참 먹을라구 하는 전에 막 이 설천서 오는 이 도로루, 요 이 도로루 그 눔들이 팔십 명이 그 배, 여 저 거기두 또 방위 뭐시기 저 초소가 있어서 그 눔들이 낮에 들오니 초소 와서 점령을 했어. 점령을 했단 말이여. 그래구 점령을 해서 질루다 올러와서 인제 여기 고지 까먹을라구. 그 눔들이 올러오는 놈이 팔십 명이 부대가 여 도로루 오구 이 산 근방으룬 그 눔들이 점령해가지구 있었었어요. 그래 그 우리 아군들이 온다 소릴 듣구 그. 그 고지 날망 있는 디서 그 동네 고개에 또 돌믄 그 고개가 있는데 그리 틀림없이 올거라 하구 거기 가서 이제 모두 보초를 스고 있었는데 탁 오거든.

그래 다 같은 군인이니 몰르구 신호를 해보니까 신호하는 게 틀리다, 이거여. 그르믄 그 사램이 도루, 도루 달려서 본부로 와서 그른 애길 하구 있어.

그 이놈들이 오는가보다. 아니나다라 여덟시가 지내 그냥 아홉시가 되니까 막 총소리가 나는데 그 뭐뭐 말할 수두 없어. 그래가지구 그 날망에 호가 요기 하나 있구, 요기 하나 있구, 요기 하나 있구 세 개 호가 있었어요. 거기서 이제 아군들이 들어앉아서 자고 총 쏘고. 또 여기는 산 능성이에다 호를 깊이 이제 파가지구 거기서 숨어서 총을 쏘구 이랬단 말이요. 그래가지구 이놈들이 달려들었는데 내가 여기 앞에 전방호에서 있었는데 그 전방호에서 부상당한 사람 일곱이 당했어. 나가서 전투하는데 나갔다 하니까 이놈들이

"저놈들 쏴."

하니까 맞어가지구 들오구 또 맞어서 하난 무릎을 맞구 하난 머리 맞구.

한 사람은 그라구 호 안에서 총구를 내놨어 이롷게. 총구를 내놓구 그리 총쏘믄 그리 오는, 오는 있는 데다 총구를 내놓구 그리 총 쏜다구 이라고 있는데, 우리 아군들이 총 끝에다가 전투 모자를 거그다 꽂아서 이롷게 내노믄 그놈들이 탁 쏘믄 명중을 해요. 그 모자가 맞아서 저저.

그래는데 거 또 대원 하나가 대원 하나가 인제 호 안에서 호 안에서 이렇게 총을 이자 이래구 쪼글티는데. 그놈들이 저 총구를 이롷게 쪼글티해서, 호 안에서 쪼글티구 있는데, 총구루다 총을 쏜 것이, 그 사람 저 뭐야 오삼준이래는 우리 저 군인, 아군이 여기 방위대가 여길 맞았어요, 여길. 막 나와. 그래 나와가지구 있는데 나와가지구 있구. 또 한사람 저 부남사람이 여기 또 뭐지 훈련왔든 사람이 맞어가지구 죽지는 않게 막 피를 흘리구, 뭐 것두 그래구. 이래서 횡설수설 막 여러 소리 막 되지 않는 소리를 막 떠들구 이래드라구요. 근데 그 사람들이 가서 그때에 병원이래두 갔으믄 다 살 사람들인데. 아 그래자 이놈들이 뽀진뽀진 달려서 그 호꺼정 와서 우리 아군하구 육박전이 생겼어요. 그랬는데 그때에 경비주임 내가 저 뭐야 으, 신, 신광면이 그 주임이

"아이 거기 위험하니까 중대본부로 니려오세요."

중대본부.

그래가지구 전투를 하는데 에 운수가 있는가벼. 우리 아군들이 총을 쏘믄 그때 에므원 총이거든요. 총을 미고 총을 쏘므는 실탄이 안 나가고 총이 고장이 났다, 이거여. 그래 막 전부가 이 사람이 그래노믄 저 사람도 그렇고.

"아이 내야도 그래 내야도 그래."

그래 소지를 모두 허구, 거기서 허구해도 안 된다는기여, 전부가. 아 그래 해다가 포를 막 쏘는데 그 호안에 능선이 이룧게 있는데, 여기다 호를 파구 지다랗게 우리 아군들이 그 안에서 인제 총을 쏘구. 우리 아군은 총 쏘는 건 어디 뭐 정면하구 쏠 수도 없어. 거그서 총 쏘구 풀러덩 아무데나 쏘구 그냥 주저 앉구. 맞을까봐서 서서 쏘므는.

그래는 형편인데 포를 쏘므는 우리 호 안에서 이렇게 지다랗구 여기에 아군들이 있었는데 총을 저눔들, 빨갱이들이 가찹게 들어와가지구 포를 저기서 쏘므는 아군이 후퇴를 후퇴라, 밀리구. 우리가 또 포를 쏘므는 우리 아군이 전진을 해구. 그르니까 거기에서 감독, 경비주임이라구 무주경찰서에서 온 양반이 그 높은 데 서서 감시를 했어요. 전투감시를 했는데 몽댕이를 들구

"전진, 전진."

해구.

우리 아군들한테

"전진, 전진."

해구 그래라구 하는 형편인디.

저 사람들이 들어와가지군 저 전방호치 여기 호 하나, 여기 하나 여기 하나 세 개가 있었는데 여기, 여기꺼정 들어왔어요, 여기까정. 그 여기 일곱 사람이 부상을 당했었는데. 그라구 저 전투감시를 누가 했느냐 하믄 전창옥이라구 그 사람이 부관이 있었어요. 전창옥이라고. 그래서 부관이 그 사람이 전투 뭐시기를 하구 했는데. 그 일차 전장을 해드니 양중에 휴식이라구 해가지구 총소리가 멈추드라구요. 멈춰서 한참 쉬더니 쪼끔 한 삼십분 있드니 전투개시해구. 쟈들이 그룽게 불러요.

거기에서 그 이현상이가 그때 소대장, 아주 대장이여 연대장이라는. 이현상이래는 사람이 그 사램이 지리산 옆 부대를 인솔해가지구 통솔해 댕기는데. 그 사람이 어디에 있었느냐믄 요 배뱅이 가다가 요 배뱅이 동네 뒤에 요 쪼끄만 골짜기 요만큼 들어가 거 외딴집에다가 와서 배치를 하구 있었단 말이여. 그래가지구 대원들이 사방 산으루 모다 퍼지구 설천서 오든 팔십 명 부대두 다 들어오구 이랬는데 그 사람 거그서 전투감시를 헌 사람이 전화루 다 전투개시해드니 막 꽹과리를 치구 이 야단을 치드니 전투개시해구 또 전투 총소리를 내는 거여. 그래 소총소리는 아군 적군이 쏘는 소리에 콩 튀는 해는데 그 콩 볶는 소리같이 이래 됐는데. 그 포를 한방 쏘믄 저짝 사람이 적군 저 빨갱이들이 포를 쏘믄 우리 아군이 후퇴하믄서 그 호 있는 데 흙데미가서 와르르 흐물어지구. 아, 막, 또 우리 아군이 포를 쏘믄 저놈들이 물러스느라구 우리 아군이 전진을 해구. 이룽게 기줄다리는 식이 있었어요, 아주 그 안에서. 이룽게 했다 이룽게 했다. 자들이 포 쏘믄 우리 야가 아군이 이래 후퇴하구 우리가 포 쏘믄 저놈들이 후퇴하니가 우린 전진해구. 이른 광경이 있었어요, 전투를 꼭 사방짝. 거가 한 이백여 명이 있는 부대가, 부대에서.

그랬는데 그눔들이 달려들어가지군 와서 막 쏘구 육박전이 생기는데 배겨당해낼 수가 있어. 그눔들이 막 쏘구. 그래 그때서 후퇴명령을 내렸든기여. 후퇴명령을 내려서 막 거 산 날등인데 날등으로 니려서 이제 가니까 막 사방에다 총을 쏘는데 뭐 당연히 부상병, 총 맞구 죽구 이래지. 그 우리는 그 맨 뒤에 호에 여그 와서 있다가 설천 그 무주서 온 김광철, 신광철이구 무주서 온 경비주임이구 일곱 명이 그 날등 그리다 궁글렀어요. 막 달밤이 달은 환해가지구 음력 구월 열이튿 날 저녁인데 달은 환하구 한데 사방 그눔들이 점령해있다가는 총을 쏘니까 아군들 모두 나오는 거야. 그래가지구 거그서 궁글렀어요.

한참 궁글러 내려오니까 그 봇도랑이 거 배뱅이 동네 논에 물대는라구 가을인데 물을 안대서 물이 내려가는데 도랑, 도랑에 처백히드라구. 그래두 거기서 질을 나갈라믄 또 한바쿠 굴러야되요. 이렇게 된 델 또 그 밑에 또 논이 있는데 논이 한 다락 있는데 또 거기서 가만 있다 이제 자자 또 총소리 잠잠할 때 거기 또 궁글렀어. 궁글러서 논에 와서 뚝 떨어지니까 또 총소리를 나는 거야. 굴러 내려오니까. 그르니까 그때 물에 엎치자 이거여. 물에 엎쳤어요. 그 나락 씨어논 논에 그 물이 있는데 엎쳐가지고 있대니까 한참 막 총소리가, 패잔병들 가는 거 잡느라고 이눔들이 막 총소리가 사방 나서 하드니 오래 있어 한 시간 되니까 잠잠해드라고. 그래가지고 곶지 우리 있든, 있던 곶지에는 그눔들이 점령해가지고 막 불을 놓구 뭐 청소질허느라구 떨그덕 떨그덕 하구 그라대요.

그래가지고 거기서 그 광경을 당해고 있는데 가만히 호랭이에 물려가도 정신을 채렸단 말이 틀림이 없는 소리예요. 그 논바닥에 그때 일곱 명이 그 경비주임 저 신광철이 주임 우리 대원 일곱 명이 거기서 논바닥에 가만히 생각을 해보니까 저놈들이 여럿이 가는 데나 총을 쏘지 하나둘 가는 데는 안 쏠거다 허는 맘이 들더라구. 그래 내가 여그서는 같이 동행을 일행허지 말구 내 혼자 따져야겠다는 맘이 들드라구. 그래 그 사람들은 다 가서 그 김해재래는 김해재를 넘어가야 무주읍엘 가그든. 그 재 있는 데서 골짜기 또랑물이 있는데 딴 데 질루 가다보믄 그눔들이 막 쏘니까 그 또랑으루 또랑으루 올러가고 나는 그 또랑을 타구 혼자 니려왔어.

니려와가지구 그때 그 물레방아가 크게 높게 놓구 담을 쌓구, 높게 한 서너질 되게 돌담을 쌓은 게 있어. 그 밑에서 숨어 있었어요. 그 밑에서 숨어 있으니까 그눔들이 그 개울갓에 또랑에 그때 구월 달이니까 덤프레 나무잎사구가 다 피어갖고 있거든. 총을 댕기믄 손 들구 나오라구 막 총을 대구 덤프렁마등 의시께 마등 총을 대구 쏘믄서 이눔들 손 들구 나오라구, 그래드라구. 그래서 거기 있든 눔 나간 사람두 있구 죽은 사람두 있구 그래는데. 나 있는 데는 오믄, 오게 되므는 내가 먼저 나가든 나가믄 붙들려 갈기구, 그럴기구. 내 옆에 오기 전까지 꼼짝두 말구 있어야겄다 허구 이 숨어 있었는데. 막 옷은 물에 젖어서 또 밤이 오니께 춥기두 해구. 그런데 가만히 있으니 인저 총 소리두 잠잠해구 거그서 읎나 그서 살살 그 개울갓이 또랑, 그 질을 가게되믄 이룽게 간데 질루 가게되믄 거그 그 꼬치 날망에서 그눔들이 점령해가지구 이래 다 보이거든. 잡힐기여. 그래서 개울가로 들어서 언덕이 이른 타울 그 언덕 밑으루 숨어가지구 숨어가지구 골루 집에를 올러갔어요. 그래가지구 살았어요 또. 그른 광경을 겪었어요.

[3] 인민군이 무주를 점령하다

그래가지구 인제 또 여그서 있을 수가 없어서 내 몸 피해야 된다구 식구들은 여기 살구 안성으로 가가지구 몸 피핼라구 안성 가서 있다가 그 잠잠핸 뒤에 들어왔었어요. 그래가지구 인제 그렇게들 돼가지구 여기에 육이오 사변에 그눔들이 점령을 해가지구 우리 아군들도 다 대구, 대구로 모두 피난 가구. 그눔들이 와서 정치를 했어요 무주읍까지, 무주읍까지. 무주읍까지 즈 본부를 채려놓고 이른, 이른 데 인자 지서두 지들이 점령해가지구 차지해가지구 무주루다가 갖다 인민공화국 정치가 됐어, 그만 여기는.

그래가지구 즈이 놈들이 여기와 면당 채려놓고 수득제, 소득세. 수득센가 소득센가 바치는데 기맥힙디다. 나락 논에 이삭을 뽑어다가 이삭을 시어가지고 평에 얼마 나온다 아 이룽게까지 해가지구 아 섬찍은 몇 섬 나오니까 몇 점 소득세 나려야 한다 아 그룽게 허는데 아주 기맥혀요. 그래가지구 가을에 가서. [화자의 아내: 그때는 호박이파리도 시고, 고구순 이파리도 하나 둘 시고.]

그놈들 참 묘한 놈들이여. 그 나락이삭을 보고 그 멫천 평 되는 육백 평 되는 그 수확량이 얼마 나온 지를 다 알아가지고 거기 따러서 소득세, 세금 바치는 나락 바치라구 즈 먹구 살라고. 그래 바치라구 그래요. 그랬어요. 그래구 그래구 여기다 채려서 뭐 면당이 있고 무주는 그룽게 즈, 아주 군에는 즈 무신당인가 아주 채려가지구 있구 이 지방면이 그만 인민군시대가 됐어요. 그래 그놈들이 시키믄 부역가가지구 무주 가서 뭐 지고오래므는 지고 오구 여기서 뭐 하라믄 하구 여기도 치안대장이 있었었어요. 빨갱이들 치안대장이.

그래, 그래 지내고 이러는 시절이다가 지내다가 그 미군부대에서 그 뭐여져 인천상륙작전이 터져가지고 해가지고 그만 전부, 전부 후퇴를 하구. 가다가 죽은 눔 남은 사람은 이제 지리산 같은데 이른 데 산으루 피해가다 살구. 그래가지구 그눔 소탕시킨다고 군인들이 들어오구 뭐 아군들도 나왔다 실팰당하고. 군인들 나갔다, 이 덕유산에 오사단이 들어와 있었어요. 오사단이 들어와가지고 점령을 해가지고 아마 오래 있었어요. 오사단이 와서 실패했어요. [조사자: 왜요?] 오사단이 실, 여그 산에서 땅굴 또 여그, 여그 천막치고 그롷게 여그 치고 있으니까 그눔들이 낮에부텀 뭐 저녁에부텀 불이 있고 뭐 순직해서 분포해서 보믄 어느 방향에 군인들이 있구나 이걸 다 알게 됐거든. 고놈들이 고리 태와 점령을 해가지고 붙잡고 그랬어. 그때 오사단이 들어와가지구 아주 많이 실패를 봤어요. 그래 실패를 보므는 그걸 누가 처치하는가요.

그래서 오사단이 죽은 군대를 그 덕유산 상봉에서 모두 사방서 죽은 시체를 가져와, 그 군인이 부역으로 해서 다 부역을 내구 부역을 내가지고 가서 데려오구 이랬었어요. 그른 광경을 겪고 그래다가 인제 소탕이 되구 인제 여기 차차차차 질서 잽히고 모두 후에 시간이 되고 그래 그른 광경을 그랬었지요.

[4] 인민군이 피운 불로 이웃 마을로 피난

[조사자: 그럼 이현상부대랑 만난 적은 그때가 처음이에요?] 첨이 뭐여. 이현상 부대만은 그전에 여수반란사건부텀 그 빨갱이들덜이 동네 지방에 와서 몰

래몰래 떨어갔을 적에 그때는 우리는 안 만냈었고. 인제 여기를 점령해가지고 저가 있을 적에는 여기두 치안대가 생겨져 있구. 또 무주 번소에도 근 치안댄가 즈 본부가 거기 있구. 여그서 뭐 그 지배를 받았었지요, 뭐. 인민군시대 받어서 그래구 그랬었단 말이요.

그래가지구 여 아군들이 여그서 저 뭐시기 순천 거기 사건 나가지구 해서 소탕시키는 바람에 여기 다 이래 살아. 차차차차 소탕시켜가지구 지금 살게 됐지유 뭐. 집을 다 태웠어요, 이 아래 동네. 구천동 골짜기 집을 다 불 질렀지. [조사자: 그럼 어디로 나가셨어요?] 그래서 설천으루두 가고 안성으루두 가구. 그랬는데 그때 무렵에 우리 조카가 하조, 여 적산면 하조래는 데 살았는데. 내가 늙은 어머니를 그때도 팔십이 넘은 어머니가 혼자 편모시하고 우리 형님이 또 혼자되신 형님이 나이가 한 칠십 되셔, 노인네. 그 노인을 모시고 내가 있었었어요. 그 모시고 살다 이룷게 되니까 우리 큰조카, 우리 형님의 아들이 여 적산면 하조리란 데 살았었거든요. 그래 거그서 살다가 소개를 거기로 가니까 적산면 가옥리란 데를 갔어요. 적산면 가옥리를 갔드니. 그래서 늙은 부모를, 늙으시니까 친척 간 가차운 데 같이 가야 되겄다 하는 생각이 그리 같이 갔어요.

그리 같이 가서 있다가 농사 지어 먹을 것이 뭐 있는가. 벌어야 먹고 사는데. 그래가지구 벌어야 먹고 사는데 그때 우리 네 식구가 있구 어린애가 하나 있고 저기 저 다섯 식구 있었어요. 우리 인제 노인데 팔십이, 구십 살이 다 된 어머니하고 또 칠십이 넘으신 우리 큰형님이 계시구. 우리 식구하구 딸 하나하구 다섯 식구가 살았는데 도저히 거기서 살 도리가 없어요. 아무 것도 없이 농사짓는 거 다 불 태우고 가져가구 없구 그냥 가가지구 그 또 살 수가 없어. 벌어야지 살지. 그래서 거 적산면이래는 시골이구 가옥리란 데는 시골이고 안성면 시장 있는 데를 와서 뭘 벌어 먹구 살아야되겄다, 이래 그리 왔던 기여, 이사를.

그래 거서 참 봄에 인제 나물도 뜯어다 팔구 뭐 일두 하고 이래 기냥저냥

하다가 차차차차 여기 복구가 돼가지구, 어 한 해 있어 복구가 돼가지고 또 이리 여기 땅이 있으니까 집은 읎지만 땅은 있으니까. 집은 다 태우구. 들어 와가지고 있을 집을 지어. 그땐 막 산에 가서 소나무, 소나물 베다가 방틀집 으루 이룹게 짜. 나물 이룹게 놓구 이룹게 놓구, 흙 바르믄 집 짓기 쉽그든. 그래 짓구 산, 너나없이 전부 그룹게 짓구선 살다, 살믄서 농사를 짓구. 소가 읎어서. 소두 다 뺏어가구. 다 그눔 뺏어가구 소두 읎어. 소 멕이는 거 다, 소가 읎어. 사램이 논을 가는데 연장 끌구 둘이, 둘씩 앞에서 끌믄서 뒤에서 쟁기대가지구 그래 농사를 지었어요, 또. 그래가지구 농사를 짓구 차차차차 질서가 잡혀가믄서 다 그래다 인제 집두 좀 짓고 몇 년 가다보니까 질서두 잽히구 모두 돈두 벌게되니까 이제 집을 짓구 살구 이래 됐었지요, 뭐. 그래서 육이오 사변을 겪었어요. 그룹게.

[5] 치안미, 경상비 거둬들여 치안대원들 먹여 살리다

[조사자: 그럼 어르신은 전쟁에 나가진 않으셨어요?] 전쟁에는 안 나갔지. 전쟁에는 안 나가구 양중에 영기 총 밀 적에 총 밀적에 같이 미구 여그서 뭐시 깽이 했어요. 그래서 지끔 참전용사 증명도 있지요. 그래서 그 참전용사 뭐시기가 나와요. [조사자: 그 치안대 활동하셨을 때 그게 군대로 인정이 되는 거예요?] 아니요. 군대 갈 나인데 내가 군대, 나두 그때 갔었어요. 일정 때. 일정 시대 다녔어. 일정시대 갈긴데 거기서 이리서 전라도에서, 우리가 강원도 살았어요. 강원도 저 횡성이요.

강원도 살다가 대동아전쟁이 일어나는 바람에 덕유산, 우리 형님이 좀 지식이 한문을 많이 배우셔가지고 정감록 비결 이른 걸 보셨어요. 그래가지구 그 강원도에서 이 전라도 땅 덕유산 밑에를 가야 피난한다구. 그래서 동기간 다 버리고 이 덕유산 밑에로 온다구 여 왔던기예요. 그래가지구 그때에 그 면에 가서 퇴거증명을 그때두 했어야 되거든요. 퇴거증명을 해야 오는데 내일 같이 올 날짜를 잡어서 퇴거해놨는데 오늘 가서 해니까 바뻐가지고 못 해준 거야, 퇴거증명을. 그래서 퇴거증명 못하고 그만 날짜는 다 되는데 그냥 왔어, 왔었지. 안 해고 지냈었드니 그래서 그 내 동갑에 군대꺼정 갔다 왔어요, 모두다. 그 내가 일정 때 군대는 빠졌지요. 으, 일정 때 군대는 빠졌지.

빠져가지고 이래 살다가 육이오 때에 막 총도 미구 내가 또 동네 부락 일을 봤어요, 여기. 그래서 반장, 동네 부락 일을 보므는 군인, 뭐시기 군인으로 안 가구 그랜다구. 그래 동네반장을 몇 해 참 봐 가지구 반장해보믄서는 여기 복구를 해가지구, 우리 대원들 여기서 한 사십 명이 됐었거든요. 그 사람을 국가에서두 보조 못하고 치안 고 자치 요기 관래에 요기, 요기 그 대원들도 설천면에 살았었구. 설천면에는, 설천면에 있는 대원들 거기서 먹여 살리구 여기 있는 부대는 여기 주인이 그 사람들을 멕여 살려요. 쌀 거둬 치안미라고 해는 것을. 치안미여. 치안헌다구. 치안하는 치안쌀이라구 해가지구 달달이 인제 배정을 시켜. 호수 계산해가지고 면 동네 동네마다 배정을 시켜가지구 거 달달이, 달달이 홉되 가지구 댕기미, 되박 가지구 댕기미. 자루 미구 호, 저 되박 홉되 자루를 미구 댕기므 집집이 그거를 걷어가지구 갖다 여 대원들 먹여살리구.

또 경상비라구 있어요 달달이 써나가는 게 그 뭐 실탄비니 뭐뭐 옷 읎시믄 대원들 뭐 저 옷두 사다 줘야되구. 그걸 치안미두 부락 모두 주민들 요기 경상비여 경상비여 그게. 경상비를, 쌀은 치안미 돈은 경상비. 그거 달달이 배정됐어요. 호수 계산허구 배당이 지서에서 배당을 해가지구 주믄 동네 이장이. [조사자: 다니면서?] 달달이 걷어서 여 주민들두 참 고생했습니다. 자기 먹기 살기두 바쁜데 내가 여북해 가주, 되박을 가지구 자룰 가지구 홉되룰 또 홉으루 나눈 데가 있어 어려운 사람은. 홉으루 받거든. 그걸 가지구 댕, 문전문전이 대니므 쌀자루를 짊어 지구 받을 적에 조끔 이 사람은 먹는 사람은 괜찮은데 그 어려워서 극빈해가지구 자기 살기두 어려운데 참 받기가 야박햐. 그러나 워냥 달달이 멕여 살릴래니까 읎어두 형편대루 도루 갖다 내.

그럴 적에 내가 부잣집에 가서는 제대루 좀 받고 그런 집에는 홉되를 받아두 들 채워서 내가 받았어. 그래가지구 우리가 치안을 해서 다 나갔어요, 여기. 참 주민들 여기 고생 많았습니다. 그 자기두 먹구 사는데 대원들 멕여 살리랴. 대원들두 고생하구. 여기서 공비가 나타났다 하믄 밥 먹다 말구 쫓어가야되구. 낮에두 가구. 하 여기 주민들이 그때 참 그때 무렵에 고생했어요. 그러믄서 살어나왔지요.

[조사자: 그러면 어떻게 국가유공자가 되셨어요?] 그래가지구 총두 미구 이래가지구 거, 거 내가 또 전투에서, 배뱅이서 전장 광경을 당했다 이거요. 그 고지 깰 적에. 그래가지구 모두 여기서 모두 해는 데서 그러해서 뭐시기 그래두 공로가 있구 이렇다구 해서 모두 신청을 같이 해줬어요 그 사람들 같이 대니던 사람들이. 그 사람들이 다 보증 시고. 그래가지구 해서 나와서 지금 그 저 전주 병무청, 거기두 내가 갔다오구 모두 다 갔다왔는데. 그 노태우대통령 적엔가 그 인제 노태우 대통령 뭐시기가 임명장이 나오구 또 지금 이명박 대통령 적에두 또 바꿔 나왔어요. 두 장씩은 내가 보관해가지구 있어요. 그래 그릏게 광경을 겪었어요.

[조사자: 누가 도우셨나봐요.] 예? [조사자: 목숨이 위험한 상황이 많았는데 그때마다 잘 넘기신 걸 보면 누가 많이 도와주시나봐요?] 그래니까 우리 집에서 우리 형님이 다 선대에서 하신 얘기를 하드래도 그 난리 속에 죽지 않고 살아 오리래는, 죽으리래는 맘은 안 먹었다구 내가 살아가니까 그 소릴 해시드라구. 그 소릴 허시드라구. [조명순: 죽을 고빌 몇 번 넘었어. 돌아가실 때 몇 번 넘었어] [조사자: 할머니 결혼하시고죠?] [조명순: 그렇지, 그렇지. 하나님이 도와줬어.]